中公文庫

ピ　ー　ス

新装版

樋口有介

中央公論新社

目次

ピース

1

古いアップライトのピアノに向かって成子(せいこ)が古いジャズをひいている。店も古い写真館を改装したもので天井が高く、セピア色の照明に成子の白い背中が艶(なま)めかしい。ピアノのななめ左上には煤(すす)けたような色調の宗教画が掛かり、ピアノの後ろにはこれも古い木製の丸テーブルとアンティークなジュークボックスが据えてある。ジュークボックスはいまだに現役で、ビートルズ以前のラインナップから一晩に一曲か二曲、酔った客がシナトラやプレスリーを選択する。店の奥には鍵型のカウンターがあって今は二人の客とアルバイトの珠枝(たまえ)がそれぞれ、ビールや焼酎のロックを飲んでいる。

梢路(しょうじ)はカウンターの内で虹鱒(にじます)のマリネを調理し、二つの小鉢にとり分けて珠枝の前に置く。その小鉢を珠枝が左右の客にすすめ、カウンターに肘をかけてロックのグラスを口に運ぶ。

「マスターさあ、ショウちゃんが来てから料理が上品になったよね。マスターのお得意はジジ焼きとか野菜炒めとか、レトロだったもの」

「俺のジジ焼きをご指名で東京から来る客もいるんだけどね」

「年に一度、夜祭りの日だけ、じゃないの」

「認識不足もいいところだけど、まあ、小長さんの推理が正解だ」

マスターの八田芳蔵が半白の顎鬚をさすり、パイプの煙を吹いて自分のグラスを口に運ぶ。髭はもみあげの下から顎の先端まで一センチほどの長さで生えそろい、その上に厚い唇と鼻梁の張った丸い鼻。ぎょろりとした大きい目は深い皺にとり囲まれ、髪は額から頭頂の半分あたりまで禿げている。六十歳は過ぎたが声や表情には若さが残り、固太りの大柄な体軀に黒いチョッキがよく似合う。

珠枝が丸い目で二人の客を見比べ、ぽっちゃりした顎の先を上向けてカウンターの内へ首をのばす。

「マスター、ジジ焼きってなんですか」

「ジジ焼きはジジ焼きだ、知らないのか」

「知りませーん。焼き芋みたいなもの？」

「どっちかって言やお好み焼きに近いな。うどん粉に飯と味噌を混ぜて、具はまあ肉とか野菜とか、適当だ」

「まずそーっ」

「言ってくれるな。子供のころはジジ焼きで今は本物のジジイで、どうせ珠ちゃんには食ってもらえないさ」

　カウンターに低い笑い声が起こったが、笑ったのは珠枝ではなく両どなりの客。一人は写真家の小長勝巳でもう一人が山鹿清二というセメント会社の技術者だが、二人とも歳は五十を過ぎて山鹿のほうは髪もマスターより薄くなっている。

　マスターの台詞を理解したのかしないのか、珠枝も肩をすくめて笑いだし、その珠枝のグラスに山鹿が自分のボトルから焼酎をつぐ。

　小長が梢路のつくったマリネに箸をつけ、青島ビールを口に運びながらしゃくれた顎を右にかたむける。

「だけどマスター、本当のところジジ焼きってのは、どういう意味なのさ」

「どういう意味なのかね。焼くときジジッて音がするとか、爺が焼いて孫に食わせたからとか、そんなところだろう」

「ダダチャ豆みたいだな」

「ダダチャ豆……そうか、小長さん、生まれは山形だっけ」

「鶴岡の田舎だよ。ダダチャってのは庄内地方の方言で、爺さんとか親父さんとかいう意味でね。その爺さんがつくる枝豆だからダダチャ豆さ」

　小さい目をきょろきょろと動かして口を尖らせ、青島ビールをすするように飲んで、小長がしゃくれた顎を笑わせる。小柄だが肩や腕には筋肉の盛りあがりがあり、首の後ろで束ねられた半白の長髪が馬の尻尾を思わせる。

「俺が山形でマスターが群馬で……」

「生まれてすぐ大宮へ越したけどな」

「山鹿さんは？」

「佐賀」

「へーえ、佐賀」

「大学で東京に来たんですよ」

「そうだよね。まだ集団就職が残ってた時代で、〈あゝ上野駅〉なんて歌もはやったっけ。珠ちゃんも秩父じゃないだろう」

「福島でーす」

「福島、か。成子さんは東京の西荻窪で、考えたら不思議だよね。秩父みたいな田舎のスナックでマスターも客も従業員も、地元の人間は一人もいない。これが東京なら当たり前なんだろうけどさ」

マスターが顎鬚をゆがめて口元を笑わせ、パイプのタバコに火をつけながら、成子のほうへ目を細める。ピアノをひいている成子の衣裳は背中の開いた赤い袖なしのワンピースで、黒いピアノを背景に赤いワンピースとその白い肩が単調に交錯する。成子も東京から秩父へ流れついて半年、昼間は主婦や子供にピアノを教えて夜はこのスナックでアルバイトをする。客の誰かが歌う気になればカラオケがわりの伴奏もするし、ふだんはテーブルやカウンターで客の相手もする。四方を山に囲まれた田舎町でも写真家や画家は住んでいて、山鹿のような技術者も学者も住んでいる。六年前には横瀬町に四年制の総合大学が新設され、珠枝のように地方からわざわざ秩父へやって来る学生もいる。

　時間はちょうど夜の十一時、店のドアが開いて、黒っぽい服装をした女がミュールの踵を鳴らしてくる。女はフロアを途中まで歩いて足をとめ、カウンターを睥睨するように見回してから、突然疲労を思い出したように、テーブル席の椅子に腰をおろす。足首までの黒いスパッツに腰が隠れるほどのロングTシャツ、その上に薄物の半袖カーディガンを羽織って、頭は自棄を起こして掻きむしったのか、それとも寝起きの髪を、そのままスプレーで固めてしまったのか。小さい卵形の顔は唇だけが赤く、顔色は病人のように青白い。

　梢路はカウンターにおしぼりを用意し、珠枝がスツールをおりて、そのおしぼりを女のテーブルへ運ぶ。

　狭い店だから、女が「日本酒の冷」と呟いた声はカウンターまで聞こえ、マスターの合図で梢路は日本酒の支度をする。女の口調や仕種には拗ねた子供のような幼さがあって、バランスの崩れた、どこか奇妙な、倦怠のようなものが感じられる。

　梢路はカウンターの内でガラス鉢を用意し、それに冷水と氷とレモンの薄切りを入れて、そのなかにカクテル用のコリントグラスを立てる。酒は新発田（しばた）の五六八（ごろはち）、つきだしは春に掘った筍（たけのこ）を灰汁（あく）抜きをせずに塩漬けにしたもので、それを千切りにしてからほんの少し、生醤油（きじょうゆ）をたらす。

珠枝が日本酒のセットを女のテーブルへ運んでいき、ピアノの前からは成子が戻ってくる。成子の背中や腕には柔らかそうな肉がついて体毛も薄く、凹凸の少ない日本人形のような顔が無自覚な媚（こび）をただよわす。セピア色の照明がその小柄な顔を若く見せるが、歳は三十を過ぎている。成子が自分のグラスに氷をたすと、横から山鹿が、すぐにボトルの焼酎をつぐ。

「ねえ成子さん、さっきの話だけど……」

山鹿が頭まで赤くなった脂（あぶら）顔に照明を反射させ、背広の襟をくつろがせて右肘をカウンターに被（かぶ）せる。

「とにかくこの十年以内には、間違いなく大地震が来る。東京へ戻るにしても地震の後にするべきですよ」

「東京がダメなら秩父だってダメでしょう」

「そこが素人のあさはかさ。この地方の岩盤は石灰岩で頑丈だから、ちょっとぐらいの地震じゃびくともしないんだ。それにくらべると東京なんて、地質学的に見れば泥の海と同じでね。もう一度関東大震災クラスの地震が来れば全滅です」

「全滅は大げさよ」

「大げさなもんか。政府も学者も口には出さないけど、まず建物の九十パーセントは助からない」

「九十パーセント？」

「マグニチュード七・五の地震で、八〇年以前のビルと一般民家は全壊。高層ビルだって設計上は耐えられるけど、それは設計上の空論でしてね。実際にはコンクリートがもちません。セメント屋の私が言うんだから、間違いないです」

「地震に強いセメントは造れないの」

「セメントだけいくら強度があっても実際の建造物には役に立たない。鉄筋の太さも数もみんな誤魔化してあるし、それにセメントなんてのも所詮は、石灰を焼いて粉にしただけのものでしょう。特殊な混和剤を入れて耐震性や耐水性を増したりはできるけど、建築に使う生コンクリートは町の生コン屋が造るわけだから」

「トラックにでんでん虫の殻みたいなのを積んで走ってる、あのクルマね」

「あれはミキサー車といって、工場から現場まで生コンを運ぶだけのクルマです。あれでずっとかきまわしていないとコンクリートが固まってしまう」

「ふーん、そうなの」

「どっちにしてもコンクリートの材料はセメントと水と砂利で、これはどこの生コン屋が造っても変わらない。どうせ同じ生コンなら、買うほうは一円でも安く買おうとする」

「そうね」

「で、けっきょくは、生コン屋同士でダンピング競争を始めるんです。単価を落とせば生コンの質も落ちる。材料の川砂を安い海砂に代えると、塩分とセメントのアルカリ分が反応してコンクリートがもろくなるし、もともとインチキな鉄骨だって余計に腐ってしまう。いくら設計を完璧にしても、現場の施工がデタラメなんだから建造物はけっきょく、欠陥だらけになる理屈です」

成子が相槌(あいづち)をうちながら焼酎のグラスをなめ、山鹿のグラスに焼酎をたして、マスターのほうへちらっと、流し目を送る。セメントにも地震にも山鹿本人にも興味はないだろうが、それでも成子には客が飽きるまで相手の話に相槌をうつ技術がある。

「生コンの単価を安くする方法は、他にもいくつかあって……」

カウンターの内で山鹿の解説を聞き流しながら、梢路はマスターの肩越しにテーブル席の女を眺める。珠枝もまだテーブルに残っていて、手振りを交えながら舌足らずな会話をつづけている。女の声は低くて聞こえないが、ほとんど口は動かず、目の表情とつっ張った髪の動きが面倒くさそうに、ときたま珠枝の声に反応する。

女が髪をかきあげながら腰をあげ、コリントグラスを顎の下に構えたまま、ふらりとピアノの前に歩く。その興味はピアノではなく壁の絵にあるらしく、グラスの酒を咽(のど)に流しながら煤けたような絵に、じっと目を細める。

　壁に掛かっている絵はラザロの復活を描いた宗教画だといわれているが、ひと目でキリストと分かる髭男とその弟子や村人、そして洞窟の入り口には死から復活した若い男がぼろ布をまとって茫然（ぼうぜん）とした顔をのぞかせる。この八号ほどの絵はマスターがイタリアへ旅行をしたときに買ってきたラファエロの傑作で、ガラクタ市での値段は三千八百円だったという。

　女が独りごとのように何か呟き、それからすぐにジュークボックスの前へ移動して、唇で曲のラインナップを読みはじめる。ジュークボックスに百円玉を放り込み、ゆっくりと操作のボタンを押す。ジュークボックスもゆっくりと仕事の準備を開始し、やがて店内にパット・ブーンの〈砂に書いたラブレター〉が流れはじめる。マスターがぎょろりとした目を満足そうに輝かせ、テーブルからは珠枝が空になったコリントグラスを運んでくる。

「ショウちゃん、おかわりね」

　マスターがぷかりと煙を吹いて顎鬚をこすり、カウンターに顔を寄せてテーブルのほうへ眉をひそめる。

「珠ちゃん、彼女はもう、だいぶ酔ってるだろう」

「そうみたいですね。でもあの子、お酒呑みで有名だから」

「知ってる子なのか」

「同じ大学の子。学部が違うから口をきくのは初めてだけど、授業にもお酒を飲んで出るとか、アル中だとか」

「そいつは頼もしい。そんな有名人に来てもらえて店としても光栄だ。よかったらカウンターで飲むように言ってやれよ」

「はーい。それからショウちゃん、樺山（かばやま）さんが茸（きのこ）のグラタンだって。誰かほかの子から聞いて、ショウちゃんのグラタンを食べに来たみたい」

　珠枝が満たされたグラスを持ってテーブルへ戻っていき、梢路は冷蔵庫からグラタンのベースをとり出して調理にとりかかる。仕込んであるベースは卵黄を生クリームと牛乳でペーストしたもので、香辛料は塩と胡椒（こしょう）だけ。シメジやヒラタケは秩父地方の特産だからふんだんに使い、そこに味の深みを増すための玉ねぎと小エビをアレンジする。グラタン皿に盛りつけた上には粉チーズをふってオーブンに入れ、加熱時間は十分。これら料理のレシピはラザロに入店してから独習したものだが、最近はマスターも焼きうどんや野菜炒め以外、料理には手を出さない。

〈砂に書いたラブレター〉は二分十五秒で終了し、それでも樺山という女子大生はカウンターに合流せず、つま先にひっかけた赤いミュールをゆすりながらそっぽを向いて酒を飲みつづける。アル中と評判の女子大生では相手が悪いのか、珠枝も手持ち無沙汰な顔でカウンターに戻ってくる。

「珠ちゃん、田舎大学の学生にしては、彼女、美人だねえ」

となりに腰をおろした珠枝に顔を近づけ、小さい目を鼠のように動かして小長がささやく。

「そうですかね。昼間見れば普通の子ですよ」

「普通の子が酒を飲んで授業には出ないだろう」

「学生にもストレスはあります。鬱病で自殺した子もいるし、ゼミの教授をナイフで刺した子もいます」

「楽しそうな大学だ」

「人はそれぞれです。私はまじめに授業へ出て、アルバイトをしてちゃんと卒業して、それから東京の法律事務所に就職して弁護士と結婚します」

「そりゃまた遠大な計画だ。珠ちゃんが弁護士の嫁さんに納まるまで、俺も警察に捕まらないよう、せいぜい気をつけるよ」

小長が腰のバッグからデジタルの一眼レフカメラをとり出し、スイッチを操作して、レンズをうしろの女に向ける。フラッシュがたかれても女は表情を変えず、小長を無視して酒を飲みつづける。小長は十回ほど連続でシャッターを切り、女にひらひらと手をふってカメラをバッグにしまう。一見貧相で剽軽だが写真家としての経歴は長く、カメラを手に十年以上も世界を放浪したという。ふだんの小長は大型の四輪駆動で秩父の山中を走りまわり、鳥や昆虫や植物、山で暮らす老人やその生活の断片を写真におさめ、それを週刊誌や学術雑誌に売って生計を立てている。若いころはテレビ局のカメラマンをしていたとかで、そのときのコネで今でも写真の注文がくるらしい。

女がまた席を立ってジュークボックスへ歩き、ぼさぼさの髪を指で梳きながら二曲目を選択する。ジュークボックスがプラターズの〈煙が目にしみる〉を流しはじめたとき、ドアが開いて香村麻美が入ってくる。ベージュ色のチノパンツに半袖のサファリジャケット、肩に大きいズックのバッグを担いで野球帽をかぶり、首には赤いタオルを巻いている。職業は秩父新報という地元紙の記者で四十一歳、ふだんはスーツにローヒールのパンプスといういで立ちだが、今日は県境の山に崖崩れの取材にでも出掛けたのか。

肩からバッグを外して床に置き、山鹿のとなりに腰をかけて、麻美がカウンターに頰杖をつく。梢路はすぐにおしぼりとグラスをさし出し、冷蔵庫から缶のバドワイザーをとり出して筍のつきだしを添える。

「マスター、ジャイアンツは今日、どうした?」

「二対〇で上原の完封」

「そう、つまらなそうな試合だけど、勝っただけよかったわ」

「中日との差も三・五ゲームだから、優勝の目が出てきたよ」

「あとは桑田の頑張り次第、か。でも彼もロートルだから、どうかしらね」

「マスターも麻美さんも……」

　珠枝の向こうから小長がしゃくれた顎をつき出し、わざとらしくむくれた表情をつくって馬の尻尾をゆらす。

「いい加減にジャイアンツ贔屓はやめてくれないかなあ。それに桑田をロートルって言うけど、麻美さんより若いんだぜ」

「女は見かけが勝負なの。特に私は顔とスタイルと、子持ちには見えない若さが自慢なのよ」

「そりゃ今日の格好は若いけどさ。後ろから見たら珠ちゃんの妹みたいだ」

「あら、今夜は後姿なんか、見せてないでしょう」

「プロのカメラマンを見くびっちゃ困りますよ。表を見ただけで裏を見抜くのが俺の商売なんだから」

「それじゃ売れない写真家なんかやめて、占い師にでもなったら？」

「こりゃまた、おキツイお言葉。で、今日はどうしたの、どこかでコンニャク玉でも掘ってきたんですか」

「小長さんも素人ねえ、何年秩父に住んでるのよ」

「一年半」

「あら、十年も住んでるような顔してるのに。でもとにかくコンニャク玉を掘るのは十一月になってからなの。この時期に掘るのはナガイモぐらいよ」

麻美が野球帽を脱いで短い髪をふり払い、目尻の小皺を冷淡に笑わせながらビールを口に運ぶ。自分で言うほどでもないがたしかに実年齢よりは若く見え、広い額にひと重のくっきりした目と鼻梁の薄い尖った鼻、それに高い頬骨と口角の切れ込んだ唇に意志の強さが感じられる。出身は秩父市で東京の大学へ通い、卒業後は出版社に勤めて結婚もした。その麻美が離婚をして秩父へ帰ってきたのが七年前、秩父新報に入社してラザロの常連にもなり、仕事の後はほとんど、毎日のようにこの店で酒を飲む。

「それで香村さん、要するに今日は、どこへ行ってきたんですか」

やっとセメント講釈をきりあげ、それでも肩を成子のほうへ傾けたまま、山鹿がカウンターに肘をかける。

「荒川から大滝から山梨の県境まで、朝からずっとまわってたの」

「栗拾いか何か」

「密猟の取材よ」

「密猟？」

「ほら、最近旅館や料理屋で、カモシカの肉を食べさせるって噂があるでしょう」

「知らないなあ。だいいちカモシカって、天然記念物じゃないですか」

「だから珍しがって有難がって食べるバカがいるのよ。本来は禁猟だし、獲るのも売るのも犯罪。それが地下ではひそかに出回っている。どうやら警察も見てみぬ振りをしてる感じがあって、案外この問題、奥が深いのかも知れないわ」

「たかがカモシカ、されどカモシカか……」

小長が口を尖らせてビールをすすり、大げさに天井をふり仰いで、歌舞伎役者のような見得を切る。

「料理屋に生コン屋に警察に、悪党ども、覚悟しておれ。いつかはこの秩父にも必ず、水戸黄門がまわって来るぞよ」

麻美が鼻を鳴らしてビールを飲み干し、頬杖をつき直して梢路のほうへ眉をあげる。梢路は空になったビールの缶とグラスをカウンターの下にさげ、代わりに麻美がキープしてある芋焼酎のボトルと、氷と新しいグラスを並べる。ジュークボックスの音楽もニール・セダカの〈恋の片道切符〉に変わっていて、オーブンもグラタンの焼きあがりを知らせてくる。

「グラタンのいい匂いがするわね。夕飯を中途半端な時間に食べてしまって、私もお腹がすいたわ」

「麻美さん、焼きうどんでもつくろうかね」

「マスターの焼きうどんは味が濃すぎるわよ。具もただのぶつ切りで、あれじゃ民宿の山賊料理だわ」

「言ってくれるじゃないか。梢路が来る前はジジ焼きでも水団でも、喜んで食ってたくせに」

「地獄に生まれて地獄で育った人間は、自分の住んでる場所が地獄だとは気づかないものなの」

「おいおい、俺の料理は地獄の給食かね」

「いいじゃないの。顔だってどうせ、地獄の赤鬼みたいなんだし」

「口の悪い女だよなあ。『その声で毛虫食うかやホトトギス』だ」

「私の欠点はこの口だけだもの。別れた旦那がノイローゼになった理由も、今から考えれば分かる気がするわ」

茸グラタンのセットが完了し、珠枝が皿をテーブルへ運んでいって、また女と何か話しはじめる。ジュークボックスも仕事を終わらせて黙然と身を慎み、店内に音のない空間が四、五秒、唐突に訪れる。

麻美がグラスの氷をころんと鳴らし、頰杖の手を甲の側にかえながら、ほっとため息をつく。

「ショウちゃん、私にも何かつくってくれる？　グラタンよりもう少し、ボリュームがあるもの」

梢路はうなずいて頭のなかの在庫を点検し、麻美の好みも考慮してジャガ芋の明太子和えを選択する。レシピはかんたんでまず三個のジャガ芋を用意し、皮をむいてひと口大の角切りをつくる。それを電子レンジで空茹でにし、その間に明太子の皮をほぐしておく。茹であがったジャガ芋にはバターを落として満遍なくまぶし、それをほぐした明太子と和える。調味料はいっさい使わず、明太子の旨味とバターの風味だけでジャガ芋の食感を際立たせる。

「さあて、どうも俺は暇みたいだから、久しぶりにピアノでもひいてみるかな」

マスターがパイプをくわえたままカウンターのあげ板をくぐり、チョッキの襟を整えながら太鼓腹をぽんと叩く。店にピアノが置いてあるのは元々がマスターの道楽で、四十歳を過ぎてから独学で技術を習得し、昔の童謡や小学校唱歌、それにシャンソンやかんたんなジャズのスタンダードを、まずまず笑われない程度にひきこなす。成子に言わせると「ピアノを習い始めて二、三年の小学生と同じぐらい」の腕らしいが、ラザロで出される酒の肴(さかな)としてはその程度のピアノが心地よい。

マスターがテーブルの女に会釈を送り、カウンターの客にも手をふってピアノの椅子に腰をのせる。何秒かの間がおかれ、それから古いピアノがぽつりぽつりと、〈フライ・ミー・トゥー・ザ・ムーン〉を流しはじめる。カウンターでは小長と成子が揃(そろ)ってタバコに火をつけ、テーブルの女は爪先で赤いミュールを揺すりつづけて、麻美は空になったグラスに自分で氷と焼酎を落とす。

梢路はカウンターの内で黙々と料理をつくりつづけ、平和な田舎町の平和な夜に、ひっそりと欠伸をかみ殺す。

＊

一人二人と客が帰り、十二時には珠枝がアルバイトを終了させて、一時半にはマスターと成子も家へ帰る。それから三十分、新しい客はなく、店には梢路一人が残っている。人声がなくなると空調の機械音が地鳴りのように甦生し、古い木の床には冷蔵庫の振動までよみがえる。狭かったはずの空間も奇妙にだだっ広く感じられて、セピア色の間接照明に壁の宗教画が印象を強くする。

梢路は、樺山咲がキープしていった五六八の一升瓶を棚に片付け、今夜の売上伝票を整理して洗い物をケースに始末する。それからカウンターを出てフロアを見回し、床のゴミやテーブルの汚れも点検する。ラザロの営業時間は午後六時から夜中の一時まで、しかしそれは建前で、客の都合によっては三時を過ぎることもある。

時間はすでに午前の二時、梢路は外の電気看板を内にとり入れ、腰でジュークボックスの角に寄りかかる。一日の仕事が終わったことと一日の人生を無為に消費したことの安堵感が、ふと梢路の唇を笑わせる。

梢路は背伸びをして肩で息をつき、顔を手のひらでこすりながらジュークボックスをふり返る。大型洗濯機ほどのジュークボックスには上面全体に曲のラインナップが並び、その左右にAからZ、一から十までの数字が配列されている。アルファベットと数字の組み合わせが選曲の仕組みになっているが、二十一歳の梢路はラザロに来るまでこんな機械は見たこともなく、ジュークボックスの存在すら知らなかった。収まっている曲も古いジャズやポップスばかりで、マスターのレトロさ加減には呆れても、しかしそれらの曲はみな梢路の気分を和ませる。

ドアが開いて麻美が野球帽の庇をさし入れ、店のなかに目を配ってから、肩のバッグと一緒にフロアへ入ってくる。

「二時を過ぎてしまったわ。人目を忍ぶ不純異性交遊も、楽じゃないわね」

「ごめん」

「謝らなくていいの。人目を忍んでるのはショウちゃんじゃなくて、私のほうなんだから」

麻美が丸テーブルをまわって足をとめ、帽子の庇をつきあげながら片頬をゆがめる。

「外が妙に蒸し暑い。雨でも降るのかしら」

「あと二日は天気らしいよ」

「そう。それじゃバッグが重いのと、汗のせいね。私、先にシャワーを浴びさせてもらうわ」

口のなかでため息をつき、肩のバッグを担ぎなおして、麻美がカウンターの横から奥の通路へ消える。通路の先にはトイレと洗面台とそれに写真館時代は物置だったらしい、十畳ほどの板の間がある。今は通路との境に衝立が置かれ、板の間側が梢路の居室に使われている。

梢路はドアに歩いて錠を閉め、ピアノの蓋を閉めてジュークボックスのスイッチも切り、もう一度カウンターの内に戻る。すでに売上げの計算は済んでいて、酒や食材の在庫も点検済み。最近は仕入れも支払いも梢路に任されているから金の管理にも責任がある。

シンクの洗い物、布巾類の片付け、ガスの元栓。それらをすべて始末してから小さいトレーにコリントグラスを二つ並べ、グラスに氷と焼酎とライムと、それに少量のガムシロップを落とす。トレーには麻美用の灰皿を添え、もう一度店内を点検してカウンターを出る。通路をのぞくと梢路の部屋に明かりが見え、シャワーの水音が雨だれのように聞こえてくる。

梢路は左手にトレーをのせ、店の照明を消して暗い通路から薄暗い自室に入る。衝立を抜けた右手側の壁際にプラスチック製の手作りシャワーがあり、ビニールカーテンの向こうに麻美の裸身が透けて見える。梢路の部屋はベッドもテーブルもビールケースを応用した手作りで、部屋代、光熱費、食費は無料。そのうえマスターの八田は毎月、五万円の給料を払ってくれる。

　トレーをテーブルに置いたときシャワーがとまり、ビニールカーテンが割れて麻美がバケットの縁をまたいでくる。それから麻美は床のバスタオルをゆるく胸に巻きつけ、濡れた髪を両手でしごきながら、横座りに足を投げ出す。店で酔いつぶれた麻美を部屋に泊めたのが今年の五月、それから麻美は月に二、三度、朝までの時間を梢路の部屋で過ごしていく。

「自分で思ってるより私、今日は酔ってるみたい。シャワーを浴びながら眠りそうになったわ」

「眠ればいいさ。オレもシャワーを浴びたら、すぐ寝る」

「あら、私、眠るために来たんじゃないのに」

「どっちでもいいさ。麻美さんが起きていればオレも起きてる。麻美さんが酒を飲めばオレも飲む」

　麻美が口を開きかけて言葉を呑み、薄い鼻梁に笑い皺を刻んでトレーのグラスに腕をのばす。その二の腕にはシャワーの滴と四十一年の時間がもつれ合い、肘にはどこでつけたのか、新しい擦り傷が見える。

「だけどショウちゃん、考えたら……」

　グラスの焼酎に口をつけ、濡れた髪を後ろになでつけながら、麻美が梢路のほうに目を細める。

「今はまだいいけど、このシャワー、冬になったら寒いでしょう」

「湯は湯さ」

「台所用の湯沸かし器をシャワーに使うのは、消防法にだって違反してるのよ」

「麻美さんも違法シャワーを浴びてる」

「イヤな性格ね。私はショウちゃんのことを心配してるの。去年の冬はどうやって過ごしたの」

「今と同じ」

「このシャワーで?」

「うん」

「嘘みたい」

「死ななければいいさ。去年死ななかった証拠に、今も生きてる」

麻美が大げさに鼻を曲げて息をつき、グラスをテーブルに置いて床のバッグからタバコとライターをとり出す。麻美に言われなくてもシャワーが違法であることは分かっていて、湯量も熱量も、冬は限界を超えてしまう。

麻美の吹かしたタバコの煙が梢路の鼻先をかすめ、梢路は座を立ってシャワーに歩く。そこでパンツと半袖シャツとトランクスを脱ぎすて、バケットの縁をまたいで湯沸かし器の栓を押す。量の少ない湯が梢路の肩を濡らし、梢路はバケットの底にかがみ込んでしばらく湯を頭に受ける。梢路がマスターに招かれて秩父へ来たのが昨年の十月、十二月の初めにはすでに雪が降り、そのときはバケットに湯を溜めて足腰を温めた。慣れてしまえばこんなシャワーでも快適で、他人からの束縛を受けずに起居の自由を満喫できる解放感は、麻美に話しても分からない。

石鹼で髪と躰を洗い、またしばらく湯をかぶってシャワーを出る。麻美が自分の使ったバスタオルを梢路に手渡し、筋肉質なふくら脛を見せながらベッドの端に腰をのせる。すでに梢路のTシャツをかぶって頭にフェイスタオルを巻き、用意してきた化粧品で顔の始末も済ませている。麻美はシャンプーやリンスもバッグに持っていて、梢路の部屋に泊まるときはそのバッグからドライヤーまでとり出してみせる。

梢路は腰にバスタオルを巻いて床に足を投げ出し、コリントグラスに手をのばして、焼酎のロックに口をつける。酒を飲むようになったのはラザロに来てからだが、自分の躰がどれほどの酒量を受け入れるのか、まだ試したことはない。

「ねえショウちゃん、あなたの人生観に文句はないけど……」

頭のタオルを外して髪をふり払い、ドライヤーのコードをコンセントにさし込みながら、麻美が唇の端に力を入れる。

「生活というか、青春というか、そういうものをもう少し楽しんだら？　この部屋だってテレビもないしラジカセもない。服だっていつも同じものを着て、外で食事をすることもないでしょう。二十一歳の男の子なら女の子とも遊びたいはずだし、お洒落だってしたいはず。もともと根暗なオタク性格とも思えないし、いったいあなた、なにが面白くて生きてるの」

「本当は根暗なオタク性格なんだ。ラザロに勤めたお陰で麻美さんにも会えた。これで結構、青春を楽しんでる」

「そうかしらね。それならそれで構わないけど、少なくてもアパートぐらい借りたら？　秩父なら三、四万でお風呂つきの部屋が借りられるわよ」

「麻美さん、分からないの」

「なにが」

「オレ、この部屋が気に入ってるんだ」

「まじめな話？」

「うん、西日が当たって洗濯物がよく乾いて、裏が墓場だからクルマも通らない。それに壁は昔の土壁だから、冬も意外に暖かい」

「変わり者ねえ。マスターも変わり者だけど、ショウちゃんのほうがずっと変わってるわ。もっともショウちゃんの奇妙に普通じゃないところが、私の好奇心を刺激するわけだけど」

会話の途中で麻美がドライヤーを使いはじめ、短くカットした髪に上下ななめ左右と、手際よく温風を当てていく。髪がふくらんだせいか小作りな顔がいっそう小さく見え、日灼けした首筋と鼻梁の薄い横顔に一瞬、幼さがのぞく。

梢路は髪と躰の滴をぬぐってバスタオルを洗濯籠に放り、段ボール箱でつくった衣類ケースから下着とTシャツをとり出して身につける。この二十一年間、男性用化粧品などに縁はなく、髪も長くなった部分を鋏で切るだけで済ませてきた。麻美の台詞ではないが衣類も洗いがえの下着やシャツが必要なだけで、日常の生活にほとんど金はかからない。唯一の贅沢は秩父へ来てからクルマの免許をとったことだが、それだって学科も実地もすべて一度でクリアしたから、金額的には高が知れている。

麻美がドライヤーを終わらせてコードを始末し、ベッドの上から梢路の髪に指を入れて、濡れた髪を後ろに梳きあげる。麻美の太ももが梢路の肩に触れ、その皮膚感と髪を梳く指の動きが梢路の心を温める。

「ショウちゃんの髪、癖がなくて柔らかくて、きれいね」

「ふーん、そう」

「うちの息子なんか十歳なのに、もう髪がゴワゴワよ。あ、そういえば……」

麻美がベッドをおりて梢路の膝に肘をかけ、グラスに手をのばしながら、横からにんまりと流し目を送る。

「髪の毛で思い出したわけでもないけど、三日ぐらい前、長瀞でマスターと成子さんを見かけたわ。それで声をかけようと思ったけど、やめたの」

「ふーん、そう」

「声をかけなかった理由、聞かないの」

「二人がホテルに入るところだった」

「あら、知ってたの」

「知らない。でも麻美さんの言い方で分かる」

「いい勘してるわ。もっとも二人が入ろうとしてたのはホテルではなくて、普通のレストラン。ただそのときの雰囲気が、ね」

「できてる感じ？」

「私の勘、当たるのよ」

「麻美さんの勘が当たったとしても、問題はないさ」

「問題はあるでしょう。成子さんがラザロに来てからおじ様族のお客が増えてる。私の勘が当たったら経営に支障が出てしまうわ」

　梢路は欠伸をして自分のグラスに口をつけ、睡魔を制御しながら、マスターや成子や成子目当てに通ってくる客たちの顔を、ぼんやりと思い出す。成子のことはよく知らないが、マスターの八田も独身ではあるし、二人が男と女の関係になったとしても他人が口を出すことはない。

「ねえ、マスターと成子さんが本当にそうだとしたら、山鹿さんや望月さん、がっかりするわね」

「そうだろうな」

「矢島さんも阿部さんも細野さんも、みんながっかりするわ」

「麻美さんがみんなに冷たいからさ」

「あら、ショウちゃん、お世辞？」

「率直な感想。オレはもともと、成子さんに興味はないもの」

「屈折した青年ねえ。成子さんみたいにお人形さんのような顔をして、太ってるわけでもないのに肉感的で、ああいう女の人、男心をそそるはずだけど」

「オレ、屈折してるから」

「へそ曲がり。でも変わり者で屈折してへその曲がってるショウちゃんが、私、大好きよ」

麻美が切れ長な目を見開いて鼻先を笑わせ、焼酎を含んだ口で梢路の頰にキスをする。梢路は腕をまわして麻美の腰を抱え、見かけよりは柔らかい麻美の太ももに、そっと手を重ねる。性欲の予感が気分のだるさと調和し、一瞬だけ梢路も、心の痛みを忘れそうになる。

麻美が膝を立てて梢路の膝にまたがり、トランクスとショーツの布地を通して、二人の股間が重なる。麻美はそのままの姿勢で焼酎を口に含み、自分の口から梢路の口へ酒を移す。

「ショウちゃん、私……」

薄い唇を皮肉っぽくゆがめ、胸をのけぞらすように顔を遠ざけて、麻美が梢路の目をのぞく。

「いつも言うけど、詮索するつもりはないの。だけどショウちゃんの過去はどうしても気になる。いい加減に話してみたら？」

「いつも言ってる。人に話すほどのことは、何もない」

「普通に栃木の高校を卒業して、それからずっとフリーターをやっていて、その間にご両親が亡くなって、去年になって伯父さんのマスターに呼ばれたから秩父へ来た」

「うん」

「でも言葉に栃木の訛がないわ」

「麻美さんにも秩父訛はない。福島の珠ちゃんだって標準語を話す。最近はどこだって、訛なんかないさ」

「仮にね。出身が栃木であることは本当だとしても、ショウちゃんがずっとフリーターだったというのは嘘でしょう。あなたは老成しすぎてるし、それに歳のわりには物知りすぎるわ」

「そのことも前に言った」

「趣味が百科事典を読むこと」

「そう」

「もうそこが不自然なのよ。フィギュアオタクやパソコンオタクや、世間にはいろんなオタク青年がいる。でも今の時代に百科事典オタクなんて、聞いたこともない。根暗でもないし常識もあるし、頭に病気もない。それに、ねえ、あのほうだって」

麻美が尻を動かして股間を押しつけ、グラスを口に運びながら、くすっと笑う。

「だいたいね、ショウちゃん、上手すぎるわよ。まさかああいうテクニックまで百科事典で覚えたわけではないでしょう」

麻美の口が動いて梢路の唇をなめ、梢路は麻美の肩を抱き寄せて、その日灼けした首筋にキスをする。麻美に過去を詮索されるのは二度目だが、麻美の問いに答える気はないし答えたところで意味はない。麻美にしても今夜は酔っているだけだろうし、明日になればどうせ知らん顔をして、ただの常連客に成済ます。

麻美がぐったりと梢路にもたれかかり、梢路はグラスをテーブルに戻して、麻美の躰をベッドに抱きあげる。店のほうから大型冷蔵庫のモーター音が響き、西側の小窓ではカーテンがゆれる。あと一時間もすれば朝の早い雀が鳴きはじめ、そして昼を過ぎたころからは食材の買出しや神社仏閣見物や、この十一ヵ月間梢路がつづけてきた、単調で無意味な日常が始まる。

梢路はうつぶせになった麻美のショーツをひきおろし、Tシャツも上にひき剝がして、その小さくて筋肉質な尻の割れ目に、強く自分の顔を押しつける。

2

中古の軽自動車なんかに乗って自分はどこへ走るのだろうと、今日も清水成子は自問する。自問したところで今向かっている場所は分かっている。小鹿野町(おがのまち)で頭と器量の悪い女子中学生にピアノを教え、国道299号を秩父市へ帰るところなのだ。時間は午後八時を二十分ほど過ぎたあたり、週に三日は夜のレッスンを受けもっていて、ラザロに出る時間も九時でいいことになっている。もっとも今日は日曜日だから店自体は休みなのだが。

それらすべての状況は承知で、やはり成子は「自分はどこへ向かうのか」と呟いてしまう。その問いは毎日耳鳴りのように湧きあがり、答えも毎日偏頭痛のように変化する。「こんな田舎町での生活は一日も早くきりあげ、東京へ戻って新しい仕事を探す」「いずれは元の仕事に戻るとしても、もう少し気力が回復するまでは現状を維持する」「大阪にいる昔の音楽仲間と連絡をとり、関西で再起を期す」

頭のなかにはその他いく通りかの答えが用意されていて、その日の天候や体調や気分が回答を勝手に脚色する。人生なんか諦めてしまえば、楽なものなのに。いっそのことすべてを放棄して秩父に腰を落ち着けようか。そんな自棄と自嘲が今もまた成子にアクセルを踏み込ませる。

プロのピアニストでもやっていける自分がなぜこの土地へ流れてきたのか。秩父という町に意味があったわけではなく、子供のころの夏休みに一度、友達とその両親と一緒に貸し別荘に泊まったことがあるだけ。だから土地なんか長野でも青森でも瀬戸内海の小島でも、どこでもよかったのだ。ただ東京という都会が、自分が一流の音楽家になれないという絶望が、銀座や六本木のクラブで身過ぎのピアノをひくだけの毎日が、妻子ある男との情事や妊娠や堕胎や、それらすべての混沌が成子を疲れさせたのだ。

いく日かのんびりと温泉にでも浸かりたい、ちょうどそう思っていたとき、六本木のクラブ時代に客だった山鹿から大滝村の温泉に誘われた。山鹿は何年か前から秩父に単身赴任していて、仕事で上京するたびに成子のいる店に顔を出してくれた。特別な常連でもなく、手を握るわけでも口説くわけでもなく、ただセメントの講釈をしながら酒を飲むつまらない男。温泉に泊まったときもすべての料金を払ってくれ、昼間ちょっとセックスをしただけで夜には会社の寮へ帰っていった。お陰で成子は三日間ゆっくりと温泉に浸かり、寝転んでテレビを見て山歩きをし、山鹿が置いていった観光案内のパンフレットやタウン誌を眺め、そしてそのときたまたま目にとまったのが〈ラザロ〉の募集広告だった。ラザロという店は山鹿も常連だといい、田舎町には珍しく雰囲気も客筋もいいという。

なぜ面接を受ける気になったのか。マスターの八田に勧められるまま、なぜ秩父へ移ってきたのか。理由は疲労と絶望が成子の思考を停止させていたからで、三十一年も生きていればそういう心のエアポケット状態が、一度や二度はやってくる。

人生とは思い通りにいかないもの。それはそうだけど、だからってこんな田舎町で朽ち果てるのもね、と、対向車のヘッドライトに目を細めながら、成子は頭のなかで独りごとを言う。もしあのとき、父親の会社が倒産していなかったら。もしウィーンのピアノコンクールでの結果が銀賞ではなく、金賞だったら。アパレルメーカーの御曹司から申し込まれた結婚を、あのとき、もし拒否していなかったら。もし六本木のビルオーナーが約束どおり妻子をすてて、自分と結婚してくれていたら。それらさまざまな仮定が走馬灯のように行き交い、軽自動車のハンドルを握った成子の手に寒い汗をにじませる。

人生とは思い通りにいかないもの。そんなことは分かっていて、その事実を受け入れてしまえば今の暮らしも、楽といえば、まあ楽なんだけど。マスターの八田に言い寄ってみたのは、とりあえずの保身を考えたから。歳も六十を過ぎて分別もあって、見かけは引退したプロレスラーのようだが意外にインテリで、愛だの恋だの結婚だの、おバカな台詞は口にしない。店でのアルバイトも時間の融通はきくし、東京のクラブと違って客に気を使うこともない。ただひとつ店で気になるのは、八田の甥だという平島梢路のことだ。何が気になるのか、梢路のどこが神経に障るのか、成子自身にも分からない。仕事の手際もよくて料理のセンスもよく、無口だが無愛想でもなく、頑固な感じではあっても節度はあり、成子を無視することもなく秋波を送ってくることもなく、表面はおとなしいが内に狂気を秘めているような、そんな性格にも思えない。それなら非の打ちどころのない好青年のはずなのに、それでもやはり梢路という存在の、何かが気にかかる。梢路の皮膚の薄い整った顔立ちや動揺を知らない目つき、客の会話に微笑みながら相槌をうつときの、悲しそうでもあり楽しそうでもある独特の表情。そういう不可解さは女心の何かを刺激するし、それに六本木で遊びなれている中年男ですら使わない、女の躰をすみずみまで舐めまわすような、あの濃厚なテクニック。

思い過ごしかも知れないな。東京でいろんな男を見てきたから、男を見る目には自信があったけど。でも田舎には田舎なりに不可解な人間がいて、その不可解さに違和感を覚えるだけなのだろう。真面目で働き者で陰日向のないちょっと内気な青年、ラザロの客は全員が梢路をそう評し、そしてその評価は、たぶん正しいのだろう。八田のほうはパトロンのようでもあり父親のようでもあり、小長という写真家にだけは嫌悪を感じるものの、ほかの男たちはみんな善良で単純。東京の夜で場数を踏んでいる成子にしてみれば、〈ネコ踏んじゃった〉ようなものだ。山鹿との関係もほかの客たちとの関係もすべてが内緒だから、みんながそれぞれにピアノの生徒を紹介してくれる。お陰で収入も安定して、一軒家を借りてピアノ教室を開けとすすめる客もいるし、成子がその気なら八田や山鹿も援助するという。そうやって秩父の田舎町に腰を落ちつけ、そのうち大地主の跡取りかなんかと結婚して、子供を生む。いくら秩父だからって音楽に素養のある人間も少しはいるだろうし、市民なんとかホールでコンサートも開ける。無意味で空疎な生活ではあるが神経は痛まず、痼疾（こしつ）のように自分をさいなむ挫折感からも、とりあえずはまあ、逃げられる。

人生とは思い通りにいかないもの。すべてを諦めてしまえば、それはそれで、楽なんだけどね。

中古の軽自動車はすでに荒川を渡って秩父の市街地へ入り、造り酒屋の前を通って秩父神社の方向に向かっている。市街地といっても夜の七時を過ぎれば人通りが絶えるような田舎町だから、クルマも数えるほどしか走らない。成子は思考の走馬灯にブレーキをかけ、意識的に深呼吸をして、ほっと頬をふくらませる。窓からの風がセミロングの髪を首筋に絡みつかせ、午後から三件のレッスンをこなした今日一日の汗を思い出させる。東京の排気ガスとは違った田舎町の、このねっとりした埃（ほこり）っぽさ。九月になったというのに妙に蒸し暑く、シートに押しつけた背中には汗がにじんでいる。出かける前にシャワーを浴びたら約束の時間に遅れてしまうだろうが、だけどあんなポリバケツでつくったようなシャワー室にかがみ込むことは、どうにも美意識が許さない。

国道からわき道に入って常楽寺の手前を左折し、すでに寝静まっているような住宅街を少し走って、アパートの駐車場にクルマをつける。六畳と三畳にユニットバスがついたアパートの部屋代は三万八千円。ラザロには歩いて十分しかかからず、それに最近は八田が泊まることもあるから、部屋代は店の経費で落としてくれる。

　クルマの鍵を閉めて楽譜の入ったバッグを抱え、明かりもない駐車場から二階への外階段をのぼる。モルタルアパートでも階段にはコンクリートが打ってあり、成子のパンプスがこつこつと硬い音をたてる。部屋は南西角の7号室、まだ九時前だというのにどの部屋も静まり返って、人声もテレビの音も聞こえない。まさかみんな寝てしまったわけでもないだろうに、しかしたしかに田舎の生活は夜も朝も、驚くほど早い仕組みにできている。

　二階へあがって部屋のドアを二つ通りすぎ、7号室のドアの前でキーケースをとり出す。鍵を鍵穴にさし込んだとき、ふと違和感に襲われ、思わず手をとめて首をかしげる。施錠には神経質なほうだから鍵の掛け忘れはないはず。しかしそれは東京で暮らしていたころの話で、秩父へ来て半年もすれば神経もゆるむし、頭もボケてしまう。空き巣も秩父なんかで働くほど間抜けではないだろうし、それに入られたところで盗(と)られる物もない。

　そうか、そういえば二、三週間前にも一度、鍵を掛け忘れたな。町も生活も平和に澱(よど)みすぎて、頭に黴(かび)が生えてしまった。こんな田舎に腰を落ち着けようなんて一瞬でも思った自分が、まったく、心から情けない。明日になったらやはり大阪の知り合いに連絡をとり、京都でも大阪でも、もう少しましな世界で暮らせる方法を考えよう。歳だってまだ三十一、最近は体調もいいし、睡眠薬の数も減らしている。秩父で暮らす時間の長さに比例して無気力も膨張し、冗談ではなくそのうち、本当に躰も精神も、腐ってしまう。

さし入れていた鍵を鍵穴から抜き、ドアを開けて、沓脱（くつぬぎ）に足を入れる。そして電気のスイッチを入れた瞬間、突然視界に黒いものが湧きあがり、Vの字型に開かれた人間の指が鼻面をかすめて、ぬっと迫ってくる。

あれ、何が起こったのか、とは思ったが、成子の意識があったのは、そこまでだった。

3

坂森四郎巡査部長を乗せた埼玉県警の警察車両が、国道140号を長瀞方面へ向かっている。140号は通称を彩甲斐街道といい、埼玉県の熊谷から寄居、秩父を通って雁坂トンネルを抜け、山梨県の甲府までつづいている。行く手の左側は秩父の大滝村に源流をもつ荒川、この荒川が埼玉県北部を流れて東京まで達し、その分流が隅田川になる。現在では秩父と東京を結ぶ幹線も国道299号になっているが、明治までは急峻な正丸峠を越えきれず、秩父人の多くは熊谷経由で東京に出た。その名残りが荒川沿いを走る秩父鉄道で、ちょうど今も警察車両に平行して二両編成の熊谷鉄道が、のんびりと三峰口駅へ走っていく。

窓の外は靄のような霧のような、鬱陶しい気配。窓を開けていれば車内が湿気っぽくなるのは当然で、しかし寄居の警察署を出て以来、坂森はずっと助手席の窓を開けている。ハンドルを握る沼内刑事が嫌煙家であることは承知していても、寄居から長瀞までの時間にタバコを自粛するのは、少しばかり辛すぎる。

坂森はちらっと沼内の横顔に目をやり、わざとゲップを吐いてから、そっぽを向いてタバコに火をつける。昔は捜査一課の刑事部屋なんてタバコメーカーの試煙室みたいだったのに、最近は若い刑事のほとんどがタバコを吸わず、一課長や刑事部長までが禁煙に励んでいる。だからって誰か体調がよくなったという話は聞かないし、それどころか犯罪の検挙率は下がる一方。近年はついに二十パーセントを割ってしまったのだから、犯罪者の十人に八人が野放し状態にある。警察官の禁煙率と犯罪の検挙率に相関関係があるのかないのか、そんなことは知らないが、定年まであと二年、「警察官の全面喫煙禁止」とかいう警察庁長官指令が出ないことを、切に願っている。

道が長瀞の手前の野上に入り、けぶったような景色にも山の近さが感じられてきて、坂森はふっと、窓の外に煙を吐く。坂森の出身は皆野町という長瀞の西隣、今でも皆野の実家には長兄の家族が住んでいて、その他秩父市内にも小鹿野町にも吉田町にもそれぞれ、父方や母方の親戚が散在する。いわば坂森の地元になるわけだが、そうはいっても高校を卒業して警察学校に入り、運良く本部採用になって以降はずっと浦和暮らしだから、あまり秩父には帰らない。同じ埼玉県内とはいえ秩父地方は県央から孤立していて、歴史も文化も言葉も、まるで違う。地形的にも群馬、長野、山梨側の三方を山に囲まれて出口は荒川沿いのこの一点だけ。雁坂峠にトンネルが開通したのもほんの何年か前だし、群馬県側へ抜ける志賀坂峠だって冬になればしばしば、雪のために通行止めになる。関東地方のどん詰まりで昔から文化的交流に乏しく、人間関係は濃密で閉鎖的、親しくなれば鬱陶しくなるほどの親切心を示す代わり、よそ者には頑なに心を閉ざすような雰囲気が今でも残っている。

もっとも坂森が実家と疎遠になったのは、秩父に対する嫌悪感や親戚連中との軋轢ではなく、たんに年齢のせいなのだ。長兄もすでに隠居をして甥が家業を継いでいるし、坂森のほうも大宮の郊外に建売住宅を買って三人の子供を育てあげた。次男はまだ大学生だがこれも来年には卒業、保育士だった長女は結婚してさいたま市内に住んでいる。一番の自慢は自分と同じ警察官になった長男のことで、「同じ警察官」といっても長男は国家公務員一種試験をパスして入庁したキャリアだから、階級だって巡査部長の坂森をすでに三階級も越えている。

「沼内くん、そろそろだと思うんだが……お、あれか」

坂森が前方に顎をしゃくりながらタバコを車外にすて、萎びた日灼け顔をフロントガラスに押しつける。国道の右手前方に停車したパトカーが見え、国道からの分かれ道を塞ぐような格好で制服警官が立っている。距離はおよそ五十メートル、沼内が方向指示器を点滅させてクルマの速度を落とし、パトカーに近づいたところでハンドルを右に切る。とまったクルマに制服警官が腰をかがめて敬礼し、沼内が運転席側の窓を開けて身分証明書を示す。

「やあやあ、ご苦労さん。天気がどうにも鬱陶しくて、おたくらも大変だいねえ」

身をのり出すようにして坂森が声をかけ、制服警官がまた腰をかがめて、再度の敬礼をする。

「で、現場はこっから、どれほど行ったとこかね」

「この山道を二キロほど進みますと道が二叉に分かれまして、現場はその右側を直進した先の辺りで。二叉道の分岐点にも所轄のパトカーを配備しております」

「そりゃ結構。そいでこの道は、先々どこへ抜けるんだっけか」

「これは山仕事用の林道でありまして、山中をまわりながら枝分かれをして皆野側の県道に通じております」

「ほーう、ほうけえ。覚えてるような、覚えてねえような……もっとも四十年もたちゃあ、山も林道も変わるべえからなあ」

坂森が沼内に会釈をし、沼内がクルマを発進させて、白い県警車は霞んだような山道を進みはじめる。坂森が秩父弁を使ったのは地元に帰ってきて記憶が反応したからではなく、所轄の警官に対する愛想のつもり。しかし沼内のほうはメガネを光らせるだけでひたすら、むっつりと口を結んでいる。坂森が車内で吸うタバコがよほど癇に障るのか、それとも坂森のような才気も向上心もない老いぼれ刑事が、ただ疎ましいのか。沼内は三十二歳で階級は坂森と同じ巡査部長、準キャリアとまではいかないが一応は大学出だから、五十歳で警部ぐらいにはなるだろう。

林道の舗装は百メートルほどで終わり、以降は狭まったゴロタ道の両側にススキばかりが生い茂って、視界は杉林と雑草で閉ざされてしまう。都会育ちらしい沼内はハンドルさばきに苦闘しつづけ、坂森は腐葉土や葉緑素や雑草の腐敗臭を懐かしく感じながら、無言でタバコを吹かしつづける。視界は開けたり閉ざされたり、そんな林道を十分ほど進むと開けた草地にパトカーが見え、おりてきた制服警官に沼内がまた身分証を示す。坂森も今度は無駄口をきかず、クルマは二叉に分かれた林道を右側に入っていく。知らない人間にはまるで迷路のような山道で、地元の人間でも特別な用がなければこんな林道には踏み込まない。実際に草を踏みしだいた轍(わだち)の跡も小さく、両わきの雑草も刈られずに残って、湿気を含んだススキの穂が重そうに首(こうべ)を垂れている。ススキはスズキ、稲の穂も鈴木というから元は同義語だったろうに、今は山道にはびこるススキなんか、誰も見向かない。

二叉道を右に曲がってほんの何百メートル、パトカーが二台に所轄のものらしい乗用車が四、五台、それに県警本部の鑑識課ワゴン車が三台、狭い林道に縦列駐車をして付近の雑草をなぎ倒している。沼内がワゴン車の最後尾にクルマをとめ、二人はクルマをおりてパトカーのほうへ向かう。空気もゴロタ道も雑草も湿って視界には靄がかかり、いくらも歩かないうちに革靴とズボンの裾が濡れてしまう。

「やっぱしなあ、長靴を買ってくりゃよかったい。長靴に軍手に鎌(かま)ってのが、山へ入るときは三種の神器なんさ」

坂森が独りごとを言ったとき、たむろする警官のなかから四十歳過ぎの私服刑事が顔を出して、手をふりながら坂森と沼内を迎える。この刑事も県警本部捜査一課の山脇巡査部長、捜査一課は四班に分かれていて坂森と班は異なるが、もちろん十年来の同僚ではある。

「ほーう、本部からは山ちゃんが駆けつけたか。けっきょく寄居にいた俺たちが、一番最後ってわけだ」

「どうせなら山ひとつ向こうの、群馬県側で願いたかったね。そうすりゃ二、三日あとから、ゆっくりお出ましもできたのに」

「まったくなあ。運がいいんか悪いんか、あっちもこっちも、ご苦労なことだがね」

坂森はパッケージに残った最後のタバコに火をつけ、靄った乳色の空を見あげて、とんとんと肩を叩く。現在坂森が関っているのは一ヵ月ほど前に寄居町の山中で発生した、バラバラ殺人死体遺棄事件。県警の捜査一課からは警部を主任にした六人の刑事が派遣され、寄居町の所轄とともに事件の捜査に当たっている。そこに発生したのがこの長瀞の事件で、遺体の発見者はまず地元警察に一一〇番通報をするから、最初に駆けつけるのは現場に最も近い場所にいるパトロール警官。その警官が事件を確認して所轄の本部に連絡を入れ、所轄からは捜査係刑事が出向く。遺体が明確な事故によるものであれば話は別だが、事故、自殺、他殺、病気による自然死などの状況が不分明な場合、所轄を通して県警本部へ情報をあげる。県警本部からは鑑識と初動捜査班が出動し、事件の概要を大まかに把握する。

この長瀞の事件も最初から、〈バラバラ殺人〉と通報されていれば坂森たちも寄居から直行できたのに、所轄や県警本部での事実確認が不徹底だったため、一番近い場所にいた坂森たちの到着が最後になったのだ。

「で、山ちゃんが見たところ……」

湿った空にぷかりとタバコを吹かし、黄色い立ち入り禁止テープの向こう側へ顎をしゃくって、坂森が顔の皺を深める。

「やっぱし状況は、寄居と同じかね」

「坂森さん、俺は寄居の現場を見てないんだよ」

「そうか、ほい、忘れてた」

「鑑識さんも仕事を始めたばかりで、まだ何ともねえ。分かってるのはホトケさんが女ってことだけ」

「女？　ほーう」

「着ている物からすると、婆さんじゃないとは思うけどね。両足が切断されてるから背も高いんだか低いんだか。とにかく坂森さん、自分で見たら見当もつくんじゃないの」

「あっちで首吊りこっちでバラバラ、愚痴を言うわけじゃねえけど、俺も本当に、定年が待ち遠しいがね」

そのとき若い男が獣道（けものみち）のような藪（やぶ）をかき分けて来て、小腰をかがめながら坂森と沼内に敬礼をする。

「坂森さん、彼は秩父中央署の楠木くんだ。パトロールから連絡を受けて最初に現場へ駆けつけてから、ずっと張りついてるらしい」

「ほい、そりゃまた、ご苦労さん」

　楠木と紹介された刑事はまだ三十前、洒落たソフトスーツにペイズリー柄のネクタイを締めてはいるが、ワイシャツの襟には汗が滲んで本人も汗まみれ。スーツの肩にもズボンにも濡れ染みが浮かんで、まるでたった今、落ちた沢から這いあがってきたように見える。大柄で固太りで見るからに体育会系で、しかしその小さくて丸い目にどことなく、人のよさそうな印象がある。

「その、とにかく自分は、こういう現場が初めてでありまして、現場保存が第一と考え、国道や県道から林道へ入ってくる出入り口を、まっ先に封鎖したわけであります」

「うんうん、それが正解さあ。慣れねえわりにゃよく手配ができてらい。お前さん、大学出かね」

「はあ、一応」

「歳は？」

「二十八であります」

「二十八ならうちの倅と同じだがね。倅も大卒のキャリアで警視庁に奉職してるから、そのうち会うこともあるべえよ。俺のほうはあと二年で定年だし、これからはお前さんたち、若えもんの時代だいなあ」

　タバコを長く吹かして皺目蓋を笑わせ、垂れてきた鼻水を、坂森がしゅっとすする。いくら同い年の大学出でも東京の警視庁と秩父の所轄、この楠木と自分の長男が出会う可能性はゼロに近いが、坂森はちょっと、息子自慢をしてみたのだ。

「それで、楠木くんだったか」

「はあ」

「第一発見者ってのはどこの物好きだい」

「黒沢吉男さんといって、この下のほうで床屋をやってる家のご隠居さんです。今日は天気がいいんで、茸を採りに山へ入ったそうです」

「天気がいいから、か。山ちゃん、楠木くんの言ってる意味、分かるかね」

「午前中は天気がよかったとか」

「そうじゃねんだ。こういう雨だか霧だかでジメジメしてる日ってのは、茸がよく採れるわけさ。それに黒沢ってのは秩父に腐るほどある名前で、俺んちの親戚にも二軒はある」

「なるほど」

「坂森さんは秩父の出身でありますか」

「この山向こうの、皆野さあ」

「さようですか。自分は両神の長又であります」

「高校は小鹿野かい」

「いえ、秩父高校まで」

「ほうけえ。秩高を出て東京の大学へ行ったとなりゃ、とんでもねえエリートさんだ。で、嫁さんは？」

「それは、まだ」

「うちの倅もまだなんだが……まあいいや、要するに床屋の隠居は身元も確かで、たまま茸採りに来て遺体を発見しただけ。事件に関係はねえし、被害者にも心当たりはねえと」

「その通りであります」

「おいおい、定年近え老いぼれ刑事相手に、そうシャチコ張らなくてもいいがね」

「あ、はあ」

「付近一帯の捜索ってのは」

「鑑識の仕事が終わるのを待って、半径一キロと林道を中心に、百人体制で遺留品の捜索に当たる手はずです」

「面倒じゃあろうが、手を抜くわけにもいくめえしなあ。こんな天気の悪い日に、所轄のみんなもご苦労なことだがね」

短くなったタバコから長々と煙を吸い、持ち歩いている携帯の灰皿に吸殻を始末して、坂森がまた、とんとんと肩を叩く。たとえ千人二千人体制で遺留品の捜索に当たったところで、寄居の事件と同様、どうせ犯人につながる手がかりは得られない。それは分かっていても殺人事件である以上、捜査の手抜きは許されない。

「さて、それじゃ気はすすまねえが、その女としか分からねえホトケさんてえのを、拝むことにするべえか」

坂森が肩をすくめて沼内へ首を巡らし、楠木がきびすを返して四人が立ち入り禁止テープの内側へ藪をかき分ける。林道に沿った空き地側はススキやクズの葉が土手状に視界を塞いでいるが、そこをくぐり抜けると雑草の密度が減少し、ナラやクヌギの繁った低木の疎林があらわれる。なるほどこういう雑木林なら茸採りには絶好の環境で、子供のころ親や学校仲間と山歩きをした記憶が、ふと坂森によみがえる。

疎林のなかには、半径五十メートルほどの間隔で二十人ほどの鑑識課員が散っていて、積もった落ち葉をかき分けるもの、木の幹に印をつけて写真を撮るものなど、それぞれが黙々と証拠の採集作業をすすめている。雨滴は落ちてこないが湿度は蒸し風呂のように高く、薄暗い雑木林のなかで鑑識課員の着ている紺色の制服が粛々と動きまわる。

その鑑識課員たちの方向へ誘導路の青いビニールシートがつづき、坂森たちは縦一列になって林の中央まですすむ。辺りはいくらか疎林が開けてケヤキの高木がそびえ、付近の雑木にはカラスウリやアケビの蔓が投げ網のように絡んでいる。

「やあ坂森さん、こんな埼玉のどん詰まりまで、お互いにご苦労なことですなあ」

近寄ってきたのは鑑識課班長の下小出で五十を過ぎたベテラン、寄居の事件でも下小出の班が出動したから、状況はすべて把握済みだろう。

「まったくこの秩父ってのは、思ってたより不便なとこだねえ。高速に乗って花園インターで降りても、所沢方面から二九九で来ても、浦和からは二時間もかかってしまう」

「それもパトカーの先導つきで、ね」

「そうそう、坂森さんは寄居から？」

「一番の近場にいた俺が一番最後さあ。問題は情報なんだろうがね」

「情報と道路だろうな。ここが同じ埼玉だなんて信じられないよ。以前女房さんと長瀞のライン下りに来たことがあったけど、そのときは電車だった」

無駄話をしながらも坂森の視線は足元のビニールシートにそそがれていて、中央が盛りあがった矩形のシートの端を出入りする青蝿の群れに、思わず、ちっと舌打ちをする。

「下小出さん、ホトケさんは女だって？」

「うん。ついてるものがついてないから」

「オカマでも玉なしはいるべえに」

「あれ、坂森さん、秩父弁がうまいねえ」

「元々がとなり町の出なんさ。さっき冗談で秩父弁を使ったら、はあ止まらねえ。子供のころ馴染んだ言葉ってのは、弱ったもんだがね」

「坂森さんは秩父の出なの。でもまあ玉の件は、私の専門だから」

「そりゃまそうだ。で、歳は」

「陰毛に白髪は混じってないよ」

「とすりゃあ、四十前かい」

「二十歳から四十の間。皮膚の感じじゃ三十前後かな。この周囲で両手両足頭部、もう全部発見されてるしね」

　下小出が腰をかがめてシートの端に手をかけ、寝ている子供の毛布でも剝ぐように、ひょいとめくりあげる。すでに見飽きているのか、それとも二度と見たくないのか、楠木と山脇が後ろへ顔をそむける。となりでは沼内の咽が蛙を踏みつけたような、湿気っぽい音を洩らす。そういえば寄居の事件でも沼内が捜査に加わったのは、事件発生の二日後からだった。

　シートに隠されていた遺体は両手両足頭部が見事に切断され、裁縫師が仕事に使うトルソーのようで、その胴体だけの躰に半袖のワンピース。ワンピースの上には薄物のカーディガンを羽織っていたらしいが、もちろんカーディガンの袖に腕はない。ワンピースの裾は腹の上までめくれて臙脂（えんじ）色のショーツを晒（さら）し、足のつけ根には黒褐色に変色した肉の切断面が二ヵ所、ぽっかりと口を開けている。腐敗の始まった肉塊に青蠅や蚋(ぶよ)や大小の羽虫が群がって、その肉自体がなにやら、もぞもぞと動いているように見える。遺体の周囲にほとんど血痕は散っていないから、死後ある程度の時間がたってから切断されたものだろう。

「なあ下小出さん、こりゃやっぱり、あれかねえ」

「あれだと思うよ」

「しかしまた何だって……身元の確認できそうなものは、何か？」

「出ていない。バッグやら靴やら、その他の携帯品はいっさいなしだ。バラバラにされた頭や手足、見ますかね」

「遠慮するべえ。前科がありゃ指紋と照合できようし、歯型の照会もおたくらの仕事だい。で、その頭と手足ってのも、やっぱり？」

「寄居のときと同じだよ。胴体を中心にみんな二、三十メートルの範囲に散っていた。切ったそばから犯人が放り投げたんだろう」

「それなら寄居の事件と同一犯人と断定して、間違いないかね」

「うん。切断に使った鋸(のこぎり)も胴体のわきに放り投げてあって、こいつも前回と同じような安物だ。切断箇所も方法も同じだし、ナンだったら、私の退職金を賭けてもいいよ」

「バラバラ殺人死体遺棄事件ってだけでも大事(おおごと)なのに、これが連続となると、いやはや、テレビも新聞も、放っちゃおくめえなあ。こういう事件は早えとこ片をつけねえと、世間やマスコミから警察が袋叩きにされるがね」

坂森が腰をのばして低い樹冠をふり仰ぎ、脂っけのない皺顔を、無骨な手でごしっとこすりあげる。寄居の事件では被害者が持っていた免許証からすぐに身元がわれ、家族関係、仕事関係、その他交友関係なども速やかに調査された。寄居で殺されたのは近藤輝芳という三十二歳の歯科医師、出身は群馬県側の中里という村で、寄居町で歯科医院を開業したのはそこに結婚相手の実家があるから、という理由らしい。

被害者が歯科医師となれば相応の収入があって、女房の実家も資産家。金銭関係のもつれ、痴情のもつれ、歯科治療でのトラブル等々、事件の背景はどうせそんなところだろうと捜査を開始して一ヵ月、熊谷や小川町からも応援を頼んで被害者の生活実態を調べてみたが、そのどれもが肩透かし。若いわりに歯科医師としての技術は上々で人柄も明朗快活、患者とのトラブルはいっさいなく、夫婦仲もよくて男女間のもめ事など、気配にもない。また実家も近藤夫婦も金銭上の問題は抱えておらず、関係者の誰もが、「他人から恨みを買うような人間ではなかった」と断言する。近藤の人生はまさに順風満帆、そのきれい事すぎる人生に胡散臭さは感じられても、世の中にはそういう人間も、いなくはない。

しかしそれならなぜ近藤は殺され、遺体を切断されて、寄居山中に遺棄されたのか。捜査は進展せず、とりあえずは事件当日における近藤の足取りを追う程度の方策しかなかったが、この長瀞の事件で状況は一変する。犯人が遺体を切り刻んだ理由はともかく、連続殺人であるからには必ず、〈連続〉でなくてはならない、なんらかの必然がある。

とんとんと拳で肩を打ち、胴体だけの遺体に戻した視線を、坂森がゆっくり沼内にふり向ける。

「沼内くん、そういうことだ。今下小出さんが言ったこと、寄居の蜂屋(はちや)警部に報告してくれや。それから今後の捜査方針なんかも、一応は指示を仰いでくれ」

沼内がメガネを光らせてきびすを返して行き、坂森は下小出と山脇の顔を見比べて、目尻を皺深く笑わせる。

「やっぱしなあ、ホトケさんの手足と頭、拝むべえかね。定年が近くなって仕事に手を抜いたなんて言われちゃ、倅に合わす顔がねえからなあ」

下小出が苦笑をしながら林の奥へ顎をしゃくり、坂森、山脇、楠木の三人を従えるように、作業靴を湿った落ち葉に踏み込ませる。最初に目印の小旗が立っていたのは胴体からせいぜい十五メートルほどの地点。セミロング程度かと思われる栗色の髪が糸玉のように顔全体を被い、頸骨が露出している首の切断面以外は顔の特徴も化粧の有無も、何ものぞけない。この頭部にもやはり青蠅や蚋がまといつき、落ち葉の下ではごそごそ、何かの虫が這いまわる。

「下小出さん、どうなんだね、ホトケさんは美人だったかい」

「私に聞かれても困るよ。自然死ならともかく、相当のチアノーゼも起こしてる。切断されて痕跡がはっきりしないけど、たぶん扼殺か絞殺だろう」

「死後の経過時間は？」

「さあねえ、二日か三日か。とにかくそっちは解剖する医者に聞くしかない。ただ私の経験からいって、昨日今日ではないと思うよ」

「かといって一週間はたっていねえと」

「遺体を冷凍保存しておいた、なんてことがあれば話は別だがね。どっちみちそれも、解剖待ちさ」

下小出の背中がまわって今度はななめ右側へ歩き出し、十メートルほどでまた足をとめる。そこにも目印の小旗と写真撮影済みの標識が立っていて、近くでは制服の鑑識課員がピンセットを構えながら、片膝つきで落ち葉の上にかがみ込んでいる。

「ほーう、今度は腕かい」

「こいつは左腕でね。右腕のほうは胴体の反対側に落ちてる。釈迦に説法だろうが、皮膚には狸や狐に咬まれた跡もないし、ここまでひきずられてきた痕跡もない」

「指輪や腕時計は」

「中指にルビーらしい指輪をはめていた。時計は女物のカルティエ、指輪も時計も本物だとすれば、結構な値段だろう」

「結婚指輪とかは」

「なかったし、薬指に結婚指輪をはめた跡もない」

「見たところ奇麗な指だいなあ」

「これが主婦だとしたら、家事なんかしなくても済むいい家の奥様だろう。爪は短く切ってやすりで磨き、マニキュアもていねいに塗ってある」

「少なくとも秩父やどこか、百姓の女房さんじゃねえってことかい」

「調べるのは坂森さんたちの仕事さ。私ら鑑識はただ証拠を採集して、事実を提示するだけ」

「躰のどこかに、本人の名前と犯人の名前が刺青で彫ってあるとか、そういう事実を提示できないかね」

「あいにく、被害者は無精だったらしいよ」

「殺人事件の被害者なんざ、みんな無精なもんだがね。自分を殺しそうな人間をリストにして警察に登録しておいてくれりゃ、俺たちの仕事も、よっぽど楽だんべえがなあ」

坂森が目で合図をして下小出が移動を始め、枯葉と下草と湿度が充満する雑木林を四人が一列になって、少し斜面をくだる。その斜面のいくらか窪地になったところに白蠟色をした一本の足が転がり、そこにもやはり目印と標識が立っている。

「太からず細からず、長からず短からず。ホトケさんは中肉中背ってとこかなあ」

「身長は百六十センチ、体重は四十五キロ。長年この仕事をやってると足を見ただけで分かってしまうよ」

「ついでにホトケさんの商売、分かんねえかい」

「分かるのはさっき坂森さんが言った、農家の主婦ではないだろうって、それぐらいだ。もっとも最近は農家の嫁さんも、ペディキュアぐらいはするかね。ただこの足は外反母趾気味だし踵には厚いタコがある。ふだんの靴はハイヒールだったろう」

「付近にそのハイヒールもなくて、足の裏も汚れてねえ。どこか別な場所で殺されて、ここまで運ばれたってわけだ」

「ここまで運ばれて、ここでバラバラにされて、手や足をあちこちに放り投げられた。この右足は斜面を転がって窪地でとまり、左足のほうは灌木にすっぽり嵌ってる。ねえ坂森さん、寄居のときも不思議に思ったけど、犯人は何でわざわざ、こんな面倒なことをするのかねえ」

それが分かれば事件も解決、という台詞を腹の内に呑み込み、黙々と作業をつづける鑑識課員たちを眺めながら、坂森はうーむと、長く嘆息をする。一般的に犯人が遺体の手足を切断する理由は、その運搬が困難なとき。非力な女が自力では遺体を動かせず、細分化してパーツをそれぞれに始末する。あるいは極端な怨恨で相手を殺しただけでは気が済まずに、遺体を損傷させることによって怨念を晴らす。もうひとつは被害者の身元を隠蔽する目的での切断で、この場合は被害者の身元が判明すれば、自動的に犯人も特定される。それなら今回の連続バラバラ殺人事件は、どのケースに当てはまるのか。目の前の遺体は身元も割れていないが、それは所持品がないからで、寄居の事件では免許証も残されていた。犯人が非力な人間なら殺した場所で遺体を分解するはずだし、とすればやはり、怨恨か。歯科医師の身辺捜査では怨恨の可能性を否定してしまったが、それはたんに、捜査が不徹底だっただけなのか。

「坂森さん、念のために付け加えておくと……」

下小出が制帽をぬいで額の汗をふき、すぐに帽子をかぶり直して、転がった足に視線をやる。

「このホトケさん、性的な暴行は受けていなかったよ。それを不幸中の幸いと表現するのは不謹慎だろうがね」

「足の毛もきれいに抜いてあって、もしかしたらそこそこ、美人だったかも知れねえのになあ」

「私の勘でも美人だったと思うよ。それで、もう一本の足と腕、ご覧になりますかね」

「はあ止めとくべえ。見たところで犯人が分かるわけでもなし、だけど、なあ下小出さん、あんな鋸で手足をこんなふうに切るにゃ、どれほどの時間がかかるかね」

「三十分」

「ほい、たった三十分かい」

「寄居の事件の後、似たような鋸で課員に実験させたんだ。もちろん人間の躰を切るわけにもいかないから豚を使ってね。そうしたらあんな安物の鋸でも三十分はかからなかったよ」

「そんなもんかなあ。ええ手間がかかるような気もするが、たった三十分でこんなふうにバラバラかい。そう考えると人間てえのは、命も躰も、儚ねえもんだがね」

坂森は下小出と顔を見合わせ、しょぼつく目をこすって、小さくため息をつく。これまで百以上の殺人事件をあつかい、目を被うような惨殺死体も検分はしてきたが、バラバラの、それも連続殺人に出くわすのは初めて。しかし死体もこうやって手足がバラバラになってしまうと、それが人間であるという実感が希薄になる。

「さーて、下小出さんの仕事を邪魔してもいけねえ。鑑識の作業が終わるまで、俺たちはあっちで待機しようかね」

「時間はそれほどかからないよ。ご覧の通り枯葉と雑草で足跡の採取はむずかしい。あとは手足をまとめて解剖へまわすぐらいさ」

「どっちにしても報告書をもらってから、ということだがね。うまく寄居の事件とつながってくれりゃいいが、はあて、どんなもんだか」

下小出に軽く頭をさげ、山脇と楠木をふり返って、坂森は林道側へ顎をしゃくる。下小出が近くにいた鑑識課員のほうへ歩いていき、三人の刑事も傾斜のある雑木林のなかを、腰をかがめながら林道方向へ戻りはじめる。すでに坂森の靴とズボンの裾はぐしょ濡れで、途中で長靴を調達してこなかった自分の迂闊さをつくづくと反省する。

雑木林から藪を抜けて林道へ出ると、パトカーのわきに沼内が待っていて、メガネを光らせながら坂森たちのほうへ歩いてくる。

「坂森さん、蜂屋警部は県警本部へ戻って、一課長と対策を協議するそうです」

「ほうけえ。ええと、山ちゃん、お前さんタバコはやめたんだっけか」

「あいにく、また始めてしまった」

「そいつは都合がいい。済まんが一本めぐんでくれや」

山脇が背広のポケットからタバコをとり出し、坂森はその箱から一本を抜いて火をつける。

「それで沼内くん、蜂屋さんは本部へ戻るって？」

「はあ。ですから詳しい報告は、直接一課長へするようにと」

「詳しい報告ったって、被害者の身元も殺害場所も、何も分からねえ。分かってるのは手口が寄居の事件と同じだって、それだけだい」

「ですからそういう事実を、坂森さんから一課長へ、直接報告するようにと」

「ほいほい、俺から課長へ直接、な」

「それから坂森さんは秩父中央署へ残って、現場の指揮をとるようにと。私は寄居へ帰って連絡係を務めます」

「そうかい。そりゃまたご苦労なこった。とにかくこれが寄居の事件と連続してることだけは間違いねえ。今の問題ってのは一時間でも早く、被害者の身元を割り出すことだがね」

タバコの煙を長々と吹かし、付近に散っている所轄の刑事たちを遠くに眺めながら、坂森はほっとため息をつく。

「楠木くん、聞いての通りだ。しばらくはおたくの所轄に厄介をかけらい」

「さっそく宿舎を手配します」

「よろしく頼まいね。いくら皆野の出だからって、今じゃはあ浦島太郎だい。実家へ帰ったら甥だの嫁だのその子供だの、煩わしいことだしなあ」

「坂森さん、俺のほうは……」

自分でもタバコに火をつけ、濡れたズボンの裾を指先でつまみながら、山脇が短く煙を吐く。

「ホトケさんを武蔵医大の法医学教室まで搬送して、解剖にも立ち会う手はずなんだよ」

「ほい、ご苦労さん。なにしろバラバラも連続となりゃあ、県警としても大事件だい。一課が総掛かりになるかも知れねえよ」

「刑事部長も記者会見を開くだろうしね」

「その記者会見で被害者の衣服、顔や躰の特徴から遺留品の指輪や時計なんか、詳しくマスコミさんに発表して……まあ、そんなことは俺が、課長に電話しとくがね」

「連続といっても寄居と長瀞、特別捜査本部をどっちに置くんだか」

「それを蜂屋さんと課長が相談するんだんべ。どっちに置いたところでこいつは、課長直々のお出ましだい。ホトケさんの身元が割れて寄居の事件と結びつきゃいいが、そうじゃなかったらしばらくは、ええ騒ぎさ」

短くなったタバコを名残惜しそうに眺め、それを携帯の灰皿に始末して、坂森は曲がり気味の腰に手を当てる。

「楠木くん、秩父ってとこはやっぱし、長靴が必要だいなあ」

「あ、はあ」

「靴下まで濡れちまった。どこか調達できるとこへ連れてってくれや」

「それでは矢尾のデパートへ」

「あのデパート、まだつぶれてねえかい」

「はあ、なぜか」

「そりゃよかった。ついでに秩父中央署へ寄って、署長さんやら課長さんやら、皆さんに挨拶もしておくべえ。これからは当分、おたくの所轄がスターなんだからよ」

4

丸テーブルへななめ向きに座って樺山咲が酒を飲んでいる。ラザロは店を開けたばかりだがすでに日は落ちきり、カウンターのスツールではアルバイトの珠枝が暇そうに頬杖をつく。まだ咲のほかに客はなく、マスターの八田もカウンターに座って梢路のつくった蕎麦水団を、不機嫌そうにつついている。本来なら好物の蕎麦水団に食欲がわかない感じに見えるのは、三日前から音信不通になっている成子のせいだろう。

梢路はカウンターの内で茄子を洗い、その黒味をおびた紫色の美しさに、思わず頬をゆるめる。この秋茄子は荒川村の農家に寄って自ら収穫してきたもので、弾力のある小粒な重量感と皮膚を刺すへたの質感が愛らしい。梢路が初めてその農家に寄ったのは七月の終わりごろ、乗っていたバイクが山道で転倒し、膝と肘を打って顎をすり剝いたときのことだ。バイクも打ち所が悪くてエンジンがかからず、仕方なく痛む手足で山道を五キロほど、故障したバイクを押しおろした。やっと人家が見えてきたとき畑にいたのが農家の老婆で、梢路はその家ですり傷を洗わせてもらい、茶を振舞われて自動車の修理工場にも電話をさせてもらった。老婆は採れたての茄子と胡瓜を庭先で洗い、胡瓜は丸ごと、茄子は薄切りにして生のまま、茶請けとして梢路に提供した。茄子を生で食べたのもそのときが初めてだったが、採りたての茄子は皮も身も柔らかく、エグ味はなくてかすかな甘味があり、なるほどこれが野菜の味なのかと、梢路は深く納得した。老婆に言わせると茄子も胡瓜もその他の野菜も、前日に収穫したものは「古くてはあ、食えたもんじゃねえべ」ということで、筍ですら採りたてならアク抜きをせず、生で食べられるという。そのことがあってから月に二、三度、荒川村の農家に出向いて老婆から野菜講釈を聞き、ラザロで使う食材もそこで調達するようになっている。

　梢路は茄子を洗ってペーパータオルで水を拭い、まず二つ切りにしてから、形を崩さないようにペティーナイフで縦方向の薄切りをつくる。あとはその薄切りを扇形に開いて鰹節と醤油を添えるだけ。これまでも自分では生茄子を賞味していたが、客に出すのは初めてのことだ。

　できあがった茄子の薄切りを珠枝が咲のテーブルへ運び、二言三言話しただけで、ぶらりとカウンターへ戻ってくる。咲がラザロの客になって今回が三度目、それでも咲はカウンターへは座らず、ほかの客と会話をすることもなく一人、黙々と酒を飲みつづける。最初の日にキープした新潟の五六八も今は二本目で、なるほど日本酒の一升ぐらいは軽く飲むらしい。騒ぐでもなく歌うでもなく、泣くでもなく独りごとを言うでもなく淡々と酒を飲みつづける女子大生というのも、一般にはかなり不気味だろう。

咲が生茄子をつまんで口に入れ、一瞬眉間に皺をつくってから梢路にしか見えない角度で、怒ったような流し目を送る。しかしその表情も一瞬に消え、小さくて青白くて唇だけが赤い咲の顔にまた、神経質そうな無表情が戻る。今夜の咲は頭に黒っぽいバンダナを被って下は膝の擦り切れたジーンズ、上は長袖と半袖のTシャツを重ね着にして、腰には金のチェーンを巻いている。足は素足に革サンダルだが、珠枝に言わせるとそれが、「すごーく格好いい」らしい。

マスターが蕎麦水団の鉢をわきにどけ、ぎょろりとした目玉を天井にひと巡りさせたとき、表のドアが開く。それからまず香村麻美、そしてラザロでは見かけない二人の男が、つづけて店に入ってくる。一人は三十歳前のソフトスーツを着た大男、もう一人は猫背で萎びた感じの初老男だが、その初老男のほうは背広に黒いゴム長靴をはいている。

麻美がまっすぐカウンターに歩いてきてマスターと梢路の顔を見比べ、立ったままカウンターに手をかけて、後ろの男たちをふり返る。

「マスター、この人たち、警察の方よ」

二人の男が同時に身分証をとり出し、麻美の後ろまで歩いてきて八田に挨拶をする。

「麻美さん、大手柄だな」

「なんの話？」

「カモシカの密猟者とかってやつ、見つけたんだろう」

「マスター、テレビを見ていないの」

「昨夜の深夜映画は見たよ」

「そうじゃなくて、夕方のニュースは？」

「店にテレビはないだろう」

「そうか。ショウちゃんの部屋にも……」

言いかけて言葉を吞み、唇の端に皮肉っぽい力を入れながら、麻美が顎の先を左右にふる。

「私ね、ちょっと前まで秩父中央署の記者クラブにいたの。記者クラブといっても……いえ、それはともかく、その記者クラブで夕方のニュースを見ていたら、ね。あとは楠木さん、あなたから話して」

「はあ、実は……」

楠木と呼ばれた刑事が麻美の背後からマスターを見おろし、暑くはないはずなのに、ハンカチで首筋の汗をふく。

「実は今日の午前中、長瀞の山中で女性の遺体が発見されましてね。それが何というか、手足がバラバラで、おまけに身元が確認できるような所持品も一切なくて。そこで大よその背格好や顔の特徴、その他衣類や腕時計なんかを、テレビを通じて公表した次第です。

そうしたところ香村さんが、こちらのお店に勤めている女性に、似ていると」

カウンターの端が音を立てたのは、珠枝が灰皿を落としたからで、珠枝本人もスツールからずり落ちそうな格好のまま、ぽかんと口を開けている。

「ねえマスター、成子さんと連絡がとれなくなったのは、月曜日の夜からよね」

「うん、まあ、そうだ」

「今日が木曜日、あれからやっぱり、連絡はないわけでしょう」

「ケータイには電話してるけど、通じない」

「成子さんがしていた腕時計、カルティエのタンクフランセーズだったと思うけど」

「時計屋の商標なんか、知らんなあ」

「あ、私、覚えてまーす」

「やっぱりカルティエのタンクフランセーズ？」

「そうそう。何年か前、誰かからプレゼントされたやつだって。買ったら四、五十万円はするやつですよ」

「珠ちゃん、ルビーの指輪は覚えてないかしら」

「成子さんの？」

「そう」

「楕円形で台がプラチナで、周りに小さいダイヤが嵌ってるやつ？」

　麻美が横目で二人の刑事に確認し、楠木が丸い小さい目を見開いて、大げさにうなずく。

「その指輪らしいわ。覚えてるの」

「だってあのルビーだって、買えば五十万円はするし」

「服はどうかしら。最近成子さん、茶とベージュがイージーストライプになった、半袖のワンピースを着てなかった？」

　口のなかでゲップのような音を立てたのは、今度はマスターの八田。マスターはうっそりと席を立ってカウンターの内へまわり込み、パイプにダンヒルのタバコを詰めながら分厚い唇をゆがめる。

「マスター、その服を？」

「イージーストライプってのはよく分からないが、そんなようなワンピースは、まあ、着てた気がする」

「ベージュ色の薄いカーディガンは」

「そんな服も、たしか、持っていたかな」

「そうすると、やっぱり」

「や、や、や、そうするとやっぱり、これはナンですなあ、残念ながらそういう可能性が、高くなるわけで」

　麻美と楠木の間から肩をわり込ませ、よっこらしょというようにスツールへ腰をのせて、初老の刑事が両手で皺顔をこする。

「で、清水成子という女性は、いつごろからこのお店に？」

「半年近くになる」

「香村さんに伺ったところによると、地元の人ではないとか」

「東京ですよ。荻窪だか西荻窪だか」

「秩父に親戚とか、あるいはごく親しい人間なんかは」

「聞いていない。たぶんいないだろう」

「地縁も血縁もない女性がなぜ秩父なんかに……まあ、それは後で伺うとして、清水さんのお住まいは」

「ここから十分ほど歩いた上宮地(かみみやじ)のアパート」

「そのアパートに被害者は……いや、つまり清水さんは、お一人で」

「うん」

「とすると、清水さんと一番親しかったのは、このお店の方々、ということになる」

「私とは経営者と従業員、彼と彼女にはアルバイト仲間、麻美さんたちとは客と従業員、ただそれだけのことでね。親しかったかどうかは考え方の問題だ」

「ほーう、マスターは八田さんとおっしゃる？」

「うん？」

「や、や、そこに貼ってある保健所の営業許可証が目に入りましてな。それはそれとして、いずれにしてもどなたかに、被害者の身元確認を願いたい。顔を見てもらってもし清水成子さんでないと判明すれば、それはそれでまた、お目出たいことでしょうがね」

初老の刑事が皺深い目をしょぼつかせ、マスター、梢路、珠枝の顔をゆっくりと見比べてから、肩越しに後ろの楠木をふり返る。

「そういうことだよ。楠木くん、パトカーを一台、緊急にまわしてもらえや。熊谷の武蔵医大ぐれえパトカーでぶっ飛ばせば一時間もかからねえべ」

楠木がうなずいてすぐに携帯電話をとり出し、その場でパトカーの手配をする。

「楠木くん、パトカーにはお前さんも同乗してくれや。俺は清水さんのアパートを調べるからよ」

「はあ、それで、遺体の顔改めは？」

「八田さんか、そっちの若え衆か、まさかこっちのお嬢さんてわけにも、なあ」

「坂森さん、私が行きます」

「香村さんが」

「田舎新聞の記者でも一応は記者です。それにもし被害者が清水成子さんだと確認されれば、私にとっては一生に一度の大スクープです」

「そりゃそうだろうが、マスコミの人を事件に関らせるってのは、どうも」

「最初に通報したのは私ですよ。マスコミといったって秩父地方に限定された、タウン誌みたいなもの。ふだんは通信社からニュースを買うだけで、こちらから一般紙にニュースを提供することなんか、まずないんです。だけど事件が秩父で起きたものなら、餅は餅屋。警察としても地元の秩父新報に貸しをつくっておいたほうが、後々都合がいいと思うけど」

「ほーう、奇麗な顔に似合わず、強引な記者さんだがね」

「一生に一度、この記事はお母さんのスクープなんだと、十歳の息子に自慢させてくださいよ」

「今度は親子のヒューマンドラマかい。まあナンだ、顔改めなんぞ身内でなきゃ、誰でも同じだんべがなあ」

「恩に着ますし、協力もします」

「胴体から離れてる首を見て気絶しても、知らねえよ」

「気絶したらそのときの体験も手記にして、東京の出版社に売り込むわ」

「いやはや、なんともまあ、そういうことだから楠木くん、地元は地元同士ってことで、あとはお前さんに任せらい」

坂森という初老の刑事が上着のポケットからタバコをとり出し、量の少ない白髪頭を掻きながら、抜き出したタバコに火をつける。そのとき店の外にパトカーのサイレンが聞こえ、坂森が短く煙を吹いて、ぴしりと自分の頬を叩く。

「よう楠木くん、サイレンを鳴らすのは店から離れたところまでって、制服さんたちに言わなかったんかや」

「はあ、ちょっと」

「パトカーも警官も、一般の人たちにゃ迷惑なもんだってことを、忘れちゃいけねえがね」

「申し訳ありません。以後、注意します」

「まあナンだ、顔改めをして当りだったら、お前さんから直接、県警本部へ連絡をしてくれや。俺のほうには当りでも外れでも、一応は電話をな」

「承知しました。では香村さん、大学病院までお願いします」

楠木が大柄な躰をゆすってドアへ向かい、麻美がマスターと珠枝と梢路にそれぞれ会釈をする。

「とにかく帰ってきたら、またお店に寄るわ。でもこのこと、まだ他のお客たちには内緒にね」

楠木につづいて麻美もドアを出て行き、すぐにパトカーのサイレンがやんで、店のなかには奇妙に湿度の高い、饐えたような空気が漂いだす。丸テーブルでは樺山咲が知らん顔で酒を飲みつづけ、マスターの吹かすパイプの煙に坂森刑事の吹かすタバコの煙が絡み合って、投網のように梢路の顔へ押し寄せる。

マスターが珠枝に、缶のバドワイザーを渡して丸テーブルのほうへ顎をしゃくり、珠枝がカウンターを離れていって咲と同席をする。麻美は「他のお客にはまだ内緒に」と言ったが、実際には他の客である咲が店にいて、それにビッグニュースを溜め込んだときの珠枝の口は、素直に軽くなる。

坂森が何服かタバコを吸って、とんとんと灰皿につぶし、煮染めたような色のネクタイをゆるめながら目蓋の皺を深くする。

「八田さん、いやあ、実にお懐かしい。覚えておられませんかね、ほれ、警察学校で同期だった坂森、坂森四郎ですがね」

「やっぱりな。どこかで見た顔だと思ったんだが、麻美さんが坂森さんと呼んだので思い出したよ」

「まったくまったく。私のほうもしやと思って、それで保健所の営業許可証を確認したんですわ。そうしたところ名前が八田芳蔵、お髪のほうはちょっとナンですが、その体格にそのぎょろっとした目で、こりゃもう間違いないと。なんとも奇遇ではありますが、いったいあれから、何年がたちましょうかなあ」

「三十年か四十年か……」

マスターが太鼓腹の上で両腕を組み、パイプの煙を長々と吹かしてから、壁にかけた宗教画のあたりに目を細める。坂森とは警察学校の同期ではあるが高卒と大卒の差があって、歳は八田のほうが上。見習いの警邏（けいら）係を一緒に勤めてあとはお互いに本部採用になり、八田は公安、坂森は警備に配属されたはず。覚えているのはそこまでで、八田のほうはその七年後に警察を辞めたから、坂森の言う「あれから」がどの時点を指しているにせよ、とにかく三十年か四十年の時間はたつ。

「しかし、ナンですなあ。まさかこんなところで八田さんにお目にかかるとは、思いませんでしたなあ」

「お互い様だよ。坂森さんはいつから秩父の所轄に？」

「いやいや、現在もまだ、本部の捜査一課に」

「さっき秩父弁を使ったろう」

「お忘れかも知れませんが、私、皆野の出でしてね。昼間冗談で喋ってみたら、はあ止まらねえってやつで」

「そうか、坂森さんは皆野の出身だったか。でもまあ本部の捜査一課なら、ずいぶんの出世だ」

「なんのなんの、とんでもない。巡査部長の平刑事で再来年は定年。ですが倅のほうは出来がよくて、鳶（とんび）が鷹といいますか、お陰さまで東京の警視庁へキャリアで奉職しております」

「ほーう、ゆくゆくは警視総監か」

「いくらなんでも……いやね、それはそれとして、八田さんはあれからすぐ、秩父へ？」

「いや。いろんな土地に暮らして、いろんな仕事をして、それから百姓でもやろうと思って秩父へ来たんだが、またあれやこれやあって最後はこの始末。ここにこの店を出してそろそろ十年かな」

「なるほどね、しかし八田さんもお元気そうで何より。こういう状況でなければどこかで、ゆっくり飲みたいものですなあ」

坂森がまたタバコをとり出して火をつけ、その坂森の前に梢路が缶のビールと、グラスを置く。

「お、いや、まだ仕事中で……」

「ビールの一本や二本、お茶と同じだろう」

「そりゃまあ、ねえ」

「仕事の邪魔はしないし賄賂でもない。とにかく咽ぐらいは潤してくれよ」

「まあ、ナンですな。たしかにお茶をいただきたいと思ってたところで、相手が八田さんとあっちゃ、お断りもできませんなあ」

カウンターの上にぷかりと煙を吹き、皺深い目を呑気(のんき)そうに笑わせて、坂森がしゅっと鼻水をすする。

「で、こちらの若い方は」

「甥っ子で、去年から店を手伝わせている」

「ほうほう、甥御さん」

「変わった性格で世間のことには一切無関心だから、気にしなくていいよ」

「なるほど。最近はそういう若者が多いようで、これも時代ですかなあ」

　皺目の奥からじろりと梢路の顔を値踏みし、それから缶のビールをグラスに空けて、坂森がまた短くタバコの煙を吹く。

「その、ねえ八田さん、思いがけず懐かしい方にお目にかかれたってのに、無粋な話で恐縮なんですが」

「その遺体、成子と決まったわけではないだろう」

「ごもっとも。いや、ごもっともではあるんですが、ただどうも、私の勘が、ねえ」

「成子らしいと」

「時計や指輪やワンピースの柄や……清水成子さんという女性の、お歳は」

「三十一だったか二だったか」

「身長は百六十センチ、体重は四十五キロ」

「体重のことは分からないが、背丈はそんなもんかな」

「月曜日の晩から連絡がとれなくなったということは、今日で三日目。なぜ捜索願を出されんのです？」

「身内でもないし、東京に急な用ができて帰ったのかとも」

「最近の若い女ってのは、ぷいと現れたり、ぷいといなくなったり」

「うん、そういうこともあるな」

「実はですなあ、私……」

　グラスのビールを番茶のようにすすり、短くなったタバコを灰皿につぶして、坂森がぽりぽりと耳のうしろを掻く。

「実は私、今は寄居で起きた歯科医師の殺害事件を担当しておって……八田さん、あの事件のことは？」

「ニュースでは知ってる、一ヵ月ぐらい前だったと思うが」

「そうそう。三十二歳の歯科医師が殺されて、遺体は両手足と頭部がバラバラ」

「長瀞の事件も、たしか」

「手口が同じなんですわ。まだ解剖の結果は出ておらんのですが、殺害後に鋸で頭部や手足を切断して、それを胴体の周囲に放り投げておく。いったい何の目的で……ま、それは追々判明するにしても、寄居の事件では捜査が行き詰まっておって、正直なところ、お手上げの状態でしてな。そこに発生したのがこの長瀞の事件、ということなんですわ」

「頭部と手足が、か」

「犯人は同一人物だと断定して、まず間違いない。となればまあ、清水さんと歯科医師とのつながりを追うことで、犯人にも行き着けるかと」

「成子が殺されて、しかもバラバラにされたと言われても実感がわかない」

「や、や、ごもっとも。まああと一時間もすれば香村さんも熊谷へ到着して、そうなりゃすべてがはっきりしましょうが、ですがとりあえず清水成子さんという女性について、お聞かせ願えませんかね」

うーむと、マスターが鼻を鳴らしてため息をつき、くわえパイプのまま切りそろえた顎鬚をさする。三日前から成子と連絡がとれないのは周知の現実、遺留品の指輪や腕時計や服装や、それに坂森が説明した身長や体重など、状況を考えれば長瀞の遺体を成子だと仮定しないほうが、不自然になる。

「八田さん、まず月曜日から連絡がとれなくなったという、そのあたりの事情を」

「事情といっても……」

手のなかでパイプをもてあそび、消えているタバコに火をつけなおして、マスターがぷかりと煙を吹かす。

「ただ連絡がとれなくなったという、それだけのことさ。あの日の成子は夜の八時に店へ出る予定になっていた。二、三十分遅れることは前にもあったので、しばらくは放っておいたんだが、それが九時を過ぎても顔を出さない」

「ほうほう、で？」

「ケータイに電話をしたよ」

「もちろん電話はつながらなかった」

「そういうことだ。部屋に固定電話はないし、だからこの甥っ子にアパートへ様子を見に行かせた」

「甥御さんにわざわざ」

「歩いてもすぐだし、それに店も暇だったから」

坂森が皺目を細めてビールをなめ、ちらっと梢路の顔をうかがう。

「で、アパートへ行ってみたら？」

「クルマは駐車場にあって、部屋の電気はついていませんでした」

「部屋のドアを、ノックは？」

「いえ」

「どうして」

「電気のついていない部屋をノックする必要は、ないと思いました」

「理屈では……まあ、とにかく、それを聞いて八田さんは、東京にでも出掛けたのか、と思われた」

「うん」

「以前にもそんなことが」

「いや、なかった」

「地元の人間でもない清水さんが、どういう経緯でこのお店に」

「さっき坂森さんが言ったとおりだよ」

「と、仰有ると」

「半年前に、タウン誌にのせていた募集広告を見たといって、ふらっと現れた」

「はは あ、なるほど」

「温泉に行った帰りだったか、何だったか」

「そのふらっと現れた見ず知らずの女性を、八田さんは、すぐに雇われた」

「雇ったといってもこんな田舎スナックの、ただのアルバイトだ。長く勤まるかそれともすぐに辞めてまた、ぷいとどこかへ行ってしまうか。そんなことはこっちが覚悟をしておけばいいだけのことさ」

マスターが長々と煙を吹いてその煙に目を細め、禿げあがった額に浮いてきた汗を手の甲で拭きとる。そのときジュークボックスがプレスリーの〈ラブ・ミー・テンダー〉を流しはじめ、坂森の皺顔がひょいと、うしろのテーブル席をふり返る。

しばらくプレスリーの歌に耳を傾けてから、カウンターに向き直って、坂森が新しいタバコに火をつける。

「なんとまあ、ねえ、プレスリーとはお懐かしや。こう見えても私、若いころはプレスリーのファンでして、さかんにドーナツ盤を集めたもんでしたがね」

「ふーん、そうかね」

「ところでねえ八田さん、その、ナンですわ、清水さんは寄居の歯医者まで、通っておりませんでしたかな」

「歯医者なら秩父にだってある」

「ではありましょうが、治療の技術やら何やら、やっぱりね」

「私生活に干渉はしなかったが、寄居まで通っていれば知れたはずだ」

「いや、ごもっとも。それでは逆に、近藤という歯科医がこの店に来たようなことは」

「近藤というのが一ヵ月前の？」

「同じ手口で殺されて、バラバラにされた被害者ですがね」

「この店の客はほとんどが常連でね。よそ者が来ればひと目で分かるし、覚えてもいる」

「つまりは、来ていないと」

「断言してもいい」

「そうですか。そういうことですと、あっちはどうですかな、いわゆる清水さんの、男関係なんかは」

「そんなこと一々……」

「従業員の私生活に干渉はなさらない」

「それが俺の主義だよ」

「客のなかで特に親しかった人間とか、あるいは清水さんに、惚れ込んでいた男とか」

「仮にな、成子が誰かとつき合って、誰かとできたとして、一々報告なんかするもんか。この店は置屋じゃないし、俺だって売春婦のヒモじゃないんだから」

「ま、ま、これは一応、捜査の手順というやつで」

「だからさ、そんなことは長瀞の遺体が、成子と決まった後のことだろう。やっぱり東京に用事ができて、それで今夜あたりひょっこり帰ってくるかも知れない」

「そうでしたな。いや、これは私としたことが、とんだお先走りでした。なにせ寄居の事件に埒があかんもんで、内心焦っておるのですよ。手順としては清水さんのアパートを拝見させていただくことのほうが、先でしたなあ」

恐縮したふうもなくタバコを吹かし、残っていたビールを飲み干して、坂森がぴちゃぴちゃと舌を鳴らす。すでにプレスリーは歌い終わって店には静寂が戻り、丸テーブルでは頬杖をついた咲に珠枝が小声で、何かをささやいている。

梢路はカウンターの会話やテーブル席のささやき声を空調と同じようにやり過ごし、茄子と一緒に仕入れてきたジャガ芋でマッシュポテトをつくりつづける。このマッシュポテトは牛蒡や玉葱と和えてサラダにもなり、客の希望によってはコロッケにもなる。

「さあて、ちょっと一服のつもりが、とんだ長っ尻になりましたがね。八田さん、そろそろ清水さんのアパートまで、ご案内願いましょうかな」

マスターの視線が煙の向こうから梢路の顔をうかがい、梢路は肩の動きだけで返事をして、ジャガ芋にぐっと拳を押しつける。蒸かしたジャガ芋は指でつぶすのが効率もよく、固さや食感にも自由な調節がきく。

マスターが巨軀をかがめてカウンターをくぐり、坂森もスツールをおりて、フロアにぎゅっと長靴のゴム音をたてる。二人はそのまま凸凹の漫才コンビが舞台を去るように店を出ていき、梢路はステンレスボウルのなかで黙々と蒸かしたジャガ芋をつぶしつづける。

それから少し間をおいてジュークボックスがレターメンの〈ミスター・ロンリー〉を流しはじめ、それからまた少し間をおいて、珠枝がテーブル席からカウンターへ戻ってくる。

「ショウちゃん」

「………」

「ショウちゃん」

「うん?」

「樺山さんがね、茄子のおかわりだって」

5

伊豆沢、白沢、柏沢、塩沢と、この両神という地区は〈沢〉のつく地名が多い。梢路は塩沢を過ぎたあたりの県道わきにマスターから借りてきた古い四輪駆動車をとめ、薄川の河原につき出した大岩に腰をのせて、持参のコーヒーに口をつける。背負ってきたデイパックのなかにはコーヒーのポットとサンドイッチ、それにタオルやティシューや秩父地方の地図やアーミーナイフや折りたたみ式の鋸や、一応の必需品が揃っている。

頭上でモズが鳴き、ケヤキの枝をゆすって陽射しに黒い影をつくる。両神も小学校のある長又付近を過ぎると平坦地は一切なくなり、この塩沢辺りまで来ると薄川の両岸に山が迫って、風の温度も変わってくる。県道の行きつく先は日向大谷、クルマが入るのはそこまでで、日向大谷から両神山の山頂までは徒歩になる。梢路はまだ登っていないがその山頂にはイザナギ、イザナミの二神を祀った神社があり、地区の名前もそれに由来するという。両神村が小鹿野町と合併したのは最近のことで、土地の人間は相変わらず両神を村といい、山も村名もリョウガミではなく、リョウカミと呼ぶ。

梢路はポットの蓋に注いだ一杯目のコーヒーを飲み干し、サンドイッチの包みを開いて薄川の水面に目を細める。いく日か雨が降ったせいか水量が多く、大岩に遮られた流れが渦を巻いてトチの枯葉を巻き込んでいく。両岸に迫る山には垂直に近い斜面にまで杉や檜が植林され、その所々にパッチワークで継ぎ接ぎをしたような雑木林がある。

長瀞で発見された遺体が成子のものであると確認されてから、今日で四日目。マスターは店を休まず、それに週末も重なって常連客が多く顔を出し、ラザロは緊張感のある陰気な盛況をみせている。誰もが成子の話題を口にし、しかし深くは言及したがらず、そのうちに酒量が多くなって最後はマスターにピアノをひかせ、愛の讃歌だの山男の歌だの、どうでもいい歌をうたってしまう。だからといって梢路の日常は変わらず、酒の仕度や料理の注文に応えながら、たまに「成子さんは残念なことをした」という客の呟きに相槌をうち、そしてたまには客がすすめてくれるビールや焼酎に、黙って口をつける。忙しくて単調な時間を律儀に消費しながら、梢路が思うのはただ、店に新しいアルバイトが必要かな、という程度のことだった。

朝食昼食兼用のサンドイッチを食べ終わり、ポットから二杯目のコーヒーをついで、梢路は大岩に寝そべる。頭上のケヤキが晴れた空にちらちらと影をつくり、ピンで刺すような陽射しを気まぐれに送ってくる。岩の感触は固くて冷たくて誘惑的、放っておけばまどろんでしまうことは分かっていて、そして実際に梢路は、少しまどろむ。悲しくもなく楽しくもない人生という無駄、その無為な時間がこのまま消滅してくれないかとは思うものの、ただ寝そべっているだけでは長い人生を消費しきれない事実もまた、梢路には分かっている。

眠っていたのは五分か十分か。身を起こしてコーヒーを飲み干し、ポットやサンドイッチの空き袋をデイパックに始末して、ひとつ背伸びをする。今日は起きたときから天気がよくて風も穏やか、それで両神山へ登ってみる気になったのだが、河原で休んでいるうちに気分が沈滞したらしい。このところ連夜明け方近くまで客が集って、考えてみればずっと寝不足がつづいている。

両神山への予定を変更し、大岩をおりて上の県道までひき返す。そこでクルマの助手席にデイパックを放り、エンジンをかけてシートベルトをしめる。今日はこのまま部屋へ帰ってもう一度昼寝をし、それでもまだラザロの開店時間に間があったら百科事典でも読んで、時間をつぶせばいいだけのことだ。

ギヤをパーキングからドライブに入れようとしたとき、前方の藪に気配が起こって、藪内から郵便配達のバイクが走り出る。赤い郵便バイクは県道を日向大谷の方向へ登っていき、間もなくエンジン音も消えてしまう。そのバイクが出てきた藪はさっき梢路がクルマをUターンさせた場所で、そこは材木の切り出し用に開いただけの、ただの空き地ではなかったか。もちろん郵便配達だって休憩はとるだろうし、小便もする。しかし藪の内側からはかなり長くエンジン音が聞こえていたはずで、そのエンジン音は決して、停車中の空吹かしではない。

梢路はギヤをドライブに入れ、五十メートルほどの距離をゆっくりと藪前まで走らせる。着いてみるとやはりそこはただの空き地で、クズの葉とアケビと何かの蔓草が小山のように茂って絡みつき、山への林道も踏み分け道も見られない。県道にはたまに沢の支流のような枝道があって、それがずっと山奥までつづいていたり小集落に行き着いたり、意外な面白さを提供することがある。ただそんな枝道にはかならず人間の気配があるもので、この空き地には新しい轍も草を刈った跡も、何も見られない。この付近は狸や狐も多いというから、さっきの郵便配達は暇な狸が暇な梢路に、余興でも見せてくれたものか。

頬をこすりながら苦笑し、それでも好奇心に動かされて、二十メートルほど先にあるつき当りまで進んでみる。そこにもやはり轍や人間の踏み跡はなく、しかしかすかに雑草が倒れていて、草の上には新しいタバコの吸殻が放ってある。最近の狸はタバコを吸うのか、と独りごとを言ってひき返そうとしたとき、視線の角度が変わって茂みの奥の空間が目に入る。それは正面からではクズの葉が衝立のように被っている狭い隙間で、改めて眺めてみると雑草もほんのわずか、その方向に倒れている。郵便配達がいくら公共意識に篤くても、小便をするぐらいのことでわざわざ、こんな草陰に隠れることはない。

梢路は一度クルマに戻ってキーを抜き、それからまた草藪のその隙間を、何秒か点検する。人の気配はないが人間が一人通れるほどの幅はあり、バイクでの通り抜けも可能らしい。藪の向こうは植林された杉の林らしく、それが切り立つように頭上へ迫ってくる。こんな地形の向こう側に人家があるとは思えないが、さっきの郵便配達もまさか、狸ではないだろう。

ほっと軽く息をつき、梢路はその暗い藪内に足を踏み込ませる。笹や蔦や何かの枝が両側から肩をこすり、頬にもぴしぴしと小枝がかすっていく。それでも踏み分け道らしい空間は意外に平らで、岩にも倒木にも邪魔をされず、百メートルほどを進む。藪を突き抜けたところは思ったとおりの杉林、雑草は姿を消してまばらながらも陽がさし込み、土の匂いと湿った木肌の匂いが清潔に漂いだす。その杉林の奥へも古い踏み分け道がつづいていて、所々に平らな敷石で補修したような跡もある。

梢路はそこでしばらく呼吸を整え、それから額の汗をぬぐって、登山さながら細い山道をのぼり始める。道は蛇行しながら徐々に高度をあげていく構造で、杉の植林地の途中にタラの林があったり炭焼き窯跡の石組みが残っていたり、なるほど生活の痕跡がある。

山をいくつかまわりこんで高度も相当にあがり、直線距離にして七、八百メートルも進んだころ、突然道が途切れて踊り場のような平坦地に出る。そこには樹齢何百年かと思うような杉の古木がそびえ、その前には柿葺き（こけらぶき）の屋根に苔（こけ）の生えた小さい祠（ほこら）が祀ってあって、靴跡やバイクのタイヤ痕も残っている。山道に慣れない梢路でさえたどり着いたのだから、さっきの郵便配達もたぶん、ここまでバイクで登って来たのだろう。つき当たりの崖には岩を削った階段状の足場がつづき、空もいくらか明るくなって、階段道の向こうには開けた土地があるらしい。

梢路は大きく深呼吸をし、汗をハンカチでぬぐって、そしてそのとき、初めてその痛みに気づく。左腕の外側でシャツの袖をめくっていた部分に長さ十センチほどの傷ができていて、流れ出した血が手の甲にまで滴(したた)っている。藪をすり抜けるとき笹の枝にでもひっ掛けたものか、あるいはどこかの岩にでもこすったか。梢路は流れ出る血の美しさにしばらく見とれ、それから血の甘さを味わいながらていねいに嘗(な)めとって、傷口をハンカチで被う。痛むことは痛むが強烈でもなく、傷の深さも血の量ほどではないだろう。

呼吸を整えなおし、祠に一礼をしてから崖の階段道を登りはじめる。岩を削ったステップ幅は足裏がちょうど掛かる程度で、それがほぼ四十五度の角度で十五メートルほどつづき、それから少し角度がゆるくなって崖を向こう側へまわり込む。崖道はそこからも山頂を目指すように曲がりくねり、百メートルも登ったかと思ったあたりで低い尾根を越える。そこで一気に視界が開け、西からの陽射しと一反ほどの小畑と、それからまだ青い実をふんだんにつけた柿の木や崩れかけた石垣や黒いトタン屋根や半壊した物置小屋や、長閑(のどか)な山里の風景が切り絵のように広がってくる。トタン屋根の向こうには植林された杉山がそびえ、畑も農家造りの家も朽ちかけた土蔵も、この空間全体が崖の途中にひっ掛かった空中集落のように見える。秩父へ来て以来ずいぶん山のなかを走りまわったはずだが、これほど狭小で山深い集落に出会うのは初めてのことだ。

　梢路は呼吸を整えながら集落の佇(たたず)まいを観察し、そこだけ草の刈ってある石垣伝いの道を建物のほうへおりてみる。道は人間が歩く部分だけ草が刈られ、それ以外はイラ草やカヤツリ草がのび放題。剝がれた板壁にもクズの蔓が這いのぼって、二階の板戸にキツツキの仕業(しわざ)らしい穴が開いている。そばへ寄ってみると相当に規模の大きい木造の農家で、ほかにも一棟か二棟、同じ構造の家があるらしい。道の先は家の前面につながっていくらか幅も広がり、咲き残ったカンナが一株、鮮やかなオレンジ色の花をつけている。家の裏手にも庭の下にも石垣が積んであるから、集落の家々は山の斜面を切り開いて建てたものだろう。

　狭い庭を歩いていくと雨戸を開け放った広い座敷が見え、土間の引き戸も開け放されていて、梢路は座敷と土間に一度ずつ、大きく声をかける。しばらく待っても返事はなく、勝手に集落見物を開始する。農家の庭はそのまま集落の通路になっていて、石段をおりて行くと今度は下の家、その家もトタン屋根を被せた農家造りだが人の気配はなく、雨戸も引き戸も締め切ったままで、もう長い間放置されているように見える。実際に庭部分にも雑草が茂って二階の手摺(てすり)は外され、戸のない物置小屋には錆(さ)びたネコ車が転がっている。そのとなりに軒を接してもう一軒、規模の小さい農家が建っているがこちらは引き戸のガラスが破れて壁そのものが傾き、埃の積もったサンダルやビールの空き瓶が廃屋の臭気を発してくる。ほかには屋根が崩れて壁がむき出しになった土蔵、古材木を積んだまま放置された戸のない作業小屋、庭の隅に密生した茗荷の葉や錆びた缶詰の空き缶と、どうやらこの集落で人が住んでいるのは上の一軒だけらしい。それでも狭い敷地に植わった五本の柿の木はたわわに実をつけ、柚子や山椒も古木となってそれぞれに実をつけている。向かいの山は石を投げれば届きそうなほど近く、耳を澄ますとどこかから沢音が聞こえてくる。

梢路は空き家と廃屋と停滞した時間の美しさにしばらく見とれ、それからきびすを返して石垣積みの細道を上の家へ戻りはじめる。素人積みの石垣は何ヵ所も崩れて木の杭で補修され、その杭を伝って一メートル以上もある青大将がのんびりと逃げていく。

蛇を迂回し、降りてきた石段をのぼって上の家に戻ったとき、土間の前で老人の視線に迎えられる。老人は右手に鎌を持って左手に何本かの葱をぶらさげ、まるで何年間もそこに立ちつづけていたような風情で梢路の顔を見つめてくる。頰はこけ落ちて白い眉毛が眼窩にかぶさり、五分刈り程度の髪はすでに真っ白。地下足袋をはいて茫洋とたっている足腰は丈夫そうだが歳は八十を過ぎているというより、九十に近いだろう。

「お邪魔しています。声をかけたんですが返事がなかったので、集落を見させてもらいました」

老人の口がもぐもぐと動き、何秒かしてやっと入れ歯が嵌ったらしく、その皺に被われた厚い唇からぼそりと、言葉が漏れる。

「兄ちゃん、怪我あしたんけえ」

「はあ？」

「腕から血が出てるべえ」

「はい、でも……」

「木の枝にでもこすったかね」

「たぶん」

「世話あなかんべが、洗っとくがいいや。今の若え衆は蚊に食われたの蛇に咬まれたのって、はあ直に死んじまうからよ」

老人が鎌と葱を戸口わきへ放り出し、自分から先に土間へ入って顎で梢路をさし招く。梢路は暗くてだだっ広い土間に足を入れ、煤けた梁や天井や磨き込まれた床板の年季に、思わず感嘆する。荒川村の農家も築五十年と聞いているが、この家の古さはたぶん、そんなものではない。座敷の梁はひと抱えもあるほど太くて無骨、土間につづく板の間には囲炉裏が切ってあって、囲炉裏には時代劇で見るような自在鉤が吊ってある。土間の台所には二口の竈が据えられ、流し台は目地が黒くなったタイル張り。むき出しの水道管には凍結防止用のテープが巻かれているから山の湧き水でも引いているのか。台所には竈のほかに七輪があるだけでガス台はなく、古い大型の冷蔵庫がかろうじてこの家の電気事情を教えている。

梢路は左腕のハンカチを解いて傷を水道で洗い、その傷にまたハンカチを被せて老人に一礼をする。

「兄ちゃん、写真家とか画家とか自然環境ナントカ家とか、そんな商売かい」

「いえ、秩父の市内で、伯父のスナックを手伝っています」

「へーえ、そうかい。まあ何だか知らんが、来ちまったもんは仕様がねえ。茶でも振舞うから、あがって飲んで行きねえ」

老人が地下足袋を脱いで囲炉裏の間にあがっていき、誘われるまま梢路も靴を脱いで老人につづく。囲炉裏のある板の間はせいぜい六畳ほどの広さで窓はなく、壁の一面全体が作りつけの茶箪笥(ちゃだんす)になっている。その板戸も壁も梁も天井も煤でまっ黒、ただ床と茶箪笥の戸は丹念に磨き込まれた時間の艶があり、壁の一角には東京電力のカレンダーが貼ってある。

「失礼ですけど、秩父でもこれだけ古い家を見るのは初めてです」

「建ったのは祖父様(じいさま)の代だってから、はあ百五十年はたつべえよ」

「百五十年」

「ちょいと見は二階家に見えべえが、崖を削って建ててあるから三階建てなんさ。昔は二階と三階にオカイコ様を飼っておって、人間なんざ下ではあ、縮こまって暮らしてたい」

　自在鉤からアルミの大薬缶（おおやかん）をとりあげ、出してある急須に湯を注いで老人が囲炉裏の向こうに腰をおろす。囲炉裏には熾火（おきび）のような炭が燃えていて、薬缶に対しては電気ポットの役割を果たすらしい。

　老人が梢路の前に古い湯呑を置き、自分でも筒型の湯呑をとりあげて、しゅっと茶をすする。

「で、兄ちゃんはなんだってまた、こんな奥離（おくり）まで来なすったね」

「ちょっと、好奇心で」

「そいつは奇特なこった」

「郵便屋さんが県道に出てこなければ集落への道も分かりませんでした」

「ありゃおめえ、余計な人間が入えって来ねえように、隠してあるんだい。この辺も最近はアメリカ人の陶芸家だのちょん髷（まげ）の写真家だの、奇妙な人間が多くていけねえからよ」

　皺が人相のように固まった目でじろりと梢路の顔を眺め、それから腰をのばして、老人が茶箪笥の抽斗（ひきだし）から古くなった白い半紙をとり出す。老人は胡坐（あぐら）を組み直して半紙を二つ折りにし、何やら呪文のようなものを唱えながら折った半紙を指でちぎり始める。作業はほんの十数秒、開いて見せたのは案山子（かかし）を小さくしたような人形（ひとがた）で、それを囲炉裏越しに梢路へ渡してよこす。

「オシラ様を傷に当てときない」

「はあ？」

「傷にゃあそれが一番だからよ。昔は鎌の傷も蝮（まむし）の傷も、みんなオシラ様で治したもんだ。ヨモギの葉なんぞより、よっぽど効き目があるべえよ」

梢路は老人のすすめに従って左腕のハンカチを解き、オシラ様という紙人形を傷に当てて右手を添える。血はすでに滲む程度だから放っておいても「世話はねえべえ」だろうが、こういう仙境地では神様の助力が心強い。

「あの郵便屋もなあ、ご苦労なことに……」

木の根のように太くて硬そうな指で湯呑をいじりまわし、まばらに髭の生えた頬をゆがめて、老人がしわがれ声を出す。

「用もねえのに週に一度、ああやってワシの様子を見に来るんだがね。役場の福祉課とかってとこから、頼まれてるらしくてなあ」

「電話はないんですか」

「婆さんが生きてるうちは使ってたが、はあ用はねえ。やたら人の声なんぞ聞いたら煩わしいべえ」

ほかにご家族は、と聞きそうになって言葉を控え、梢路はかろうじて色と味がついているだけの薄い茶を、ひっそりと咽へ流す。家内（いえうち）にも老人以外に人の気配はなく、板の間につづく広い座敷にも一組の布団が積んであるだけで、テレビも座卓も鏡台も何もない。下の二軒は空き家と廃屋だから、老人はこの孤絶した山深い集落でたった一人、仙人のように暮らしているらしい。

「兄ちゃんには信じられめえがなあ、先(せん)はこの家にだって、二十人がとこの人間が暮らしてたもんだい」

「はーあ、二十人も」

「爺様に婆様に孫に曽孫(ひまご)に、その嫁やら親戚やら作男(さくおとこ)やらまあ、賑やかなもんでよ。下の二軒も同じ塩梅(あんばい)だったから、はあ水争いが騒動でなあ。それに牛やら豚やら鶏やらも飼っておって、夕方んなるとはあ、戦争みとな騒ぎさあ」

この上の一軒に二十人、下の二軒で四十人なら合計が六十人。こんな狭い山肌の集落に六十人もの人間がひしめく光景は想像もできないが、老人の言う「先」はどうせ、戦争より前の話だろう。荒川村の老婆が話す昔話にもひき込まれてしまう梢路は、老人の昔話に百科事典に対するような興味を持つ。

「失礼ですけど、この小さい集落でそれだけの人たちが、どうやって」

「食ってたかってか」

「はい」

「そりゃおめえ、みんな山が食わしてくれたんさあ」

「はあ」

「向かいの山だって、見ろい、今ははあみんな杉を植えちまったが、先はあれが陸稲の畑でなあ。秋んなると山全部が金色にうねって、そりゃおめえ、見事なもんだったさあ」

老人が湯呑を囲炉裏端に置いてひとつ空咳をし、作業着の胸ポケットからタバコをとり出して火をつける。

「兄ちゃんら若えもんは知らねえべが、山ってのは有難えもんでよ。春にはタラッペにワラビにゼンマイ、それにウリッパだのモミジガサだのが食いきれねえほど採れる。秋んなりゃ茸に栗にアケビに自然薯に、それに食いたきゃあ熊だって兎だってなんでも食える。畑を開きゃあ芋も陸稲もつくれて、だから里のもんは裏に山を持ってるワシらのことを、ウラヤマシイと言ったんさ」

「はーあ、なるほど」

「それでも一番の恵みってのは、やっぱし木だんべなあ。今じゃ杉なんぞ売れもしねえが、昔は薪でも炭でもいい値で売れたもんよ。その炭だって自分らで焼くんじゃねえ、冬んなると長野あたりから炭焼きの衆が渡ってきて、夫婦で山んなかに小屋を建ててなあ。赤ん坊なんぞいたらそこいらの木に縛りつけといて、ひと月も二月もずっと炭を焼いてたもんさ」

「炭焼きさんたちはいわゆる、山窩ですか」

「兄ちゃん、山窩を知ってなさるかね」

「百科事典で読みました」

「ほうけえ。まあ炭焼きが山窩かどうかは知らねえが、焼けた炭の六割とか七割とかがワシらの取り分さあ」

「はあ、うらやましい」

「だけんど春んなるとオカイコ様が忙しくなってよう、その分冬は安気なもんだ。長野の衆に炭を焼かしといて、ワシらは正月だの小正月だの次郎の正月だの。そのころんなると物売りや瞽女様なんぞがまわってきて、はあいく日も逗留してったもんさな」

「瞽女様というのは、たしか」

「それも百科事典かい」

「いえ、映画で」

「まあナンだ、目のみえねえ女子衆が何人か寄って、下のほうからよっこらよっこら、山を登ってくるわけよ。連中は鉦を叩いたり三味線をひいたり、唄をうたったり手踊りを見せたりなあ、そうやって長えときゃあ、ひと月も逗留してたっけが」

「ひと月も」

「だっておめえ、下と違ってここじゃ食い物に困らねえ。戦争中だってなんだって、そこの納戸にゃあ缶詰が溢れてたもんだい。それに瞽女様が来りゃ、集落の女たちが着物を呉れたり櫛を呉れたり、風呂にも入れてやって髪も梳いてやって、はあ瞽女様たちには天国みとだったべえ」

「瞽女様は戦争中も？」

「それどころか、戦争が終わってからも、しばらくは通って来たい。ここいらに電気がひけたんが昭和三十何年で、そんときは瞽女様が来てたんべ。ワシにゃそんなに昔のことと も思えねえが、瞽女様も炭焼きの衆も、はあみんな、どこへ行っちまったんだか」

老人が短くなったタバコを囲炉裏の火に放り、湯呑をとりあげながら深く息をつく。昭和三十何年なんて梢路にとっては気の遠くなるような昔だが、マスターの八田なら大学生ぐらいにはなっている。

「ひとつ、聞いて、いいですか」

「何だんべえな」

「昔はそれだけの人が住んでいて、集落も賑やかで、他所からもたくさんの人が来て、それが今はお爺さん一人だけ。電話もテレビもなくて新聞も来ないようだし、毎日が淋しくありませんか」

老人の白い眉が一瞬上にひっ張られ、外れた入れ歯でも戻しているのか、しばらくもごもごと顎が動く。

「兄ちゃん、バカなことを言っちゃいけねえ」

「すみません」

「人間なんざ誰でも、一人で暮らしていくのは淋しいもんだい」

「そうですね」

「ワシだって若えころは熊谷へも出たし、一時なんぞ、小鹿野で暮らしたこともあるがね。だけんどやっぱし山がよくって、帰ってきて嫁をとって子供をつくって……それが、時代ってやつだんべえなあ、材木も薪も炭も売れなくなって、今度は下の暮らしのほうが便利になって、気がついたら瞽女様も物売りも来やしねえ。集落の連中も秩父たら大宮たらへ出て行っちまうし、ワシの倅と娘も横浜へ出て行って、二人ともそこで死んじまったい。それで十年がとこ前に婆様が死んだときにゃ、正直ワシも、山を降りべえかと思ったさあ。だけんどなあ……」


　老人が茶をひとすすりしてタバコに火をつけ、こけた頬を節くれだった手でこすりながら、つき出た咽仏を飴玉のように上下させる。老人の吐いたタバコの煙が熾火の気流にのって天井へ流れ、その煙もすぐに梁や柱の煤に紛れていく。

「だけんどよう、そんときワシも、考えたいなあ。下の里へ降りて、いったいワシは、誰に会いてえのかってな。毎日毎日考えて、そしたらワシには会いてえ人間なんぞ、はあ一人もいねえことに気がついた。ワシが会いてえのは婆様と倅と娘と、それだけさあ。ワシが山を降りべえかと思ったのはただ淋しかったからで、会いてえ相手や暮らしてえ相手がいたからじゃねえ。だとすりゃあよ、そういうことは人様に対して、失礼になるべえ」

「分かりませんけど」

「ただ淋しいからってお他人様と関るのは、そりゃ関る相手に対して、失礼だべえってことだい」

「そうですか」

「人間なんざ一人で生きるのは、誰だってみんな淋しいもんだがね。だけんど逆に、その淋しさが我慢できりゃあ、ほかのことはなんでも我慢できる。貧乏も病気も歳をとることも死んでいくことも、生きてる淋しささえ我慢できりゃあ、人間てえのは、はあ何でも我慢できるべえよ」

土間から虻が舞い込んで囲炉裏の間を一周し、ぶーんという羽音を残して表の明るみに消えていく。庭のカンナには赤っぽいシジミ蝶がたわむれ、どこかで柿の実でも落ちたのか、トタン屋根が固い落下音をひびかせる。山が深いせいか日の翳り方が早く、下の里からはもうカラスが帰ってくる。

「だけんどなあ、兄ちゃん」

「はい」

「生きてることが、そんなに辛えかい」

「どうしてですか」

「そういう顔をしてるからよ」

「自分では分かりません」

「おめえは、なんてえか、親からはぐれた猪子坊みてえな顔をしてらあ。どうせ頭はいいんだんべから、ふだんは誤魔化せるんだろうがよ」

　梢路はぬるくなった茶を飲み干して足を組みかえ、オシラ様をめくって傷口の具合を確かめる。血がすっかり止まっているのは神様のご利益か、それともたんに右手で押さえていたせいか。

「生きてることが辛いのか辛くないのか、それは、分かりません。でも死ぬまでの時間をどうやってつぶそうかと思うと、茫然とします」

「何もしねえで、じっとしてりゃいいべ」

「はい」

「死ぬまでの時間が長えか短けえか、そんななあ頭のなかのカラクリだい。飯を食って仕事をして酒でも飲んで、ついでがあったら女房でももらって子供をつくって、そうやってじっとして生きてりゃあ、自然にお迎えが来らいね」

「じっとして……そうですか」

「本心から会いてえ人間がいるのか、いねえのか、兄ちゃんも一度よーく、自分に聞いてみることだいなあ」

老人が茶の残りを囲炉裏の灰に空けて空咳をし、首に巻いたタオルで鼻水をぬぐう。梢路がこの集落までたどり着いてからせいぜい一時間。囲炉裏の間に腰を落ち着けてからだって三十分もたっていないはずだが、梢路には既視感に似た安堵と親しみが感じられて、もう体質になっている鬱屈にほんの少しだけ、気楽な風が吹く。

「傷、治ったみたいです」

「治っちゃいめえが、血は止まったべえ」

「はい、有難うございました」

「なんてったって傷には、オシラ様が一番だい」

「はい。それからお茶を、ご馳走さまでした」

梢路は膝に手を添えて老人に頭をさげ、腕の傷にハンカチを巻きなおして腰をあげる。老人が梢路を歓迎しているのか、疎んでいるのか。いずれにしても梢路には老人の昔話に未練が残る。

「秩父へ帰って仕事の支度をします」

「ほうけえ。まあナンだ、来てもらっても茶ぐらえしか出ねえが、気が向いたらまた登って来ない」

「はい、またお邪魔します。今日は突然に伺って、失礼しました」

老人はうなずいただけで腰をあげず、梢路はその老人にもう一度頭をさげて囲炉裏の間から土間へおりる。放り出された葱にとまっていたアシナガ蜂が梢路を見あげ、何度か羽を震わせてから、ぷいと台所の暗処（くらみ）に消えていく。

　土間を出て庭を歩いてカンナの前を通り過ぎ、そして梢路は、「あの葱、生で齧（かじ）ったら美味（うま）いんだろうな」と、声に出して独りごとを言う。

6

窓辺に立つと眼下に荒川の河川敷が見渡せる。もっともそれは昼間のことで、日の落ちた今は山中にミューズパークへの街灯がオレンジ色の連なりを見せ、あとは対岸の人家から思い出したように生活の明かりが届くだけ。坂森が秩父を離れていた四十年の間にミューズパークやらアートミュージアムやらなんとかレジャーファームやら、付近には訳の分からない施設が林立した。昔なら余所者(よそもの)なんか札所めぐりの年寄りか秩父夜祭りの見物客しか見かけなかったのに、なにが面白いのか、こんな田舎に今では年間二百四十五万人もの観光客が来るという。

坂森四郎は座っている事務椅子を尻の反動で半回転させ、窓の夜景から室内に視線を戻す。埼玉県警秩父中央署三階にある刑事課室にはスチールの仕事机が十七脚、そのうちのひとつが県警本部の坂森にあてがわれ、そしてそれぞれのデスクには一様にノート型のパソコンが置かれている。夜も九時に近くなってこの刑事(デカ)部屋にいるのは課長の管田(かんだ)警部と三人の署員だけで、他の刑事たちが今現在帰宅しているのか職務を遂行中なのか、部外者の坂森には分からない。

坂森はぬるい茶に口をつけてから老眼鏡をかけ直し、パソコンのキーボードを操作して、〈県北西部連続殺人事件特別捜査本部〉から送られてくる捜査概況に目をやる。何度確認したところで画面の文字に変化はなく、昨日から捜査に進捗(しんちょく)は見られない。長瀞の山林で清水成子の遺体が発見されてから四日目。発見当日の夕刻には県警本部内に特別捜査本部が設置され、捜査一課長が特捜本部長に就任した。これは埼玉県警の総がかり態勢を意味していて、マスコミの対応から捜査方針の決定まで、すべて県警本部が指揮をとる。事件の残虐さ、話題性、そしてその連続性を考えれば当然の体制なのだが、現場を管掌する所轄としてはいささか気勢があがらない。実際に特捜本部の主力組はすべて東京に投入され、清水成子と歯科医の〈東京における接点〉の割り出しに全力を挙げている。上層部の見解では現場が寄居と長瀞だったのはただの偶然。清水成子三十一歳、歯科医の近藤輝芳も三十二歳と、ほぼ同年齢。成子は東京生まれの東京育ちで音楽大学も東京、近藤も生まれは群馬だが東京の歯科大学を卒業していて、東京時代は世田谷のアパートに暮らしていた。加えて成子の大学と近藤の大学は同じ中央線でひと駅の場所にあり、成子は西荻窪の実家からその大学へ通っていた。この二人にはどこかで必ず接点があり、だからこそ二人は連続殺人の被害者になって、同じ方法で遺体を刻まれた。逆に考えれば二人の接点を発見することが事件の構図を解明することになり、そしてその構図のなかで容疑者も浮かびあがる、というもの。これは誰が考えても妥当な捜査方針で、捜査員の主力がすべて東京へ投入されたのも無理はない。こうなっては寄居の所轄も秩父の所轄も、まるで留守番組の扱い。県警本部から秩父へ出向しているのは坂森一人だけで、所轄からも刑事は二人しか提供されていない。

坂森はパソコンの画面を眺めたままタバコに火をつけ、老眼鏡を額の上にずらして、こつこつと肩を叩く。寄居の所轄にいたときは三日に一度ほど大宮の自宅へ帰れたものが、場所が埼玉県のどん詰まりとなった今はそれも叶わない。宿舎は所轄が手配してくれたビジネス旅館で可もなし不可もなし、着替えのシャツや背広も宅配便で届いたから、とりあえずの暮らしには困らない。どこにいたところで食って寝てそれ以外の時間はほとんどを仕事に費やすわけだから、場所が大宮でも寄居でも秩父でも人生の理屈は変わらない。こんな生活をもう四十年、警官のなかには断腸の思いで定年を迎える者もいるというが、自分の場合は、果たして、どんなものか。高卒の叩きあげだから最初から出世の望みはなく、それでも運良く私服組に拾いあげられて、制服を着たのはほんの三年あまり。大宮の郊外に建売住宅を買ってすでにローンも完済、来年は次男も大学を卒業するから経済的な問題もないだろう。同僚のなかには中学生の子供を抱えて定年を迎える警官もいたりして、そんな連中は定年後の再就職先探しに余念がない。それを考えれば坂森の余生なんて、楽なもの。借金もないし子供の養育費もかからないし、定年時には警部補待遇になるから、退職金や年金もそれなりの金額が出る。なんといっても警視庁にキャリア入庁した長男がいて、その将来を見守るという、警察官としては至福の楽しみもある。

そんな自分にくらべて八田の人生はどうだったのかと、タバコを吹かしながら、ふと坂森は考える。まさか秩父なんかのスナックで、それも事件の関係者として八田に会うとは思わなかったが、これも定年が近くなった現場警察官としてのめぐり合わせか。今回の事件が片付いたらゆっくり酒でも飲めるだろうに、ただそうなったとしても警察を辞めて以降の経緯を、八田が自分に、打ち明けるかどうか。

戸口に人影が動いて空気がゆれ、刑事部屋に二人の刑事が入ってくる。一人は当初からバラバラ事件に関っている大柄な楠木、もう一人も三十歳を過ぎたばかりの大林刑事で、秩父の〈留守番組〉としては坂森を含めた三人が一応、今回の特捜班に加わっている。

二人が坂森をはさむようにそれぞれのデスクに腰をおろし、同じように背広の上着を脱いで、同じようにネクタイをゆるめる。大林のほうが楠木より二周りほど小柄だがそれでも猪首（いくび）にいかり肩、柔道は三段だとかで、左の耳がいくらか腫れている。

「坂森さん、東京のほうで何か、進展は？」

「自分でパソコンを見ろいや。機械が壊れてるんじゃねえかと、俺なんか三回も本部へ電話したがね」

「はあ、まあ、清水成子や近藤輝芳の学生時代といえば、十年も前ですからね。当時の同級生やら友人やらを探し出すだけでも時間はかかるでしょう」

「そのために百人も……と、文句を言っても仕方ねえ。大林くん、お前さんの顔からすると、面白え話でも聞き込んだかい」

「ひとつ二つ、ちょっと気になることがね。ただ事件と関係があるのかどうか、そこは分かりません」

「まあいいやね。調べるだけ調べて、摑めるだけの事実を摑んでおきゃあ、そのうち何かの役には立つべえよ」

「はあ、それがね」

大林が脱いだ背広のポケットからタバコをとり出し、火をつけて、その胡坐をかいた団子鼻から長く煙を吹く。大林の喫煙は坂森の影響らしく、それどころか今では楠木もタバコを吸いはじめて、留守番組の三人は気心の知れた喫煙トリオになっている。

「清水成子が住民票を秩父へ移していないことは、前にも報告しましたよね」

「要するに、最初からこんな田舎に住み着く気はなかったと、そういうことだんべ」

「彼女の家族は父親の内装工事会社が倒産して以降、てんでんバラバラ。成子は住民票を母親の実家に置いたままなんですが、それならアパートの名義は誰になっているのかと」

「そんなもの、八田さんじゃねえのかい」

「はあ。成子が秩父へ転居する前に八田さんが手続きをして、いわば寮のような形にしていたと」

「べつに不思議はなかんべえ」

「いえね、それなら成子が乗っていた軽自動車だって、名義は八田さんのはず。それなのにクルマの名義は、山鹿というセメント会社の技師なんですよ」

「山鹿……」

坂森が額にずらしていた老眼鏡を鼻の上に戻し、唇をなめながらパソコンの表示切替バーをクリックする。画面にあらわれたのはスナック〈ラザロ〉の客や従業員の関係者リストで、経営者の八田を筆頭に五十人ほどの名前が並んでいる。客も週に二、三度は通う常連から二、三ヵ月に一度という人間まで様々、そのなかで山鹿清二というセメント会社の技術者は超常連で、特に成子が入店してからは毎日のように通ってくるという。

「ふーん、山鹿清二、五十一歳。武蔵セメント秩父工場の主任技師で、住まいは中宮地の社員住宅かい」

「三年前に東京の本社工場から単身赴任してきて、今は一人暮らしです」

「で、このオッサンが被害者に？」

「クルマを買ってやったのか、あるいは名義を貸しただけなのか、そのあたりは明日にでも調べますが」

「あの軽自動車、買ったら何円（いくら）ぐれえするべえ」

「年式も古そうだし、三十万か三十五万か、そんなもんでしょう」

「案外二人ができてたなんて、そんなこともあるかなあ」

「水商売の三十女と単身赴任の小金持ちなら、あるいはね」

「まあ、できてたからって、それがどうってこともあるめえが、一応は調べることだがね」

「坂森さん、そのことでこっちも、ちょっと……」

大柄な楠木が背中を丸めるように身をのり出し、額の脂っぽい汗をティシューでこすりながら、ほっと息をつく。

「被害者の住んでいた〈せきれい荘〉の住人で、一人だけ事情聴取の済んでいなかった男がいまして、それが今夜、やっと捉まったんですよ」

「ほうほう、捕まえてみたらそいつが、強盗殺人の指名手配犯だったとか」

「ただのトラック運転手です。それも長距離が専門だとかで、この三日間は四国から九州方面を走っていたそうです」

「ご苦労なこったい。そういう連中はどうせ、暴走族あがりだんべ」

「それは知りませんが、とにかくその運転手の証言によると、十日ほど前、成子の部屋へ入っていく八田さんを見かけたと」

「近くを通ったんで茶でも飲みに寄ったかな」

「夜中の三時ですからお茶ではないでしょう」

「夜中の三時？」

「午前三時を夜中というか朝というかは、知りませんがね。とにかく運転手ってのは朝の早い商売で、ちょうど十日ほど前のその時間に八田さんが、被害者と一緒に」

「アパートの部屋へ入ったと」

「はい」

「その運転手は八田さんの顔を？」

「ラザロのマスターとは知らなかったそうですが、人相特徴は一致します」

「まあ、スナックの経営者とそこの従業員で、仕事のあと飲み直すぐれえのことはあるべえが、女の部屋で二人だけってのは、ある程度以上の関係ってことかい」

「常識的に考えれば、ね」

「弱ったもんだがね。といっても何が弱ったのかは分からねえけど、殺人事件ではあることだし、被害者と八田さんの関係はもう少し、つっ込んでみるべえかなあ」

　老眼鏡をはずして皺深い顔をひと撫でし、薄くなった髪に右手の指をさし入れて、坂森が面倒くさそうに髪を掻きむしる。今回の事件が東京時代の成子と歯科医の関わりに根をもつことは明らか、そういう本部の見解に異論はないのだが、留守番組としてはもっと単純に、歯科医と成子と犯人における三角関係のもつれ、とかいう構図に一パーセントか二パーセントを期待する部分が、なくはない。もしそうならラザロの関係者に三角関係の一点があると考えるのが常識で、しかし今のところ寄居の歯科医院から押収したカルテのなかに、客や従業員の名前は見当たらない。

楠木が給茶器へ歩いて三人分の茶を用意し、戻ってきて二つの湯呑を坂森と大林に手渡す。

「ねえ坂森さん、ラザロの八田さんが我々の先輩だということは前に聞きましたけど、いったい、どういう方なんです」

「そりゃあ俺と違って大学も出てるし、正義感も人一倍で沈着冷静、ただ、まあ……」

「なんです?」

「まあ、何かの拍子で、激昂する部分はあったけどよ。それだってどうせ、正義感の裏返しだがね」

「そんな方が、なぜ」

「警察を辞めたのか」

「はい」

「知らねえよ」

「でも……」

「知らねえというのは、詳しくは知らねえという意味で、俺の当て推量でよけりゃあ、聞かさねえこともねえさ」

「はあ」

「つまりはよ、あれだい、要するにラザロってことだい」

「はあ？」

「お前さん、ラザロを知らねえかい」

「スナックの名前でしょう」

「だからよう、自分のスナックに八田さんがなんでそんな名前をつけたのかって、そういうことだがね。楠木くんだって店の壁にかかってた、あの古い絵は見てるべえ」

「はあ、いえ、ちょっと」

「見てねえかい。正直に言うと俺も、よくは見てねえんだがね。種明かしをすりゃあお前さんらが外で汗水たらしてる間に、ちょいとパソコンをいじくってみたわけさ」

坂森が新しい茶に口をつけて皺目を細め、わざと間をおくように、ゆっくりとタバコに火をつける。

「で、このパソコンが言うにゃあ、ラザロってのは昔ユダヤに住んでた、若え衆の名前なんだと」

「はーあ」

「そのラザロって若え衆が病気か何かになって、死にそうになったんだと。で、ラザロの二人いた姉ちゃんの一人がキリストさんのとこへ行って、弟を助けてくれと頼んだんだと」

「はあ」

「キリストさんてのは呪(まじな)いとか超能力とかで、人の病気を治す力があったんだいなあ。今だって世界のあっちやこっちに、超能力で病気を治しちまう奴がいるべえ。まあインチキも多かろうが、たまにゃ本物だっていようがね。お釈迦さんとか弘法さんとか、昔の偉え人ってのはどうせ、みんなそういう力を持ってたんだいね」

「それで……」

「それでな、ラザロの姉ちゃんにゃ頼まれたけど、キリストさんは断ったんだと」

「どうして」

「知らねえ。機嫌が悪かったとか、姉ちゃんがブスだったとか、どうせそんな理由だんべえ」

「本当ですか」

「キリストさんだって生身の人間だがね。そりゃまあとにかく、そんなこんなで、ラザロって若え衆は死んじまった。要するに助けようと思や助けられたものを、キリストさんは見殺しにしたんだいなあ」

「うちの姉も器量が悪いんですが」

「今のは冗談だい。楠木くんも……まあいいや。それでな、ラザロが死んだら今度は、何だか知らねえがキリストさんのほうからのこのこ出掛けていって、死んだラザロを呪いで生き返らせたんだと」

「どうして」

「もう一人の姉ちゃんが美人で……よすべえ、どうも楠木くんは、人間が純情すぎらい。まあ、ラザロって若え衆も仮死状態で、本当に死んでたわけじゃあるめえがな。それでもキリスト教の信者は有難がって、そんときの話を〈ラザロの復活〉とか言うんだとよ」

「分かりませんねえ。どうせあとで生き返らせるんなら、死ぬ前に助ければよかったのに」

「美人の姉ちゃんのほうが先に……まあ、ナンだ、キリストさんも自分の力を大衆に、見せ付けたかったんだんべ」

「いや味な奴ですねえ。でも〈ラザロの復活〉は分かりました。それで……」

楠木が茶をすすってタバコに火をつけ、耳の後ろをぽりぽりと掻きながら、坂森と大林の顔を見比べる。

「ラザロの意味は分かりましたが、坂森さん、それが……」

「八田さんも昔、若え衆を一人、見殺しにしたんだがね。パソコンでラザロのどうとかって話を見ていて、俺も昔の噂を思い出したんさ」

「八田さんが若い男を、見殺しに？」

「噂だがな。それも三十年だか四十年だか昔の……なにせ相手は公安だい、同じ警察といったって実態は、すっかり闇のなかだがね」

坂森がタバコをつぶしてすぐ新しいタバコに火をつけ、周囲の気配をうかがうような顔で、ちらっと刑事部屋を見まわす。刑事課長のデスクは部屋の反対側、一番近い七つ八つ離れたデスクでは中年の刑事が鼻毛を抜いているが、留守番組の与太話なんかに誰も注意は払わない。

「公安が警察内警察ってことぐれえ、なあ、お前さんらも……」

タバコの煙のなかに坂森が声を低くし、その仕種につられるように楠木と大林が、少し身をのり出す。

「なあ、要するに公安ってのは、昔の陸軍中野学校だい。戦争が終わった後そのスパイ学校が警察へ編入されて、それがずっと、今までつづいてるわけさ。だから公安がどんな組織でどんな活動をしてるのか、警察の内部にだって知ってる者は何人もいねえ。嘘みてえな話だが、公安てえのは今でも、暗殺をやるんだとよ」

楠木と大林が顔を見合わせたが、どちらも言葉は出さず、それぞれが目の表情で坂森に先をうながす。

「これは俺たち古参刑事の間じゃあ常識なんだがよ。ずっと昔、東京の府中で〈三億円事件〉てのがあってな、今でも映画やテレビでやるから、お前さんらも話は知ってべえ。電器会社のボーナスが白バイ警官を装った野郎に奪われて、まだ犯人が捕まってねえっていう、例のあれだい。あんときゃあ大騒ぎで、容疑者だって十万人以上もリストアップされたんだと。犯人は左翼の過激派だとか推理小説家だとか、元警官だとかいやいや現職の警官だとか、噂も派手に飛びまわってなあ。だけどそんとき警察内部で言われてたもっとも信憑性（しんぴょうせい）のある噂ってのが、〈犯人公安説〉さ。そのころは俺もまさかと思ったが、後になってから考えりゃあ、どうもなあ、あれは公安の仕掛けだったという噂が、理屈に合うんだいなあ」

坂森が立ち込める煙をすかして若い刑事たちの顔を見まわし、それから遠くを見るように視線を天井に向けて、タバコの火種を、とんとんと灰皿につぶす。

「先（ま）ずなあ、あの三億円事件で一番得をしたのは、誰だと思うね」

「………」

「そりゃ金を奪った犯人だと思うのが、常識だい。ところがよ、その奪われた三億円てのが使われた形跡が、いつになっても出てこねえ。札（さつ）の番号も控えてあったし、延べ人数にすりゃ十何万人て警官が調べまわってるんだい、ちょっと怪しい金が使われりゃあ、そんなもの、すぐ足がつかいね。それよりも問題は当時の社会情勢ってやつで、七〇年安保の二年前。今の若え連中にゃあ信じられめえが、当時の大学生ってのは多かれ少なかれ、政治にかぶれててよ。安保反対だの自民党打倒だの、そりゃ毎日のようにデモをやってたがね。裏で糸を引いてたのはもちろん共産党だい、そのころはまだソ連も元気で、金なんかいくらでもつぎ込んでくれる。今から考えりゃとんだ茶番じゃあったけど、そのころは自民党も財界も、学生運動で政府が倒されるんじゃねえかと、本気で心配したんさ」

茶を飲んでからまたタバコに火をつけ、手の甲で皺目をこすりながら、坂森がゲップのように呼吸をする。

「でなあ、まあ、そんなとき起きたのがさっき言った、三億円事件さあ。動員された警官は十七万人、そいつらがみんな事件の捜査って名目で、三多摩一帯の安アパートにローラーをかけた。そういうアパートにゃ学生運動家だの過激派だのって連中が多く住んでて、そのローラー作戦でそいつらを、根こそぎ摘発しちまった。だからこそ政府は二年後の七〇年安保をのり切れたんだが、そのとき捕まりそこなった過激派が後になって、浅間山荘事件だのよど号ハイジャック事件だのを起こしたわけ。だけどその大元の引き金ってのが、つまりは府中の三億円事件さあ。こいつはどうみても政府絡みの公安絡みと、まあ表立っては誰も口に出さねえが、警察の内部でもそんな噂が、しつこく流れたもんだがね」

「はあ、ですが、その事件と八田さんが」

「話は最後まで聞きない。安保だの三億円事件だのってなあ、ただの手順だがね。要するに三多摩と同様に、当時は川口や蕨近辺にも学生が多く住んでる安アパートってのが、ごっちゃりあったわけ。八田さんも公安だったから、そのころの職務っていや当然学生運動の過激派つぶしだい。過激派をつぶすにゃ先ず情報収集、こりゃ今でも公安が新興宗教なんかを相手に、同じ手段を使ってべえ」

「ええと、それは？」

「スパイさあ」

「ああ、はあ」

「こっちから相手の組織にスパイを送り込むか、組織の誰かをこっちのスパイに仕立てあげるか。なにせ公安の前身は旧陸軍の中野学校だい、そんな諜報工作はお手のもんだがね。八田さんのお得意は今の言葉で言うマインド・コントロールとかってやつで、具体的には知らねえが、人間を一人スパイにしたり暗殺者に仕立てたりするぐれえのことは、かんたんなんだと。そうやって八田さんは何かの方法で過激派の学生組織に自分のスパイを送り込んで……念のために言っとくが、こりゃあくまでも噂だよ。同期だし、一緒に本部採用にもなったりで、俺もほかの警官よりはちょいと、八田さんのことが気になってな。それで内部の噂にも耳を立ててたんさ」

「はあ、それで、そのスパイが」

「殺されちまったい」

「と、それは？」

「調べりゃ名前も分かるし、事件の大筋も記録に残ってべえがな。とにかく過激派同士の内ゲバ事件があって学生が一人殺されちまった。もちろん内ゲバ殺人ってのは表向きの発表で、実情はスパイの身分がバレて仲間からの粛清を食らったんさ。八田さんが警察を辞めてったのは、その学生が殺されてから、すぐのことだったいなあ」

天井を見あげたまま三服ほどタバコを吹かし、肩凝りをほぐすように首をまわして、坂森が短くなったタバコを、とんと灰皿につぶす。楠木と大林もタバコをつぶして茶を口に含み、閑散とした部屋に黙って視線を巡らせる。

「だからよう、ラザロって名前で……」

坂森がタバコを抜きかけてすぐ箱に戻し、草臥（くたび）れきった革靴の底でゴムタイルの床をこする。

「まあなあ、本当のところ、八田さんの気持ちは分からねえ。自分がスパイに仕立てた学生が殺されちまって、どんな思いがしたのか。キリストさんならラザロを見殺しにしたところで生き返らせることもできたい。だけどただの警官じゃ、そういう芸は使えねえ。人間を一人見殺しにしたって公安としては通常の職務、治安を守るためには仕方のねえ犠牲だったと、人によっちゃそんなふうに割り切ることもできべえがな。さあて、八田さんの場合は、どんな塩梅だったたか」

刑事課長が遠くからフロアを歩いてきて、思いとどまったように自分のデスクへひき返し、そばのデスクにいた若い刑事を小声で呼び寄せる。さっきまで鼻毛を抜いていた刑事はいつの間にかいなくなり、気がつくと刑事部屋にいるのは課長と若い刑事と、あとは留守番組の三人だけになっている。

「まあなあ、そういうことでよ、八田さんの事情についてはお前さんらも、ちょいと頭に入れておけや」

「分かりました。それで、今夜のところは？」

「はあお開きにするべえ。これ以上パソコンを睨んでたって本部からの情報も入るめえしな」

「それなら、ねえ坂森さん」

大林が椅子を立って坂森の上にかがみ込み、楠木にも目で合図をして団子鼻を秘密っぽく上向ける。

「道生町（どうじょうまち）あたりの料理屋で、軽く咽を潤しませんかね。後学のために公安のお話を、もう少し聞きたいし」

「軽くでも重くでも、咽を潤すってのは賛成だいなあ」

「そうですか、それじゃそういうことで。いえね、大きい声じゃ言えないんですが、あの辺りには内緒でカモシカの肉を食わせる珍しい店があるんですよ」

7

ラザロに通ってくる客たちのリストを眺めながら香村麻美はデスクに頬杖をつく。ワンフロアを衝立で仕切った編集部のスペースにはファクスやパソコンやコピー機やシュレッダーが物置のように押し込まれ、かろうじて息がつける空間で七人の編集部員が働いている。この七人には政治、経済、社会、文化などという区別はなく、その日の都合でそれぞれが村会議員選挙だの秩父の夜祭りだの、編集長の指示にしたがって各取材先に散っていく。もともと秩父新報は養蚕農家向けに発行された生糸関係の情報新聞で、その創刊は明治の初期。現在の一般大新聞よりも歴史は古く、最盛期には自社ビルを持つほどの隆盛を誇ったというが、現状は秩父盆地に限定されたまったくのローカル紙に落ちぶれている。記事の内容だって吉田町の龍青祭りに何人の見物客が出たの、何番の札所ではなんの花が見ごろだの、いたって呑気で罪がない。中央の情報や世界関連の記事は提携先の通信社から配信されるし、地方新聞協会にも入っているから日本各地の情報も入ってくる。ただ秩父新報の購読者層にイラク情勢やアフリカのエイズ問題は不似合いで、地方としての構造改革や財政再建問題も評判は悪い。嘘みたいな話だが郡内の町長選挙や村長選挙では〈一票一万円〉という固定相場が、今でも誠実に守られている。

十日前、そんな秩父新報が長瀞町で起きたバラバラ死体遺棄事件の詳報をスクープしたのだから、これはもう、その昔に秩父困民党の蜂起を世間に知らしめたとき以来の快挙で、二日ほどは営業も販売もお祭り騒ぎ。ただ問題はそれ以降の推移で、捜査本部が浦和の県警本部内に設置されてしまっては、タウン誌もどきの秩父新報なんかまるで蚊帳の外。新しい情報は入らないし、それに捜査本部が事件の本質を東京にあると想定し、現場である寄居や秩父を無視していることも気に食わない。麻美だってあの翌日には寄居の現場を見学に行き、町から離れた雑木林が長瀞の現場と酷似していることを確認した。両現場とも犯人が偶然に通りかかるような場所とは思われず、少なくとも犯人は俗に言う、〈土地勘のある人間〉だろう。だとすれば清水成子と近藤輝芳の〈東京における接点〉だけに的を絞った捜査方針は、どんなものか。成子は秩父に地縁も血縁もなくて住み始めてからまだ半年、常識的に考えれば事件の根は東京にある。容疑者もたぶんその線で浮上するのだろうが、それでは寄居も長瀞も、犯人はただ遺体をバラバラにして捨てて行っただけの場所なのか。

麻美はこの日何度目かのため息をつき、何本目かのタバコに火をつけて、リストの紙をぽいと放り出す。リストをいくら読み返したところで顔ぶれは変わらず、成子や寄居の歯科医を殺しそうな人間なんか浮かばない。マスターの八田にしたって成子と関係はあったかも知れないが、それはそれだけのことだろう。嫉妬に狂うタイプではないし、仮に見かけ以上の付合いだったとしても、それでは歯科医との接点はどうなのか。技師の山鹿や写真家の小長、大学講師や画家の顔も浮かんでは消えるものの、八田同様にやはり、連続バラバラ殺人事件の犯人、というイメージにはほど遠い。事件が発生してからすでに十日目、警察だってラザロの客関係は調べているはずで、何か情報があるなら手懐けてある楠木刑事あたりから耳打ちがされている。事件に進捗がないのはテレビの報道でも明らかで、秩父でも寄居でも東京でも、今は捜査自体が手詰まりなのだろう。

それにしても警察は、平島梢路の存在を、どう考えているのか。成子が殺されてラザロの客はみな静かに熱狂し、八田だってふさぎ込んだり突然はしゃぎ出したり、それなりの動揺を見せる。そういう八田や客たちから梢路一人が別の世界にいて、律儀に確実に淡々と、顔色も変えずにカウンターの仕事をこなしている。それを「元々そういう性格なのだ」と言ってしまえばそれまで、しかし仮にも同じ店の従業員が殺人事件の被害者となったのに、あの無感動と無関心は、本当にただの、「そういう性格」なのか。

麻美はタバコの煙を天井に吹かして腕を組み、目尻の小皺を広げるように少し目を見開く。この事件が発生する前から梢路には不可解な部分があって、その不可解さが麻美の好奇心を刺激したのだ。他の客は梢路のことを物静かでちょっと内気で陰日向なく働く好青年、と見ているのだろうが、その内気さのなかに不遜さや不敵さが同居していることを、麻美はちゃんと知っている。殺された成子だってただの小娘ではなし、梢路のことをシャイで真面目なだけの田舎青年、と思っていたはずはない。梢路にしたって、奇妙に男心をそそる成子に心が動かなかったと考えるのは無理がある。それならあの二人には、八田も店の客も麻美さえも気づかなかった、何か特別な関係があったのか。梢路も口では「成子さんに興味はない」と言っているが、梢路の本心なんて誰にも分からない。それに最近になって秩父やラザロに関ってきたのは梢路と成子だけで、客たちにも地元の人間はほとんどいないが、みな短くて一年半、長ければ十年以上も秩父に住んでいる。もしかしたら梢路が秩父へ来てラザロに勤めたからこそ、成子も東京から秩父へやって来たのではないか。

　いつの間にかタバコが短くなっていて、麻美は火種を灰皿につぶし、背伸びをしながら腕を天井につきあげる。まさか自分が成子に嫉妬しているわけでもないだろうに、いつまでも心を開こうとしない梢路に対して苛立ちはある。本当なら梢路の部屋に泊まって胸倉でも摑んでやりたい気もするが、このところ明け方近くまで粘る客が多くて儘（まま）ならない。それに胸倉を摑んだところで甘えて口説いたところで、やはり梢路は本心を口にしないだろう。

　梢路と成子に何らかの関係があったとしたら、それはいったい、どんなものか。麻美は新しいタバコに火をつけてひとつ煙を吹き、リストの後ろにクリップしてあるファイルの綴りをめくってみる。それはラザロに関係する人間たちの住民票や戸籍謄本の写しで、自分で入手したものや楠木にコピーさせたものが総計で三十五、六枚。上から三枚目には梢路の住民票があって、そこには昨年の十月に梢路が秩父の八田方に転入した日付と栃木の前居住地、それに六月二十日という梢路の生年月日が記されている。誕生日が六月二十日なら今年はもう麻美とベッドを共にしていて、それをひと言も告げなかった梢路の涼しい顔を思い出すと、麻美は年甲斐もなく腹が立つ。

栃木県那須郡那須町黒田原三の二十五の六。それが住民票に記されている梢路の前居住地だが、本人も出身は栃木と言っていたから嘘はないだろう。那須にも新婚当時、別れた亭主と二、三度ドライブに行った記憶があって、あのときは塩原温泉に泊まったはず。しかしそれ以外の記憶となると曖昧で、那須塩原市と那須町は近いのか遠いのか、東北自動車道ではどちらが東京から離れているのか、そんなことも分からない。だいいち梢路も栃木の那須町とまでは言わず、麻美もなんとなく、宇都宮か小山あたりと思い込んでいた。同じ埼玉県でもこの秩父は埼玉のド田舎、同じように那須町なんてところは栃木県のド田舎なのではないか。

まあね、私が埼玉のド田舎に生まれてしまったのも、私が悪いわけじゃなし、と頭のなかで独りごとを言い、くわえタバコのままデスクの上に首都圏と関東の道路地図をひき出す。栃木のページを開いてみると思ったとおり那須町はもう福島との県境に近く、その東京寄りには塩原温泉や那須高原の所在地がのっている。那須町自体に名所旧跡はなく、それでも付近には東北自動車道や東北新幹線が仙台方面に向かっているから、秩父ほどのどん詰まりではないらしい。しかしいずれにしてもそれほどの都会とは思えず、こんなド田舎で生まれ育った梢路が人生の何が悲しくて、埼玉のド田舎まで流れてきたのか。

麻美はタバコの煙を透かしてしばらく道路地図を眺め、それからタバコを消して、近くの電話機に手をのばす。受話器をとってＮＴＴの番号案内を呼び出し、那須町の住所を告げて〈平島〉の電話番号を問い合わせる。オペレータが素気なく「その住所に平島という名義の登録はない」と返事をし、麻美は電話を切る。梢路からは両親の死亡を聞いてはいるが、あるいは兄弟か親族がその住所に残っている可能性を期待したのだ。こんなふうに梢路の素性を詮索するのは、本来ならルール違反。成子の死がなければ不可解さも不可解なまま放っておいたはずなのに、今は情況が変わっている。梢路と成子の間に何らかの関係があったところで、それでは梢路が成子殺しの犯人だとまでは思わないが、この気分のわだかまりだけは払拭しておく必要がある。

タバコに手をのばしかけて思いとどまり、麻美はミント味の咽飴を口に放り込んで、短い前髪を両手で掻きあげる。編集部は全員が出払って編集長の顔もデスクになく、衝立の向こうを営業や印刷の職員が歩きまわる。麻美にしてもそろそろ秩父中央署へ顔を出す時間で、そのあとは郡内の交通事故概況やらコンニャク相場の市況動向やらの、どうでもいい原稿が待っている。そういうド田舎のド田舎新聞記者という立場に文句もないが、今回の殺人事件に関してだけは何とか、もう少しジャーナリストらしい働きをしてみたい。

デスクに頰杖をつき、咽飴を口のなかで五、六分ころがしてから、また受話器をとってNTTに那須町役場の番号を問い合わせる。今度はすぐに番号が案内され、その番号をメモに書きとって那須町役場へ電話を入れる。こちらも問題なく応答があり、電話に出た男性職員に「那須町の黒田原で別荘の購入を勧められているのだが、その黒田原というのはどんな土地か」と、訊ねてみる。

「黒田原、黒田原、黒田原……と」

中年らしい職員が栃木訛で応対し、住居地図でも調べているのか、しばらく会話が途切れる。

「ええと、お宅さん、黒田原の何番地とかって、そういうことまで分かるかね」

「黒田原三の二十五の六ですけど」

「三の二十五の六？　あれあれ、そりゃダメだなあ」

「別荘地ではないと」

「いやね、住宅地だから別荘を建てようと犬小屋を建てようと、やりゃあできるけど、二十五の六はダメだよ。なにしろその番地は全体が〈那須隣愛園〉っていう、少年院なんだから」

「少年院、ですか」

「そう、二十五の六番地全部が少年院の敷地さあ」

「そういうことですと、ちょっと、無理ですね」

「無理無理、お宅、怪しい業者にでも騙されたんじゃないのかね」

「もしかしたら、そうかも」

「前から同じような別荘詐欺があってねえ。いい加減な不動産屋には注意するほうがいいよ。ナンだったらうちの役場で地元の業者を紹介してやろうかね」

「はい、そうですね。はい？　いえ、はい、ではそういうことで、お手数をかけました」

いただきます。はい？　いえ、はい、ではそういうことで、お手数をかけました」


電話を切り、椅子から腰をあげてみたがどこへ歩くつもりもなく、また椅子に腰を落としてタバコに手をのばす。

「主人とも相談して……か」と、声に出して独りごとを言い、それからタバコをくわえて火をつけ、最初の煙を目の前の電話機に向かって、長く、ふーっと吹きつける。

＊

黒沢満男（みつお）がサザンオールスターズの〈ＴＳＵＮＡＭＩ〉をうたい終わると、ママの幸恵（ゆきえ）

と三人の客がお義理っぽい拍手を送ってくる。まだ夜の九時だが三人の客は声が裏返るほどに酔っていて、誰も本気で満男の歌なんか聞いていない。それでもママの幸恵だけはいくらか感心してくれたかなと、満男はマイクを置きながら幸恵の顔を盗み見る。幸恵も田舎でスナックを開いている割りにはサザンやユーミンに造詣があって、満男がうたう非演歌系の歌には肩でリズムをとってくれる。若いころは池袋でクラブ勤めをしていたという噂もあり、村の人間にしては仕種や表情が色っぽい。歳もまだ四十を過ぎたあたりで化粧も派手やか、二の腕のむっちりした肉づきが奇妙に性欲を刺激する。

幸恵がカウンターの内から満男のグラスに焼酎を足し、満男は水割りの焼酎を手のひらに包んで、カウンターの客たちに眉をひそめる。三人とも旧両神村の住人で歳は四十から五十、三十四歳の満男よりみんな歳上だが、子供のころから顔や名前は知っている。もちろんこの三人だけではなく、村内の全住民はほとんどが顔見知りで、それぞれの経済状態や畑や山林の有無、三代前の爺様の名前もその爺様が戦争中は上等兵だったのか伍長だったのか、そんなことまで誰もが知っている。今店にいる三人は製材所の社長に土建会社の現場監督にガソリンスタンドの店員、不景気を嘆き合って子供の自慢話をしてフィリピンパブの値踏み競争をして、焼酎を飲み散らして焼き鳥を食い散らす。フィリピンパブというのは秩父市内にある「すげえ店」だとかで、セット料金のほかに一万五千円を出せば若いフィリピン女と、「やり放題」なのだという。

この三人はもう、ママの幸恵ともやっているのかなと、満男は乾いた咽に薄い焼酎を流し込む。噂では交渉によって「やらせてくれる」らしく、満男はこの二ヵ月、その噂を頼りにスナック〈峠〉に通いつづけている。ただ店にはいつも今夜のような客がいるし、それに幸恵と二人だけになったところで、その交渉をどう切り出すのか。いきなり「何円(いくら)でやらせてくれるのか」と聞くのは、いくらなんでも具合が悪いか。だいいち二万とか三万とかいう金額だったら最初から手が出ない。それとなく相場を聞いてみたい気もするのだが、ほかの客がいてはそれも憚(はばか)られる。秩父市内では若いフィリピン女が一万五千円、幸恵は四十を過ぎていても日本人ではあるし、やはり八千円か、一万円は取られるか。

　満男は焼酎を飲んでつきだしの南瓜(かぼちゃ)を口に入れ、首にかけたタオルで顔の脂をこすり取る。嫁さえ貰えればママの幸恵に心は動かないだろうし、行ったこともないフィリピンパブとやらに憬(あこが)れる必要もないのだ。嫁というからには自分の嫁で、そうなったらもう昼でも夜中でも、畑でも裏山でもやり放題、それも無料(ただ)で出来るというんだから、夢のような生活ではないか。問題は自分に定職がないこと、中学しか卒業していないこと、日影(ひかげ)の家には口やかましい両親がいること。家にはわずかばかりの山林とわずかばかりの畑はあるが、畑も山林もほとんど収入をもたらさないこと。

　やっぱりなあ、せめて高校ぐらい出ておけば、もう少しましな人生になったのかなと、ボトルの残りを気にしながら満男は薄い焼酎をなめる。そうはいっても子供のころから勉強が嫌いで、中学を卒業した後でまた三年も高校へ通うのかと思うと、あのころは背筋が寒くなったものだ。それにとなり町にある小鹿野高校なら両神村の日影集落からも自転車で通えるが、満男の頭で入学を目指すにはレベルが高すぎた。郡内最低学力の皆野実業高校ではたとえ受かったとしても、自転車通学で片道が二時間もかかる。通学用のバイクを買ってくれるような親ではないし、それに親のほうも元々、満男の頭を諦めていたのだ。

だから中学を卒業してすぐに吉田町の造り酒屋へ就職し、そこを半年で辞めてからは小鹿野町の新聞配達、荒川村の民宿から畳屋の住み込み、ドライブインの厨房からゴルフ場の清掃係と、二十歳までに十近い職場を渡り歩いた。二つ年下の弟は秩父高校を卒業して市内のスーパーマーケットに就職し、満男のほうはそれ以降も定職にはつかず、家にいて父親の山仕事や母親の畑仕事を手伝ったり、そんなことで十何年かを過ごしている。郡内のどこかで崖崩れがあれば臨時に雇われ、冬になると新潟まで除雪のアルバイトに出掛けたりもする。現在はたまたま荒川の護岸工事特需があって、二ヵ月前から小鹿野町の生コン工場に雇われている。スナック〈峠〉の噂を聞いたのはその生コン工場で、それからは週に一度ほど仕事帰りに幸恵の顔を見に寄ってみるのだが、今に至るまでなかなか、問題の交渉を切り出せないでいる。

「おう満男、来月の両神文化祭にゃ、おめえまたカラオケ大会に出るんかや」

カウンターの向こうから赤い顔をつき出したのは、土建会社で現場監督をしている黒沢寛二。姓は同じだが寛二の家は日向集落にあって、特別に血縁関係はないらしい。この日影、日向という集落名は山間部によくある地名だが、その由来は文字通り日当たりの善し悪し。昔は「日向に大尽なし、日影に貧乏なし」と戯れたともいい、日向集落の者は山も畑も豊穣だから怠けがちになり、逆に日影集落の者は苛酷な環境で働き者になる、というぐらいの意味らしい。もちろんそんな格言が通用したのは明治か大正までで、今は山林が無価値で仕事も資源もなく、山間部の集落にはどこも公平に、ひたすら貧乏が押し寄せる。

「そりゃよう満男、おめえは若えから東京もんを真似た歌もうたうべえが、ここは両神だい。一等賞を取るにゃやっぱし、ロスプリモスか東京ロマンチカだべえ」

「だけど寛二さん、俺、昔の歌は知らねえから」

「そりゃおめえの勉強不足だべえ。去年一等賞を取った大平の潤子だって、おめえよか若えのに歌は〈天城越え〉だったじゃねえか」

「潤子は吉田のスナックへ勤めてて、毎晩カラオケをやってるんだよ」

「それならおめえも毎晩この店へ来て、演歌を覚えりゃあいいべえ。さっき歌った犬が首を絞められたような歌じゃあ、どうせ今年もまた六等賞だい」

製材所の社長とガソリンスタンドの店員が拍手をしながら大笑いをし、幸恵までが焼酎を口に運びながら肩をふるわせる。幸恵も客たちもみんな年上だから揶揄われても文句は言えないが、このぶんでは今夜もやはり、例の交渉は切り出せないか。

満男は頭を掻きながら焼酎を飲み干し、わざとらしく腕時計を覗いて幸恵に勘定を頼む。ボトルの焼酎を飲んで焼き鳥を一皿食べてカラオケを四曲、それでも勘定は千六百円だから、生コン屋の日当が六千五百円の満男でも週に一度ぐらいは顔を出せる。東京にはビールを一本飲んだだけで一万円も二万円も取られるスナックがあるというが、そんな店は満男にとって、死ぬまで縁はないだろう。

「なんでえ満男、もう帰るんけえ」

「うん、明日は工場へ出る前に、畑の始末をするからね」

「おめえんとこはまだコンニャク玉を作ってるんかや」

「コンニャクはお袋が少しだけ。明日は畑に牛糞を鋤き込んで、大根とキャベツの種をまくんだい」

直前までそんなつもりはなかったが、そういえばそろそろ冬野菜の種まき時期なんだなと、満男は自分の言葉で家の畑仕事を思い出す。生コン工場のアルバイトもどうせあと一ヵ月、これからはコンニャク玉の取入れだの杉の枝打ちだの干し柿用の皮むきだの、つまらない農作業が待っている。

幸恵と三人の客に手をふり、店を出たところでひとつ深呼吸をして、満男はクルマをとめてある空き地へ歩く。スナック〈峠〉のある場所は小鹿野町と旧両神村の地区境、その峠の山中に一軒だけぽつんと電気看板を出していて、その紫色の看板には〈カラオケ、焼き鳥、家庭料理〉という文字が黄色く浮きあがる。ここから一番近い民家だって三百メートルほど山道をくだった両神側、飲みに来るにはクルマを使うしか方法はなく、実際に客の全員がクルマでやって来る。近くでネズミ捕りのある日は村の駐在所からしかるべき連絡が来るし、そしてその日が〈峠〉の定休日になる。

満男は道沿いの草むらに長々と立ち小便をし、それから五年前に中古で買ったカローラのドアを開けて運転席に身を沈める。エンジンをかけてライトをつけ、クルマを旧村役場の方向へ進めてから二叉道でハンドルを右に切り、あとは薄川沿いの一本道を谷の奥へ向かう。十九の歳に免許をとって同時に飲酒運転も始めたから、水割り焼酎の五、六杯なんかビタミン剤のようなもの。町場と違って突然飛び出してくるのは狸か狐ぐらいで、狸ならわざとひき殺して家へ持って帰り、皮は剥製屋に売って肉のほうは狸汁にしてしまう。

曲がりくねっているだけで単調な山道を両神山の方向へ向かいながら、満男は見たこともないフィリピンパブの光景を、竜宮城のように思い描く。フィリピン女自体は秩父市内でも見かけたことがあって、その小柄で浅黒い肌でくるっとした目の愛くるしい容貌が、まるで目の前にいるように浮かんでくる。

うーん、あんなに若くて可愛い女の子が、一万五千円か。ただ製材所の社長は「セット料金のほかに」と言ったはずで、それではそのセット料金というのは、何円（いくら）なのか。仮にセット料金が五千円だとして、それだけでもう二万円。やる場所だってまさか店のなかではないはずで、いわゆるラブホテルだろう。そのラブホテルはフィリピンパブと提携していて、無料なのか、それともホテルはホテルでまた、別料金なのか。別料金だとしたらその金も客が払うのか、女の子の一万五千円のなかに、含まれているのか。

うーん、でもなあ、女の子が寿司を食べたいとか言い出すかも知れないし、どっちにしてもやっぱり、二万五千円は必要か。この二万五千円という金額は満男が朝から晩まで生コン工場で働いて得る収入の、ほぼ四日分。四日も汗まみれになって稼いだ金を、たった一回股間を借りるだけのことで、ごそっと取られてしまうのか。たしかに若くて可愛いフィリピン女に涎(よだれ)はわいてもくるが、一発で二万五千円は、いくらなんでも高すぎる。いったい世の中は、なぜそんな仕組みにできているのか。これはやはり、政治が悪いのか。共産党だって福祉とか老人問題とか少子化問題とかを騒いでいるが、それなら一発で二万五千円というこの理不尽な矛盾を、どう解決してくれるのか。

開けてある窓から外につばを吐いたとき、バックミラーにヘッドライトが反射して、満男はほっとハンドルを握りなおす。そういえば〈峠〉を出たときから後ろに一台のクルマがついていて、二叉道を右に折れたときも薄川沿いの山道に入ったときも、ずっとそのクルマがついて来た気がする。もしかしたら警察のネズミ捕りか、と思ってバックミラーを確認してもパトカーの回転灯は見えず、それにその後続車は五十メートルほどの車間を置いたまま、ひたすらていねいな運転をつづけている。もともとこの時間になれば両神山方向から下って来るクルマは皆無、わき道から飛び出す年寄りや子供もいないし、細くて曲がりくねってはいるものの理屈さえ知っていれば山道での運転は、ひどく安全なのだ。村の人間ならそんなことは誰でも知っていて、満男のクルマだってナンバーだって、やはり誰もが知っている。そういう知り合いなら車間をつめてきてクラクションの挨拶を送ってきそうなものを、後続車はいつまでも距離をおいたまま、つかず離れず山道をのぼって来る。

まあなあ、今ごろ小鹿野から帰ってくるのは小倉の清蔵さんか、出原の良幸さんか。どちらにしても相当な酒飲みだから、今夜は酔っ払ってふだんより運転が慎重なのだろう。あるいは両神山の民宿に泊まっている余所者かも知れず、いずれにしても飲酒運転の取締りでなければ、なんだって構わない。問題はフィリピンパブに出掛けて二万五千円を浪費するか、それとも〈峠〉に通って、なんとか幸恵との交渉を成立させるか。四十女の幸恵なら高くたって一万円、場合によっては五千円ぐらいで決着するかも知れないし、それにほかの客がいなければ何曲かたっぷりサザンを聞かせたあと、最後に〈二人の銀座〉あたりをデュエットすれば幸恵もその気になって、無料でやらせてくれるような可能性も、なくはない。

クルマは沼里を過ぎて日向も過ぎて、すでに日影集落へのわき道にさしかかる。父親はもう寝てるだろうが母親のほうはテレビを見ながら、どうせ塩煎餅か沢庵の古漬けをなめている。この母親には我慢できるにしても、口やかましいくせに山仕事にしか能のない父親のほうは、何とかならないものか。杉の木なんかいくら手入れしたところで、五十年ものがせいぜい七千円。五十年間も枝打ちをして下草を刈って間伐作業して、それでも製材所に売るときはたった七千円なのだ。これが杉ではなく檜なら手間も生育期間もその倍、そんな苦労をしても杉や檜は花粉症の元凶だと非難されて、そして両神のように杉や檜だけしかない山奥にも製材所には安い南洋材が入ってくる。こういう現実に関して父親は「外材の輸入なんかいつか必ず、共産党が禁止してくれる」とゴタクを並べるが、共産党の政権公約に〈外国産材木の輸入禁止〉なんて項目が、本当に、あるのだろうか。

あの親父さえいなければ山も材木も売り払って、そうすればその売った金で新車も買えるし、古くて薄暗くて薄汚い田舎家も、少しは改築できる。新車を買って家をきれいにして洒落た洋間でもつくって、そうすれば、そうか、そうすれば柏沢の初美か下和田の恭子ぐらいなら、嫁にできるかも知れない。顔なんかどっちも似たようなもんだけれど恭子のほうが足が長くて色が白くて、しかしまあ恭子がだめなら、初美だって構わない。なにしろ二十代で独身で村に残っているのはその二人だけ、どちらかを嫁にしてしまえば朝晩毎日、それも無料でやり放題なのだ。

まったくなあ、あの親父さえ死んでくれれば、山を売って新車を買って嫁をもらって、冗談じゃなく、本当に、夢のような生活が待っているのにな。

満男がハンドルを右に切って日影へのわき道へ入ると、後ろにいたクルマはそのまま県道を両神山の方向へのぼって行き、音も灯火も人けも何もない集落の上空に十五夜の青白い月が、ＵＦＯのように浮きあがる。

その満月となんの関係があるのか、満男の頭には頑迷で小心な父親に対する殺意が、耳鳴りのように押し寄せる。

＊

十二時を過ぎてアルバイトの珠枝が帰っていくと、店には梢路と樺山咲と山鹿清二だけが残る。殺人事件以降の一週間ほどは半年ぶりの客も顔を見せたりして、ラザロは明け方近くまで店を開けていた。そんな客足がとまったのは昨日からで、昨夜は十二時を過ぎても五人の客しか入らず、今夜も早い時間に女子大生のグループが一組あっただけ。あとはここ二時間ほど咲と山鹿がそれぞれ、むっつりと酒を飲んでいる。咲の席は相変わらずフロアの丸テーブル、客の有無にかかわらずカウンターへは近寄らず、キープの一升瓶を従えてひたすら無口に飲みつづける。今夜の服装はベージュ色のワークパンツに赤いウインドブレーカーで、寝乱れたような髪を指で梳きながら目を据わらせ、酔いの出ない青白い顔を片手の頬杖にのせている。今ではすっかり常連のはずだが他の常連客と言葉を交わした場面を、梢路はまだ、一度も見ていない。

　山鹿が首をかたむけながら席を立ち、ジュークボックスへ歩いていくつかのコインを入れる。カウンターに戻ってくるとすぐにイントロが始まり、それがプレスリーの〈悲しき悪魔〉に変わる。

「ねえショウちゃん、今夜は妙に静かだねえ」

「そうですね」

「ジュークボックスに三曲入れたから、それを聞いたら私も帰るよ」

「はい」

「一人で社宅へ帰っても仕方ないけど、さすがに私も疲れた気がする」

　言いながら山鹿が薄い髪を手のひらで撫でつけ、ロックグラスに自分で焼酎をたす。梢路のほうは手を休めず、仕込みすぎたグラタンソースを使って咲のために、サービスの茸グラタンをつくっている。

　一曲目の歌が終わって曲がやはりプレスリーの〈ハートブレイク・ホテル〉に変わったとき、店のドアが開いて写真家の小長勝巳が入ってくる。小長は梢路と山鹿に会釈を送りながらカウンターへ歩いてきて、よっと声を出してスツールに腰をのせる。その小長の前に梢路がすぐ、おしぼりをさし出す。

「ショウちゃん、マスターは？」

「今夜は休みです、疲れたとかで」

「そうなの。若く見えても歳なのかねえ。それにしても今夜はずいぶん静かだ」

「祭りの後なんてこんなもんです」

「祭りの後？　そうか、なるほどね」

「それより小長さんのほうこそ、久しぶりですね」

「いく日か前に店をのぞいたよ」

「そうでしたか」

「やけに混んでて、席もなさそうだったから入らずに帰ったんだけどさ」

おしぼりで額と首筋をこすり、ひとつ息をついて、小長がサファリジャケットの肘をカウンターにかける。しゃくれた顎に小さい目が相変わらずきょろきょろと動き、その小長の顔に梢路は百科事典の図版で見たイタチを思い出す。

梢路は小長のためにつきだしの餡かけ豆腐を用意し、カウンターにはいつもの青島ビールをセットする。そのころにはジュークボックスの曲がジョニー・ソマーズの〈ワン・ボーイ〉に変わっていて、山鹿がその歌に首でリズムをとりながらため息をつく。

「だけどさ山鹿さん、今回は本当に……」

小長が束ねた半白の髪をふりながらタバコをとり出し、天井のあたりに視線をやって、ひとつ空咳をする。

「一昨日矢尾（やお）のデパートで画家の矢島さんに会ったら、だいぶ警察に絞られたって」

「絞られたのはこっちも同様ですよ。どこで調べたのか、私も成子さんとの関係を知られていました」

「山鹿さんが？」

「まあ、なんというか、成り行きで。ピアノの生徒を紹介してやったお礼にと、食事に誘われましてね」

「いやーっ、そうなの。こいつはびっくり」

　一瞬おどけた表情をつくりかけ、すぐに口元をひきしめて、小長が小さく鼻を鳴らす。

「実は、俺も、成り行きでさ」

「小長さんも？」

「痛くもない腹を探られたら面倒だから、警察にも喋ってしまった」

「そうでしたか、小長さんも」

「申し訳ない。矢島さんや山鹿さんともそうだと知ってれば、自重もしたろうけど、だって、ねえ？」

「このぶんでは後からまた一人や二人は出てくるんですかね。たった半年の間に成子さんも、忙しい人だった」

　山鹿がちっと舌を鳴らして眉をひそめ、苦笑をこらえるような顔で首筋をさする。

「私なんか、クルマまで買わされましてね。このことが東京の家内に知れたらどうなることやら」

「警察が、奥さんに？」

「内緒にしてくれる、とは言ってますが」

「死んだ後まで人騒がせな女だよなあ」

「警察といえば、小長さん、知っていましたか」

「もう噂になってるもの。マスターが昔、警官だったと」

「やっぱり狭い町ですねえ。それに人というのは、見かけによらない」

「山鹿さんだって見かけによらないよ。成子さんもマスターも、人間なんて、みんな見かけによらないんだ。俺だって見かけによらないかも知れないし、こんな田舎町でもそれぞれ、面倒なことだよね」

　二人の会話を聞き流しながら梢路は調理をすすめ、茸グラタンを焼きあげて丸テーブルへ運ぶ。咲の視線が一瞬梢路の顔に焦点を合わせ、そしてすぐにまた、セピア色の壁に漂う。

「仕込みすぎたからサービスだ」

「ニューボトルを入れて」

「うん」

「このお酒、かなりいけるわ」

「うん」

　梢路はうなずいただけでグラタン皿をテーブルに置き、空になっている五六八の一升瓶を持ってカウンターへ戻る。それからカウンターの内で新しい一升瓶を用意し、咲のテーブルへ運んでまたカウンターの内に戻る。その梢路にグラスの縁を透かして、小長が大げさなウィンクをする。

「なあショウちゃん、今になればもう、隠す必要はないだろう」

「何ですか」

「何ですかって、成子さんとの関係だよ。やっぱりショウちゃんも、なあ？」

「小長さんとは違います」

「そりゃ俺や山鹿さんや、その辺のオヤジ連中とは違うだろうけどさ。成子さんのほうから誘われなかったかい」

「まるで」

「なし？」

「はい」

「ふーん、そう。だとしたらみんな五十歳とか六十歳とかで、若いやつは一人もいないんだよな。彼女には何か、そういう趣味でもあったのかね」

「そういう趣味が公平に、みたいですね」

「そうそう。結果的には非常に公平で、そのくせ男のほうは自分だけだと思い込んでいて、そのあたりのギャップというのが、要するに、人生なんだよなあ」

山鹿が咽の詰まりを誤魔化すように短く笑い、グラスをカウンターに置いて目を細める。

清水成子がマスターと関係があるらしい、とは麻美も言っていたが、まさか他の常連客とも公平に付合っていたとまでは思わなかったろう。麻美もマスターも常連客たちもみんなが毎日のように顔を合わせていながら、けっきょく他人のことは、誰にも分からない。

「それはそれとして、事件のほうは……」

小長がグラスに自分でビールを注ぎたし、タバコの火種を灰皿につぶしながら束ねた髪をかたむける。

「最近新聞にも出ないし、テレビのニュースでもやらないよねえ」

「膠着状態なのか、進展があってもマスコミには発表しないのか」

「どっちなわけ」

「私が知るはずないでしょう。ただみんなの噂では、警察も捜査の場所を東京に絞り込んでいるとか」

「東京に？」

「成子さんと寄居の歯医者が東京で、何か関係があったという判断でしょうね。寄居と秩父なんて近いようだけど、生活圏はまるで別だから」

「成子さんとその歯医者と犯人の、三角関係じゃないの」

「そんな単純な構図ならもう、事件は解決していますよ。小長さん、日本における犯罪の検挙率って、どれぐらいか知ってます？」

「さあ、六割か七割か」

「二割以下ですよ」

「あれあれ、だって」

「日本の警察は世界一優秀なんていうのは神話です。ただ殺人事件に関してだけは、九割の検挙率があるらしいけど」

「ばかに詳しいねえ」

「この一週間ほど、ラザロではそういう話ばかりですから。殺人事件の検挙率は九割、だけど逆に言えば殺人犯の十人に一人は捕まらない理屈でしょう」

「まあ、そうだね」

「警察の捜査方法も旧態依然、とにかく怪しいやつを捕まえて殴る蹴る……と、そこまではいかなくても、それに近い尋問で自白を強要するそうです。その結果あっちでもこっちでも、毎年毎年、誤認逮捕や冤罪事件が発生してしまう」

山鹿がグラスをあおって自分で注ぎたし、カウンターに身をのり出しながら舌打ちをする。これまでセメントや地震の問題にしか興味を示さなかった山鹿も、身近な場面で身近な人間が殺されてはやはり、神経が騒ぐのか。

　梢路はつくりすぎた里芋の煮物を小長にサービスし、山鹿のアイスピッチャーも新しくして壁の時計を眺める。一時には店を閉めるつもりだったが小長も腰を落ちつけそうな気配で、それにテーブル席の咲も頬杖をついたまま、相変わらずむっつりと酒を飲んでいる。

　山鹿が焼酎をなめてまた舌打ちをし、頭頂部まで禿げあがった額の脂を手の甲でこすり取る。さっきまでは曲を聞いたら帰る、と言っていたのに、小長という酒の相手ができてやはり、腰を落ちつける気になったらしい。

「ねえ小長さん、今も言ったけど、殺人事件の検挙率は九割で、その九割も事件発生時には犯人が分かってるそうです。つまり今度の事件は残りの一割でしょう」

　ここ一週間ほどの間にラザロでも素人探偵の推理は出尽くしていて、これから山鹿がどんな見解を披露するのか、聞かなくても梢路には見当がつく。

「だいたい連続だのバラバラだのという事件は、底が浅いものですよ。犯人と被害者の間には必ず接点があって、その接点をたどっていけばイヤでも犯人に行きつく。事件が派手で猟奇的だから世間は騒ぐけど、構図自体は単純なものです」

「なるほどね」

「成子さんが殺されてから二週間、寄居の歯医者からなら一ヵ月半。それだけの時間がた

って も事件の構図が見えないのは、これはちょっと、尋常じゃない」

「犯人の頭がいいのかな」

「そうそう、犯人は頭がよくて猟奇趣味があって、自分が捕まらない一割だということに確信をもっている人間です」

山鹿がタバコに火をつけて長く煙を吹き、横から小長の顔をのぞきながら、禿げあがった額に太い皺をきざむ。そのとき咲がコインを入れたのか、休憩していたジュークボックスからビートルズの〈フール・オン・ザ・ヒル〉が流れはじめる。咲のこの選曲に意味があるのかないのか、しかしラザロのジュークボックスでは一連のビートルズナンバーが最新の曲になる。

〈フール・オン・ザ・ヒル〉が終わるまで黙ってビールを飲み、それからグラスをカウンターに置いて、小長が山鹿に肩を寄せる。

「だけど山鹿さん、本当に犯人は、捕まらないほうの一割だと？」

「マスターの意見では、まず捕まらないだろうと」

「ふーん、マスターがね」

「犯人はそうとうに頭のいい人間で、頭がよくて猟奇的で殺人自体を楽しむようなタイプだろうと」

「一種の、通り魔みたいな？」

「はい。連続ではあるけど不連続というような、アメリカ型のオカルト犯罪という意見です。警察は成子さんと歯医者の接点を捜してるっていうけど、そんなの、無駄に決まっていると」

「とすると犯人は、誰でもいいから、ただ殺してみたかっただけ？」

「ただ人間を殺してみたかった、人間の遺体をバラバラに切断してみたかった」

「病気だな」

「頭のいい病人ですね。殺したり、バラバラにしたり、世間が騒いだり、犯人はそういうことで快感を得ている人間でしょう。被害者が歯医者と成子さんだったのは偶然で、まあ、運が悪かった」

「そうか、成子さんも運が、か」

小長がビールをあおってまた自分で注ぎたし、一度丸テーブルのほうへ流し目を送ってから、肩でも凝ったように首を右にかたむける。

「連続ではあるけれど不連続、か。なるほどね、犯人が病気だとしたら、そうかも知れないね」

「私たちも警察も一般社会も、頭が硬くなってるんです。今の若い連中なら通り魔的バラバラ快楽殺人事件と考えることに、違和感はないはずです」

「ふーん、ショウちゃん、そうなの」

「いえ」

「違う？」

「たとえ山鹿さんの言うとおりだとしても、事件の本質は別だと思います」

「本質ねえ、その本質というのは、たとえば？」

「非常に個人的なことではあっても、やっぱり普遍的というか、なにか、そんなこと」

「分かりやすく言うと？」

「ちょっとちょっと、小長さん」

山鹿が薄笑いをつくりながら梢路の顔をうかがい、グラスを口に運んで耳のうしろを掻く。

「ショウちゃんの言うことなんか本気にしないでくださいよ。若いといっても彼は料理と山歩きにしか興味のない、変わり者なんだから」

梢路も小長や山鹿と議論をつづける気分ではなく、肩をすくめただけで洗い物に戻る。事件から一週間は仕込んだ料理が間に合わず、そして昨日からは食材が余っている。この状態が本当に祭りの後だとすれば、これからはメニューも仕込みの量も加減が必要になる。

「どうもなあ、山鹿さん、ジジ焼きを食いたくならないかい」

「どういう心境の変化です？」

「どういう心境の変化かね。マスターの顔が見えないと、なんだか無性にジジ焼きが食いたくなる」

「私もそういえば、ショウちゃんがラザロに来てから一年近く、ジジ焼きを食べていないな」

「そうそう、秩父名物ジジイのジジ焼き」

「ショウちゃん、ジジ焼きは？」

「つくれます」

「それじゃ頼もうかな」

「はい」

「山鹿さん、言い出したのは俺だぜ」

「いいじゃないですか、一緒に食べましょうよ。それからついでに向こうの美人で無愛想な女子大生にも、ね」

山鹿の台詞ではないが、そういえば梢路が店に来てからも一ヵ月ほどは毎晩、五、六皿のジジ焼きが売れていた。そのオーダーが週に一、二皿になってそのうちぴたりと止まり、ここ半年ほどジジ焼きを注文した客は一人もいなかった。

梢路は一度カウンターを出てジュークボックスへ歩き、コインをジュークボックスに入れる。選んだ曲はポール&ポーラの〈ヘイ・ポーラ〉、この曲は成子が生きていたころ自分でピアノをひきながら、小長とデュエットしていたことがある。

丸テーブルを見るといつの間に平らげたのか、茸グラタンの皿は空になっていて、咲は足先にひっかけたサンダルをゆすりながら壁の宗教画を眺めている。初めてラザロに来たときからその絵に関心をもったらしいから、信者ではないにしても聖書に対する知識はあるのだろう。

梢路は何秒か咲と視線の方向を同調させ、それから空になったグラタン皿を片付けてカウンターの内へ戻る。その梢路に小長がビールの追加注文をする。

「ショウちゃん、ジジ焼きは急がなくていいから、たまには一杯やらないか」

「はい、ありがとう」

「店も暇そうだしな」

「そうですね」

「それにしてもなあ、成子さんみたいな女が秩父へ来たこと自体が、間違いないんだろうなあ」

「はい」

「彼女さえ、まあ、とにかく、一杯やってくれよ」

梢路がグラスをさし出し、小長が自分のビールをそのグラスに注いで、肩をカウンターに被せる。

「さっきショウちゃんが言った、あのことな」

「はい」

「非常に個人的なことではあるけど、やっぱり普遍的なこと、とかいうやつ」

「言っただけです。意味はありません」

「そうだろうけどさ。人間なんて、分かるようで分からなかったり、分からないようで意外に分かったり、そんなこともあるんじゃないの」

「そうですか」

「麻美さん、今夜は？」

「さあ」

「今度の事件で彼女も忙しいのかな」

「たぶんね」

「秩父始まって以来の大事件で、秩父新報始まって以来の大スクープだ」

「はい」

「金一封ぐらい出たろうからさ。今度会ったときはバッチリ、奢(おご)ってもらわなくちゃな」

　梢路は注がれたビールを飲み干し、きょろきょろと目だけを動かすイタチに似た小長の横顔を、黙って眺める。小長が突然麻美の名前を出したのは、故意か、偶然か。人のことは分かるようで分からなかったり、分からないようで意外に分かったり、しかしどちらにしても所詮それは、他人のことだ。

咲がまた席を立ってジュークボックスへ歩き、コインを入れて選曲のキーを操作する。ふだんの日なら一晩に一回か二回の仕事しかさせられないのに、今夜に限ってはこの古いジュークボックスもさぞ、疲れたことだろう。

咲が席へ戻って頬杖をつき直し、それからすぐにジュークボックスがポール・アンカの、〈ユー・アー・マイ・デスティニー〉を流しはじめる。

8

最近は鮎が戻ってきたとか騒ぐけど、秩父あたりの荒川にくらべたらやっぱりドブ川だわと、また香村麻美は嘆息する。多摩川の対岸はもう神奈川県の川崎市で、遠くのサイクリングロードを母親と子供が大小の自転車を連ねていく。西に傾いた太陽は土手地の湿度を低くし、ゆったりとした川面にも金色のさざ波を起こさせる。眼下の河川敷では小学生の野球チームが甲高く喚きつづけ、そのゲームを暇な父親や暇な母親が三々五々、善人そうな顔でとり囲む。少し離れた土手には年金暮らしらしい年寄りが腰掛けていて、川崎側でも何人かの年寄りが釣り糸を垂れている。

東京で就職をして結婚して離婚して秩父へ戻ってから、もう七年。その間仕事や買い物で東京へは出ているが、気分としてはすっかりド田舎のド田舎新聞記者に落ちついている。今さらまた東京で暮らしたいとも思わないし、多摩川のようなドブ川に鮎や鮭を呼び戻そうとする東京人の無神経さにも、本心からうんざりする。

そうはいっても麻美ももう四十一歳、このまま田舎で暮らして子育てをして歳をとって死んでいくのも、ちょっとばかり味気ない。出版社に就職して美人編集者とか騒がれ、一流の作家や映画人やスポーツ選手たちとも、多少の交流はあった。それは世間が考える華やかな生活だったかも知れないし、実際に自分でもその環境が自慢だった部分が、なくもない。しかしそういう浮かれ気分で暮らせたのも、最初の四、五年だけだった。どの業界でも一流と位置づけられる人間たちには特殊な才能があり、それは知能であったり体力であったり思想や意志力であったりもするのだが、その先鋭な特殊さが麻美の体質には馴染まなかった。仕事をつづけるうちに自分の神経がすり減っていく現実が自覚され、つい〈休める場所〉を求めたのだ。

そんな麻美に〈休める場所〉を提供したのは、スナックで知り合った銀行マン。総合職だから学歴もあって生活も安定していて、それに何よりもその平凡な人生観が麻美の神経を慰めた。一流出版社の編集部員という立場に未練はあったものの、退職して結婚をして子供を生み、杉並のマンションで暮らした期間が五年。平凡な銀行マンはひたすら平凡で、しかし当初は癒しになったその平凡さが今度は麻美の神経に苦痛を与えはじめた。作家も映画人もある意味では性格破綻者的な一面があって、それが魅力でもあり才能でもあり、そして他人を疲労させる凶器でもあるのだが、反面人間的な奥の深さも備えていた。それにくらべると平凡な銀行マンは危険もないかわりに魅力もなく、一言でいえば、飽きたのだ。それはもちろん麻美の責任で、相手に悪気も落ち度もないことは分かっていた。それぐらいはちゃんと分かっていても、いつしか麻美は神経症気味になり、相手の食事マナーから風呂の入り方から歯の磨き方まで、辛辣な批評を加えるようになった。そんな生活がつづけば相手も麻美を敬遠するのは当たり前で、そのうち外に女でもできたのか、マンションに帰らない日が目立ちはじめ、半年後には〈性格の不一致〉を理由に協議離婚が成立した。麻美は子供をつれて秩父の実家へ戻り、親のコネと出版社勤務という実績で秩父新報にもぐり込んだ。そういう四十一年間の人生は失敗でもあり当然の帰結でもあり、よかったのか悪かったのか、麻美自身にも分からない。ただ東京時代にくらべれば神経も穏やかで気分も平和で、しょせん自分の人生はこの程度のもの、という諦めと達観がある。

それはそうなんだけどね、やっぱりもうちょっと、東京で頑張るべきだったのかしらねと、麻美はドブ川のような多摩川に目をやりながらため息をつく。今日は午前中に昔勤めた出版社へ顔を出し、調べ物をして昔の同僚と歓談して、つかの間当時の生活を思い出した。あのまま結婚なんかしなかったら、仮に結婚をしても仕事をつづけていたら、今ごろ自分の人生には、何が待っていたのか。

多摩川に架かる京王線の鉄橋を銀色の電車が渡っていき、その高架音と野球の喚声が麻美の思考を現実へひき戻す。

麻美は腕時計をのぞいて土手から腰をあげ、尻に敷いていたハンカチを拾いあげて土と芝の切れ端をふり払う。天気がよくて光の色も透明で、それでも麻美の気分が重いのは人生への後悔だけが理由ではない。

ショルダーバッグを肩にかけ、タイトスカートの足をさばいて土手から土手下の道におりる。京王閣で競輪が開催されていれば人出もあるのだろうが、今日は遠くに犬の鎖をひいた主婦が歩いているだけで、多摩川沿いの住宅街は穏やかな倦怠に包まれる。少しばかり早い気もするが屋敷林のどこかから、ふと金木犀（きんもくせい）が匂いかける。

電柱の住居表示を頼りに多摩川四丁目から三丁目に入り、ログハウス風の邸宅や新建材の住宅が入り混じった住宅街を五分ほど歩いて、レンガの門柱に〈柴崎（しばさき）〉の表札を見つける。その家は木造の羽目板張りでスレート屋根の平屋建て、古めかしい佇まいだが寂れた感じはなく、門柱からつづく低い塀にもリサイクルらしい古レンガが使ってある。塀からは咲き残ったブーゲンビリアやエンゼルトランペットの大花があふれ出し、門扉のない庭の奥にも千日紅（センニチコウ）やジニアの小花が咲き乱れる。建物も小体（こてい）で敷地も広くはなく、しかしふんだんに咲いた花と雑草の見えない庭や花壇に、家に対する住人の愛着が感じられる。

麻美は門から二、三歩庭内へ歩き、ムクゲの樹下でギボウシの花柄をつんでいる白髪の老婦人に、後ろから声をかける。

「ご免ください。午前中にお電話をした香村と申します」

老婦人の手がとまり、腰が浮いて、その白髪がゆっくりと向こう側へまわされる。あらわれた顔は意外に若々しく、化粧っ気のない血色のいい皮膚はせいぜい六十歳を過ぎたあたりか。背丈も麻美と同じほどはあり、ウコン色の作務衣（さむえ）を着た体型にも衰えは見られない。婦人の名前は柴崎可音子（かねこ）、この可音子は中学で梢路を担任した元教諭なのだ。

　可音子が肩をすくめるようにして目を見開き、口元に軽い笑いをつくって、ギボウシの花柄をぽいと、足元に放る。

「そうでしたね。秩父からわざわざ……」

　何歩か麻美のほうへ歩み寄り、掃出し窓の前に据えてある木製のガーデンチェアに、可音子が麻美をうながす。

「ちょっと手を洗ってしまうわ。少しだけここで、お待ちくださいね」

　言い残して可音子が家内（いえうち）へ入っていき、麻美はすすめられた椅子に腰をおろしてその庭を眺める。花壇はどこかで拾ってきたらしい石での手作り、今は赤とピンクのベゴニアが満開で、その向こう側には白い日々草が配されている。ポットに植えられたハイビスカスもまだ満開で、深紅のドイツ芙蓉には西からの木漏れ日が射しかかる。その玄関わきには男物の自転車がとまっているから、可音子も一人暮らしではないのだろう。

　待つまでもなく奥から可音子があらわれ、持ってきたトレーをテーブルに置いて、自分も麻美の向かいに腰をおろす。

「いいえね、本当にねえ、電話で平島くんの名前を聞いたときには、もうびっくりして」

　トレーから麻美の前に大きめのカップを移し、白い前髪を右手の小指でかきあげながら、可音子が短く息をつく。

「もちろん私も、気にはなっていたんですよ。そろそろ出所の時期ではないかということも、分かってはいたんです。ただねえ、忘れてはいけないと思いながら、本音の部分では関りたくない気持ちも働いたりして……けっきょく私には教師の資格なんて、なかったわけですよ」

庭の一画でセージの葉叢がゆれ、ブチ猫が顔を出してそのまま、二人には見向きもせず門のほうへ歩いていく。花壇にはカラスアゲハが舞って花蜂が飛び交い、遠くから京王線の高架音がかすかに聞こえてくる。

麻美はすすめられたミントのハーブティーに口をつけ、軒下にハンギングされたポーチユラカの花から可音子の顔に視線を移して、軽く息を整える。

「電話でもお話をしましたけど、このままでは梢路くんがむずかしい立場になる可能性があります。今のところ警察も気づいてはいないようですが、いつかは調べ出してしまうでしょう」

「せっかく秩父で静かに暮らしているものを……今回の秩父や寄居の事件は、もちろんニュースを見て知っています。でもまさか、平島くんが関係していたとまでは」

「関係しているのではなく、正しくは、巻き込まれかけている、です。でも警察が梢路くんの過去を知ってしまえば、当然のように疑います。私に何ができるのかは分かりませんが、当時の事情を心得ていれば、いくらかは梢路くんの役にたてるかも知れません」

「本当にねえ、何故あんなことに……」

自分でもテーブルから白いカップをとりあげ、目を伏せたままひと口すすって可音子がため息をつく。さっきのブチ猫が戻ってきて一瞬足をとめたが、ぷいとそっぽを向いてまたセージの葉叢にもぐり込む。

「当時の事情といってもねえ、とにかく事件の後は教師も生徒も、みんなが動揺してしまって……生徒のなかには不登校になったり受験に失敗したり、親に隠れてお酒を飲む子まで出てきたり。そのころから六年もたって、私なりにあれやこれや考えてはみるんですが、正直なところ平島くんが何故あんな事件を起こしたのか、けっきょくは、分からなくて」

「でも理由はあったはずです」

「もちろんね。検察庁の判断は、受験ノイローゼによる発作的な犯行、ということでした。平島くんの弁護士も同じ主張で……ただ、どうなんでしょう、本当の理由は平島くん本人にしか、分からないんだと思いますよ」

六年前の初冬、中学三年生の〈少年〉が就寝中の母親を包丁で刺し殺した事件は、ほんの一ヵ月ほど、新聞やテレビを騒がせた。報道では匿名になっている〈少年〉の実名も、新聞社や雑誌社にはデータとして残っていて、麻美は元同僚を介して当時の情報を入手した。事件の概要が分かってからはパソコンを使って新聞のバックナンバーを検索し、今日は元の勤務先まで出向いて当時の週刊誌にも目を通している。

その結果分かった事実は六年前の十二月初旬、〈少年〉である梢路が成績不振を叱責され、発作的に母親を刺し殺した、というもの。もちろん母親の名前やその母親が小学校の教諭であったこと、五年前には離婚して梢路とマンションでの二人暮らしだったこと。その他梢路がサッカー少年であったことや、同級生などの梢路評などなど。ふだんは仲のいい母子で、よく二人でスーパーにも出掛けていたし、マンションの住人も二人が争っている声も物音も、聞いたことすらないという。また友達の証言でも〈少年〉は多少元気のよすぎる部分はあったにせよ、明朗で快活で友達の面倒見もよく、非行やいじめなどにも一切無縁。担任教師の談話でも〈少年〉が悩んでいたり生活態度が変わったりの兆候はなく、今回の事件には「ただただ驚いている」という。

新聞や週刊誌がこの〈中学生による母親刺殺事件〉を追ったのはそこまで。以降は大した記事もなく、ときたま〈少年〉が家庭裁判所から検察庁へ逆送されたこと、そして一般と同様の刑事裁判が行われ、五年以下の短期懲役刑が確定して少年院に送致されたこと等、後日談的な記事が何行か、新聞の片隅にのる程度だった。その間にも幼女誘拐殺人や高校生による強盗殺人事件が頻発していたから、麻美にしても梢路の事件を、そういえばそんなこともあったかな、ぐらいにしか記憶していなかった。

「ですけどねえ、ただの受験ノイローゼというのは、どうも……」

可音子がカップをテーブルに置いて首をかしげ、二、三秒麻美の顔に目を細めてから、視線を手元のカップに落とす。

「成績的には確かに、中の中から上のあいだぐらいで。でもそれは最初からお母様もご存知だったはずだし、都立ならそう無理もせずに入れることも分かっていたはずなの。平島くん自身も一流大学を志望するような生徒ではなくて、どちらかといえば、人生を楽しむタイプだったから」

「受験ノイローゼはあり得ないと」

「そういう意味ではないのよ。けっきょくは平島くんとお母様二人だけの問題で、事件の後で平島くんと接見した心理学者やカウンセラーの判断も、突発的な心神耗弱だと。裁判でも平島くん自身が、それを認めたというし」

「でも先生には納得できない？」

「教師の欲目というか、私の思い込みというか。平島くんには内心、将来を期待していた部分があるんですよ。長い間教師をしているとごく希に、この子は普通の子とは違うな、という勘が働く生徒がいるものなの。どこがどう普通の子と違うのか、科学か経済か政治かスポーツか芸術か、その分野も分からないけど、とにかく普通の子とは何かが違うの。もちろんそんなこと、平島くんには言わなかったし、私だけの楽しみとして……」

可音子の口端に自嘲っぽいたて皺が刻まれ、シミの浮いた手がカップにのびかけて、その手がすぐ胸元にひき戻される。

「それにね、事件の三ヵ月ほど前から、平島くんはお母様の評判を同級生たちに、聞きまわっていたというの」

「母親の評判を、同級生たちに？」

「同学年生にも下級生にも、それから、他校の生徒たちにも」

「どういうことなんでしょう」

「どういうことなのか、今でも分からないのよ。あの事件の後、生徒たちの間でそんな噂が広まりましてね。学区の関係でうちの中学にも平島くんのお母様が勤めていた小学校から年間に三、四人は入学してくるの。平島くんはその生徒たちに、小学校でのお母様の評判を、熱心に聞きまわったと」

「彼がそういう行動をとった、理由は」

「分からないわ。事件の前にそんな様子は見られなかったし、噂も私の耳には入らなかった。もしあの事件が起こらなければ噂自体、広まることもなかったでしょうし」

「自分の母親がどんな教師なのか、梢路くんは、知りたかった」

「たぶん、そういうことだと思うわ」

「でも、何故そんなことを」

何故そんなことを、と、麻美はその問いを反芻したままハンドバッグを開き、タバコをとり出して火をつける。火をつけてから可音子に喫煙の可否を問うべきだった、とは気づいたが、知らん顔でそのまま、しばらくタバコを吸いつづける。

「先生ご自身は……」

携帯灰皿にタバコの灰を落とし、花壇に戻ってきたアゲハ蝶に目をやりながら、麻美はハーブティーのカップをとりあげる。

「ご自身で、その噂を、確認されたわけですか」

「ええ、何人もの生徒に」

「警察へは」

「もう裁判所の判決がおりた後でしたもの。それに平島くんがお母様の評判を知りたがっていたことと事件とが、どう関係するのか。たとえ関係があったとしても、それは平島くん本人にしか分からないことでしょう」

「では、その、母親の評判というのは」

「具体的には知りません」

「生徒たちからお聞きになったと」

「もう六年も前のことで……」

「最初にも言いましたけど、梢路くんの立場は今、微妙な情況にあります。もし警察が彼の過去を知ったら梢路くんの味方は伯父の八田さんと、私の二人だけ。私は自分から警察には言わないし、もし秩父や寄居の事件がこのまま解決してくれれば、表沙汰にする必要もありません。ただ最悪のケースを考えて……」

「ええ、ええ、そうでしたわね。ただちょっと、悪口になってしまうようで、気がひけただけなんですよ」

可音子が眉をひそめながら口元を笑わせ、小皺に囲まれた細い目を上向けて肩をすくめる。梢路の母親が評判のいい教師だったのなら可音子も躊躇わないはずで、麻美にしてもその発言には見当がつく。

「生徒の評判もそうですし、ああいう事件の後では職員室なんかでも、平島先生の人物評のような話が多くなって、いやでも耳に入ったんです。私は進路相談のときにしかお会いしていませんでしたけど、同じ市内の教員ではあるし、平島先生をよく知っている教師もいたりして……で、ひと言でいって平島先生は、ひどくえこ贔屓の激しい教師だったと」

「えこ贔屓ですか」

「えこ贔屓なんて言葉自体、最近はあまり聞きませんけどね。でも他に言いようがないから、仕方ないわ」

「つまり、梢路くんの母親は、あまりいい教師ではなかったと」

「表現の問題を別にすれば、最悪、かしら」

「そこまで」

「いろいろな評判から私個人でまとめた結論を言うと、最も教師には向かない性格だった、ということね。ひとつのクラスに四十人の生徒がいたとして、そのうちの二、三人は偏愛。逆に嫌いな生徒は徹底していじめ抜いて、その他大勢は無視。それが表面上問題にならなかったのは、世渡りが上手(うま)かったから。教頭や校長、教育委員会の職員や父母会の役員たちには有能な教師と思われていたようで、その関係で悪く言う人は、まずいないとか。嫌いな生徒をいじめるにしても、体罰や暴言ではなく、証拠に残らないような言葉でちくちくと、陰湿に長期間つづけたらしいわ。いじめに遭った生徒が親に訴えても、ちょっとした言葉の思い違い、という程度で済んでしまったようで、要するに他人に取り入るコツと他人をいじめるコツを、心得ていた人なんでしょう。ただ、ねえ、そうは言っても……」

　細い目を見開いて額に皺を刻み、テーブルに置いたカップのつまみをもてあそびながら、可音子がしゅっと、鼻水をすする。

「女というのはなかなか、公平にはなりきれない生き物ですものね。さっきは平島先生のことを『教師として最悪』と言いましたけど、それでは自分はどうなのかと。事件の後で自分の教師生活を思い返してみると、多かれ少なかれ、生徒をえこ贔屓していた部分がね。そのことに気づいてしまったら、もう教師を、つづけられなくなって」

「学校を？」

「ええ、定年までには二年ありましたけど、思い切って退職しました」

　麻美はタバコを携帯の灰皿に落とし、肩をすくめながらハーブティーのカップをとりあげる。女が男にくらべて不公平な生き物であり、そして梢路の母親がその極端な例だったことが事実だとしても、それではそのことが、事件の原因なのか。中学生の息子が母親とスーパーへ買い物に行く、というぐらいだから、母親は梢路を溺愛していたはず。いくら梢路が母親の、教師としての実態を知ったからといって、自分に愛情を注いでいる母親を包丁で刺し殺すなどという結果が、生じるものなのか。それに八田芳蔵にしても梢路は実の甥だろうが、母親のほうは実の妹。妹を殺した犯人である梢路を手元へひきとることに、躊躇や葛藤は、なかったのか。

「ですからね、あの事件……」

　可音子が椅子に座りなおして小首をかしげ、下から麻美の顔をのぞいて、唇に力を入れる。

「あの事件が受験ノイローゼの結果だったというのは、どこかに不自然さが残ります。でも平島くん自身が一時的な錯乱状態だったと主張するのなら、それはそれで、いいんじゃないかしら。もう刑期も終えて、静かに暮らしているわけですし」

「このまま静かに暮らせれば、それはそれで、いいのかも知れませんね」

「それにね、少年院へ面会に行ったとき、平島くんにも『すべてを忘れるように』と言われたの」

「栃木の、少年院へ」

「一度だけね。彼、私の教え子だった平島梢路とは、まるで別な人になっていたわ。なんていうのか、老成した大人が少年の縫いぐるみを着ているような、そんな感じ。そして私に『自分がこの世に存在していたことも、存在していることも、すべて忘れるように。そして二度と、面会なんかには、来ないように』って。ただひとつだけ頼めるなら、百科事典をさし入れてくれ、と」

「はあ、百科事典」

「百科事典を読んでいれば、死ぬまで、暇つぶしができるからって」

「死ぬまで暇つぶしが、ですか」

「私が思ったとおり、彼はやはり他の子供とは違っていたの。ただどういうふうに違うのか、それは今でも分からないわ」

殺風景な、手作りのシャワーと手作りのベッドが置かれているだけの、なんの生活感もない梢路の部屋。その部屋の片隅に今でも全二十七巻の百科事典が並んでいることを、口に出しかけて、麻美は言葉を呑む。少年院へ面会に来た担任教師に、「自分のことは忘れてくれ」と告げた梢路にしてみれば、麻美が可音子を訪ねたことなんか、大きなお世話。口にこそ出さないが可音子にしてもそれは、同じ気持ちだろう。

麻美はとり出しかけたタバコをバッグへ戻し、腰を浮かせて、ていねいに頭をさげる。

「いろいろ、失礼なこともお聞きしたと思います。ただこの情況ですので、お許しくださ い」

「こちらこそ。本当は私のほうが……ですけど香村さん、少年院を出たあとで平島くんが私に連絡をしてこなかったその気持ちも、考えてくださいね」

「はい。今日先生にお目にかかったことは、誰にも言いません」

「早く今の事件が解決してくれるように。私にできるのは、祈ることだけですわ」

テーブルから離れて二、三歩門のほうへ歩き、ふと思い出して、麻美は可音子をふり返る。

「初めに先生、事件の後は教師も生徒も動揺して、と仰有いましたわね」

「それは、あれだけの事件でしたから」

「親に隠れてお酒を飲む生徒まで出たと」

「まったくねえ、勉強もよくできて、家も調布では有名な資産家だったのに」

「まさかその生徒、女子ではありませんよね」

「女子生徒ですよ。奇麗で勉強もできて、平島くんと同じように私、彼女の将来を楽しみにしていたんですけど」

「まさか……」

「まさか?」

「その女子生徒の名前、まさか、樺山咲？」

麻美のほうへ歩きかけていた可音子が足をとめ、小皺に囲まれた細い目を見開いて、作務衣の襟を整えながら麻美の顔をのぞき込む。

「ええ。樺山咲ですけど、どうしてそれを？」

＊

黒沢満男は出てきたばかりの〈峠〉をふり返って、ちっと舌打ちをする。今夜はせっかくママの幸恵と二人だけになれた、と思っていたところにまた日向の黒沢寛二と小鹿野のトラック運転手が来て、けっきょく例の話題は不発。それに焼酎のニューボトルまで入れさせられたから、出金が四千円を超えてしまった。朝から晩まで生コン工場で働いた日当が六千五百円で、たった二時間焼酎を飲んでカラオケを歌った出費が、四千円とは。せめて幸恵と一発やるときの相場だけでも聞き出せたらそれなりの進展ということで、いくらか気も晴れたろうに。なぜ自分はこんなにも運が悪いのか、なぜ無理をしてでも高校ぐらい出ておかなかったのか、そしてなぜ、秩父のどん詰まりの、こんな山奥に生まれてしまったのか。

今日は小鹿野のラーメン屋で下和田の恭子を見かけ、新しく買ったベッドの上で思う存分やりまくる場面を想像して、躰中が熱くなった。だからってもちろん声はかけられず、大盛りの味噌ラーメンと餃子を食べただけで店を出た。恭子はたしか皆野高校へ行ったはずだから、中卒の満男としてはいくらか引け目がある。顔なんか柏沢の初美と似たようなものだが、新車を買って家を直して新しいベッドを買うなら、ここは頑張ってやっぱり、色が白くて足の長い、恭子のほうだよな。

満男は〈峠〉の電気看板にもう一度舌打ちをし、空き地の草むらに立ち小便をしてから、とめてあるカローラのドアを開ける。背後の闇にヘッドライトがあらわれ、そのクルマが両神方向へ〈峠〉の前を通り過ぎる。

それにしてもなあ、黒沢寛二はいつも都合の悪いときにやって来て、やれ演歌をうたえだの嫁をもらえだの、余計なことばかり言い募る。嫁をもらえるものならとっくにもらっていて、こんな時間に〈峠〉でなんか油を売らずに、嫁さんと何発も何発も、腰が抜けるほどやりまくっているのだ。あの親父さえいなければ、と呟きながらエンジンをかけてアクセルを踏み込み、中古のカローラを薄川の川沿い道方向へ走らせる。昼間はよく晴れていたのに夕方から曇ってきて、林間にのぞく空には星も月も見られない。もう九月も終わりで夜になると気温もさがり、両神山の山頂では紅葉も始まったという。今年もまた新潟へ雪掻きの出稼ぎか。どうせなら東京の道路工事にでも出ればいいものを、本音を言うと満男は東京という都会に、恐怖を感じるのだ。

細くて曲がりくねった山道を走りながら、親父さえいなければと、また満男は声に出して独りごとを言う。山を売って材木を売って四輪駆動の新車を買い、フローリングとやらの洒落た部屋をつくって、洒落たダブルベッドを買う。初美は色が黒いし背は低いし、それに目が藪睨み（やぶにら）みで、顔を合わせてもどこを見ているのか分からない。それにくらべると恭子は色が白くて足が長くて、正常位でやったときにはちゃんと、目だって合うだろう。高卒と中卒の差はあるが所詮は皆野高校、とにかくあの親父さえいなければ、恭子を嫁にもらって朝から晩までベッドの上で、それはもう何発も何発も、無料（ただ）でやり放題なのだ。それになあ、一度嫁にもらってしまえば、女房のほうにだって亭主や家計を助ける義務が生じるのではないか。

その起死回生ともいえる真理が頭に浮かび、ハンドルを握った満男の手に、ぐっと力が入る。なぜ今まで自分は、そのことに気づかなかったのか。無料（ただ）で好きなときにやり放題というだけでなく、女房を農協の売店かコンニャク工場で働かせれば、しっかり月給まで持って帰るのだ。無料（ただ）でできてしかも相手が金まで稼いでくれて、なんと夢のような、なんとウマい話か。そうなったらもう秩父のフィリピンパブにも〈峠〉の幸恵にも、完璧に用はなく、冬になっても新潟へなんか、雪掻きの出稼ぎに行く必要もなくなるのだ。

冗談ではなく、これは本気で考えるべきだなと、満男は手のひらに滲んだ汗を意識する。もちろん本気で考えたところで父親はまだ六十五歳。山仕事にしか能がなくても躰だけは丈夫で、ここ何年も、風邪すらひいたことはない。タバコも吸わず酒も飲まず、ただひたすら共産党が「外材の輸入を禁止してくれる日」を待ちつづけている。そんな父親が自然に死んでくれるなんて、山で熊にでも食われない限り、まあ、絶望的。ドクツルタケかタマシロオニタケといった毒茸を食わせようにも、父親も母親も茸には満男以上の知識がある。トリカブトの根という手段は症状が明らかで、もし病院へ運ばれたら一発でバレてしまう。それならいっそのこと、山仕事のついでに谷底へでも突き落としてやるか。ただそれも確実に死んでくれるとは限らず、もし死ななかったら自分のほうが刑務所へ入れられる。念のために頭を石で殴っておくか、それとも突き落としてから助ける振りをして、谷の水に顔を押しつけてやるか。

あれやこれや場面を想像し、なにかもっといい案はないものか、と首をひねったとき、クルマのヘッドライトに赤い停車ランプが浮きあがる。とまっているクルマの前には人影も見え、手をあげて満男のほうに合図を送っている。道はもう塩沢を過ぎた山のなかまで来ていて、こんな時間にこんな所へクルマをとめているのは、誰だろう。

満男はブレーキを踏んで速度を落とし、崖の側へ切り開かれている空き地にハンドルを切って、停車しているクルマのすぐ後ろへカローラをとめる。この空き地は山奥にある集落への入り口で、そういえば偏屈な年寄りがたった一人でまだ、その山奥に暮らしているという。

ギアをパーキングに入れてサイドブレーキをかけ、ドアを開けて外に出る。

「どうも、慣れない山道を走って、オーバーヒートしたらしいんですよ」

「ほうけえ。そりゃまた、困ったいなあ」

「あいにくケータイを持っていなくて。どこかこの近くに電話はありませんか」

「俺もケータイってのは持ってねんだけどよ。ここいらじゃ公衆電話も……あんた、両神の民宿へ行くんかい」

「ええ、予約がしてあるので」

「ほうけえ。まあナンだい、俺んちはこの先をちょっと行ったところだから、一緒に来て電話をかけりゃあいいべえ」

「構いませんか」

「世話あねえって。村のもんならどうもねえだろうがよ、他所から来た人じゃあ狸や狐が、おっかなかんべ」

「それならお言葉に甘えます」

「いいっていいって。ほんのすぐそこだから、とにかく一緒に来ないね」

相手に背を向けてカローラに戻りかけた満男の肩を、その相手が、ぽんぽんと叩く。

「はあ？　何だんべえ」

奇妙に視界が明るいのは、クルマのライトのせいか。自分の頭自体が明るい気もするのだが、その理由が分からない。膝から力が抜けていく理由も分からないし、突然襲ってきた吐き気の理由も額が割れるように痛い理由も、とにかく満男には、何も分からない。

満男の視界一杯に人間の拳が広がり、その拳から人さし指と中指が突き立って、二本の指がゆっくりと、Ｖの字形に開く。

そうだいなあ、親父を殺すときはやっぱし、初めに頭を石でぶっ叩いてから、谷底に突き落としてやるべえ。

9

秩父というところは事件の日に限って、どうしてこう、天気が悪いのか。傘が必要なほどの雨が杉の林をけぶらせ、空き地に這い出したクズの葉をべっとりと地面に押しつける。足元の雑草も穂を広げたススキもすべてが雨に濡れ、パトカーや鑑識課のワゴン車にも雑木からの雨滴が垂れかかる。

そうはいっても今日の坂森四郎は長靴にレインコートの完全武装、空き地の一画に張ったテントの内でスチールパイプの椅子に腰掛け、山道や向こう側の谷や空き地と藪の間を出入りする捜査員たちの働きを憮然と眺めている。警官たちは制服も私服も鑑識も全員が透明なレインコートを着込み、この雨のなかを愚痴も言わずに動きまわる。

薄川沿いの道にパトカーが鼻面を見せ、とまったパトカーの後部ドアが開いて、初老の男と若い男が降りてくる。二人は同時に傘を開いて周囲を見まわし、立ち番の警官と言葉を交わしてから、すぐに黄色い〈立ち入り禁止〉テープをくぐって来る。初老の男は埼玉県警捜査一課長の永橋靖男警部、若いほうは嫌煙家の沼内巡査部長で、どうやら県警本部から直接パトカーを乗りつけたらしい。道からテントまで三十メートルも歩かないというのに、もう二人の靴とズボンの裾はぐしょ濡れになっている。

傘をたたんでテントの内へ入り込み、悪太りした永橋が窮屈そうに腰をかがめて、ズボンの裾にハンカチをあてがう。

「この雨のなかを課長直々のお出ましとは、ご苦労様ですなあ」

「そうは言ったってサカさん、連続のナニも三件目となりゃ、現場を見ておかんわけにはいかないよ」

「まったくねえ、まさか、こんなふうにつづくとは……」

坂森がたたんであるスチールパイプの椅子を開いてやり、永橋が腰をおろしてふーっと長く息をつく。歳は坂森より二つ若いが大学出のノンキャリアで、捜査一課に配属されたのは坂森とほぼ同時期。二人でコンビを組んだ期間も長くあり、課長と平刑事という立場の違いはあっても気心は知れている。もともと県警本部の課長職には若いキャリアの警視がつくものだが、ただひとつの例外は強行犯を扱う捜査一課。一課の課長にだけは現場から叩きあげた警部が就任する慣習で、これは他の県警や東京の警視庁でも変わらない。いわば捜査一課は警察社会における叩きあげ組の聖域で、若いエリート警視が年寄りの平刑事を罵倒する、といったテレビドラマのような光景はない。一課の課長を経験した警部は定年の三年ほど前に警視へ昇進し、中規模所轄の署長となって警察官生活を満了する。永橋も来年あたりはどこかの署長に転出するはずで、このケースが現場警察官としては最高の出世になる。

タバコに火をつけた坂森の顔を羨ましそうに眺め、肩にたまった雨の滴を払いながら、永橋がごほっと咳払いをする。

「で、サカさん、鑑識さんの姿が見えないようだが、現場は谷のほうかね」

「逆の山側だよ。あっちのつき当たりに蔓が絡んだ藪があるだろう。ここからじゃ見えないけど、あの藪の後ろに細い道があってね、ホトケさんはその道の途中に転がってる。もちろんその……」

「手足と首がバラバラになって、か」

「手口は前の二件とまったく同じ。こうと分かっていればもっと、警戒をするんだった」

「そうは言うけどなあ。この事件がこういう展開になるとは……まさかこの辺の住人に、バラバラ殺人の被害者になりそうなやつは名乗り出ておけ、とも言えなかったろう」

「そりゃあ、そうだが」

「マスコミにはまた叩かれるかも知れんが、こいつは不可抗力さ。まあ後で現場は見るとして、とりあえず分かってることを聞かせてくれんかね」

坂森が携帯の灰皿にタバコの灰を落とし、永橋の横に立っている沼内の顔を一瞥してから、またぷかりと、タバコを吹かす。

「分かっているのは被害者の名前ぐらいなもんだがね。まず名前は黒沢満男、このちょっと先の日影という集落に住んでいて、独身、三十四歳、両親との三人暮らし。今は小鹿野の生コン工場へ臨時仕事に出てるが、ふだんは家の山仕事や畑仕事を手伝ったり、たまに道路工事のアルバイトに出たり。と、それから……」

背広の内ポケットから手帳と老眼鏡をとり出し、くわえタバコの顔にメガネをのせて坂森が手帳を開く。

「昔だったら聞いたことはみんな覚えてたんに、はあいけねえ」

「なんだいその、はあいけねえってのは」

「秩父弁で、もうダメだって意味だよ。こっちへ来てから言葉が昔に戻っちまって、はあ止まらねえ」

「分かるような、分からないような……で？」

「で、と、遺体の発見者は父親の黒沢作太郎。昨日の朝満男は生コン工場へ仕事に出て、夜になっても帰らない。満男も酒は飲むし、若い者のことだからどこかに引っかかってるんだろうと、気にもせずに寝ちまったらしい。それが朝になっても帰ってきた様子がなく、電話も来ない。それにどうも、虫の知らせみたいなものがあったらしくて、で、こっちのほうへ探しに出てきてみたら、この空き地に倅のクルマがとまっていたと」

「クルマだけで人は乗っていなかったわけだね」

「そりゃだって、倅はこの奥でバラバラだもの」

「だけどサカさん、満男の父親はどうして、あの藪の向こうへ」

「課長もやっぱし町っこだいなあ。ここら辺のもんは藪の向こうに道があって、その道を登っていったずっと先に集落があることを知ってるのさ」

「あの先に集落が？」

「途中まではバイクが入れて、その先は歩きになるけどね。昔は三家族ほどの人間が住んでたらしいんだが、今は爺様がたった一人」

「たった一人でも、今も人がねえ」

「俺も午前中に登ってって、会ってきたよ。ちょいと変わった爺様だけど、頭はボケてなかった。もちろん今日は朝からこの雨だし、外には出ていないから事件のことは知らなかったと」

「ふーん、こんな山奥の、それよりもっと奥にまで……」

周囲が山深いことによほど感心したのか、それともこんな山奥での独居老人が信じられないのか、永橋が目をしばたいて首の肉を震わせる。昔は坂森と同じぐらいに痩せて頑健だったのに、最近はとくに贅肉が目立ちはじめ、座るときはズボンのベルトをゆるめたりワイシャツのカラーをゆるめたり、ときには白目をむいて肩で呼吸を整える。

「なにしろ平家の落人部落だの、戦国時代の隠れ里だの、いろんな伝説がある土地柄でね。

俺の子供の時分には豊臣秀吉の末裔だとかって爺さんがいたけど、あれはただの病気だった」

「うん、いやあ、なるほど」

「つまりは被害者の父親も、倅が何かの都合で上の集落へ行ったんじゃねえかと、ね」

「それであの藪を入って行ってみたら」

「はあバラバラだったと」

「サカさん、そのはあってての、洒落てるなあ」

「ほうけえ。それなら県警の捜査一課で、はやらすべえかね」

「今言った、ほうけえってのは」

「そうかい、というような」

「ほうけえ、ほうけえ、こりゃいいや」

「坂森さん……」

坂森と永橋の無駄話に業を煮やしたのか、永橋の頭越しに顎をつき出して沼内が縁なしのメガネを光らせる。

「要するに、遺体の発見時間は」

「はあ朝の九時を過ぎてたってよ」

「そうですか。それで、発見したあとは」

「それがよう、なんとまあ気の勝った親父で、なにしろ最初に見つけたんは胴体だけだんべ。服を見てすぐ倅だと分かったんだが、足も頭もねえ。それでそこらを探して、頭と両腕と両足、みんな胴体に戻してやったんだと」

「つまり、遺体を動かしてしまったと？」

「そういうことだいなあ」

「とんでもないことを」

「だけど沼内くん、手足が転がってたんはみんな胴体から二十メートル前後で、これは前の二件と同じだい。鑑識さんも手口が同じだと言ってるし、親父が手足をくっつけたからって問題はなかろうよ」

「そういうことじゃなくて……」

「なあサカさん、それはそれとして、おおよその死亡推定時刻なんかは分かってるのかね」

「まあ、だいたいのところは」

　短くなったタバコを携帯の灰皿に始末し、手帳のページをめくって、坂森がこつこつと腰を叩く。天気が悪いと右腰の痛みが増し、そのぶんだけ坂森の機嫌も悪くなる。

「正確なところは解剖してからなんだが、被害者は昨夜、十時近くまで酒を飲んでるんだよ。場所は小鹿野と両神の境にある〈峠〉というスナックで、そこのママが言うにゃあ、昨夜黒沢満男が帰ったのは十時より少し前だったと」

「酒を飲んでクルマに？」

「村の連中はこの世にタクシーってものがあることを知らないのさ」

「ふーん、なんとも」

「その〈峠〉付近から被害者の家までは、この薄川沿いの道が一本だけ。被害者が家へ帰るつもりでここまで来たとすれば、クルマに乗っていた時間はせいぜい十五分か二十分」

「とすると、犯行時間も死亡推定時間も、昨夜の十時半前ということになるな」

「そんな見当だいね」

「サカさん、それなら……」

永橋がズボンのベルトをゆるめながらぶ厚い目蓋をもちあげ、ぶ厚い頬を、ぴくっと震わせる。

「犯行時間も犯行場所も、はっきりと特定できるじゃないか。これは前の二件と明らかに違う」

「一応は、まあ、そうかね」

「一応は、というのは？」

「そりゃ夜の十時半なんてのは、東京や大宮なら宵の口だろうがね。ここはご覧の通りの山んなかだい。果たしてその時間にここを通ったクルマが、あるかどうか」

「聞き込みは始めてるんだろう」

「通報を受けた直後からね。所轄の連中が薄川沿いの集落を、シラミ潰しさ。ただ今のところ、その時間にここで被害者やそれ以外の人間を見たという目撃者は出てないよ」

「しかし出てくれれば、犯人（ホシ）が初めて尻尾を見せたことになる」

「俺も期待はしてるんだが、さあて、どんなもんだか」

「この川沿いの道はどこへ抜けるんだね」

「どこへも抜けねえ。両神山へつき当たって、はあそれで終（しま）いだい」

「両神山へつき当たって、はあ、か。だけどその両神山って名前、前にも聞いた気がするなあ」

「山歩きの好きなやつなら……課長じゃ、そんなこともねえか」

「どこだったか……リョウカミ、リョウカミ、ええと」

眉毛からとび出た長い毛を指でひっ張りながら、厚い頬に笑窪（えくぼ）のような皺をつくって、永橋がちらちらと坂森の顔をのぞく。

「サカさん、ちょっとその、タバコを一本くれんかね」

「俺はかまわねえが、タバコなんか吸ったら女房（かみ）さんにどやされべえ」

「うちの女房だって千里眼じゃないよ」

「分からねえぜ。女ってのは背広についた髪の毛一本、タバコの煙のひと吹きだって見のがさねえ」

「久しぶりにヘビースモーカーのサカさんに会って、臭いが移ったとか何とか、言い訳は考えるさ」

「そりゃまあ、そっちの勝手で……」

レインコートの下に手をやってタバコとライターをとり出し、それを永橋にわたして、ついでに携帯の灰皿もさし出す。永橋がタバコに火をつけ、坂森も一本をくわえる。

そのとき下の道から制服の警官がやって来て、敬礼をしながらテントの内へ腰をかがめる。

「失礼します。ちょっと、ただ今、そこに郵便配達が来まして、上の集落まで行きたいと」

「ほうけえ。そりゃまたご苦労さんだが、今日のところは遠慮してもらいない。大事な配達もんならお前さんがあずかって、後で上へ届けりゃいいがね」

「は、では、そのように」

制服警官が敬礼を残して元の配置に戻っていき、その様子に目を細めながら、永橋が長々とタバコの煙を吹く。

「いやーっ、なんともまあ、やっぱりタバコってのは美味いねえ」

「せいぜい肺癌に気をつけることだい」

「サカさんに言われたくはないけど、だけどナンだなあ、郵便配達ってのは、こんな山奥にまで来るものかね」

「それが連中の仕事だがね。最近のことは知らねえが、昔はバイクも入らねえような集落がここの他にも、ずいぶん在ったもんだよ」

「郵便配達って仕事も、楽じゃないなあ」

「それがよくしたもんでよ。なにしろここいらは家の数が少ねえ。当然配達物も少ねえから、行った先で一時間や二時間、茶を飲んで世間話をして弁当を食ってと、そんなこともできるわけ。町場の郵便配達から見りゃあ、はあ田舎は極楽だんべ」

「ほうけえ、聞いてみないと、分からないもんだ」

「課長、お話し中ですが……」

沼内が歯軋(はぎし)りをするような顔でメガネを光らせ、地面に突き立てた傘を、ぐっと握りなおす。

「鑑識さんも待っていることでしょうし、早く現場を検証しておきませんと」

「急ぐことはないだろう。逃げ出したくたって、沼内くん、はあホトケさんには足がないんだから」

「あ、いえ、はあ」

「それはそれとして、サカさん……」

永橋がまた深々とタバコを吸い、肉のかぶさった目蓋をもちあげて、ぽんぽんと腹を叩く。

「黒沢満男という被害者の、交友関係はどうなんだね。前の二件とのつながりは出てきそうかね」

「まだ聞き込みを始めたばかりで、詳しいことは分からねえ。ただね、親や兄弟や飲み屋のママや勤め先の社長や、そういった連中の話じゃあ、どうもこの被害者、ほとんど秩父から出てねえそうだよ。中学を卒業してあっちこっち勤めはしたらしいが、それも隣町だの隣村だのだけ。むろん東京ぐれえ遊びに行ったことはあるだろうけど、歯医者だのピアニストだのってのとは、人種が違う感じだいなあ」

「秩父市の、例のスナックには」

「金輪際(こんりんざい)、こんな野郎は来てねえと。寄居の歯医者にも記録はねえらしいが、そっちはまだ向こうの所轄に、調べを継続してもらってる」

「となると、仮にだよ、三人の被害者になんの共通点もなかった場合、この事件は、どうなるね」

「通り魔的連続バラバラ殺人事件と、そういうことだんべえ」

「そういうこと、か。たしかに最近は、たんなる楽しみで人を殺したり死体を切り刻んだり、そんなバカも多いが、どうも……とりあえずサカさん、この両神の事件だけでもマスコミに伏せられないかね」

「そりゃ無理だがね」

「どうして」

「都会のマンションあたりで起きた事件なら、箝口令を敷くこともできようがよ。なんてったってここは秩父だい。さっきの郵便屋だってはあ誰かに喋ってべえし、聞き込みに行った先の相手だって、どうせもう十人や二十人には電話してらい」

「なんと、まあ」

「隣村のゴンベエがその隣村の後家さんに夜這いをかけてるとか、どこん家のカアちゃんは尻の穴でタバコを吸うとか、そういうことを小学生でも知ってるような土地だがね。ここは逆に、マスコミさんに騒いでもらうほうが、手段と思うがなあ」

「マスコミに騒いでもらって、逆に犯人を炙り出すと？」

「思うんだけどよ、雨は偶然だったにしても、雑草や枯葉の上じゃあ足跡は残らねえ。この現場を見ても分かるとおり、まず素人が知ってるような場所でもねえ。そりゃ寄居も長瀞も同じことで、犯人はこの地方の地理に、相当詳しい野郎だい」

「犯人を男と断定できるかね」

「野郎って言ったのは、まあ、言葉のあやだけどね。だけど遺留品の鋸だって女が買ったら目立とうし、それに中国から何万本も輸入されてる鋸じゃあ、到底足取りは摑めねえ。

犯人はそれもちゃんと心得てる野郎で、そりゃ頭は病気なんだろうが、意外にふだんはインテリかも知れねえよ」

「つまりサカさんの見解は、被害者相互の接点を割り出そうという今の捜査方針は、間違っていると」

「そうは言ってねえさ。だけどこの黒沢満男って野郎に、東京から来た美人のピアノ弾きや金持ちの歯医者と、接点があるとは思えねえんだ。むろん東京は東京でこれまでどおりの捜査は必要だんべえが、こっちはこっちで、いわゆる〈異常者〉ってやつの割り出しもなあ」

「そうなると捜査本部も、秩父へ移さなくてはならない」

「そんなことは課長や刑事部長が決めることで、こっちはただの、将棋の駒だがね」

「薄情なことを……ただ、まあ、実際にこうやって三件目の事件が発生してみると、捜査方針の転換も仕方ないかな。もちろん刑事部長はそれでも、被害者相互の接点に拘るだろうが」

根本まで吸いきったタバコを名残惜しそうに見つめ、永橋が携帯用の灰皿にタバコを落として、肉のついた丸い肩を、ちょっとすくめる。雨足は強まりもせず弱まりもせず、杉の林や空き地のオオバコやテントのキャンバス地や捜査員たちのレインコートに瀟々と降りそそぐ。

「さあてと、それじゃ沼内くん、そろそろ」

永橋が腰を浮かせて軽く背伸びをし、ゆるめていたズボンのベルトを締めなおしかけて、ふと、その手をとめる。

「サカさん、そういえば、思い出したよ」

「なにを」

「リョウカミという名前を前にどこで聞いたのか」

「ただのデ・ジャ・ブーじゃねえのかい」

「また洒落た言葉を。だけどまあ、そうじゃなくて、ほら、昔御巣鷹山(おすたかやま)ってところに大型の旅客機が落ちたろう」

「うん、もう二十年も前になるかなあ」

「何年たったかは忘れたけど、しかしとにかく、あのときの第一報は〈両神山に墜落〉だった」

「そういやあ……」

「そうそう、それで両神山ってのは埼玉県警の管轄だから、本部でも当初、緊急の出動態勢に入っていた」

「言われてみりゃあ、そんなこともあったかね」

「あったあった。だけどすぐに、墜落したのは県境を越えた群馬県側だと分かって、少しだけ、ほっとしたもんさ」

「それで両神って名前を、か」

「珍しい地名だから覚えていたんだろうが、しかしまあ、それだけのことだけどね」

とめていた手を動かして永橋がズボンのベルトをしめ、息苦しそうに肩を上下させて、ごぼっと空咳をする。そういえば永橋の肥満は禁煙を始めて以降のことで、喫煙と肥満のどちらが健康を害するものか、坂森には分からない。

「課長、俺の長靴とレインコートを貸すから、着て行きない」

「サカさんは来ないのかね」

「寄居に長瀞にこの両神に、はあバラバラは見飽きたがね」

「ほうけえ、ほうけえ。いや、冗談じゃなく、サカさんの秩父弁が伝染りそうだ」

坂森はレインコートを脱いで永橋にわたし、それから長靴も脱いで椅子の座に胡坐を組む。永橋がわたされたレインコートを着て革靴も長靴に履きかえ、テントのポールに立てかけてある傘に、よっこらしょと手をのばす。

「おーい、楠木くん」

胡坐を組んだまま手ラッパでテントの外へ呼びかけ、藪の前に立っている若い大柄な刑事に、坂森が手招きをする。

楠木が雨のなかを小走りに歩いてきて、背を丸めながらテントの内をのぞき込む。

「楠木くん、課長さんを、ちょいと現場まで案内してくれや」

「課長？」

「本部の捜査一課長、永橋警部さんだがね」

「は、どうも、は、自分は……」

「いいからよ。今度の事件で、どうせ捜査本部は秩父中央署へ移らい。自己紹介なら後で、好きなだけできるがね」

　永橋が苦笑をしながら傘を開き、太った腰を窮屈そうにかがめて雨のなかへ踏み出す。沼内もつづいて空き地へ出て行き、その二人を楠木が奥の藪へみちびく。沼内の背広には肩にも尻にもすぐに雨の染みが広がり、雑草を踏んでいく革靴にも濡れたカヤツリ草やゲンノショウコがまといつく。

　長瀞の事件現場へ出向いたとき、「山へ入るときは長靴が必需品」と教えてやったのに、今日はあのとき以上の雨で、現場もあのとき以上に草深い。まして濡れた藪のすき間をくぐるのは、服を着たまま水に飛び込むようなもの。沼内も大学出とはいいながら、先輩の忠告を無視するようではどうせ出世もしないだろう。

　坂森は、三人が藪の向こう側へ踏み込んでいく後姿を眺めながら、またタバコをとり出して、憮然と火をつける。

＊

梢路が浴びているシャワーの音を聞きながら、香村麻美は折り曲げた自分の膝を自分の腕で抱きしめる。目の前からは電気ストーブがささやかな熱を提供し、寒くて薄暗い梢路の部屋にそのオレンジ色の光が、気分だけ暖かい。

麻美は自分で持ち込んだワインのグラスを口に運び、ビニールのカーテンに跳ねるちっぽけなシャワーの滴に目をやって、思わず首を横にふる。十月に入ったばかりでも深夜には暖房が欲しくなる土地なのに、梢路は去年の冬、この電気ストーブさえ使わずに過ごしたという。栃木の少年院生活で寒さには慣れているにせよ、梢路の頑なさは限度を超えている。元教諭の柴崎可音子も「普通の子とは何かが違う」と言ったが、それはたんに母親を手にかけた、という梢路の経験以上に、もっと何か、本質的なものだろう。

ワインを咽に流しながら部屋内を見まわし、壁際に積んである全二十七巻の百科事典に目をとめて、麻美はふんと鼻を鳴らす。人の価値観も生きるスタイルもそれぞれ、アフリカあたりでボランティアに命をかける医者もいれば、ベランダから女物のパンティーを盗んでマスターベーションにふける詩人もいる。梢路がこれからの一生を百科事典で消費しようというなら、それだって、やって出来ないことはない。もちろんやって出来ないことはないのだろうが、そんなことで人生のゲームオーバーを決め込んでいる梢路に、どうにも麻美は、腹が立つ。

いったい自分は何を考えているんだろうと、ここいく日か折につけ、麻美は自問する。梢路という存在に興味は感じていたが執着があったわけではなく、他人の目を盗んでときどきベッドを共にする程度の、軽い相手だった。歳だって自分のほうが倍も上だし、正式な交際がどうとか結婚がどうとか、考えることすら論外。それが成子の事件以降、梢路の過去を知って秘密を知って、気持ちの内に不可解な執着が生じてきた。

常識で考えれば、殺人を犯した人間、それも自分の母親を手にかけた男となど、接点をもつことすら疎まれる。麻美のなかにもそういう通俗的な感情が芽生えるかと思っていたのに、現実は逆だった。自分でも頭がおかしいのか、と疑ってしまうほど、梢路と肌を合わせる場面を想像するだけで鳥肌が立つほどの性欲を感じるのだ。

梢路が閉じこもっている殻を破壊して、もう一度現実の社会へひき戻そう。そのためなら二人の関係を公表して、情況によっては結婚したって構わない。狭い町だから色狂いの中年女と罵られるかも知れず、そのことで親や子供が肩身の狭い思いをするというなら、いっそのこと梢路と息子と自分との三人、東京へ出てやり直すか。元の出版社は無理にしても、当時のコネをたどれば編集の仕事ぐらいは見つけられる。梢路を大学へ入れ、同時に息子も育てあげ、そんなことをしていたらすっかりお婆さんになってしまうだろうが、ド田舎のド田舎新聞記者で人生を朽ち果てさせるよりは、まだましではないのか。こんな感慨が安っぽいヒロイズムであることは認識していても、心と躰は梢路という存在にむずむずと傾斜する。

シャワーがとまってビニールのカーテンが開き、梢路が出てきてバスタオルを腰に巻く。たんに汗や汚れが落ちればいい、と梢路は言うが、バスタブで存分に手足をのばす快感を、梢路という人間は本当に、志向しないのか。

梢路がかんたんに下着とパジャマをつけ、麻美のとなりへ来て床に膝を折る。その梢路の横顔を電気ストーブの光が、ほんのりとオレンジ色に照らす。

麻美が梢路にグラスをわたし、ワインをついで、自分ではタバコに火をつける。

「でもねえショウちゃん、殺された黒沢という人には可哀そうだけど、これでラザロも静かになるわ」

梢路が濡れた髪をかきあげながら唇をゆがめ、その茫洋とした視線をストーブの光に合わせる。

「成子さんも小鹿野までは出張レッスンに行ってたらしいけど、黒沢という人との接点なんか、あるはずないもの」

「あれば警察が調べてるだろうな」

「警察の情報なら私の耳に入るはず。あれから三日もたってるのに、何もないわ」

「オレは静かな生活ができれば、それでいいんだ」

「相変わらずクールな奴ねえ。ショウちゃんの歳で静かな生活なんて、死んでるのと同じじゃない」

タバコを吹かしてワインを口に運び、梢路の膝に自分の膝を合わせて、麻美は苦笑まじりのため息をつく。もちろん成子の事件が発生した当初から、梢路を疑ってなんかいなかったが、それでも梢路と成子の関係について一抹の疑念はもっていた。過去のどこかで梢路と成子には、何かの接点があったのではないか。梢路が直接成子を殺したのではないにせよ、その過去の接点が、どういう形でか事件に関係しているのではないか。その疑念は梢路に母親殺しの過去がある事実を知ったことによって、少しだけ助長され、だからこそ警察が梢路の過去を調べあげる可能性を恐れたのだ。殺人事件が発生したら過去に殺人を犯した人間が、まず疑われる。まして成子と梢路は同じラザロの従業員、たとえ梢路が今回の事件に無関係であることが証明されたとしても、梢路の秘密が周囲に知れればそれこそ「静かな生活」なんて、水泡に帰す。

しかしそんなとき両神村で黒沢某という男が殺され、事件の様相は一変した。黒沢がラザロの客でなかったことは麻美ももとより、客の誰もが知っている。成子と黒沢は面識すらなかったことも、秩父中央署の若い刑事から聞き出した。寄居の歯科医、成子、黒沢某、その三人には過去にも現在にもまるで接点はなく、〈秩父方面連続殺人事件〉の特別捜査本部の方針も、〈異常者による快楽的連続殺人〉にシフトチェンジされたらしい。そうなればラザロの関係者は捜査の対象からはずされ、当然梢路の過去も、これ以上の詮索を受けることはない。

ただひとつ気にかかる問題は、樺山咲のこと。まさか咲と梢路が中学時代の同級生だったなんて、誰が考えるか。二人もその事実を気配にすら出さず、二人が言葉を交わす場面も、見たことはない。店以外の場所で密かに会っている可能性もなくはないが、それなら女としての勘がいくらかは、麻美にも訴える。そうかといって咲と梢路がお互いの存在に気づいていないはずもなく、マスターの八田にも二人の関係を知っている様子は見られない。それにもともと、秩父へは大学生の咲のほうが先に来ていたはずだし、咲がラザロにふらりと現れたのだってせいぜい一ヵ月ほど前。二人がそれ以前に連絡をとり合っていたとも思えず、咲の口から梢路の過去が周囲に漏れている気配もない。ラザロにおける咲には、変わり者のアル中女子大生、という評価が定着していて、麻美自身その評価を疑ったこともない。

咲も変わり者で梢路も変わり者、中学時代から六年の時間が過ぎて偶然、秩父のスナックで顔を合わせた。ただそれだけのことなのかも知れないが、ただそれだけのことにしては咲の態度も梢路の過去も、あまりにも不可解すぎる。その疑念を梢路にぶつけてみたい思いは山々なのだが、しかしそれでは麻美が調布の柴崎可音子を訪ねた事実が、梢路に知れてしまう。

「うん?」

「え?」

「麻美さん、独りごとを言ってる」

「まさか。ただのため息よ」

「ふーん、どうでもいいけど、ストーブって、暖かいな」

「足らなければもうひとつ買ってくるわ。でもストーブを増やすより、アパートを借りたほうがいいと思う」

「前にも言ったさ」

「そうね、ショウちゃんはこの部屋が気に入ってるのよね。寒くて暗くてお風呂がなくて、裏が墓地だから環境もいいのよね」

「麻美さん、今夜はヘンだな」

「だって、これだけ色々あって、仕事も忙しくて子供はアトピーを起こして、私だって疲れるわ」

「それなら今夜は何もしないで寝ればいい」

「いやーな奴、ショウちゃんのそういう分別臭いところが、いつも私、腹がたつの」

拳でこつこつと梢路の肩を突き、タバコを灰皿につぶして、麻美はグラスのワインを飲み干す。二十歳も年下の若造に四十女が翻弄されてどうするのだ、とは思いながら、女が本能的にもっている甘え癖が、つい麻美の声を媚らせる。

「だけど、ねえショウちゃん。ショウちゃんも成子さんの事件が片付いて、ほっとしたでしょう」

「片付いてはいないさ」

「片付いたも同じよ。ショウちゃんやラザロに関係なければ、あとは警察の仕事だもの」

「成子さんが殺された事実は変わらない。それに連続殺人だって、終わりとは限らない」

「ショウちゃんはテレビを見ないから知らないだけ。今度の事件に関して、警察はこの地方の異常者に的を絞ったの。ラザロのお客たちだって、その話をしてたじゃない」

「だけどやっぱり、この事件がこれで終わりとは思えないいな」

「どうして」

「ただの勘で」

「そりゃあショウちゃんは……」

「オレが、なに」

「いえ、べつに、でもショウちゃんのその勘は、杞憂よ。田舎の人間ってね、こんど隣村の誰某へ嫁に来た誰某は、前はどんな仕事をしていて家族はどうで、実家はあでその実家の収入はこうでとか、なんでも知ってるの。今回のような猟奇殺人をくり返す人間は、

子供のころから猫の足を斬ったり犬の目をつぶしたり、異常な行動をくり返すものなの。そんな人間が隣近所にいたら、都会はともかく、田舎の人間は見逃さない。実際に警察へも、もう二百件近い情報が寄せられてるわ」

「その情報のどれかが正解だったとしても、的を絞りきるまでの間に犯人が、次の事件を起こす可能性もある」

「どうしたのよショウちゃん、ばかに悲観的じゃない。それとも勘以外に……」

「分かるようで分からなかったり、分からないようでいて、意外に分かったり」

「なんの話?」

「人間のこと」

「ショウちゃんのほうこそ、今夜はヘンよ」

「小長さんが……」

ワインを飲んで肩をすくめ、パジャマの袖を上に折り返しながら、梢路が片頬に力を入れる。

「小長さんが、オレたちのこと、気づいてるらしいよ」

「あら、そう」

「麻美さん、困らないの」

「どうでもいいわ。どうせ私はバツイチで出戻りで、人生に疲れきった中年女だもの」

「本当に今夜は、疲れてるみたいだ」

「世間体とか親への遠慮とか、前は考えたけどね。でも成子さんの事件があってから、いろんなことがどうでもよくなったの。いっそのことショウちゃん、私たちのこと、みんなにバラしちゃおうか」

「うん？」

「うん」

「オレはいいよ」

「かんたんに言うわねえ」

「言い出したのは麻美さんだ」

「それはそうだけど、だけど、そうはいっても……」

麻美は二つのグラスにワインを注ぎ足し、梢路の腰に腕をまわして、梢路の視線から顔を隠す。自分さえ覚悟を決めればたしかに、梢路との関係を世間の誰に知られようと、問題はないのだ。これまでだって自分は自分の能力で生きてきたし、他人から好奇の目で見られたって、赤面するほど初心（うぶ）ではない。

冗談ではなく、いっそのこと、本当に覚悟を決めてしまおうか。そうすれば梢路を連れ出して公然と旅行にも行けるし、子供と三人で食事もできる。梢路だって世間が広くなれば自分の殻を脱ぎ捨てる気になるかも知れず、百科事典のなかで圧殺していた人生を、甦生させないとも限らない。たしかにトライしてみる価値のある発想で、しかしそうなった場合は麻美だけでなく、周囲の注目は梢路にまで向いてしまう。誰もが誰もを知っていて、誰もが誰もを知っていないと気が済まないという田舎者の好奇心が、どこかで必ず、梢路の過去を探り出す。

「だけど、やっぱり……」

「冗談だよ。オレと違って、麻美さんには立場があるもの」

「そうじゃないの。そうじゃなくて、もし私とショウちゃんのことがみんなに知れたら、ラザロが困るわ」

「どうして」

「だって、最近やっと、若いお客が増えはじめたじゃない。彼女たちはショウちゃんのファンだし」

「関係ないよ」

「あるわよ。毎日のように来てるあの子なんか……」

ワインのグラスで口元を隠し、目尻の端で梢路の表情を確認しながら、麻美はひっそりと深呼吸をする。

「あの樺山咲という子は間違いなく、ショウちゃんが目当てよ」

「だとしたら、なに」

「なにって、あんな奇麗な女の子に好かれたら、嬉しいでしょう」

「そうかな」

「私よりずっと若いし、お金もありそうだし、雰囲気もショウちゃん好みだと思うけど」

「べつに」

「なんとも思わないの」

「思わない。店に通ってくれて、いつも日本酒のボトルをキープしてくれて、いいお客さ」

「信じられない」

「分かるようで分からなかったり、分からないようで分かったり、いろいろだよ」

「まったく、生意気な奴。私なんか彼女のこと、ずっと気にしていたのに」

梢路が口を開きかけ、言葉は出さずに首を横にふって、眉間にうすい皺をきざむ。表情らしく見えたのはそれだけで呼吸も乱さず、あとはただ茫洋とした視線が百科事典のほうへそそがれる。梢路の胸中にその過去や咲の存在がどんな形で去来するのか、中学生時代は優等生だったという咲の変貌に、本来なら梢路のほうにこそ、責任がある。

麻美は破裂しそうな感情をおさえて、またタバコに火をつけ、肩を沈めて梢路の胸に頬を押しつける。梢路の鼓動は憎らしいほど規則正しく、その冷たい皮膚が無感動に麻美の甘えを拒絶する。

この瞬間、思い切って、疑念のすべてをぶつけてしまおうか。柴崎可音子に会った経緯を告げ、母親を手にかけた真の理由を問い、そして梢路と母親との、本当の関係も問い質す。柴崎可音子に会った日からわだかまっていて、そのわだかまりをずっと否定しつづけてきた、ひとつの疑念。それは梢路と母親が仲のいい母子であったのと同時に、仲のいい男と女ではなかったのか、というもの。そうでなければ五年間を栃木の少年院で過ごしてきた梢路が、あの女の襞にまで舌を這わせるようなテクニックを、どこで身につけたのか。受験ノイローゼ、母親の人間性、思春期の情緒不安定、もちろんそれらのすべてが混在した結果なのだろうが、一番の理由は、二人の間での、関係の清算ではなかったのか。それともそんな突拍子もない妄想に悩まされること自体が、梢路に対する、女としての、ヒステリックな執着なのか。

すべてを告白して糾弾したい衝動と、大人としての分別が混沌と錯綜し、制御しがたいほどの性欲に駆られて、麻美は強く、梢路の腰を抱きしめる。

10

後ろからぽんと肩を叩かれ、坂森は顔をふり向けて、老眼鏡を額の上に押しあげる。

「たった今連絡が入った。どうやら目撃者が出たらしいよ」

「ほい、そいつはまた……」

「出原（いでわら）とか何とかいう集落の、農協の何とからしいんだけどね。あの日のあの時間に、あの現場を通りがかったそうだ」

「それで、犯人（ホシ）を？」

「詳しいことはまだ分からない。とにかくクルマを見たことは確かなようで、あの時間にあの空き地で二台のクルマを見たという。一台は白っぽい乗用車だから、被害者が乗っていたカローラだろう。もう一台はそれより大きい、四駆車かワンボックスカーのような気がした、というんだがね」

「要するに、人間は見ていないわけですなあ」

「しかし犯人の乗っていたクルマが、乗用車じゃないことだけは判明した。もう少し詳しく聞き出せば車種の特定までいけるかも知れない」

「そうなってくれれば、しめたもんだが」

「少なくとも四駆車やワンボックスカーに乗るのは、女ではないだろう」

「さあて、最近は女でも……このこと、マスコミに公表するんですかね」

「とりあえず伏せておこう。容疑者を絞り込む過程で、クルマが決め手になってくれるかも知れんからさ」

蜂屋警部がまた坂森の肩を叩いて自分の席へ戻っていき、坂森は額の老眼鏡をはずして、ぽいとデスクに放る。事件の捜査本部は県警本部から秩父中央署の会議室に移され、当初は留守番組の三人だけだった捜査員も百二十人にまで増員された。特別捜査本部が所轄に設置された場合はその特捜本部長に、所轄の署長が就任する。しかしそれは名目で、実際の指揮は県警本部の捜査一課がとり、今回の事件でも蜂屋正嗣警部が本部長代理として出向している。もちろん現場からの叩きあげで、この連続殺人事件を自分の指揮下で解決させれば次期課長候補の、最有力になる。

坂森はぬるい茶に口をつけてタバコを抜き出し、皺顔をひとこすりしてからタバコに火をつける。百二十人体制の捜査本部、といっても現在本部室にいる職員は数えるほど。そのほとんどは一般から寄せられた不審者情報の追跡調査に出払っていて、だだっ広い会議室にいるのは電話オペレーターやコンピュータの専従班員ばかり。三人のコンピュータ専従班は本部からの出向で、インターネットのサイトやブログに本件に関する情報が見出せないか、また連続殺人や猟奇殺人の犯人は掲示板の書き込みなどで自分の犯行を自慢したがるもの、という通例から昼夜休みなくパソコンとにらみ合っている。

タバコの煙を長く吹いて鼻水をすすり、コンピュータ係の仕事ぶりを遠くに眺めながら、坂森は凝った首筋をもみほぐす。考えてみれば殺人事件の捜査も、ずいぶんと仕組みが変わってきた。昔は「情報は足で集めろ」と先輩から叩き込まれたもので、実際に坂森の若いころには月に一足の革靴を履きつぶした。それが今では「科学的検証」とやらが主流になりつつあり、刑事にしても沼内のように、銀行員だか商社マンだか分からないようなタイプが増えている。これもすべて時代の流れ、社会の変化に文句を言っても意味はなく、あと二年で定年を迎えられることに本心から、安堵と充足を感じてしまう。

しばらくタバコを吹かしてから、そのタバコを灰皿につぶし、坂森は電話機に手をのばして本部の鑑識課を呼び出す。電話はすぐに班長の下小出にとり次がれ、坂森は受話器を首にはさんで、またタバコに火をつける。

「どうしたね坂森さん、まさか四件目の殺しが発生したとか」

「いやいや、犯人もそれほど暇じゃないがね。四件目をやるにしても一ヵ月は先だろうさ」

「本当に四件目があると？」

「さあて、どんなもんだか……と、用件はそれじゃなくてね、実はたった今、両神の現場で事件の夜のあの時刻に、犯人のものと思われるクルマを見た、という奴があらわれたらしいんだ」

「ほーう、初めての目撃者か」

「ただまあ見たのはクルマだけで、それも乗用車よりは大きい気がした、という程度だけど」

「ワゴン車か四駆車かな」

「そんなところだろうがね。それでさ、どうかね、現場に何か……」

「タイヤ痕とかクルマの塗料とか？」

「うん」

「あれば報告書で出してるよ」

「そりゃそうだろうが、念のために聞いてみたんだ」

「前にも言ったけど、草地や枯葉の上では足跡すら残らない。まして両神はあの雨だもの、タイヤ痕なんか残っていても流されちまうよ。塗料にしたって被害者のクルマや空き地の岩木まで、ぜんぶ調べてあるんだから」

「下小出さんのことだから抜かりはないと思ったが、それはそうと」

タバコを長く吹かしてひとつ息をつき、ぬるい茶で咽を湿らせてから、坂森は皺目蓋の目脂をこすり取る。

「その、なんていうか、下小出さん、現場から無くなっているようなものに、何か気がつかなかったかね」

「無くなっているもの？」

「何かこう、あるはずなのに、無いものみたいな」

「ナゾナゾかい」

「真面目な話だよ」

「坂森さん、こっちは無いはずなのにあるものを見つけるのが仕事なんだぜ」

「分かっちゃいるがね。たとえば被害者が着ていた服のボタンとか、髪の毛の一部とか、指の爪とか」

「どうしたんだい。現場や被害者に、不審なことでも？」

「いやいや、不審なところが何もないってのが、ちょいと不審かなあと」

「やっぱりナゾナゾじゃないか」

「そうじゃなくて、つまり」

短くなったタバコを灰皿につぶし、薄い頭髪を手のひらで撫でつけながら、坂森は小さく空咳をする。

「ほれ、なんていうか、最近はプロゴルファーとかが書いた心理分析本みたいなものが、やたらにあるじゃないか」

「プロゴルファー？」

「ＦＢＩのなんとかって」

「プロファイラーだろう」

「そうかい。名前なんかどうでもいいんだが、俺も商売柄ああいう本の一冊や二冊、読むことがあってね」

「意外に勉強家じゃないか」

「そりゃ俺の手前……いやね、それはともかく、まあアメリカと日本じゃ文化とか歴史とかってものが違うから、あんな本は参考にならねえけど、ただふと思ったのは、今回みてえな連続殺人犯ってのは犯行の記念に何か、いわゆる戦利品とかいうやつを、さ」

「現場や遺体から持ち去ると？」

「日本でもたしか、そういう例があったと思うんだが」

「言われてみれば、たしかに」

　下小出が電話の向こうで言葉を切り、首でもひねったのか眉でもしかめたのか、ちっと舌打ちをする。

「たしかにね、女の子を何人も殺して山のなかに埋めてた野郎なんか、被害者の靴や下着を自分の部屋に溜めこんでいたっけ」

「そうそう、だから今度の事件でも、犯人が何かを持ち去ってるんじゃねえかと」

「なるほど。そういうふうには考えなかったが、でもどうかねえ、遺体も荼毘にふされてるし、残ってるのは被害者の衣服や現場の写真ぐらいだよ。それに戦利品とやらが持ち去られていたとして、そのことが容疑者に結びつくのかね」

「気休めかも知れねえがね。なにしろやっとクルマの目撃者が出ただけで、犯人の輪郭ってのがまるで浮かばねえ。だからもう一度、資料の再検討をやりてえわけさ」

「そりゃまあ、ご苦労さまで」

「報告書に添付した以外の写真ってのも、そっちには山ほどあるだろう」

「うん、もちろん」

「済まねえがそいつをさ、インターネットで俺のパソコンへ送ってくれんかね。どうも何かを見落としてる気がして、ここんところ寝覚めが悪くていけねえんだ」

「分かった。そういうことなら私のほうでも、寄居と長瀞と両神、もう一度被害者の遺留品を調べ直してみるよ」

「お互いに無駄骨かも知れねえが、まあ、これも給料の内だがね。まさか四件目があるとは思わねえけど、マスコミもヒステリーを起こしてるし、早く事件に決着をつけねえとさ」

「息子さんの手前もあるし、か」

「そんなとこだい。昨日もケータイに電話してきやがって……まあ、要するにさ、そういうことで、万事よろしく頼まいね」

それから二こと三こと無駄話を交わし、電話を切って、坂森は首のつけ根にこつこつと拳を打ちつける。長瀞の山林で清水成子の遺体が発見されてから、約一ヵ月。寄居の事件からなら二ヵ月が過ぎていて、まさか三件目が発生するとは思わなかったし、事件の解決にこれほどの時間がかかるとも思わなかった。坂森の背広もドブねずみ色の夏用からドブねずみ色の合着(あいぎ)に代わり、最近は朝晩の冷え込みに備えて股引まではいている。秩父でのビジネス旅館暮らしもすでに一ヵ月、里心がついたわけでもないだろうに、自分の倍ほども体重のある古女房の顔が、ふと頭に浮かぶ。

そうだいなあ、女房でも呼んで二、三日秩父見物をさせてやるべえかね、と、新しいタバコをくわえながら坂森は、またとんとんと首のつけ根に拳を打ちつける。

＊

「まったく参りましたよ。ほら、さっきも言った丹波山(たばやま)の爺さんね、けっきょく頭がおかしいのは自分のほうなんだから。そりゃ仕事だから山梨でも長野でも行きますけど、もうちょっと情報を絞り込めないもんですかねえ」

「要するに問題は、昔からの境界線争いなんだろう」

「そういうこと。その爺さんともう一人の爺さんと、尾根のちょっと下のほうが五十メートルほどどうだとか。あんな山なんか一坪百円にもならないだろうに、いったい連中は、どういう神経なのかなあ」

「そりゃ大林くん、山の人間には山の人間の価値観があるんだがね。金がどうこうじゃなく、先祖代々の縄張り意識みてえなものがよ。山のどの辺りのどの木は俺んちのもんで、その木をどこそこの誰が勝手に切っちまったから、あの野郎、はあ許さねえとか」

「そうかも知れませんけどね。だけど誰某は昔から豚や鶏を殺すのが好きだったから、今度の犯人はあいつに間違いないとか、いちいち警察に投書しますかね。山では狸だって兎だって、みんな自分で殺して食べるわけじゃないですか」

「まあ、そうぼやくくない。今のところ一般からの情報が、唯一の頼りなんだからよ。千でも二千でもガセ情報(ネタ)をつぶしていって、ひとつでも本物が残りゃあこっちのもんだがね。科学捜査だのプロファイルだのと言ったところで、刑事(デカ)ってのはけっきょく、足で稼ぐわけだからよ」

「ねえ坂森さん、話は変わりますけど、なぜ刑事のことをデカと呼ぶんですか」

「知らねえのかい」

「はあ、気にはなってたんですが」

「そりゃあなあ楠木くん、江戸時代に目明しのことを、同心の手下と呼んでたんだい。そのテカがなまってデカになったわけさ」

「はーあ、江戸時代の」

「キャリアのエリートさんたちが同心で、俺たち平刑事は目明しで、時代が変わっても人間の理屈ってのは、ちょっくら変わらねえもんだがね」

　時間は夜の九時。道生町の料理屋で熊鍋を囲んでいるのは坂森と楠木と大林で、捜査本部が秩父に移って坂森の同僚も本部から出向はして来たが、仕事の後に三人で飲む機会が多いのはやはり、当初から留守番組だった縁だろう。楠木も大林も寄せ集めの捜査員に混じって毎日毎日、秩父市内、郡内、それに県境を越えた群馬、長野、山梨にまで情報の確認に飛びまわっている。なかには北海道や九州あたりから「どこそこの誰が怪しい」と電話をしてくるマニアもいて、日々そんな情報にふりまわされている大林が愚痴を言いたくなる気持ちも、分からなくはない。

「ほい、忘れていたが……」

　土鍋のなかから熊の肉をはさみ出し、小鉢に椎茸や白菜も盛り合わせて、坂森がしゅっと鼻水をすする。鍋のなかには熊肉と猪肉とそれから大林が「例のあれも」と注文したカモシカの肉が入っている。

「今日の昼間、クルマの目撃者を見つけ出したんは、楠木くんだったいなあ」

「はあ、偶然ですが」

「偶然でも何でもよ、事件から四日もたって、なぜ今ごろ出てきたんだい。黒沢満男が殺されたことぐれえ、はあ村中に知れわたってたんべえに」

「いや、それが……」

楠木が湯割にした焼酎を飲んで舌を鳴らし、すっかり赤くなっているニキビ顔を、てらっと光らせる。

「それがですねえ、いつだったか、私の姉の話をしませんでしたっけ」

「うんうん、器量が悪くて、お前さんも心配だとか」

「それはともかく、その姉が農協近くの食堂に勤めてましてね。宗方（むなかた）さんが事件の夜にあの場所で、クルマを目撃したらしいと」

「お前さんに？」

「はあ、電話で」

「宗方ってのが農協のナントカってやつか」

「総務課の係長なんですがね。食堂で昼飯を食べてるとき、雑談で姉にそんなようなことを言ったと」

「そりゃ姉さんのお手柄だがね。だけどナンだい、宗方って野郎はどうしてすぐ、警察へ知らせなかったんだね」

「ですから、つまりは、あれですよ。夜の十時過ぎに大谷まで帰るというのは……」

「どこかで酒を飲んだって、か」

「はあ。小鹿野のスナックだったらしいんですが、もし警察へ通報して細かく聞かれると、面倒だと思ったとか」

「そりゃ村内なら誰でも酒を飲んでクルマに乗るべえが、公になりゃたしかに、面倒だいなあ。特に勤めが農協ってんなら」

「ですから私も酒のことは不問に付すからと」

「それが正解だがね。本部の連中には分かるめえが、村には村の掟があるからよ。細けえことを言ってたら集まる情報も集まらねえさ。それで……」

熊肉を頰張って舌鼓をうち、皺目蓋を鶏のように見開いて、坂森が顎先を上向ける。

「宗方って野郎が見たのは、本当にクルマだけなのかね」

「はあ、人は見なかったと。あの場所は人家もないし街灯もないし、通りすがりにちらっとクルマが見えただけのようです」

「二台のクルマにライトは？」

「ついていなかったと言ってます」

「あんな場所にあんな時間、クルマが二台もとまってたら、不審しいとは思うだんべえに」

「たしかにね。でも最近はたまに、東京あたりから沢釣りに来てクルマのなかで夜を明かす連中もいるとかで、たぶんそういうクルマだろうと。ただねえ坂森さん、最初のときはワゴン車か四駆車と言ってましたが、あとからまた連絡が来て、四駆車だった気がすると」

「ほい、また少し絞られたかい」

「色も被害者のカローラよりもずっと黒っぽかったと言うから、紺か臙脂か、そんなところでしょう」

「これでクルマのナンバーでも見てりゃあ、宗方って野郎も課長に昇進したんべになあ」

「私ね、思ったんですが」

そのとき料理屋のガラス格子が開いてツイードの肩がのぞき、大きめのショルダーバッグをさげた香村麻美が店内に入ってくる。料理屋といっても食堂を兼ねたような狭い店だから、麻美は何歩も歩かずに小あがりの座敷まで距離を詰める。

「あら、偶然ねえ。特捜のジャングル組が、こんなところでお食事？」

「香村さんのほうこそ……だけど何ですかその、ジャングル組というのは」

「楠木の木に大林の林に坂森の森に、三人が集まると木ばっかりだから」

「はーあ、気づかなかった。でも……」

「楠木さんも知ってるでしょう、ほら、最近カモシカの肉を秘密で食べさせる店があるとかで、それでちょっとね。それはそうと皆さんが召しあがってるのは、何のお肉かしら」

「いや、これは、熊と猪と……」

「そっちの少し白っぽいお肉は？」

「ですから、これは、鹿です」

「鹿はもっと赤かったと思うけど」

「ですから、鹿の肉にも、いろいろあるわけで……そうですよね大林さん」

「そうそう、牛肉にもヒレやロースがあるのと同じように、鹿の肉もいろいろなんだ。ねえ坂森さん」

「さあなあ、俺は地元の人間じゃねえから、さっきから何のどこの肉か、知らねえで食ってたがね」

坂森が皺顔をこすりながらにやっと笑い、タバコに火をつけて、短く煙を吹く。

「ところで記者さん、夕飯は済んだかね」

「食べそびれていて」

「そいつはちょうどいいや。むさ苦しい野郎連中と一緒でよかったら、付き合わんかね」

「私もお皿に盛られたお肉を見て食欲がわいたわ。遠慮なく、お言葉に甘えます」

麻美が土鍋を見おろしながら皮肉っぽく唇を笑わせ、大林と楠木が尻をずらしてつくった席にタイトスカートの膝を折る。その間に坂森が手を打って従業員を呼び、麻美のためのグラスと鍋の材料を用意させる。

「ですけど、ねえ香村さん、われわれもつい仕事の話をしてしまうだろうし、聞いたことはオフレコですよ」

「楠木くんも野暮を言うない。記者さんは最初からそのつもりだがね。俺たちが話すことも俺たちが食ってるものも、みんなオフレコにしてくれるだんべえ」

「はあ、まあ」

「ぼんやりしてねえで、ほれ、美人記者さんに酒をすすめろいや。なにしろ地元のマスコミと俺たちは、持ちつ持たれつだからよ」

楠木が苦笑いをしながら麻美のグラスに氷を落とし、大林が横の一升瓶をとりあげてグラスのほうへ腕をのばす。一升瓶の酒は吉田町で造られる〈だんべえ〉という地焼酎で、味はともかく、秩父では値段の安さで昔から親しまれている。

タバコを灰皿でつぶし、坂森もグラスに焼酎を注ぎ足して、とんとんと肩を叩く。

「そういや楠木くん、お前さん、さっき何か言いかけなかったかい」

「ええと、何でしたっけ」

「美人記者さんが入ってくる前に、何か思ったことがあるとか」

「はあ、そうでした。いえね、べつに大したことではないんですが、今回の現場は前の二件とは少し違うんじゃないかと、なんとなく、思ったもんで」

「ほい、その、少し違うってのは」

「ですからね、そりゃ三件とも、たしかに分かりにくい場所ではありますよ。夜になったら人なんか入るはずはないし、でも寄居と長瀞はしょせん、林道沿いです。それにくらべると両神のあの現場は……」

「上の集落への登り道で、あの空き地から奥へクルマは入らねえ」

「そうです。それに空き地からの入り口も隠し戸のようになっていて、下の道からでは見えません。私も両神の出ですが、あんなところに上の集落への登り道があるなんて、まるで知りませんでした」

「ということは、ナニかい、犯人はたんに土地勘がある、というだけじゃねえと」

「秩父地方の地理に詳しい、というだけでは、無理じゃないですかね。両神の現場ではたとえ誰かにクルマを見られても、あの衝立のようになっている藪の向こうへ被害者を引き込んでしまえば、犯行自体は見られません」

「要するに犯人は、そこまで知っていた野郎だって、か」

「寄居も長瀞もクルマで偶然に迷い込む、ということはあるでしょうが、両神のあの現場に、偶然はありえないと思うんです」

「なるほどなあ。俺も皆野を離れて四十年、やっぱし浦島太郎だったがね。こりゃ楠木くんの言うとおり、犯人(ホシ)は秩父の地理に詳しいってだけじゃなく、専門的に詳しいのかも知れねえ。まあ近隣の情報も無視するわけにはいくめえが、こいつは捜査会議にあげて、みんなの耳に入れておく必要があるべえなあ」

ロックの焼酎に口をつけながら坂森が座を見まわし、鍋に箸をのばしている麻美に目をとめて、しゅっと鼻水をすする。

「どうだね記者さん、そのカモシカの肉に似た鹿の肉ってのも、美味かんべえ」

「私は子供のころから熊が好物なんです。東京から秩父へ戻ってきてひとつだけよかったのは、いつでも熊のお肉が食べられることですわ」

「あんたも奇麗な顔をして、ずいぶん変わってるがね。熊の肉なんざ臭くて固くて、ふつうは男でも食わねえもんだが」

「熊のお肉は躰が温まる、というでしょう。女には冷え性が多いから」

「そりゃそうだい。ま、俺なんか子供の時分にゃあ熊だけでなく、狸だの兎だの、何でも食わされたがね。野兎なんざ山に針金の罠を仕掛けておきゃあ、はあいくらでも獲れてよ。それを親父や兄貴はかんたんに絞めちまうんだが、俺にはそれができなくて……それでよ、おめえなんざ物の役に立たねえから警官にでもなれって、親父に言われたんさ」

「ご冗談を」

「なーに、今の時代にゃそんなこともあるめえが、昔は出来の悪い二、三男は警察か自衛隊かって、相場が決まってたもんだい。長男には家を継がせる、二、三男でも出来がよけりゃ堅気の勤め人にさせる。だから俺なんざ、それ以外のろくでなしってことだがね」

勝手に喋って自分で笑い、また焼酎をすすって、坂森がタバコに火をつける。

「ところでよ、楠木くんの意見じゃねえけど……」

長く煙を吹いて首の後ろをさすり、胡坐の足を組みかえながら坂森が空咳をする。

「お前さんら若い連中が足に豆をこさえてる間に、俺も本部の鑑識から詳しい資料を送らせてよ。それを年寄りの皺目でずっと眺めてたんだが、どうもなあ、今度の事件は、あんましにもバラバラすぎる気がして……そりゃ遺体がバラバラだって、そういう意味じゃねんだがよ」

楠木が四つのグラスに焼酎を注ぎ分け、腰を落ち着けてから坂森のほうへ身をのり出す。

「そりゃ連続殺人で、犯人が同一人物であることは間違いねえ。三件のうちどれかが模倣犯である可能性ってのは、鑑識が否定している。だから連続は連続なんだんべえが、被害者の三人に、あんましにも共通点がなさすぎる気がして……どうだい大林くん」

「たしかに、そう思いますが」

「そうだんべえ。ま、東京じゃまだ何人かの刑事が歯医者と清水成子のつながりを調べてるから、もしかしたら何か出てくるかも知れねえ。そうなりゃまた話は別なんだが、今のところは異常者の快楽連続殺人ってことだい。だけどよ、どうかいね、いくら異常者だって、脈絡とか傾向とかってもんが、もうちっとありそうなもんじゃねえか」

「脈絡とか傾向とか、というと」

「ほれ、たとえば被害者はみんな幼稚園ぐれえの女の子だとか、あるいは逆に、年寄りばっかしとか。アメリカなんかにゃ売春婦専門とか看護婦専門とか、とにかく被害者個々につながりはねえにしても、犯人の頭のなかじゃあちゃんとつながってるわけさ。ところがよ、今回の三件は……」

「被害者の性別も職業も生活圏も、まるで統一性がありませんね」

「なあ、お前さんらだって、そう思うだんべえ。歳が三十一から三十四だから、まあ似通っちゃあいる。場所も寄居から両神だから、近いといやあ近い。だけどそんなものが共通点になりゃあ、大林くんだって楠木くんだって、みんな殺されちまうがね」

「はあ、というと、つまり？」

「こいつはよう、突拍子もねえ思いつきなんだが、つまりナンだい、両神の黒沢満男は、目くらましじゃあねえかと」

「目くらまし……」

「ただの妄想だがね。そういうふうに自棄を起こしたくなるほど、今度の事件では犯人像ってやつが、浮かばねえんだい」

楠木と大林と麻美がそれぞれタバコとグラスと箸の手をとめ、それぞれに顔を見合わせてから、視線を坂森の皺顔に向ける。坂森はタバコを消してゆっくりとグラスをとりあげ、首の後ろをさすって、その手でぽんと肩を打つ。

「俺も埼玉県警に奉職して三十何年、それゃあ手こずった事件も迷宮入りした事件も、腐るほどあるがね。だがどういう事件だって、ああ、こいつはこういう仕組みのこういう事件で、犯人は何歳ぐれえでこういうタイプじゃねえかと、おおよその見当はつくもんだい。それが今回ばっかしはいくら資料を睨んでも、いくら捜査の経緯を思い返してみても、事件のカタチってやつが見えてこねえ。そこでよ……」

一度言葉を切ってグラスを口に運び、決まりが悪そうに肩をすくめて、坂森がちっと舌打ちをする。

「まあ、半分は自棄で、黒沢の殺しは捜査陣の目をくらますための、ダミーだったんじゃねえかと、そんなふうにな」

「そうすると犯人も、異常者ではないと？」

「そうは言わねえ。雑木や廃材じゃあるめえし、人間の手足をあんなふうに切り刻む野郎は、どう考えても正常じゃねえ。だからって三つの事件は無関連で、三人の被害者は三人ともただ偶然に選ばれただけってことにも、ならねえだろう」

「そんな映画みたいな……」

「そうそう、記者さんの言うとおり、昔の映画とか推理小説とかには、よくそんな話があったがね。何人もの人間を殺しちゃいるが、犯人の狙いはそのうちのたった一人。だから警察もなかなか犯人と被害者同士の接点を見つけられなくて……ただああいうのは作り話だから、けっきょく犯人は捕まるんだけどよ」

「しかしですねえ、そうだとすると」

大林が小鉢に鍋の肉を盛り込んで息をつき、顎の下あたりに滲んでいる汗を、手の甲で拭きとる。楠木と麻美の手も箸やグラスに戻っていて、坂森の言う〈黒沢満男ダミー説〉もすでに、酒の上の絵空事になっている。

「ねえ坂森さん、もし両神の黒沢が目くらましだったとすると、犯人の本命は歯医者か清水成子かの、どちらか、ということですか」

「どちらか一人か、あるいは二人か」

「二人だとするとけっきょく、元の〈東京での関係〉に戻ってしまいます」

「そうだんべえ。長瀞で清水成子の遺体が見つかって、こりゃ歯医者との接点を探りゃ事件は解決と、捜査の主力を東京へつぎ込んだい。それが両神で黒沢が殺されたら、今度は捜査が秩父近辺の異常者へ移っちまった。犯人の本命が一人にせよ二人にせよ、実際に警察は大混乱で、いわば犯人に、まんまと攪乱（かくらん）されてるわけだがね」

「面白い説だとは思うんですが、なんだか、現実離れが……」

「だからよ、最初から妄想だと言ってるだんべえ。たった一人を殺してえために、無関係な人間を二人も殺しちまうなんて、現実にはあり得ねえさ。それもみんなバラバラにしちまうってんだから、犯人はやっぱし、そこいらの異常者だんべえよ」

坂森が皿の肉を土鍋に空けながら顔をしかめ、空になった皿の縁をとり箸で、こつんと叩く。

「どうだね記者さん、熊でも猪でも、追加を頼もうかね」

「いえ」

「遠慮はいらねえさ。どうせ捜査協力費から捻出するんだから」

「それなら余計に遠慮したくなるわ」

「堅(かて)えことは言いっこなしだい。警察の裏金なんてのはお役所の無駄遣いにくらべりゃあ、屁みてえなもんだがね。それにあんたを同罪に巻き込んでおかねえと、楠木くんや大林くんが心配しちまって、はあ夜も眠れなかんべえ」

目尻の皺をより深くして片頬を笑わせ、坂森が帳場のほうへ首をのばして、手真似で肉の追加を注文する。麻美はグラスを置いて膝を横にくずし、ハンドバッグからとり出したタバコに、使い捨てのライターで火をつける。熊鍋ぐらいで警察経費の流用に加担させられてもかなわないが、そんなことに目くじらを立てるほど、若くはない。つい一ヵ月前まではカモシカの密猟や密売にさえ正義感をふりまわしていたのに、成子の事件が起きてからは価値観が混乱している。

そんなことより問題は坂森の開陳した〈黒沢満男ダミー説〉、もちろん現実離れした発想で若い二人の刑事も本気にはしていないようだが、可能性としては果たして、どんなものか。麻美が調べた限りでも黒沢は典型的な田舎者、教養もなくて仕事もなくて財産も妻子もなく、性格も優柔不断で覇気などまるでなし。他人に恨まれるほどの存在感すらなかったというから、そんな人間を殺したって、殺したほうが損をする。歯医者のことは知らないが、成子が黒沢と接点があったとは考えられず、だから警察も事件の犯人像を、快楽のために区別なく人を殺して切り刻む性格異常者、と絞り込んだ。麻美自身もそれが正解だろうと思うし、警察の目が梢路から離れてくれることが、何よりもありがたい。たしかにそうではあるけれど、しかし坂森の言うとおり犯人の真の狙いが三人のうちの一人か二人、歯科医か成子かあるいはその二人という可能性は、本当にないのだろうか。仮に犯人の狙いが成子ただ一人だったとしたら、警察だっていつかは捜査の方針を、またラザロの関係者に向けてくる。そうなれば梢路の過去も暴かれるだろうし、悪くすれば容疑者にまでされてしまう。考えてみればマスターの八田は古い四駆車に乗っていたはずで、梢路だってクルマの免許はもっている。問題は梢路が両神のあの現場を、知っていたかどうか。実家が両神の長又にある楠木さえ知らず、麻美だってあんなところに上の集落への登り道があるなんて、思ってもいなかった。それなら秩父へ来てまだ一年しかたっていない梢路も、当然ながら知ってはいないだろう。あとはアリバイ云々になってしまうが、そういえば成子の殺された日は日曜日で、ラザロは休みで少なくとも成子一人に限っていえば、梢路のアリバイは成り立たない。

肉と野菜と茸の追加が来て鍋がつくり直され、それぞれにグラスも満たされて、座が少し活気づく。楠木と大林は若くて図体も大きいぶん呆れるほどの大食漢で、熊肉も猪肉も椎茸も白菜もコンニャクも、見る見る減っていく。

「それはそうと、ねえ香村さん……」

焼酎と鍋の熱気ですっかり顔を赤くした大林が、その角ばった達磨（だるま）のような顔を、怒ったように麻美へふり向ける。

「テレビで毎日毎日事件のことを騒ぎ立てるの、あれ、何とかなりませんかねえ。警察が何もしてないようなことまで言うキャスターがいて、まったく、腹が立ちますよ」

「世間がそれだけこの事件に注目してるわけよ」

「そりゃそうだろうけど、勝手に犯人像を分析したり被害者の私生活を暴きたてたり。二番目の被害者のことなんか、まるで売春婦みたいに言うやつまでいる」

「たしかにテレビも週刊誌もひどすぎるなあ。だけどあの清水成子って被害者、もしかしたら一種の、ニンフォマニアだったかも」

「なんだい楠木、そのニンフォマニアって」

「いわゆる、セックスが異常に好きみたいな」

「ふーん、異常に、か。香村さん、気づいてました？」

「さあ」

「店の客は手当たり次第で、それに八田さんの甥の、あの若い奴とまで」

「彼とも？」

「週刊誌の記者がそんな情報をね。ただ事実だったところで事件とは関係ないし、本人は否定していますけど」

「無関係だから否定してるんでしょう」

「さあ、なんとも」

「だけど楠木、捜査の方針は異常者の洗い出しに絞られたんだ。あの被害者がニンフォなんとかで、誰と誰が関係があったって、そんなことはもう、どうでもいいじゃないか」

「それはまあ、そうです」

「いずれにしてもねえ、香村さん、テレビや週刊誌のやってることは所詮、興味本位なんですよ。これじゃ捜査妨害もいいところだ」

「私に言われても困るわ。うちの新聞はテレビとは関係ないし、マスコミというより、ミニコミなんだから」

「ですからテレビの過剰放送を自粛しろ、とか何とか、秩父新報に書いてくださいよ。警察は遊んでるわけじゃなく、毎日毎日夜も寝ないで、必死で捜査してるんだって」

「夜も寝ないで熊鍋を食べて、ね」

「そりゃあ、夜も寝ないでってのは、言葉のあやですけどね。とにかくこの秩父が危険な土地だなんてイメージをもたれたら、観光客だって減ってしまう」

「そうそう、先日旅館の女将も言ってたけど……」

楠木が一升瓶から麻美のグラスに焼酎を注ぎ足し、ゆるめていたネクタイをいっそう大きくゆるめて、ゲップを吐く。

「週末の泊まり客がね、やっぱりいつもの年より少ないんだって。秩父ってのは何しろお寺さんの多いところで、婆さん連中の裏京都でしょう。年寄りは物騒な話に過剰な反応をしちゃうから」

「俺も似たような話は聞いたなあ。それでもマスコミがホテルや旅館を利用してくれれば、いくらかは助かるのに、とか」

「まったくね。テレビなんか中継車にレポーターやらディレクターやら、五、六人は乗ってるのに。そういうテレビが何局も来て、新聞社が来て週刊誌が来て、だけど連中は秩父に泊まらないで、みんな日帰りなんだとか」

「楠木くんも大林くんも、そうぼやくない。秩父なんざ池袋から特急に乗れば、はあ一時間で来ちまう。それにテレビが騒いでくれるお陰で、情報だってちゃんと寄せられるんだがね」

「その情報のお陰で昨日は長野、今日は山梨ですよ」

「だからよう、さっき楠木くんが言ったんべえ。犯人は土地に詳しいってだけでなく、専門的に詳しい野郎だい。それを明日の捜査会議にあげて、これからはその観点から聞き込みをすべえじゃねえか。専門的な土地勘があって、黒っぺえ四駆車に乗ってて頭がいかれてる野郎なんてのも、そうはいねえはずだがね」

坂森が鍋から熊肉をつまみ出して小鉢にとり、萎びた顔を間延びさせて口元をゆるめる。捜査の輪は確実に狭まっているのか、それとも犯人はまだ、輪の外側にいるのか。何かひとつでも有力な情報が出てくれれば一気に解決へ向かう気もするし、同時にこのまま犯人に逃げ切られてしまうような予感もあって、坂森は胃の内に不愉快なものを感じながら、とんとんと凝った肩を叩く。

「さあて、今夜はなんだか疲れたみてえで、年寄りは先に帰るべえ。勘定は済ませていくから、記者さんもゆっくりしていくがいいがね」

小鉢の肉を平らげ、タバコとライターを背広のポケットに押し込んで、坂森がよっこらしょと腰をあげる。

「大林くんと楠木くんは、どうせどこかで飲み直すんだんべえ」

「はあ、ええ、まあ」

「若えから徹夜で飲んでも世話はなかんべえが、明日の会議には遅れるない。特捜のジャングル組が評判を落としたら、俺も面目がねえからよ」

大林と楠木と麻美に左手をふり、右の腰を右手でさすりながら坂森が座敷から離れていく。二人の若い刑事が膝立ちになって頭をさげ、麻美も表情だけで挨拶をする。捜査協力費というのがどれほどストックされているのかは知らないが、厳密にいえば公金横領、最大限に弁護したところで必要悪で、しかしこういうお上の悪慣習が一掃されるまでにはあと何十年もかかるのだろう。

麻美は新しいタバコに火をつけ、一度社へ戻ってから自分もラザロで飲み直そうと、ふーっと長く、鍋の湯気に煙を吹きつける。しかしそれにしても、まさかとは思うが、梢路と成子の間に男と女の関係があったという情報は、どこまで信じられるのか。そしてもし、その関係が本当だったとすると、今回の事件は、どうなるのか。

11

　朝の全体会議が終わって捜査員が出払い、たまに電話が鳴るだけの閑散とした捜査本部室で坂森は、とんとんと肩を叩く。机の上には二百枚以上の写真が積まれたり並べられたり裏返されたり、まるでカルタ大会を途中で放り出したように散らばっている。これらは寄居、長瀞、両神の事件現場を鑑識課員が撮影した写真で、前日に下小出が坂森のパソコンへ送ってきたものだ。それぞれに遺体の手足や切断部、切断された個々の部位を遠景や近景や上下左右から正確に写してあって、それに現場の状況写真まで加わっているから枚数的には、うんざりするほどの数になる。本来ならプリントアウトせずにパソコン内で検証すればよさそうなものを、坂森は物として目の前に並べてみないと、どうにも気がすまない。

　湯呑に手をのばしかけたとき後ろから肩を叩かれ、坂森は「ほい」と首をめぐらせる。立っていたのは主任警部の蜂屋で、その蜂屋が顔をしかめながら四つ折の新聞をさし出して見せる。

「坂森さん、参ったよ。いったいこれは、どういうことなのかね」

蜂屋が示しているのは秩父新報の社会面で、それには四段抜きの大見出しで〈連続殺人に新展開〉とうたってあり、小見出しでは〈容疑者は黒っぽい四輪駆動車を使用、地元の地理に特殊な知識を持つ人間か〉とまで言及している。記事本文は寄居から両神までの事件経過を無難に解説したものだが、もちろん蜂屋に「参った」と言わせたのは、その大見出しと小見出し。しかし本文の最後にはちゃんと〈警察は総力を挙げて、不眠不休の捜査をつづけている〉と結んでいる。中央の一般紙ならこんなサービスはしてくれないから、大林も楠木もこれでは香村麻美を、まあ恨めない。

「ねえ坂森さん、いったいこの情報は、どこから洩れたんだね。それも一般紙ならともかく、こんな田舎新聞に」

「俺に聞かれても困るなあ」

「べつに、坂森さんに聞いてるわけじゃないけどさ」

「クルマのことは昨日の段階で、全捜査員に通達したんだろうがね」

「そりゃあ、まあね」

「だったら聞き込みに行った先で、みんながクルマの件に念を押すだろうさ。田舎の人間ってのは一度面白え話を聞いたら、はあ黙っていられねえ」

「そうかも知れないが、それなら〈地元の地理に特殊な知識〉という部分は？　これは今朝楠木くんが報告したばかりだよ」

「それもこれも、なにせ本部から出向いてる捜査員はたった七人だい。あとは所沢や熊谷から応援を頼んで、残りはみんな地元の警官だがね。誰かが楠木くんと同じことに気づいたって、おかしくはなかろうさ」

「それじゃ所轄の誰かが、この田舎新聞に？」

「リークってつもりはなくても、世間話のついでに自分の見込みを喋るぐれえのことは、あるんじゃないのかね。それとも秩父新報の記者が意外に有能で、取材をしてるうちに自分で気づいたとか」

「坂森さん、ずいぶん肩を持つじゃないか」

「そんなつもりはないがね。ただクルマの件も容疑者の見込みも、明日になりゃあ一般紙やテレビ局にも知れちまう。どうせ知れるなら今日でも明日でも、同じだと思ってさ」

「そうは言うけど」

蜂屋が新聞をひったくって手のひらに打ちつけ、机に散った写真に目をやりながら、低く鼻を鳴らす。

「午後の記者会見で他のマスコミから苦情が出てしまうよ。警察が地元紙にだけリークしたんじゃないかと、痛くもない腹をさぐられる」

「そいつはご苦労さま。しかしこの記事に関してはあくまでも秩父新報のスクープだい。

地元紙には地元紙の意地もあろうがね」

「地元紙といったって……」

言いかけて途中で言葉を呑み、蜂屋がまた鼻を鳴らして口の端をひきつらせる。マスコミへの対応は蜂屋の仕事だから四輪駆動車の件も容疑者の見込みも、本当は自分が記者会見で発表するつもりだったのだろう。

蜂屋が顔をしかめたまま踵を返し、二、三歩自分のデスクのほうへ歩いてから、思い出したように足をとめる。

「そうだ、坂森さん、さっき本部から知らせてきたんだがね。清水成子は子供のころに一週間ほど、長瀞に滞在したことがあるらしい」

「ほい、そいつは……」

坂森は湯呑に手をのばしてぬるい茶をすすり、皺目を見開いて、蜂屋の顔を見あげる。

「子供のころというのは、どれぐらいの？」

「もう二十年も前だというが」

「そいつはまた、ずいぶんな子供だ」

「東京での捜査をつづけている連中が、小学校時代の友達というのを見つけたとか。その友達が二十年ほど前の夏休みに、一週間だけ、長瀞の貸し別荘に泊まったと」

「一週間だけ、ねえ」

「友達とその家族と清水成子と。清水成子の家族は行かなかったそうだ」

「どうして」

「知らんよ。仕事が忙しかったか、何か……」

「その貸し別荘の場所や、名前は」

「覚えてないということだ。なにしろ小学校の五年か六年か、そんなときらしいから」

「二十年前ねえ。二十年といや、ずいぶんな昔だがね。ちょうどバブルの真っ最中で、秩父にも安別荘だの安貸し別荘だの、腐るほど建ってたころだんべえ」

「まあ、そうかね」

「そんな貸し別荘、はあ残っちゃいねえと思うが」

「坂森さん、その秩父弁は……」

「ほい、こいつは失礼」

「その、まあ、仮に残っていたとしても、昔一週間だけ泊まった子供のことなんか、誰も覚えてはいないだろうが」

「それでも東京組がせっかく調べた新情報だがね。一応は所轄の誰かをやって、探させてみることだいなあ」

蜂屋がうなずいて自分のデスクへ戻っていき、坂森は湯呑の底に残ったぬるい茶に、ほっと息を吹きかける。二十年前に清水成子が長瀞に滞在したことがあるというのは、たしかに新事実。これまでは事件の半年前にふらっと秩父へやって来て住みついた、とだけ思われていた被害者に、この地方との新たな接点が出現したのだ。それはそうだろうが、何しろ二十年も前で期間はたったの一週間。貸し別荘の選定にだって理由はなかったろうし、場所が秩父の長瀞だったことにも特別な理由はないだろう。

坂森は湯呑を机に戻してタバコに火をつけ、短く煙をひと吹きしてから、こつこつと凝った肩に拳を打ちつける。今度の事件では容疑者が黒っぽい四輪駆動車に乗っていること、地元の地理に特殊ともいえるほど詳しい可能性があること。それらの事実が公表されればまた新たな情報が寄せられるだろうし、ひょっとしたら今日にでも「うちの隣に人殺しが好きで遺体をバラバラにする趣味があって、かつ黒っぽい四駆車に乗っていて仕事は両神近辺の地理研究家、という男がいる」とかいう電話が、かかって来ないとも限らない。

タバコを半分ほどまで吹かしたとき、ふと昨日は忘れてしまった古女房への電話を思い出し、坂森はくわえタバコのまま電話機に手をのばす。事件は事件、家庭は家庭、気候だって暑くもなし寒くもなし、女房にはやっぱり秩父見物をさせてやろう。

受話器をとろうとしたときタバコの灰が机に落ち、その灰を払おうとして下の写真に目がとまる。電話機の前にあったのは清水成子の切断された右腕写真で、それが親指をこちら側に向けた四十五度ほどの角度で写っている。坂森はタバコの灰を払って写真を目の前にひき寄せ、それから積んである写真の山をかきまわして歯科医と黒沢満男の右腕写真を探し出す。同じ右腕の写真でも角度や遠近を変えた写真は十葉ほどずつもあり、そのなかから成子の右腕写真と同じ角度から撮られたものを選んで三枚を並べる。しばらくその三枚の写真を見比べ、タバコを消してまたすぐ新しいタバコに火をつけ、念のために三人の左腕写真も探し出して、右腕写真の上に並べる。それぞれの左手は歯科医が拳状、成子の指は半開き、そして黒沢満男の指は四指が親指を包む形で凝固している。それなのに右手のほうは三人とも同じ形に、たとえば野球のボールを握ってストレートかカーブを投げようとしたとき、ボールだけがすぽっと抜けてしまったような、そんな形に曲がっているのだ。

坂森は思わず椅子から腰をあげ、しかし見渡したところで楠木と大林の顔があるはずもなく、自分の席に戻った蜂屋は気難しい顔で新聞を睨んでいる。その蜂屋に声をかけようとして思いとどまり、椅子に腰を落ち着けて何度か皺顔をこすりあげる。

さあて、こいつは、何としたもんだか。死んだ人間から腕を鋸で切り取ると、指の形はこんなふうに、みんな同じ角度に曲がるのか。まさかそんなこともないだろうし、その証拠に左手の指は三人三様、みな別な形に曲がっている。それなら三人の右手は何かの偶然で、同じ形に萎縮したのか。この世に偶然はいくらだってあるだろうが、特に今回の連続殺人に限ってだけ、それも被害者の右手の指だけが同じ形状に曲がってしまう偶然は、確率として、どんなものか。

　さあて、こいつは、何としたもんだかなあ。それにしてもうちの女房ちゃんはよっぽど、秩父に縁がねえんだいなあ。

　坂森は電話に手をのばして受話器をとりあげ、鼻水をすすりながら、本部の鑑識課に番号をプッシュする。

＊

　青い空に夏のような雲が浮かんで、上空には鷹が米粒ほどの大きさに舞っている。校庭に柿の木が植わった小学校も珍しいが、その色づき始めた柿の実にも校舎の窓ガラスにも秋の澄んだ陽射しが風景画のように降りそそぐ。

　校庭には十五、六人の子供がいて喚声をあげ、小さいサッカーゴールを目指してボールとともに戯れる。子供たちが着ているジャージの運動着は赤、青、緑に分かれていて、それが学年別の区分けにでもなっているのか。まさかこの十五、六人が生徒の全員でもないだろうが、田舎には生徒より教師のほうが多い小学校というのも、たまに存在する。

　子供たちの動きにあわせて笛を吹いたり横に走ったりしている教師は須田文則。地元上野村の出身で鬼石の県立高校を卒業し、大学を出てからは藤岡市の小学校に七年間勤務した。この出身地の小学校に赴任してきたのは四年前で、同時に結婚をして実家の敷地内に新婚用の家も建て、高校で同級だった女房との間にはすでに子供もできている。

そこまでは調べてあって、須田の生活習慣や日常行動も把握はしているが、この先の手順は果たして、どうしたものか。

走っていた須田がサッカーゴールの前で足をとめ、口に笛をくわえた格好で、一瞬こちらへ顔を向ける。まさか気づかれたとは思わなかったが、ここは用心して、クルマを校門の前から県道方向へ移動させる。県道までの道には高木のイチョウやケヤキの葉が生いしげり、クルマのフロントガラスにも何葉かの枯葉が散ってくる。

それにしても秩父新報にのった〈容疑者は黒っぽい四輪駆動車を使用、地元の地理に特殊な知識を持つ人間か〉という記事は、これからの計画にどれほどの影響をもってくるのか。黒っぽい四輪駆動車、というだけなら黒も臙脂も紺も、この地方にはいくらでも走っている。ナンバーが知られているならすでに警察も所有者を割り出しているだろうが、地元の地理に特殊な知識を持つ人間、という部分は、なるほどたしかに、意外なほど的を射ている。両神のあんな場所に隠れた山道があることを知っているのは、上の集落に住む年寄りか郵便配達ぐらいであることは、誰が考えても想像がつく。

寄居と長瀞の仕事があまりにも巧く運びすぎて、両神ではどこかに油断があったのだろう。あんな時間にあの場所を通るクルマがあるとは思わなかったし、それにもう少し先へ進めば少なくとも、自分のクルマだけは隠せる場所があったのだ。以降は気のゆるみを戒めるとして、だからって浮き足立つ必要があるほど、捜査の手は間近に迫っているのか。寄居の初仕事からはすでに二ヵ月以上、ここまでは順調に義務を遂行してきたが、しかしそろそろ、どこかで事件の構図に気づく人間が、出て来ないとも限らない。

クルマを神流川（かんながわ）にかかる橋の方向へ向けながら、浮き足立つ必要もないだろうが、それでも次の仕事は急ぐべきだろうなと、意識して独りごとを言ってみる。

＊

空き地に四輪駆動車をとめ、衝立状になった藪の隙間を通り抜けたところで梢路は杉の枝を見あげる。快晴の空からも杉の葉枝に遮られて木漏（こも）れ日は届かず、薄暗い林間に下草や落ち葉やシダや地衣類が湿度の高い腐敗臭を発してくる。

見渡したところで殺人の痕跡があるわけでもなく、すぐに山道を登りはじめる。張り出した岩や笹藪をぬって進むと祠と大杉の平坦地があらわれ、前回同様にそこで祠に一礼をして背中のデイパックを担ぎなおす。それから額の汗をふいて目の前の崖道に足をかけ、十五メートルほどつづく急傾斜の岩場を一気に登りきる。崖をまわり込めば道の傾斜はゆるくなり、あとは曲がりくねった岩場道を歩いて低い尾根を越える。

尾根を越えて視界が開けたときの驚きは、前回同様に新鮮で、前回同様に微笑ましい。

遠くに見える小畑には葱が植わってホウレン草の新芽が顔を出し、色づきはじめた柿の実にも崩れかけた石垣にも物置小屋のトタン屋根にも、乾いた陽射しが清々と降りそそぐ。
梢路は呼吸を整えてからデイパックを担ぎなおし、人足(ひとあし)の幅だけ草が刈ってある石垣沿いの道を眼下の集落へくだりはじめる。柿の実が色づいた以外はイラ草やクズの葉の風情も変わらず、キツツキが開けたらしい板壁の穴も繕われずに残っている。石垣道はすぐに終わって母屋の横庭にたどりつき、そこから前庭へまわっていく道にはカンナが一株、萎(しお)れた花をつけたままぽつねんと植わっている。前庭に面した母屋では今日も雨戸がひき払われ、土間へのガラス戸も開けっ放しで、そしてやはり家内(いえうち)にも下の廃屋にも人の気配はない。

梢路は母屋と土間内に一度ずつ声をかけ、それから一升瓶の入ったデイパックを肩からおろして、土間の内側へ置く。囲炉裏の間をのぞいても人影は見えず、それでも自在鉤にかかったアルミの薬缶からは湯気が出ていて、湯呑や急須も囲炉裏の前に置かれている。老人は山に茸か山菜でもとりに行ったのか、それともマスコミを警戒してどこかに避難でもしているのか。いずれにしても夕方までは時間もあることだし、梢路は土間のあがり框(がまち)に腰をおろして老人の帰りを待つことにする。高い天井と煤けた梁や柱の湿度が梢路の郷愁に心地よく、台所の竈から逃げていく銀色のトカゲに対してさえふと、懐かしさを感じてしまう。目を閉じると瞽女(ごぜ)様や炭焼きや子供や作男や牛や鶏の喧騒が聞こえてきそうな気がして、止まっている時間が止まったまま、さらさらと梢路の躰を流れ去る。

　ぼんやりしていたのは三十分ほどか。老人を待つことに少し退屈になって集落の探検に出る。下の廃屋は前に見ているから今回は集落の上、登り道から畑のほうへ行ってみようと、母屋の前から横庭へまわり込む。距離を置いて老人の家を眺めるとなるほど、建物の構造は三階建てになっている。老人は百五十年前の建築、と言ったはずだが、そんな昔のこんな山の中に木造の三階建てなんか、どうやって建てたのか。材木は近くの山から伐り出して来るにしても、それを製材して大工や職人を下の町から呼び寄せ、何ヵ月かあるいは何年か、途方もなく長い時間をかけて建てたものか。崩れてはいるが下のほうには土蔵もあるし、終戦までは前の山全体が陸稲（おかぼ）の畑だったという。瞽女様が滞在して炭焼きが来て行商人が出入りして、今からでは想像もできないほど裕福な時代がつづいたのか。

「裏に山があるからウラヤマシイ……か」

　声に出して独りごとを言い、横庭から石垣道を少し戻って、畑に通じる空き地へ入る。空き地といってもカヤの刈りあとや桑の切り株が残っているから、何年か前まではここも畑だったらしい。今は全面が咲き残りのタンポポとゲンノショウコなどの雑草に被われ、所々に迷彩服模様のコンニャクがにょきっと、海底植物のように茎を立てている。

　その空き地を横切って進むと尾根から見える小畑があって、一反（いったん）ほどの斜面には勢いのいい葱が二列、ていねいに土寄せがされている。ゆるい段々畑のさくにはホウレン草が芽吹いて白菜が葉を広げ、そして下のほうには三株のナスがそれぞれに、ひとつ二つの実をつけている。畑の隅には地這いキュウリやトマトの枯れ茎が積んであるから、老人が自家用にする野菜ぐらいはすべて、この畑が提供するのだろう。

梢路は畑の畦に腰をおろしてひとつ背伸びをし、スニーカーを脱いで足の裏に土の感触を確かめさせる。小石混じりの土には堆肥が鋤き込まれて空気の保有度が高く、取り残した雑草のわきを黄色い天道虫が這っていく。開けた空にはカラスらしい鳥影が見え、集落の向こうにある杉山に混じったケヤキやカエデにも、すでにうっすらと紅葉が始まっている。近くに木がないせいか空気が乾いて風が心地よく、耳を澄ますとどこからか、かすかな沢音が聞こえてくる。

梢路は向こう側の杉山が陸稲の畑だったころの風景を想像し、山全体が黄金色にうねるその迫力に、想像のなかで感動する。陸稲というのがどんな稲なのかは知らないが、もし今でも栽培していたらちょうど今頃が収穫期か。六十人もいたという集落の全員が刈り取りの作業に従事し、子供が走りまわって赤ん坊が泣いて豚が斜面から転げ落ちて、そんな騒ぎがたぶん、この畑からも見えたことだろう。

死ぬまで何もせず、じっとして生きればいい、か。なるほどな、あのとき老人がいった言葉の意味も、今はなんとなく、分かる気がする。畑仕事をして材木を伐り出して鶏を追いまわして子供を育てて酒を飲んで、そうやって何もせずにじっと生きていれば、いつかは歳をとって、自然に死んでいく。自分にもそんな生き方が可能かも知れないし、もしかしたらそれこそがこの気が遠くなるほど長い人生の、唯一の消費策かも知れない。

梢路は集落の下の廃屋を思い出し、あの家に自分が住みつく状況を仮定して、思わず頬をゆるめる。それからもう一度背伸びをして足をスニーカーに戻し、畑の畦から腰をあげる。尾根にも集落にも相変わらず人の気配はなく、今日はもしかしたら日が暮れるまで、老人も帰ってこないのか。

見渡すと畑の下のほうに集落へくだっていく踏み分け道があり、やって来た方向とは逆まわりに畑をおりはじめる。さっきは遠くに見えていたカラスが家のトタン屋根をかすめ飛び、日陰と日向との境では虻が顔にまといつく。そうやっていくらも歩かずに畑の縁まで来てみると、その石垣を積んだ段差の部分に下への渡り板が据えてあって、これがどうやら畑と集落との通路らしい。石垣のすぐ向こうには物置小屋の屋根も見え、暗くて湿っぽい空間には便所の臭気が淀んでいる。

梢路は渡り板に足をおろして石垣をくだり、物置小屋と母屋との隙間へ進んで、そこで足をとめる。人間一人がやっと通れるほどのその通路を、何か茶色っぽい物体が、長々と塞いでいるのだ。一瞬米の紙袋でも積んであるのかと思ったが、米袋には足があって足にはゴムサンダルがひっかかり、向こう側には人間の手と、その手が握った鎌と葱が見えている。次の瞬間には物体が老人であることが理解でき、梢路は老人の躰をまたいで頭側に出る。うつぶせに寝そべったまま固着したような躰には生命の匂いがなく、老人は右頬と鼻を下に、鎌と葱を握った両手を頭の上に広げて寝そべっている。それはちょうど万歳をしたまま倒れたような格好で、しかし頭にも他のどこにも出血や外傷はなく、深い皺を刻んだ渋紙色の顔にも苦悶や驚愕の気配は、一切見られない。

状況の判断に五分ほど費やしてから、梢路は腰をかがめて老人の頸動脈に指をあて、心臓にも耳をあててその死を確認する。それから老人の躰を両腕で抱えあげ、通路から母屋の前に出る。梢路に抱えられても老人の手は鎌と葱をはなさず、梢路はそのまま土間へ入って老人を囲炉裏の間に運ぶ。自在鉤の薬缶は相変わらず白い湯気をふき、散らばった湯呑や急須には小さい羽虫がとまっている。

梢路は老人の躰を囲炉裏の前に据え、背中をうしろの板壁にもたれさせて二本の足に胡坐を組ませる。首をうなだれた老人は囲炉裏の前で居眠りをしているようにも見え、それでも鎌と葱をはなさない萎びた姿には奇妙な可笑しさがある。梢路は老人の手から鎌と葱をとりあげ、鎌は土間へ放って、葱のほうは自分で持って下の流し場へおりる。水道の栓をひねると勢いよく水が流れ出し、葱を洗ってからまな板と包丁で三センチ長のぶつ切りにする。プラスチックの水切りには小鉢や小皿や湯呑が洗われてあり、その皿に切った葱を盛りつけて醬油をたらす。そうやって葱と湯呑を囲炉裏の間に運んでから、デイパックに入れてきた五六八（ごろはち）の一升瓶をとり出して、自分も囲炉裏の前に腰をおろす。

目の前の老人がすでに死んでいること。自分がその死に直面して、しかも対座していること。その状況に違和感はなく、葱を洗って葱を切って醤油をたらして、そして二つの湯呑に酒をついで老人と自分の前に据えるという自分の行為にも、まるで違和感はない。死んでいても生きていても老人には囲炉裏がよく似合い、そして何十年後かには自分もこんなふうに死んでいく光景を想像して、梢路はつかの間、至福を味わう。

ただ洗って切って醤油をたらしただけの葱を口に運び、最初の日に「あの葱を生でかじったら美味いんだろうな」と思った自分の予感が的中して、梢路は思わず、老人に話しかける。

「お爺さん、畑の葱を帰りに、何本かもらえますか」

＊

山の向こうに隠れて太陽は見えないが、それでも澄んだ空に夕焼けの色が美しい。皆野の子供時代は夕焼けに感動したことなんかなかったのに、秩父での滞在が坂森に里心をつけさせたのか、それともたんに、歳をとっただけなのか。

群馬県警上野村駐在所の前でクルマをおり、ドアを閉めたところで坂森はもう一度、夕焼けの西空に目を細める。童謡のとおりにカラスが飛んでトラクターがリヤカーを引いていき、自転車の中学生が喚きながら行き過ぎる。秩父へ来て以来まだ一度も皆野の実家に顔を出していなかったことに、ふと坂森は、後ろめたさを感じる。

駐在所の戸口に三十過ぎの警官が顔を出し、坂森は楠木をうながして、青いマウンテンバイクがとめてあるその戸口へ向かう。

「お世話になります。埼玉県警の坂森です。こっちは秩父中央署の楠木くん」

「はっ、自分はこの駐在所に勤務しております、玉本(たまもと)であります」

「管轄外の事件にまで協力してもらって、恐縮ですなあ」

「いえいえ。どう考えても先生の気のせいだとは思うんですが、これだけ騒がれてる事件ですので、一応、こっちの県警本部からそちらへ……ま、とにかく、なかへお入りください」

玉本が手振りで坂森と楠木を招き入れ、同時に内にいたスポーツ刈りの男がスチールの椅子を立って、二人に頭をさげる。

「先生、こちらが事件を担当していらっしゃる、埼玉県警の刑事さんですよ」

「お手数をかけて、申し訳ありません」

「なーんの、これが私らの仕事ですがね。こちらこそ貴重な情報をいただいて感謝しております」

駐在所の内部は六畳ほどの広さで事務机がひとつだけ、机には電話機と警察無線の送受信機が置かれていて、前の棚には住民台帳や報告書のファイルが並んでいる。あとは壁に小さい黒板と、〈怪しい人を見たら一一〇番〉のポスターが張ってあるだけだが、駐在所の有様なんて全国一律、どこでも変わらない。ただ交番と異なるのは奥に居住用のスペースがあることで、ちょうど今もドアが開いて玉本の女房らしい女が、茶の盆を持って現れる。

女房が湯呑を盆ごと置いて奥へ戻っていき、坂森は玉本にすすめられて、玉本の事務椅子に腰をおろす。大柄な楠木は外からの視線を塞ぐように戸口の前へ立ち、玉本も須田という小学校教諭のななめ横に立っている。

「で、さっそくですが……」

戸口の楠木が手帳を構えたのを確かめ、坂森は盆から湯呑をとりあげてひと口咽を湿らせる。

「先生がその四輪駆動車をご覧になったのは、いつのことですかね」

「今日の昼過ぎです。子供たちに校庭でサッカーをやらせてまして、なんとなく校門のほうをふり返ってみますと、そのクルマが、すっと」

「走り去った？」

「はい」

「しかし校門の前を四駆車が走り去ったからといって、それが事件に関連すると、なぜ」

「それは、駐在さんにも話したんですが、なんとなく、何か……今朝たまたま、秩父新報の記事を見たせいかも知れませんが」

「ほーう、秩父新報を」

「そこの神流川を越えれば向こうはもう秩父ですからね。実家が養蚕をやってた関係で、昔から秩父新報をとってるんです」

「なるほど。で、今朝の新聞をお読みになって、クルマの記事が出ていたからと」

「ええ。記事には黒っぽい四輪駆動車、と書いてありましたが、私が見たクルマは濃い緑色でした」

「濃い緑色の四輪駆動車が、校門の前から、すっとねえ。たしかに今朝の新聞を読んでいれば、気になったかも知れませんなあ」

坂森は湯呑を盆に戻して須田と玉本の顔を見比べ、机に灰皿があることを確認してからタバコに火をつける。

「ですが、ナンですなあ、新聞の記事でクルマのことが気になってたとしても、それだけでなぜ、容疑者のクルマではないかと?」

「それが、その……」

須田がタバコの煙を避けるように首をひねり、日灼けした人のよさそうな顔に困惑の色を浮かべる。

「それが、自分でもうまく説明できないんですが、このところずっと、なんとなく、誰かに見張られているような感じがあって」

「ほーう、それはまた?」

「いえ、駐在さんにも気のせいだろうと言われて、自分でもそうは思うんですが、何かが、どうも……家には家内も両親もおりますし、学校では子供たちもいたりして、ですから駐在さんに、内緒で相談したんですが」

「ごもっとも。まあ、先生の気のせいであってくれれば、そりゃそれで、目出度いことですがね」

「無駄なお手数かも知れませんが」

「なんのなんの。一般の方がこういうふうに協力してくれるからこそ、警察も犯人を捕まえられる。こちらの手数なんぞ、気になさらんでください」

「本当に、どうも。もちろん気のせいであってくれれば……ただ今日のクルマは、前にも見ている気がして」

「前にも?」

「二度ほど、たぶん」

「村内の誰かが乗っているクルマだと」

「いえ、たぶん、村のクルマではないと思います。村のクルマをぜんぶ知っているわけではありませんが、そういうことは、なんとなく分かりますから」

「そうでしょうな。私も皆野の出身なもんで、先生の仰有ることも分かる気がしますよ」

「ただそのクルマ、前にも見ている気はするんですが、それも確かではなくて、いつどこで、ということも思い出せないんです。何もかも曖昧な話で、本当に、申し訳ありません」

須田が日灼けした太い首筋をさすって眉をひそめ、玉本のほうを見あげながらため息をつく。小学校教諭、という先入観がなくても人のよさそうな好青年で、その深く切った指の爪にはチョークの粉がこびりついている。

「ですから……」

ジャージの運動ズボンの膝に手をこすりつけ、玉本から坂森のほうへ視線を戻して、須田が肩をすくめる。

「もし今朝の新聞を読まなかったら、校門のクルマにも気づかなかったでしょうし、以前にそのクルマを見たことも、思い出さなかったと思うんです」

「今日のクルマに乗っていた人間は、ご覧になりましたか」

「いえ、距離がありまして、男か女かさえ分かりません」

「ナンバーも」

「見えませんでした」

「最初に先生、誰かに見張られている感じが、と仰有いましたなあ」

「それも、確信はなくて」

「確信なんぞはいりませんよ。ですがその『見張られている感じ』というのは、いつごろから？」

「よくは分かりませんが、たぶん夏前ぐらいから」

「緑色の四駆車を見た気がするのも、そのころからでしょうかな」

「言われてみれば、そんな気も」

「と、いうことはですなあ、見張られたり尾行をされたり、そんなことをされる理由に何か、心当たりがあるわけですか」

「と、とんでもない。どう考えても心当たりがないんで、それで私も、困っているんです。結婚以来浮気をしたこともないし、それに子供のころから争いごとが嫌いで、この歳まで一度も、喧嘩だってしたことがありません」

「それでもこの地方で起きている連続殺人事件のことは、気になっていたと」

「これだけテレビが騒げば当然でしょう。ですけど寄居の歯医者さんもスナックの女性も、それから両神の黒沢という人とも、面識どころか名前を聞いたことも、一切ありません。それなのに……」

「まあまあ、そのクルマが容疑者のものと決まったわけではなし、先生が狙われてるなんってことも、決まっちゃおりませんがね。ここは冷静になって、しばらく様子をみる、というのが妥当だと思いますがなあ」

坂森は眉をひそめている須田の顔を何秒か観察し、それからタバコを消して盆の湯呑をとりあげる。この須田が三人の被害者と面識がなかったところで、三人とも個々の面識は判明しておらず、面識がないという理由だけで事件から除外はし切れない。しかし第二の事件以降は新聞やテレビの報道が過熱状態だから、そのせいで不安神経症におちいる人間も多々いる。捜査本部には「今度は自分が狙われている」という通報がすでに、百件以上も寄せられているのだ。捜査員はそれら善意の通報者たちに翻弄されつづけ、そして今も手帳を構えた楠木の表情には倦怠が浮かんでいる。坂森の観察でも須田の懸念には根拠が乏しく、本人や駐在の玉本が言うとおり、やはりただの杞憂だろう。

「実はですなあ、先生、先生のように『今度は自分が殺されるかも知れない』と警察へ言ってきた人間が、もう百人を超えておるんですよ」

「はあ?」

「みんな先生と同じように、誰かに見張られてるとか、尾行されてるとか、そういう不安を感じていると」

「そんな人が、百人も」

「これだけテレビや新聞が騒ぐと、どうしたって事件が頭にこびりつきますがね。被害者たちの年齢も先生と同じようですし、ふだんから温厚で争いごとの嫌いな人に限って、逆に詰まらないことが心配になる。もちろん私ら、そういう方たちからも事情を聞きますし、必要ならアドバイスもしますがね。ただまあ……」

「本当に私みたいな人が、百人も？」

「こういう不安だらけの社会では、誰のせいでもありませんよ」

「そうですか。それだけたくさんの人が、みんな同じような不安を」

「犯人がいくら暇だって、百人もの人間を殺しちゃ歩きませんがね。ですから連絡をいただいたことには感謝しますが、先生もあまり心配せんほうが、よろしいと思いますなあ」

「私のような人間が百人も……そうですか、それを伺うとなんだか、気のせいのように思えてきます」

「ですが、まあナンですな。一応は緑色の四駆車にだけはお気をつけください。今度そのクルマを見かけたら運転している人間の顔を覚えておくように。それからナンバーも」

「ええ、ええ、もちろんそうします。ただ今日のことが家や学校に知れると、みんなが余計な心配しますので、ここだけの話に」

「当然ですがね。また何か不審なことでもありましたら駐在所か特捜本部に、遠慮なく連絡してくださいな」

　背広の内ポケットから名刺をとり出して須田にわたし、坂森は頭を掻いている楠木をちらっと眺めてから、またタバコに火をつける。

「ところで先生、野球はおやりになりますかなあ」

「はあ?」

「野球ですよ。ほれ、ボールを投げたりバットをふったり」

「それは、草野球ぐらいなら」

「ピッチャーになったつもりで、ちょいと球を握ってもらえませんかね」

「球といっても……」

「いやいや、ピッチャーになったつもりで、球もあるつもりで」

須田が坂森の名刺をポケットに入れながら腰をあげ、右腕を前にさし出して、空中に浮かんでいるその透明な丸い球に五本の指をあわせる。小指と薬指は手のひら側に折れて中指と人差し指が揃って上へのび、親指は下から球を支える形。誰が握ったところで同じ形になるのだろうが、須田の五指もやはり、三人の被害者と同じ形に曲がっている。

「刑事さん、これが、なにか?」

「何てことではないんですが、どうですか、ご自分の指をそういう形に曲げてみて、何か思い出すこととか思い当たることとか、ありませんかね」

曲げた自分の手を右に左に動かし、それからまたしばらくその手を見つめてから、須田が呆れたように、肩の力を抜く。

「思い出すことも思い当たることも、何もありませんが」

「そうですか。いや、それなら結構。べつにたいした意味はありませんので、お気になさらんように」

須田がまだ何か言いたそうに坂森の顔を見たが、坂森は手をふって腰をあげ、安心してひきとるようにと、特製の笑顔をサービスする。

「刑事さんのお話を伺って気が楽になりました。やっぱりただの、気のせいだと思います。今日はお忙しいところを本当に、有難うございました」

坂森と玉本に頭をさげ、躰を横に向けた楠木のわきを抜けて、須田が駐在所から県道へ出ていく。机の前にはすぐに楠木が寄ってきて、マウンテンバイクで去っていく須田の後姿に目をやりながら、短く息を吐く。

「坂森さん、今の先生の話、どう思います？」

「どう思うって、そんなこと、どうも思わんがね。ただまあ人に恨まれる性格でもなさそうだし。頭をやられてるようにも……玉本さん、村内での先生の評判は、どんなもんかね」

「そりゃもう熱心で子供にも父兄にも人気があって、評判なら文句はありませんね。もともとこの村の出身で、先生になってしばらく藤岡の小学校に勤めてから、何年か前に地元の小学校へ戻ってきたそうです。物産館に勤めている奥さんも美人で愛想がよくて、この村に須田先生のことを悪く言う人間は、一人もいないと思います」

「そんないい先生が連続殺人犯に狙われるはずはない、か」

「そう思いますね。私も気のせいだと言ってやったんですが、先生がどうしても心配だ、というものですから」

「まあ、最初に殺された寄居の歯医者ってのも、患者からの評判はよかったがね。あんたも一応は先生の身辺に、気をつけてやることですな」

「は、そのように、心がけます。ですが……」

「ほい」

「さっきの、野球のボールがどうとかというのは」

「そりゃこっちの話でね。さあて楠木くん、せっかく上野村まで来たんだい。ついでに名物のナメコ蕎麦でも、食って帰るべえか」

そのとき帰っていったはずの須田が戻ってきて、首筋をさすりながら、二歩ほど駐在所の内へ入ってくる。

「ほい、先生、なにか?」

「それが、その、あれなんです」

「何か思い出したことでも?」

「そういう訳じゃなくて、その、さっき、子供のころから一度も喧嘩をしたことがない、と言いましたが、そのことでちょっと」

「一度も、とかどうとかなんて、そりゃ言葉のあやですがね。人間誰だって喧嘩の一度や二度は、しましょうさ」

「そうではなくて、喧嘩は本当にしたことがないんですが、ただ子供のとき一度、大人からひどく怒られたことがあるんです」

「なんと、まあ」

「なにしろ他人とのトラブルはそれ一度だけなもので、ちょっと、気になって」

「ご苦労様ですなあ。私のような商売をしてると先生のような方には、めったにお目にかかれませんがね」

坂森は浮かせていた腰をまた椅子に戻し、とんとんと肩を叩きながらポケットにタバコの箱をまさぐる。

「で、そのひどく怒られた、というのは」

「知らない男が突然家に怒鳴り込んで来て、何か投げつけて、私は怖くなって押入れに隠れたんですが、その男は三十分も何か喚いていて、すごい剣幕でした」

「そりゃ大変だった」

「父親がなんとか追い返してくれたんですが、あのときの怖さは、忘れられません」

「いったいその男は、なんで」

「よく分からないんです」

「理由もなく？」

「テレビがどうとか新聞がどうとか、でも何を喚いているのか、父親にも分からなかったと」

「まあ、たまにはそういう人間も、おりましょうなあ」

「そこの御巣鷹山に飛行機が落ちたときのことですから、付近一帯がなにしろすごい騒ぎで、父親も何かのショックで頭がおかしくなった人だろうと」

「ほーう、あの事故のとき」

「もう二十年も前のことですが、他人とのトラブルというのは、それしか記憶にないんです」

「二十年前？　御巣鷹山の、二十年前、二十年前、ええと、二十年前……」

とり出したタバコに火をつけかけ、ライターを目の前に構えたまま、坂森は須田の後ろに立っている楠木のほうへ、大きく皺目を見開く。

「楠木くん、そういえば清水成子も、二十年前の夏休みに……」

「はい。長瀞の貸し別荘に」

「そうだいなあ。秩父と上野村なんてのはそこの神流川を越えりゃあ、目と鼻の先だがね。まさかとは思うが……」

あらためてタバコに火をつけ、ライターをポケットに戻して、坂森は天井にまで届けとばかりに、長々と煙を吹きつける。

「先生、椅子におかけになって、そのときの状況をもう一度、詳しく聞かせてもらえませんかね」

12

一坪ほどの家庭菜園にはアブラ菜と小松菜、それに採り残しの葱がひょろっと植わって、土寄せや施肥など手入れの様子は見られない。家は古い市営住宅のような平屋建てで、玄関前には薔薇と椿がしげって道からの視線をさえぎり、その玄関としげみの隙間ぎりぎりに深緑色の四駆車がとめてある。竹垣で囲った庭には菜園の奥からスチールの物置が陽射しを反射させ、縁側の軒下には洗濯物のハンガーがかかっている。

梢路は垣根の外にマスターの古い四駆車をとめ、うしろの席から茄子の袋をとり出して、庭を縁側の前にまわる。六畳の和室にいた小長(こなが)がちゃぶ台の前から首をめぐらし、一瞬「おや?」という顔をしてから、立膝で縁側まで這い出してくる。

「珍しいなあ、どうしたいショウちゃん」

「近くへ来たもんだから」

「この家、来たことがあったっけ」

「初めてです。荒川へ野菜の仕入れに行って、その帰りです。場所はすぐに分かりました」

「そうなの、まあいいや。ちょうど暇をもてあましてたんだ。どうだい、あがってビールでも飲まないか」

「秋茄子があります。薄切りにして醬油をたらすと肴になる」

「そりゃいいね。料理はショウちゃんに任せるから、やってくれよ」

「はい。庭の葱を、一本もらえますか」

「構わんさ。だけど手入れをしてないから、食えるかどうか」

「採りたての野菜なら何でもうまく食べられます。昨日も葱を生で食べてみたら、美味かった」

梢路は何歩かうしろへ歩いて菜園から痩せた葱を抜き、茄子と一緒に持って縁側の前に戻る。

「遠慮するような家じゃないんだ。その奥が台所だから、勝手にやってくれ。食器も調味料もみんな出ているよ」

言われたとおり梢路は縁側から座敷へあがり、パソコンやコピー機やオーディオ機器がぎっしり詰まった居間を抜けて、奥の台所へ向かう。間取りも昔の市営住宅ふうで狭苦しく、それでも台所や風呂の他にもう一間、居間とは別な部屋があるらしい。借家だとは聞いているが小長も一人暮らしではあるし、それに「空き家にしておくよりは」という理由で、家賃もただなのだという。

　台所には大型の冷蔵庫が不似合いに場所を占め、流しや調理台は狭くても清潔で、前の棚には酢や醬油や砂糖類の容器がラベルつきで並んでいる。湯沸かし器の横にはプラスチックケースに食器類が収められ、布巾も清潔で乾いていてまな板や包丁もフックに整然と始末されているから、小長も見かけによらず几帳面な性格なのだろう。

　梢路はまず葱を洗って外皮をむき、その貧弱な葱をぶつ切りにして昨日と同じように、小鉢へもる。それから茄子も洗って薄切りにし、棚から鰹節を見つけて、茄子と葱に鰹節と醬油で味付けをする。この料理を店のメニューとして出すにはもう一工夫必要だろうな、と思いながら二つの小鉢を居間へ運び、ちゃぶ台の上に小鉢を置く。

「ショウちゃん、ついでに冷蔵庫からビールを出してくれ。割り箸も流し台の引出しに入っているから」

　返事をして梢路は台所へひき返し、缶の青島ビールとコップと割り箸を手に、ちゃぶ台の前に戻る。梢路自身はコップなしでもビールを飲めるが、ラザロでの小長には缶類に直接口をつけない、頑なな癖がある。

　腰を落ち着けて部屋を眺めなおしてみると、パソコンは三台もあって、コピー機やオーディオ機器のほかにもＣＤのダビング機やＤＶＤの編集機が、二方の壁に並んでいる。仕事用なのか趣味用なのか、しかしその機械類も狭いスペースに整然と並んで埃は見えず、スチールの棚に詰め込まれたファイルにも、整然とインデクスが貼ってある。部屋全体にうっすらと何かの薬品が匂うのは、家のどこかに写真の現像室でもあるのか。

　小長が缶からコップにビールをついで半分ほど咽に流し、しゃくれた顎の先をさすりながら、茄子の小鉢に箸をのばす。

「ショウちゃん、ビールはたくさんあったろう。遠慮なくやってくれよ」

「はい」

「だけどなるほど、この茄子は美味いなあ」

「同じ秩父の茄子でも露地ものハウスもの、平坦地か斜面か、盆地か山の上かで、みんな味が違うそうです」

「うん。俺も地元の年寄り連中からそういう話を聞くなあ。甘味がどうとか皮の固さがどうとか、ただ正直なところ、俺には分からんがね」

「小長さんもずいぶん山を歩くんでしょう」

「それが俺の仕事だよ。カメラマンなんてのは一見芸術家みたいだけど、実態は登山家と変わらない。そりゃもちろん、スタジオにこもってモデルばっかり撮ってる写真家も、いるけどさ」

　茄子を頬張って葱も口に運び、空になったビールをつぎ足して、小長がイタチを思い出させる目を、きょろきょろと動かす。

「どうも、葱はいけないなあ。こいつは匂いがきつすぎる」

「甘味がないのは肥料が足りないせいです」

「そうだろうな。となりの婆さんに言われて畑をつくっちゃみたが、気がのらなくてさ。ほとんど手入れをしてないんだ。それはそうと……」

コップを手にとってひとつ空咳をし、胡坐に組んだ自分の膝に片肘をのせて、小長が下から梢路の顔を見あげる。

「ショウちゃん、今日ショウちゃんが来たのは、あれのことかい」

「あれ？」

「だから、麻美さんとのこと」

「ああ、あれですか」

「店では話しにくいから、なあ？」

「まあ、そうですね」

「心配はいらないよ。誰と誰がどうだかなんて、俺の知ったことじゃないもの。こう見えても口は固いんだから」

「はい」

「だけどショウちゃんも、意外に心配性だよなあ。そりゃ麻美さんには家も立場もあって、もしバレたら面倒だろうけど」

「そうですね。オレはともかく、香村さんは困るかも知れませんね」

「だから心配いらないって。そんなことを言いふらして溜飲をさげるほど、暇じゃないし」

「でも、どうして、分かりました？」

「見くびっちゃいけないぜ。二人の視線や会話の微妙なバランスを観察していれば、それぐらい見当はつく……と、言いたいところだけど、実はたんに、彼女がラザロへ入っていく様子を見ちまったっていう、それだけのことさ」

　小長が胡坐を組みかえて愉快そうに笑い、ちゃぶ台の下から灰皿をひき出して、タバコに火をつける。

「三ヵ月ぐらい前かな。酔っ払ってラザロの近くを歩いてたら、麻美さんが店に入っていくじゃないか。もう看板も落ちてたし、時間も三時を過ぎてて、それに彼女の様子が何かを警戒してる感じで。それを見て、ああなるほどと、さ」

「そうですか。すごい勘だと思って、感心したんですけどね」

「勘だってなくはないんだ。さっき言った二人の視線や話し方の感じで、もしかしたら、ということぐらいは前から思っていたよ。それにしてもショウちゃんもまったく、隅に置けないよなあ」

　タバコを長く吹かして目を細め、セーターの両袖をたくしあげながら、小長がまた口の端で笑う。梢路はビールの缶に口をつけて膝を崩し、陽射しを反射させる外の物置と菜園の貧弱な野菜類を、ぼんやりと見比べる。麻美の件も、他人に知られずに済めばそのほうがいいに決まっているが、もし誰かに知られたからってそれは、それだけのことだろう。

「小長さん、いい加減に、厭(あ)きませんか」

「うん？」

「自分がそろそろ捕まる予感も、すると思うけど」

「ショウちゃん、何の話だね」

「人間なんか一人殺すだけでも、疲れるんじゃないかと」

「おいおい、なんだい急に。麻美さんとのことを内緒にしてくれって、それを頼みに来たんだろう」

「分かるようで分からない。分からないようでも、意外に分かってしまう」

「ショウちゃん、酔っ払ってるのか」

「オレの勘、当たってるでしょう」

「なにが」

「小長さんが成子さんを殺したこと。そしてたぶん、寄居の歯医者と両神の黒沢も」

「待てよショウちゃん、突然やって来て、俺が連続殺人の犯人だって？　いくらなんでも、そりゃ無茶すぎる」

「そうですね。本当言うとオレ、どうでもいいんです。でもいつだったか、小長さん、アルバイトの珠ちゃんに、『珠ちゃんが弁護士の奥さんになるまで、警察には捕まらないように気をつける』と言いましたよね。冗談みたいに聞こえたけど、でもあのときの小長さんの目は、動いていなかった」

「そりゃまた、たいした観察力だ」

「ただの勘です。勘だから外れたら外れたで、べつに、それだけのことです」

缶ビールを飲み干して膝を戻し、小長の顔は見ずに、梢路は頭をさげる。

「お邪魔しました。ビール、ご馳走様でした」

「おいおい、おい、待てよ。何がなんだか……とにかく、ちょっと待て」

小長がタバコを消してビールを口に運び、手の甲で顎の先をこすりながら、肩で息をつく。

「なあショウちゃん、どういうことか、その、詳しく説明してくれよ」

「オレの気分です」

「気分？」

「何もせずに、ただ淡々と日常を消化して、そうやって死ぬのを待つ。人生の極意だと思いませんか」

「まあ、だけど、それが？」

「両神のお爺さんに教えられました」

「よくは分からんが」

「小長さんが黒沢を殺した場所の、あの上の集落に住んでいるお年寄りですよ。小長さんも会ったことがあるでしょう」

「や、しかし……」

「オレ、さっきも言ったけど、本当にどうでもいいんです。ただ人間というものは、他人を殺しつづけることに厭きないのか、何もせずに静かに生きつづけるだけ、という心境にならないものなのか。それを小長さんに、聞いてみたかっただけです」

「ショウちゃん……」

新しい缶のプルタブを抜き、それを缶ごと口に運んで、小長が上目づかいにビールをあおる。束ねた長髪に白毛は混じっているものの、イタチのように動く目も小柄で敏捷(びんしょう)そうな体型も、歳不相応に若々しい。そんな小長が一気に老けたように見えるのは、たぶん梢路の、気のせいだろう。

「ショウちゃん、本当に俺が、成子さんや他のやつらを殺したと?」

「はい」

「そう思うのは、ただの勘だと?」

「勘と、事実の組み合わせです」

「事実って」

「小長さんは成子さんと寝ていません」

「う、うん？」

「ラザロで山鹿さんに、小長さんは自分も成子さんと、関係があったと」

「そりゃあ、だって」

「オレ、成子さんと寝ていました」

「え、そ、そんな……」

「小長さんとだけは寝たくないと」

「成子が？」

「はい」

「そうか、ショウちゃんは……」

「済みません」

「いや、だけどショウちゃん、その、つまり、山鹿さんにああ言ったのは……」

「見栄、ですか」

「そうそう。成子が死んだあと、あっちでもこっちでも噂があって、それで俺も、ちょっと」

「成子さんと寝てもいない小長さんが、成子さんの死んだ夜に、なぜ彼女の部屋から？」

「ショ、ショウちゃん、まさか」

「十一時をすぎていました。あの夜は九時に成子さんがオレの部屋へ来ることになってい て、でも十一時をすぎても来ないし、電話もないし。べつに来なくても構わなかったけど、暇だったから、散歩のついでに」

「あのアパートへ？」

「小長さんはカメラバッグの倍ほどもあるビニールバッグを担いで、静かに階段をおりて来て、表の四輪駆動車に乗りました」

「そこまで見ていたのに、なぜ、警察に……」

「他人(ひと)のことです。警察にも小長さんにも、成子さんにもほかの誰にも、義理はありません」

「義理？　まあ、しかし、それじゃショウちゃんは、最初から……」

缶のビールを飲み干し、つづけて新しい缶のプルタブを抜いて、小長が呟き込みながらビールを飲む。

「俺にも誰にも義理はなく、知っていたのに警察にも言わず、いったいショウちゃんは、何者なんだね」

「去年まで栃木の少年院にいました」

「うん？」

「六年前に、母親を殺して」

「あ……ああ、そう」

「勘も事実も関係なく、本当はオレ、最初から分かっていた気がします。小長さんには血の匂いがしたから」

「匂いが、そんな、しかし、匂いが……」

小長の口からこぼれたビールが缶をつたい、胡坐をかいた膝の上に四、五滴、小便のように落ちる。

「ショウちゃんも六年前に、お袋さんを殺している」

「はい」

「ラザロに来るまで少年院に」

「はい」

「だから、匂いが？」

「たぶん」

「分からない人間には分からないが、分かる人間には、分かると？」

「はい」

「だけど、ショウちゃんは、なぜ、お袋さんを……」

「説明できません」

「話したくないと？」

「いえ。オレの必然は、オレだけの必然だから」

「他人に話して、たとえ相手が分かってくれても、理解はできないと？」

「そうですね」

「そいつは傲慢だ」

「はい」

「人間に対して失礼すぎる」

「分かってます」

「だけど……」

「はい？」

「いや、まあ、そんなことは、どうでもいいか」

「はい」

「俺が成子やほかの連中を始末した理由も、どうでもいいか」

「小長さんの必然は小長さんだけの必然です」

「この世には仕方のない必然があって、その必然はどうもがいても、仕方ないと、どうせ、そういうことだ」

最後のビールを飲み干し、その缶をちゃぶ台にごつんと置いて、小長が大きくため息をつく。イタチのような目にももう動きはなく、下から梢路の顔を見つめる小さい目が、じわりと、三白眼に変わる。

「ショウちゃん、見せたいものがあるんだ」

「でも……」

「心配するなよ」

「はい」

「俺の頭は、たぶん、病気だ」

「はい」

「病気ではあるかも知れないが、だけど、狂ってはいないんだからさ」

小長がにやっと笑って座を立ち、玄関のほうへ二、三歩あるいてから、敷居との境で梢路をふり返る。一瞬の躊躇は一瞬で消え、梢路も腰をあげて、小長のあとにつづく。狭い玄関の横にはドアのついた部屋があり、小長がそのドアを開けて内へ入る。梢路が促されたのは六畳の和室で安物のカーペットが敷かれ、窓にはカーテンがひかれて隅に万年床がのべてある。パソコンやオーディオ機器が並んだ居間とは対照的に目立った家具もなく、ただ大型のテレビとＤＶＤプレーヤーが一台ずつ、窓の前に置かれている。窓横のコルクボードには三枚の写真がピンでとめてあって、小長が部屋の明かりをつけるとその写真が、幽鬼のように浮きあがる。

「ショウちゃんの言うとおりだよ。どうだい、気が済んだかい」

Ｂ４判ほどにプリントされた写真にはどれにもみな、人間の上半身が映っている。梢路に見分けられるのは成子の顔だけだが、他の二人が誰であるのか、想像はつく。三人は全員が正面を向いて目を閉じ、そして三人ともなぜか右耳の横で、指をＶの字形に開いている。目を閉じた三人の顔に生命の匂いはなく、実際に成子の咽首には黒い圧痕が見え、貧相な顔をした男の額には血の染みが写っている。

小長が膝を折ってテレビのスイッチを入れ、ＤＶＤをプレーヤーにセットして、部屋のまん中に胡坐をかく。梢路は立ったまま、壁の写真と小長の顔とテレビの画面とを、黙って見比べる。テレビはすぐにＤＶＤの映像を映し出し、マイクを持ったレポーターらしい男と、その男の声が流れはじめる。男の声も表情も固くて平板で、動揺と混乱をその無表情さの内側へ、必死に抑え込んでいるように見える。背景は森林らしいが男の周囲には人間のざわつきがあり、レポートの声に混じって足音や何かの機械音が聞こえている。

そのとき、画面を突然子供の顔がさえぎり、テレビカメラに向かって、「ピース、ピース」と喚きはじめる。子供は丸刈りで十二、三歳、右手の指をＶの字形につき立ててレポーターの前を横切り、またすぐに戻ってきて、同じ動作をくり返す。レポーターは困惑顔をしながらも中継をつづけ、その間に子供の数が増えて、みなそれぞれ「ピース、ピース」とカメラの前にＶサインを突きつける。中継の邪魔をする子供の数は四人、最初の子供以外は三人とも十歳前後だが、なかに一人、女の子が混じっている。

「ショウちゃん、このニュースの現場、どこだか分かるかい」

「レポーターが〈御巣鷹山〉と言ってます」

「うん、両神から峠をひとつ越えた上野村の御巣鷹山だ。この御巣鷹山に旅客機が墜落した事件は？」

「はい」

「ショウちゃんが生まれたころの話だろう」

「そうですね」

「実際の墜落現場は今テレビに映ってる場所の、少し上だ。放映はできなかったが、そりゃあ酷い光景だった。付近の木はすっかりなぎ倒されて、飛行機の破片が散らばって、人間の足や腕もみんなバラバラ。想像できるかい、五百人以上の人間があっちにもこっちにも、バラバラになって、焼け焦げて……」

　ＤＶＤの録画時間が終わって画面が暗くなり、小長がリモコンを操作して、また最初から、御巣鷹山のニュースを流しはじめる。

「ひと口に『地獄のような』と言うけど、あれは、そんなもんじゃない。臭いが、俺の躰にしみついて、いくら洗っても、落ちようとしない。木が燃えて油が燃えて機体の残骸が燃えて、その煙に混じって、人間の、男か女か、大人なのか子供なのか、まるで判別もできなくなった人間の、そういう遺体が、見渡す限りに散乱して……情けない話だが、俺の神経の、俺の神経の許容範囲を、超えてしまった」

テレビ画面はレポーターと子供たちの様子を単調に再現し、甲高い子供の声がしつこく、「ピース、ピース」をくり返す。女の子がVサインをつくりながらカメラの前に顔をつき出し、その女の子の顔と壁に張ってある成子の顔写真とを、一瞬、梢路は見比べる。

「小長さん、昔、テレビ局のカメラマンでしたね」

「うん」

「このニュースを撮っているのが?」

「うん。だけどこんなニュース、撮るべきではなかった。子供たちを殴り倒してでも、子供たちを殺してでも、カメラの前から排除するべきだった。こんな映像を、日本中に、事故死者の家族に見せてしまった自分が、俺には、どうしても、許せなかった」

「ピース、ピース」

「ピース、ピース、ピース」

「報道部のカメラマンなんて、俺には、柄じゃなかった。同じ光景の同じ現実にも、耐えられる人間と、耐えられない人間がいる。だから俺は、テーマを自然と日常だけに設定して、東南アジアから南米まで、十年以上もほっつき歩いた」

中継の画面が終わって小長がまたリモコンを操作し、前二回と同じニュースが、また同じ無慈悲さで流れはじめる。

「ピース、ピース、ピース」

「だけど、いくら忘れようとしても……」

「ピース、ピース」

「ピース、ピース、ピース、ピース」

小長がリモコンを膝に置いたまま束ねた長髪をなでつけ、首を横にふりながら、苦しそうに舌打ちをする。

「いくら忘れようとしても、この子供たちは俺の頭のなかで、しつこくVサインをつくりつづける。こいつらの顔、こいつらの声が毎日毎日、あのときテレビのカメラをとめられなかった俺を……」

「ピース、ピース、ピース」

「だから、こいつらにVサインをやめさせるには、現実のこいつらを抹殺するより、ほかに、方法がなかった」

「ピース、ピース、ピース」

「御巣鷹山から目を背けたくて、この子供たちから逃げたくて、それなのに俺は山ひとつ越えただけの、秩父に住み着いた。憎くて忘れたくて縁を切りたくて、そのくせ何かに憑かれたように、何かに、無理やりひき込まれたように、俺は、自分の罪のなかへ、帰ってきた。人間というのは……」

「はい」

「愚かで、やり切れなくて、不可解な生き物だ」

「はい」

「ピース、ピース、ピース」

「ピース、ピース、ピース」

「それでも、成子さえ秩父へ、来なければ……」

「はい」

「ピース、ピース、ピース」

「ラザロで、成子にさえ、会わなければ……」

「はい。ビールを、ご馳走様でした」

　小長はもう言葉を出さず、猫背気味に上体をゆすりながら、顔の前にリモコンを構えたまま、黙ってテレビを眺めつづける。梢路はその小長に頭をさげ、開けてあるドアから外に出て、玄関から居間へ向かう。日はかたむいて庭の物置にもう陽射しの反射はなく、そしていつやって来たのか日の陰った縁側に黒猫が一匹、置物のように座っている。猫は梢路を見ても逃げようとせず、梢路はちゃぶ台に残っている葱のぶつ切りを口に放り込んで、縁側から庭におりる。荒川が近いせいかかすかに水音が聞こえ、垣根の向こうを学校帰りの小学生が通り過ぎる。

　梢路は庭を出てクルマまで歩き、座席におさまりながら、葱のぶつ切りを飲みくだす。たしかに両神の葱より甘味がなく、辛味が下品で、舌触りも荒っぽい。

　この葱がまずいのは窒素分が足りないせいだろうなと、梢路はクルマのエンジンをかけ、シートベルトをしめる。

「ピース、ピース」

「ピース、ピース、ピース」

「ピース、ピース」

「ピース、ピース、ピース」

＊

「その小学校の先生に監視は？」

「六人を三組に分けて」

「そんな人数で大丈夫かね」

「それほどの緊急事態ではないし、聞き込みのほうに手がかかります」

「うん、まあ、それならそっちはそういうことで、とにかく当時の同級生が言うには、たしかに清水成子はあの御巣鷹山の事故のとき、父親のクルマで長瀞から見物に行ったと」

「そのあとで男に怒鳴り込まれた、という覚えは？」

「同級生は、ないと言ってる」

「そりゃだって、清水成子は貸し別荘に泊まってただけの余所者だい。家まで調べるには時間もかかるべえ」

「そういうことだろうな」

「ですが両神の黒沢満男と歯医者の近藤輝芳のほうには、その事実があります。事故の二、三日あとに、すごい剣幕で怒鳴り込まれてる」

「同じ男と断定して間違いないかね」

「両方の親とも、テレビがどうとか言われたのを覚えてるそうです」

「子供を出せ、テレビの前で被害者の家族と日本人全員に謝罪させろとか、まあ、なんか、そんなことを喚いてたらしいがね。完全に頭がやられてる感じだったとさ」

「男の年齢とか、特徴とかは」

「そりゃダメだい。なにしろ二十年も昔の話で、黒沢の親も歯医者の親も、覚えてるのはそれが『男だった』ってことだけ」

「若くもなく年寄りでもなく、三十歳から四十歳ぐらいだったろうと」

「仮に三十歳だったとしよう。そうすると、なあサカさん、はあ男は五十歳になってるべ

えと、それはそう

「そんな見当だんべえ。だけど課長、俺の口真似はやめないね」

「どうもなあ。サカさんの顔を見ると、秩父弁が伝染ってしまうんだ。それはそうと……」

捜査一課長の永橋が出されている茶に口をつけ、閑散とした捜査本部室を見渡してネクタイをゆるめる。部屋に残っているのはコンピュータ・オペレーターと連絡係の婦警だけで、それ以外の捜査員は全員が上野村周辺の聞き込みに出払い、今は本部から駆けつけた永橋のデスクを坂森と蜂屋が二方から囲んでいる。

「で、どうなのかね。その小学校の先生は、テレビカメラの前で悪ふざけをした子供が何人いたのか、まだ？」

「四、五人か五、六人か、あるいは十人もいたか、まるで思い出せねえんだと」

「本人は自分がそんなことをしたことすら、忘れていたと言います」

「そりゃ他の連中だって同じだんべえがね」

「と、するとだよ。聞き込みを上野村周辺だけに限定するのは、どうかなあ。歯医者も清水成子も黒沢満男も、ずいぶん離れた場所から見物に行ってる」

「いっそのこと隣接県にまで範囲を広げて、捜査員の一万人もぶち込むべえかね」

「それは、まあ、できれば」

「冗談だい。そんなに範囲を広げなくたって、俺の勘じゃあ上野村でまず間違いねえ」

「サカさんの勘なあ」

「だってよ課長、事件の最初が寄居、次が長瀞、その次が両神。ということは……」

「そうか、遠いところから順番に御巣鷹山へ近づいてる」

「ほい。つまり犯人は、でたらめに三人を殺したんじゃねえ。遠いところから始めて最後は御巣鷹山と、最初から決めてたんだんべえ」

「と、いうことは」

「一種の、儀式みてえなもんだんべえよ」

「儀式のような、か」

「私も坂森さんの見込みに賛成です。小学校の先生以外にも狙われてる人間がいるとすれば、どうしても御巣鷹山の近くになる」

「なるほど。一種の儀式と考えれば、犯人が手順を変えるはずはない、か」

「今回の事件が面倒だったのは、当時の子供たちに面識もつながりも、何もなかったことです。近藤という歯医者は父親のバイクで見物に出かけ、清水成子も友達の父親と」

「黒沢のバカなんか一人で両神からわざわざ、自転車で出かけたんだとよ」

「いくら被害者同士の接点を調べても、分からなかったはずだな」

「同じ学校の子供とか、同じ集落の子供だったら、ここまで面倒にはならなかった」

「狙われているのがあと一人、小学校の先生だけ、とでも分かってくれれば助かるんだがなあ」

「課長、テレビ局のほうは、どうなってるね」

「東京のキー局に協力も依頼したし、直接捜査員も向かわせてる。しかしその男がテレビ局云々と喚いてたとしても、しょせん頭のおかしくなった奴だろう」

「事故のショックで、自分を神様だとかお釈迦様だとか思い込んだ野郎は、いくらでもいたんべえしなあ」

「ですが、テレビ局に当時の記録が残っていれば、子供の人数が確認できます」

「そういうことだ。これまではすべて犯人の後手にまわっていたが、やっとこっちへ先手がまわって来た。この勝負、迅速かつ慎重に、なんとしてもこの局面で詰めてしまおう」

「しかしなんだって、ねえ課長、あの事故から二十年もたってるのに、今さら……」

「そんなこと、俺にだって分からんよ。サカさん、どう思うね」

「可能性だけだったらいくらでもあるべえよ」

「たとえば」

「仮に二十年前の男が犯人だったとするがね。事故当時は頭をやられたんべえが、一応は治って、これまでは平穏に暮らしていた。それが女房に逃げられたか子供が病気で死んだか、そんなことで昔の病気がぶり返した」

「仮に、というのは？」

「二十年前の男とは関係のねえ、別な誰か。あのときの事故で死んだ人間の家族だって関係者だって、いくらでもいるがね」

「しかしそれでは的が絞れない」

「二十年前ならそろそろビデオが普及し始めてたい。引越しだか荷物の整理だか、そんなときに昔のビデオを見つけて、それを見ちまって」

「サカさん、やめてくれよ。そんな人間なら何千人も出てきてしまう」

「ただの可能性だって、そう言ってるべえに。だけど家族にしてみりゃあたとえ二十年が二百年だったところで、あの餓鬼ども、とうてい許す気にはなるめえがね」

「いずれにしても何かのきっかけは、あったんだろうなあ」

「そのきっかけが何であったにせよ、やはりこいつは異常者ですかね。被害者の遺体をバラバラにしたのも、どうも儀式くさい」

「異常者ではあるが、犯行自体は緻密で計画的だ」

「そうそう、昔の子供たちが今どこで何をしてるか、そんなこともちゃんと調べてる。少なくともバカじゃあるめえよ」

「サカさんの言ってた、あれはどうなのかね」

「あれって」

「被害者の右手の指がどうとか」

「ああ、あれか。あれは分からねえ」

「やっぱり何かの儀式なのかなあ」

「儀式だか趣味だか戦利品だか、そんなことは知らねえ。ただ将棋で言やもう〈詰めろ〉の局面だがね。犯人を捕まえてみりゃあ、何もかも、みんな分かるべえよ」

「うん、事件の決着がつくまで、俺も秩父に泊まり込もう」

「課長、マスコミのほうへは？」

「お、うっかりしていた。今回ばかりは報道の自粛を、完璧に守ってもらう。こちらの動きを犯人に知られたら、大変なことになる」

「坂森さん、秩父新報には、特に釘を刺しておいてくださいよ」

「いやあ、まあ、ナンだい。マスコミと警察は持ちつ持たれつ。これでめでたく事件が解決してくれりゃあ、俺も東京の倅に顔向けができるがね」

坂森は頭を掻きながらタバコに火をつけ、椅子をデスクから遠ざけて、最初の煙をぷかりと吹かす。

「サカさん」

「ほい」

「俺にもタバコを一本……」

そのとき電話が鳴り、受話器をとった婦警が受話器を耳に当てたまま、デスクから腰をあげる。

「永橋課長、県警本部から一番にお電話です」

*

夕焼けの始まった西空を背景に、須田文則の青いマウンテンバイクが校門を走り出る。前方にとまっていた軽トラックが先に県道へ出て行き、それからしばらく間をおいて、白い乗用車が須田の自転車を追いはじめる。

「お、あのマウンテンバイク、コルベットのダブルサスペンションじゃないか」

「へえ、そうですか」

「前後輪Vブレーキのセミブロックタイヤだ。こんな田舎にはもったいない」

田舎だからマウンテンバイクなんだろうに、と思いながら楠木は軽トラックと自転車と白い乗用車を見送り、須田が出てきた校門の側も確認してクルマをスタートさせる。

「それにしてもなあ楠木、ここまでの田舎だと、張り込みも不便だよなあ」

「そのぶん容疑者のほうも、隠れる場所がない理屈ですけどね」

「だけどやっぱり、あの先生には状況を話したほうが安全じゃないのか」

「それはそうだろうけど、そんなことをしたら……」

コスモスの咲いた畑道を姉弟らしい小学生が帰っていき、その上空を雀の群れが豆粒でもばら撒いたように、鳴きながら飛びすぎる。

「状況なんか話したら先生本人だけでなく、家族も学校も生徒も、みんながパニックを起こしますよ」

「命には代えられないだろうよ。状況を話して、協力してもらって、そうすれば俺たちもぴったりマークできる」

「ここまでの大事件ですからね。本部の指示に従うよりありませんよ。それにたぶん……」

「たぶん、なんだよ」

「みんなが警戒して、その気配が犯人に伝わってしまうことが、まずいんだと思います」

「そんなもんかなあ」

「やっとここまで来たんです。慎重の上にも慎重にって、そういうことですよ」

大林が肩をすくめたところへ無線の緊急ブザーが鳴り、すぐにオペレーターが、全警察車両向けの緊急指令を告げはじめる。

「全車に告ぐ、全車に告ぐ。連続殺人事件の容疑者が判明。くり返す、連続殺人事件の容疑者が判明。容疑者は秩父市内在住の小長勝巳、五十二歳。容疑者は秩父市内在住の小長勝巳、五十二歳。同容疑者は現在、深緑色の四輪駆動車で逃走中。全車両は緊急警戒態勢に入り、発見し次第容疑者の身柄を確保すること。くり返す。連続殺人事件の容疑者は秩父市内在住の小長勝巳、五十二歳と判明。同容疑者は現在、深緑色の四輪駆動車で逃走中。全車両とも容疑者を発見し次第、すみやかに身柄を確保すること」

「大林さん」

「うん、どういう事情なのか、とにかく……」

そのとき楠木の背広でケータイが鳴り、楠木はクルマを畑道のわきにとめて電話機をとり出す。

「ほい、楠木くんも大林くんも、ご苦労さん」

「は、いえ、どうも」

「そっちはどんな按配だね」

「特段の異状はありませんが」

「そりゃよかった。ところで、無線は聞いたんべえ」

「はあ、たった今」

「要するに、そういうことだい。テレビ局へ聞き込みに行った本部の連中が、かんたんに割り出しちまった」

「いったい……」

「お前さん、小長勝巳って写真家、覚えてねえかい」

「たしか、スナックの」

「あそこの常連客で、清水成子とも関係があったとかいう男だがね。まさかとは思ったが、こいつはとんだ迂闊だったたい」

「で？」

「あの野郎、以前は中央テレビのカメラクルーだったとかで、御巣鷹山のときに担当だったんだと」

「はあ、つまり」

「あの事故のとき何かのトラブルがあって、しばらく局内でもめてたんだと。そのうちふいっと会社を辞めちまって、後のことはよく分からねえ」

「それで、逃走中というのは」

「逃げられちまったわけさ」

「はあ？」

「ちょうど課長がいるところへ本部から報告が来てなあ。それで課長と俺と蜂屋さんと年寄りが三人、任意で身柄だけでも押さえべえと。で、よっこらしょと奴の家へ出掛けてみたら、はあ蛻（もぬけ）の殻（から）だった」

「まさか……」

「どこかで情報が洩れたかなあ」

「そんなはずは、ないと思いますが」

「踏み込んだときにゃビールも小鉢も、みんな出しっ放しだった。肴にしてたらしい茄子の色変わりからして、それほどの時間はたってねえ」

「近所へでも」

「いや。見るからに泡を食って逃げ出したって、そんな感じだい。寝室の壁には被害者たちの写真も張ってあって、奴が真犯人(ホンボシ)であることは間違いねえ」

「で、配備のほうは?」

「緊急の一斉検問だい。秩父からの出口が何ヵ所あるか知らねえが、こうなったらはあ、逃がすもんじゃねえ。そっちへも今パトカーをまわしたがね」

「私たちはどうしましょう」

「先生の監視はあとの二組に任せて、神流川の橋を封鎖しろい。奴のクルマは深緑色の四輪駆動車、名義が違うせいかまだナンバーは知れてねえが、それも追っつけ分かるべえよ」

「はい」

「秩父ってのはあっちもこっちも、みんなどん詰まりだがね。どこへ逃げたって、はあ袋の鼠には変わりねえ。そういう事情だからよ、なあ楠木くん、今夜あたりはまたジャングル組で、一杯やるべえじゃねえか」

坂森が小さく笑って電話を切り、楠木と大林は顔を見合わせて、とり出したタバコに同時に火をつける。

「大林さん、やりましたね」

「楠木……」

「はい」

「容疑者の身柄を俺たちで確保すれば、もしかしたら、なあ？」

「もしかしたら何です」

「もしかしたら県警本部の捜査一課に、あげられるかも知れないぜ」

そんなかんたんにことは運ばないだろう、とは思いながら、それでも本部勤務に一抹の夢が広がって、楠木は緊張で震えそうになる足に、ぐっとアクセルを踏み込ませる。

13

玉本加代は夫の事務椅子に座って、一歳半になった息子に目を細める。翔太がまたがっているのは村会議員の奥さんから贈られたベビー三輪車で、広くもない駐在所のなかを行ったり来たり、おぼつかない足でこぎまわる。藤岡市の所轄からこの駐在所に赴任してきてからもう三年。翔太もこの上野村の産院で生まれ、夫も村に馴染んで暮らしにもゆとりがある。夫の仕事といえば村祭りの警備や交通取締りぐらいで、ふだんはただバイクに乗って村内を巡回してまわるだけ。危険もないかわりに刺激もなく、それはそれでいいのだろうが、加代はこの平和なだけの単調さに最近ふと、疎ましさを感じる。

本来、駐在所勤務は三年から五年と決められている。地域住民と必要以上に親しくなるのを避けるため、という理由らしいが、たしかに田舎人の付き合いは生活の襞の襞まで干渉する癖があり、そうやって接触の密度が濃くなってしまえば選挙違反も交通違反も取り締まれない。翔太が乗っている三輪車だって、「みんなそうなんだから、ただのお祝いなんだから」と言われれば、「いえ、決まりですので」と突き返すわけにはいかなかった。

夫のほうはそのあたりに無頓着で、巡回先の農家から沢庵漬けや地卵をもらってきたり、青年会のアレやら婦人会のコレからウイスキーや日本酒ももらってくる。そんなことに神経質な警官に田舎の駐在は務まらないのだろうし、地域との融和だって保てない。それは分かっているのだが、老人会の御詠歌会(ごえいかかい)にまで顔を出さなくてはならない加代にしてみれば、そういった村民たちとの付き合いが煩わしい。

もちろんこの暮らしもあと二年、と厳格に決まっているのなら、我慢の方法はある。しかし駐在期間の三年から五年、というのはあくまでも建前。好きこのんで田舎の駐在所勤務を希望する警官はまずいないから、実際の赴任期間は八年であったり十年であったり、極端な例では二十年、という期間もあるという。問題は夫がこの〈田舎の駐在さん〉という立場に満足しているらしいことで、最近では「ここで金をためて藤岡市の郊外に家を建てよう」などとも口にする。このまま駐在所にいれば家賃も光熱費も無料(ただ)、そのうえ家族手当と僻地勤務手当まで支給されるから金はたまる。加代だって一戸建ての家は生涯のあこがれだし、翔太のためにもぜひ建ててやりたい。そうは思うのだが、それにはこの田舎暮らしをあと何年つづければいいのか。結婚して子供もできたが加代だってまだ二十九歳、自立だの不倫だのとまでは考えなくても、たまには高崎あたりの洒落たレストランで食事をしたり、エステに通ったりブティック巡りをしたり正月の福袋を買いあさったり、それぐらいの贅沢はしてみたい。それよりもっと問題は翔太の学校で、もしあと十年もこの村で暮らしたら、翔太は本当に、本物の田舎者になってしまう。

翔太が〈怪しい人を見たら一一〇番〉に頭をぶつけ、それでも泣きもせず、けろっとした顔でまた三輪車をこぎはじめる。こういう無頓着さは夫に似たんだろうな、と思いながら加代は思わず微笑み、事務机に頰杖をついて下唇をかむ。夫も悪い人ではなし、田舎暮らしも死ぬほど嫌いというわけでもなし、せめてあと三年ぐらいなら、せめて翔太が小学校にあがるまでなら。それでもなあ、もし二日前に判明した連続殺人事件の犯人を、夫が逮捕してくれたら。本人自身が逮捕しなかったとしても、逮捕にあたって〈明らかな功績あり〉と認められるような働きをしてくれたら、状況は一気に変わるのに。たとえ他県警の事件ではあっても、今は日本中がこの事件と逃亡中の容疑者に関心をもっている。夫がこの事件に関して功績をあげれば〈勲功昇進〉もあるだろうし、本部とまではいかなくても所轄署の刑事ぐらいに昇格する可能性は、なくもない。同じ警官といっても制服組と私服組とでは雲泥の差、もし夫がテレビの刑事ドラマに出てくるような私服組に昇格したら、高卒警官との結婚にいい顔をしなかった両親にも面目がたつ。

でもねえ、あれからもう二日もたってるし、どうせ東京あたりへ逃げちゃってるわねと、なぜか裏の農家からもらった里芋と玉葱の始末を思い出しながら、加代はまた下唇をかむ。

何度眺めても豪勢な石造りの塀に、玉本巡査は今日も眉をひそめる。神流川（かんながわ）の少し下流に鬼石町という三波石の主産地があって、塀の腰高部分にはその三波石の大岩がふんだんに使われている。塀のこちら側には収穫間近のコンニャク畑が広がり、屋敷の背後には竹林と雑木林が迫っている。須田の家は江戸時代からの大農家だったと評判で、明治から終戦直後までは養蚕で財を成したらしい。広い庭の奥には竹林を背負って瓦葺の古い和風家屋が構え、門内の右側がトラックやトラクターが置いてある物置、左側には新建材を使った二階建ての家があり、須田教諭夫婦はこの新しいほうの家に住んでいる。大学も出してもらって親に家を建ててもらって、同じ公務員であるけれど自分とはずいぶん違うよなと、玉本は少し口を尖らせる。

玉本の実家は松井田という小さな町にある、洋品屋をかねた雑貨屋。町自体が寂れているうえに郊外には大型量販店があり、父親は家業よりも道路工事などの日雇いで生計を立てていた。兄弟だって四人もいたから大学など思いもよらず、それにもともと勉強は苦手で、中学高校の六年間は柔道の部活で費やした。その柔道ではレギュラーになって県大会にも出場し、しかし成績はそこまで。大学からスカウトされるほどの活躍はできず、高校を卒業してからの進路は高崎あたりの店員か工員、それに警察か自衛隊かということで、「まあ警察かなあ」と警察官採用試験に応募した。「柔道部での実績があれば、学科のほうは漢字で名前が書けるだけでいい」と、それは柔道部からやはり警官になっていた先輩からの、有益なアドバイスだった。

そうやって警官になって以来十三年、もちろん巡査部長への昇進資格は得てはいるが、試験を受けること自体が面倒くさい。巡査部長の上へは警部補、警部、警視とつづき、高卒の警官が試験でたどり着けるのはせいぜい警部補まで。なかには警視にまで昇進するまれなケースもあるが、そんなのは重大事件で大手柄を連発した警官だけの、特殊な事例なのだ。ほとんどの高卒警官は巡査部長で退職し、退職時特進で警部補に任官する。それだって最近は社会の目が警察のズルに敏感だから、玉本が定年になるころには欺瞞昇進や捜査費の横領など、どうせ一掃されている。

あくせく働いて上司のご機嫌をとって、そうやって神経をすり減らしたところでしょせんは下級地方公務員なのだ。それならこういうのんびりした田舎で〈駐在さん〉生活を送ることの、どこが悪い。赴任期間は三年から五年、という一応の規定はあるが、こちらから希望を出せば延長は可能だし、それに群馬県自体が関東の僻地なんだから、この上野村以外にも駐在所を必要とする田舎は腐るほどある。

田舎は空気がよくて生活のペースも緩やか。住民もみんな親切で物価も安くて治安もよくて、それに「駐在さん、駐在さん」と年寄りや子供たちからも慕われる。一生を平巡査のまま警官生活をまっとうし、しっかり貯金をして家を建てて子供を大学へやる。それは実現可能な計画であり、最も現実的な生活設計だとは思うのだが、同時に妻の加代が町場での生活を望んでいることも玉本には分かっている。

女ってやつはどうしていつもいつも、新しい服に新しい靴に新しいアクセサリーに、新しい化粧品に新しいレストランに新しいクルマに、それに亭主の昇給に亭主の昇進に亭主の社会的地位に、そんなものばっかり欲しがるのか。加代が他の女より特別に貪欲だとは思わないが、それでも藤岡の実家へ帰ったときは無用な服や履きもしない靴を嬉々として買ってくる。二日前に連続殺人事件の容疑者が判明したときも、口にこそ出さなかったが、加代は玉本に〈夢〉を期待したのだ。もしこの事件で玉本が手柄を立てたら、自分は「駐在さんの奥さん」から脱皮できる、と。

玉本にだって警官としての誇りはあるから、容疑者が上野村へ現れる可能性あり、となれば、それなりに闘志はわいてくる。巡回の行き帰りには必ず須田の家を警戒するし、この三日間は夜中にバイクで付近を見回っている。加代の期待どおりにここで何かの手柄が立てられれば、昇進や昇給は無理でも、県警本部から刑事局長賞ぐらいは授与される。

そうはいっても、埼玉側から二人の刑事が駐在所へ来てからもう三日、容疑者が判明してからは二日がたつ。緊急手配に国道の一斉検問、秩父から域外や県外へ抜ける峠や橋もすべて封鎖して、当初は逮捕も時間の問題と思われた。玉本だってそのつもりで、まさか埼玉県警が小長という容疑者を捕り逃がすことなど、考えてもいなかった。須田の周囲を警戒したのは万一の場合に備えてで、その万一が三日もつづいたのだから、もう四日目はないだろう。

玉本の後ろを郵便配達のバイクが走り過ぎ、ふと我に返って、玉本は自分のバイクを門の内側へとめる。広い庭にはコスモスが咲いているだけで人の気配はなく、母屋や物置や石塀の内側に気を配りながら、若夫婦の家へ向かう。玄関わきのカーポートには軽自動車と須田のマウンテンバイクがとめてあり、玄関の前には人の背丈ほどの椿が一本、剪定(せんてい)をされずに植わっている。まだ十月の半ばで椿の咲く時季ではないはずなのに、その枝には五、六輪の赤い花がついている。

玉本は玄関のガラス戸を細めに開け、静まり返った家の奥へ、わざと陽気に声をかける。

「こんにちは。駐在の玉本でーす」

奥に音がしてスリッパが鳴り、すぐにジャージ姿の須田が顔を出す。須田は走るようにあがり口の前まできて、口を半開きにしながら玉本の顔をのぞき込む。

「その、あれは?」

「いやあ、まだのようです」

「ずっとテレビを見ていて……」

須田が玄関のサンダルに足をおろし、家の奥をふり返りながら、玉本を玄関の外へうながす。一昨日の夜には警察も須田に状況を通知し、須田も昨日からは〈病欠〉で学校を休んでいる。

「どうしたんですかねえ。だって、すぐ捕まると言ってたのに……」

眉間に皺を寄せて声をひそめ、玉本の背後に視線を配りながら、須田が大きくため息をつく。家族にも知らせて協力をしてもらうべき、という警察の申し入れを、まるで人が変わったのではないかというほどの怒りを見せて、須田はかたくなに拒否しているのだ。容疑者が緊急手配されたその日に逮捕されていたら、それはそれで済んでいたかも知れないが、ここまで時間が経過すると家族や周囲に、いつまで隠しつづけられるか。

「どうですか先生、何か変わったことはありませんか」

「そんなもの、何もありませんが、ねえ駐在さん、犯人はなぜ捕まらないんです」

「さあ、まあ、どこかへ逃げてしまったんでしょうなあ」

「逮捕されたらすぐに連絡を」

「そりゃ当然です。ですが先生、あれから二日もたって逮捕されないということは、犯人はもうこの近くにはおらんと、そういうことですよ。家に閉じこもっている必要は、ないと思いますなあ」

「そうかも知れないが……いやね、テレビを見てると、犯人の動機がどうとか、さかんに騒ぐでしょう。今になってみれば、その、もちろん反省はしますけど、だからって二十年前のあのことで私の名前が出ちゃったら、子供たちにも、村の人たちにも、私は、顔向けができなくなる」

「無用な心配ですよ。警察には一般の方の人権を守るために、秘匿義務があります。先生の名前はどこからも洩れませんよ」

「ただ、テレビとか、週刊誌とか……」

「心配性なんですなあ。そりゃまだ犯人は捕まっていませんが、これだけ顔や名前がテレビで騒がれれば逮捕は時間の問題です。逮捕されて、もし動機がどうとかってことになっても、世間は被害者のほうに同情しますよ。小長ってやつの言い分なんか、どう考えても筋が通りません」

「それは、もちろん、そうなんだろうけど」

「いえね。巡回の途中で様子を見に伺っただけで、変わったことがなければ、それで結構なんです。今も言いましたように、犯人はもう東京あたりへ逃げていると思われます。無用な心配はなさらずに、明日はもう、学校へも」

「ええ、ええ、まあ」

「もちろん逮捕の一報が入ったらすぐにお知らせします。くれぐれも、気にしすぎませんように」

　玉本が軽く敬礼をして玄関から離れ、二、三歩あるいたところで後ろをふり返る。

「先生、この椿、変わってますねえ」

「こんな時季に花が、でしょう」

「そうそう。山茶花（さざんか）にしても、まだ一ヵ月は先だと思うけど」

「私も不思議なんです。ただの寒椿で、去年までは十二月に咲いてたんですけどね。気候の加減かなにか、それとも子供が小便でもひっかけたか」

「ふーん、小便ねえ。まあとにかく、そういうことで、一応はお気をつけください」

玉本がまた敬礼をしてバイクへ歩き、須田も玄関の内へ姿を消してガラス戸を閉める。これが都会なら、ましてこんな状況なら玄関に鍵をかけない人間などいるはずはないのに、田舎には遺伝子的にその発想がないのだろう。

そりゃいくら家族に顔向けができなくたって、いくら一人で隠そうとしたって、名前なんかすぐバレちゃいますよ、先生。

＊

「駐在さんもご苦労ですよね。午前中にも二回、あの家を見回ってます」

「勤勉で真面目な警官ってことだがね。そりゃそれとして大林くん。駐在所の女房さんに電話して、あまりここへは近寄らねえように言ってやりない。やたら制服がうろうろすると小長だって出ずれえがね」

「はあ、それでは、そのように」

大林がケータイをとり出して駐在所へ電話を入れ、二こと三こと話しただけですぐに電話を切る。クルマをとめてあるのは須田の家から百メートルほど離れた雑木林の陰で、そこからはちょうど石の門と、その奥にある須田教諭夫妻の家が見渡せる。前の席では大林と楠木が双眼鏡を構えて周囲を警戒し、後部座席では坂森が靴を脱いで足を投げ出している。四面の窓すべてが開いているのは三人が吹かすタバコのせいで、後部座席用の灰皿からはすでに吸殻がこぼれている。昔は張り込みの十日ぐらい屁でもなかったのにな、とは思いながら、肩が凝って腰が痛くて、坂森はつくづく自分の歳を考えてしまう。

「ですけどねえ坂森さん……」

大林が額の脂を手の甲で拭きながら、窓枠にかけた腕に顎をのせて鼻を鳴らす。

「これ以上見張っていても、やっぱり、無駄じゃないですかねえ」

「無駄だって何だって、他にすることがあるかね」

「それは、そうですけど」

「検問だってまだつづけてらい。消防団にも話を通して山狩りもしてる。こうやって待つ以外、俺たちにすることはなかんべえよ」

「ですが、あれからもう二日ですよ。小長はとっくに、逃亡してると思うけど」

「正直言うとなあ」

「はい」

「俺もお前さんと、同じ考えだい」

「はあ、そうですか」

「あれだけ秩父からの出口を固めて、それでも網にかからねえ。ということは一歩か二歩の違いで、逃げられちまったってことだい」

「それなら、なぜ」

「ただの勘だよ」

「勘、ですか」

「お前さんらは知るめえが、昔の人間は山を越えるとき、尾根伝いに歩いたもんだがね。落ち武者だって山奥へ住み着くときに、下から登っていったんじゃねえ。尾根伝いに山を越えてきて上から下を見おろすんだい。それで日当たりがどうとか水はありそうだとか、そういうふうにな」

「はーあ」

「猟師だって行商だって、道もねえ山を歩くにゃあ、みんな尾根を伝ったもんさ。と、そりゃあ親父から聞いた話だけどよ」

「で、それが？」

「小長って野郎がもし、尾根歩きの理屈を知ってたら……」

「いくらなんでも、それは、無理ですよ」

「承知してらい。小長はいま一歩のところで網の目をくぐり抜けて、はあ今ごろは歌舞伎町あたりのソープランドだんべえ」

「ソープランドというのは、ちょっと」

「たとえばの話だがね。ただよう、小長の生まれは鶴岡の田舎で、羽黒山の近くだんべえ。羽黒山ていやあ山伏の本場じゃねえか。そんなとこで生まれ育ちゃ、小長も山歩きの理屈を知ってねえとも限らねえ」

「たとえ小長が山に詳しくて、クルマを捨てて尾根から逃亡したとしても、どうですかねえ、こっち側へは警察の手配がまわってることを知ってるはずですから、逃げるのは山梨側か、やっぱり東京側か」

「そうだんべえなあ、俺もそう思わい」

「ですから……」

「そうは思うけどよ。そういう理屈は頭がまともな人間の考えだがね。小長ってのは利口で用心深え野郎にゃ違いあるめえが、イカレ方だって本物だい。四人のうち三人まで整理して、残りはあと一人。その始末をつけなけりゃあ、奴の頭のなかで、何かが終わらなかんべえ」

「その、何か、とは」

「知らねえよ。俺は心理学者でもプロゴルファーでもねえんだから。だけど小長が部屋のコルクボードに留めていた写真は、やっぱし、一枚足らねえ」

「はあ？」

「歯医者と清水成子と黒沢満男の、あの写真だがね」

「写真が？」

「鑑識の下小出さんに調べてもらったい。遺体の指を無理やりVの字に開かせて、その後で腕を切り離すと、筋の具合か何かで指が野球の球を握ったみてえな形に曲がるんだと」

「そうですか」

「被害者にVサインをつくらせて、それを写真にとって、自分の部屋へ飾る。小長にとっちゃ戦利品のはずだったんべえが、その戦利品が、やっぱし、ひとつ足らねえ」

ポケットを探ってタバコの箱をとり出したが、中身はもうなく、坂森は灰皿のなかから長めの吸殻を抜き出して火をつける。

「なあ、お前さんらも押収したあのＤＶＤは、見たんべえ。そういや俺もあの事故の当時、ニュースであんな場面を見た覚えがあらい。そんときにはよ、いくら子供の悪ふざけだからって、こいつは酷すぎる。この餓鬼ども、ぶっ殺してくれべえか、と本気で腹が立ったがね。子供だってあの歳だい。飛行機が落ちて乗客たちがどうなってるか、分かってたはずだものよ」

「だからって……」

「小長の行為は正当化されねえ、か」

「はあ、まあ」

「そりゃその通り。俺もべつに、小長が正しいとか小長の気持ちが分かるとか、そんなことは言ってねえよ。ただなあ、いくら子供だってバカだって、人間にはしちゃいけねえことがある。あの先生を含めた四人の子供は、その人間としてしちゃいけねえことを、しちまった。それを子供の悪ふざけだといって済ませてきた大人と、この日本て国にも責任があるんじゃねえかと……大林くん、湿気煙草(しけもく)ってのはやっぱし、まずいなあ」

「はあ？　はあ」

「そんなことよりなあ、俺にはあのことのほうが、どうにも腹が立つんだい」

「しけもくが？」

「そうじゃなくて、ほれ、何度も愚痴を言って申し訳ねえが、俺たちが踏み込むことの情報が洩れちまった、あのことだい」

「坂森さんたちが小長の家に到着したのは、本部から連絡が来て十分もしないうちでしたよね」

「いくら三人が年寄りだからって、よっこらよっこら、階段ぐれえ駆けおりるがね」

「それならその十分の間ではなく、やっぱり事前に洩れたんでしょう」

「事前にったって、その直前まで俺も課長も、小長のコの字も知らなかったんだぜ。俺たちが知らねえのに警察の手がまわることを、容疑者のほうがどうやって知るんだい」

「それは、ああいう人間にありがちな、独特の勘みたいなもので」

「ほい、お前さんもプロゴルファーかい」

「はーあ？」

「なんでもいいやな。だけど踏み込んだとき、割り箸や小鉢が出てたから、小長の他にもう一人……お、おっと」

坂森が反動をつけて身を起こし、根本まで短くなったタバコを外へ放って、前の座席に肘をかける。

「大林くん、済まねえが、タバコを一本めぐんでくれや」

「はあ、どうぞ」

大林が自分の肩越しにタバコをさし出し、その箱から一本を抜いて、坂森は深々と火をつける。

「なあお前さんら、俺たちはとんだ見当違いをしてたかもよ」

「見当違い？」

「俺や課長が踏み込む前、小長の家には小長のほかに、もう一人誰かがいた」

「はあ」

「その誰かが、理由は分からねえが、何かの具合で警察の動きを察知した。だからその誰かが小長を逃がしたと考えりゃあ」

「小長に共犯がいたと」

「共犯とは限るめえが、小長を犯人と知っていて、小長を逃がして、逃がしただけじゃなく匿（かくま）ってるとすりゃあ、なあ、小長はまだ秩父の市内だい」

「なるほど」

「あれだけの検問と緊急手配で、そうかんたんに網はくぐれねえ。小長本人も小長のクルマも、見たという通報はひとつもねえ。俺としたことが何という迂闊な……おい、楠木くん、早くクルマを出せや。こんなところでタバコを吸ってねえで、秩父へひき返すべえ」

「坂森さん」

「ほい」

「さっきの郵便屋が戻ってきましたよ」

「郵便屋？」

「さっき須田の家の前を通っていった郵便屋です」

「それがどうしたい」

「門の前にバイクをとめて庭へ入っていきます」

「配達物がありゃあ、そりゃ入っていくべえよ」

「そうかも知れませんが」

楠木がクルマのエンジンをかけてギアを入れ、確かめ直すように双眼鏡を構えて、レンズの度を調節する。

「坂森さん、郵便配達のバイクが埼玉ナンバーです」

「川をひとつ越えりゃあ埼玉……」

「でも、こっちは県外のはずでしょう」

「県外？　バイクのナンバーが？」

「郵便屋は県外にも配達するんですかね」

「そんなことは……」

「そうですよねえ、でもナンバーが」

「ナンバーが……お、そういや昨日、小鹿野で、郵便配達が」

「失踪して行方不明になっています」

「くそっ、楠木」

「はい」

「早く、早く、早く、早くクルマを、須田の家へ」

　その声と同時に楠木がクルマを発進させ、雑木林の陰からコンニャクの畑道へ猛スピードで突っ込ませる。雑木林から須田の家までは百メートル、足で走っても二十秒はかからないその距離を、エンジンを全開にしたクルマがまるでスローモーションのように、遅々とした速度で進んでいく。砂利にスリップして石ころにバウンドして、それでも何とか須田の家にたどり着き、門の前で急停車する。郵便配達はもう椿の咲いた玄関にまで進んでいて、開いたガラス戸からもジャージ姿の須田が顔を出している。

　クルマのドアが三方から一気に開き、坂森と楠木と大林が躍り出る。

「郵便屋さん、ちょいと待ちない」

　須田が背伸びをするように顔をつき出し、小柄な郵便配達の肩越しに、唖然と目を見開く。しかしヘルメットの郵便配達は坂森の声に反応せず、右手でVサインをつくりながら、左手では小包様の茶封筒を、黙って須田にさし出しつづける。

　一歩、二歩、坂森たちが玄関のほうへ歩いたとき、突然、郵便配達が爆発する。煙が二階家の屋根まで一気に噴きあげ、その中心部に赤黒い炎を閉じ込めて、そして雪崩が起きたような轟音。それらはすべて同時に発生し、爆風で倒れたのか自分たちの意思で地に伏せたのか、坂森と楠木と大林の三人は、耳鳴りがおさまるまで、五秒か十秒か、そのまま地面に伏せつづける。

　坂森の薄くなった頭に鳩の糞に似た感触の物体が降りかかり、坂森は地に伏せたまま、目だけをそっと、玄関のほうへ向けてみる。そこにもう玄関はなく、ただ空洞になっただけの壁の奥には室内のドアと、あがり口にはなぜか乱れていないスリッパが一足、脱がれたままの形で見えている。なくなっているのは玄関だけではなく、そこに立っていたはずの郵便配達も須田も椿の木も、煙と一緒に宙へ消えたように、きっぱりと姿を消している。

坂森は視線を巡らして楠木と大林の無事を確認し、シャクトリ虫のように腰を曲げて、地面の上に身を起こす。それから額に伝ってくる生温かい肉片を払い落とし、目の前に転がっている薪状の物体に、じっと視線を集中させる。

「さあてね、どこかで見たはずの物だが……」

人間の手首に似たその物体は、野球のボールを握ったような形に指を曲げ、肘に相当する箇所からは骨を見せて血を流して、そして何か、ジャージ生地のようなぼろ布をまとっている。

「さあて、こいつは、どこかで見たはずなんだが……」

頭のなかには被害者たちの腕を写した三葉の写真が見えているのに、目の前の物体がそれと同じものであることを、坂森の理性は、金輪際、認めようとしなかった。

14

二ヵ月半前は半袖だった珠枝のブラウスも長袖になり、その上に薄物のカーディガンが羽織られている。

カーディガンの上にハーフコートを着終わった珠枝が、ヴィトンのバッグを小脇にかかえて麻美に会釈をする。珠枝はマスターと梢路にも手をふってフロアを進み、テーブル席の咲に声をかけてから、「それじゃお先にーっ」と語尾をのばして店を出ていく。

客は麻美と咲の二人だけ、咲のほうは相変わらず一升瓶を丸テーブルに据えて、黙々と酒を飲んでいる。咲の衣装も薄物からコットンセーターに変わり、そして今夜は足の先に赤い鼻緒の塗り下駄をひっかけている。

「さあて、もう一杯飲んだら俺も帰るかな。忙しくても疲れるし、客が入らなくても気が滅入る。俺もやっぱり歳なんだよなあ」

マスターが顎鬚をこすりながらパイプに火をつけ、自分でグラスにバーボンを足して、大きく背伸びをする。マスターと麻美の間には三人分のスペースがあり、それでも二人は席を詰めないまま会話もなくそれぞれに酒を飲んでいる。客たちも一連の事件に飽きたのか疲れたのか、特に小長の一件以降はこの三日間、一晩に二、三人の客しか入らない。

店のドアが開いて萎びた風采の初老男が顔をのぞかせ、わざとらしく腰をさすりながら、そのドブねずみ色の背広をカウンターへ運んでくる。

「おや、美人記者さん、最後の夜にこんな店でお目にかかれるとは、光栄ですなあ」

「こちらこそ光栄ですわ。でも坂森さん、こんな店は失礼でしょう」

「や、や、こりゃ失言。さすがに私も疲れちまって、頭がまわらんのですわ。八田さんも気を悪くせんでくださいよ」

坂森が恥じ入ったふうもなくマスター寄りのスツールに腰をのせ、背広のポケットからすぐにタバコの箱をとり出す。

「ほーう、バーボンですか。そういえば八田さんは昔から、酒にお洒落でしたものなあ」

「オールド・グランド・ダッドという安物だよ。お洒落というような酒ではないが、これが一番バーボン臭いんだ。よかったら試してみるかね」

「こりゃ光栄。それじゃ昔馴染みのお言葉に、遠慮なく甘えますかなあ」

梢路が坂森の前におしぼりとグラスをさし出し、そのグラスにマスターが氷とバーボンを落とす。それを見てから梢路はカウンターの内で葱を五センチほどの長さに切り、切った葱を縦に二分して小皿に盛る。小皿の端には味醂（みりん）醤油に漬けてあったおかかと、山椒を和えた地味噌も添える。葱もただのぶつ切りよりは体裁がよくなるし、それにおかかと地味噌だけでも酒の肴になる。

　坂森が火のついたタバコを指にはさんでバーボンをなめ、ぴちゃぴちゃと舌を鳴らして、肩凝りをほぐすように首をまわす。

「しかしまあ、お陰様で一応の片はつきましたよ。こちらにもお騒がせしたりご迷惑をかけたり、お世話になりましたなあ」

「今夜が最後だ、と」

「明日には本部へ戻ります。大事件ではありましたが、なにせ小長があれじゃあねえ。容疑者死亡のまま書類送検だなんてお粗末な幕切れでした」

「生きていられたほうがあとが面倒だったろう」

「そりゃまあ、弁護側は精神鑑定だの何だの、因縁をつけて来ましょうからなあ。裁判だって何年かかったことやら」

「小長は最初から死ぬつもりだったのさ。そう思うことに根拠はないけどな」

「はあ、まあ、私も」

　煙を長く天井に吹いて拳で肩を叩き、梢路がさし出した小皿に坂森がわざとらしく皺目蓋を見開く。

「ほーう、生の葱をこんなふうに。この手の料理をどこかで見た気はするが……しかし、まあナンですわ。行方不明になっていた郵便配達も見つかりまして事件は一件落着。無関係な人間だけは死なずに済みました」

「そうか、郵便配達か」

「つい三時間ほど前のことですがね。記者さん、残念ながらこのことは、もう他社に知れちまってるよ」

「無事に見つかればそれでいいわ」

「ほい。今夜はまた……ま、場所は両神の山裾でね。八田さん、昔平賀源内が石綿を掘ったとかって洞窟跡をご存知ですか」

「さあなあ」

「嘘か本当か、山の年寄りが言うことですがね。とにかく両神山の下のほうに古い洞窟がありまして、郵便屋はそこで手足を縛られておりました。脱水症状は起こしてたが命に別状はないとかで、それに小長のクルマも、その洞窟で」

「地元の人間より小長のほうが、山に詳しかったわけか」

「そういうことになりますなあ。いえね、私も目の前で四番目の犯行をやられちまって、下手をすりゃ減俸か停職。俺のせいだと尻をまくりたいところじゃありますが、そんなことをしたら女房に殺されちまう。ここはひたすら頭をさげて、定年まで辛抱しますがね」

ひっひっと卑屈に笑ってタバコを消し、すぐに新しいタバコに火をつけて、坂森がマスターと麻美の顔を見比べる。

「それから、小長が犯行に使ったダイナマイトねえ。記者さん、明日あたり、亜細亜セメントの現場事務所に家宅捜査が入るよ」

「あら」

「石灰石の切り出し現場からダイナマイトが紛失してると、内部情報(たれこみ)があってね」

「そうですか」

「どうしなすった、今夜はご機嫌がななめかね」

「べつに。ただお給料が安いことに腹が立つだけ」

「それならそれでいいが、なーにね、ダイナマイトをどこで手に入れたとか、小長はどうやって使い方を知ったのかとか、そんなことをマスコミに騒いでもらいたいと思ってね。そうすりゃ事件の本質から世間の目も逸(そ)れるかと」

　空になった坂森のグラスにマスターが氷とバーボンを足し、自分のグラスにもバーボンを足してからパイプにダンヒルのタバコを詰めなおす。

　そのときテーブル席でこつんと音がし、咲が空になった一升瓶の口に顎をのせて、梢路のほうへ催促の視線を送ってくる。梢路は肯(うなず)いただけでガスコンロに火をつけ、鍋に残っている南瓜のクリーム煮に火を通しはじめる。どうせもう客は来ないだろうし、仕込みすぎた南瓜料理は咲たちへのサービスにする。

温まった料理を三つの小鉢にとり分け、麻美と坂森にひとつずつ配ってから、梢路は五六八のニューボトルを持ってカウンターを出る。今夜の咲は店に来てから食事をせず、つきだしに出した柿のベーコン巻きを齧っただけでもう二時間も飲みつづけている。

梢路が咲のテーブルに新しい一升瓶と南瓜料理の小鉢を置き、ひと言も言葉を交わさずに空の瓶を持ってカウンターへ戻る。麻美は梢路と咲の様子を肩越しに盗み見していたが、二人は視線を合わすこともなく、どちらも表情を変えず、梢路はカウンターの内で黙々と空の瓶を片付け、咲のほうは足を組みかえただけでボトルの栓を抜く。料理をサービスされたら礼を言うほうが当然で、それに二人が視線を合わせないこと自体が何か不可解で、何か秘密っぽい。

咲の足先にひっかかっている下駄の赤い鼻緒がゆれ、薄暗いセピア色の照明のなかで、ゆらり、ゆらりとその鼻緒がエロチックな生き物のように、意味もなく麻美の嫉妬心を刺激する。

「八田さん、あの五百六十八という日本酒は最近の流行（はやり）でしょうかなあ」

「ごろはちと読むんだよ。新潟県の酒で、わざわざ取り寄せてるんだ」

「そうでしょうなあ。私も酒に詳しいわけじゃないが、あまり見かけん銘柄ですがね」

「それが？」

「いやあ、どういうわけかつい最近、あれと同じ酒を見ましてなあ。世の中には奇妙な偶然があるもんですわ」

カウンターからのぞき込むように空の一升瓶を眺め、梢路の顔に視線をやりながら坂森がグラスを口に運ぶ。

「いえね、こりゃ事件とは関係ないんですが、八田さん、両神で黒沢満男が殺されましたでしょう」

「うむ」

「あの現場からずっと山を登っていった先に、小さい集落がありましてな。住人はみんな山をおりちまって、残っていたのは九十歳近い年寄りが一人だけ」

「事件の後で聞いた気はする」

「で、ね、その年寄りが死んでいるのを郵便屋が見つけて、まあついでということで、私が検分に行きました。ざっと見たところ外傷はなし、一応司法解剖にかけたところ、死因は多臓器不全に急性心不全、いわゆる老衰ってやつでした」

「そのことの何が偶然なんだね」

「年寄りは老衰死ですから事件性はなし。ただその年寄りが死んでいた囲炉裏の近くに、あれと同じ一升瓶がねえ。珍しい銘柄だったもんで、ほい、この爺さん意外に洒落た酒を飲みやがると、それで覚えておったのですよ」

「そういう偶然もあるだろうな」

「そうそう。奇妙な偶然というのも、たまにはあるもんですわ。小長と清水成子がこの店で出会ったのもまったくの偶然でした。私は偶然というやつが嫌いで、あれから小長と清水成子の関わりを調べてみましたが、やはりこの二十年間、接触は一切なし。だから清水成子さえ秩父へ来なかったら、そしてこの店で小長と会うことさえなかったら……」

「坂森さん、事件のことはもう、話したくない」

「や、や、や、こりゃ失礼。歳のせいかどうも、話がくどくなって」

坂森がとり出しかけたタバコをポケットへ戻し、グラスのバーボンを飲み干して、皺顔をごしっと、手のひらでこする。

「ですがなあ八田さん、今も言いましたように私はどうも、偶然というやつが嫌いでしてね。小長と清水成子がこの店で会ったのは、本当に偶然なのかと」

「自分で調べたと言ったじゃないか」

「そうではあるんですがね。清水成子も小長も本人たちですら偶然と思っていたのに、実は仕組まれた偶然であったかも知れんと、そんな妄想が頭に浮かびましてなあ」

マスターが消えたパイプに火をつけなおし、カウンターの酒棚のほうへ長く煙を吹く。

「そりゃたしかに、小長が自爆した場面はこの目で見ましたし、それ以前の三件も小長の犯行に間違いはないんですが」

「何が言いたいんだね」

「何が言いたいのか、自分でも分からんのですわ。ただどうもねえ、何かが、ぴんと来なくて」

「その何かが、とは」

「小長という人間ですよ。自爆も間違いなし、連続バラバラ殺人も間違いなし。ただ本当にあれを小長がやったのかというと、なんというか、どうも、似合わん気がしまして」

ポケットに戻したタバコをまたとり出し、自分で勝手に肯きながら、坂森がゆっくりと火をつける。

「八田さん、始めのころ、清水成子は『募集広告を見てふらっと現れた』、とおっしゃいましたなあ」

「そのとおりだよ」

「清水成子はその募集広告を、偶然に？」

「俺が知るもんか」

「偶然ではなく、誰かに見せられてこの店へ誘導された、という可能性は？」

「そんなことは成子に聞くしか方法はない」

「や、や、ごもっとも。そこで私も考えたんですわ、清水成子は誰かに募集広告を見るように仕向けられ、で、自分でも知らぬ間にこの店へ誘導されたのではないかと。もし清水成子がその誘導にのらなかった場合には、何か別の方法で、やっぱりこの店へ来る仕組みになっていた」

「言ってることの意味が分からん」

「ですから、本物の偶然では、なかったと」

「だとしたら？」

「だとしたら、小長勝巳が秩父へ来てあの家に住み着いたのも、やはり偶然ではなかった可能性がある」
二、三服深々とタバコを吸い、坂森が空になっているグラスに、目でバーボンの催促をする。そのグラスにカウンターの内から梢路がバーボンをつぐ。
「八田さん、小長という男……」

坂森がタバコをはさんだままの指でグラスをとりあげ、一度拝むように頭をさげてから、しゅっとバーボンをすする。

「実際のところあの男に関して、どれぐらいのことをご存知ですね」

「ただの常連客だ。写真家だったという以外は……」

「以前テレビ局のカメラマンだったことは？」

「そんな話は聞いていた」

「もちろん今はこの事件の関係で、誰もが知っておりましょうがね。ただあれから調べなおしたところ、たしかに小長は中央テレビのカメラマンで飛行機事故のときも、カメラクルーとして現場に出向いておりました。ですが……」

わざとらしく言葉を切り、わざとらしくタバコを消して、坂森がバーボンを口に運ぶ。

「ですが、八田さん、中継のときにカメラをまわしていたのは別のクルーで、小長は、なんとねえ、子供たちと一緒にVサインをつくって、悪ふざけをしてたそうですわ」

カウンターに音がしたのは麻美のグラスが滑ったからで、マスターは酒棚を見つめたままパイプを吹かしつづけ、梢路は黙々と洗い物をつづける。

「もともとあの小長という男、お調子者というか、空気が読めない性格というか。要するに事故の現場ではカメラをはさんで子供たちとVサインごっこをしてたんですなあ。それで中継が終わったときある男が小長に殴りかかった、と」

「殴り殺されないだけましだったか」

「周囲の人間が二人をひき離してね」

「その殴りかかった男とは」

「これが分からんのです。なにせ二十年も昔の話で、テレビ局にもそのとき現場にいた人間は二人しか残っておりません。その二人に話を聞いてみても、殴りかかった男は局の人間ではなかったとしか。ただ男はそのあと、集まっていたヤジウマ連中に悪ふざけをした子供たちの家や名前を聞いていたとか」

「埒もない話だ」

「や、や、まったく。小長がいくらお調子者だからって、ものには限度がある。私がその場にいたらやっぱり、小長と餓鬼どもを殴り倒しておったでしょう。当然小長の行為は局でも問題になり、謹慎だの減俸だの左遷だのと。そのうち奴も会社に顔を出さなくなって、で、あるときぷっつり消息がなくなったと思ったら、次に登場するのが、これがなんと、テレビのニュースなんですわ」

グラスの縁から皺深い目をのぞかせ、その目でしばらくマスターの横顔をうかがってから、坂森がふと、顔を麻美のほうへ向ける。

「記者さん、一年半ほど前にチベットで、日本人のお調子者が中国の警察に捕まったという事件は覚えてるかね」

「そういえば、何か……」

「正確には一年と八ヵ月ほど前の事件なんだが」

「たしか、ラサで、何かのビラを撒いたとか」

「そうそう。〈チベットは独立国。侵略はやめて、中国はチベットから出て行け〉とかなんとか」

「言われてみればそんな事件があったわね」

「私は国際問題とかってやつに疎くてねえ。それにあまり関心もないんで、チベットがどうとかこうとかよく分からんのですよ。ただそのお調子者が捕まったのは事実で、当然その男は、日本に強制送還された」

「それが小長さん?」

「そういうことです。まあテレビのニュースに出たからって、ほんの一秒か二秒。関心のない人間は覚えてもいなかろうがね。私だって覚えちゃいなかったが、改めてそのときのニュースを見てみると、たしかに小長だった。おまけに小長はテレビカメラに向かって、性懲(しょうこ)りもなくVサインを。この野郎、二十年たった今でも同じことをと、正直私も、小長という男を、ぶち殺したくなった」

麻美が何か言いかけ、しかし言葉は出さず、首を横にふりながら黙ってグラスを口に運ぶ。梢路は洗い終わった食器を布巾で磨きあげ、まだ坂森の話がつづくようならナメコのあんかけ豆腐でもサービスしようかなと、ガス台の鍋に視線を向ける。

「ねえ八田さん、あのときのニュースは八田さんもご覧になりましたでしょう」

「どうだか」

「仮に、まあ、ご覧になったとしましょうか。ご覧になれば当然、カメラに向かってVサインをつくっている男が二十年前に、御巣鷹山の事故現場で悪ふざけをしたカメラマンであると、お気づきになった」

「仮定の話には返事の仕様がない」

「小長は髪こそ白くなってはいたがちょん髷は昔と同じで、Vサインも昔と同じ。相手は忘れておったにしても飛行機事故の現場で激怒したほうとすれば、覚えておるのが当然でしょう」

「歳のせいか、坂森さんもまわりくどい言い方をする」

「や、や、面目ない。女房にも倅にも怒られて……で、二十年前のあの事故のとき、八田さんはどちらに？」

「過ぎたことは忘れる主義なんだよ」

「さようですか。ですがまあ、八田さんのお生まれはたしか、群馬だったかと」

「生まれてすぐに大宮へ越した」

「それでも親戚は群馬に残っておられる。富岡におられるご親戚なんか、製材業から不動産業まで手広くご商売をされて、上野村にまで山林をお持ちだとか」

「親戚でも他人は他人だ」

「ごもっとも。ただ仮定の話として、警察をお辞めになった後、八田さんが親戚のご商売を手伝っておられた可能性はありますなあ」

「調べれば分かるだろう」

「や、ごもっとも。しかしこれは仮定の話ですから、その仮定として、あの事故のときもし八田さんが現場の近くにおられたら、どうですかなあ、ご気性として、被災者を一人でも助けられないかと現場へ行かれた」

「仮定だけならいくらでも成り立つ」

「いやあ、しごく、ごもっとも。このバーボンという酒がうますぎて、仮定の仮定が止まらなくなりましたがね」

坂森がほっと息をついてタバコに火をつけ、梢路のほうへまた、目でバーボンの催促をする。梢路は氷とバーボンを坂森のグラスに足してやり、そして頭のなかで、あんかけ豆腐のサービスはやめておこう、と独りごとを言う。

「まあ、とにかく」

タバコを長く吹かし、背中を丸めながら、坂森がちびりとバーボンをなめる。

「もう二十年も昔の話でして、私の仮定が当たっていたとしても証明の仕様がありませんでねえ。それでも念のためにと、小長の写真を遺族に見てもらったんですわ」

「遺族?」

「今回の事件で被害者になった連中の遺族ですがね。連中が子供のころあの事故現場で悪ふざけをし、その後でそれぞれの家に男が怒鳴り込んでいる。当初はそれを小長だと思い込んでおりましたが、仮定での理屈を考えると、どうも辻褄が合わない」

「思い出したよ。坂森さんは昔から、しつこい性格だった」

「女房にも……いやまあ、それはそれとして、小長の写真を見せはしたんですが、なにせ二十年も昔にたった一度会っただけ。誰も顔なんか覚えちゃおりませんし、それにみんな歳も歳でして。ただそのなかで黒沢満男の父親だけが、あのとき怒鳴り込んできた男とは違う気がするとね。この爺様、案外頭がちゃんとしておって、あのときの男はちょん髷ではなかったと。感じとしてはもっと大柄で、それに目が、なんというか、ぎょろりとしていたと」

マスターがパイプをくわえたまま鼻を鳴らし、カウンターに片肘をかけながら、ぎょろりと坂森を見すえる。

「いやあ、まあ、しかし爺様も、その男にもう一度会ったところで分からんとは言っておりましたがなあ」

「仮定の話ばかり聞かされても欠伸が出てくる」

「ごもっとも。しかしですなあ八田さん、セメント会社に勤めている山鹿清二が、あの旅客機事故で妹さんを亡くされておるのは、仮定ではなく、間違いのない事実なんですわ」

麻美が長いため息をついてグラスをカウンターに置き、梢路がそのグラスに氷と芋焼酎をつぐ。ボトルはそれで空になり、麻美が梢路にニューボトルの仕種を見せる。梢路は棚から新しいボトルをおろし、ついでに麻美にはあんかけ豆腐をサービスする。

「しかしだよ、坂森さん」

マスターがパイプの火皿から灰をかき出し、その火皿に新しいタバコをつめながら、口の端に強く力を入れる。

「今回の事件に関する事実は、山鹿さんの妹が二十年前の旅客機事故で死んでるという、それだけじゃないか」

「やあ、ごもっとも。事実はそのひとつだけで、山鹿と八田さんがいつからのお知り合いなのか、飛行機事故に関するお互いの立場をどこまで話し合っておられたのか。小長が強制送還されたときテレビに向かってつくったVサインを、山鹿がどんな思いで見たのか。今回の連続殺人も、言い出したのは飛行機事故で妹を亡くした山鹿ではなかったのか、そんなことはもうこの老いぼれに、調べようはありませんがね。ですが山鹿もセメント会社の技術者ですからダイナマイトの扱いは心得ておりましょう」

「それはまた仮定だ。だいいち小長の自爆は自分のその目で、見てるはずじゃないか」

「この目で、たしかに、見ておりますよ。見ておるからこそ、教師を道づれにした自爆もそれ以前の犯行も、小長には似合わん気がしましてね」

「仮定の次は禅問答か」

「いえいえ、仰有るとおり私はしつこい性格で、最後まで仮定を通しますがね。そうやってたどり着く最後の仮定は、小長の自爆も、子供のころあくどい悪ふざけをした人間たちの始末も、すべては八田さんの仕掛けではなかったか、と」

　坂森が皺深い目でじっとマスターの横顔を見つめたが、マスターは表情を変えず、ただ葉をつめ終わったパイプを口に運んで火をつける。

「八田さんがどうやって小長を秩父へ誘き寄せたのか、それは分かりません。小長の住んでいた家は高桑某という人間が借主なんですが、調べてみるとこれが、架空の人物でしてね。中国から強制送還されて居場所のなかった小長を、何者かが意図的にこの家へ誘導したとして、仮にその何者かが八田さんであったなら、私のような老いぼれ刑事に尻尾は摑ませんでしょう。それに四人の子供たちが成人して、今どこで何をしているのか、八田さんなら調べられたはず。そして最後がもっとも核心部分の仮定なんですが、八田さんなら小長の頭を、小長の心を、小長の行動を、一連の犯行と最後の自爆へ導けたはず」

そこで坂森が言葉を切り、しばらくマスターの反応をうかがったが、最後には諦めたように目をしょぼつかせて、グラスを口に運ぶ。

「まあ、なんといいますか、今の言葉でいうマインド・コントロールとかいうやつですかなあ。何かの方法で毎日毎日、小長が事故現場の映像を見るように仕向けられたとする。小長だってお調子者ではありましょうが、バカってほどのこともない。もともと内心には罪の意識もあったろうし、その罪の意識を増幅させていきながら、偶然をよそおった清成子との出会いを仕掛ける。小長はこれを自分の宿命だと思い込み、罪の意識を成子を含めた四人の被害者たちに対する殺意へと転化させる。ねえ八田さん、公安警察といえば昔の陸軍中野学校、その公安で腕利きと評判だった八田さんなら小長の行為をご自分の意図どおりにコントロールすることぐらい……」

「あんたがずっと並べてきた仮定は、警察としての、公式な仮定かね」

「滅相もない。今まで申しあげた仮定は私の個人的な、まあ、妄想とでもいいますか。調べたところで証明できるはずもなく、それにせっかく小長の単独犯行で片付いた事件をむし返したら、こっちが首を切られますがね」

「それなら今までのゴタクは、たんなる世間話か」

「たんなる世間話の、たんなる愚痴ですがね。私だって定年まであと二年、上ともめ事を起こす気力はなし、年金でもフイにしたら、それこそ女房に殺されますわ」

マスターが苦っぽく笑って深々とパイプを吹かし、頭頂まで禿げあがった額を、つるりと撫でる。麻美も肩から力を抜くようにタバコに火をつけ、自分の短い前髪に向けて、ふっと煙を吹きつける。

やっぱり坂森にもあんかけ豆腐をサービスしようかな、と梢路が思ったとき、坂森がスツールをおりてマスターのほうへ小腰をかがめる。

「いやあ、それにしてもこのバーボンは、いけますなあ。私も女房に頼んで、明日からの晩酌はこの酒にしますかなあ」

「帰るのかね」

「坂森さん」

「は、はあ」

「はあ、まあ、ご挨拶に寄っただけですのでね」

「梢路。オールド・グランド・ダッドを一本、坂森さんにもたせてやれ」

「や、や、や、そんなつもりでは……」

「いいんだよ。映画にでもしたら面白そうな仮定をたっぷり聞かせてもらって、バーボンの一本なら安いもんだ」

「けっきょく、今回の事件で起きた偶然は、私がこの店で八田さんにお目にかかったということ、それだけでしたかなあ」

梢路が棚からおろしたバーボンを坂森に手渡し、坂森が相好をくずして、皺深い目を、にやっと笑わせる。

「思いがけず、何十年ぶりかで八田さんにお目にかかれて、これも何かのご縁というやつですがね」

カウンターにかけていた手をはずし、一度梢路のほうをふり返ってから、坂森がマスターに向き直ってまたカウンターに手をかける。

「八田さん、その、私、悪気はないんですが」

「まだ何か？」

「いえ、ね、思いがけず八田さんにお目にかかれて、つまらんことを……」

「また何かの仮定かね」

「いやいや、これは私の、間違いのない記憶なんですが、その記憶によると八田さんにはご兄弟がおらんかったはず」

「うん？」

「ご兄弟がおらんのに、甥や姪が、おるはずはないと」

「いや……」

「そりゃ結婚でもされておったら義理の姪や甥はおられましょうがね。でも調べてみたところ八田さんに、結婚歴はおありにならない」

「坂森さん」

マスターがパイプをカウンターに置いて背筋をのばし、ひと口バーボンのグラスをすすってから、ぎょろりと坂森の顔を見あげる。

「や、や、や、最初にも申したとおり、本当に悪気はないんですわ。ただ歳をとりますと、なんといいますか、堪え性というのがなくなりましてな。つい余計なことまで口に……つまり、ナンですわ、八田さんが警察をお辞めになったころ、学生運動家同士の内ゲバ事件がありまして、そのことは覚えておいででしょう」

「当時はそんなもの、日常茶飯事だった」

「そうそう、内ゲバ事件なんか日常茶飯事で、その内ゲバで活動家が殺されるようなことも、たまにはありましたがね」

坂森がまた梢路をふり返って鼻水をすすり、それから梢路とマスターの顔を見比べながら目の皺を深くする。

「その内ゲバで殺された活動家の名前が、なんとねえ、平島というんですよ。平島には妹が一人おりましたが、その妹も不幸なことに、ある事件で、すでに死亡しております」

マスターが一瞬腰をあげて唇を嚙みしめ、ぎょろりと坂森の顔を睨んでから、思い直したようにまたスツールに腰を落とす。

「いやいや、ただまあ、昔はそんなこともあったなあと、本当にそれだけのことで……実際のところ、本当に、悪気はないんですわ」

坂森が後ろへさがってマスターに一礼し、視線を巡らして梢路の顔に流し目を送ってから、麻美に向かって何やら、シャックリを我慢するような表情をつくる。それがウィンクである、と麻美に理解できるまでには数秒の時間がかかり、その間に坂森はフロアのまん中まで歩いていて、一瞬、ピアノの前で足をとめる。

「美人記者さん、若えジャングル組が二人、はあ落ち込んじまってよう。機会があったらあんたからも、慰めといてくれないね」

坂森はそのままバーボンの瓶をふってドアを出ていき、薄暗い店のなかに酒の匂いとタバコの匂いと、梢路が坂森のグラスを片付ける物音とマスターの空咳と、そして麻美の混乱と麻美の自己嫌悪が、それぞれ無関係に充満する。ただ一人、咲だけが酒のコリントグラスを顎の下に構え、赤い鼻緒の下駄をゆすりながら、無表情に壁の宗教画を眺めつづける。

麻美はグラスにボトルの焼酎をつぎ足し、布巾でグラスを磨きあげる梢路の手元をぼんやりと見つめる。坂森も最後には妄想と自己診断をくだしていったが、しかし仮定に仮定を重ねてたどり着いた坂森の妄想は、本当にただの、妄想なのか。成子が東京から流れてきてラザロで働くようになったこと、小長がこの店の常連になって、成子に出会ったこと。たしかにそれらの偶然は少しばかり出来すぎてはいるだろうが、それでは作為的に仕掛けたという可能性だって、あまりにも出来すぎる。小長という男の人間性に関しても、沈着に連続殺人をくり返して最後にはきれいに自爆してみせる、というタイプとは、少し違う気がする。小長ならたとえ人を殺したって、くどくどと言い訳をするかこそこそと逃げ出すか、そんなところが似合っている。それはそうだろうが、だからってマインド・コントロールなんかで、一人の人間をあそこまでの行為に、誘導できるものなのか。それに坂森の仮定を聞いているときのマスターには、麻美が観察していた限り、一点の動揺も見えなかった。仮定はただの仮定だから、動揺なんかする必要がなく、いや、そうではなくて、たとえ仮定がすべて事実だったとしても、マスターには証拠を残していない、という自信があって、だとすると、梢路もその事実のどこかに関係していて、いや、梢路自身は無関係で、そしてけっきょくは、どういうことなのか。

いや、いや、いや、坂森の並べていったゴタクは、やっぱりただの妄想だわと、麻美はグラスの氷を口に入れて奥歯で嚙み砕く。いつだったか熊鍋を食べた料理屋でも坂森は、「黒沢殺しは目くらまし」という推理を開陳し、けっきょくはあれもただの絵空事だった。あれも妄想、これも妄想、たったひとつ事実らしいのはマスターと梢路に血縁関係がないという発言で、それですら成子が殺された直後に二人の関係をもう少し調べていれば、麻美にだって知れたはず。そうはいっても「もう少し調べていれば」の「もう少し」が欠けているから、やっぱり自分は田舎新聞の、田舎記者なのだ。

そんなことは分かっている。分かってはいるけれど、だからってそれが何なのよ、という自嘲と居直りが交錯して、麻美の唇に皮肉っぽい笑みを浮かばせる。坂森だって梢路と咲が中学時代の同級生、という事実にまでは気づいていないようだから、その部分では麻美の勝ち。もちろんそんなことで勝ったからって、やっぱりそれは、それだけのことなのだろうけれど。

「梢路、俺用のバーボンを、もう一本あけてくれ」

梢路がうなずいて後ろの棚をさぐり、新しいオールド・グランド・ダッドの瓶をとり出してマスターの前に置く。

「マスター、一杯飲んだら、帰るんじゃなかったの」

「麻美さんも皮肉はやめてくれよ。節操なく自堕落に耄碌（もうろく）して生きることだけが、年寄りの特権なんだから」

言葉を返そうと思ったが、何も台詞が思い浮かばず、麻美はただ頬杖をついてグラスを口へ運ぶ。自分はこんな時間にこんな店で、何をしているのか。家へ帰れば子供だっているし、明日は亜細亜セメントの石灰石切り出し現場に張り込んで、家宅捜索に取材をかける必要もある。否定はしてみたものの、坂森が残していった妄想はやっぱり気になるし、梢路と八田の関係も気になるし、梢路と咲の関係も気になるし、四十歳を過ぎてから増えてきた自分の白髪も目尻の小皺も、息子のアトピーも咲が履いている赤い鼻緒の下駄も、何もかもが気にかかる。

マスターが新しい瓶からグラスにバーボンをつぎ、パイプを吹かして、ダンヒルの香ばしい煙をカウンターにふりまく。

梢路が冷蔵庫を開け、バドワイザーの缶をとり出して、珍しく自分用にプルタブを抜く。

フロアのほうでは咲が席を立ち、木の床に下駄を鳴らしてジュークボックスへ歩く。咲はコインを入れて何かを選曲し、また下駄を鳴らして丸テーブルに戻る。

「ショウちゃん」

「うん?」

「今夜、部屋に泊めてくれる?」

「うん」

「いいの？」

「いいさ」

「本当に？」

「うん、本当に」

「あなたって……あなたも、誰もかれも、何もかも全部、まったく、更年期が始まってしまうぐらい変わってるわ」

麻美と梢路の会話は聞こえていたはずなのに、マスターは知らん顔でパイプをくゆらせつづけ、咲も知らん顔で、ゆらり、ゆらり、ゆらりと赤い鼻緒の下駄をゆすりつづける。

ジュークボックスがかすかな振動音をひびかせ、それからすぐ、ベン・E・キングが薄暗い照明をセピア色に震わせて、〈スタンド・バイ・ミー〉を歌いはじめる。

解説

郷原 宏

うまい。うますぎる。これはただものではない。樋口有介の小説を読むたびに、私はいつもそう思う。文章がいい。会話がしゃれている。人物が生きている。プロットにキレがある。ストーリーにコクがある……。そうやって、ひとつひとつ美点を数え上げていったあとで、しかし、肝腎（かんじん）なことは何もいえていないことに気づく。そうじゃない。これはそういう技術的なレベルの問題ではない。もっと本質的で根源的な、いわば物語そのもののうまさなのである。

その証拠に、というのもおかしいかもしれないが、樋口有介の小説を読んでいると、私たちはいつしか豊饒（ほうじょう）な物語空間ともいうべき別世界に連れ出され、そこで幼児のように無心に物語とたわむれている自分を発見する。それは決して無心でも無垢（むく）でもありえない私たちの人生に訪れた、ささやかで密（ひそ）やかな禁断のひとときである。そして数時間後、夢さめてふたたび現実世界へと帰還するとき、ああ、この人生もまんざら捨てたものではないなと思う。

この豊饒な物語空間への往還を、小説を読むということの最も基本的なありようだとすれば、樋口有介は小説の基本に最も忠実な、したがって同じことだが、読者の要求に最も誠実な作家だということができる。

実際、樋口有介ほど読者に対して誠実な作家も珍しい。それはデビュー作『ぼくと、ぼくらの夏』（一九八八）や『風少女』（一九九〇）のような青春ミステリーはもとより、『彼女はたぶん魔法を使う』（一九九〇）や『初恋よ、さよならのキスをしよう』（一九九二）のようなソフトなハードボイルド（！）を書くときも、あるいはまた『木野塚探偵事務所だ』（一九九五）のようなユーモアミステリーを書く場合もまったく同じことで、ひたすら読者を楽しませようという点で見事に一貫している。エンターテインメントの原義は自己励起だが、この天性の物語作家にとっては、読者を楽しませることがすなわち自己励起なのである。

このような読者に対する誠実さが樋口作品の面白さを保証しているとして、それならそのうまさの根源にあるものは何なのか。そこにはおそらく作品の数ほどの回答が見つかるに違いないが、私はそれを人間と社会に対するこの作家の並々ならぬ観察力と洞察力の深さだろうと考えている。「文芸は実人生の地理歴史である」といったのは、文藝春秋の創立者でもあった作家菊池寛だが、この世に小説にならぬ人生はなく、また人生を内包しない小説などというものもありえない。「事実は小説より奇なり」ということわざは、事実は一般に平凡で退屈なものだという常識を前提にしているが、ありようは事実は小説の材料にすぎず、事実の面白さに拮抗できないような小説は、もともと小説の名に値しないのである。

樋口作品の最もめざましい特長のひとつは、この事実の面白さとつまらなさを独自の小説世界に引き込んで、想像力という名の触媒を加えながら、たちまちのうちに「もうひとつの現実」に作り替えてしまう手口のあざやかさにあるといえる。こうして作り上げられた物語世界は、私たちの人生のどんな局面にもまして現実的であり、それゆえに蠱惑的である。すなわち、私たちはそこで小説のなかの「もうひとつの人生」を生きると同時に、私たち自身の人生をもう一度生き直すことができる。

ファンならよくご存知のように、樋口氏は一九五〇年群馬県前橋市に生まれ、國學院大学文学部を中退して世界諸国を放浪し、帰国後は業界紙の記者などさまざまな職業を経験した。『ぼくと、ぼくらの夏』でサントリーミステリー大賞読者賞を受賞してデビューしたのは三十八歳のときである。若き日の樋口氏を放浪に駆り立てたものが何であったかはわからない。それは人生からの逃避だったかもしれないし、あるいは逆に人生の意味を見つけるための旅だったかもしれない。しかし、それが樋口氏に何をもたらしたかは容易に見てとることができる。そこで「実人生の地理歴史」をつぶさに見聞した樋口氏は、小説を書く以外に自分を生かす道はないことを発見したのである。

　さて、この『ピース』は二〇〇六年八月に中央公論新社から書き下ろし刊行された。ひとことでいえば火祭りで有名な埼玉県秩父地方を舞台に、定年間近のベテラン刑事が奇怪な連続バラバラ殺人死体遺棄事件の謎を追う長篇ミステリーである。この作品の推理小説としての眼目が、誰がなぜ人を殺したかというフーダニット（犯人探し）あるいはホワイダニット（動機探し）の興味にあることはいうまでもないが、物語としての興味はそれだけにとどまらない。というより、事件の謎解きはこの作品のおまけのようなもので、読者の本当のおたのしみは登場人物の人生そのものに隠されている。

　物語は「ラザロ」というスナックの店内から始まる。「ラザロ」はマスターの八田芳蔵が十年ほど前に開いた店で、簡単な料理と酒を出す。店員は板前の平島梢路（しょうじ）と学生アルバイトの珠枝、それに東京から流れてきたピアニストの清水成子がパートタイムで働いている。古い写真館を改造した店は天井が高く、成子が弾くピアノの背後にはアンティークなジュークボックスが置かれている。決して高級ではないが、落ち着いて居心地のよさそうなスナックである。

　この店に毎晩のように常連客がやってくる。写真家の小長勝巳、セメント会社の技術者山鹿清二、地元紙の記者香村麻美、アル中の女子大生樺山咲など、いずれもひと癖ありそうな人物ばかりである。これだけ多様な登場人物を、作者はさながら一幕物の舞台のように、あるいはクリスティの一堂集合物のように手際よく、しかも印象的に描き出していく。

短い会話の積み重ねによって人間関係を浮彫にするオープニングのあざやかさは、いつものことながら見事としかいいようがない。

樋口作品の例にもれず、登場人物はいずれ劣らぬ魅力的な個性の持ち主だが、なかでも梢路の個性が際立っている。二十一歳という若さに似合わず老成した人生観の持ち主で「何もせずに、ただ淡々と日常を消化して、そうやって死ぬのを待つ。人生の極意だと思いませんか」などという。この人生観には実は隠された理由がある。また彼は「ショウちゃんが来てから料理が上品になった」と客にいわせるほどの料理上手で、地元産の食材を使って独創的なレシピをつくる。そのレシピもまた、この作品を賞味するのに欠かせない薬味のひとつである。たとえば茸(きのこ)のグラタン。

《仕込んであるベースは卵黄を生クリームと牛乳でペーストしたもので、香辛料は塩と胡椒だけ。シメジやヒラタケは秩父地方の特産だからふんだんに使い、そこに味の深みを増すための玉ねぎと小エビをアレンジする。グラタン皿に盛りつけた上には粉チーズをふってオーブンに入れ、加熱時間は十分》

梢路はどこで覚えたか、セックスにかけても相当なテクニシャンで、なぜか年上の女性にもてる。たとえば麻美との深夜のあいびきの場面。

《麻美が膝を立てて梢路の膝にまたがり、トランクスとショーツの布地を通して、二人の股間が重なる。麻美はそのままの姿勢で焼酎を口に含み、自分の口から梢路の口へ酒を移

す》

こんなふうに次々においしい場面がつづくと、私などはすぐ満腹になってしまうのだが、これはまだ前菜で、事件は始まってもいない。

彼らの平和は突然断ち切られる。成子がアパートから姿を消し、数日後に長瀞の雑木林でバラバラ死体となって発見される。一ヵ月ほど前に寄居の山中で歯科医のバラバラ死体が発見されており、事件はにわかに連続殺人の様相を呈する。この事件を捜査すべく乗り込んで来たのが皆野町出身のベテラン刑事、坂森四郎巡査部長。秩父中央署の楠木、大林の両刑事とともに「ジャングル・トリオ」を結成し、地元の空気に触れて復活した「だんべえ」言葉を連発しながら泥臭くも着実な捜査活動を展開する。このだんべえ刑事、『彼女はたぶん魔法を使う』の柚木草平に優るとも劣らない魅力的なキャラクターで、シリーズ化されてもいいだけの性格的な厚みを具えている。

捜査の結果、成子はマスターの八田をはじめ常連客の何人かと関係を持っていたことが判明するが、寄居の歯科医との接点は見つからず、捜査はたちまち暗礁に乗り上げる。その上、彼らとはまったく無縁な地元の独身青年が両神の山道で殺され、謎はさらに深まっていく。このあたりの畳みかけるような語り口は樋口ミステリーの真骨頂である。

性別も職業も生活圏も違う三人の被害者を結びつける共通点とは何か。懸命の捜査によっていくつかの断片が組み合わさったとき、そこにもうひとつの「ピース」をめぐる驚くべき真相が浮かび上がってくるのだが、ここでこれ以上物語の内容に立ち入るのは、読者の「知らされない権利」への侵害となるだろう。

余計なことは考えずに、ひたすら面白いミステリーを読んで、時のたつのを忘れてしまう。それこそ人生の極意ではないかと達観している多くの読者にとって、これはまさしく至高のミステリーである。それにしても、樋口有介はなぜこんなに小説がうまいのだろう。

（ごうはら・ひろし　詩人・文芸評論家）

『ピース』
単行本　二〇〇六年八月　中央公論新社刊
文庫　二〇〇九年二月　中公文庫刊
新装版刊行にあたり、右文庫に「新装版あとがき」を加えました。

本作はフィクションで、実在する個人、団体等とは一切関係ありません。

新装版あとがき

本書の単行本初出は二〇〇六年八月ですから、執筆期間はそれより前の二年ほどになります。もう二十年近く前、当時のことを思い出すと記憶が苦くなったり、奇妙な感慨がよぎったりと、私生活でも面倒な時代でした。もっとも私の人生で平穏無事、順風満帆などという時代は一度もありませんが。

この〈ピース〉、書きはじめの当初はちょっとひねった定番の青春ミステリーを予定していたのですが、それが本作のような内容になった理由などを、「あとがき」として少々。

本作を書き始めたころ、私は埼玉県飯能市のボロ住宅（家賃三万円）に居住していました。その前は渋谷区代々木上原の家賃十五万円のマンション、作家デビューから十数年、書いても書いても売れず（今もたいして売れませんが）、加えて相次ぐ女性トラブルで、「これではいけない、人生を立て直さなくては」と心機一転、飯能市の田舎に蟄居した次第です。もともと私には「貧乏に強い」という特殊な才能がありますので、都落ちも蟄居も苦にはなりませんでした。そんな飯能生活が三年ほど、〈ピース〉も四百字詰め原稿用紙で五十枚ほど書いたころだったでしょうか、〈姉の死〉という訃報に出会いました。それが事の発端、たんに姉弟が死んだ、などという生易しい事態ではなかったのです。

この姉（父親は別）、享年五十八歳、一般的にはなんともすさまじい人生で、中学生のころにはもう家出をし、以降はずっと裏社会暮らし。「自分は一度も働いたことがない」というのが自慢で最後はヤクザの姉さんに納まったような人。ですから私にも一時期、ヤクザの親分（小物でしたが）が義兄だった時代があるのです。

詳しいいきさつは省きますが、その姉が出戻って前橋の実家で母親との二人暮らし（父親は数年前に他界）。母親は小学校の教諭でしたがもちろん退職して半分寝たきりの半分痴呆状態、元ヤクザの姉さんとそんな老女との二人暮らしですから、その顚末はもう、なにをかいわんや。私も盆暮れぐらいには帰省していましたので、すさんだ二人の暮らしぶりを見て「ヤバいかな」との懸念はあったものの、こっちだって書いても書いても売れずの都落ち、母と姉の人生に構っている余裕はなく、母親には年金もあることだし、まあ、なんとかなるだろうと高をくくっていたというか、現実に目をつぶっていたというか、そんな状況でした。

姉の死はそういう状況下での出来事です。姉は覚せい剤中毒で、そのフラッシュバックを中和させるためにパーキンソン病の治療薬を服用していました。常識で考えれば分かることですが、あのパーキンソン病をおさえ込むのですから劇薬（死因はその薬の過剰摂取。

警察は事故死として処理してくれましたが、たぶん自殺でしょう）で、かつ保険なんか適用外、死後しばらくして病院から「治療費が未納」との電話がありました。相当の高額だったのでしょう。あとで分かったことですが、姉は母親の退職金も年金もすべてこの保険外薬につぎ込んでいたのです。

その訃報を聞いて私はどうしたか。どうしたかもなにも、姉には子供がおらず私も独身、母親は半分寝たきりで頼れる身内はなし。けっきょく飯能のボロ家を清算して実家へ帰るしかなく、姉の死の後始末をしながら母親の介護をして〈ピース〉を書きつづけたわけです。

さあここで、かんたんに「後始末」とか「書きつづけた」とか言いましたが、その後始末が壮絶。近所の惣菜屋へ行ったらそこの奥さんに「お姉さんからコロッケ代をいただいていないんですよね」とまで。あとは推して知るべしで、まあまあまあ、思い出すだけで背筋が寒くなります。執筆にしてもとなりの部屋で寝ている母親を望見するたびに「なんでこんなことに」と怒りがこみあげ、原稿なんか一行もすすまず。大げさではなく、「作家人生もこれで終わりかな」というフレイズが頭をよぎったほどです。

だからといって私になにができるのか。宅建（宅地建物取引士）の資格はあるものの実務経験はなし、五十代も半ばになって肉体労働も不可。ここはもう書くしかないと腹をくくり、今日は三行、翌日は十行、その翌日は五十行と、無理やりパソコンに食らいついているうちになんと、今日は一枚、翌日は三枚と、ちゃんと書けるようになったのです。プロというのは偉いものですね。しかしもうお分かりでしょう、たしかに原稿はすすみましたが、当初に予定していた〈ちょっとひねった定番の青春ミステリー〉なんかに仕上がるはずはなく、意図したわけでもないのに、脱稿したときは本作の〈ピース〉になっていました。不幸中の幸い、と言ってしまえばそれまで、ですがひとつの作品にも裏側にドラマがあったりもします。本来そんな裏ドラを作者が読者に公表するのはルール違反ですけれど、本作には特別な感慨があり、また今般なぜか新装版の運びということもあって、ちょっとだけ〈作家の人生と作品の関連〉を開示してみました。「聞きたくなかった」という読者もいらっしゃるでしょうが、蛇足もサービスのうち、とご容赦くださいませ。

なお、私は〈ぼくと、ぼくらの夏（文春文庫）〉でデビューするまでの五年間を秩父の廃村（御巣鷹山の埼玉県側）に独居していました（事情その他は『週刊文春』二〇一九年二月二十一日号「新・家の履歴書」に詳述）。本作中、主人公の青年が山奥の集落に分け入っていく情景は、私が独居した廃村をそのまま描写したものです。

〈追記〉

ひとつ忘れていました。作品のストーリーには関係ない部分ですけれど、後半で「チベットは独立国」と明記していることです。今でこそウイグルの人権問題と関連してチベット問題もとり上げられますが、二十年前に関心を持っている人は少なかったはず。この部分は我ながら、自慢してもいいと思います。

樋口有介

二〇二一年七月

中公文庫

ピース
——新装版

2009年2月25日　初版発行
2021年8月25日　改版発行

著　者　樋口有介

発行者　松田陽三

発行所　中央公論新社
〒100-8152　東京都千代田区大手町1-7-1
電話　販売 03-5299-1730　編集 03-5299-1890
URL http://www.chuko.co.jp/

ＤＴＰ　平面惑星
印　刷　大日本印刷
製　本　大日本印刷

Published by CHUOKORON-SHINSHA, INC.
Printed in Japan　ISBN978-4-12-207101-8 C1193

各書目の下段の数字はISBNコードです。978－4－12が省略してあります。

中公文庫既刊より

ひ-21-11
猿の悲しみ　樋口有介
弁護士事務所で働く風町サエは、殺人罪で服役経験を持つシングルマザー。ある日、出版コーディネーターが殺された事件についての調査を命じられる。
206141-5

ひ-21-13
遠い国からきた少年　樋口有介
芸能界のフィクサーと呼ばれる男が、要求されている賠償金額を減らしたいと羽田法律事務所を訪れた。謎多き美脚調査員が、アイドルグループの闇を暴く！
206570-3

ひ-21-14
亀と観覧車　樋口有介
人と関わらず生きることを夢見る16歳の涼子は、小説家だという初老の男と出会う――。青春ミステリの奇才が贈る一筋縄ではいかない一気読み「純愛」物語！
206629-8

あ-10-9
終電へ三〇歩　赤川次郎
リストラされた係長、夫の暴力に悩む主婦、駆け落ちした高校生カップル……。駅前ですれ違った他人同士の思惑が絡んで転がって、事件が起きる！
205913-9

あ-10-14
夜の終りに　赤川次郎
三年前の殺人事件で記憶を失った母。別居中の父。殺人犯の夫が殺された矢先、娘の有貴が通り魔に襲われた。一家を陥れようとするのは……？〈解説〉山前　譲
206931-2

あ-10-15
招かれた女　赤川次郎
解決済みの女学生殺人事件の犯人が野放しになっていた。真犯人の似顔絵を探し始めた人々が命を狙われて――。傑作サスペンス・ミステリー。〈解説〉山前　譲
207039-4

い-35-20
十二人の手紙　井上ひさし
転落した修道女の身も心もボロボロの手紙や家出少女の手紙など、手紙だけが物語る笑いと哀しみがいっぱいの迫真の人生ドラマ。新装改版。〈解説〉扇田昭彦
205103-4

い-35-25
四捨五入殺人事件
井上ひさし
大雨で孤立状態となった山間の温泉宿。そこに足止めされた二人の作家の前で、密室殺人が起こる。演劇的仕掛けに富んだミステリーの逸品。〈解説〉松田哲夫
206905-3

い-35-26
犯罪調書
井上ひさし
犯罪はその時代の意匠である。古今東西の犯罪から、著者が興味を引かれた二十件を選び、鋭い人間観察と心理描写で、その暗部・背景を洞察。〈解説〉吉岡　忍
206932-9

い-74-5
つきまとわれて
今邑　彩
別れたつもりでも、細い糸が繋がっている。ハイミスの姉が結婚をためらう理由は別れた男からの嫌がらせだった。表題作の他八篇の短篇集。〈解説〉千街晶之
204654-2

い-74-6
ルームメイト
今邑　彩
失踪したルームメイトを追ううち、二重、三重生活を知る春海。彼女は、名前、化粧、嗜好までも変えて暮らしていた。呆然とする春海の前にルームメイトの死体が？
204679-5

い-74-7
そして誰もいなくなる
今邑　彩
名門女子校演劇部によるクリスティー劇の上演中、連続殺人は幕を開けた。台本通りの順序と手段で殺される部員たち。真犯人はどこに？　戦慄の本格ミステリー。
205261-1

い-74-10
i（アイ）鏡に消えた殺人者　警視庁捜査一課・貴島柊志
今邑　彩
新人作家の殺害現場には、鏡に向かって消える足跡の血痕が。遺された原稿には、「鏡」にまつわる作家自身の恐怖が自伝的小説として書かれていた。傑作本格ミステリー。
205408-0

い-74-15
盗まれて
今邑　彩
あるはずもない桜に興奮する、死の直前の兄の電話。十五年前のクラスメイトからの過去を弾劾する手紙——ミステリーはいつも手紙や電話で幕を開ける。
205575-9

い-74-17
時鐘館（とけいかん）の殺人
今邑　彩
ミステリーマニアの集まる下宿屋・時鐘館。姿を消した老推理作家が、雪だるまの中から死体となって発見された。犯人は編集者か、それとも？　傑作短篇集。
205639-8

各書目の下段の数字はISBNコードです。978－4－12が省略してあります。

い-74-18
赤いべべ着せよ…
今邑 彩
「鬼女伝説」が残る町で、幼い少女が殺され、古井戸から発見された。二十年前に起きた事件と、まったく同じ状況で……。戦慄の長篇サスペンス。
205666-4

い-74-21
人影花
今邑 彩
見知らぬ女性からの留守電、真実を告げる椿の花、不穏な野鳥の声……日常が暗転し、足元に死の陥穽が開く。文庫オリジナル短篇集。〈解説〉日下三蔵
206005-0

こ-40-19
任俠学園
今野 敏
「生徒はみな舎弟だ！」荒廃した私立高校を「任俠」で再建すべく、人情味あふれるヤクザたちが奔走する！「任俠」シリーズ第二弾。〈解説〉西上心太
205584-1

こ-40-22
任俠病院
今野 敏
今度の舞台は病院⁉ 世のため人のため、阿岐本雄蔵率いる阿岐本組が、病院の再建に手を出した。大人気「任俠」シリーズ第三弾。〈解説〉関口苑生
206166-8

こ-40-23
任俠書房
今野 敏
日村が代貸を務める阿岐本組は今時珍しく任俠道を弁えたヤクザ。その組長が、倒産寸前の出版社経営を引き受け……。『とせい』改題。「任俠」シリーズ第一弾。
206174-3

こ-40-38
任俠浴場
今野 敏
こんな時代に銭湯を立て直す⁉ 頭を抱える日村に突然、阿岐本が「みんなで道後温泉に行こう」と言い出し……。「任俠」シリーズ第四弾！〈解説〉関口苑生
207029-5

こ-40-36
新装版 膠着 スナマチ株式会社奮闘記
今野 敏
老舗の糊メーカーが社運をかけた新製品。それは——くっつかない糊⁉ 新人営業マン丸橋啓太は商品化すべく知恵を振り絞る。サラリーマン応援小説。
206820-9

こ-40-24
新装版 触発 警視庁捜査一課・碓氷弘一1
今野 敏
朝八時、霞ヶ関駅で爆弾テロが発生、死傷者三百名を超える大惨事に！ 内閣危機管理対策室は、捜査本部に一人の男を送り込んだ。「碓氷弘一」シリーズ第一弾、新装改版。
206254-2

こ-40-25
新装版 アキハバラ 警視庁捜査一課・碓氷弘一2 今野敏
秋葉原を舞台にオタク、警視庁、マフィア、中近東のスパイまでが入り乱れるアクション&パニック小説。「碓氷弘一」シリーズ第二弾、待望の新装改版！
206255-9

こ-40-26
新装版 パラレル 警視庁捜査一課・碓氷弘一3 今野敏
首都圏内で非行少年が次々に殺された。いずれの犯行も瞬時に行われ、被害者は三人組で、外傷は全くないという共通項が。「碓氷弘一」シリーズ第三弾、待望の新装改版。
206256-6

こ-40-20
エチュード 警視庁捜査一課・碓氷弘一4 今野敏
連続通り魔殺人事件で誤認逮捕が繰り返され、捜査は大混乱。ベテラン警部補・碓氷と美人心理調査官・藤森のコンビが真相に挑む。「碓氷弘一」シリーズ第四弾。
205884-2

こ-40-21
ペトロ 警視庁捜査一課・碓氷弘一5 今野敏
考古学教授の妻と弟子が殺され、現場には謎めいた古代文字が残されていた。碓氷警部補は外国人研究者を相棒に真相を追う。「碓氷弘一」シリーズ第五弾。
206061-6

こ-40-33
マインド 警視庁捜査一課・碓氷弘一6 今野敏
殺人、自殺、性犯罪……。ゴールデンウィーク最後の夜に起こった七件の事件を繋ぐ意外な糸とは？ 藤森紗英も再登場！ 大人気シリーズ第六弾。
206581-9

と-26-9
SRO Ⅰ 警視庁広域捜査専任特別調査室 富樫倫太郎
七名の小所帯に、警視長以下キャリアが五名。管轄を越えた花形部署のはずが——。警察組織の盲点を衝く、連続殺人犯を追え！ 新時代警察小説の登場。
205393-9

と-26-10
SRO Ⅱ 死の天使 富樫倫太郎
死を願ったのち亡くなる患者たち、解雇された看護師、病院内でささやかれる『死の天使』の噂。SRO対連続殺人犯の行方は。待望のシリーズ第二弾！ 書き下ろし長篇。
205427-1

と-26-11
SRO Ⅲ キラークィーン 富樫倫太郎
SRO対〝最凶の連続殺人犯〟、因縁の対決再び!! 東京地検へ向かう道中、近藤房子を乗せた護送車は裏道へ誘導され——。大好評シリーズ第三弾、書き下ろし長篇。
205453-0

各書目の下段の数字はＩＳＢＮコードです。978－4－12が省略してあります。

と-26-12
SRO Ⅳ 黒い羊
富樫倫太郎
SROに初めての協力要請が届く。自らの家族四人を殺害して医療少年院に収容され、六年後に退院した少年が行方不明になったというのだが――書き下ろし長篇。
205573-5

と-26-19
SRO Ⅴ ボディーファーム
富樫倫太郎
最凶の連続殺人犯が再び覚醒。残虐な殺人を繰り返し、日本中を恐怖に陥れる。焦った警視庁上層部は、SROの副室長を囮に逮捕を目指すのだが――。書き下ろし長篇。
205767-8

と-26-35
SRO Ⅵ 四重人格
富樫倫太郎
不可解な連続殺人事件が発生。傷を負ったメンバーが再結集し、常識を覆す新たなシリアルキラーに立ち向かう。人気警察小説、待望のシリーズ第六弾！
206165-1

と-26-36
SRO episode0 房子という女
富樫倫太郎
残虐な殺人を繰り返し、SROを翻弄し続けるシリアルキラー・近藤房子。その生い立ちとこれまでが、ついに明かされる。その過去は、あまりにも衝撃的！
206221-4

と-26-37
SRO Ⅶ ブラックナイト
富樫倫太郎
東京拘置所特別病棟に入院中の近藤房子が動き出す。担当看護師を殺人鬼へと調教し、ある指令を出すのだが――。累計60万部突破の大人気シリーズ最新刊！
206425-6

と-26-39
SRO Ⅷ 名前のない馬たち
富樫倫太郎
相次ぐ乗馬クラブオーナーの死。事件性なしとされるも、どの現場でも人間と同時に必ず馬が一頭逝っている事実に、SRO室長・山根新九郎は不審を抱く。
206755-4

ひ-1-2
女の家
日影丈吉
妾宅の女主人の死は事故か自殺か、それとも他殺か。女と男の語りが明かす意想外の真相とは。澁澤龍彥、種村季弘に愛された著者の代表作。〈解説〉堀江敏幸
206937-4

ひ-1-3
応家の人々
日影丈吉
昭和十四年、日本統治下の台湾、名家の美女の周辺で不審死が相次ぐ。内地の中尉が台南の町々をめぐり事件の謎を追う妖しい長篇ミステリ。〈解説〉松浦寿輝
207032-5

ともできたのである。現在、この独占会社は、積荷の価値の二・五パーセントを払えば、すべてのオランダ船にスリナムとの貿易を許しており、アフリカからアメリカへの直接貿易だけを自社でやっているが、その大部分は奴隷貿易である。この植民地が、今日これほど繁栄しているのは、おそらく、この会社の排他的特権がかく緩和されたためであろう。オランダ人の手中にある二つのおもな島、すなわちキュラソワとユースタシアは、すべての国に開放されている自由港であるが、この自由こそ、一国民にだけしかその港を開放しない他の優勢な植民地の多いなかにありながら、この不毛の二つの島を繁栄せしめたおもな原因だったのである。

カナダにおけるフランスの植民地は、前世紀〔十七世紀〕の大部分と現世紀のある時期にわたって、一つの排他的な独占会社の支配のもとにおかれていた。こうした不利な統治のも
73 とにおかれていたので、その発展は、他の新植民地のそれに比べて、当然にごく緩慢であったが、いわゆるミシシッピ計画〔第二篇第二章、訳注〔6〕参照〕失敗の後、この会社が解散してからは、はるかに急速になった。イングランドがこの植民地を領有した時の人口は、その二、三〇年前にシャルルヴォア神父が推定した数の二倍近くになっていた。[2] これはもちろん、このイエズス会の修道士が植民地の各地を旅行した結果にもとづいて推計したのであるが、かれは、その住民を実際より少なく言うような人柄の僧とは思えない。

サント・ドミンゴのフランス植民地は、海賊や海賊まがいの略奪者たちが建設したもの

であるが、かれらは、長らくフランス本国の保護を求めようとはせず、また、母国の権威を認めようともしなかった。だから、この土匪連の種族が漸次市民化して母国の権威を認めるようになってからも、長らく、母国はその権威の発揮をごく控え目にする必要があった。その結果、この時期を通じて、植民地の人口も土地改良もきわめて急速に進んだ。フランスの他の植民地と同様、しばらくのあいだ、排他的独占会社の圧制のもとにおかれていたこのサント・ドミンゴの植民地にたいして、会社はその進歩を緩慢にはしたが、しかも、それを完全には停止させてしまうことはできなかった。だから、この植民地は、こうした圧制から解放されるやいなや、ふたたび繁栄への途をたどったのである。現在では、この植民地は、西インドにおける砂糖植民地のなかでもっとも重要なものであり、その生産高は、イングランドの全砂糖植民地のそれを合せたものよりも大きい、と言われている。フランスの他の砂糖植民地も、概して、それぞれよく栄えている。

北アメリカにおけるイングランド植民地の進歩が迅速なのは、豊富な良質の土地と自由な行政と適正な租税との結果であり、かつ長子相続制がないためである

しかしながら、北アメリカにおけるイングランドの植民地ほど急速な発展をとげたものは、他に一つもない。

豊饒な土地がたくさんあること、自分の問題を自分で自由に処理することの自由、これがすべての新植民地繁栄の二大原因であるように思われる。

北アメリカにおけるイングランドの植民地は、豊饒な土地が潤沢だという点では十分にめぐまれてはいたが、それにしても、スペインやポルトガルの植民地に比べると劣っており、さきごろの戦争〔七年戦争のこと〕に先立ってフランスが領有していた若干の植民地と比べてさえも優れているとは言えない。だが、このイングランドの植民地における統治上の諸制度は、右にあげた三国の植民地のどれよりも、土地の改良および耕作にとって有利であった。

第一に、イングランドの植民地では、未耕地の独占は完全に防止することはできなかったにしても、ほかのどの植民地よりも制限されていた。植民地法によると、土地所有者は、[74]その土地の一定割合を、定められた期間内に改良し耕作することを義務づけられており、これが履行されないと、この閑却された土地は、他のなんぴとにでも授与しうるものとされていた。この法律は、おそらく厳格には励行されなかっただろうが、それでもなにがしかの効果はもたらした。

第二に、ペンシルヴァニアでは、長子相続権なるものがなく、土地は動産と同じように、一家族内のすべての子供のあいだに均分されている。ニュー・イングランドの三つの属領では、長子は、モーゼの定めた戒律のごとく、子供二人分の分け前にあずかるだけである。したがって、この地方では、広大な土地が、ある個人によって独占されるようなことがあったとしても、一、二代経過するうちには、再分割され尽してしまうらしい。もっとも、イングランドの植民地のなかには、イングランド本国の法律と同じように、長子相続制が認められているところもある。だが、すべてのイングランドの植民地では、いわゆる自由永代借地権〔free socage 兵役以外の賦役をともなわない借地権の意〕によって保有されている土地は、その権利の性質上容易に譲渡できたし、また広大な土地を譲り受けたものは、自分の手許にわずかの賦役免除地代を留保しておくだけで、大部分の土地をできるだけ早く譲渡してしまうほうが自分の利益だと考えている。スペインやポルトガルの植民地では、なんらかの名誉の称号の付せられている大所有地の相続にあたっては、いわゆるマヨラッツォ権[1]なるものが存在している。つまり、この種の所有地は、すべて一人の人間の所有に帰し、事実上相続が制限され、譲渡が不可能とされている。もっとも、フランス領の植民地では、土地の相続については、イングランドの法律に比べ、次男以下にとって、はるかに有利なパリの慣習法に従っている。だが、フランスの植民地では、封建法による騎士制度〈chivalry〉の慣行や臣従義務〈homage〉によって忠順を誓っているような栄誉保有権によって所有されている土地が、一部でも譲渡されるようなことがあると、その土地は、一定期間、その領主の相続人か、またはその家族の相続人による買戻権に服さなければならない。この地方では、すべての大土地所有は、このような栄誉保有権によって所有されているから、おのずからその譲渡が妨げられている。これにたいして新植民地では、未耕の大土地所有は、相続によるよりは譲渡によるほうが、はるかに速やかに分割されていくようである。ところで、既述のごとく、豊饒な土地が潤沢で低廉であることが新植民地繁栄の主要な原因であるが、土地の独占は、この豊饒低廉の効用を失わしめるものである。そのうえ、未耕地の兼併独占はその土地改良にとって最大の障害である。土地の改良や耕作に従事する労働は、その社会にたいして、最大かつもっとも価値ある生産物を提供するものである。この場合、労働の生産物は、その賃銀と労働者を雇用する資本(ストック)の利潤を支払うばかりでなく、さらに、労働が[75]用いられた土地の地代をも支払うのである。それゆえ、イングランドの植民地における住民の労働は、土地の独占によって、多かれ少なかれ他の用途に転用されている他の三国、つまりスペイン、ポルトガル、フランスのどの植民地の労働よりも、いっそう多く土地の改良と耕作に用いられるのだから、それだけ多量で価値ある生産物を提供することができるのである。

第三に、かくイングランドの植民地住民の労働は、他の植民地の場合よりも、いっそう多量で価値の大きな生産物を提供することができるばかりでなく、かれらにたいする租税も穏当なものであるから、生産物中かれらに帰属する分け前が大きく、かれらはこれを貯(たくわ)えて、よりいっそう多くの労働を雇用するのにそれを使うことができる。のみならず、イングランドの植民地の住民は、母国の防衛についても、また、その統治上の行政費用についての財政的負担についても、なにひとつ母国に貢献してはこなかった。いやそれどころか、かれらこそ、これまでほとんど母国の負担で防衛されてきたのだ。陸海軍の軍費は、行政費に比べて桁(けた)はずれに巨額なものである。しかも、かれら自身の文治行政費は、つねにきわめて軽少なものでしかなかった。それは通例、総督、裁判官、その他若干の警察官に十分な俸給を支払い、また、少数の必要不可欠の公共土木事業を維持するための費用に限られていた。マサチューセッツ・ベイの行政費は、現在の動乱開始〔アメリカ独立戦争〕までは、一ヶ年約一万八〇〇〇ポンドにすぎなかった。ニューハンプシャーとロードアイランドのそれは、それぞれ三五〇〇ポンド。コネティカットのそれは四〇〇〇ポンド、ニューヨークとペンシルヴァニアのそれはそれぞれ四五〇〇ポンド、ニュージャージーは一二〇〇ポンド、ヴァージニアとサウスカロライナのそれはそれぞれ八〇〇〇ポンド、そしてノヴァスコウシアとジョージアの行政費の一部は、母国議会の協賛を経た国庫支出によって年々補助されている。この補助金のほか、ノヴァスコウシアは植民地の公けの経費として年に約七〇〇〇ポンドを支出し、ジョージアもまた年に約二五〇〇ポンドを支出している。要するに、北アメリカにおける文治行政費として住民の支出する総費用は、正確な記録が得られなかったメリーランドおよびノースカロライナのそれを除くと、現在の動乱の開始までは、一ヶ年約六万四七〇〇ポンドにすぎなかった。これは、三〇〇万人もの住民を統治、それも見事に統治するには、いくらも経費はかからないという、忘れてならぬ一つの実例である。もっとも、統治費用のうち最重要なもの、すなわち、国防および植民地保護につ

76 いての費用は、終始一貫母国の負担するところであった。新任総督の歓迎や新議会の開会などに際しての植民地行政上の儀式は、相応に立派なものだったとはいっても、派手なことをしたり行列をしたりして浪費するようなものではない。また、そこでの宗教上の行事なども、つつましいやり方で行なわれている。アメリカにおけるイングランドの植民地には一〇分の一税〔第三篇第二章訳注〔10〕参照〕のようなものはないし、聖職者の数もけっして多くはなく、ほどほどな聖職禄か、ないし住民の自発的な喜捨によって生活している。これに反して、スペインやポルトガルの本国は、それらの植民地に賦課する租税によって、ある程度援助されている。フランスは、その植民地に賦課する租税をたいてい現地で使ってしまうので、植民地課税から多額の収入を得るというようなことはない。だがしかし、これら三国の植民地統治のやり方は、イングランドの場合よりも、はるかに不経済な方法で処理され、また不経済な儀式とむすびついている。たとえば、ペルーの新総督の歓迎のために投ぜられる金額は往々莫大なものであった。この種の儀式は、こうした特別の場合には、植民地の富裕な住民にとっては、事実上の課税負担になるばかりでなく、他のすべての場合に、かれらのあいだに虚飾と浪費の習慣をしみ込ませることになる。換言すれば、このような儀式は、住民にとって耐えがたい臨時の租税負担であるばかりでなく、もっと苛酷な同性質の永久の重税を創設するようなものである。つまり、それは、個人の贅沢や濫費というような破滅的な租税を創設するようなものである。また、これら三国の植民地では、教会の統制力も極度に圧制的である。一〇分の一税がどの植民地にもあるし、とりわけスペインやポルトガルの植民地では、それがきびしく徴収されている。そればかりでなく、これらの植民地はどこでも、数多くの乞食同然の托鉢(たくはつ)修道僧の群になやまされている。かれらが物乞いをして回ることは、公認されているばかりでなく、また宗教上神聖化されてもいるので、かれらに慈善をほどこすことは義務であり、これを拒絶することは大罪だと、日ごろから用意周到に教え込まれている貧民たちにとっては、托鉢の強要は、もっとも耐えがたい租税だと考えていい。そのうえ、聖職者たちは、これらの植民地すべてを通じて、最大の土地の独占者なのである。

イングランドの北アメリカ植民地には生産物にたいする排他的独占会社もなく、港や船舶の制限もなかった

第四に、イングランドの植民地は、その余剰生産物、すなわち自分の消費を超えてなお余りある生産物を処分するについて、ヨーロッパの他のいかなる植民地よりもめぐまれており、より広範な市場を与えられてきた。ヨーロッパのあらゆる国は、自国の植民地との貿易を、多かれ少なかれ、自国で独占しようと図ってきた。そのため、外国の船舶が自国の植民地と取引することを禁じ、また、自国の植民地がヨーロッパの商品を他の国から輸入することも禁止してきた。ところで、このような独占を行なうやり方は、国によってさまざまであった。

77　たとえば、ある国では、自国の植民地の貿易全部の独占権を、ある特定の排他的な会社に賦与したので、植民地の住民は、その必要とするいっさいのヨーロッパ産の財貨をこの会社からのみ買わざるをえず、また、その余剰生産物のいっさいをこの会社に売ることを余儀なくされていた。したがって、この独占会社の採算からいうなら、ヨーロッパの商品をできるだけ高値で植民地に売り、また、植民地の余剰生産物はできるだけ安く買おうとし、そんな安値でさえも、ヨーロッパでひじょうに高値で売れる見込みのある分量以上には買おうとはしないのである。すべての場合を通じて、植民地の余剰生産物の価値を下落させるのはもちろんのこと、多くの場合、この生産物の数量の自然的増加を阻止し抑制しておくことが、これらの独占会社にとっての利益であった。こう考えると、新植民地の自然的成長を妨げるための方法はいろいろあるだろうが、排他的な独占会社の存在こそ、その最たるものであろう。だが事実、これが、ホラントが従来とってきた政策であった。もっとも、同国の会社は、現世紀〔十八世紀〕を通じて、さまざまの点で、その排他的特権の行使を放棄するようになった。またデンマークも、前国王の治世にいたるまで、このような政策をとってきた。フランスもしばしばこの政策をとってきたし、ポルトガルは最近、つまり、一七五五年以降は、他のすべての国が不合理だとしてその政策を放棄してしまった後になっても、少なくともブラジルの主要な二地方、すなわちフェルナムブコ〔現在の呼称はペルナムブコ〕とマラノン〔現在の呼称はマラナオ〕については、この政策をとっていた。

　他の国の場合には、排他的な独占会社をつくることをせず、植民地にたいする全貿易を母国における特定の一港に限定し、その場合、船団をつくって特定の時期に出航するか、一隻だけで出航する場合には、たいてい巨額な金を支払わなければ入手できない免許状をとるか、いずれかでないかぎり出航が許されなかった。たしかに、このやり方は、特定の港から、特定の時期に、かつ特定の船で貿易することを条件にして、植民地との貿易を母国の人々に開放したものではある。だが、これらの船舶を艤装するために資本を出し合った商人たちは、互いに協定して行動するほうが自分たちの利益であると考えただろうから、このようなやり方の貿易は、当然に、排他的な独占会社とまったく同じような原理に立っており、商人の得た利潤も法外で、植民地にたいして圧制的なものになったにちがいない。つまり、植民地は、自分に必要な他国の財貨をろくに十分に供給もしてもらえず、いや応なしに馬鹿な高値で買わせられ、逆に法外な安値でその生産物を売らざるをえなくされただろう。これこそが、まさに数年前までのスペインの一貫した政策であり、したがって、スペイン領西インド諸島におけるヨーロッパのあらゆる商品の価格は法外な高さだった、と言われている。ウロアの報ずるところによると、キトでは鉄一封度が英貨で約四シリン[78]グ六ペンス、鋼が一封度で六シリング九ペンスだったという。元来、植民地がその生産物を売ろうとするのは、もっぱらヨーロッパの財貨を購入せんがためなのであるから、後者にたいして高い値段を払うほど、販売によって得るところはそれだけ少なくなるわけである。つまり、ヨーロッパの商品が高値だということは、それだけ植民地の産物が安値だということと同一である。この点で、ポルトガルは、すべての植民地について昔日のスペインと同じ政策をとり、フェルナムブコやマラノンなどでは、最近になって、よりいっそう悪質な政策をとっている。

他の諸国では、植民地との貿易をすべての臣民に自由に開放し、母国のどの港を通じて行なっても差支えなく、また、普通の税関手続以外に特別の認可のごときものはいっさい不必要になっている。この場合には、貿易商人たちは、その数が多いうえに所在が分散しているから、全員結束して行動するわけにはいかないし、そのうえ、かれらは互いに競争するから、おのずから法外な利潤を獲得することもできない。このような自由寛大な政策がとられるなら、植民地は適正な値段で自分の生産物を売ることができ、またヨーロッパの商品を買うことができる。わがイングランドの植民地がまだ幼稚なころ、プリマス会社が解散されて以来、イングランドは一貫してこのような寛大自由な政策をとってきている。フランスの植民地政策もほぼこれと同様で、わが国でミシシッピ会社〔第二篇第二章訳注〔5〕および〔6〕参照〕と普通よばれているフランスの独占会社が解散して以来、ずっとそうである。それゆえ、フランスやイングランドが、その植民地と営む貿易の利潤は、他のすべての国民にも自由競争がゆるされている場合に比べるなら、たしかに、いくぶんとも高くはあるが、法外なものとは言い得ない。英仏両国の植民地の大部分において、ヨーロッパの商品の価格が法外な高値でないのは、このためである。

条例で定められている「列挙商品」以外の「非列挙商品」については、植民地にたいする貿易の自由がほぼ認められている

そのうえ、大ブリテン帝国の植民地の生産物の輸出について、それが母国の市場にのみ限定されているのは、ある特定の商品だけについてである。これらの商品は、航海条例〔第四篇第二章訳注〔3〕参照〕やその後の条例のなかに列挙されているので、列挙商品[3]とよばれている。それ以外のものは非列挙商品とよばれており、それらのものについては、船主および海員の四分の三がブリテン人である大ブリテンまたはその植民地の船で輸出するかぎり、他の諸国へ直接輸出しても差支えないことになっている。

この非列挙商品のなかには、アメリカや西インドのもっとも重要な生産物が入っている。各種の穀類、木材、塩漬の食料品、魚類、砂糖およびラム酒などがそうである。

79 穀類は、当然、いずれの植民地においても、耕作の最初の、しかも主要な対象である。法律は、植民地の穀類にたいして広大な市場を与え、植民地を督励して人口稀薄な地方の消費を超えるほどにその耕作を拡大させ、こうすることによって、不断に増加しつつある人口に、あらかじめ十分な生活資料を用意されるようにするのである。

また、全土が森林で被われ、木材などというものがなんの価値も持ちえないような地域では、土地の開拓に金（かね）のかかることが土地改良の主たる障害なのだが、このような場合に

は、法律は、植民地の木材に広大な市場を与え、それによって、さもなければまったく価値のない物資の価格を引き上げ、土地の改良を促進させ、また、そうでもしないかぎり経費倒れになってしまうようなものからも、なにがしかの利潤があがるように配慮するのである。

家畜について言うなら、まだ半分も植民されておらず土地の半ばも農地になっていないようなところでは、家畜もまた、おのずと住民の消費を超えて殖えるから、その結果、まったく無価値になってしまうようなことが、しばしばある。すでに述べたごとく、どこにおいても、その土地の大部分が改良されるためには、あらかじめ家畜の価格が、穀物の価格と一定の比率を保つ程度にまで高くなっていることが必要なのである。そこで法律は、アメリカ産のあらゆる家畜については、その種類や形態如何にかかわらず、きわめて広大な市場をつくってやり、土地の改良にとってきわめて重要な家畜という商品の価格の引上げに努力しているのである。しかしながら、ジョージ三世の治世第四年条例第十五号は、生皮や皮革を列挙商品に加え、アメリカ産の家畜の価格を引き下げるのに役だったようだから、右のような自由のよい効果は、多少とも減殺されたにちがいないと思う。

わが政府は、一貫して、植民地の漁業を拡張し、それによって大ブリテンの海運を盛んにし海軍を強化しようとしてきたように思われる。そのために、漁業にたいしては完全な自由を与えて奨励してきたので、当然に漁業がおおいに繁栄した。とりわけニュー・イングランドの漁業は、さきごろの動乱以前には、世界じゅうでもっとも重要なものの一つであった。大ブリテンの捕鯨は、法外な奨励金をもらっているにもかかわらず、ほとんどなんらみるべき成果をあげず、多くの人々の意見では（もっとも、私はこの主張を保証するつもりはないが）、その全生産物が、年々捕鯨に支出されている奨励金を、たいして上回ってはいないと言われている。これに反して、ニュー・イングランドでは、捕鯨は、なんの奨励金ももらっていないのに、きわめて盛大に行なわれている。魚類は、北アメリカの住民が、スペイン、ポルトガルおよび地中海沿岸の諸国と取引する主要品目の一つになっている。

　砂糖は、当初、列挙商品の一つであり、大ブリテンだけにしか輸出できなかったが、一七三一年に、植民地の砂糖栽培業者の陳情にもとづき、世界じゅうのどこへ輸出しても差80 支えないことになった。だが、この自由は制限付のものであったし、そのうえ、大ブリテンでは砂糖の価格が高かったので、右の自由の効果もおおいに殺がれてしまった。大ブリテンおよびその植民地は、イングランドの植民地で生産される全砂糖にたいするほとんど唯一の市場である。砂糖の消費はきわめて急速に増加し、ジャマイカや割譲諸島〔Ceded Islands 一七六三年の平和条約によって割譲されたグレネイダその他の島々の意〕の土地改良が進んだ結果、砂糖の輸入は二〇年このかた激増したのだが、諸外国への輸出はたいして増加していない、と言われているほどである。

　ラム酒は、アメリカがアフリカの沿岸諸地域と営んでいる貿易にとって不可欠の重要品目であり、アメリカ人はラム酒と引換えに黒人奴隷を連れて帰るのである。

もし、アメリカ産のあらゆる種類の穀類、塩漬の食料品および魚類の全余剰が列挙商品にされ、そのために、それらが大ブリテンの市場へだけ強制的に持ち込まれていたとするなら、母国人の労働の生産物とはげしく衝突したであろう。だから、これらの商品を列挙商品にしなかったばかりでなく、米を除くいっさいの穀類や塩漬の食料品の大ブリテンへの輸入が、通例、法律で禁止されてきているのは、おそらく、アメリカの利益を考慮した結果だというよりも、むしろ右のような利害の衝突を懸念したからにほかならない、と言うべきだろう。

いわゆる非列挙商品は、当初は、世界のいずれの地方へ輸出することも自由であった。ただ木材と米とは、かつては列挙商品にされていたことがあるので、その後それから除外されはしたが、ヨーロッパの市場については、フィニステール岬〔第四篇第一章地図参照〕以南の地方に限られていた。ジョージ三世治世第六年条例第五十二号によって、いっさいの非列挙商品もこれと同様な制限に服することになった。フィニステール岬以南のヨーロッパ地域は、製造工業地帯ではないから、イングランドの植民地の船が、これらの地方から、イングランドの製造品と衝突するおそれのある生産物を本国へ持ち帰るおそれは、あまりなかったのである。

アメリカ植民地の商品については「列挙商品」についても奨励金や免税措置がとられた

列挙商品には二種類のものがある。第一種はアメリカの特産品か、さもなければ母国では全然生産できないか、ないし少なくとも生産されていないもののいずれかである。この81種のものとしては、糖蜜、コーヒー、ココナッツ、煙草（タバコ）、ピメントォ、しょうが、鯨の髭（ひげ）〔第四篇第二章訳注〔4〕参照〕、生糸、棉花、海狸（ビーヴァー）その他アメリカ産の毛皮、藍（あい）、ファスティックその他の染料用材などがある。第二種は、アメリカの特産品ではなく、母国でも生産でき、また現に生産されているが、その数量が母国の需要の大部分をみたすには足りず、諸外国から供給されているものである。この種類に属するものとしては、大部分の船舶用品、マスト、帆桁（ヤード）、斜檣（バウ・スプリット）、タール、ピッチ、テレピン、銑鉄および棒鉄、銅鉱石、生皮および鞣皮（なめしがわ）、苛性（かせい）カリおよび粗製炭酸カリなどがある。第一種の生産物は、どれほど輸入しても、母国の生産物の生産を阻害したり、その販売と衝突するようなことはまったくない。これら第一種の商品を母国市場にだけ限定することのねらいは、それによって、わが国の商人がそれらのものを植民地で安く買い、したがって、それらを国内で売って大きな利益をあげるばかりでなく、植民地と諸外国とのあいだの仲継（なかつぎ）貿易を掌握し、大ブリテンは、それらの商品が最初に輸入されるヨーロッパの国として、当然にその集散地になって繁栄するだろうということであった。また、第二種の商品の輸入について意図されていたのは、母国で生産される同種類の商品の販路と衝突することなく、しかも、諸外国から輸入される同種の商品の販売とは衝突するように運営できるだろうということであった。つまり、適当な輸入税を課することによって、第二種の輸入商品を、母国で生産される同種の商品よりもいくぶんか高くし、母国産のものを外国からの輸入品よりもずっと安くすることができるからである。かく考えれば、この種の商品の輸出先を母国の市場に限定しているのは、大ブリテンの生産を阻害することなく、しかも、貿易差額が大ブリテンにとって不利だと思われている国々の生産を阻害するつもりで提案されたものなのである。

マスト、帆桁（ヤード）および斜檣（バウ・スプリット）、タール、ピッチ、テレピンを大ブリテン以外のいかなる国へもわが植民地から輸出するのを禁止したため、当然のことだが植民地における木材の価格は下落し、したがって、植民地の土地の改良にとっての主たる障害である開墾費を増加させることになった。ところが、現世紀の初頭、すなわち一七〇三年に、スウェーデンのピッチおよびタールの会社は、自分たちの船で、会社の定める価格で、しかも会社が適当と判断する数量でないかぎり、これらのものの輸出をいっさい禁止し、これによって、大ブリテンにたいして自分たちの商品たるピッチやタールの価格を引き上げようと図った。そこで、この注目すべき重商主義的政策に対抗するため、しかもスウェーデンはもちろん、その他の北方諸国への依存からできるだけ脱脚するため、大ブリテンはアメリカからの船
82 舶用品に奨励金を与えることにした。その結果として、アメリカにおける木材の価格は、

その輸出先が母国市場に限定されているために低下させられる以上に引き上げられることになり、しかも、これら両様の規制は同時に条例化されたので、その複合効果として、アメリカにおける土地の開拓は阻害されるどころか、むしろ奨励されることになった。

また銑鉄や棒鉄は列挙商品のなかに加えられていたが、アメリカから輸入される場合には、他国から輸入される場合に課せられるかなり重い税が免除されていたから、けっきょく、この統制は、一面でアメリカにおける製鉄所の建設を阻害はしたが、他面では、それ以上にそれを奨励することになった。けだし、製造業のなかで、製鉄業ほど大量の樹木を消費するものはないし、森林で被われている地方の開拓に、これほど寄与するものはほかにはないからである。[4]

このような規制のあるものが、アメリカにおける木材の価格を引き上げ、それによって、土地の開墾を促進する傾向があるとは言っても、それは、立法府が意図してそうなったのでもなく、また、そのことを理解していたわけでもない。にもかかわらず生じたこのような好結果は、偶然にそうなったものだとはいえ、事実は事実である。

ただし精製品工場の建設や特定商品の国内輸送にたいし、イングランドは極端な禁止措置をとっているが、これは自国の資本や労働を自由に使用する神聖な権利を冒瀆する

イングランドのアメリカ植民地とイングランド領西インドとのあいだには、列挙商品に

ついても非列挙商品についても、もっとも完全な貿易の自由が許されている。現在では、これらの植民地は、ひじょうに人口稠密になって繁栄をとげているので、互いに自分の生産物についての広大な市場を相手方に見いだすようになっている。だから、これらの植民地を総体としてみれば、相互にその生産物にたいする一大国内市場を形成していることになる。

だが、植民地貿易にたいするイングランドのこの寛大さも、ことといったんイングランドにおける植民地生産物の市場ということになると、粗製品か、ないし製造のごく最初の段階の生産物だけにもっぱら限定されていた。たとえ植民地の生産物であっても、いっそうすすんだ精製品となると、大ブリテンの商人や製造業者たちは、それらのものの市場を自分たちの手に独占しておこうとし、立法府を説得して高率の税を課したり、またあるいは、絶対的に禁止して、その種の製造業が植民地に勃興（ぼっこう）するのを阻止しようとしてきた。

一例をあげてみるなら、イングランドの植民地から輸入される粗製の黒砂糖にたいしては、一ハンドレッド・ウェイト〔一一二封度（ポンド）、五〇・八キログラム〕当りわずか六シリング四ペンスしか課税していないのに、精製の白砂糖となると、一ポンド一シリング一ペンスが徴収される。また、単一粗製法のものでも複合精製法のものでも、棒糖にたいしては四ポンド二シリング五ペンス二〇分の八が課せられている。しかも、このような高率の課税が実施されたとき、大ブリテンは、イングランドの植民地の砂糖にとっての唯一の市場であり、今日でも

83
その主要な市場だったのである。だから、こんな高率の関税を課するのは、当初は、すべての外国市場へ輸出しようとする砂糖を漂白ないし精製することを植民地に禁止するのと同じであり、また今日でも、全生産物の一〇分の九以上を買い取ってくれる本国市場へ輸出するために、植民地がその砂糖を漂白ないし精製するのを禁止するのと同じことである。したがって、砂糖の漂白または精製業は、フランスの砂糖植民地では、どこでもみな繁栄しているのに、イングランドの植民地では、植民地市場用のものをのぞき、いずれも不振である。グレネイダがフランス人の手中にあったあいだは、どの植民地にも漂白作業をする砂糖精製工場があったが、この植民地がイングランド人の手に帰してからは、この種の工場はほとんど放棄され、一七七三年一〇月の今日、同島に残存している工場は二、三にすぎない、と私は確信している。だが、現在では税関が寛大なので、漂白または精製糖でも、棒糖をくずして粉末にすれば、粗製の黒砂糖として通例輸入されている。

大ブリテンは、銑鉄や棒鉄についてはアメリカ植民地にたいしてその生産を奨励し、大ブリテンがこれらのものを他国から輸入する場合に課している税をアメリカ植民地には免除しているが、他面、アメリカ植民地にたいして製鋼所や截鉄工場を建設することを絶対に禁止している。すなわち、大ブリテンは、自分の植民地住民の自己消費に充てる場合でさえ、かれらがより精巧な製造業をおこすことを許そうとはしないのみか、かれらが必要とするこの種のもののいっさいを、母国大ブリテンの商人や製造業者から購入するよう主張してゆずらないのである。

また大ブリテンは、アメリカ製の帽子、羊毛および毛織物を、一地方から他地方へ水路で移出することはもちろん、馬の背や荷馬車で陸路を運ぶことすら禁止している。こうした禁制のために、アメリカ植民地では、遠隔地へ販売する目的のためにこの種の製造業をおこすことはまったくできなくなり、かくして植民地住民の産業は、私人の自家用のために作ったり、同じ地域の隣人の家族用に作ったりするような、ごく粗製の家庭用品に局限されてしまうのである。

だが、一国にたいして、自分の国で産出されるあらゆるものを活用して、おのれの好むものを作ることを禁じたり、または、かれらがもっとも有利だと考える仕方で自分たちの資本や労働を使用することを禁止するのは、人間のもっとも神聖な権利の歴然たる侵害である。とはいえ、この種の禁止がいかほど不正のものであろうと、今までのところ、それは植民地にとってそれほど有害なものではなかった。今日でも、植民地では、土地は依然[84]としてきわめて安く、また労働はきわめて高価なのであるから、植民地としては、いっさいの高級で精巧なものを自分で製造するよりも、これを母国から輸入したほうが安あがりだからである。したがって、植民地がたとえこの種の製造業をおこすことを禁止されていなかったとしても、植民地の経済発展の現状からすれば、植民地自身の利益の観点から、そのようなことをあえてするには当らなかっただろう。植民地改良の現状判断からすれば、この種の禁止は、おそらくその産業活動を拘束するものでもなく、また、自力でそれへ向って発展しようとする事業を抑制するものでもない。けれどもまた、この種の禁止は、ただ、なんら十分な理由もなしに、母国の商人や製造業者の根も葉もない嫉妬から、植民地に課せられた奴隷状態の無礼きわまる刻印にすぎないものである。だから、植民地の産業がもっと進歩するようになれば、この種の禁止は、植民地にとってまことに圧制的で耐えがたいものになること必定である。

植民地からの輸入を奨励するため、他国からの輸入には重税をかけ、また植民地の生産物には輸入奨励金を与えた

また大ブリテンは、植民地の重要生産物のうちのあるものの輸出先を母国の市場だけに限定しているので、その代償として、これらの生産物のなかのあるものは、母国市場で有利な取扱いを受けている。すなわち、これと同種類の生産物が他の国々から輸入される場合には、イングランドの植民地から輸入されるものよりも高率の税を課したり、あるいはまた、イングランドの植民地からくるこれらの生産物にたいしては奨励金を与えたりしている。大ブリテンが、この第一の方法で、植民地からの生産物に本国市場における特権を与えているのは、植民地産の砂糖、煙草および鉄であり、第二の方法によるものは、植民地産の生糸、大麻、亜麻、藍、船舶用品および建築用材などである。植民地の生産物にたいして輸入奨励金を与えて、その生産を奨励しようとするこの第二の方法は、私の知るか

ぎり、大ブリテン固有のものであるが、第一の方法については、かならずしもそうではない。たとえばポルトガルは、外国からの煙草の輸入にたいし、その植民地からのものより高い税を課するだけでは満足せず、もっとも苛酷な刑罰を設けてこれを禁止している。ヨーロッパからの財貨の輸入についても、イングランドは、他のいずれの国よりも自国の植民地を寛大に取り扱ってきた。

大ブリテンは、一般に、外国品の輸入にたいして支払われている輸入税の一部、ほとんどつねにその半額、通例その大部分、時にはその全額を、それらを外国へ再輸出するときに払戻しすることにしている。大ブリテンに輸入されるほとんどすべての外国製品に重税がかけられているので、重税をかぶったままそれらを外国に再輸出するとなれば、独立国であるかぎり、どんな国でも、そんなものを買おうとしないのはわかりきっている。それゆえ、この種の税の一部を再輸出のときに払い戻さなければ、重商主義政策が優遇している仲継貿易は消滅してしまっただろう。

> 外国の財貨をアメリカへ輸出する場合にも、他国へ輸出する場合と同額の戻税が与えられたが、それは貿易商人たちの利益を主眼とするものである

85 だが、わが国の植民地は、けっして独立の外国ではなく、大ブリテンは、ヨーロッパから輸入するすべての貨物を、（諸外国がその植民地を取り扱ったのと同様に）、わが植民地

に供給する排他的な権利をその手に握っていたのであるから、この輸入商品を、母国で負担せしめられたのと同額の税をまるまる背負ったままで植民地に買わせることもできたはずである。けれども、事実はこれに反し、一七六三年までは、イングランドの植民地へ再輸出される大部分の外国財貨にたいしては、独立の外国へ再輸出する場合と同額の戻税が支払われていた。ところが、一七六三年のジョージ三世治世第四年条例第十五号によって、この寛大な恩典はおおいに縮小され、「ヨーロッパまたは東インドが産出、生産または製造する財貨で、わが王国からアメリカにおけるイングランドの植民地または開拓地へ輸出されるものにたいしては、葡萄酒（ぶどうしゅ）、白キャラコおよびモスリンを除き、払戻しを禁ず」と規定された。この条例制定以前は、多くの外国商品は、母国におけるよりもイングランドの植民地のほうが安かったはずであり、ある種のものは、今日でもそうである。

ところで、植民地貿易にかんする諸々の統制策にかんしては、貿易商人たちがその主たる助言者であった点は注意されなければならない。したがって、これらの諸規制が、植民地や母国の利害よりも貿易商人たち自身の利害のほうを考慮しているのも不思議ではない。植民地が欲しがっているヨーロッパの商品の供給についても、また、植民地の余剰生産物のうち商人たちが母国で営んでいる事業と衝突しないかぎりでしか買い上げないという点についても、かれら貿易商人たちは排他的特権をもっているので、そのために、植民地の利益は、これら商人たちの利益の犠牲に供されているのである。また、ヨーロッパおよび東インドの財貨の大部分を植民地へ再輸出する場合、それを他の独立国へ再輸出する場合と同額の戻税を与えている点についても、母国の利益が商人たちの利益の犠牲に供されており、この点は重商主義の立場から言ってもそうである。貿易商人たちにとっては、自分たちが植民地へ輸送する財貨については、できるだけその負担を軽くすること、すなわち、自分たちがそれらを大ブリテンに輸入したとき前払した税は、できるだけ多く取り戻す、というのがかれらにとっての利益であった。このようにして貿易商人たちは、植民地で同量の財貨を売っても、より多くの利潤をあげることができるし、同じ利益率でも、より多量の財貨を売ることができ、いずれの方法によっても、かれらは利益を獲得することができたのである。すべての財貨をできるだけ豊富低廉に獲得するということは植民地にとっては利益であったが、このような事態は、つねにかならずしも母国の利益とはならない。[86]なぜなら母国は、外国商品の輸入に際して課税したものの大部分を戻税として商人たちに払い戻すのだから、国庫の収入のうえで損害をこうむっており、また、この戻税のために輸入外国商品をイングランドの植民地へ輸出する条件がよくなる結果、植民地市場で、母国であるイングランドの製品よりも安値で売れることになるので、母国は自分の製造品についても損害を受けるというようなことがしばしばあるからである。大ブリテンの亜麻布製造業は、ドイツ産の亜麻布をアメリカ植民地へ再輸出する場合の戻税のおかげで、その発展の速度が鈍化したことは周知の事実である。

アメリカ植民地は、貿易以外の点では、その立法・行政について他のヨーロッパ諸国の植民地に比し、かなりの自由を享受している

ところで、植民地貿易にかんする大ブリテンの政策は、他の国々のそれと同様、重商主義の精神によって指導されてはきたが、これを全体としてみると、他のいずれの国の場合よりも寛大だったし圧制的でもなかった。

イングランドの植民地の住民は、外国貿易を除いては、あらゆる問題について、自分のことは自分の思う仕方で処理する完全な自由を享受している。この自由は、あらゆる点からみて母国の同胞国民のそれと等しく、また、植民地政府を維持するための単独の課税権をもつ、人民代表の議会(アッセンブリ)によってその自由が保証されている点も、母国とまったく同じである。この人民代表の議会の権威は行政権を威圧しているので、卑賤(ひせん)な、また鼻つまみの植民地住民でも、いやしくもかれらが法に従って行動しているかぎりは、植民地の州知事をおそれることもなく、また、文武いずれの官僚の憤怨(ふんえん)の的となることを怖(おそ)れることもない。また植民地議会は、イングランドの下院と同様、かならずしも人民を平等に代表しているとは言えないが、しかもイングランドの下院よりもいっそうそれに近い。そのうえ、植民地の行政府は、植民地議会を腐敗させる手段をもっていないせいか、ないしは、母国から財政的援助を受けているので、そんなことをしないでもすむせいか、いずれにせよ、

この植民地議会は、イングランドのそれに比して、概して選挙人の意向を反映しているようである。植民地の立法府のうち、大ブリテンの上院に相当するカウンシルス〈councils〉は、大ブリテンのごとく世襲の貴族から成るものではない。イングランドの植民地のあるもの、たとえばニュー・イングランドの各州のうちの三州では、このカウンシルスは、国王から任命されるものではなく、人民の代表によって選ばれている。イングランドの植民地には、世襲貴族はどこにもいない。言うまでもなく、これらすべての植民地では、他のすべての自由な国のように、植民地居住者の古い家族の子孫のほうが、同じくらいの功労や資産のある成りあがり者よりも尊敬はされているが、ただそれだけのことであって、そのために隣人に迷惑を及ぼすような特権はなに一つもってはいないのである。現在の動乱〔アメリカ独立戦争〕が勃発（ぼっぱつ）する以前は、植民地議会は、立法権ばかりでなく、行政権の一部をも持[87]っていた。コネティカットやロードアイランドでは、議会が自分の総督を選挙した。また、その他の植民地では、議会の決定した租税を徴収する責任を直接この議会に負っている徴税官を、議会が任命した。そう考えると、イングランドの植民地居住者のほうが、母国の居住者よりも、平等という点ではまさっているようだ。植民地住民の習俗は、母国の人民のそれよりもいっそう共和主義的であり、またかれらの政治も、とりわけニュー・イングランド各州中の三つのものについては、これまでのところ、いっそう共和主義的であった。

これに反して、スペイン、ポルトガルおよびフランスの場合には、本国の専制政治は、その植民地にも持ち込まれている。この種の本国政府がその下級官吏に通常委任する自由裁量権は、本国からの距離の遠い植民地では、おのずと普通以上に暴力的なものになる。およそ専制政治のもとにあっては、どの地方よりも、その国の首都にもっとも多くの自由が存在するものである。けだし、主権者自身が、正義の秩序を乱したり、人民大衆を抑圧したりしてもなんの利益もなく、また、そんなことをする意向もないからである。首都では、主権者の存在そのものが、多かれ少なかれ、すべての下級官吏を威圧するのだが、首都に比較して、居住者たる人民の不平が主権者にとどきにくい僻遠の地方では、下級俗吏は安んじて暴虐のかぎりを尽すことができる。ところで、アメリカにおけるヨーロッパの各植民地は、いままで知られている大帝国の最僻遠のものよりも、さらに遠くヨーロッパの本国から離れている。こう考えれば、イングランドの植民地政府は、かくも遠隔地の領土の住民に完全なる安全を保障した点で、おそらくは有史以来唯一のものだろう。ただフランスの植民地行政は、スペインやポルトガルのそれに比べると、一貫して穏和なものであった。このやり方の優秀さは、けだしフランス人の国民性や、またひいては、それぞれの国民の性格やその統治のあり方に対応するものである。つまり、フランスの植民地統治は、大ブリテンに比べると、専断的でもあり暴力的でもあるが、スペインやポルトガルに比較すると、合法的でかつ自由なものである、と言われている。

フランスの砂糖植民地の繁栄は、イングランドに比し、精製糖の生産を抑制せず、奴隷の使用に巧みで、資本を自力で蓄積したことによる

ともあれ、イングランドの統治の優れていることは、イングランドの北アメリカ植民地の進歩発展の跡をみればわかる。フランスの砂糖植民地の発展は、イングランドの砂糖植民地に少なくとも匹敵しており、むしろそれより優れていた、と言えるが、イングランドの砂糖植民地では、イングランドのアメリカ植民地とほとんど同じくらいの自由な統治が行なわれているのに、右のような差異がみられるのは、フランスの砂糖植民地では、イングランドのそれのように、自分で作った砂糖の精製が禁じられていないからである。さら
88 に重要なことは、フランスの植民地統治の特性から言って、黒人奴隷を上手に使役しているということも、その理由である。

ヨーロッパのすべての植民地では、甘蔗の栽培は、すべて黒人奴隷によって行なわれている。気候のいいヨーロッパの温帯に生まれたものの体質は、西インドの灼熱した太陽のもとで大地を掘り起す労働には耐えられないものと思われている。甘蔗の栽培は、多くの人々の意見では、播種犂を使えば、おおいに能率が上るであろうと言われているが、現在のところ、まだすべて手労働で行なわれている。ところで、牛馬を使役して行なう農耕の利潤の大小、成功不成功は、家畜の取扱い方の上手下手にすべてかかっているが、これ

とまったく同様に、奴隷を使役して行なう農耕の利潤の大小や成功不成功は、奴隷の取扱い方如何にかかっている。この点で、奴隷の上手な使役法について、フランスの開拓者たちがイングランドの開拓者たちよりも優れているということは、一般に認められているところであると思う。奴隷をその主人の暴力から保護するという点にかんするかぎりでは、奴隷保護法は、政治が専制的な植民地のほうが、政治が自由な植民地よりもいっそう十分に施行されるようである。不幸な奴隷法が施行されているところでは、どこでもそうであるが、もし行政当局が多少とも奴隷を保護してやろうとすれば、必然的に奴隷所有者の私有財産の管理に介入することになるのだから、もし、この奴隷の所有者が、植民地議会の議員であったり、またはその選挙人であったりするような場合には、行政当局は、よほどの注意をもって慎重を期さないかぎり、奴隷の保護にふみ切れるものではない。換言すれば、行政当局は、奴隷所有者を尊敬しなければならない立場にあるのだから、おのずから奴隷の保護はやりにくくなる。これに反して、政治が専制的に行なわれ、政府が、個人の私有財産の管理にまでも介入し、政府の意向に従った管理を行なわないとすぐ拘引令状が出されるといったような国では、行政当局者は、多少とも奴隷の保護を行なうことがかえって容易であるし、また、ごく普通の人間愛からしても、かれはおのずからそうした気になるだろう。行政当局の保護があれば、奴隷所有者の眼にも、奴隷がそれほど賤視すべきものでもなくなり、ひいては、奴隷を従来よりも尊重するようになり、かれらをもっとやさしく取り扱うようになるだろう。そうなると、奴隷はまたいっそう忠実になり、利口にもなるから、この二重の理由から、奴隷は所有者にとって従来以上に役にたつようになる。奴隷は、自由な使用人の状態にますます近づき、これまでよりも正直になり、自分の主人の利益を重んずるようにもなる。このような徳性は、自由な使用人の場合にはしばしば見られるが、奴隷所有者が完全に自由かつ安全な国々であって、しかも、奴隷がまさに奴隷的に遇せられているようなところでは、けっして見ることができないのである。

[89] 奴隷の状態が、自由な政治のもとでよりも専制政治の場合のほうが良好だということは、あらゆる時代あらゆる国民の歴史に徴して明白だ、と私は信じている。ローマの歴史をみても、奴隷所有者の暴圧から奴隷を保護するために行政長官が最初に干渉したのは、帝政時代のことであった。ヴェディウス・ポリオが、自分の奴隷の一人がオーガスタス帝の面前で些細（ささい）な過失を犯したので、奴隷を寸断して池に投げ込み魚の餌食（えじき）にせよと命じたとき、皇帝は激怒し、この奴隷ばかりでなく、ポリオが所有していた他の奴隷も全部解放せよと命じた、と言う。ところが、ローマが共和制になってからは、その行政長官は、だれひとりとして奴隷を保護する権限をもつことがなく、ましてや、その所有者を罰するなどとは思いも及ばないことだった。

フランスの砂糖植民地、とりわけサント・ドミンゴの大植民地の土地の改良を行なわせた資本（ストック）が、ほとんどまったくこれらの植民地の漸次的改良と耕作から生じたものであることは注目すべき点である。それは、ほとんどが、その土地の生産物と住民の勤労との生み出したもの、つまり、上手な経営によって漸次に蓄積され、ますます生産を増大するために用いられた生産物の価格であった。ところが、イングランドの砂糖植民地の土地を改良し耕作に用いられた資本の大部分は、母国から送られてきたものであって、その土地と住民の勤労の生み出したものではなかった。換言すれば、イングランドの砂糖植民地の繁栄は、その大部分が母国の富裕によるもので、この巨大な富の一部があふれ出て植民地へ流れ込んだにすぎない、と言ってもよかろう。これにたいして、フランスの砂糖植民地の繁栄は、まったくその植民地住民の上手な経営に由来するものであるから、この点は、イングランドの植民地住民の経営よりもいくぶんとも優っていたに相違ない。そして、このフランスの優越性は何よりも、かれらの奴隷管理が巧みであったからなのである。

ヨーロッパ諸国の植民を促したものは、金銀追求の愚劣と先住民略奪の不正とである

ヨーロッパの各国家の植民地政策の概要は、以上のごとくであった。

したがって、ヨーロッパ諸国の政策は、アメリカ植民地の最初の建設においても、また、その植民地の統治にかんするかぎり、その後の植民地の繁栄においても、誇るに足るものはほとんどない。

愚劣と不正、これこそが、植民地建設の最初の計画を支配し指導した根本の動機であっ

たようだ。すなわち、金銀の鉱山を漁り求めた愚劣がそれであり、また、ヨーロッパ人に危害を加えるどころか、最初の冒険者たちを親切に手厚く迎えた無辜の先住民の国土を貪婪にも領有しようとした不正義がそれである。

もっとも、その後の植民地のあるものを建設した冒険者たちは、金銀の鉱山の発見などという妄想的な企図に、もっと合理的で称讃に値する動機をつけ加えてはいたが、それさえも、ほとんどヨーロッパの植民地政策の名誉になるようなものではなかった。

イングランドの清教徒たちは、本国での圧迫に耐えかね、自由を求めてアメリカに逃れ、ニュー・イングランドに四つの州政府を建設した。また、わが国のカトリック教徒は、これよりももっと苛酷に取り扱われたので、アメリカに逃れてメリーランドを建設し、同様にクエイカー宗徒は、ペンシルヴァニアを建設した。ポルトガルのユダヤ人は、宗教裁判で異端者として迫害を加えられ、財産を奪われ、ブラジルに追放されたのだが、かれら流にみずから範を示すことによって、この植民地へ最初に流れ込んできた流刑人や売春婦たちのあいだに、ある種の秩序と勤勉とを導入し、かれらに甘蔗の栽培を教えた。以上の事実をふり返ってみると、アメリカに植民し、その土地を耕作させたものは、ヨーロッパ諸国の政府の叡知と施策ではなく、その無秩序と不正義の結果だということになる。

ヨーロッパ諸国の政府は、植民地の建設にたいしてなんらの助成もせず、貿易の独占によって圧制を加えただけである

ヨーロッパ諸国の政府には、これらの植民地のうちのもっとも重要なものを完成するについて、それを計画した場合と同じく、ほとんどなんの功績らしいものもなかった。メキシコの征服は、もともとスペインの枢密院の発案ではなくキューバの一総督の計画になるものであり、しかも、その計画が完成したのは、総督の委託を受けた大胆不敵な一冒険者〔コルテス〕の熱意のたまものであって、後にいたって、この委託を悔いた総督があらゆる妨害を行なったにもかかわらず、征服が完成されたのである。また、チリやペルーその他アメリカ大陸におけるほとんどすべてのスペインの定住地（セツルメンツ）の征服者たちは、スペイン国王の名において定住地をつくり、それを征圧する、という一般的認可を与えられただけで、それ以上には、なんら国家の公的な奨励援助は受けてはいなかった。つまり、この種の冒険はすべて、かれら個人の危険と負担とにおいて行なわれたものである。スペイン政府は、それらのどれ一つにたいしても、ほとんどなんの助力もしなかった。これと同様にイングランドの政府も、北アメリカにおける、そのもっとも重要な植民地のうちのあるものの建設をなし遂げさせるのに、ほとんどなんの助力も与えなかった。

91　ところが、これらの植民地建設の事業がいったん完成し、母国の注目をひくくらいに重要なものになったとき、母国がその植民地にたいして行なった最初の規制は、植民地貿易

を独占し、植民地の生産物市場を母国だけに制限し、植民地の犠牲において母国の市場を拡大することであり、植民地の繁栄を刺激したり促進したりするよりも、むしろそれを鈍らせ阻止することを眼目とするものであった。ヨーロッパ各国の植民施策に重要な差異があるといっても、それは、この独占の仕方がさまざまであった点にあるにすぎない。だが、これらのなかで最良のもの、つまり、イングランドの独占の仕方にしてみても、他国のそれに比べて多少寛大であり、圧制の程度も低いというだけのことにすぎないのである。

　要するにヨーロッパ諸国は、アメリカ植民地の最初の建設について、またその盛大な現状にたいして、いったいどのような寄与をしたというのであろうか。それは一つの、ただ一つの仕方でのみ、おおいに寄与したと言える。それは人類の偉大なる母！ Magna virûm Mater![5]〔ヴァージルの詩、「幸いなれ、イタリーの土地よ、穀物の偉大なる母、人類の偉大なる母よ」より〕という仕方においてのみである。つまり、ヨーロッパ各国のなし得たことは、かくも偉大な事業をなし遂げ、かくも偉大な帝国の基礎を築きうる人材を生み出し養成したことにある。その政策によって、よくかくのごとき人材を養成しうる地域、そしてまた事実、養成しきたった地域は、ヨーロッパ以外のどこにも存在しえない。事実、多くの植民地は、活動的で企業心旺盛な建設者の教育と偉大なる識見とをヨーロッパの政策に負っているだけであって、最重要な植民地の若干のものでさえ、その内政にかんしては、ヨーロッパ諸国の政策に負うところはなにもないのである。

（1） Jus Majoratus〔長子相続権、もしくはそれが設定されている土地がマヨラッツォだが、ここではその権利〕

〔1〕「無敵のアルマダ」と称せられた、ヨーロッパ最強のスペインの艦隊。一三二艦艇、砲三一六五門を有したが、一五八八年、英仏海峡で、嵐のうちにイギリス艦隊に撃滅された。

〔2〕シャルルヴォア神父は、一七一三年の人口を二万から二万五〇〇〇人だったと語っている。それから約四〇年後の一七五八年には、九万一〇〇〇人だったと言われているから、神父の推算の約四倍ほどになっている。神父の数字が過小であったのか、九万一〇〇〇人と推算したレイナル Raynal が過大に見積ったのか、いずれかである。

〔3〕航海条例およびその後の若干の条例のなかに列挙されている商品で、植民地の余剰生産物が母国の市場にのみ限定されているもので、「列挙商品」〈enumerated commodities〉とよばれたもの。たとえば、砂糖、煙草、棉花、藍、しょうが、ファスティックその他の染料用材などである。この列挙商品にも二種類あり、第一種は母国で全然生産されないもの、第二種は必要供給量のごく一部だけが母国で生産されるものである。第一のものの植民地からの輸出が母国にのみ限定されているのは、それによって母国の生産物の生産や販売が阻害されるおそれがないからであり、第二のものについては、適当な輸入税を課することによって、母国で生産される同種の生産物

よりいくぶんか高く、同時に他国から輸入されるものに比しては、はるかに安く売られるように操作できるからである。これは一見したところ、植民地からの輸入を優遇しているようにみえるが、砂糖にせよ鉄製品にせよ、精製品となると、高率の税を課したり輸入を禁止したりして、自国の製造業者を保護するのがそのねらいである。また「非列挙商品」〈non-enumerated〉とよばれている植民地商品は、船主と海員の四分の三がイギリス人である大ブリテンの船またはその植民地の船による列挙商品以外の商品の輸出にかぎり、他の国々へ植民地から直接輸出して差支えない、とされているものである。たとえば、アメリカや西インドの穀類、木材、家畜、魚類などがそうであるが、これら二様の植民地商品、すなわち「列挙商品」「非列挙商品」をふくめて、これすべて母国の製造業者の利益擁護が眼目であり、植民地はただその犠牲に供されているだけであることは、本文の詳細な叙述から理解することができる。だからスミスも「……一国〔たとえばアメリカ植民地〕にたいして、自分の国で産出されるあらゆるものを活用して、おのれの好むものを作ることを禁じたり、または、かれらがもっとも有利だと考える仕方で自分たちの資本や労働を使用することを禁止するのは、人間のもっとも神聖な権利の歴然たる侵害である」（本節「ただし精製品工場……」の小見出し参照）と非難している。

〔4〕当時アメリカでは、製鉄用の燃料としては、まだ木炭が使われており、製鉄用の木炭にたいする大量の需要は、森林地帯の存在を必要としていた。母国イングランドで

は石炭を用いて製鉄が行なわれていたが、植民地アメリカではそうではなかった。ところでスミスは、この事情のなかに、アメリカにおける森林の荒廃よりも、森林の伐採による耕地の開発の利益をみてとろうとしたのである。

〔5〕この一句の引用によってスミスが読者に訴えようとしているのは、植民地の建設と経営についてては、ヨーロッパ各国は終始なんの貢献もすることがなく、その自然の発展を独占によって阻害しただけだという、かれの持論にほかならない。だが、それにもかかわらず、大ブリテンをもふくめてヨーロッパ各国の富が、すなわちヨーロッパ全体の富が、植民地の領有によって巨大なものになった事実を、スミスは否定してはいない。愚劣と不正とが植民地を建設させ、排他的独占がその自由な発展を阻止しはしたが、しかも植民地は発展しヨーロッパの富は巨大なものになった。それなら、ヨーロッパ各国は、その植民政策にたいして何を寄与したと言うのであるか。ヨーロッパという人類の偉大なる母たる大地のみがなしうる寄与、つまり偉大な植民地帝国をつくり上げ、それを指導した人物を創り出し教育したことにある。そしてヨーロッパのみがなしうる偉業を達成せしめたものは、この母なる大地に他ならなかったし、しかもこの大地は、ほかならぬヨーロッパの大地だったのである。ここに、スミスの植民論のヨーロッパ的視点があることを見落してはなるまい。

第三節　アメリカの発見ならびに喜望峰経由の東インド航路からヨーロッパが収めた諸利益について

アメリカ植民地からヨーロッパが得た利益は、享楽の増加と産業の発達であるが、母国の排他的貿易はこれらを阻害した

アメリカの各植民地がヨーロッパ諸国の政策から受けた利益といえば、以上のようなものであった。

そうだとして、それなら反対に、ヨーロッパ諸国がアメリカの発見やそこでの植民地経営から収めた利益は、どのようなものであったろうか。

これらの利益は二つあり、第一は、ヨーロッパ全体を一つの巨大な国にみたてた場合、
植民地経営というこの大きな出来事から収めた一般的利益であり、第二は、ヨーロッパ諸
92 国がその植民地統治で行使する権力の結果、各国が領有する植民地から収めた個別的な利
益である。

いま、ヨーロッパ諸国を一つの巨大な国にみたてた場合、それがアメリカの発見や植民地の経営から取得した一般的利益は、第一にヨーロッパ全体における享楽（エンジョイメンツ）の増加であ

り、第二にその産業の拡大である。

つまり、アメリカの余剰生産物がヨーロッパ各国に輸入されるので、ヨーロッパ大陸の住民に、こうした輸入がなければみられないような、さまざまな商品を供給することになる。そのあるものはかれらの生活の利便や実用に供せられ、あるものはかれらの享楽を増し、またあるものは装飾用に使われ、こうしてヨーロッパ諸国民の生活の豊かさの増大に寄与することになるのである。

さらに、アメリカの発見と植民地の経営とは、なによりも第一に、アメリカと直接に貿易するすべての国々、たとえばスペイン、ポルトガル、フランスおよびイングランドのような国々の産業の発展に寄与したし、第二に、アメリカと直接には貿易はしないが、上述の国々を仲介にして、アメリカへ自国の生産する財貨を売っている国々、たとえばオーストリア領フランダースや若干のドイツの諸邦のごとく、間接的にアメリカへ多量の亜麻布その他の財貨を輸出している国々の産業の発展にも寄与したのだが、この点は、なんぴとも異議のないところであろう。これらの国々は、いずれも、自国の余剰生産物のためのはるかに広大な市場を手に入れたことは明白であり、したがって当然に、その生産を増加させる刺激を受けたに相違ない。

だが、このような未曽有（みぞう）な出来事が、自国の生産物をなに一つアメリカへ輸出したことのない国々、たとえばハンガリーやポーランドのような国々の産業の発展にも寄与したかどうかということになると、おそらく、それほど明白ではなかろうが、私は同様に貢献したことは確かだと考えている。事実、アメリカの生産物のあるものは、ハンガリーやポーランドで消費されている。換言すれば、そこには、アメリカという世界のこの新しい国の砂糖やチョコレートや煙草にたいする需要が大なり少なりあるのである。これらの商品は、ハンガリーやポーランド自身の生産物か、ないしその一部で他国から買い入れたものか、いずれかで支払われたはずである。これらのアメリカ植民地の商品は、ハンガリーやポーランドの産業の余剰生産物と交換されるためにそこへ持ち込まれる新しい価値であり、新しい等価物なのである。この種の生産物は、これらの国々へ持ち込まれることによって、これらの国々の余剰生産物にたいする広大な市場をつくり出すことになる。そこで、この種の商品は、これらの個々の余剰生産物の価値を引き上げ、ひいては、それらのものの増産を促すことになる。だから、ハンガリーやポーランドがその余剰生産物を全然アメリカへ輸出していないとしても、他の国々へは輸出しているであろうから、それらの国々は、右の両国の余剰生産物を、自国がアメリカの余剰生産物と交換したものの一部で購入する[93]ことになるわけである。結局のところ、ハンガリーやポーランドの余剰生産物は、もとをただせば、アメリカの余剰生産物の動きから始まった貿易の循環を通じて、自分の市場を見いだすことになるのである。

ところが、このような出来事は、自国の生産物を全然アメリカへ送っていなかったばかりか、アメリカからまったくなにも買っていなかった国々についてさえも、その享楽を増加させ、その産業の発展に寄与しただろう。なぜなら、こういう国々でさえ、アメリカとの貿易で自国の余剰生産物を増加させてきた国々から、各種の他の生産物をより豊富に供給されるようになったであろうから。そして、この豊富な商品の供給は、これらの国々の享楽を増加させたにちがいないし、したがってまた、それらの国々の産業をも振興させたにちがいない。換言すれば、これらの国々の余剰生産物と交換されるために、さまざまな新しい生産物が、これらの国々へ提供されたにちがいない。したがって、この余剰生産物のための市場が大きくなり、結果として、その生産物の価値が引き上げられ、ひいては、この余剰生産物の増産が刺激されたにちがいない。こう考えれば、ヨーロッパという一大貿易圏へ年々投入され、そのさまざまな流通を媒介にして、この圏内の諸国民のあいだに年々分配される大量の生産物は、アメリカにおける余剰生産物の総量だけ殖えたに相違ない。したがって、この生産物の総量が殖えるにつれて、国民各自の手もとに流れ込む分け前も多くなり、かれらの享楽もふえ、その産業も発展するようになったであろう。

母国の排他的独占貿易は、一般的に、これらすべての国民の享楽と産業とを、とりわけアメリカにおけるそれらを、減退させる傾向がある。少なくとも、その発展を妨げて、自由にしておいた場合に達する程度以下に抑制する傾向をもっている。だから、貿易の排他的独占は、人類の事業の大部分を活動させる偉大な発条（ばね）の機能を麻痺させる重石（おもし）なのである。つまりそれは、他のすべての国における植民地の生産物を高価にするから、それらの国々における植民地生産物の消費を減少させ、それだけ植民地産業の発展を妨げ、ひいては他のすべての国々における享楽と産業とを、ともに圧縮することになる。なぜかと言うに、他のすべての国としては、享楽がより高価なものにつけば、それだけ享楽をひかえるだろうし、その生産物にたいして儲けが少なくなれば、それだけ生産を減らすであろうからである。同様にまた、母国の排他的独占は、他のすべての国の生産物を植民地でいっそう高価なものにするから、右と同様に、他のすべての国の産業を抑圧し、ひいては、植民地における享楽と産業とをともに抑えることになる。つまり、かかる排他的独占貿易は、特定の国にとっての期待利益のために、他のすべての国々の享楽を妨げ、その産業を抑える妨害物になるものであり、とりわけ植民地にとってはそうである。すなわち、それは、他のすべての国々を、ある特定の市場から排除するばかりでなく、また、植民地の生産物を、ある特定の市場に限定しようとするものである。他のすべての市場が自由に開放され[94]ている時に、植民地の特定市場から排除されているということと、植民地の貿易が、ある特定の母国市場にだけ限定されるということとのあいだには、とんでもなく大きな差異がある。植民地の余剰生産物こそは、ヨーロッパがアメリカの発見や植民地経営から獲得された享楽や産業の増大にとっての根源なのである。それなのに、母国の排他的独占貿易は、貿易が自由である場合に比較して、この源泉を枯渇させてしまう傾きがある。

植民地の母国が取得するはずの共通の利益は兵力の供出と税収だが、事実上これらは母国の負担になった

各植民地の母国が、その領有する植民地から得られる固有の利益には、二通りのものがある。その第一のものは、各植民地帝国が、その支配する属領から得るところの、どの植民地帝国にも共通の利益である。第二は、アメリカにおけるヨーロッパ諸国の植民地のごとく、ごく特殊な性質の属領からもたらされると思われる特殊な利益である。

すべての植民地帝国が、その属領から得られる共通の利益の第一は、属領がその母国の防衛のために提供する兵力であり、第二は、これらの属領が植民地帝国たる母国の民政維持のために提供する分担金である。古代ローマの植民地は、随時、この両者を提供していたが、ギリシャの植民地の場合には、兵力を提供することは時にはあったが、分担金を提供したことはほとんどなかった。ギリシャの植民地は、その母国たる都市国家の支配下にあるということを、めったに認めようとはしなかった。これらの植民地は、戦時には一般に、母国の都市国家の同盟国であったが、平時には、その臣下になるというようなことは、きわめて稀(まれ)であった。

アメリカにおけるヨーロッパ諸国の植民地は、現在までのところ、その母国の防衛のために兵力を供出したことは、ただの一度もない。これら植民地の兵力は、自衛にさえも不十分なくらいであった。母国がさまざまな戦争にかかわりをもつ場合にも、一般的に言う

と、その植民地の防衛ということが、母国の兵力をはなはだしく分散させる原因になっていた。この点から考えると、ヨーロッパ諸国の植民地は、いずれも例外なしに、その母国の国力を強めるよりも弱める原因であった。

母国の国防または民政維持のために分担金を提供したのは、スペインとポルトガルの植民地だけにすぎない。その他のヨーロッパ諸国の植民地に課せられた税、とりわけイングランドの植民地に課せられた税は、平時においてさえ、この植民地に母国が投じた経費に見合ったことは、ほとんどなかったのであるから、まして戦時においては、植民地が必要とするだけの費用を、この税でまかなうなどということは、とうていできるものではない。つまり植民地は、その母国にとって、その失費の原因でこそあれ、収入の原因ではなかったのである。

> 95 母国が植民地から取得する特殊的利益は排他的貿易だが、外国資本が撤収し、母国イングランドの資本がこれに置き換えられるので、結果は不利になる

かく植民地がその母国にたいして与える利益は、ヨーロッパ諸国のアメリカ植民地のような、ごく特殊な性質の属領に由来すると思われる特殊な利益についてだけ言えることであり、母国の排他的独占貿易こそが、この特殊な利益の唯一の源泉であることは周知の事実である。

この排他的独占の結果として、たとえばイングランドの植民地の余剰生産物のうち、いわゆる列挙商品に指定されているものはすべて、イングランド以外のいかなる国へも輸出することはできない。そこで、他の国々は、それらの商品を改めてイングランドから買わざるをえないことになる。こうなれば、この種の商品は、他のいずれの国よりもイングランドが安いにちがいないし、他のどの国よりもイングランドの享楽が増加するのに寄与するし、また、イングランドの産業を発展させるのにいっそう寄与するものである。イングランドが自分の余剰生産物をこれら植民地からの列挙商品と交換する場合は、おしなべてイングランドは、他国が自分の生産物を同一の列挙商品と交換しようとする場合よりも、かならず高価で売ることができる。たとえば、イングランドの製造品は、自国の植民地産の砂糖や煙草と交換しようとする場合、他国の同種製造品がこの同じ砂糖や煙草と交換しようとする場合よりも、いっそう多量のものを獲得することができるだろう。それゆえ、イングランドの製造品と他国のそれとが、ともにイングランドの植民地産の砂糖や煙草と交換される場合を考えると、イングランドの製造品が、こうして高く売れるということは、イングランドの工業製品にたいしては、他国の工業製品にたいして与える以上の奨励を与えることになるのである。こうして、植民地との排他的独占貿易は、それのできない国々の享楽と産業を衰滅させるか、少なくとも、独占がなければ到達する水準より以下にそれを抑えてしまうのだが、他方、独占貿易をやっている国にたいしては、他国にたいしてよりも明白な利益を与えるものなのである。

だが、右に述べたような利益は、絶対的利益と言うよりは、おそらくは相対的利益でしかないだろう。つまり、この種の利益は、自由貿易のもとで当該国の産業や生産物が自然に到達する程度以上にそれらを引き上げることによるものではなく、むしろ、他の国々の産業や生産物を抑圧することによって達せられるものだからである。

たとえば、メリーランドとヴァージニアの煙草はイングランドが独占しているために、イングランドが通例その大部分を売っているフランスでよりも、いっそう安い価格でイングランドで買えることは確かである。だが、もし、フランスその他のヨーロッパ諸国が、
96
すべてメリーランドやヴァージニアとの自由貿易が認められていたとすれば、この植民地の煙草は、他の国々ばかりではなく、イングランドへも、現在よりももっと安価に輸入されていただろう。もしそうだったとするなら、煙草の生産は従来よりもはるかに広大な市場が与えられていたことになるから、今日までのあいだに、ひじょうに増産が可能だったはずだし、おそらくは、そうなっていたことであろう。その結果として、現在でも、いくぶんその自然的水準を上回っていると思われている煙草栽培地の利潤は引き下げられて、穀物耕作地の利潤の水準にまで下っていただろう。煙草の価格も、これまでに、現在よりいくぶんか引き下げ得たはずだし、たぶん、そうなっていただろうと思う。イングランドおよび他の国々の生産物の一定量は、メリーランドやヴァージニアで、現在よりも多量の

煙草と交換できていただろう。すなわち、それらの生産物は、それだけ、現在よりも高価に販売できるようになっていただろう。それゆえ、イングランドにしても、その他どこの国にしても、その享楽を増し、その産業を発展させるという点だけについてみれば、煙草は、その低廉さと豊富さとによって、おそらく自由貿易の場合には、より多く、この両様の結果をもたらすことができたであろう。だがこの場合には、他国に比べて、イングランドのほうが割がいいということにはならない。イングランドは、今日よりもいくぶんは安目に植民地の煙草を買い付け、自国の生産物のあるものをいくぶんか高目に売ることができたであろう。だがしかし、イングランドは、いずれの国よりも安価に煙草を買い、また、自国の生産物を高値で売りつけることはできなかっただろう。つまり、イングランドは、植民地との関係では、おそらく絶対的利益を獲得することができたであろうが、他国との関係からみれば、明らかにその相対的利益を失ったことになるだろう。

それにもかかわらず、事実イングランドは、右のような相対的利益を手中に収めようとして、他の諸国民がその分け前にあずかることをできるかぎり排除しようとする、不公正で悪意に満ちた計画を実行するために、他国はもちろんのこと、自国がこの貿易から獲得しえたはずの絶対的利益を犠牲にしたばかりでなく、貿易のほとんどあらゆる部門にわたって、絶対的にも相対的にも、みずから好んで不利益を招いたと言って差支えないと信ずる。

97

航海条例によってイングランドがその植民地貿易の独占権を手中に収めて以来、当然のことながら、従来それに使用されていた外国資本は、この貿易から引きあげられてしまった。その結果、これまで、この植民地貿易の一部分しかやっていなかったイングランドの資本が、植民地貿易の全部を引き受けなければならなくなった。換言すれば、これまで、イングランドの植民地が必要としていたヨーロッパの財貨のほんの一部分だけを取り扱っていたイングランドの資本が、いまや、植民地が必要としているいっさいの財貨をそこへ供給しなければならなくなったのだが、もちろん、イングランドの資本は、植民地の必要としているヨーロッパの財貨いっさいを供給するなどということはできなかったので、事実上供給できた財貨は、当然きわめて高価なものになった。また逆に、従来は、植民地の余剰生産物の一部分しか買い上げていなかったイングランドの資本が、こんどは、それだけの資本で植民地の全余剰生産物を買い上げなければならない羽目になった。もちろん、それだけの資本では、従前の価格に近い価格で植民地の生産物全部を買い上げることはできないので、イングランドの資本が買った植民地の生産物は、いずれによらず、総じて、きわめて安く買いたたくことになった。ところで、商人が、このように自分の資本を駆使して、ごく安値で買って高値で売るということになれば、その利潤は莫大なもので、他の部門の貿易の通常の利潤をはるかに上回ることになったにちがいない。そこで、植民地貿易の利潤がそんなに割がいいということになれば、これまで他の貿易に使われていた資本の一部が、植民地貿易のほうへ引き寄せられることは、まずまちがいあるまい。けれども、このような資本の移動は、植民地貿易における資本間の競争をはげしくしただろうし、それと同じく、他の貿易部門における競争を漸次緩和させたにちがいない。その結果、前者の場合の利潤を徐々に低下させ、後者の場合のそれを上昇させたに相違ないのだから、つまるところ、全貿易部門の利潤は、従来よりもいくぶんか高い新しい水準に到達するようになったことになる。

他のすべての部門の貿易から資本を吸収し、同時に、すべての貿易部門における利潤率を多少とも引き上げるというこの二重の作用は、貿易の排他的独占が制度化されたときに、その結果として生み出されたばかりでなく、それ以来、引き続いて生み出されているのである。

独占は、増加した大ブリテンの資本を近隣の市場から遠隔の植民地貿易に向けさせ、貿易の方向を転換させたにすぎない

まず第一に、独占の結果、植民地貿易以外のあらゆる部門から植民地貿易へ、資本が吸い寄せられた。

大ブリテンの富は、かの航海条例の制定以来、急激に増加しはしたが、植民地の富と同じ比率では増加しなかったことは確かである。一国の外国貿易は、その国の富に比例して自然的に増加するものであり、また、その国の余剰生産物は、その国の全生産物に比例して自然的に増加するものであるが、大ブリテンは、植民地貿易とよばれるべきものを、ほとんどその手中に壟断してしまったにもかかわらず、その資本は、この外国貿易膨脹の程度と同一の比率で増大しはしなかった。そこで、他の貿易部門から、そこで使用されていた資本の一部を植民地貿易のほうへ動員したり、独占さえなければ他の部門に流れていったはずの巨額の資本の移動を抑制したりすることとなしには、とうてい、このような排他的な独占的植民地貿易は営めなかったであろう。航海条例の制定以来、イングランドの植民地貿易は不断の発展をとげてきたのに、外国貿易の他の諸部門、とりわけヨーロッパの他の諸国との貿易がたえず衰微してきているのは、そのためである。イングランドの外国向けの製造品は、航海条例以前のように、ヨーロッパにおける近隣の市場、ないしは、遠いといっても、せいぜい地中海沿岸諸国の市場に適するようなものではなくなってしまい、[98]製造品の大部分は、はるかに遠隔の植民地市場、換言すれば、多数の競争敵手のいる市場よりも、イングランドが排他的独占権をもつ植民地市場に適するようなものになってしまってきている。サー・マシュウ・デッカー〔第四篇第五章訳注〔6〕参照〕その他の著作家たちの意見によると、植民地貿易以外の外国貿易の諸部門の衰微の原因は、課税が過重であり、かつ、その徴税方法のよろしきをえざること、労働の賃銀が高いこと、奢侈の風が強まったこと、などに求められているが、植民地貿易の過大な成長にこそ、その原因を求めるべきであろう。大ブリテンの商業資本は、巨大ではあるにしても無限だというわけにはいかず、またそれは、航海条例以後はおおいに増加はしたが、植民地貿易と同一の割合で増加したわけではないから、他の貿易部門からその資本の一部を引き上げさせることなしには、すなわち、これら他の貿易部門を多少とも衰微させることなしには、植民地貿易は、とうてい営みえなかったはずだったのである。

ここで注意してほしいのは、航海条例で植民地貿易の独占が始まる以前においても、また植民地貿易がまだそれほど盛況を呈していなかったころでさえも、イングランドはすでに一大商業国であったし、その商業資本もまた巨大なものであり、かつ日ましに厖大なものになっていく見込みがあった、という事実である。クロムウェル治世下に行なわれた対オランダ戦争では、イングランドの海軍はオランダ海軍を凌いでいたし、また、チャールズ二世時代〔一六六〇～八五〕に勃発したオランダとの戦争では、イングランドの海軍は、フランスとオランダとの連合艦隊と少なくとも匹敵していたし、おそらくは、それを凌駕していただろう。ところで、オランダの海軍力が、現在もなお、その貿易にたいして当時と同様の比率を保っているとすれば、上述したイングランドの海軍力の優位は、現在では、その当時以上だとは、ほとんど考えられないであろう。だがそれにしても、イングランドのこの偉大な海軍力は、これら二回の戦争のいずれについてみても、これを航海条例に帰することはできない。なぜなら、第一回目の戦争のあいだは、この航海条例の草案がやっとでき上ったばかりだったし、また第二回目の戦争が勃発する前に、航海条例は立法当局の手で完全に法制化されてはいたけれど、そのどの条項についてみても、それらが重大な効果をもたらすほどの時間的余裕があったわけではなく、とりわけ、植民地にたいする排他的独占貿易を規定した部分については、そうであった。当時は、植民地そのものも、それとの貿易も、今日に比するなら、たいしたものではなかった。ジャマイカ島は、不健康な荒蕪（こうぶ）地で、住民も少なく、あまり耕作されてもいなかった。ニューヨークやニュージャージーはオランダ人が領有していたし、セント・クリストファー諸島の半ばはフランス人が領有していた。アンティーガ島、南北両カロライナ、ペンシルヴァニア、ジョージアおよびノヴァスコウシアは、まだ未耕の土地だった。ヴァージニア、メリーランドおよびニュー・イングランドは、耕作もすすみ、繁栄した植民地だったが、それでも当時は、これらの植民地が、その富と人口と土地の改良とにおいて、その後なしとげた急速な進歩を予見したり想像したものは、ヨーロッパにもアメリカにも一人としていなかったであろう。[99]けだし、当時は大ブリテンの植民地のなかで、いくぶんの重要性をもち、かつ、その状態が今日のそれに多少とも似ているものといえば、ただバーベイドウズ島しかなかったからである。航海条例の制定後においても、当分のあいだは、イングランドは、その植民地貿易の一部にしか均霑（きんてん）していなかったのであり（なぜなら、航海条例は制定後数年間は厳格には実施されなかったから）、したがって植民地貿易は、当時のイングランドの盛大な貿易の原因たることはできず、当然のことながら、また、この貿易によって支えられた大海軍力の原因になることもできなかった。事実、当時、イングランドのこの大海軍力を支えていた外国貿易は、ヨーロッパ諸国との貿易や地中海沿岸諸国との貿易にほかならなかったのである。けれども、大ブリテンが今日享受している程度の貿易では、これだけの大海軍力を支えることはとうていできないであろう。けれども、今日発展しつつある植民地貿易が、すべての国に自由に開放されていたとするなら、大ブリテンに流れ込んだその分け前〔ヨーロッパ諸国および地中海沿岸諸国との貿易にたいするシェアー〕は、きわめて大きかったであろうし、また、その分け前の大小にかかわらず、それらの分け前は、あげてことごとく、かつて大ブリテンが享受していた盛大なヨーロッパ貿易や地中海沿岸貿易にたいする追加分になっていたに相違ない。ところが、事実は、排他的独占の結果、植民地貿易の増加分は、以前、大ブリテンがその手中に収めていた貿易にたいするプラス分とはならず、むしろ、ただ大ブリテンの貿易の方向を全面的に変えてしまったにすぎない、と言ったほうがいい。

植民地貿易の独占は大ブリテン貿易全体の利潤率を引き上げたが、他面でヨーロッパ貿易や地中海貿易から駆逐された

第二に、右のような植民地貿易の独占は、イングランドの貿易の全分野にたいして、その植民地との自由な貿易が、すべての国に許されている場合に生じる利潤率よりも、当然に高い利潤率を維持するのに役だった。

こうして植民地貿易の独占は、おのずとこの貿易に向う以上に巨額な大ブリテンの資本

をそこへ引き寄せる一方、また、すべての外国資本をこの植民地貿易から排除することによって、植民地貿易に用いられる資本の総量を減少させ、貿易が自由である場合に、おのずから使用されたはずの数量以下にそれを減少させてしまった。そこで、独占のために、この植民地貿易の部門における資本間の競争が減少したので、当然、この分野の利潤率を引き上げることになった。さらに、このことは、他のすべての貿易部門における大ブリテンの資本の競争をも減少させたから、当然に、これらすべての部門における大ブリテンの利潤率をも引き上げることになった。航海条例の制定以来、いかなる時期においても、大ブリテンの貿易資本の状態または大きさがどのようなものであったにせよ、植民地貿易の排他的独占が続くかぎり、大ブリテンの当該植民地貿易のみならず、他のすべての部門を通じて、自由貿易の場合の通常の利潤率以上にこれを引き上げたにちがいない。航海条例の制定以来、大ブリテンの通常の利潤率は、確かに低落したのだが、この条例によってでき上った独占が、この利潤率の維持に一役買っていなかったなら、それは、もっと低落していたはずである。[100]

ところで、いかなる国においても、普通なみの利潤を、独占によって、そうした方法がとられていない場合に比べて吊り上げるとすれば、その国が独占権をもっていない他のすべての貿易部門においては、その国を絶対的にも相対的にも不利な立場に立たせること必定である。

その国に絶対的な不利益をもたらす、というのは、こうした独占のない貿易部門では、その国の商人は、自分たちが自国へ輸入する外国の財貨にせよ、外国へ輸出する自国の製造品にせよ、それらを独占がない場合よりも高く売らなければ、この巨大な利潤を獲得することはできないからである。換言すれば、この商人たちの国は、独占がない時よりも高値で買い取り、高値で売らなければならなくなるわけだから、当然、買う商品の量も少なくなり、売る商品の量も少なくなるから、国全体としては、享楽も低下し生産も少なくなるだろう。

さらに、その国に相対的な不利をもたらす、というのは、独占権をもっていない貿易部門は、この国の貿易部門がこうむる上述のような絶対的不利益をこうむっていない他の国々を、独占のない場合に比べて、この国にたいして優位におくか、あるいは劣るとしても、その度合いを少なくするからである。すなわち、それらの国々をして、この国以上に享楽し生産することを可能にする。それはまた、この国の生産物の価格を独占のない時以上に高めるから、他の国々の商人をして、外国市場で、この国よりも安値で売ることを可能にし、ひいては、この国が独占権をもっていない、ほとんどすべての貿易部門から、この国を駆逐してしまうことになる。

わが国の商人たちは、大ブリテンの賃銀が高いので、外国市場で国産品よりも外国製品のほうが安値に売られるのだと苦情を言うが、自分たちの資本（ストック）の高い利潤については、口をぬぐって語ろうとはしない。かれらは、他人の法外な利得については苦情を言うが、自分の法外な儲けについてはなにも言おうとはしない。だが、事実、大ブリテンの資本（ストック）の高利潤が、わが国の製造品の価格を高める作用をしている点は、わが国の労働者の高賃銀と五十歩百歩だろう、いや場合によっては、それ以上かもしれない。

　このようにして、大ブリテンの資本は、独占権のない貿易部門の大半から、とりわけヨーロッパ諸国との貿易や地中海沿岸諸国との貿易から、一部は他へ引きあげられてしまい、また一部は駆逐されてしまったのだ、と言ってよかろう。

　独占権のない貿易部門の資本の一部が引きあげられてしまったのは、植民地貿易の異常な利潤に牽引された結果であって、また一つには、植民地貿易が不断に発展してやまないのに運転資金がいつも不足し、今年の資本だけでは翌年はもう足りないというありさまの結果であった。

　また、資本の一部がこれらの貿易部門〔ヨーロッパ貿易および地中海沿岸貿易〕から駆逐されてしまったのは、[101]大ブリテンの利潤率が高いので、独占権のない他の貿易諸部門では、大ブリテンよりも他国の資本を有利にしたからにほかならない。

　植民地貿易の独占は、独占権のない他のさまざまな貿易部門から、植民地貿易の独占などというものが存在しなければ、それら他の諸部門で用いられたはずの大ブリテンの資本の一部を強制して植民地貿易に吸い寄せ、また、これと並んで、逆に、独占化した植民地貿易から閉め出されなかったならば流入してこなかったはずの多くの外国の資本を、これら独占のない貿易部門へ無理に流れ込ませる結果になった。独占は、独占のない他の貿易部門における大ブリテンの資本の競争を減少させ、ひいては、その利潤率を、植民地貿易の独占のない場合に比べて引き上げた。これに反し、右の事情は、外国資本の競争を激化させ、これによって、外国資本の利潤率を、独占が存在しない場合よりも引き下げることになった。けっきょく、独占の存在は、前者の場合にも後者の場合にも、独占の存在しない他のすべての貿易部門において、明らかに、わが大ブリテンに相対的な不利益をもたらしたのである。

植民地貿易の独占は、資本を遠方の迂回貿易や仲継貿易に向わせるので、資本の回転がおそく不利である

だが、おそらく次のように主張するものもいるだろう、つまり、植民地貿易は大ブリテンにとって他のいかなる貿易よりも有利である、そして、この独占によって、大ブリテンの資本のうち、この独占がない場合に植民地貿易に流れ込むよりも、はるかに大量の資本をそこへ流入させるのであるから、これらの資本が充用されうる他のいかなる用途よりも、わが国にとってもっとも有利な用途に、それを振り向けさせることになるのだ、と。

およそいかなる資本にしても、その国にとっての、そのもっとも有利な用途は、その国における最大量の生産的労働を雇用し、その国の土地と労働の年々の生産物を最大限に増

加させるような使い方でなければならない。ところで、資本が国内消費向けの外国貿易に用いられる場合には、すでに第二篇〔第五章〕で説明したところであるが、それが雇用しうる生産的労働の量は、その資本の回転の度数に正確に比例する。たとえば、一〇〇〇ポンドの資本が国内消費用の外国貿易に充用され、それが年一回規則正しく回転するものとすれば、この資本は一〇〇〇ポンドの資本がその国で一年間雇用できる労働量と等しいだけの生産的労働を常時雇用することができる。もし、この資本が年に二回、三回と回転するなら、二〇〇〇ないし三〇〇〇ポンドの資本が一年間雇用できるのと等しいだけの生産的労働を常時雇用することができる。このような理由で、近隣の国とのあいだに営まれる国内消費向けの貿易は、一般的に言って、遠隔地の国々とのあいだに営まれる貿易よりも有利であり、また同じ理由で、消費物の直接取引に資本を用いるほうが、これもすでに第二篇で明らかにしたところであるが、消費物の迂回的貿易を営むよりも有利なのである。

102
　ところが、植民地貿易の独占が大ブリテンの資本の用途にどんな影響を与えたかと言えば、あらゆる場合を通じて、その資本の一部を近隣の国々とのあいだに営まれる消費物の貿易から、はるか遠隔地の国々とのあいだに営まれる貿易に強いて向わせ、また多くの場合、国内消費用の財貨の直接貿易から迂回貿易へ向わせてきた、と言える。

　第一に、植民地貿易の独占は、すべての場合を通じて、大ブリテンの資本の一部を、近隣の国々とのあいだに営まれる消費物の貿易から、遠隔地の国々とのあいだに営まれる貿易へ強いて向わせてきた。

つまりそれは、すべての場合を通じて、この貿易資本の一部を、ヨーロッパ諸国との貿易や地中海沿岸の国々とのあいだの貿易から、アメリカや西インド諸島のようなはるか僻遠の地との貿易へ強いて向わせたのであるが、この種の貿易は、その距離が遠いというばかりでなく、また、これらの地域に特有な事情もあって、資金回収の度数はおのずから少なくなる。すでに述べたごとく、新植民地というものは、いつも資金不足に悩んでいる。資本さえ投入すれば、土地を改良し耕作もできて多額の利潤をあげることができるのだが、新植民地には、なかなかそれだけの資金がない。したがって、新植民地では、自分がもっている以上に、多額の資金にたいする不断の需要があるのだし、しかも、その不足をみたすために、できるだけ多額の資金を母国から借りようとするから、新植民地はいつも母国に債務を負うことになる。新植民地の住民が、こうした借金をする普通の方法は、借用証書を入れて母国の金持から借り入れるのではない。もちろん、時と場合によっては、そうしたやり方をとることもあるが、それよりむしろ、自分たちがヨーロッパの財貨の供給を受けている取引先にたいする支払を、ぎりぎりまで引き延ばすやり方である。だから、かれらの年々の返済金は、取引先に支払うべき借金の三分の一以上にもならないことがしばしばあるし、時としては、それ以下のことすらある。それゆえ、取引先がかれらに前貸しした売掛代金の全額が、三年以内に大ブリテンに回収されることはめったになく、それが四年も五年もかかる場合すらある。そうなれば、たとえば、五年かかってやっと回収される一〇〇〇ポンドの大ブリテンの資本は、毎年一回その全額が回収される資本が扶養できる大ブリテンの生産的労働の五分の一しか、継続的に雇用しておくことができないことになる。換言すれば、一〇〇〇ポンドの資本が一年間雇用できる生産的労働の量ではなく、わずか二〇〇ポンドが一年間に扶養しておける量だけしか、継続的に雇用しておくことができないのである。[103]もちろん、植民地の農業経営者は、ヨーロッパから輸入する製品にたいしては高い価格を払うだろうし、自分たちが振り出す長期の手形には利子を払い、短期手形の更新には手数料を支払うだろうから、自分たちの取引先がこのような支払の延滞からこうむる損失を残らず償っている、というよりは、多分償ってなお余りあるくらいだ、と言っていい。だが、かりに、かれらが自分たちの取引先の損失をことごとく償ったとしたところで、わが大ブリテンとしての損失を償いうるものではない。商人の利益というものは、その代金の回収にひじょうに時間のかかる貿易の場合でも、資金回収の度数が多く、短時日に行なわれる貿易と同じくらいであり、あるいは、それよりもっと大きい場合もありうるが、この貿易商人の国の利益、つまり、そこで継続的に雇用される生産的労働の量、その土地および労働の年々の生産物の量は、前者の貿易の場合のほうが、はるかに少ないにちがいない。アメリカとの貿易、とりわけ西インド諸島などとの貿易の代金の回収は、ヨーロッパのどの地方の貿易と比べても、さらに地中海沿岸の国々との貿易と比べてさえも、一般的に時間が長くかかり、不規則でもあり不確実でもあるということは、いやしくもこれらの貿易部門について多少とも経験のある人の異議なく認めるところであろう、そう私は判断している。

第二に、植民地貿易の独占は、多くの場合、大ブリテンの資本の一部を、直接の国内消費用の貿易から強いて迂回貿易に向わせた。

大ブリテン以外のいかなる国の市場へも輸出することのできない、いわゆる列挙商品のなかには、その数量が大ブリテンの消費をはるかに超え、したがって、その一部を他国へ輸出しなければならないものが若干ある。だが、そのためには、大ブリテンの資本の一部をさいて、消費物の迂回貿易へまわさなければならない。たとえば、メリーランドやヴァージニアは、年々、大ブリテンへ向けて九万六〇〇〇樽（ホッグズヘッド）〔約三〇〇～六五〇リットル入りの大樽〕以上の煙草を送ってくるが、そのうち、大ブリテン自身で消費するのは、せいぜい一万四〇〇〇樽を超えない、と言われている。したがって、八万二〇〇〇樽以上は、他の国々、つまりフランス、ホラントおよびバルト海や地中海沿岸の国々へ輸出されなければならない。そうなると、この八万二〇〇〇樽の煙草をアメリカから大ブリテンに輸入し、そこから再び右のような国々へそれを再輸出し、それと引換えに、それらの国々から大ブリテンへ生産物なり貨幣なりを持ち帰るのに使われる資本は、消費物の迂回貿易に使用されるわけであるから、この大量の余剰生産物を処理するために、大ブリテンの資本がその用途に強いて振

104

り向けられなければならなくなる。そこで、何年たてば、この迂回貿易に投ぜられた大ブリテンの資本の全部が回収することができるかを、われわれが計算しようとするなら、アメリカからの代金回収の期間に、その他の国々からの代金回収の期間を加算してみる必要があろう。かりに、アメリカとのあいだの消費物の直接貿易に用いられる全資本が、三、四年たっても母国にもどってこないことが往々にしてあるとするなら、右のような迂回貿易に使用された全資本が大ブリテンの手許に戻ってくるには、四、五年以上もかかるのではないかと思われる。そこで、もし、前者の場合の貿易で、一年間に一回だけ回転される資本が、大ブリテンの生産的労働の三分の一か四分の一しか継続的に雇用できないとすれば、後者の迂回貿易の場合は、その四分の一か五分の一しか継続的に雇用できないことになろう。ロンドン港以外のいくつかの輸出港では、大ブリテンから煙草を送る外国の取引先と掛売りをするのが普通であるが、ロンドン港では現金売りがきまりになっている。つまり、〈weigh and pay〉〔衡(はか)ったら払え〕が慣行である。したがって、ロンドン港では、全迂回貿易の最終の代金回収は、アメリカとの貿易の代金回収より速やかであり、商品が売れずに倉庫に入っている時間だけ遅れるくらいのものである。そうは言っても、この時間がずいぶんと長い場合もないわけではない。ところで、もし植民地の煙草の販路がもっぱら本国市場だけに制限されるようなことがなければ、わが国へ入ってくる煙草の量は、国内消費に必要な分量を超えるとしても、ごくわずかでしかないだろう。そうなれば、現在、大ブリテンが、他の国々へ輸出している大量の余剰の煙草の代りに、自国の消費用に買い入れる財貨は、おそらく自国の産業の直接の生産物、すなわち、国産の製造品の一部で購買するようになるであろう。こうなると、この製造品は、現在のごとく、ほとんど全部が、植民地という一大市場向きに生産されないで、おそらく、より多数の小市場に適合するように工夫されたであろう。そこで、大ブリテンは、ただ一つの消費物の大規模な迂回貿易を営む代りに、おそらくは、数多くの小規模の直接貿易を営むようになったであろう。そうなれば、代金の回収も頻繁（ひんぱん）になるから、現在行なわれている大規模な迂回貿易に使われている資本の一部、おそらく、そのごく一小部分、たぶん、その三分の一か四分の一を超えない程度の資金があれば、こうしたいっさいの小規模な直接貿易を営むのに十分であろうし、わが国における同じ量の生産的労働を継続的に雇用することもできるだろうし、大ブリテンの土地および労働の年々の生産物を同じ程度に維持することができるであろう。このようにして、はるかに小量の資本で、こうした貿易の目的が達成されることになるから、おのずから、大ブリテンの土地の改良や製造業の発展や商業の拡大にあてられる大量の遊休資本が生じることになるだろう。しかも、この余剰になった資本は、他の各方面に使用されている大ブリテンの資本と競争して、これらすべての方面における利潤率を引き下げ、これによって、他の国々にたいして大ブリテンが享受している優位をいっそう確乎たるものにするであろう。

105

そのうえ、植民地貿易の独占は、大ブリテンの資本の一部を消費物の貿易から強いて仲継貿易へ向わせ、その結果として、わが国の産業を維持すべきはずの資本の一部をさいて、植民地の産業を維持し、また、他の一部をさいて他の国々の産業を維持するために、あげて、わが国の資本を使用させるようにしたのである。

たとえば、大ブリテンから年々再輸出される八万二〇〇〇樽におよぶ大量の余剰の煙草によって年々購買される財貨の全部が、大ブリテンで消費されるわけでは、もちろんない。その一部、たとえばドイツやホラントから購入した亜麻布は、改めて植民地へまわされ、そこで消費されるのである。大ブリテンの資本のなかで、植民地から煙草を買い、さらに、自国では消費されないこの煙草と交換に亜麻布を購入する資本部分は、当然のことながら、大ブリテンの産業を維持する機能からははずされ、その一部は、植民地の産業を維持するために、また一部は、この煙草と引換えに自国の生産物を提供する、それぞれの国の産業を維持するために、全部が使われることになる。

貿易の独占は一国の産業全体を偏った不安定なものにするから、その漸次的緩和が望ましい

それればかりでなく、植民地貿易の独占は、おのずと植民地貿易へ流れ込むよりも、はるかに大量の大ブリテンの資本を、強いて植民地貿易へ向わせるのであるから、独占さえなければ、大ブリテンの各種産業部門のあいだに成立したはずの自然的均衡を全面的に破壊

してしまったように思われる。つまり、大ブリテンの産業は、多数の小市場向きにではなく、主として植民地という大市場に適するように構成されてしまった。言葉を換えれば、この国の商業の流れは、数多くの小水路でなく一つの大水路を流れるようにならされてきた。だが、まさにそのために、この国の産業や貿易の全体系は、そうでない場合よりも、いっそう不安定なものになり、その結果、この国の政策全体が不健全なものになってしまった。現状の大ブリテンは、これを人間にたとえてみると、その重要な器官のあるものが肥大しすぎて、そのために、身体の諸器官がもっと釣り合っているならそのおそれの少ない、さまざまな危険な病気にかかりやすい不健康な身体によく似ている。自然な大きさ以上に人為的に膨張させられている大きな血管、不自然な割合でその中を血液が循環させられている大きな血管にも比すべきわが国の商工業、この大きな血管に、ほんのわずかでも停滞が起れば、国全体が危険きわまりない病気に見舞われること必定である。植民地との断絶が予想されたとき、大ブリテンの国民がみな、スペインの無敵艦隊やフランス人の侵入以上の恐怖におそわれたのも、そのためである。この恐怖の当否はともかく、印紙条例の撤廃[1]が貿易商人のあいだで好感をもって迎えられたのは、この恐怖があったからであ
106
る。植民地との断絶による植民地市場からの全面的締出しが実現すれば、たとえ、それがわずか数年間しか続かないにせよ、わが国の貿易商人の大部分にしてみれば、自分たちの商売の完全な停止であり、また、わが国の親方製造業者〔第一篇第八章訳注〔3〕参照〕の大部分にしてみ

れば、自分たちの事業の完全な破滅であり、さらにまた、わが国の職人の大部分にしてみれば、自分たちの仕事の消滅だと思い込まされてしまったのである。ところが、ことが、もし大陸における隣接諸国のいずれかとの断交であるなら、これら各種の階層の人々のうちのあるものの仕事を、ある程度、停止させたり中断させたりはするだろうが、万一そのようなことが予見されたところで、世間一般としては、それほど深刻に動揺することはなかろう。つまり、比較的細い血管のどこかで、その循環が停止したとしても、血液は人体になんの病気も引き起さずに太い血管に流れ込んでいくであろうが、万が一にも太い血管のどこかで循環が停滞するようなことがあれば、その直後の、かつ避くべからざる結果は、痙攣（けいれん）、脳卒中または死が起るのと同じである。奨励金や、本国または植民地市場の独占によって、人為的手段で、不自然なまでに膨張させられてきた肥満した製造業のどこかで、わずかばかりの事業の停止または中断が起ると、たちまち政府を驚愕（きょうがく）させ、議会の審議を紛糾させるような暴動や無秩序をひき起すことが、しばしばある。つまり人々は、わが国の製造業のかくも巨大な部分が、突如として、その事業を完全に停止するようなことがあれば、どんなにひどい無秩序や混乱が起るかわかったものではない、と考えたのである。

かく考えれば、大ブリテンにたいして植民地貿易の排他的独占を許している諸々の法律を、適度に、漸次的に、緩和し、やがて、それを全く自由にしてしまうことは、長い将来にわたって、わが国を、右に述べたような危険から免れしめる唯一の対策である。またそれは、この国の資本の一部を、過大に成長しすぎた独占事業から引きあげ、利潤は少なくても、それを他の事業に振り向け、または、無理にでもそうさせうる唯一の方策であり、さらには、わが国の産業の一部を漸次的に縮小させつつ他の諸部門を漸次に拡張させ、かくして、完全なる自由が必然的に確立し、また完全なる自由だけが保持しうるところの、かの自然的な、健全な、かつ適正な均衡を、すべての産業部門を通じて回復させうる唯一の策であるように思われる。だが、植民地貿易を、いまにわかにすべての国民に開放するということになれば、多少の過渡的な不便をひき起すばかりでなく、現在、その事業に労働なり資本なりを投じている大部分の人々に、永久的な大損害を与えることになるかもしれない。大ブリテンの国内消費を超えて、なお余る八万二〇〇〇樽の煙草を輸入する船舶が、突如としてその仕事を失うことだけでも深刻な事態だと思われるであろう。だが、このような事態こそが、重商主義の体系のあらゆる規制の不幸な結果にほかならないのである！　このような規制は、政治社会の状態にきわめて不健康な無秩序をもち込むものだし、
107 少なくとも一時的には、とうてい救いがたいような無秩序をひき起すことなしには、とうてい治癒しがたいような疾病をもち込むものである。そうだとすれば、われわれは、今後、どのようにして植民地貿易を漸次に自由にすべきなのか、また、さしあたり、まずどのような制限を撤廃し、最後に撤去すべきものはなんであるか、そして、完全なる自由および正義の自然的秩序はどのようにして漸次的に実現されるものであるのか、われわれは、こ

れらの問題の決定を将来の政治家や立法者の叡知に一任しなければならないのである。

ところで、現在大ブリテンは、一年以上ものあいだ（一七七四年一二月一日以来）、植民地貿易のきわめて重要な一部門、すなわち一二の連合属領との貿易から完全に排除されているのだが、さいわいにも、思いもかけなかった五つの事件が同時に発生したので、一般に予想されたほど深刻に感じられないですんでいる。すなわち第一に、大ブリテンのアメリカ植民地は、イングランドの商品の排斥を目的とした不買同盟にそなえて、自分の市場に適した本国の商品をほとんど買い尽してしまったからであり、第二に、スペインの艦隊の臨時の需要のために、今年は、ドイツおよび北ヨーロッパの多くの商品、とりわけ亜麻布が買い尽されたので、従来イングランドの市場にまで進出して競争するのを常としていたこれらの商品は、スペインに買い尽されたからである。第三に、ロシアとトルコとのあいだに講和が成立したため、トルコがロシアに苦しめられていたあいだ、またロシアの艦隊がエーゲ海を遊弋（ゆうよく）していたあいだは、きわめて貧弱だったトルコ市場からの異常な需要をひき起したこと。第四に、大ブリテンの製造品にたいする北ヨーロッパ諸国の需要は、ここ数年前から年ごとに増加の傾向を示してきたこと。そして第五に、さきごろのポーランドの分割〔一七七二年のそれ〕と、その結果としての国内平和の到来とは、この大きな国の市場を開放することになったので、今年は北ヨーロッパ諸国からの需要が増加するのにつけ加えて、ポーランドからの異常な需要が増加されることになった。第四の原因を別とすれば、これらの出来事はすべて、ことの性質上、一時的かつ偶発的なものであるのだが、もしかくも重要な部門の植民地貿易からの排斥が、不幸にしてなおも継続されるなら、いぜんとして、わが国に、ある程度の困難をひき起すにちがいない。もっとも、この種の災難は、ごく徐々にやってくるものであろうから、それが急激に襲来する場合よりも、その打撃の
108 度合は、はるかに少ないであろうし、その間に、この国の労働や資本は、新しい用途や方向を見いだしうるであろうから、この災難もそれほど激烈なものにならずにすむものと思われる。

植民地貿易自体は生産的労働を増加させるので好ましいが、独占はそれを減少させ、母国にとっても不利である

要するに、植民地貿易の排他的独占は、しからざる場合よりも、より大量の大ブリテンの資本をこの貿易に振り向けたが、このことは、すべての場合を通じて、資本を隣接する国々との消費物の貿易から遠隔地の国々との貿易に向わせ、また多くの場合、資本を消費物の直接貿易から迂回貿易に向わせ、さらにすすんでは、消費物の貿易をあげて仲継貿易に転ぜしめることになったのである。つまり、植民地貿易の独占は、資本を、より多量の生産的労働を扶養するはずの用途から引きあげて、それをはるかに少量の生産的労働しか扶養しえない用途に振り向けたのである。そればかりでなく、さらにそれは、大ブリテンの産業や貿易の一大部分を、植民地市場という一つの特定市場だけに適合するようなもの

にしてしまい、その結果として、産業や貿易の状態を、その生産物が各種多様な市場に適合できる場合よりも、いっそう不安定かつ危険なものにしてしまった。

　だから、われわれは、植民地貿易そのものの効果と、その独占の及ぼす影響とを慎重に区別する必要がある。植民地貿易そのものは、つねに、しかも当然に、有益なものなのであるが、それを独占することは、いかなる場合にも、かならず有害である。けれども、植民地貿易の効用はいちじるしく大きいものであるから、たとえ、それが独占され、有害な影響を及ぼすとは言っても、独占が存在しない場合に比較するなら、この効用ははるかに減じはするが、それでもなお、おおいに有益なのである。

　ヨーロッパ諸国や地中海沿岸諸国のような近接市場の需要を超過する大ブリテン産業の生産物にたいして、自然的自由の状態のもとにおける植民地貿易は、遠方とはいえ、大きな市場を提供するという意味で有益なものである。自然的自由のもとにおける植民地貿易は、従来、右のような各市場へ輸出されていた大ブリテンの生産物を、なんら植民地のほうへ引き寄せるようなことはせず、大ブリテンの余剰生産物と交換されるべき新しい等価物を不断に提供し、これによって、大ブリテンの余剰生産物の増産を刺激する。また、自然的自由の状態のもとにおける植民地貿易は、大ブリテンにおける生産的労働の量を増加させるものであるが、そこで従来充用されていた生産的労働の方向を、全然変更するようなことはしない。自然的自由のもとにおける植民地貿易は、他のすべての国民との競争にさらされているから、利潤率は、この新市場においても新しい資本の用途においても、その通常の水準を上回ることは妨げられるだろう。つまり、この場合の新市場は、旧市場からなにものをも引きあげさせることをせず、自分自身に供給すべき新生産物を自力で創造するものだと言っていいし、この新生産物は新資本となって新しい事業を開発するが、こ
109
の新事業もまた同様に、旧来の事業で用いられていたものをそちらへ転用するようなことはないのである。

これに反して、植民地貿易の排他的独占は、他の諸国民との競争を排除することによって、新市場においても新事業においても、利潤率を引き上げることになるから、旧市場からは生産物が流れ込み、旧事業からは資本が流れ込むことになる。つまり、植民地貿易におけるわが大ブリテンの分け前を、独占のない場合よりも引き上げること、これが、独占の公然たる目的なのである。もし、植民地貿易におけるわが国の分け前が、独占がなかった場合に比して少しも大きくないというのであれば、独占などを行なう理由は少しもなかったはずである。いまもし、代金の回収が他の大部分の貿易部門よりも緩慢で時間がかかる特定の貿易部門のなかへ、おのずとそこへ流れ込むであろうよりも大量の資本を、ある国が強いて流し込めば、どのような事情によるかを問わず、必然的に、その国で年々雇用される生産的労働の総量、または、その国の土地および労働の年々の生産物の総量を、独占がない場合よりも、かならずや減少させるだろう。またそれは、その国の住民の所得を、

自然に上昇させるよりも低く抑え、ひいては、その蓄積力を減少させるものである。さらにそれは、いかなる時にも、その国民の資本が、しからざる場合におけるほどの多量の生産的労働を雇用するのを妨げるのみならず、さらに、この資本がしからざる場合ほど速やかに増殖するのを妨げ、それによって、さらにいっそう多量の生産的労働を雇用するのを妨げるのである。

けれども、植民地貿易というものが与える好影響は、大ブリテンにとっては、その独占のもたらす悪影響を相殺してなお余りあるほどであるから、現在のような貿易がそのまま営まれるとしてみたところで、それは、大ブリテンにとって、ただに有利であるというばかりでなく、いちじるしく利益のあがるものなのである。植民地貿易によって開かれる新市場と新事業とは、独占によって失われる旧市場や旧事業よりも、はるかに広範でかつ巨大である。いわば植民地貿易が創り出したとも言える新生産物と新資本とが、大ブリテンの国内で扶養することができる生産的労働の量は、代金回収の度数のはるかに多い他の貿易から資本が引きあげられることによって失われる仕事の量よりも多いのである。ところで、現在営まれている植民地貿易が、現状でさえ、わが国にとって有利だとするなら、それは、独占があるがためにそうなのではなく、独占があるにもかかわらずそうなのだ、と言うべきなのである。

植民地貿易によって開かれる新市場というのは、ヨーロッパの製造品にたいしてであって、粗生産物にたいしてではない。農業はすべての新植民地に適合した事業であり、土地が安価である結果、農業は他のいかなる事業よりも植民地では有利である。したがって、110 植民地では、土地の生産物が豊富であり、それらのものを他国から輸入するどころか、通例、自国産の農産物があり余っているのである。したがって、新植民地では、他のすべての産業から人手を引き抜くか、さもなければ、人手を引きとめて他の仕事へ流出しないようにしている。植民地では、生活の必需品の生産についてさえ人手が足りないくらいであり、まして、人手を奢侈品の製造に向ける余裕などは皆無である。だから、植民地の住民は、これら双方の製造品の大部分を、自分みずからつくるより、これを他から買うほうが安あがりだ、ということをよく心得ている。植民地貿易は間接的にヨーロッパの農業を奨励すると言われているが、それは、この貿易がヨーロッパの製造業を奨励するからなのである。すなわち、この貿易によって繁栄するヨーロッパの製造業者は、ヨーロッパの土地の生産物のために新しい販路を提供するのであり、あらゆる市場のなかでも、とりわけ有利な市場、つまりヨーロッパの穀物、家畜、パンおよび食肉のための国内市場は、かくして、アメリカとの植民地貿易のおかげで、おおいに拡張されることになるのである。

　これにたいして、人口稠密で繁栄しつつある植民地とのあいだの貿易を母国が独占してみたところで、それだけでは、母国の製造業の繁栄はおろか、その維持さえろくにできないことは、スペインやポルトガルの実例がこれをよく示している。この両国が、まだ、これというほどの植民地をもたないころは、いずれも製造業国であった。ところが、この両国が、世界におけるもっとも豊かで富んだ植民地を領有してからというものは、双方の国とも製造業はなくなってしまった。

スペインとポルトガルでは、植民地貿易の独占の悪影響が他の諸原因によって加重され、その結果として、植民地貿易の自然的な好影響を、ほとんど帳消しにしてしまったように思われる。ここに、他の諸原因と言ったが、それらは、種類こそ異なれ、一種の独占だったようである。たとえば、これら両国における金銀の価値が他の大部分の国々のそれを下回って低落したということや、政府が輸出貨物に不当な税を課したので外国市場から締め出されてしまったこと、また、国内の一地方から他地方へ貨物を輸送するのに不当な課税をして国内市場を狭隘にしてしまったこと、などがそれである。とりわけ問題なのは、不規律で不公正な司法行政であり、富裕で権勢のある債務者を被害者にあたる債権者の訴追からしばしば保護してやり、そのために、このような高慢な権力者にたいする掛売りを拒否するほどの勇気もなく、さればといって、支払ってもらえるかどうか当てのない人々相手に、かれらの消費のために財貨を調製することを躊躇するまでに、勤勉な人々を畏縮させてしまったことである。

111

インググランドでは、植民地貿易の好結果が独占の悪影響を相殺し、独占があったにもかかわらず、製造業を有利にした

これに反して、イングランドでは、植民地貿易の自然的な好影響が、他の原因に助けられて、独占の悪影響をおおいに相殺している。ここに他の原因と言うのは、貿易の一般的自由であり、それは若干の制限はあるにしても、他のいずれの国と比べても、少なくとも等しいか、ないしは優れている。すなわち、国内産業のつくり出した生産物のほとんどすべてのものを、どの外国へも無税で輸出する自由がそれであり、そして、おそらくもっと重要だと思われるのは、どの役所へも申告したりすることなく、また検問されたり、審査されたりすることもなく、国内の一地方から他地方へ、これらの財貨を輸送するについての無制限の自由が存在することがこれであり、さらに、重要この上もないのは、大ブリテンにおけるもっとも卑賤な人民の権利が、もっとも権力あるものからも尊重され、あらゆる人々に自分自分の勤労の果実を安全に保障してやり、かくして、あらゆる種類の勤労に最大にしてもっとも有効な刺激を与える平等公正な司法行政の存在である。

ところで、わが国の製造業は、たしかに植民地貿易によって発展したのであるが、それは、植民地貿易の独占のおかげでそうなったのではなく、実は、かかる独占があったにもかかわらずそうなったのである。この独占の効果といえば、大ブリテンの製造品を増産させたことではなく、その一部の質と形とを変え、独占がなければその代金の回収が頻繁か

つ短時間に行なわれる市場に適している生産物を、その代金の回収が緩慢でかつ長期間かかるような市場に適するようなものにしてしまったことにある。したがって、この独占の効果は、大ブリテンの資本の一部を、より多量の製造業をまかなえたはずの用途から、はるかに少ない量の製造業しかまかなえないような用途に振り替え、ひいては、わが大ブリテンで維持しうる製造業の総量を増加させるどころか、それを減少させたことにあった。

それゆえ、植民地貿易の独占は、重商主義の他のいっさいの卑劣で悪意にみちたやり方と同じく、独占を設けたその国の産業をなんら発展させないばかりか、むしろそれを縮小させ、それに加えて、他のすべての国々の産業、とりわけ、主として植民地の産業を衰退せしめるものなのである。

独占は当該国の賃銀・地代を引き下げ、利潤率は引き上げるが、利潤総額を減少させる

独占というものは、ある特定の時期における資本が大であれ小であれ、その国の資本が扶養するはずの量の生産的労働の雇用を阻止し、その国の資本が提供しうる程度の収入を額に汗して働く国民に与えることを阻止するものである。ところで、もともと資本というものは、各人の収入からの貯蓄によってのみ増加するものであるから、けっきょく独占は、それがない場合に、この資本が提供しえたはずの収入を保障することを妨げ、また当然に、その急速な増加を阻止し、ひいては、その国のより多くの生産的労働を扶養して勤勉な国

民により多くの収入を提供することを阻止するものである。だからまた独占は、国民の収入の究極的な大源泉の一つである賃銀を、つねに、独占のない場合に比べて、当然に減少せしめたにちがいないのである。

112
独占は、商業の利潤率を引き上げるから、土地の改良を阻止することになる。なぜなら、土地改良なるものの利潤は、その土地が現に生産しているものの量と、一定額の資本が投下されるためにこの土地から生産可能になるものとの差に依存する。もし、土地の改良が、商業上の他の用途から同額の資本が生みだすよりも多くの利潤をもたらすとすれば、資本は、商業上の他の用途から引きあげられて土地の改良に流れ込むだろう。またもし、これが逆であれば、土地改良のための資本が商業上の用途に向うであろう。それゆえ、商業上の利潤率を引き上げる要因は、それがなんであれ、土地改良のための利潤を低めるか、あるいは利潤率が低い場合には、それをいっそう低めるものであって、前者の場合には、土地改良へ資本が流れ込むのを阻止し、後者の場合には、土地改良の資本を商業のほうへ引き寄せることになる。こうして、独占は土地の改良を阻害するから、社会における収入の他の大源泉である土地の地代の自然的増加の速度をにぶらせること必定である。また独占は、利潤率を引き上げるから、独占がない場合に比べて市場利子率を高めることになる。ところが、地代に対応する土地の価格、つまり地価は、通常支払われる何年分かの収益によって支払われるものであるから、利子率が上れば地価はかならず下り、逆に利子率が下れば地価はかならず上る。つまり、独占は、地主の利益を二通りの方法で阻害する、すなわち第一に、かれの地代が自然的に増加する速度をにぶらせることによってであり、第二に、土地から生れる地代に比例して売れるはずの土地の価格の自然的増加をおくらせることによってである。

たしかに、独占は、商業利潤の率を引き上げ、それによって、わが国の商人たちの儲けをいくぶんかは増加させはするが、他方で、独占は資本の自然的増加を妨げるものであるから、わが国の国民が、その資本（ストック）の利潤から収める収入の総額を増加させるというよりは、むしろ減少させる傾きがある。なぜなら、通例、大量の資本にたいする小額の利潤のほうが、限られた小資本にたいする大利潤よりもいっそう多くの所得をもたらすものだからである。つまり、独占というものは、利潤率を高めはするが、社会の利潤の総額が独占のない場合ほどの大きさに増加することを妨げるものなのである。

あらゆる所得の源泉、すなわち、労働の賃銀も土地の地代も資本（ストック）の利潤も、独占のある場合には、そうでない場合に比べて、僅少なものにされてしまう。つまり独占は、ある国における一部の階層の人々の限られた利潤のために、その国の他の階級の人々の利益はもちろん、ひろく他の国々の人々の利益をも害するものなのである。

独占は、けっきょく商人根性の政策であり、その高利潤率は、かれらの節約の美徳を破壊してしまう点で致命的である

独占が、ある特定の階層の人々に有利だということを証明し得るのは、またし得たとしても、それは、ただ独占が利潤の通常の率を引き上げるということだけによるものである。ところが、高い利潤率が不可避的にもたらす、上述のごときその国一般にたいする悪影響に加えて、さらに、それらを全部総括したよりもいっそう致命的な、そして、われわれの
113 経験から判断して、それと不可分に結びついている他の悪影響がある。すなわち、高い利潤率というものは、通例、商人の性質上ごく自然にそなわっている、かの節約[2]という美徳をことごとく破壊してしまうようである。利潤が高いと、節約というこの真面目な美徳はあらずもがなのもののように思われ、金遣いの荒い贅沢三昧のほうが、かえって裕福な商人の地位にふさわしいもののように思われてくる。一般に大商業資本の所有者は、その国の全産業の指導者でもあり指揮者でもあるのだから、かれらが示してみせる生活ぶりは、いかなる階層の人々のそれよりも、はるかに大きな影響をその国の働く人々の生活慣習に与えるものなのである。たとえば、雇主が慎重な人柄で節約を重んじるなら、かれの使用する職人たちも、おそらくそれに倣うであろうし、万一、雇主が放埒でだらしがなければ、かれが指図する見本通りの型を仕上げる職人たちも、自分たちの生活までも、雇主の生活ぶりと同じようなものにしてしまうだろう。このようにして、蓄積は、おのずと、もっと

もその性向の強いはずのすべての人々の手許で阻止されてしまい、生産的労働の雇用に充てられる基金は、本来もっともよくそれを増加させるはずの人々の所得のなかから生み出されないことになる。そうなれば、その国の資本は増加せずに減少し、そこで雇用されるはずの生産的労働の量は日ごとに少なくなる一方である。カディスやリスボン〔第四篇第一章地図参照〕の商人たちの法外な利潤は、いったい、スペインやポルトガルの資本を増殖させたであろうか。この法外な利潤は、はたして、乞食のようなこの二つの国の貧困を緩和させただろうか。その産業を振興させただろうか。この二つの貿易都市の商人たちの消費ぶりから察するに、こんな法外な利潤があったにしても、それらの国の総資本量を増加させるどころか、この利潤を生み出した元本をかろうじて維持できたにすぎなかったように思われる。カディスやリスボンの外国貿易には、外国資本が日ごとに割り込もうとしている、と言っていい。この地のスペイン人やポルトガル人たちが、自分たちでつくった、独占という不条理で手前勝手な統制を、ますます引き締めようと日夜画策しているのは、自分たちの資本だけではいよいよ営みきれなくなっている貿易から、なおも外国資本を駆逐しようがためなのである。試みに、カディスやリスボンの商人たちの生活ぶりをアムステルダムのそれと比較してみるがいい。そうすれば、諸君は、おそらく、商人というものの行動や性格が、資本（ストック）の利潤の高低から影響される度合がどれほど異なるかを痛感するにちがいない。ロンドンの商人は、一般的に言って、今日、まだ、カディスやリスボンの商人ほどには豪（ごう）

114

奢（しゃ）な大ものにはなっていないが、さればと言って、アムステルダムの商人ほど慎重でもないし節約を重んじる人々でもない。だが、ロンドンの商人の多くは、カディスやリスボンの商人たちよりもはるかに富んでいるが、アムステルダムの商人の多くのものほどには富んではいない、と考えていい。しかるに、ロンドンの商人の利潤率は、通例、カディスやリスボンの商人たちの場合よりもはるかに低く、アムステルダムの商人たちの場合よりも、かなり高いのである。「得やすきは失いやすし」という諺（ことわざ）のあるごとく、金の使い方というものは、どこにおいても、金を散ずるその能力如何によるというよりも、むしろ使おうとするその金が、安易に獲得されたものと考えるか否かによって決まるように思われる。

以上述べたごとく、独占なるものは、特定の階層の人々に与える、ただ一つの利益のために、各種さまざまな方法で、その国の全般的利益を害するものなのである。

顧客に見たてた国民を育成することを唯一の目的として一大帝国を建設するというのは、一見したところ、商人の国民[3]にふさわしい思惑だと思われるかもしれないが、実のところ、それは商人の国民にふさわしい計画などではなく、その政府が商人に左右されている国民にとって、もっともふさわしいものなのである。いや、こんな政治家に限って、この種の一大帝国を建設するためなら、同胞の血や財宝をつぎこんでも損はないなどと考えるのである。試みに、ある商人にこう言ってみたまえ、私の所有している良い土地を買ってくれるなら、以後、私はほかの店より多少高くても、私の衣類はいつも君の店から買うことにしよう、と。すると、たぶんこの商人は、君の申し出にたいして応ずることを渋るだろう。ところがもし、だれか別の人間がその土地を買い、この奇特な人が君に〔つまり植民地に〕たいして、以後、君の衣類は全部この店〔つまり大ブリテン〕から買いたまえと命じたとしたら、この商人は、おそらく、この奇特な人をおおいに徳とするだろう。これと同じく、イングランドは、国内に安んずることのできなかった者のために遠隔の地に一大土地資産を購入した。購入したとは言っても、その価格はごく安かったし、現在の土地の普通価格である、土地の三〇年間の収益に相当するような価格とはちがい、最初にその土地を発見し、沿岸を踏査し、その地を形式上領有するために船舶を何回か仕立てた費用をほとんど超えるものではなかった。しかも、その土地は肥沃で広大で、農耕適地は豊富で、そのうえ、当分のあいだは、かれらの生産物をどこへ売ろうと自由だった。だから、たかだか三、四〇年のうちに（一六二〇年から一六六〇年の間に）、住民たちは、イングランドの商人その他の貿易商が、かれらを自分たちの顧客として独占したくなるほど、人口稠密で富裕な住民になったのである。そこで、イングランドの商人やその他の貿易商たちは、最初にこの土地を購入した代金やその後の土地の改良費の一部を出したのは自分たちだ、とまで
115 は、さすがに主張しなかったが、第一に、アメリカの耕作者たちが、その必要とするあらゆるヨーロッパの財貨を買うにも、第二に、アメリカの生産物のうちで、イングランドの商人たちが買ったほうが好都合だと考える分だけをアメリカが売るにあたっても、今後は

かならず自分たちイングランドの商人だけに限定するように、と議会に請願した。イングランドの商人たちが、第二の点を請願したのは、アメリカの耕作者の生産するものを全部買わなければならないようにでもなると、はなはだ都合がわるいと考えたからである。つまり、アメリカの生産物のあるものがイングランドへ輸入されれば、商人たち自身が本国で営んでいる商売と衝突するだろうから、商人たちは、アメリカの耕作者たちがその種の特殊な生産物は、それが自由に売れるところへ持っていって売ればよかろうと思っていたのであり、しかも、その市場が遠ければ遠いほどイングランドの商人には好都合なのだから、市場をフィニステール岬〔第四篇第一章地図参照〕以南の諸地方に限定すべし、ということが提案されたのも、そのためである。かの航海条例中の一条項は、文字通り、この種の商人的な提案を法律として成文化したものにほかならないのである。

独占の維持を目指す植民政策の経費は巨大にすぎるから、自発的かつ友好的に植民地を分離するのが得策である

かかる独占を維持することこそ、大ブリテンが、これまでその植民地にたいする支配権を掌握してきた主たる、いやいっそう適切に言うなら、おそらく唯一の主目標であった。いまだ一度も母国の国内政治や軍備のために金も兵力も出したことのない属領だから、そこから得られるものと言えば、排他的貿易以外には何もない、と考えられたのだろう。だから、独占こそが、これら植民地の従属の主要な象徴なのであり、また、これこそが、母

国が植民地の従属からこれまで摘み取った唯一の果実なのである。だから、大ブリテンが、
これまで、この植民地の従属を維持するために投じてきた経費は、すべて、この独占を維
持するためのものだった、と言っていいのである。植民地の通常の平時編成費は、現在の
動乱開始以前には、歩兵二〇個連隊の給与、砲兵隊の経費、軍需品、かれらに支給する必
要のある臨時食料品の経費、ならびに北アメリカやわが西インド諸島の長大な海岸線を監
視し、他国の密輸船が入り込むのを防止するために常備されなければならない強大な海軍
を維持するための経費であった。ところで、このような平時編成費の全額は、大ブリテン
の収入で負担されていたが、しかも、この額は、植民地支配のために母国が費やした経費
のうちの最少のものであった。もしこの経費の全額を知ろうとするなら、右の年々の平時
編成費に加えて、植民地をその属領とみなすために、大ブリテンが、しばしば、その防衛
のために投入してきた金額の利子をも加算してみなければならぬ。とりわけ、最近の戦争
〔七年戦争のこと〕のための全経費と、それに先だつ戦争〔スペイン戦争のこと〕の経費の大部分をも合算しな
ければならない。最近の戦争は、まったく植民地にかんする争いであって、その戦費は、
それが世界のいかなる地域に支出されたにせよ、ドイツに投ぜられたにせよ、東インドに
116 投ぜられたにせよ、植民地勘定に入れるのが至当である。それは、新規の起債のみならず、
一ポンドにつき二シリングの地租付加税と年々の減債基金〔第五篇第三章「十八世紀に入って……」の小見出し参照〕からの
借入金とを加えると、九〇〇〇万ポンド以上にも達する。一七三九年に始まったスペイン

戦争もまた、主として植民地にかんする争いであった。その主たる目的は、スペイン領メイン〔南米北部でカリブ海に面する地方〕と密貿易をやっていた、わが国の植民地船が拿捕（だほ）されるのを防止することであった。ところで、この種の経費は全部、実は、独占を維持させるために与えられた奨励金とみなしていい。その表向きの目的は、大ブリテンの製造業を奨励し、その貿易を増進させるということであったが、その事実上の結果からみると、わが国貿易の利潤率を高め、また、大部分の他の貿易部門よりも代金回収が緩慢で時間のかかる貿易部門にたいして、独占のない場合よりも大きな資本部分を振り向けることを可能にしたことである。かりに、奨励金を与えてこれら両様の結果を防止できるものなら、そのほうが、まだましであったかもしれない。

こう考えると、現在の植民地経営のやり方のもとでは、大ブリテンが、その支配する植民地から得るところは損失ばかりだ、ということになるだろう。

大ブリテンは、その植民地にたいするいっさいの権力を自発的に放棄すべきであり、植民地が自分で自分の長官を選び、自ら法律を制定し、自ら適当と考えるところに従って和戦のことを決めるようにさせるべきだなどという提案は、いまだかつて、世界のいずれの国民も採用したことがなく、また、将来もけっして採用されることはないであろう。属領の統治がいかに厄介（やっかい）なものであり、また、その属領にかけた費用に比して、そこから得られる収入がどんなにわずかなものであっても、属領の支配権を自発的に放棄した国民は、いまだかつてないからである。なぜなら、こうした領土を放棄することは、国民の利益には、しばしば合致することはあるとしても、他面、つねに国民の誇りを傷つけ、またもっと重要なことは、それはかならずや一部の支配者の利益に反するものなのである。というのは、この支配層は、領土を放棄したりなどすれば、国民から与えられる信頼や儲けをともなう地位をほしいままにする権力を喪失し、また、富と栄誉とを獲得する多くの好機を失うことになるからである。どんな不穏な属領でも、また国民大衆にとってはどんなに不利益な属領でも、それを領有していれば、支配層のこの権力と好機はまちがいなく与えられるものである。そう考えると、いかに夢想的な熱狂家でも、領土を自発的に放棄したほうがいいなどという提案が、少なくとも、いつの日かは採用されるだろう、という望みをもつわけにはゆくまい。だが、もしこの種の提案が採用されるとするなら、大ブリテンは、植民地における軍事費の平時編成の負担から直ちに全面的に解放されるばかりでなく、母国と植民地とのあいだの自由貿易を有効に保証するような通商条約を締結することができ
117
るだろう。こうして生ずる自由貿易は、現在の独占貿易に比べるなら、商人階級にとっては不利になるかもしれないが、国民大衆にとっては、はるかに有利なものなのである。そのうえ、こうして、植民地が母国という良友から離れてみると、近年の紛争のために、ほとんど消滅してしまった母国にたいする植民地の自然の情愛も、おそらく早急に復活することであろう。そして、この情愛は、植民地が母国から分離するときに結んだ通商条約を、

今後末ながく尊重し、さらに、かれら植民地をして、通商貿易についてはもちろん、戦時においてもわが母国を助け、不穏で乱を好む植民地住民ではなく、母国にとってもっとも信頼でき、そのうえ寛大な同盟国たろうとする気を起させることだろう。そうだとすれば、かの古代ギリシャの母国たる都市と、その子孫としての植民地とのあいだにつねに存在していたのと同様な、つまり前者の側における親としての愛情と、後者の側における子としての尊敬とが、大ブリテンとその植民地とのあいだに復活するだろう。

植民地は、とかく全帝国の事情にうといので、これを領有しても母国に十分な収入を提供しないし、植民地議会は、分担金を醵出するのに協力的でもない

属領が、その母国にとって有利なものであるようにするためには、その属領は、平時には、それ自身の平時編成費全部をまかなうばかりでなく、本国の一般的統治を維持するための自分の分担分を醵出（きょしゅつ）するためにも、それに足りるだけの十分な収入を生み出すのでなければならない。なぜなら、いかなる属領も、かならず、その母国の一般的統治費を大なり小なり増加させる原因になるものだからである。したがって、もし、特定の属領がこの種の経費をまかなうための自分の分担分を醵出しないなら、不公平な負担が、この母国のどこか他の属領の肩にかかってこざるをえない。また、戦時において属領が徴収する臨時収入もまた、植民地帝国全体の臨時収入にたいして同じ比例を保っていなければならないこと、おそらく平時の経常収入の場合と同様であろう。ところで、大ブリテンがその植民地から得ている経常収入も臨時収入も、わが帝国の全収入にたいして右のような比例を保っていないことは、なんぴとによっても異議なく認められるところであろう。これまで、独占は、大ブリテンの人民の個人的収入を増加させ、ひいては、かれらが、より多額の租税を支払うことを可能にするものだから、植民地の公共的収入の不足を償うものだとされてきた。しかしこの独占は、私が明らかにしようと努めてきたごとく、植民地に重くのしかかる租税であり、大ブリテンにおける特定の階層の人々の収入を増加させはするだろうが、国民全体の所得を増すどころか、むしろ減少させ、当然にまた、かれらの租税負担能力を増加させずに減少させるものである。しかも、独占のために、その収入が増加する人々というのは、一つの特殊な階層を形成しているのであり、この点は次篇〔第五篇第二章第二節第二および第四項参照〕[118]で明らかにしようと思うが、かれらにたいして他の階級以上に課税することは絶対に不可能であるし、また、それを企てることさえ極度に不得策なのである。したがって、この特殊な階級から特別の財源を引き出すことはできなかろう。

ところで、わが植民地に課税するには、植民地の議会（アッセンブリイズ）の協賛を得るか、さもなければ、大ブリテンの議会（パーラメント）によるか、いずれかの方法がある。

ところが、母国が、植民地の議会を動かして、植民地自身の文治上および軍事上の常備施設を維持するだけでなく、わが大ブリテン帝国の一般統治費をも分相応に分担させるに足りるだけの公共的収入をその選挙民から徴収させようとするのは、容易にできることではなさそうである。主権者の直接の監視下にあるイングランドの議会でさえ、自国の文治上および軍事上の経常費のための納税を快く承認してくれる現在のような議会運営になるまでには、ながい年月を経なければならなかったのである。イングランドの場合でさえ、このような制度が確立されえたのは、右の文治上または軍事上の常備施設から生じる官職か、あるいは、その任免権かのいずれかの大部分が、議会の特定の議員たちのあいだに分配されたからこそなのである。ところが、植民地議会の場合には、万端のことがみな本国の主権者の眼から遠く離れたところにあり、数も多く、各地に散在し、かつ、その仕組みがまちまちであるから、たとえ本国の主権者が本国と同様な操縦手段をもっているとしても、本国の議会と同じようにこれを動かすことはきわめて困難だろうし、いわんや、かかる操縦手段を欠くにおいてをや、である。わが国の全植民地議会の指導的議員全員に、大ブリテン帝国の一般統治行政にかんする官職なりその任免権なりの分け前を与えればいいかと言えば、それは絶対に不可能である。なぜなら、植民地議会の議員たちに、国内での人気を犠牲にさせ、その利益のほとんど全部が母国の見知らぬ人々のあいだで分割されるような本国の一般行政を維持するために、自分たち植民地の選挙人に課税する気にさせようというのだから、話は無理である。そのうえ、各植民地議会の雑多な議員のうち、だれが真に重要人物なのかということについて、本国政府が無知であることは避けられないだろうし、その結果、つねに、かれらの感情を害することになり、そんなありさまで母国政府が植民地議会を操縦しようとすれば、かならず失敗するだろうから、植民地議会にかんするこのような運営は、とうてい実行不可能であるように思われる。

そればかりでなく、もともと植民地議会というものは、わが帝国の防衛および維持のためになにが緊要であるかについての適切な判断を下しうるものとは思われない。この帝国全体にとっての国防および保安についての配慮は、これら植民地議会にゆだねうるものではない。それらは、もともと植民地議会の本務ではないし、また、かれらは、それにかんする情報を入手する正規の手段をもってはいない。一属領の議会というものは、あたかも一教区の教区委員会と同じく、自分たちの特定地域の問題については、きわめて適切な判断をくだしうるものなのであるが、全帝国の問題について判断を下しうる適切な手段をなに一つもってはいない。たとえば、その属領自身が全帝国にたいしていかなる比重を占めているのか、すなわち、他の属領と比較して、その富および属領としての重要性はどの程度のものなのか、などについて、適切な判断を下すことさえできないのである。けだし、他の属領といえども、この特定の属領の議会の指揮監督のもとにあるわけではないからである。帝国全体の防衛および保安のために、なにが必要であるのか、また、帝国の各部分は、どのような割合でそれに寄与すべきなのか、これらの問題は、ただ全帝国の問題を審議監督する大ブリテン帝国の議会だけが判断できることがらなのである。

大ブリテンの権威はまだ十分でないから、徴発令などによって課税を強行すれば、かならず抵抗が起る

そこで、植民地にたいしては徴発令（レキジション）によって課税すべきであり、大ブリテンの議会は、各植民地の分担して支払うべき額を査定し、各属領の議会は、それをその植民地の実情にもっとも適した方法で賦課徴収するのがいい、と提案されている。この方式をとれば、全帝国にかんすることは、全帝国の問題を審議し監督する大ブリテンの議会によって決定され、各植民地の属領としての諸問題は、これまで通り、そこの議会が決めることになるだろう。この場合、植民地は大ブリテンの議会に一人の代表者も送らないということになるが、だからといって、われわれの経験によれば、大ブリテンの議会が不合理な徴発令を出すようなおそれは少しもない。イングランドの議会は、いまだかつて、いかなる場合にも、母国の議会に代表者を送っていないような属領に、過重な負担を課そうなどという意向をもったことはなかった。たとえば、ガーンジー島やジャージー島〔両島ともイギリス海峡のチャネル・アイランズのなかの島〕は、本国の議会の権威に抵抗できるだけの力をまったくもたないのだが、しかも、大ブリテンの他のどの地方よりも租税が軽い。わが本国は、植民地にたいして課税する潜在的権利をもっていると思われているらしいが、その根拠はともかくとして、それを行使しようとする場合には、本国の国民の納税額にたいする正当な比率に近い額すら、植民地に要求したことは、かつてなかった。またもし、植民地の分担金を本国の地租の昇降に比例して

騰落させるようにすれば、本国の議会は、自分の選挙民に課税することなしには、植民地にも課税しえないことになる。そうなれば、植民地は、事実上、母国の議会に代表者を送っているも同然だとみなしてよかろう。

　こういう言い方が許されるなら、すべての属領を一括して課税するようなことをせず、主権者は各属領の納税額だけを定め、特定の属領については、主権者が適当と考える通りに賦課徴収するが、他の属領については、そこの議会が決定し賦課徴収するのに放任しておく、といったようなやり方の帝国もないわけではない。フランスのある州では、国王は、
120
自分が適当と考える種類の税を課し、また、自分が適当と考える方法でこれを賦課し徴収している。ところが他の州については、国王は、一定額の金を要求はするが、その賦課および徴収については、これをその地の議会が適当と考えるやり方に放任している。そこでいま、上述の徴発令による課税方式について考えるに、大ブリテンの議会と植民地議会との関係は、フランス国王と自分自身の議会をもつ特権のある諸州、すなわち、フランスの諸州中もっともよく統治されていると思われる諸州の議会との関係に似たものになるだろう。

　ところが、こうした課税方式をとれば、植民地のほうでは、自分たちの公共的負担の分担分が、本国の同胞国民の負担にたいして適当な割合を超えるかもしれない、ということを恐れる正当な理由はなにもありえないが、大ブリテンのほうでは、植民地の醵出分がけ

っして適正な比率に達していない、と心配する正当な理由があるだろう。フランスの国王が、今日、それ自身の身分議会をもつ諸州にたいしてもっているほどの確乎たる権威を、わが大ブリテンの議会はこれまでその植民地にたいしてもってはいなかった。植民地の議会は、本国にたいしてよほどの好意をもっているのでないかぎり（しかも従来よりも巧みに管理運営するのでないと好意を期待することはできないが）、本国の議会の決めた徴発令がどんなに合理的なものであっても、あれこれ言って、これを回避したり拒否したりするだろう。いまかりに、フランスとの戦争が勃発し、わが帝国の中枢部を防衛するのに、直ちに一〇〇〇万ポンド調達しなければならない、と想定しよう。この金は、その利子が保証され、議会で決めた基金の信用によって借入れなければならない。そこで議会は、この基金の一部を大ブリテンで徴収される租税で調達し、他の一部をアメリカおよび西インドの各植民地議会にたいする徴発令によろうとするだろう。だが、この場合、人々は、はたして、この種の基金を信頼し、即座に自分の金を政府に貸そうとするだろうか。思うに、この種の基金は、ある程度まで植民地議会のご機嫌次第であり、そのうえ、これらの植民地議会のなかには、戦場から遠く離れているので、戦争などはどっちへころんでもかまわないと思っているものもあるだろう。だから、おそらく、この種の基金にたいして醵出される資金は、大ブリテンで徴収される租税によって、その償還が保証されると思われる以上の額にはならないだろう。換言すれば、この戦争のために生じた借金の負担は、こんな具合だから、従来そうであったごとく、わが帝国の全部にかかってくるのでなく、その一部である大ブリテンの肩にのしかかってくるのである。世界開闢(かいびゃく)以来、その支配する帝国が拡大するにつれ、その財源を、いまだかつて一度も他に求めたこともなく支出だけを増加させてきたのは、ひとり大ブリテンのみではあるまいか。他の国々は、通例、その大帝国の防衛費のほとんど全部をその支配する属領に負わせ、本国はそれを免れていた。しかるに、大ブリテンはこれとは反対に、その属領が、これらの負担をあげて本国に負担さ
121
せ、自分たちは、それを免れたままでいた。法律上、本国がいままで従属の地位にあるものと思ってきた領有植民地と大ブリテンとを対等の立場におくためには、本国議会の徴発令にもとづく課税案にたいして、万一、植民地の議会がこれを回避したり拒絶したりすれば、わが本国議会が直ちにそれを発効せしめる、ある種の手段をもっていることが必要だと思われるのだが、さて、その手段とはなにか、ということになると、それを構想することは容易なことではなく、それを明らかにしてくれたものはまだいないありさまである。

けれども、もし、大ブリテンの議会が、植民地議会の承諾を要せずに自由に植民地に課税する権利を完全に確立したとすれば、その瞬間に植民地議会の重要性は消滅し、それとともに、大ブリテン領アメリカ植民地における指導的人物の重要性もまた終りを告げるであろう。人々が公共のことがらに関与したがるのは、それによって、重要な地位が獲(え)られるからである。すべての自由な政治機構の安定と存続とは、その国の指導的人物、すなわ

ち生えぬきの貴族層とも言うべき、その国の指導的人物の大部分が、自分たちの地位を保持または擁護するその実力の如何に依存している。国内における徒党や野望家たちの演ずる舞台劇は、すべてみな、これらの指導的勢力家相互のあいだで行なわれる地位の攻防戦にほかならない。アメリカの指導的人物もまた、他国のそれと同じく、おのれの地位を保全しようとしている。かれらは、自分たちの議会を好んでパーラメントとよび、かつ、その権威は大ブリテンの議会に匹敵するものだと考えようとしているのだから、万が一、かれらの議会が、大ブリテンの議会の微々たる従属者かその行政官になり下ってしまうようなことがあれば、自分たちの地位の重要さもまた大半失われてしまうものと考えている。だから、かれら植民地の有力者は、大ブリテンの徴発令による課税案を拒否し、そして、血気さかんで野心満々な人たちと同じく、おのれの地位を擁護するためには、むしろ剣をとって闘う途を選んだのである。

植民地にたいする課税に比例した代議制を採用すれば、君主制的要素と民主制的要素が調整されるので、植民地・母国双方のために望ましい

ローマ共和国が衰微しはじめたころ、その国家を防衛し、その帝国を拡張するための主たる負担を担っていたローマの同盟諸国は、ローマ市民のもっているいっさいの特権を自分らに与えよ、と要求した。それが拒絶されたとき、かの同盟国とのあいだの戦争が起っ

た。この戦争の経過中、ローマは、これらの同盟国の大部分のものにたいして、かれらがこの同盟から離反しようとしていく程度に応じて、右のような特権を次々に授与したのである。大ブリテンの議会は、植民地にたいする課税に固執しており、植民地は植民地で、自分たちが代表者も出していない議会から課税されるのを拒否している。もし、大ブリテンが、この締盟関係から脱退しかねない各植民地にたいして、母国と同様の租税を課する[122]代りに母国の国民と同様の貿易の自由を認めてやり、この大帝国の公共的収入に寄与する程度にふさわしいだけの数の代表者を大ブリテンの議会に出させ、その後の植民地の寄与の増加に比例してこの代表者の数を増加するようにしてやるなら、各植民地における指導的人物が重要な地位を手に入れるための新しい方法、つまり、かれらがその野心をみたすためのいっそう魅惑的な目的が提供されることになるだろう。そうなれば、植民地の指導者たちも、植民地のしみったれた富籤のごときもので引き当てるかもしれない、けちな当り籤にうき身をやつしたりせずに、人間だれしも自分の能力と幸運についてもっている自惚れによって、大ブリテンの政治という名の大富籤から飛び出してくるかもしれない大当り籤を引き当てようとするにちがいない。アメリカ植民地における有力者の地位を保全し、その野心を満足させるためには、これ以上明白でわかりきった方法は、ほかにはないように思われる。そうでもしないかぎり、将来、かれらのほうから自発的にわれわれに服従してくる可能性は、まずなかろう。かれらを強制的に服従させようとする場合に流されなければならない血のすべては、わが国民の血か、さもなければ、われわれが同胞市民としてもちたいと思っている人々の血であることを銘記すべきである。事態がかくのごとくであっても、なお、わが植民地は武力で容易に抑えられると内心思っている人は、よほど血のめぐりの悪い人間であろう。今日、みずから大陸会議（コンチネンタル・コングレス）とよんでいるものの議決を左右している人々は、おそらくヨーロッパのもっとも偉大な国民たちでもほとんど感じていないほどの重要な地位に自分たちがついていることを、いま自覚している人々なのである。かれらは、いずれも、商店主や小商人とか工場主とか弁護士とかから身を起し、いまや政治家や立法者になり、広大な新帝国のための新しい政治の仕組みをつくり出す枢要な仕事に従事しているのだと考え、しかも、この帝国こそは、かつて世界に存在したいかなる帝国よりも偉大で強力なものになるだろうと、ひそかに思っているのだが、事実そうなる可能性はきわめて大きいのだ。さまざまな面で、この大陸会議を動かしている人たちは五〇〇人にものぼるだろうが、さらにこの五〇〇人の人たちのもとで活動している人々は、おそらく五〇万人にも達するだろう。しかも、これら多数の人々は、すべてひとしく、自分自身の地位の重要性が、それ相応に上昇したものと信じている。アメリカにおける有力な政党に所属しているほどの人間は、だれでも、自分は現に、かつて自分がついていたどの地位よりも優れた地位におり、かつて自分が期待していたいかなる地位よりも優れた地位にいまついていると信じ込んでいるのであるから、かれらや、かれらの指導者たちに、なにか野心の新しい獲物を与えるのでないかぎり、もし、かれらに人間らしい気力があるとすれば、かれらは命を賭けていまの地位を防護しようとするにちがいない。

部長判事(プレジダン)のエノー〔J. F. Hénault, 1685~1710 パリ高等法院の裁判官、作家〕の述べるところによると、当時は、さして重要なニュースとは考えられなかった、かの〔一五七六年、ギーズ公の組織したカトリック教徒の〕同盟(リーグ)[4]をめぐる数多くの事件の記録は、今日、われわれが読んで興味津々(しんしん)たるものが
123 ある。エノーの考えによると、当時のあらゆる人たちは、われこそは相当な重要人物だとひそかに思っていたのであり、われわれに伝えられている、当時の無数の記録は、その大部分が、自分こそ重要な立て役者だと自惚れて、この事件を記録したり誇張したりして、みずから満足していた人々の書き残したものであった。あの事件のとき、パリ市民がどんなに頑強に市を防衛したか、また、歴代フランス国王のなかで最善で、後世もっとも愛された国王〔アンリ三世〕にすら服従せず、むしろ飢餓に耐えて闘ったかは、人のよく知るところである。ところで、パリ市民の大部分、あるいは、その大部分を動かしていた人々は、要するに自分たちの重要な地位を擁護するために闘ったのであって、もし旧秩序が復活されるようなことになれば、かれらの地位はたちまち失われるものと予見していたのである。わがアメリカ植民地を説得勧誘して本国との合邦を納得させうれば別であるが、そうでないかぎり、かつてパリの市民が最善の国王にたいしてすら抵抗したのと同様に、あらゆる母国のなかでおそらくは最善の母国にたいして、かれらが頑強に抵抗し、おのれを自衛し

ようとすることは、ほとんど疑いないところだろう。

　代議制というものは、古くは知られていなかった。だから、一国家の人民が他国家の市民権を与えられたときには、かれらは、一団となってやってきて他国家の人民とともに投票し審議に参加する以外に、その権利を行使する方法を知らなかった。だから、イタリーの住民の大部分に、ローマ市民の享受していたもろもろの特権を与えたために、ローマ共和国は完全に滅亡してしまった。そうなると、ローマ市民とそうでないものとを識別することは、もはや不可能になり、どの部族も、自分の成員がわからなくなってしまった。さまざまな種類の賤民が市民の集会に入り込めたので、真の市民をそこから追い出すこともできたし、自分たちが真の市民であるかのような顔をして、共和国全体の問題を決定することもできた。ところが、いま、かりに、アメリカが五〇人ないし六〇人の新しい代議員を本国の議会に送ってきたとしても、下院の守衛が正規の議員とそうでないものとを見分けることは、さして困難なことではあるまい。だから、ローマの国家制度は、ローマがイタリーの他の同盟諸邦と合邦した結果破壊されてしまったけれども、わが大ブリテンの国家制度が、大ブリテンとその植民地との合邦によってそこなわれるような怖れは、いささかもないだろう。いやむしろ、大ブリテンの国家制度は、それによって、かえって完全なものになるであろうし、また、合邦なくしては不完全であるようにさえ思われる。この大
124 帝国の各地域にかんするさまざまな問題を審議決定する議会が、適切な情報をえ、事情に

通じているためには、その各地域からの代表者が送り込まれていなければならないことは確かである。そうは言うものの、私は、こうした合邦が難なく達成されるだろうとか、それを実行する場合に大小さまざまな困難などは起らないだろうとか、そんなことを言うつもりはない。だが、私は、いまのところ、克服できぬ困難があるなどとは聞いていない。もしなんらかの困難があるとすれば、その主要なものは、ことがらの本質に由来するものではなくして、大西洋の此岸（しがん）と彼岸（ひがん）とにおける人々の偏見なり見解の差異から来るものであろう。

　大洋のこちら側にいるわれわれは、アメリカからの代議員の数が増加すると、わが国家制度の均衡が崩され、君主の威力か民主政治の勢力かのいずれかが過大になるのではないか、と恐れている。けれども、もしアメリカの代議員の数を、アメリカにおける租税の徴収高に比例すべきものとしておけば、統御されるべき人の数は、それを統御する手段の課税収入に正確に比例して増加し、また、この課税収入はもっぱら代議員の数に比例して増加するであろうから、国家制度の建前のうえでの君主的要素と民主的要素とは、合邦後においても、従前と同じ程度の相対的な均衡を保つであろう。

　ところが、大洋の向う側にいるアメリカの人々は、政治の中心地から遠く離れている結果、いろいろと圧制を加えられるのではないか、と怖れている。けれども、わが議会の内部におけるアメリカの代議員たちの数は、最初から相当に多いだろうし、圧制から自分たちを安全に保護することは容易である。遠く離れているとは言っても、自分たちの選挙人との関係がそれほど稀薄になることはないだろうし、アメリカの代議員は、かれらの議席も、それから得られるいっさいの役得も、みな、かれらの選挙人の好意のおかげだと感じることだろう。だから代議員たちは、わが帝国からこんなに遠く離れたアメリカで、本国の文官であれ武官であれ、万一、無法なことをあえてやるようなことがあれば、その都度これを摘発し、大ブリテンの立法府の一員としての権限をいかんなく発揮して、それを世論に訴え、選挙民の好意に酬いるように行動するであろう。そのうえ、アメリカ現地の住民は、アメリカが政治の中枢から遠く離れているというような事態は、そう長くは続かないだろうと思っているし、かれらがそう考える理由がないわけではない。富、人口および土地の改良におけるアメリカのこれまでの迅速な進歩は、まことに驚歎（きょうたん）に値するほどであり、おそらく一世紀とはたたぬうちに、アメリカにおける租税収入は、大ブリテンのそれを凌ぐものと思われるほどである。そうなれば、大ブリテンの中心地も、全帝国の防衛と存立にもっとも多く寄与する地方へおのずと移動することになるだろう。

アメリカ大陸と東インド航路の発見は、植民地の母国のみならず全ヨーロッパを利したが、植民地貿易の独占は母国をかえって不利にした

さて、アメリカの発見と喜望峰を迂回して東インドにいたる航路の発見とは、人類史上

に記録された、もっとも偉大でもっとも重要な二つの出来事である。その結果は、これまでのところだけからしても、すこぶる大きかったのだが、これらの発見がなされてからまだ二、三世紀しかたっていないのだから、その結果がどれほど巨大なものであるかを大局的に見透すことすらできがたい。これらの大事件から、今後、どのような恩恵または不幸が人類にもたらされるのか、それは人智のよく予見しうるところではない。これらの大事件は、世界の遠く離れた地域を大なり小なり結びつけ、これらの地域がたがいに有無相通じ、たがいに享楽を増加し合い、たがいに産業を奨励し合うことを可能にするものであるから、一般的傾向としては有益だと思われるであろう。ところが、東西両インドの先住民たちにとっては、これらの出来事から、本来もたらされるはずの商業上のいっさいの利益は、これらの事件がひき起した怖るべき不幸のなかに埋没されてしまった。だが、こうした不幸は、右のような出来事の本質から生じたものではなく、むしろ偶然に生じたように、私には思われる。これらの諸発見が行なわれた特定の時期には、たまたまヨーロッパの人間の実力がいちじるしく優越していたので、かれらは遠隔の地域で、なんら罰せられることもなく、さまざまな種類の不正不義を働くことができたのである。ところが、今後は、これらの地域の住民は、これまでよりも強くなり、同じことだが、ヨーロッパの人間のほうがそれだけ弱くなり、世界のあらゆる地域の住民は、その力と勇気とにおいて対等なものになるであろうし、そうなれば、たがいに恐怖心をもつようになろうから、おのずから独立国の不正不義が抑制され、たがいに他の国民の権利をある程度尊重し合うようになるだろう。だが、この対等な力のバランスを確立するについては、すべての国々相互のあいだに貿易が自然的に、いなむしろ必然的にもたらす知識と各種の改良の交流以上に有効なものはなかろう。

だが、半面において、右のような諸発見の結果の一つとして、重商主義の政策にたいして、さもなければ、とうてい達成しえなかったような光輝と栄誉とをかちえさせることになった。土地の改良や耕作によるよりも商業や製造業によって、つまり、農村に芽生えた工業によるよりも都市のそれによって国民を富ませる、というのが、この重商主義政策の目的なのである。ところが、これらの発見の結果、ヨーロッパの商業都市は、これまでのように、世界のごくかぎられた一部分（つまり、大西洋ぞいのヨーロッパ諸地方やバルト海および地中海沿岸の諸国）などのためだけの製造業者や貿易業者ではなくなり、今日では、アメリカの多数の裕福な耕作者のための製造業者になり、またアジア、アフリカおよびアメリカなどの諸国民すべてのための貿易業者になり、さらにある点では、製造業者になってしまっている。二つの新しい世界の扉がかれらの産業のために開かれたのであり、それらのどれをとっても、旧ヨーロッパ世界よりもはるかに巨大であり、いっそう広大であるばかりでなく、新世界のそれぞれの市場は、日ましにいよいよ大きくなりつつあるのである。

126

アメリカの植民地を領有し、東インドと直接貿易している国々は、この大商業の偉容と光輝とを享受していること、もちろんである。けれども他の国々も、嫉妬深い制限で排除されているにもかかわらず、この商業からしばしば実質的利益の多くの分け前を得ている。一例を挙げてみるなら、スペインやポルトガルの植民地は、スペイン、ポルトガル自身の産業よりも、事実上は、他国の産業をより多く奨励する結果になっている。亜麻布一つをとってみても、これらの植民地の年間の消費額は、英貨にして三〇〇万ポンド以上にもなると言われている。もっとも私はこの額を保証はできないが、それにしても、こんな巨額な消費にたいする財貨は、ほとんどフランス、フランダース、ホラントおよびドイツから供給されるものであり、スペインやポルトガル自身は、そのほんの一小部分を提供しているにすぎない。ところで、この多量の亜麻布を植民地に供給している資本は、これら他の国々の国民のあいだに年々分配され、かれらの所得の源泉になっている。そして、その資本から生ずる利潤だけがスペインやポルトガルで消費され、これが、カディスやリスボンの商人たちの豪奢な浪費を支える助けになっているのである。

各国民が、自国の植民地の排他的貿易をその手に確保しようとしているさまざまな統制でさえ、それによって不利益を受ける国々以上に、自国の利益のためにこの種の統制を設けている当の国の利益を害する場合がしばしばある。換言すれば、他国の産業を不当に抑圧しようとすれば、それは、たちまち抑圧者の頭上にはね返り、他国の産業よりも自国の

127

産業に潰滅的な打撃を与えることになるのである。たとえば、この種の統制があるために、ハムブルクの商人は、アメリカ市場向けの亜麻布をいったんロンドンへ送らなければならず、また、ドイツ市場向けの煙草をアメリカからでなくロンドンから輸入しなければならない。なぜなら、ハムブルクの商人は、亜麻布を直接にアメリカ市場へ輸出することもできず、煙草を直接アメリカから持ち帰ることもできないからである。だから、こうした統制のあるために、ハムブルクの商人は、しからざる場合よりも、おそらく亜麻布をいくぶん安くロンドンに売り、煙草を多少とも高くロンドンから買わされることになるから、かれの利益は、いくぶんとも小さくなるにちがいない。だが、ハムブルクとロンドンとのあいだにおけるこうした貿易において、ハムブルクの商人は、アメリカとの直接貿易をやった場合に受け取れるよりも、はるかに迅速に、自分の資本の利潤を回収することは確かであり、百歩を譲って、かりに、アメリカの支払がロンドンのそれと同じように期限どおりに行なわれるものと想定してすらも、そうなのである。だから、ハムブルクの商人の資本は、大ブリテンの統制によって、その活動が制限されている貿易の場合のほうが、かれらが締め出されているこの種の貿易で自由に活動できる場合よりも、かえって、はるかに多量のドイツの労働を継続的に雇用しておくことができる。前者の場合の資本の用途は、後者の場合のそれよりも、ハムブルクの商人たちにとっては利潤が少ないであろうが、だからと言って、かれらの国にとって利益が少ない、などと言うことはない。ところが、独占というものが、ロンドンの商人の資本を自然にそこへ引きつけるような資本の用途の場合には、事情はまったく違ってくる。この種の用途は、大部分の他の用途に比べて、ロンドンの商人にとっては有利なものであろうが、その資金の回収には時間がかかるので、かれの国にとっては有利とは思われないのである。

要するに、ヨーロッパ各国は、自国の植民地貿易の全利益を自分の手に壟断しようとして、あらゆる不義不正を企ててきたが、どの国もまだ、自国の植民地にたいする圧制的な権力を平時において維持し戦時において防衛するための失費を、その手に収めただけにすぎない。換言すれば、各国は、植民地を領有することによる不利は、これを完全に背負い込んだが、その植民地との貿易から生じる利益については、これを他の国々と分ち合うことを余儀なくされたのである。

一見したところ、アメリカ相手の大貿易を独占することはもちろん、最高の価値ある獲物であるように思われるのは当然だろう。軽薄な野心家の曇った眼からすれば、独占こそは、謀略や戦争の修羅場で闘いとる価値のある、魅惑的な対象と思われるのも、しごくあたりまえのことだろう。だが、よく考えてみれば、この目的物の眩惑（げんわく）的な光輝、すなわち、この貿易のはかり知れない広大さこそ、その独占を有害なものにするのであり、そのために、独占のない場合に比べて、一国の資本のはるかに大きな部分を、他の大部分の用途に比べて、当然に利益の少ない用途に吸収させることになるのである。

128

一国の資本は、そのもっとも有利な用途をおのずから探し求めて適正に配分されるものであるが、独占はこれを攪乱する

すでに第二篇で明らかにしたごとく〔第二篇第五章参照〕、あらゆる国の商業の資本（ストック）は、その国にとって、もっとも有利な用途をおのずと探し求めるものである。たとえば、資本が仲継（なかつぎ）貿易に使用されているとすれば、その国は当然のことながら、この資本を介して貿易が営まれているあらゆる国々の財貨の集散地になるわけである。けれども、この資本の所有者自身は、自分の扱っている商品の大部分を、できるだけ国内で売りさばこうとするだろう。なぜなら、それによって、輸出の手間も危険も費用もはぶかれるのだから、かれは再輸出によって期待できるよりもはるかに安い値段でも、またいくぶんとも利鞘（りざや）が少なくても、その商品をよろこんで国内で売ろうとするだろう。そこで、おのずとかれは、自分の仲継貿易を自国用消費物の貿易にできるだけ切り替えようとするだろう。さらにまた、同様な理由から、外国市場のどこかへ輸出する目的で集荷する国内商品のできるだけ多くの部分を、すすんで国内で売ろうとするだろうし、こうしてかれは、消費物の貿易をできるだけ国内商業に切り替えようとするだろう。このようにして、すべての国の商業に用いられる資本は、おのずから近隣の投資事業を求めて遠方のそれを避け、代金回収の度数の多い事業を求めてその緩慢なものを避け、また、その資本の所属する国、ないしその所有者が居住する国において最大量の生産的労働が雇用できるような用途を求め、しからざるものを、おのずと避けるようになる。このことは要するに、その国にとってもっとも有利な資本の用途をおのずと求め、通例、利益のもっとも少ない用途を避けるようになる、ということなのである。

けれども、その国にとって、本来は不利益な遠隔地の投資事業のいずれかにおいて、もしその利潤が上昇し、近間（ちかま）の用途が選ばれるのを相殺して余りあるほどになると、利潤のこの優位は、あらゆる用途の事業の利潤がその適正な水準に復帰するまで、近間の用途から資本をそちらへ引き寄せることになるだろう。だが、なぜ、こんな利潤の優位が生じたのかと言えば、その社会の実情が、遠隔地での投資が他の諸事業に比べて不足であることに由来しているのだろうし、またこのことは、当該産業国において、社会の資本全体が、そこで営まれているさまざまな産業のあいだに、もっとも適正に配分されるようにはなっていない証拠なのである。さらに考えるに、かかる利潤の優位なるものは、ある品物がそうあるべきよりも安値に買い上げられているか、あるいは高値に売られているか、いずれかである、ということであり、さらにまた、国民のなかの特定の階級が、さまざまな階級のあいだに自然的に現われるはずの平等な状態に適合するよりも多く支払わされているか、さもなければ、より少なくしか与えられていない証拠なのであり、かれらが大なり小なり抑圧されているという証拠なのである。同額の資本なら、それを遠隔地に投資すれば、それを近隣の事業に投資した場合と同量の生産的労働を雇用しえないことは明らかであるが、遠隔地の投資事業がその社会の福利のために必要だという点では、近隣の事業と同じであろう。なぜなら、遠隔地の取引で扱われる財貨は、より近い数多くの事業を運営するのに、おそらく必要だからである。ところで、もし、遠隔地の事業に投資している人々の利潤が、その適正な利潤を上回るようなことがあれば、その商品は、当然そうあるよりは高く売ら
129 れ、その自然価格をいくぶんとも上回って売られるであろうから、近間の取引に従事している人々は、この高値のために、多少とも災害を受けることになるだろう。そうなれば、かれら企業家の立場からすれば、その資本の若干部分を、この近間の事業から引きあげて遠隔地のそれへ振り向けることになろう。かれらがそう行動するので、遠隔地の事業の利潤は下り、その場合の商品価格をその自然価格にまで引き下げるのである。このような特別の場合には、公共社会の利益からいっても、通例は社会にとって有利な事業から資本の一部を引き抜いて、通例は社会にとって不利な事業へそれを振り向けるほうが望ましいことになる。このような特別の場合をとって考えてみても、人間の自然的な利己心と性向とは、他のすべての場合と同じく、社会公共の利益と一致し、それがかれらを導いて、近間の用途から資本を引き去り、それを遠隔地の事業へ投資させるようにするのである。

　このようにして、個人の私的な利己心は、おのずとかれらを動かして、通例、その社会にとってもっとも有利な投資に自分の資本（ストック）を振り向けさせるようにする。〔5〕だがもし、こうして自然的性向のために、かれらがその資本をそちらへ投資しすぎるようなことがあると、

そこでの利潤が低下し、他の事業のほうの利潤が上昇するから、かれらは直ちに、この間違った資本の配分を改めるようになる。だから、法律による干渉などがなんらなくても、人間の利己的心情に導かれて、だれもが、社会の資本（ストック）を公共社会の利益にもっともよく適合するような割合で、すべての事業のあいだに配分するようになる。

　重商主義のさまざまな統制は、資本（ストック）のこのもっとも自然で有利な配分を、どうしても大なり小なり撹乱することになる。とりわけアメリカおよび東インドとの貿易にかんする統制は、その他のいかなる統制よりも、この配分を撹乱している。なぜなら、この二大大陸との貿易は、他のいかなる貿易の二部門に比べても、多くの資本を吸収しているからである。けれども、この二つの部門における撹乱をひき起している統制の仕方は、みな同じだというわけではない。つまり独占は、どの場合にも、その基本の手段ではあるが、独占のやり方は同一ではない。だが、いずれの種類のものたるを問わず、およそ独占[6]こそ、まことに重商主義にとっての唯一の武器であるように思われる。

独占は、資本の自然的配分を撹乱するものであり、貧国にとっても富国にとっても有害である

　アメリカとの貿易にかんしては、どの国民も、自国と植民地との直接貿易から、他のいっさいの国を完全に排除し、そうすることによって、自国植民地の全市場を、できるだけ自分の一手に収めようとしている。また、十六世紀の大部分を通じて、ポルトガル人は、

[130] 自分たちが東インドへの航路を最初に発見した功績を盾にとって、インド洋方面の海域における独占的な航行権を主張し、東インド貿易を自由に支配しようとした。さらにオランダ人は、自国領の香料諸島（スパイス・アイランズ）〔モルッカ諸島のこと。本章「排他的独占会社……」の小見出しの地図参照〕とのいっさいの直接貿易から、他のすべてのヨーロッパ国民を排除し続けている。ところで、これらの独占が、他のヨーロッパ国民すべてを排除せんがために設けられたものであることは明白であり、そのために、他のヨーロッパの国民たちは、自分たちの資本の一部を投資するのが有利だと思っている貿易から排除されるばかりでなく、また、かく統制下にある財貨を、自分がその生産国から直接に輸入できる場合よりも、いくぶんとも高値で買うことを余儀なくされている。

ところが、ポルトガルの国力が衰えて以来というもの、ヨーロッパ国民のなかで、インド洋海域における排他的な航行権を主張するものはまったくなくなり、この方面の主要な港は、現在では、すべてのヨーロッパ国民の船舶に開放されている。だが、ポルトガルとここ数ヶ年のフランスを別とすれば、東インド貿易は、ヨーロッパ各国とも、一つの排他的な独占会社によって支配されてきている。だが、よく考えてみれば、この種の独占は、ほかならぬ、それを設けた当の国民にたいして課せられたようなものである。なぜなら、これらの国民の大部分は、このために、自分たちの資本（ストック）の一部を投資するほうが有利だと思っている貿易から排除されるばかりでなく、そのうえ、この貿易が、自分たちの同国人すべてに開放されて自由になっている場合に比べて、その取引される商品を、いくぶんか

131 高く買うことを余儀なくされるからである。一例をあげてみるなら、イングランドの東インド会社[7]が設立されて以来、イングランドのその他の住民は、この貿易から排除されているばかりでなく、自分たちが購入消費する東インド産の財貨の価格について、この会社が独占によって手に収めたはずのいっさいの特別利潤を負担させられている。のみならず、こんな大会社の事務の管理とは切っても切れない詐欺や悪弊からひき起されたに相違ない、さまざまな巨額な浪費にたいしても、負担させられたにちがいない。こう考えれば、この後者の形態の独占が不条理であることは、前者の形態の独占の場合よりも、はるかに明白である。

ところで、この二種類の独占は、社会における資本(ストック)の自然的配分を大なり小なり攪乱するものであるが、その仕方はつねに同一だ、というわけではない。

第一種類の独占の場合には、それが設けられている特定の貿易部門にたいして、その会社の資本(ストック)のうち、自然的にそこへ向うであろうより以上に大きな割合の資本を、そこへ引きつけるようになる。

ところが、第二種類の独占の場合には、その事情如何におうじて、独占が設けられている特定の貿易部門へ資本を引きつける場合もあるし、そうでない場合もある。貧乏な国における独占は、独占がない場合にそこへ向う以上の資本を、自然とその貿易部門へ引き寄せるが、富裕な国での独占は、それがない場合に、その部門に向う以上に多くの資本を自然に引き寄せるようなことはしない。

たとえば、スウェーデンやデンマークのような貧しい国では、もし東インド貿易のようなものが一つの排他的な独占会社の手に支配されていなかったら、東インドへのたった一隻の貿易船をも送り得なかったであろう。独占会社があれば、それは当然に冒険的企業家連を勇気づけるだろう。これらの国の独占は、国内市場におけるすべての競争者からかれらを保護してくれるし、そのうえ、かれらは外国市場にたいしては、他国の商人たちと同一の商機をつかむことができるのである。すなわち、独占というもののおかげで、少なからぬ量の財貨で巨大な利潤をあげることができるし、大量の財貨でも、独占を武器とすれば、それをさばいて相当な利益をあげるいい機会であることを、かれらに示してくれるのである。こんな異常な奨励でもないかぎり、この貧しい国の商人たちは、東インド貿易というような、かれらにとってはきわめて遠隔の地で当然に不安定と思われるような投機にたいして、自分たちのわずかばかりの資本をあえて投資しようなどとは、とうてい考えられもしなかったことであろう。

これに反して、ホラントのような富裕な国の場合には、自由貿易をとったほうが、現在よりももっと多くの船舶を東インドへ送ることができるだろう。オランダ東インド会社の排他的な独占資本は、独占さえなければそこへ向うはずである資本を寄せつけないことになるだろう。ホラントの巨大な資本は、あるいは諸外国の公債へ投資され、あるいは諸外国の商人や企業家に貸し付けられ、またあるいは消費物の迂回貿易へ、すすんでは仲継貿易へ、不断にあふれ出している。近隣の諸事業へはすべて投資し尽されており、相当な利潤をともなう投下資本はほとんど投下されおわってしまっているので、ホラントの資本は、いや応なしに、より遠隔の地の事業へ向って流れ出してゆくことになる。東インド貿易は、もしそれが完全に自由にされているなら、おそらく、右のような過剰な資本の大部分を吸収したことだろう。なぜなら、東インドは、ヨーロッパの製造品とアメリカの金銀やその他若干の生産物の双方にたいして、ヨーロッパとアメリカの両者をいっしょにしたよりも広大な市場なのであるから。

　資本の自然的配分を攪乱するのは、いかなる場合にも、その社会にとって有害である。なぜなら、この攪乱は、それがなければある特定の事業へ向うはずの資本を、そこから疎外し、あるいは、本来そこへ来ないはずの資本を引き寄せることになるし、いずれにせよ、
132 有害であることに変りはない。もし、ホラントの東インド貿易が、排他的独占会社がない場合には今日よりも盛大でありうるというのであれば、その資本の一部は、もっとも有利な投資から排除されていることによって、少なからぬ損害をこうむっていることになるのである。またもし、スウェーデンやデンマークの東インド貿易が、排他的独占会社が存在していない場合には、現在よりも小さくなるとすれば、あるいは、そのほうがおそらく確かだろうが、東インド貿易がまったく存在しえなくなってしまうとすれば、この両国とも、

かれらの資本の一部が、両国の現状にいくぶんとも適合しない用途に投資され、損害をこうむっているにちがいないのである。それゆえ、これらの国の現状から判断するなら、そこへ小資本のなかの大部分を投入したところで、それで雇用しうる生産的労働の量はわずかなのだから、やらなければならない仕事が山積しており、生産の伸びの低い両国などでは、代金回収のはなはだしく緩慢な遠隔地の貿易へ資本を振り向けるよりは、いくぶん高値についても、東インドの産物を他国から買い入れるほうが、おそらくはこれら両国のためだろうと思う。

排他的独占会社の大資本がなければ東インド貿易は営めない、と考えるのは誤っている

それゆえ、排他的な独占会社がなければ、ある国が東インドとの直接貿易が営めないとしたところで、そのことから、この種の独占会社を設立すべし、ということにはならない。むしろ、かかる事情のもとでは、そのような国は東インドとの直接貿易を計画すべきではない、ということにしかなるまい。東インド貿易を営むための排他的独占会社のごときものは総じて不必要だということは、ポルトガル人の経験が示して余りある。かれらは、独占会社などをまったく作ることなしに、一世紀以上にもわたり東インド貿易のほとんどすべてを手中におさめてきたのである。

個人の商人では、時たま東インドへ回航させる船の帰りの積荷を手配するために、東イ

ンドの諸港へ代理店や取次店を置くだけの十分な資力をもつことはできないし、そうなれば、集荷が容易でなく、往々その船は帰航の好季節をのがしてしまい、滞在がのびのびになると、そのための費用が東インド貿易というこの投機の利潤を残らず食い尽してしまうばかりでなく、また、しばしば大損をするものだ、とよく言われてきた。だが、この議論は、何を証明しようとするものかわからないが、もしそれが、大きな貿易部門は排他的な独占会社なしにはやっていけないものだ、ということを証明しようとするのだとしたら、それはあらゆる国民の経験に反している。大きな貿易部門ともなれば、一個人の貿易資本がその中枢部分を営み、そのうえ、そのための付属的な業務までもいっさいふくめて、これを経営できるものではなく、そんなことの可能な大貿易部門などというものは一つもない。だから、一国民が成熟して、大貿易部門を営めるようになると、ある貿易商人はおの

133

ずから資本をその主要分野に集中し、他の貿易商人は資本を自然とその付属業務のほうに振り向けるようになるが、これらすべての分野が、ただ一人の貿易商人によって営まれることはまずありえない。だから、その国民が成熟して東インド貿易が営めるようになると、その国の資本の一定部分は、さまざまな貿易業務のあいだに、おのずと分割されていくようになるであろう。そこで、その国の貿易商人のうち、あるものは東インドに居住し、その地において、ヨーロッパの商人が回航してくる船に積み込む財貨を集荷するのに自分の資本を使うほうが有利であることを悟るようになる。ヨーロッパ各国の国民が東インドで

手に入れた定住地は、それを現在壟断している排他的な独占会社の手から取りあげて、国家の主権者の直接の保護のもとにおかれるようになるなら、それらの定住地を占有している国の商人たちにとっては、安全かつ快適なものになるだろう。ところで、万一、ある時期に東インド貿易に自力で流れ込んでいくある国の資本量が、この貿易部門のあらゆる業務を営むにまだ足りない状態だとするなら、そのことは、この時点ではまだこの国は、この種の大規模な貿易を営みうるほどに成熟していないことを物語るものであって、当分のあいだは、たとえ多少は高値についても、自国が必要とする東インドの生産物を他のヨーロッパの国から買ったほうが、自分の力で直接それらを東インドから輸入しようなどと企てるよりは得策である、ということの証拠なのである。これらの財貨をヨーロッパの他の国から高価格で買ったことによってこうむる損失よりも、東インドとの直接貿易よりも緊要で有用な、この国の事情や状態にいっそう適した他の用途から、この国の資本の一大部分を他へ転用したためにこうむる損失のほうが、いっそう大きいであろう。

ヨーロッパ人は、アフリカの沿岸地域や東インドに多数の重要な定住地を領有しているが、かれらは、アメリカ大陸や付属諸島にみられるような裕福な植民地をいまだ建設するにはいたっていない。東インドという一般的名称でよばれている諸地方の若干のものはもちろん、アフリカにも、未開野蛮の種族が住んでいる。しかも、これらの種族は、みじめで無防備なアメリカの先住民ほど無力ではなく、かれらの住んでいる地域の土地の豊度の

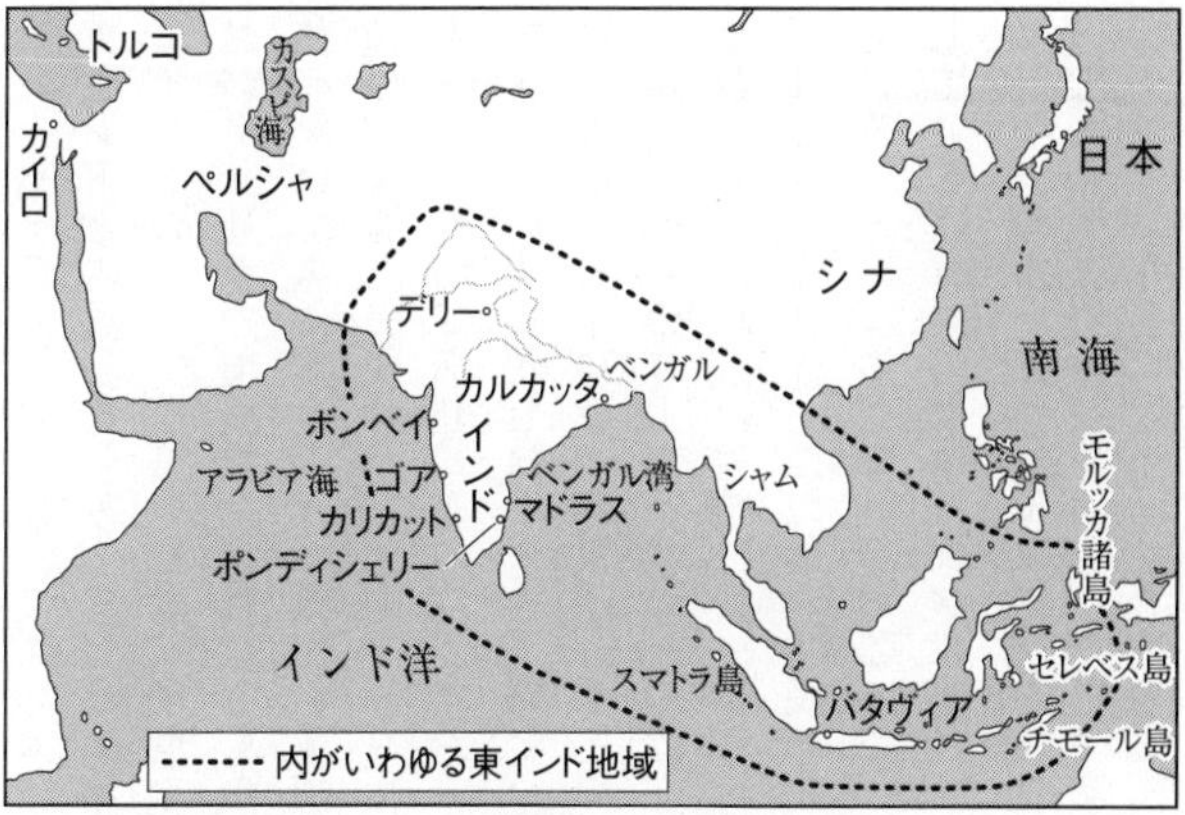

17,18世紀の東インド

わりには、はるかに人口稠密である。アフリカにしても東インドにしても、そのもっとも野蛮な種族でさえ牧畜民族であり、コイサンもまたそうである。ところが、アメリカ各地の先住民は、メキシコとペルーを除いて考えると、単なる狩猟民族にすぎない。同じ豊度の同一面積の土地の人口扶養力は、牧畜民族と狩猟民族とのあいだでは雲泥の差がある。したがって、アフリカや東インドでは、先住民を追いのけて先住民の占有していた土地をとりあげ、そこにヨーロッパ人の植民地をつくることは、アメリカの場合よりもはるかに困難だった。そのうえ、すでに述べたごとく、排他的独占会社のやり方というものは、植民地の成長にとっては不都合きわまるものであって、東インドにおける植民地の進歩が緩慢であったことの主たる原因も、そこにあったと言える。これに反して、ポルトガル人は、排他的な独占会社などなしでアフリカや東インドとの貿易を営み、アフリカ海岸のコンゴ、アンゴラおよびベングェラの植民地と東インドのゴアの植民地とは、迷信やさまざまな悪政になやまされてはいたが、しかもなお、アメリカの植民地を想わせるものがあり、その一部には、すでに数世代にわたって定住し続けてきたポルトガル人がいまでも住んでいる。喜望峰やバタヴィアのオランダ植民地は、現在、ヨーロッパ人がアフリカおよび東インドで建設した植民地のなかで、もっとも重要なものであり、その位置においてとくに恵まれている。喜望峰に住んでいた種族は、アメリカの先住民とほとんど同様に、野蛮でかつ自衛力をもっていなかった。そのうえ、この地は、ヨーロッパと東インドとのあいだにある中間宿（あいのしゅく）とも言うべきものであって、ほとんどすべてのヨーロッパの船舶は、往復いずれも、しばらくはこの地に碇（いかり）をおろす。したがって、これらの船舶に供給する新鮮な食料品や果実、ときには、葡萄酒（ぶどうしゅ）などを考えただけでも、それは、この地の住民の余剰生産物にたいするきわめて広大な市場が提供されていることになるだろう。ところで、喜望峰がヨーロッパと東インド各地との中間に位置しているように、バタヴィアは東インドの主要国のあいだに位置している。その地は、インドからシナ、日本へいたるもっとも交通頻繁な要衝の地にあたり、しかも、この航路のほぼまん中に位置している。そのうえ、ヨーロッパとシナとのあいだを航行するほとんどすべての船舶はバタヴィアに寄港するし、そのうえ、さらに、バタヴィアは東インドにおける沿岸貿易の中心的主要市場である。ヨーロッパ人によって営まれる部分ばかりでなく、土着のインド人によって営まれる沿岸貿易についてもそうであり、シナ、日本、トンキン、マラッカ、交趾（コウチン）シナのみならず、セレベス島の住民の手で航行する船が、よくこの港で見られるほどである。このような理由から、喜望峰やバタヴィアのような植民地は、こうした有利な位置のおかげで、排他的な独占会社が、時おり、その成長に加えたと思われるすべての障碍（しょうがい）をのりこえることができた。とりわけバタヴィアは、世界に稀な不健康地という特別なハンディキャップすらも克服することができたのである。

イングランドやオランダの会社は、上述した二つの植民地を除くと、重要な植民地をほとんど建設しなかったが、東インドにおいては、両者とも相当な征服を行なってきた。だが、そのどちらの会社も、その新しい人民の統治の仕方についてみると、排他的独占会社なるものの、本来の精神をもっとも露骨に暴露したと言っていい。香料諸島において、オランダ人がなにをしたかと言えば、気候が温順であるため、十分な利潤を得てヨーロッパで売りさばけると思われる以上に香辛料が生産されると、その分だけは全部焼き捨ててしまった、と言われている。定住植民地のない島々では、そこに自生する丁子（ちょうじ）や肉豆蔻（にくずく）のつぼみや若葉を収集してきた土着民には賞金を与えることにしていたため、これらの樹木は、この野蛮な政策のために、今日では、ほとんど根絶（ねだ）やしになってしまった、と言われている。定住植民地のある島々でさえ、かれらは、これらの樹木の数をいちじるしく減少させてしまった。自分たちの定住している島々においてさえ、その産物が自分たちの支配する市場の需要に適する量よりも多いと、オランダ人は、その過剰になった部分を先住民が他国へ売りはしないかなどと疑い、自分たちの独占を確保する最善の方法は、かれら自身で市場へ出荷する以上のものが作られることのないように、監視を怠らないことにある、と考えた。さまざまな圧制をつみ重ねた結果、モルッカ諸島のなかのいくつかの島の人口を減少させ、わずかばかりの自国の守備隊と香辛料の積荷をとりに時々そこへ寄港する自国の船舶とに、新鮮な食料品やその他の生活必需品を供給するに足るだけの数に先住民を減らしてしまった。ポルトガル人の統治のもとにあった時でさえ、これらの島々の人々はかなり多かった、と言われている。ところで、イングランドの会社〔東インド会社〕は、なお日も浅いので、こんなに徹底した破壊的な悪政をベンガルで確立するまでにはいたっていないが、それでも、かれらの植民地統治のやり方をみると、やはりホラントと同じ性質をもっている。私の確聞したところによると、会社のある在外代理店の首席書記、つまり主任が、農夫に命じて、肥沃なケシ畑を犂きかえし、そこに、米その他の穀物の種子を播かせることは稀ではないという。表面上の理由は、食料の不足に備えるというのであったが、これは口実で、真の理由は、この主任がたまたま手許に抱えていた多量の阿片の値を吊り上げて、それを高値で売る機会をつくるためであった。また、時には、これとは反対に、米その他の穀類が栽培されていた肥沃な畑が犂きかえされ、そこへケシを植えさせた。この場合、この主任は、阿片で法外な儲けができそうだ、とみてとったからである。この会社の使用人たちは、さまざまな機会をねらって、この国の外国貿易ばかりでなく、国内商業についてもまた、そのもっとも重要な部門のうちのあるものの独占を、おのれの利益のために行なおうと図ったのである。こんなことが許されていたとすると、かれらは、かならずいつ
[136] かは、自分たちがその独占権を強奪した特定の商品の生産を、自分で買い取りうる数量にだけ制限するばかりでなく、自分で十分だと思う利潤を得て売れると期待できる数量に制限しよう、と企てるにきまっている。そうなれば、一、二世紀のうちに、イングランドの独占会社のやり方も、おそらくオランダのそれと同じように、完全に破壊的なものであることが立証されることになるであろう。

植民地の主権者としての会社の真の永久的利益は独占を排除することにあるが、東インド会社のごとき独占商人はこれを理解せず、たんなる商人としての目前の利益の追求に専念している

だが、考えてみれば、このような破壊的なやり方ほど、被征服者の元首ともいうべき右のような独占会社の真の利益に反するものはないだろう。いかなる国においても、主権者の収入は、その国民の収入から引き出されるものである。したがって、国民の土地および労働の年々の生産物が大きければ大きいほど、かれらは、主権者にそれだけ多くのものを貢納することができる。だから、この年々の生産物をできるだけ殖やすことこそ、主権者

にとっての利益にほかならないのである。ところで、もしこのことに誤りなしとするなら、ベンガルの主権者のように、その収入が主として土地の地代から成っているような場合には、とりわけ、このことは当てはまる。地代は、かならず生産物の量と価値に比例するものであり、その量と価値とはいずれも、かならず市場の大きさに依存するものなのである。生産物の量の大きさは、それにたいして支払うことのできる人の消費の量と、つねに正確に対応するだろうし、また価格は、つねにかれらのあいだの競争のはげしさに比例するだろう。だから、この場合の主権者にとっては、買手の数とかれらのあいだの競争をできるだけ増大させるために、自国の生産物にできるだけ広大な市場を開放し、商業のもっとも完全な自由を認めることこそが利益なのであり、したがって、いっさいの独占を廃止し、国内生産物を一地方から他地方へ輸送したり、または、それを外国へ輸出したり、さらにすすんでは、自国の生産物と交換するあらゆる種類の財貨を外国から輸入したりすることにたいする、いっさいの制限を廃止することこそが、主権者にとっての利益なのである。かくすれば主権者は、生産物の量と価値とをともに増加させることができ、ひいては、自分自身の分け前、つまり自分の収入を増加させることになるだろう。

ところが、商人の会社というものは、自分が植民地の主権者の地位に座してしまってからでも、主権者としての自覚をもつことができないように思われる。かれらは、商売、つまり売るために買う、ということを、いまもなお自分の主たる本務だと心得ており、しかも奇怪と言おうか不条理と言おうか、主権者の性格を商人の性格の単なる付属物だと心得ており、それを商人の性格に奉仕すべき権力、つまり、主権者としての性格があるからこそ、自分たちは、東インドで安く買い、ヨーロッパで高く売って、より多くの利潤をあげ[137]ることができるのだ、と考えている。そこでかれらは、この目的のために、自分たちの支配している植民地の市場から他のいっさいの競争者を締め出し、少なくとも、これらの地域の余剰生産物の一部を、おのれ自身の需要をみたすに足りるぎりぎりの数量、すなわち、かれらが相当だと考える利益を取得して、それをヨーロッパで売ることができると期待し得るぎりぎりまで、圧縮してしまおうとするのである。このようにして、商人の独占会社は、自分の商人的な素性習癖に引きずられて、無意識のうちにではあろうが、ほとんど必然的に、いかなる場合にも、巨大で永久的な主権者の利益よりも、狭隘で一時的な独占商人の利益を優先させるようになり、そしてやがては、自分たちの支配下におかれている植民地地域を、オランダ人がモルッカ諸島を取り扱ったのと同じようにしてしまうであろう。いま、東インド会社を植民地における主権者と考えた場合、その真の利益は、自分の領土へ輸入されてくるヨーロッパの商品ができるだけ安く売られ、インドから輸出される土産(どさん)の生産物がヨーロッパでできるだけ高い値段で売られる、ということにあるはずである。ところが、この会社の商人としての素性から言えば、むしろ、この逆が利益になる。主権者の立場に立つならば、この会社の利益は、主権者としての自分の統治する国の利益とまったく同一なのだが、この会社が商人の立場に立つなら、会社の利益は、統治されるこの国の利益とはまさに相反するものになるのである。

もし、かくのごとく、ヨーロッパにおいて、いっさいを指揮する政府たる地位にある東インド会社の本社の精神にしてすでに、かく本質的に、しかも救いがたいほどに誤ったものであるとするなら、インドにおける現地行政府（アドミニストレーション）〔独占会社のことを指す〕のそれは、なおさらそうであろう。この行政府は、当然のことだが、商人たちの協議会によって作られている。もちろん、商人という職業はきわめて尊敬すべきものではあるが、世界のいかなる国においても、おのずから人民に威厳が及び、力を用いることなしに人民を自発的に心服させる、というような権威をもったものではない。したがって、かような協議会が人民に服従を命じようとすれば、おのずから武力を行使する以外に手はないのだから、植民地統治は、おのずから武断的ともなり専制的ともなる。とは言っても、会社の本業は、商人としての商売である。つまり、その主人の計算において、使用人に委託されたヨーロッパの商品を植民地市場で売り、それと引換えに、ヨーロッパ市場向けのインドの生産物を買い付けることにある。おのずから、前者をできるだけ高値で売って、後者をできるだけ安値で買い、また、かれらが商売をやっている特定の市場からすべての競争者をできるだけ排除することにある。それゆえ、この行政府の精神というものは、この会社の貿易にかんするかぎりは、本国でこの会社の業務を指揮しているその精神と同じものなのである。換言すれば、その精神というのは、植民地の統治を本国の独占会社の利益に奉仕させ、植民地における余剰生産物の少なくともある部分の自然的増加を妨げ、その数量をこの独占会社が必要と考えるそのぎりぎりのところまで圧縮してしまう傾向をもっている。

138

また東インド会社の使用人たちも、その地位を濫用するので、国益を害すること大である

そのうえ、インドにおけるこの行政府の構成員たちは、多かれ少なかれ、自分の勘定で貿易商売をやっており、それを禁止しようとしてもだめに決まっている。本国から一万マイルも遠く離れ、したがって、ほとんど本国の監視の眼のとどかないところにある現地の大営業所の使用人たちが、本国の主人の命令一本で、自前でやっている商売を即刻やめ、財産づくりの手段を自分の手に握っているのを永久に断念し、雇主からもらう適度な俸給で満足するだろうなどと考えるのは愚かな話である。そのうえ、この俸給は適度なものだとは言っても、この独占会社の現実の利益が許容しうる限度内では高給なのが普通であるから、かれらの俸給がそれ以上に増額されることなどは、まず期待できない。事情かくのごとくであるから、会社の使用人たちが現地で自前の貿易商売をやるのを禁止してみても、それはおそらく、ただ、上級の使用人が本社の命令を励行するのだと称して、下級の使用人で不幸にも上役の機嫌を損じた者をいじめさせる以外に、なんの効果もないだろう。使用人たちは当然、自分たちの自前の商売のために、会社公認の貿易の場合と同じような独占を設けようとする。もし、かれらが思うままに活動するのが容認されるとなれば、自分たちが自前で取引しようと思っている品物を他の競争相手が商売することを完全に禁止し、それによって、独占を公然と直接的な形で設けるだろうが、しかもこれは、独占としては最善のものと言えるし、もっとも抑圧的でないものなのである。ところが、もし、ヨーロッパ本国からの命令でかれらが私的に独占を設けることが禁じられるとすると、かれらはこんどは、秘密裡に、間接的なやり方で、この国にとっていっそう破壊的な方法で独占を設けようとするにちがいない。おそらく、かれらは代理人を使い、隠れて商売をするとか、少なくとも公然と名前を出すことをせず、自分がやろうとしている商売のどれかで、自分たちに邪魔だてするような人たちを困らせたり破滅させたりするために、政府の権力を振りまわしたり、法律を悪用したりするだろう。使用人たちのやる自前の貿易は、会社公認の貿易よりも当然に多種類の品目に拡大されるだろう。会社公認の貿易は、ヨーロッパとの貿易が中心で、それ以外には及ばないし、また、この国の外国貿易のほんの一部分を営んでいるにすぎない。ところが、会社の使用人たちがひそかにやる自前の貿易商売となると、この国の国内貿易、外国貿易双方のあらゆる部分に拡大されてしまう。会社の独占は、せいぜい、自由貿易がとられた場合に、ヨーロッパへ輸出されるはずの植民地の余剰生産物の自然的増加を妨げる効果をもつにすぎない。これに反して、会社の使用人たちが自前でやる私的貿易の独占は、輸出向けのものは言うまでもなく、国内消費向けのものにいた

139

るまで、かれらが取引しようと思う生産物のあらゆる分野の自然的増加を妨げるのであるから、国全体の耕作を衰退させ、その住民数を減少させる傾向をもっている。つまりそれは、あらゆる種類の生産物の量を減少させ、生活必需品の生産量すらも減少させるのである。だから、会社の使用人たちが手を出しはじめたら最後、かれらが買い付けることができ、また、かれらが望むだけの利益を得て売れると思う程度の数量に、あらゆる生産物を圧縮してしまうのである。

そのうえ、会社の使用人たちは、そのおかれた立場上、かれらがその統治を任されている植民地の利益に反しても、自分たち自身の利益をかたく擁護しようとする傾向をもっており、その強烈さは、かれらの主人たち以上であるにちがいない。この植民地は、かれらの主人たちのものなのであるから、主人たちとしてみれば、自分たちに所属しているものの利益は、多少とも顧慮しないわけにはいくまい。だが、この地域〔東インド〕は、使用人たちのものではない。もし、かれらの主人たちがことの道理を理解する能力があるなら、主人たちの真の利益は、この植民地国の利益と同一のものであることがわかるはずであって[1]、万一、主人たちがこの植民地国の真の利益に圧制を加えるようなことがあるとすれば、それは主として無知と商人的偏見の浅ましさの結果なのである。ところが、使用人たちの真の利益は、この植民地を領有している国のそれとはけっして一致せず、たとえ、かれらがことがらにたいする完全な知識をもっていても、それは、けっしてかれらの圧制の歯止めとはならないであろう。これまでヨーロッパの本国から出された規制は微力なものでしかなかったことがしばしばあったにせよ、多くの場合、それは、善意から出たものであった。これに反して、インドにおける使用人たちが設けた諸規制は、かれらの知性が往々あらわれている場合もあったが、おそらくは、好意の点では、かれらの主人以下であったろ[140]う。植民地の行政府というものは、まことに奇怪きわまるもので、その行政府の人間は、一日もはやくその植民地国から逃れ出ようとしており、したがってまた、一日もはやく政務から解放されたがっている。そのうえ、この行政府の関係者にとっては、自分たちがそこで儲けた全財産をかかえてそこを立ち去ったら、たとえその翌日、この植民地が残らず大地震で陥没破壊されてしまったとしても知ったことではない、というのだからあきれたものである。

　私が以上のように述べたからと言って、私は、東インド会社の使用人たち一般の人格になんらか忌わしい非難をあびせるつもりは毛頭ないし、まして、特定の人物について、その人柄を問題にしようとしているのではない。私がむしろ非難したいのは、その植民地統治の制度なのであり、使用人たちがおかれているその地位であって、そこで行動した人々の人柄ではない。かれらは、自分たちの地位がおのずからに促すままに行動しただけのことであり、声を大にしてかれらを非難した人々といえども、いったんその地位におかれれば、いまの使用人よりも好ましく行動はしなかったであろう。戦争においても交渉においいても、マドラスやカルカッタの植民地協議会は、ローマ共和国の全盛時代の元老院におとらぬほどの決意と明断をもって、ことにあたって行動した。もともと、協議会を構成していた人々は、戦争や政治とはおよそ縁のない職業を身につけた人々であった。したがって、かれらに与えられた地位だけが、教育もなく経験もなく、先例さえもないのに、その地位が必要としていた重要な資質をたちまちのうちにかれらに賦与し、かれら自身さえも気づかなかった能力や徳性を身につけさせたものと思われる。したがって、もしある場合に、かれらがその地位に促されて、かれらからはとうてい期待できなかったような寛容な行為に出ながら、他の場合には、かれらが、やはりその地位に動かされて、これとはいくぶん異なる行動に出たとしても、あえて怪しむにはあたらないだろう。

要するに、排他的な独占会社なるものは、いかなる点からみても、迷惑で荷厄介なものである。独占会社を設立した当の国にとっては、つねに、多少とも不都合な存在であり、また、不幸にして独占会社の統治下におかれた植民地の国々にとっては、破滅的なものである。

（1）だが、東インド会社の株券の所有者の利益は、けっしてわが国の利益と同一ではない。けだし、株主には投票権があるから、国の政治にたいする、ある程度の影響力をもっている。これについては第五篇第一章第三節〔第一項〕参照。〔以上の原注は、第三版以降に現われるが、第二版では、以下のごとく、趣旨は同じだが、やや詳細な原注がついている。「……ところが、かれら株主たちは、これ〔株主としての経済的利益〕とは別の、そして、これよりもはるかに重要な利害関係をもっているのである。大財産家は往々、いや、時にはたいして財産のない人でさえもが、株主総会での投票権を獲得すれば顔役になれるという、ただそれだけのことのために、一三〇〇ポンドないし一四〇〇ポンド（これは東インド会社の一〇〇〇ポンド株券の時価であるが）をよろこんで支払うことがしばしばある。この投票権を獲得すれば、かれはインドの略奪にではないにしても、その略奪者の任命には参与できるのであって、こういう任命は、取締役たちがするものではあるが、取締役たちは、どうしても多かれ少なかれ株主総会の勢力下におかれているし、また株主総会は、取締役を選任するばかりではなく、この任命を無効にしてしまう場合さえある。もし大資産家が、いやたいして財産のない人でさえもが、数年前もこういう勢力をもち、また、そのためにいく人かの友人をインドでの職につけてやることができれば、そんなわずかな資本から期待される配当はもちろん、自分の投票権そのもののもとになっている資本の損益さえもほとんど気にかけない、ということがしばしばある。それどころか、この投票権をもっているからこそ統治に参与できるのに、この大帝国が繁栄しようが没落しようが自分はぜんぜん気にかけない、というような場合もめずらしくはない。こういう商事会社の株主の大部分は、不可抗的な社会的な原因から、その臣民の幸、不幸について、また、その領土の改良や荒廃について、さらに、その行政の栄辱について、まったく無関心であり、また、どうしてもそうならざるをえないのであるが、それほど無関心な主権者がほかにあったためしはないし、また主権者ともなれば、事物の本性上、これほど無関心でいるわけにはいかないであろう」〕

〔1〕印紙条例（スタンプ・アクト）は、大ブリテンのアメリカ植民地にたいする直接的統治の一例で、本国の議会が一七六五年三月二二日に制定したもの。目的は、アメリカ植民地におけるあらゆる公的印刷物――新聞、証書、手形など――にたいして所定の収入印紙の貼付を命じ、この収入によって駐屯軍や密貿易取締りのための費用にあてようとした。けれども、この条例はアメリカ植民地側の同意を得ていないというので、広範な反対運動が起った。各地の反対運動や街頭デモ、イングランドからの商品の不買同盟、印紙販売人の襲撃まではじまり、そのうえ、本国でも反対運動がはじまったので、翌六六年三月に廃棄された。『国富論』のこの箇所でスミスは、イングランドの産業構造が独占のために植民地向けの産業に集中しているので、いったん植民地とのあいだに紛争が生じ断交でも起るということになれば、イングランド産業自身の命とりになりかねない点を心配した。印紙条例の撤廃が大ブリテンの貿易商人たちのあいだで人気があった、とスミスが本文中に書いているのはこのためである。

〔2〕スミスは、国富増進の原因として二つの事情をあげている。第一は勤労の「熟練」・「技巧」・「判断」の程度如何であり、第二は、「生産的労働」に従事するものと「不生

産的労働」の提供者とのバランス如何による、と。第一は、分業を基盤とする労働の生産力の増進であり、主として『国富論』第一篇の主題をなしており、第二は、各層の年々の所得が不生産的労働者の扶養に浪費されるようなことがなく、節約〈parsimony〉によって蓄積され資本化され、生産的労働者の扶養に向けられる程度に依存するものとされ、これは主として『国富論』第二篇、とりわけその第三章の主題をなしている。富、すなわち「生活の必需品と便益品」の増加の秘密は労働の生産力の増進にあるが、この生産力を増進させる梃子になるものは、個人の収入のうち、どれだけが「節約」され資本化されるかによるのだ、と言う。だからスミスは、勤勉ではなくて節約が、資本増加の直接の原因である、と述べている。たとえ個人の浪費や政府の濫費があっても、人間本有の節約本能、すなわち、自分の生活状態をよりよくしようとする常住不断の努力、この動物的本能こそが富裕の原因である、と言う。国富の原因を取り扱っているこの第一篇および第二篇における二つの原因は、相互にかならずしも有機的に明確な結びつきをみせているとは言えないが、キャナンによれば、第一篇と異なり、「節約」や資本形成を強調する『国富論』第二篇の構想は、フランス重農学派の影響によるものだとされている。

〔3〕スミスは「商人の国民」a nation of shopkeepers と言っている。shopkeeper は通例「小商人」の意味にとられるが、この場合、この語を軽蔑の意味に用いているとは思われない。政府が商人の支配や影響のもとにあり、かれらの利益だけを目標として

独占を認めるような経済政策を行なう場合には、その国全体が破滅的なものになる、と主張しているのである。

〔4〕キャナンがその注記で引用しているエノーの記述は、はなはだ興味があり、過去の記録にたいするスミスの判断をよく示している、――「従来のどのような治世も、これほど多く書物や噂(うわさ)ばなしや、図版や即興詩などを生み出したことはなかった。そのなかには、とるに足らぬものも多いが、アンリ三世は大衆のなかに身をおこうとした国王だったから、その生活の一挙手一投足は、一つとして人々の好奇心の的にならないものはなく、またパリはカトリック教徒の右の〈同盟(リーグ)〉の重要な事件の舞台であったから、これに大きな役割を演じた市民たちは、目の前で起った些細なことがらまでも、丹念に記録に残した。市民たちにとっては、自分たちが見たあらゆることは、自分たちがそれに関係していただけに重大なものだと思えたのであるが、われわれとしては、当時おそらくはその大部分が世間の大きな話題にならなかったようなことがらに、実は興味を覚えるのである」(*Nouvel Abrégé chronologique de l'histoire de France*, 1744.『新フランス略史』)と。スミスは、このエノーの報告にある、当時のカトリック教徒の自己顕示欲とアメリカの植民地における数多くの指導的人物――と自分たちで思い込んでいる人々――の自己顕示欲と地位の保全にたいする本能とをみてとろうとしたのであり、そこにアメリカ植民地にたいする大ブリテンのポリティカル・エコノミーの叡知と深慮とを要求したのである。

〔5〕スミスは、植民地を論じたこの第七章のなかで、いかなる外国貿易にたいしてどれだけの資本を投下するかは、国家の干渉などがなくても個人の利害打算の判断から適正に行なわれ、それがまた社会全体にとってもっとも有利な結果をもたらすものだ、と述べている。しばしば、この二つのもの、すなわち個人における「利己心」＝「自愛心」と社会公共の福祉との結びつきは、スミスによって「見えざる手」に導かれて無意識のうちに達成されるものだとされていた。この点は『道徳情操論』においても『国富論』においても、まったく同じである。植民論のなかで、スミスが外国貿易資本の適正配分について述べた論法は、他のすべての経済政策についても、かれの主張したところである。個人の利己的性向と社会公共の利益の一致という思想は、『国富論』のいたるところに見いだすことができるが、この利己心の強調は、キャナンによれば、スミスがその恩師ハチェスンから受け継いだものではなく、このマンドゥヴィルの逆説的思考の影響によるものにちがいない、と言う。『道徳情操論』のなかでスミスは、マンドゥヴィルの説を「放縦な体系」として批判し、溌溂（はつらつ）としているが野卑でありとうてい是認することはできないが、あれほど多数の人々にショックを与えているところからみると、一見人心破壊的にみえても、人間性についての真理に近いものを摘出しているからであろう、と述べている。スミスは、その師ハチェスンからは「仁愛（ベネボレンス）」の徳を学んだのだろうが、スミスに固有な「利己心」＝「自愛心」、人間各人がおのれの境遇を改善しようとする常住不断の性向、人間が母の胎内からもって生れ出、墓場

に入るまで変ることなきこの人間本性、貯蓄しようとする性向、一物を他物と交換しようとする本能等々、これらスミスをその師ハチェスンと区分する人間観を、かれはどこから得たのか。キャナンの想像はマンドゥヴィルなのであり、ハチェスンの講義を聴いた後間もなく、スミスはマンドゥヴィルの『蜂の寓話』に接したのだろう、ということである。スミスは『国富論』のなかで分業を論じた第一篇第二章のなかで（「分業は、人間の本性……」の小見出し参照）、かなり率直鮮明な言葉で次のように述べている、――「……人間は、仲間の助けをほとんどいつも必要としている。だが、その助けを仲間の博愛心にのみ期待してみても無駄である。むしろそれよりも、もしかれが、自分に有利となるように仲間の自愛心（セルフ・ラヴ）を刺激することができ、そしてかれが仲間に求めていることを仲間がかれのためにすることが、仲間自身の利益にもなるのだということを、仲間に示すことができるなら、そのほうがずっと目的を達しやすい。他人にある種の取引を申し出るものはだれでも、右のように提案するのである。私の欲しいものを下さい、そうすればあなたの望むこれをあげましょう、というのが、すべてのこういう申し出の意味なのであり、こういうふうにしてわれわれは、自分たちの必要としている他人の好意の大部分をたがいに受け取りあうのである。われわれが自分たちの食事をとるのは、肉屋や酒屋やパン屋の博愛心によるのではなくて、かれら自身の利害にたいするかれらの関心による。われわれがよびかけるのは、かれらの博愛的な感情にたいしてではなく、かれらの自愛心にたいしてであり、われわれがかれらに語るのは、われわれ自身の必要についてではなく、かれらの利益についてである。……」

スミスがマンドゥヴィルを読んだことやそれを『道徳情操論』のなかで批判的にとりあげたことは明らかだし、かれの逆説的寓話の影響力が大きかったことを認めていたことも確かであるが、私悪が公益に通じるというマンドゥヴィルの考え方がスミスの思想に決定的影響を与えたかどうかについては、スミス自身からはなにも聞くことができない。しかし、スミスが『道徳情操論』のなかでマンドゥヴィルを重視していることは明らかであるし、『道徳情操論』のなかの人間本性にかんするスミスの所見、かれの『国富論』全篇を通じての「利己心」＝「自愛心」と社会公共の福祉、すなわち、経済の循環と成長にたいする人間の利己的性情、とりわけ「中層ならびに下層階級」における「利己心」＝「自愛心」の社会的インパクトの強調は、スミス自身の独自の思想というよりは、スミスが、マンドゥヴィルの一見ショッキングな逆説のなかにひそむ鋭い人間観について、内心深い同意を示していることを物語っているのではないか。十八世紀当時の著作家の慣行として、自己の主張に連なる先蹤（せんしょう）の思想家の説を入念に引証することなく、時にはさり気なく批判する、といったような形で自説の中にとりこむことが通例であったことを想えば、スミスとマンドゥヴィルとの関連は、スミス自身の文意を離れて、案外に深く密であったことと思われる。スミスが、経済生活においてハチェスン的な「仁愛」よりも「自愛心」に重点をおいて、そこを支配する人間関係とその法則性とを明らかにしようとした点などは、スミスがハチェスンの利他心の哲学から抜け出して、マンドゥヴィルの「私　悪（プライベイト・ヴァイセス）」、すなわち、「利己心」＝「自愛心」をヒントとして、そのうえにかれの『国富論』全五篇の骨骼を組み上げたことを物語っている。

〔6〕monopoly　ここで取り上げられている「独占」は、とくに貿易について、特許状や法的規制にもとづいて、営業権の独占もしくは買占め独占という形で流通過程を排他独占することによって、自由競争を阻止して高い利潤を確保しようとする独占である。それは、自由競争のもとで、巨大な資本と生産力にものを言わせて競争相手を一掃するという形で高い利潤を得ようとする、近代の独占とは理論上区別される。東インド会社やレヴァント会社を代表とする十七、八世紀の貿易資本は、いずれも特許状によって、それぞれの地域について営業権の独占を許されていた。またアメリカ植民地貿易については、独占会社はなかったが、しかし、航海条例などの法的規制によって、他国船はこの貿易から締め出されてしまい、事実上イングランドの貿易資本による独占体制がつくり出された。流通独占は、国内経済の問題としては、ギルド制などとともに市民革命の終了時までに一掃されて清算ずみであったが、国際経済の局面では、貿易差額を金銀で獲得することこそ富国の途だとする重商主義思想に駆り立てられて、貿易の開設が困難かつ高い危険をともない、しかも、国威をかけた各国間の競争も激烈をきわめるという事情のもとで貿易を推進するために、十八世紀にいたるまで独占

がおおいに認められていたのである。

〔7〕East India Company　一六〇〇年に設立された東インド貿易の独占会社。十六－十八世紀当時、東インドとは、西は現パキスタン、東はフィリピン群島を除いてモルッカ諸島、チモール島を含む東南アジア、北は中国大陸までの諸地域を指した（本章第三節「排他的独占会社……」の小見出しの地図参照）。ヴァスコ・ダ・ガマによる喜望峰経由東インド航路の発見以後、ポルトガルやオランダをはじめとしてヨーロッパ諸国は、香料など東インドの物産を求めて競って東インド貿易に乗り出し、やがて香料のほか染料、綿糸、綿布、生糸、これらに遅れてコーヒーと紅茶などがヨーロッパにもたらされるようになった。ところで、イングランドは、香料の入手を頼っていたポルトガルが、一五八〇年にイングランドの敵国たるスペインの属領になってしまったため、香料の入手が不可能になったので、直接に原産国と貿易すべく、同年レヴァント会社を設立し、二度にわたって船隊を繰り出したが、これは二度とも難破して失敗に帰した。その後イングランドは、香料をオランダ商人から買い付けていたが、一六〇〇年に再度自力の直接貿易を計画して東インド会社を設立し、イングランドと東インド間の貿易を独占させるなど手厚い保護を与えて東インド貿易に割込みを図った。イングランドのこうした動きにたいして、オランダは一六〇二年に、フランスは一六〇四年に、その他スウェーデン、デンマーク、オーストリアなどの諸国もそれぞれ独占的な東インド会社を設立し、たがいに国威をかけて貿易を競うことになった。イン

グランドの東インド会社は、はじめモルッカ諸島（香料諸島）との香料貿易を目指したが、先発国オランダに阻止され、そこでインド大陸に交易の中心を求めて、一六一一年にムガール帝国に商館の開設を認めさせて拠点を確保した。その後、十七世紀後半の数次にわたる対オランダ戦争によって、イングランドは香料諸島との交易権を獲得したが、ひきつづいて一七五七年のプラッシイの戦いにいたるまで、インド大陸においては、ムガール帝国、東インド会社、イングランド本国、フランス、オランダが入り乱れて戦闘を繰返した。だが、七年戦争（一七五六〜六三）において大ブリテンがフランスを撃破するとともに、インドにおける東インド会社の支配もゆるぎのないものとなった。会社は、やがてムガール帝国からベンガル地方などでの地租徴収権を獲得して同地方の支配者たる地位を占め、大ブリテンの植民地帝国建設への先導者となったのである。けれども、東インド会社は、植民地経営を行なうというよりも、むしろムガール帝国の内紛を巧みに利用しつつインドを商業的に収奪するという、商業資本の行動に終始した。

東インド会社の第一の目的は香料、染料、紅茶など東インド物産の入手にあったが、見返りとなる輸出商品は豊富でなく、毛織物、鉄、鉛類のほかは、もっぱら金銀の地金に頼っていた。だが、輸入した東インド物産の過半をヨーロッパ大陸諸国に再輸出すれば、取引全体としてはかなりの貿易差額を得られるものと考えられ、これが東インド貿易の第二の目的とされていた。ところで、東インド貿易の実態をみると、一六七五～八五年ころには年々四〇万ポンド程度の地金が輸出され、十八世紀初頭には東インド向け輸出のうち地金が三一万三〇〇〇ポンド、一般商品が九万四〇〇〇ポンドといわれている。そこで、貿易の目的は個々の貿易における金銀の獲得にあるとする重金主義者からの東インド会社批判は熾烈をきわめたわけである。しかしながら、東インド会社の輸出入取引全体をみると、たとえば十八世紀後半には、地金および商品で二五〇万ポンド程度の輸出をして、およそ一〇〇〇万ポンドに評価される東インド物産を持ち帰ったというぐあいで、順調な営業成績をあげていた。ちなみに、出資金にたいする利潤率をみると、設立後のしばらくは三〇パーセント程度で、その後三パーセントから二〇パーセントの間を上下したが、一六八〇年代には四〇パーセント台に達している。こうして東インド会社は、経営全体としては厖大な利益をあげ、十八世紀に入ってからは、大ブリテン政府にたいして上納金や貸付を行なうという形で国家財政に直接寄与するところも少なくなかった。

独占会社たる東インド会社が市民革命後も存続を許され、それのみか保護までされていたのは、国防上の理由もさることながら、一つには同社の営業がけっきょくは国富を増加させるとともに、より直接には、まだ弱体で経済的基盤の弱いブルジョワ政権に貨幣をもたらす、いわば乳牛であったからにほかならない。東インド会社の独占権は、シナ以外の東インド貿易については一七九三年まで、シナ貿易については一八三四年まで、認められていた。スミスが東インド会社をどのように考えていたかについては、第五篇第一章第三節第一項〔2〕「旧東インド会社……」の小見出しから「議会による改革……」の小見出しまでの記述を参照。

141

第八章　重商主義（マーカンタイル・システム）の結論〔1〕

重商主義の政策においては、原料・職業用具の輸出は禁止または厳罰を科し、原料の輸入は免税にし、また奨励金を与えている

輸出の奨励と輸入の阻止とは、各国を富裕ならしめようとする重商主義政策の二つの代表的な手段であるが、ある特殊な商品については、重商主義は、これとは反対の政策をとっているようである。つまり逆に、輸出を阻止し、輸入を奨励するのがそれである。だが、こうした政策手段の差異はあっても、究極の目的は、依然として同一である。すなわち、貿易差額（バランス・オヴ・トレイド）〔第四篇第一章訳注〔3〕参照〕を有利にして国を富ませるにある、と重商主義は主張する。たとえば、製造業の原料や職業上の用具〔つまり機械や道具など〕の輸出を阻止し、それによって、わが国の職人たちを有利にし、外国の市場で他国の労働者よりも安値に売らせるようにするためである。かくして、あまり高価とは言えぬ〔原材料のような〕特定の商品の輸出を制限することによって、他の多くの商品をはるかに多量に、しかも、よりいい値

段で輸出することを企図しているのである。また重商主義は、製造業の原料の輸入はこれを奨励しているが、狙いとするところは、それによって、わが国の労働者がその商品をより安くつくりあげることを可能にし、かくして、外国の製造品が大量に輸入され、その輸入価額が大きくなるのを防ごうとするためである。少なくとも、わが国の法規集のなかに、職業用具の輸入にたいして、なんらかの奨励を定めているのを私は見たことがない。どの製造業でも、ある程度まで発達してくると、職業用具の製造それ自体が、多くの製造業の重要な目的になりはじめる。そうなれば、職業用具の輸入にたいして、なんらか特別の奨励を与えたのでは、この種の製造業の利益をおおいに害することになるだろう。したがって、この種の輸入は、奨励されるどころか、かえって往々に禁圧されてきたのである。たとえば、羊毛用の梳毛櫛(すきぐし)についてみれば、その輸入は、アイルランドからのものか、ないしは、漂着品または捕獲品として持ち込まれる場合をのぞき、エドワード四世の治世第三年の条例〔第四号〕によっていっさい禁止され、この措置はエリザベスの治世第三十九年の条例〔第十四号〕によって更新、さらにその後の諸条例によって引き継がれ、永久化された。

ところで、製造業の原料の輸入については、時としては、他の財貨の場合には徴収されている税を免除することにより、また時としては、奨励金を与えることによって奨励されてきた。

いくつかの国々からの羊毛の輸入、すべての国からの原棉、アイルランドおよび大ブリテンの各植民地からの未仕上げの亜麻、染料の大部分、生皮の大部分、大ブリテン領グリーンランドの漁場からくる海豹(あざらし)の皮、大ブリテン領各植民地からの銑鉄、棒鉄などの輸入は、製造業の他の数種の原料と同様、税関で正式の申告をすれば、いっさいの税を免除される特典を与えられた。わが国の貿易商や製造業者たちは、自分たちの私的な利害打算から、おそらく商業上の他の諸規制の大部分はもちろん、上述した輸入税の免除をも、政府から強引に獲得したのではないかと思う。だが、それはともかく、この種の免税措置そのものはまったく正当かつ合理的なものであるから、もしそれが国家の利益を害することなしに製造業の他のすべての原料にまで拡張できるとするなら、社会一般がこれによって利するところ、かならずや大であろう。

綿糸輸入の免税と亜麻布輸出の奨励金とは製造業者の利益のためのもので、貧しい紡績工の利益は無視されている

ところが、わが国の大製造業者は貪欲(どんよく)で、ある場合などは、自分たちの製品の未仕上げの原料と正当にみなしうる範囲をはるかに超えて、右のような免税を拡張させている。たとえば、ジョージ二世治世第二十四年条例第四十六号により、外国産の褐色粗製亜麻布織糸の輸入にたいしては、一封度(ポンド)につき、わずか一ペニーというような少額の税しかかけられないことになったのであるが、改正以前には、これよりもはるか高率だった。すなわち、帆布用織糸には一封度あたり六ペンス、フランスおよびオランダ製のいっさいの織糸には

一封度あたり一シリング、プロシャおよびロシア製の織糸には一ハンドレッド・ウェイト〔一一二封度〕あたり正貨二ポンド一三シリング四ペンスが、それぞれ課税されていた。ところが、わが国の製造業者たちは、一封度あたり一ペニーというような軽微な課税にたいしても、ながくは満足しなかった。そこで、同じ国王の治世第二十九年条例第十五号、つまり、一ヤードにつき一八ペンスを超えない価格の大ブリテンおよびアイルランドの亜麻布の輸出に奨励金を与えることを定めた法律によって、褐色粗製の亜麻布織糸の輸入にたいする、このわずかばかりの税すらも撤廃されてしまった。だが、亜麻布織糸をつくるのに必要なさまざまな作業は、この亜麻布織糸から亜麻布をつくる作業よりも、はるかに多くの労働が用いられる。いま、亜麻の栽培人や亜麻の仕上工の労働は、しばらく別としても、一人の織工を休みなく働かせておくためには、少なくとも三、四人の紡績工が必要であるから、
143 要するに、亜麻布の生産に必要な全労働の量の五分の四以上が亜麻布織糸の生産に使われなければならないことになる。ところが、わが国の紡績工〔亜麻布織糸製造工の意〕は、わが国の各地に散在し、国の援助も保護も受けていない貧民であり、多くは女子労働者である。ところが、わが国の大製造業者が自分たちの儲けをあげるのは、こうした紡績工の生産したものの販売によってではなく、織工のつくりあげた生産物〔つまり亜麻布〕の販売によってなのである。そこで、この織工のつくり上げた商品をできるだけ高値に売るのがかれらの利益であるのと同様、また、その原料〔つまり、紡績工のつくった亜麻布織糸〕をできるだけ安値に買うのがかれらの利益で

ある。自分たちの亜麻布の輸出にたいする奨励金と外国製のいっさいの亜麻布の輸入にたいする高率の関税と、フランスの亜麻布の、ある特定銘柄のものの国内での消費の全面的禁止とを、政府から強引にとりつけることによって、かれらは自分たちの生産物をできるだけ高値に売ろうと懸命である。またかれらは、外国の亜麻布織糸の輸入を奨励し、それをわが国の労働者がつくるものと競争させ、わが国の貧しい紡績工のつくった糸をできるだけ安値に買おうとしているのである。かれら大製造業者は、貧しい紡績工の稼ぎを引き下げようとするのに余念がないが、同時にまたかれらは、自分たちが使役している織工たちの賃銀を引き下げようと努力している。製造業者たちが、完成された亜麻布の価格を引き上げようとするのも、あるいは、粗製原料の亜麻布織糸の価格を引き下げようとするのも、けっしてそれらの生産に刻苦する職人たちの利益を考えてのことではない。わが国の重商主義の政策によってもっぱら奨励されているのは、富者と権力者とのために営まれる産業であって、貧者や窮迫者の利益のために営まれている産業は、あまりにもしばしば無視されてしまうか、ないしは抑圧されるかのいずれかなのである。

亜麻布の輸出にたいする奨励金も、外国産の亜麻布織糸の輸入にたいする課税の免除も、ともに、わずかに一五年間しか許可されなかったのであったが、その後、前後二回にわたる延期措置〔ジョージ三世治世第十年条例第三十八号、および同治世第十九年条例第二十七号〕によって継続され、一七八六年六月二四日の議会会期終了とともに、その期限は満了することになっている。

植民地原料の輸入には奨励金が与えられ、他国からのものには課税されたが、これは重商主義の謬想にもとづいている

製造業のための原料の輸入を奨励金を与えて奨励しているのは、もっぱらわがアメリカ植民地から輸入されるものに限られている。

この種の最初の奨励金が与えられたのは、今世紀のはじめ、アメリカからの船舶用資材の輸入にたいしてであった。このなかには、マスト、帆桁（ヤード）、斜檣（バウ・スプリット）用材、大麻、タール、ピッチ、テレピンなどがふくまれていた。マスト用材一トンあたり一ポンドの奨励金と大
144
麻一トンあたり六ポンドの奨励金とは、スコットランドからイングランドへ輸入されるものにまで拡張適用された。ところで、これらの奨励金は、いずれもなんら変更されることなく、同率のまま、それぞれの期限がくるまで継続された。すなわち、大麻は一七四一年一月一日まで、マスト用材は一七八一年六月二四日の議会終了まで継続された。

ところが、タール、ピッチおよびテレピンの輸入にたいする奨励金は、いくどか変更された。当初、タールにたいする輸入奨励金は一トンあたり四ポンド、ピッチのそれも同額であり、テレピンは一トンあたり三ポンドであった。タールの一トンあたり四ポンドの奨励金は、その後改められて、特殊な製法でつくられたものだけに限られ、その他良質で混ぜもののない販売用タールは、一トンにつき二ポンド四シリングに引き下げられ、ピッチにたいする奨励金も同様に一トンにつき一ポンドに、テレピンは一トンにつき一ポンド一

〇シリングに、引き下げられた。

時期的な順序で言うと、製造業用原料の輸入にたいする第二の奨励金は、ジョージ二世治世第二十一年条例第三十号によって、大ブリテンの植民地からの藍の輸入にたいして与えられたものであった。植民地産の藍の価格がフランス産の最上等の藍の価格の四分の三になる場合には、この条例によって、植民地産のもの一封度につき六ペンスの奨励金が与えられた。この奨励金は、他の多くの場合と同様、期限つきで与えられたもので、数度延期されて継続されたが、ついに一封度あたり四ペンスにまで引き下げられ、一七八一年三月二五日の議会終了とともに廃止された。

第三番目の奨励金は（あたかも、わが国がアメリカの各植民地と、あるいは争ったり、あるいはその機嫌をとったりし始めたころであったが）、ジョージ三世治世第四年条例第二十六号によって、大ブリテンの植民地からの大麻および粗製の亜麻の輸入にたいして与えられたものである。この奨励金は、一七六四年六月二四日から一七八五年六月二四日までで、二一年間与えられた。そのうち、最初の七年間は一トンあたり八ポンド、次の七年間は六ポンド、そして最後の七年間は四ポンドの割であった。この奨励金は、スコットランドにまでは拡張されなかった。けだし、そこでの気候が、この生産物にはあまり適していなかったからである（もっとも、大麻はスコットランドでも栽培される場合もあるが、生産量も少なく品質も劣っている）。もしスコットランド産の亜麻の輸入にたいしてまで奨

145 励金を与えることになると、この連合王国の南部の土産（どさん）の亜麻の生産にたいする深刻な妨害となったであろう。

第四番目の奨励金は、ジョージ三世治世第五年条例第四十五号によるもので、アメリカからの木材の輸入にたいして与えられたものである。この奨励金は、一七六六年一月一日から一七七五年一月一日まで九年間与えられたもので、最初の三年間は、上質のもみ板一二〇枚につき一ポンド、その他の角材については五〇立方呎（フィート）の積荷ごとに一二シリングの割合ということになっており、次の三年間については、もみ板にたいして一五シリング、その他の角材にたいしては八シリングの割合、そして最後の三年間は、もみ板にたいしては一〇シリング、その他の角材にたいしては五シリングの割合、ということに定められていた。

第五番目の奨励金は、ジョージ三世治世第九年条例第三十八号によるもので、大ブリテンの各植民地から輸入される生糸にたいして与えられたものであった。この奨励金の期間は、一七七〇年一月一日から一七九一年一月一日まで、二一年間である。最初の七年間は、従価一〇〇ポンドについて二五ポンドの割で、第二の七年間は二〇ポンド、第三の七年間は一五ポンドの割、ということになっていた。ところで、養蚕と製糸とは非常に多量の入手を要するものなので、労働がいちじるしく高価なアメリカでは、私の知るかぎり、こんな多額の奨励金を出しても、たいした効果はなかったらしい。

第六番目の奨励金は、ジョージ三世治世第十一年条例第五十号によるもので、大ブリテンの植民地からの葡萄酒用樽、大樽、樽板および樽底板の輸入にたいして与えられたものであった。これは一七七二年一月一日から一七八一年一月一日までの九年間与えられたもので、最初の三年間はそれぞれの所定量につき六ポンド、第二の三年間は四ポンド、そして最後の三年間は二ポンドと定められていた。

最後に第七番目の奨励金は、ジョージ三世治世第十九年条例第三十七号によるもので、アイルランドからの大麻の輸入にたいして与えられたものであった。これは、アメリカからの大麻および粗製の亜麻の輸入の場合と同様、一七七九年六月二四日から一八〇〇年六月二四日までの二一年間与えられることになった。この期間もまた、他の奨励金の場合と同様に三期に区分され、これら各期間においてアイルランド産の大麻の輸入に与えられる奨励金の割合は、アメリカ産のものにたいするのと同一であるが、アメリカ産のものにたいする奨励金のように粗製の亜麻にまでは拡張されていない。万一そこまで拡張されていたなら、大ブリテンにおける大麻というこの植物の栽培にたいする、いちじるしい妨害となったであろう。ともあれ、この奨励金が与えられることになった時、大ブリテンとアイルランドの政府は、かつて大ブリテンとアメリカの政府がそうであったごとくに、友好的
146
とは言えない関係にあった。けれども、今の私としては、アイルランドにたいして与えられたこの恩恵が、アメリカにたいして与えられたいかなる恩恵にもまして、幸先よかれと

希望するだけである。

アメリカから輸入する場合には、こうして奨励金まで与えられるその同じ産物も、外国から輸入するとなると、どこからくるものにたいしても、重税が課せられた。けだし、わがアメリカ植民地の利害関係は、母国のそれと同一だと考えられたからである。つまり、この植民地の富は、すなわちわが国の富だと考えられたのである。アメリカへ送り出される貨幣は、たとえどんなに多くても、貿易差額によって、ふたたびわが国へ戻ってくるのだから、われわれが植民地のためにどんなに金を使ったとしても、そのために、われわれがびた一文たりとも貧しくなることは、けっしてありえない、と言われている。つまりアメリカの植民地は、どの点からみてもわれわれ自身のものであるから、われわれがそこへ投入する資金は、とりも直さず、われわれ自身の財産の改良のために投ぜられた金であり、わが国民にとって有利な事業のために投下されたものにほかならないのだ、と。私の考えでは、致命的な経験が、いまやその愚劣さを余すところなく暴露してしまった主義政策を、ここで重ねて排撃論難することは無用のことだと思っている。アメリカのわが植民地が真に大ブリテンの一部であったなら、この奨励金は一種の生産奨励金とも考え得るであろうが、そうだとしても、ほかならぬまさにこの生産奨励金にたいして加えらるべきいっさいの非難を当然に受けるべきものであろう。

羊毛の輸出・その国内商業・沿岸貿易はすべて重罪とされるか、高率の税を課せられている

製造業の原料を輸出することは、時には絶対的に禁止され、時には高率の課税によって阻止されている。

わが国の毛織物業者は、国の繁栄は自分たちの事業の成功や発展如何（いかん）にかかっている、ということを政府要路に説得して、それを信じ込ませた点において、他のいかなる階級よりも成功を収めてきた。かれらは、いかなる外国からのラシャの輸入をも絶対的に禁止させることによって、ラシャの消費者にたいする独占権を手に収めたばかりでなく、羊や羊毛の輸出にたいして同様な禁止措置をとらせることによって、牧羊農家および羊毛生産者にたいする、別種の独占権をも手に入れたのである。わが国の国家財政の収入確保のために制定されたこれまでの法律のうちには、苛酷（かこく）きわまるものが多かった。従前は普通無罪だとされていたさまざまな行為を、新たに法律を制定して犯罪行為にしてしまい、重い刑罰を科するのはけしからん、と不平を唱えるのは、まことにもっともなことである。それでも、わが国の商品や製造業者が、かれらの不合理で圧制的な独占擁護のために騒ぎたてて政府に強要した法規のあるものに比べるなら、財政収入を目的とした諸法令中のもっとも残酷なものですら、なおかつ寛大であり穏当なものだと私は断言してはばからない。独占擁護のための諸法令はドラコ〔古代アテネの苛酷な執政官〕の法律のごとく、ことごとく血で書かれて

いる、と言っても差支えあるまい。

エリザベスの治世第八年条例第三号によると、羊、仔羊(こ)または牡羊を輸出したものは、
147 初犯の場合には、その全財産を永久に没収され、一年間の禁錮(きんこ)刑に処せられたうえ、市場のたつ町の市日に左手が切断され、それが高い場所へ釘(くぎ)で打ち付けられた。再犯のものは、重罪犯人と宣告されて死刑に処せられた。こんな法律の目的はと言えば、わが国産の羊の品種が諸外国で繁殖するのを阻止することにあったのだ。また、チャールズ二世治世第十三–十四年条例第十八号によると、羊毛の輸出は重罪とされ、それを輸出したものは重罪犯人と同一の刑罰を受け、財産を没収されることになっていた。

わが国民の人道心の名誉のために、これらの条例はいずれも空文に終ったものと考えたい。だが、私の知るかぎり、これらのうち第一のものは、法制上直接的には廃止されたことがなく、上級法廷弁護士ホーキンズは、いまだに、その条例は有効だと考えているようである。けれども、おそらく、それは、チャールズ二世治世第十二年条例第三十二号第三条によって、実質的には廃止されたものと考えていい。なぜなら、この条例は、それに先だつ諸々の条例によって定められていた刑罰を、明示して廃止してはいないが、新しい罰則を定めているからである。すなわち、輸出し、ないしは輸出しようとした羊一頭につき二〇シリングの罰金が科せられ、それに加えて、その羊は没収され、それを運ぶ船の所有者の所有権または持分も没収されることになった。また第二のものについては、ウィリア

ム三世治世第七－八年条例第二十八号第四条によって、明文をもって廃止されている。すなわち、この条例は次のように宣言している、「羊毛の輸出にたいして設けられたチャールズ二世治世第十三－十四年の条例は、羊毛の輸出をもって重罪とみなすこと、ならびに、その他の事項を規定するものなるも、その刑罰苛酷なるため、かえって犯人の訴追有効に行なわれざりしをもって、本法により該条例において当該犯罪を重罪となす箇条はこれを廃止し、以後無効とする」と。

けれども、この比較的寛大な条例によって科せられた刑罰も、また、従前の諸条例で定められ本条例によって廃止されないままの刑罰も、なおすこぶる苛酷なものである。すなわち、羊毛を輸出したものは、その積荷を没収されるうえに、輸出し、または輸出しようとした羊毛一封度（ポンド）について三シリングの罰金をとられることになるから、これは羊毛の価値の四、五倍にもあたる。また、この罪を犯して有罪の判決を受けた商人その他のものは、なんぴとといえども、代理商その他のものに自分の債権または受取勘定を請求できないことになる。かれがどれほどの金持であっても、また、この重い罰金を支払う能力があると否とにかかわらず、この法律の目的とするところは、かれを完全に没落させることにある。だが、わが国民大衆の道義心は、この法律の立案者ほどには腐敗していないから、私はまだこの条項が適用されたということを耳にしたことがない。この犯罪で有罪の判決を受けたものが、判決後三ヶ月以内にこの罰金を払えない場合には、かれは七ヶ年の流刑に処せてからは重罪犯として扱われ、さらに、もしその刑期満了前に帰ってくるようなことがあると、かれは重罪犯として刑に処せられ、〔聖職裁判を受ける〕僧侶の特権〔第五篇第一章第三節第二項訳注〔6〕参照〕を行使することもできなくなってしまう。また、この犯罪を知っていた船主は、その船舶および付属装備品一切を没収される。船長および船員で、それが犯罪行為であることを知りつつ協力したものは、家財道具などかれらの動産をすべて没収され、そのうえ、三ヶ月の禁錮に処せられる。その後の条例で、船長は六ヶ月の禁錮に処せられることになった。

羊毛の輸出を防止するために、羊毛の国内商業全体が耐えがたいほどの圧制的な統制のもとにおかれている。たとえば、羊毛を梱包するには箱、桶、樽、袋、櫃、その他いかなる容器も許されず、かならず革または包装用布でつつみ、この包みの表面には羊毛 *wool* または織糸 *yarn* なる文字を三インチ以上の大文字で標記することが命ぜられており、これに違反すれば羊毛およびその容器は没収され、そのうえ、羊毛の所有者および荷造りをした者は、重量一封度につき三シリングの罰金の支払を命ぜられる。また羊毛は、馬の背に積むことも荷馬車に積むことも許されず、日の出から日没までを除いて、海岸から五マイル以内の陸路を運搬してはならず、これに違反すれば、その羊毛、荷馬および荷馬車は没収される。[2] また海岸に隣接する村から、またはそこを経由して、羊毛が輸送または輸出される場合には、その村は、羊毛の価格が一〇ポンド以下なら二〇ポンドの罰金を科せられ、価格一〇ポンドを超える場合には、その価格の三倍の罰金を科せられ、さらに、その運搬費用の三倍の罰金をも科せられることになるが、一年以内なら、これにたいして訴訟を起すことができる。この罰金刑の執行は、まずその住民のだれか二人のものにたいして行なわれ、然るのち、治安判事裁判所はこれを他の住民に割り当て、それで最初の二人に賠償するのだが、このやり方は窃盗犯の場合のやり方と同じである。もし、だれかがこの罰金以下の金額でその村と内々にことをすませようとすると、かれは五ヶ年間の禁錮刑に処せられることになっており、だれでもこれを当局に告発することができる。以上の規定は、わが全王国を通じて現に施行されているものなのである。

とくにケントとサセックスの二州では、右の制限はいっそう煩雑なものになっていた。海岸線から一〇マイル以内に住む羊毛の所有者は、羊毛を剪り取った後三日以内に、自分が剪り取った羊毛の数量とその置場とを、書面による報告で税関の次長に提出しなければ
149 ならない。また、その一部でも移動させようとするためには、あらかじめ、剪り取った羊毛の数量と重量、売渡し先の住所氏名および羊毛の送り先の場所とを、右と同様に届け出なければならない。この二つの州の住民で海岸から一五マイル以内に住むものは、なんぴとも、羊毛を買おうとする場合には、あらかじめ、自分が買い受けようとしている羊毛は海岸から一五マイル以内の他のなんぴとにも絶対に売り渡さないことを、国王にたいして誓約しておかなければならない。したがって、この両州においては、たとえ小量でも羊毛を海辺に運ぶところを見つけられると、右のような誓約とその保証がないかぎり、その羊

毛は没収され、犯人は一封度(ポンド)につき三シリングの罰金を科せられる。また、なんぴとかが海岸から一五マイル以内の地点に右のごとき届出を経ていない羊毛を若干でも保蔵しておくと、その羊毛は差し押えられて没収されることになるが、差し押えされたのち、この羊毛を取り戻そうとするものは、財務裁判所(エクスチエカー)にたいし、万一自分が敗訴すれば、訴訟費用の三倍とその他いっさいの罰金とを支払う旨を保証しなければならないのである。

こんな制限が国内取引に加えられている以上、沿岸貿易が自由に放任されるはずがない、と思っていい。羊毛の所有者が、海岸の某港または某地へ羊毛を輸送し、または輸送しめ、そこから、さらに海路でその海岸の他の港または場所へそれを輸送しようとする場合には、積出港から五マイル以内のところへ羊毛を持ち込む前に、あらかじめ税関にたいして羊毛の包みの重量、記号、員数を書き出して申告しなければならない。これに違反すれば、その羊毛、馬、荷馬車の類は没収され、そのうえ、羊毛の輸出を取り締る現行法の定める刑罰が科せられ、没収処分を受けることになる。けれども、この法律（ウィリアム三世治世第一年条例第三十二号）は、きわめて寛大なところもあり、次のように明記している、「本法は、羊毛剪取りの場所が海岸より五マイル以内のところにあっても、なんぴとも、その羊毛剪取りの場所より、その羊毛を自家に運搬するのを妨げられることはない。ただし、羊毛剪取りの後一〇日以内に、かつ、その羊毛を他所に動かす前に、剪り取った羊毛の正確な数量とその保存場所を、自書をもって税関次長に届け出で証明すべし。さらに、これを他所に動かさんとする場合には、その三日前に、動かす意図あることを自書し、右次長にたいし、書面をもって証明することを要す」と。また、海岸にそって羊毛を運搬する場合には、書面で申告されている、その特定の港においてかならず陸揚げするという保証が与えられていなければならず、その羊毛の一部なりとも、官吏の立会なしに陸揚げされた場合には、他の貨物の場合と同様に、羊毛は没収され、また羊毛一封度ごとに三シリングの罰金が追徴される。

　わが国の毛織物製造業者たちは、上述のような法外な制限や規制を正当化せんがために、自信満々で次のように強調するのである。すなわち、イングランド産羊毛の品質は独特の
150
もので、いかなる国の羊毛よりも優れている。他国の羊毛は、わが国の羊毛をいくらかでも入れて混毛しないと上級の製品にはならないし、服地の上物（じょうもの）は、イングランド産の羊毛がなければ造れない。それゆえ、イングランドとしては、自国産の羊毛の輸出が完全に阻止できるなら、わが国は世界の毛織物貿易のほとんど全部をわが手に独占することができる。そうなれば、わが国の競争敵手が全然なくなるのであるから、われわれは思うがままの価格で売ることができ、かくして、もっとも有利な貿易差額になり、短期間のあいだに、とうてい信じられないくらいの富をわが手に収めることができるのだ、と。こうした所論は、多くの人々によって確信あるもののごとく極言されている他のおおかたの主張と同じく、いや、それよりもはるかに多数の人々によって、今日まで、まことに盲従的に信

じられてきたし、今日なお堅くそう信じられているようである。けれども、この種の人々の大部分は、毛織物貿易の実情について何も知らないか、ないし、特にこれを研究したことのない人々である。実のところ、イングランド産の羊毛は高級服地をつくるのに絶対に必要だというのは完全な誤謬であって、むしろ、高級な服地にはまったく適していないのである。すなわち、高級な服地は、実はスペイン産の羊毛だけで造るのであって、イングランド産の羊毛をスペイン産のものと混毛すると、どうしても生地が多少とも粗悪になる。

その結果、羊毛の価格は引き下げられたが、これは製造業者の利益のために羊毛生産者の利益を害するもので、正義と公平の原則に反している

本書の前段ですでに明らかにしたところであるが、以上のような規制の結果、イングランド産の羊毛の価格は、今日、それが自然にそうあるはずの水準よりも低くされているばかりでなく、エドワード三世当時の実際の価格よりも、はるかに下回っている。スコットランドの羊毛の価格は、イングランドとの合邦〔一七〇七年〕の結果、イングランドと同様の規制に従うことになったので、約二分の一に下落したと言われている。『羊毛論回想』*Memoirs of Wool*〔キャナンが本書の刊行を一七六七年としているのは誤りで、正しくは一七四七年である〕[3]の著者である、聡明にして正確なるジョン・スミス師の述べているところに従うと、イングランドにおける国内産の最上の羊毛の価格は、アムステルダムで通例取引されている劣悪な品質の羊毛を、総じて下回っている、ということである。この商品、つまり羊毛の価格を、その自然的で適正な価格と言いうるもの以下に引き下げることが、この種の規制の公然たる目的であった。そして、この輸出規制が、イングランド産の羊毛の価格を不自然に押し下げるという期待された結果を生み出したことについては、なんら疑う余地がない。

ところで、羊毛価格のこのような引下げは、羊毛の生産を阻害し、この商品の年生産高をいちじるしく減少させたにちがいあるまいし、たとえ従来の生産量を下回るまでには減少せしめなかったとしても、もし、公開的で自由な市場を通じて、自然的で適正な羊毛の価格形成が認められていたなら、現状において、おそらくは達したはずの生産額以下にまで減少させたにちがいない、と考えられるかもしれない。だが、私は、年々の生産量は多
151 少の影響は受けたとしても、それほど深刻な影響を受けたはずはなかろう、と考えている。その理由は、羊毛それ自体の生産は、牧羊農家が、かれの労働と資本とを投下する主目的ではないからである。つまり、かれは、剪り取った羊毛の価格からよりも、むしろ羊一頭の体軀〔羊皮、羊肉その他をふくむ〕の販売から利潤を得ようとする。前者、つまり羊毛の平均価格や普通価格が、たとえどれほど思わしくなくても、後者の平均価格ないし普通価格が、たいていの場合それを償ってくれるにちがいないのである。本書の上述の部分〔第一篇第十一章「過去四世紀間における銀の価値の変動にかんする余論」第三の種類「耕作の行きとどいた……」の小見出しを参照〕で、私は、以下のように述べておいた、——「たとえ、

どんな規制でも、羊毛または生皮の価格をその自然の動き以下に引き下げがちな規制は、改良されよく耕作された国では、かならず食肉の価格を引き上げる傾向があるにちがいない。改良されよく耕作された土地で飼育される大きい家畜〔羊および一歳駒以外の大型家畜のこと〕の価格も小さい家畜の価格も、地主と農業者が、その改良されよく耕作された土地から当然期待する地代と利潤とを支払うに足りるものでなければならない。そうでなければ、かれらはただちに家畜の飼育をやめてしまうだろう。だから、この価格のうち羊毛や羊皮で支払われない部分のすべては、その体軀すなわちその肉で支払われなければならない。前者に支払われる分が少なければ少ないほど、後者に支払われる分は多くなる。この価格がまるまる支払われるなら、それがこの動物の各部分にどのように配分されるかは、地主や農業者にとってはどうでもよいことである。それゆえ、改良されよく耕作された国では、地主や農業者としての利害関係が、そうした規制によって大きく影響されることはありえないのである。もっとも、消費者としてのかれらの利害関係は、食料品価格の上昇によって影響をこうむるだろうが」。――私は前に、このように述べておいた。このように推論してみると、羊毛の価格が低落しても、良く耕作された国では、この商品の年々の生産高の減少を惹起（じゃっき）しそうには思われない。ただ例外的に、羊肉の価格が引き上げられることによって、その種の食肉にたいする需要を、したがってまた、その生産を、いくらか減少せしめるかもしれないが、しかも、その及ぼす影響は、おそらく、重大なものではなかろう。

けれども、年々の生産量にたいする〔価格の〕影響は、それほど大きなものではなかったかもしれないが、それが羊毛の品質に及ぼす影響は大きかったにちがいない、と考えられるかもしれない。つまり、イングランド産羊毛の品質は、かりに昔の品質以下に落ちてはいないとしても、耕作改良の実情にともなって自然に改善されるはずの品質以下に落ち、その価格の低落とほぼ比例しているに相違ない、とあるいは考えられるかもしれない。羊毛の品質の良否は品種の如何により、また牧草の良否に依存し、さらに一頭分が剪り取られる全期間にわたっての羊の管理および清潔さに依存するものであるから、こうしたもろもろの事情にたいする注意は、この労力に酬いてくれる一剪分の羊毛の価格に比例し、けっしてそれを超えるものではない、と思われるのも当然であるかもしれない。けれども、羊毛の品質の如何は、この動物の健康の如何、発育の良し悪し、その体軀の大きさに依存するものであるから、その体軀の改良に必要な注意を怠らなければ、さまざまな点で羊毛の品質は改良されるようになるものである。だから、羊毛の価格が低落したにもかかわらず、イングランドの羊毛は現世紀を通じてさえ、かなり改良されたと言われている。もし羊毛の価格がもっと高かったならば、おそらく、その品質ももっと改良されたであろうが、これと反対に、その価格が低かったということだけでは、品質の改良を妨げはしたかもしれないが、それを完全に阻止してしまうには至らなかった、と考えていい。

こう考えてくると、以上のような羊毛についての言語道断な規制は、年々の羊毛生産の量についても質についても、深刻な影響を及ぼすものと思われたが、事実はそれほどではなかったようである（もっとも、私自身としては、その影響は量よりもはるかに質に及んだことは確かなように思うが）。そして、羊毛生産者の利益は、もちろん、ある程度は害されたにはちがいなかろうが、全体としては、人々が想像したよりは、はるかに軽微であったように思われる。

だが、そうだからと言って、羊毛の輸出を絶対的に禁止しても差支えない、ということにはならない。ただ、右のような事情を考慮すれば、それに相当重い税を課して輸出することは差支えなかろう、というにとどまる。

国家の主権者は、その臣民のあらゆる階層を公正平等に取り扱うべきものなのであるから、たとえわずかであっても、臣民の特定の階級の利益を、他の階級の利益を増進するだけの目的で侵害するようなことがあれば、それは主権者の義務に反している。ところが、右のような羊毛の輸出禁止は、毛織物製造業者の利益を増進するだけの目的で、羊毛生産者の利益を、ある程度害するものであることは確かである。

国民各階層はみな、主権者または国家を維持するために貢納する義務を負っている。羊毛一トッド〔約一三キロ〕にたいする五シリングまたは一〇シリングにもなろうという高い税は、たしかに、主権者にとっては大きな収入となるものであろう。とは言っても、この税は、輸出禁止よりは羊毛生産者の利益を害すること比較的軽微であろう。なぜなら、この税は、おそらく、羊毛の価格を輸出禁止の場合ほどには崩落させないからである。また、それは、毛織物製造業者にたいして十分な利益を保障するだろう。けだし、かれは羊毛の輸出が禁止されている時ほどには安値に羊毛を買い付けることはできないにしても、なおかれは、いかなる外国の毛織物製造業者よりも、少なくとも五シリングか一〇シリングくらいは安値に買うことができるだろうし、そのうえ、かれは、外国の製造業者が負担しなければならない運賃や保険料を節約できる。だから結局、主権者にたいしては少なからぬ収入を与え、しかも同時に、だれにもごくわずかな負担しかかけない、というこのような租税を工夫するのは、まことに不可能に近いことだと言っていい。

153　羊毛の輸出禁止は、どんなに厳格な罰則を設けたところで、事実、羊毛の輸出を防止できるものではない。わが国の羊毛が現に大量に海外に流れ出しているということは、周知の事実である。国内市場での羊毛価格と外国市場でのそれとのあいだの大きな格差こそが密輸の誘因になっているので、どれほど取締りを厳格にしてみたところで、それを防止することはできない。この非合法の輸出は、密輸業者を利するのみである。これに反して、租税を支払って行なう合法的な輸出は、主権者には収入を与え、これによって、他の、いっそう厄介でわずらわしい租税を免れ得ることになるから、あらゆる階層の国民にとって、いずれも有利だということになるだろう。

その他漂布土・生皮・セネガルゴム・海狸の皮・石炭など製造業の原料となるものの輸出も、禁止ないし重税が課せられている

毛織物の製造および洗浄に必要だとされている漂布土または漂布粘土の輸出にたいしては、羊毛の輸出とほぼ同じような刑罰が科せられている。煙草(タバコ)のパイプを造る粘土は、漂布粘土とはちがうものであることが認められているにもかかわらず、それに似ているために、また漂布粘土がパイプ粘土として輸出されることがあるかもしれない、という理由で、同じ禁止や刑罰の対象にされている。[4]

チャールズ二世治世第十三―十四年条例第七号によって、生皮はもとより、鞣皮(なめしがわ)の輸出も、それが長靴、短靴またはスリッパの形になっているもののほかは、禁止された。[5] この法律は、わが国の長靴および短靴の製造業者に、牧畜業者にたいする独占的地位のみならず、鞣皮職人にたいする独占的地位をも与えることになった。その後の法律によって、鞣皮職人は、鞣皮一ハンドレッド・ウェイト〔一一二封度〕あたり、わずか一シリングという軽微の税金を払って、この独占から免除されることになった。また、かれらは、自分たちの生産物に課せられている国内消費税について、この鞣皮をそれ以上加工することなく輸出する場合でも、三分の二の払戻しを受けることになった。すべての皮製品は無税で輸出することができ、そのうえ輸出したものは国内消費税の全額払戻しを受ける権利を与えられている。ところが、わが国の牧畜業者は、いまだに旧来通り靴の製造業者の独占に服して

いるのである。どうしてそうなのかと言えば、牧畜業者は、互いに離れて各地に散在しているので、他の国民たちに独占を強要するにしても、あるいは他人から課せられる独占に
154 抵抗するにしても、いずれの目的のために団結するにしても、非常に困難である。ところが、製造業者というものは、多くは大都市に集中しているのが通例であるから、この目的のために団結するのは比較的容易である。だから、家畜の角でさえ輸出が禁止されている。その結果、角細工人とか櫛(くし)製造人とかいったような、まことに些々(ささ)たる職業でも、牧畜業者にたいしては独占的地位を享受している。

半製品で仕上げてない品物の輸出を、禁止かまたは課税かによって制限しようとするのは、鞣皮製造業だけに固有なことではない。わが国の製造業者は、いかなる商品についても、それを使用ないし消費するのに適したものに仕上げるのには、まだ何かの工程が残されているかぎりは、それは、自分たちが当然になすべき縄張りの仕事だと考えているようだ。だから、紡毛糸や梳毛糸(そもうし)の輸出は、羊毛と同じ刑罰で禁止されている。白地のラシャの輸出さえも課税されており、したがって、わが国の染物業者は、ラシャの織元にたいして独占的地位を獲得しているのである。わが国の織元は、おそらくこの種の染物業者の独占に対抗できたであろうが、大手の織元の大部分は染物業者でもある事情を、考えてみる必要があるだろう。また懐中時計の側(がわ)や柱時計の側、また懐中時計や柱時計の文字盤なども、輸出を禁止されてきた。わが国の柱時計や懐中時計の製造業者は、この種の部品の価

格が外国の購買者の競争によって騰貴するのをよろこばない、ということなのだ。

エドワード三世、ヘンリー八世およびエドワード六世時代のいくつかの古い条例は、いっさいの金属の輸出を禁止していた。ただ、鉛と錫(すず)だけは例外だったが、それはけだし、これら両種の金属はきわめて潤沢であり、当時におけるわが王国の貿易のかなり大きな部分が、これらの輸出に依存していたからである。ウィリアム＝メアリの治世第五年条例第十七号は、わが国の鉱業を奨励する目的で、大ブリテン産の鉱石から造られる鉄、銅および黄銅鉱金属を禁止規定から除外した。その後、ウィリアム三世治世第九－十年条例第二十六号によって、あらゆる種類の棒銅の輸出が、大ブリテン産のものはもちろん、外国産のものも許可されることになった。未加工の真鍮(しんちゅう)、つまり砲金、鐘青銅(ベルメタル)および屑真鍮(シュロッフ・メタル)の輸出は、いまでも引きつづき禁止されているが、真鍮製品はすべての種類にわたって無税で輸出されている。

155 製造業の原料で、その輸出が絶対に禁止されていないものは、多くの場合、かなりの重税を課せられている。

ジョージ一世治世第八年条例第十五号によって、それ以前の諸条例でなんらかの税を課せられていた大ブリテン産出物または製造品の輸出は、いっさい無税になった。ただし、次の各種の財貨は除外されていた。すなわち、明礬(みょうばん)、鉛、鉛鉱、錫、鞣皮、緑礬、石炭、羊毛用梳毛具、白ラシャ、菱亜鉛鉱〔真鍮の原料、大砲等の武器製造に使用された lapis calaminaris〕、各種の獣皮、膠(にかわ)、ヨーロッパ産兎の毛皮または毛、野兎の毛、各種の毛髪、馬、一酸化鉛などがそれである。これらのうち、馬を除くと、すべては製造業の原料か、ないし未精製品（これは後の加工工程の原料とみなして差支えない）か、さもなければ職業用具かのいずれかである。この条例は、従来課せられてきた旧税、すなわち旧臨時税および輸出一〇〇分の一税〈one per cent outwards〉を、そのままこれらの財貨に課しているのである。

これと同じ条例によって、染物業者用の多数の外国産染料が、輸入税をいっさい免除された。だが、これらはみな、その後これらを再輸出する場合に、重税というほどではないが、一定の輸出税を課せられている。つまり、わが国の染物業者は、一方では、これらの輸入税を免除することによって染料の輸入を奨励することが自分たちの利益だと考えるとともに、他方ではまた、その再輸出をいくらか抑えておくことが自分たちの利益だと考えていたらしく思われる。ところが、このような重商主義的着想を思いつかせた貪欲心は、まことに見当外れをしてしまったようだ。つまり、それは、輸入業者にたいして、輸入量が国内市場を充足するのに必要な程度を超えないよう、この輸出税がない場合よりも一段とよく注意するように、と教えたことになる。その結果、国内市場は、これまでよりも供給不足になりがちであり、上述の商品は、輸出をその輸入同様に自由にした場合に比べて、つねにいくぶん高値になりがちであった。

右の条例によって、セネガル産のゴムまたはアラビア産のゴムは列挙染料〔「列挙商品」については本篇第七

156 章第二節「条例で定められている……」の小見出しの記述を参照〕に加えられたから、無税で輸入することができた。ただ、再輸出の場合には、一ハンドレッド・ウェイトあたり三ペンスという軽い税がかけられた。当時、フランスは、右の染料の主産地であるセネガル河流域の国々との貿易を独占していたから、大ブリテンとしては、これらのゴムを原産地からわが国の市場へ直輸入することは困難であった。そこで、ジョージ二世治世第二十五年の条例〔第三十二号〕で、（航海条例の精神には反して）セネガル産のゴムは、ヨーロッパのいかなる地方からわが国へ輸入しても差支えないことになった。だが、この条例は、わが国の重商主義の政策にとって、いちじるしく対立する右のような貿易を奨励することを意図するものではなかったから、右の輸入にたいして一ハンドレッド・ウェイトあたり一〇シリングの税を課し、しかも再輸出の場合、それを払い戻さぬことに定められた。ところが、一七五六年に始まった戦争〔七年戦争〕がわが国の勝利に終ったので、大ブリテンは、これまでフランスが享受していたのと同様な排他的な貿易を、これらの地方と営むようになった。そこで、和平が成立すると、わが国の製造業者は、ゴムの生産者と輸入業者との双方の犠牲において、自分たちにとって有利な独占を確立しようと努力した。その結果、ジョージ三世治世第五年条例第三十七号によって、アフリカにおけるわが国王の領土から産出されるセネガル・ゴムの輸出先は大ブリテンに限定されることになり、また、これの輸出については、アメリカおよび西インドにおけるわが国植民地の列挙商品とまったく同じ制限、規制、没収および刑罰を科せられることになった。その輸入については、一ハンドレッド・ウェイトあたりわずか六ペンスしか課税しなかったが、その再輸出については、一ハンドレッド・ウェイトあたり一ポンド一〇シリングという重税が課せられた。これによって、わが国の製造業者の意図したところは、これらの地域の生産物全部を大ブリテンに輸入させ、それを自分たちに都合のいい価格で買い付けるために、輸出を有効に阻止できるほどの費用をかけなければ再輸出できないようにすることにあった。だが、こうしたかれらの貪欲心は、他の多くの場合と同様、この場合にも、すっかり見込みはずれになってしまった。というのは、こんな法外な課税は密輸へのいちじるしい誘惑になるので、この商品が大量に、ヨーロッパのあらゆる製造業国、とりわけホラントへ、大ブリテンからはもちろんのこと、アフリカからも密輸出されるようになった。これが理由になって、ジョージ三世治世第十四年条例第十号は、この輸出税を一ハンドレッド・ウェイトあたり五シリングに引き下げることになったのである。

かの関税率表によって課せられた旧臨時税では、海狸（ビーヴァー）の皮は一枚六シリング八ペンスに評価され、また、一七二二年以前に海狸の皮の輸入に課せられていた各種の臨時税ならびにその他の輸入税は、右の評価額の五分の一、すなわち一枚につき一六ペンスに引き下げられていた。そこで、旧臨時税の半額、すなわち、わずか二ペンスだけを除いて、それ以
157
上の輸入税は再輸出の場合に払い戻されることになっていた。ところが、製造業にとって

きわめて重要な原料の輸入にたいするこの種の税は高すぎると判断された結果、一七二二年には、その評価額は二シリング六ペンスに引き下げられ、したがって輸入税も六ペンスに引き下げられ、再輸出の場合には、その半額が払い戻されることになっていた。[1] ところで、上述の戦勝は、海狸の主要産地を大ブリテンの支配下におくことになり、かつ、海狸の皮はいわゆる列挙商品の一つなので、それをアメリカから輸出するのは大ブリテンの市場に限定されることになった。ところが、やがて、わが国の製造業者〔帽子製造業者のこと〕は、この事情の利用を思いたった結果、一七六四年には、海狸の皮の輸入税は一ペニーに引き下げられたが、逆に、その輸出税は一枚につき七ペンスに引き上げられ、しかも輸入税の払戻しは全然なかった。これと同じ法律〔ジョージ三世治世第四年条例第九号〕によって、海狸の毛または腹皮の輸出にたいしては一封度（ポンド）につき一八ペンスの税が課せられることになったが、他方、これらの商品の輸入にたいしては、イギリス人により、かつブリテンの船で輸入される場合にのみ、一個につき四ないし五ペンス程度の輸入税が引きつづいて課せられていた。

石炭は、これを製造業のための原料と考えてもいいし、職業用具とみなしてもよかろう。だから、その輸出には従来から重税が課せられており、一七八三年の現在、一トンあたり五シリング以上、つまりニューカースル度量で一チョールドロン〔chaldron イングランドで石炭、石灰などを計量する単位〕あたり一五シリング以上となっているので、たいていの場合、炭坑における、いや積出港における石炭の原価以上にすらなっている。

職業用具の輸出禁止・熟練職人の海外渡航の厳罰・徒弟数の制限・長期の修業年限の義務づけ、など、いずれもわが国製造業者の利益擁護のためである

だが、本来、職業用具とよばれて然るべきものの輸出は、通例、高率の税を課すること
によってではなく、絶対禁止の措置によって制限されているのである。たとえば、ウィリ
アム三世治世第七－八年条例第二十号の第八条によると、手袋または長靴下編み機の輸出
は刑罰をもって禁止されていた。この罰則によると、輸出しまたは輸出しようとした編み
機は没収されるばかりでなく、四〇ポンドの罰金が科せられ、その半額は王室に帰属し、
他の半額は、この犯罪を通報または告発したものに与えられることになっている。同様に、
ジョージ三世治世第十四年条例第七十一号は、綿布、亜麻布、毛織物および絹織物の製造
に使われる、いっさいの職業上の用具の輸出を禁止し、これに違反したものは、その用具
158 を没収されるばかりでなく、二〇〇ポンドの罰金が科せられ、またその事情を知りつつこ
れらの用具を自分の船に積み込ませた船長にも、同じく二〇〇ポンドの罰金を科している。

ところで、死せる職業用具の輸出にたいしてさえ、かかる重い刑罰が科せられているほ
どだから、生ける職業用具とも言うべき熟練職人が自由に海外に渡航できるなどというこ
とは、とうてい期待できないだろう。ジョージ一世治世第五年条例第二十七号は、大ブリ
テンの製造業の工匠ないし熟練職人のだれかを教唆して、外国で仕事をさせたり、技術を

教える目的で外国へ連れ出したかどで有罪と判決されたものは、初犯の場合は一〇〇ポンド以下の罰金と三ヶ月の禁錮に処せられ、罰金の支払が完了するまで出獄を許されなかった。再犯の場合には、罰金の額は裁判所の判断にまかせて、いかなる罰金でも科しうることとし、一二ヶ月の禁錮が命ぜられ、罰金の支払が完了するまでは出獄することができなかった。ところが、ジョージ二世治世第二十三年条例第十三号は、右の刑罰をさらに加重し、初犯の場合には、教唆された工匠ないし熟練職人一人について五〇〇ポンドの罰金と一二ヶ月の禁錮が科せられ、しかも罰金の支払が完了するまでは出獄できなかった。再犯の場合には、一〇〇〇ポンドの罰金と二ヶ年の禁錮で、罰金の支払が完了するまでは出獄できないことにされた。

以上二つの条例のうちの第一のものによって、なんぴとたりといえども、わが国の工匠や熟練職人を教唆して外国へ渡航させようとしたり、右の目的で外国へ渡航することを約束したり、または、そのような契約上の義務を負っているという証拠がでれば、裁判所はその自由な判断で、この工匠ないし熟練職人にたいして、海外にけっして渡航しないという保証を義務づけ、この保証が提出されるまでは禁錮されることになった。

いま、もし、わが国の工匠ないし熟練職人のだれかが外国へ出かけ、その国で自分の職業を営んだり、または他人に技術を教えたりしているとすれば、大ブリテンの駐在公使または領事、または、その時の閣僚のだれかが、かれに警告を与えることになるが、この警告が発せられてから六ヶ月以内に、わが王国に帰還せず、その後ひきつづいて国内に居宅をもたず、かつ事実そこに居住していないことが判明した場合には、その時以後、かれはこの王国内において与えられるいかなる遺贈を受けることも、または、なんぴとかの遺言執行人や遺産の管財人になることもできず、あるいは相続、遺贈または購入などによって、この王国内に自分の土地を所有することもできない者であることが宣言される。かれはまた、自分の所有するいっさいの土地、および家財家具などいっさいの動産をことごとく国王に没収され、そのうえ、いかなる点においても外国人と宣告され、国王の保護の外におかれてしまうのである。

ところで、このようなもろもろの規制が、わが国民の誇りとするところの自由の精神にどれほど反しているものであるかについては、いまさら喋々（ちょうちょう）する必要はあるまい、と私は思っている。いかにも、われわれは、日ごろ、自由を望んでやまないふりこそしているが、右に述べた事例によっても明らかなごとく、まさにこの自由そのものが、わが国の商人や製造業者のあくどい利害のために公然と侵害されているのである。

159 以上述べたような、さまざまな規制の殊勝げな動機と言えば、おのれ自身の業務の改善によらないで、隣国の製造業を抑圧し、これらの憎むべき不愉快な敵手との競争をできるかぎり消滅せしめることによって、わが国の製造業拡張という目的を達成しようとすることにある。わが国の製造業者は、同国人の創意熟練を、すべて自分たちの手に独占するのが正当であるかのごとく思い込んでいる。かれらはすべて、ある種の職業において同時に雇用しうる徒弟の数を制限し、また、すべての職業を通じて長期の徒弟修業を義務づけ、かくすることによって、かれらの関係する職業上の知識をできるかぎり多くの人たちに知らせないようにしようと努力するとともに、また、かれらは、このような知識技能をもつ少数者の一部でも、外国人を教えるために海外に渡航するのをよろこばないのである。

消費は生産の唯一の目的であるのに、商人や製造業者の案出した重商主義の諸政策は、輸入制限・輸出奨励・植民地貿易の独占などによって、これを踏みにじっている

消費こそはいっさいの生産にとっての唯一の目標であり、かつ目的なのである。したがって、生産者の利益は、それが消費者の利益を促進するのに必要なかぎりにおいて配慮されるべきものである。この命題は、まことに自明の理であって、とりたてて証明しようとすることさえおかしいほどである。ところが、重商主義の政策においては、消費者の利益は、終始一貫、生産者の利益の犠牲に供されており、消費ではなく生産こそ、いっさいの工業や商業の究極の目標であり、かつ目的である、と考えられているように思われる。[6]

およそわが国の生産物または製造品と競争しうる、いっさいの外国商品の輸入にたいする、さまざまな制限で明らかなごとく、国内消費者の利益は、明らかにわが生産者の利益のために犠牲に供されている。この独占によって、つねにひき起される価格の騰貴をおしつけられているのは国内消費者なのであり、それは、ひとえに生産者の利益のためなのである。

ある種の生産物の輸出にたいして奨励金が与えられているのも、まったく生産者の利益を考えてのことである。この場合、国内消費者は、第一に、この種の奨励金をまかなうのに必要なだけの租税を負担しなければならないし、第二に、国内市場における不可避的な商品の価格昂騰という名の、いっそう重い租税を負担しなければならなくなるのである。

ポルトガルとのかの有名な通商条約〔一七〇三年、イングランドとポルトガルとの間に締結されたメシュエン条約のこと。本篇第六章「個々の産業……」の小見出し参照〕によって、わが国の消費者は、わが国の気候では生産し得ない生産物を隣国から購入するのを高率の税で妨げられ、近隣の国のものより、その品質が劣っていることを承知のうえで、わざわざ、それを遠方の国から購買することを余儀なくされている。国内消費者が甘[160]受することを余儀なくされている、かかる不便は、もともと、わが国の生産者が自分たちの生産物のあるものを、この条約がない場合よりも有利な条件で、この遠方の国へ持ち込めるようにするためである。そのうえ、わが国内の消費者は、このような強いられた輸出のために、これらの生産物が国内市場でいかほど昂騰しようともそれを負担しなければならないのである。

けれども、アメリカおよび西インドのわが植民地の経営のためにつくりあげられた法律や制度の場合においては、わが国の商業上その他もろもろの規制のいずれのものよりも法外な無責任さで、国内消費者の利益は生産者の利益の犠牲に供されている。わが国の生産者の店舗からのみ、かれらが供給する品物を、いやでも買わなければならないような購買者からなる一国民をつくりあげることを唯一の目的として、一大植民地帝国が建設されたのである。そして、この種の独占がわが国の生産者に提供したわずかばかりの価格騰貴による儲けのために、国内消費者は、この大帝国を維持し防衛するための全経費を負担させられることになった。この目的のために、実にこの目的だけのために、最近の二度の戦争で二億ポンド以上の金が消費され、それに加えて、一億七〇〇〇万ポンド以上の新規の国債が起債された。これらの金額の利子だけを考えても、その額は、植民地貿易の独占によって獲得されたなどと、かりにも主張できる特別利潤の総額よりも大きいばかりでなく、それはまた、この植民地貿易の総価額、または年々各植民地へ輸出してきた財貨の平均的な総価額よりも大きいのである。

ところで、この重商主義の政策全体を案出したものがいったいだれであったかを決定するのは、別に困難なことではない。もちろん、それは消費者ではなく、まさに生産者であったと信じて差支えない。なぜなら、重商主義のやり方のもとでは、消費者の利益は完全に無視されてきたのに、生産者の利益にたいしては、まことに周到慎重な配慮がなされてきたからである。しかも、この人々のなかでは、とりわけ貿易商人や大製造業者たちこそ、その主たる立案者であった。本章で指摘してきた重商主義的政策のもろもろの規制においいては、何はさておいても、まずわが国の製造業者の利益にたいして特別の配慮が払われている。そして、消費者一般の利益というよりも、場合によっては、むしろ大製造業者以外の生産者の利益が、製造業者の利益のために犠牲にされてきた、と言ってもよかろう。

（1）ジョージ一世治世第八年条例第十五号。〔キャナンは、この年代を一七二一年だ、としている〕

〔1〕『国富論』の初版および第二版はいずれも四折判二冊のものとして刊行されているが、第二版刊行後スミスは、第四篇および第五篇について多くの増補をする必要を感じ、それらについての資料も蒐集されていたので、一七八四年末に公刊された第三版は第二版に比してかなりの増補がみられる。この第四篇第八章「重商主義の結論」は全く新たに追加されたものであり、また第五篇第一章第三節のうち「商業の特定部門を助成するために必要な公共事業および公共施設について」と題されている長文のものが加えられ、また第四篇中の戻税や奨励金にかんする章に増補が加えられており、その他各所に多くの増補訂正がみられる。右のような各所の増補改訂が第三版に加えられているのだが、第三版はサイズを小さく八折判三巻としたので、スミスは『国富論』初版ならびに第二版――いずれも四折判二巻――の読者のために、右の増補箇所を「アダム・スミス博士の諸国民の富の性質および原因にかんする研究第一版および第二版の増補と訂正」なる表題で、四折判の別刷にして一七八四年に発売した。この「別

刷」は、第二版の装釘本の巻末に所有者が別刷をも加えてみずから装釘しているものもあるので、しばしば披見することができる。第二版刊行（一七七八年）以後、スミスは、関税監督官としての職務を遂行するかたわら独占貿易会社の実体についての多くの資料を得たためと思われる。一七八二年一二月、スミスはロンドンの出版肆カデルへ次のように書き送っている、——

「私は、多くの箇所を訂正し、主として第二巻に三、四のきわめて重要な増補をした第二版を二、三ヶ月中にあなたに送りたいと思います。それ以外に、短いものではありますが、大ブリテンのあらゆる貿易会社の完全な歴史だと私がひそかに信じているものもあります。私はこれらの増補を新版のそれぞれに適当な箇所へいれるばかりではなく、別刷にして、それらが旧版の購入者に一シリングか半クラウンで販売されるようにしたいと思っています。この価格は、増補を全部書きあげたうえで、その分量に応じてきめなければなりません。……」John Rae, *Life of Adam Smith*, 1985（大内兵衛・節子訳『アダム・スミス伝』四五五ページ）。

ところでキャナンは、「本章〔第四篇第八章〕は『増補と訂正』および第三版にはじめて出てくるものであって、それが一七七八年にスミスが関税監督官に任命された〔Ⅲ巻末の「アダム・スミス年譜」参照〕ことに起因するところ大であることは疑いない……」と第八章末尾の注のなかで述べている。この追加された第八章「重商主義の結論」は、第四篇の第一章から第七章にいたるまでの重商主義政策ならびに理論への批判的叙述の総括としてはやや奇異の感を与える。重商主義の理論や政策については、外国からの輸入を禁止し、または関税で阻止し、自国からの輸出にたいしては、奨励金、戻税、通商条約、植民地の建設などによって促進させ、「貿易差額」を自国に有利にし、それによって金銀を獲得することが国の富強の手段であることはあらかた叙述されており、金銀を富と考えることの謬見であること、そしてこれらの誤った政策をおしすすめさせる背後の力は外国貿易商人や大製造業者であることが力説されている。第三版以降に追加された右の第八章「重商主義の結論」は、したがって、結論と言うよりは、それに先立つ諸章で取り扱われた重商主義の背理、すなわち輸入の阻止と輸出の奨励による「貿易差額」の好転、そして金銀と富とを混同する態度につけ加えて、もう一つ、自国からの原料の対外輸出——たとえば羊毛——の禁止、また職業用具や工匠ないし熟練職人労働者の海外流出を重罪とするとともに、逆に自国の製造業のために必要な外国産の原料輸入にたいする奨励金の賦与の具体例について、スミスが蒐集し得た具体的な資料を駆使している点が注目される。したがって、この第八章の冒頭でスミスは「輸出の奨励と輸入の阻止とは、各国を富裕ならしめようとする重商主義政策の二つの代表的な手段であるが、ある特殊な商品については、重商主義は、これとは反対の方策をとっているようである」とことわり、第八章をあげて、この「反対の方向」の政策事例の叙述、とりわけイギリス産羊毛の輸出禁止措置の批判にあてている。このように考えれば、第八章はその表題が「重商主義の結論」〔傍点は訳者〕

とされ、あたかも第四篇全体の総括のような印象を与えるが、事実上はあくまで、第一章から第七章にいたる叙述にたいする具体的事例にもとづく増補訂正ないし特殊な事例の追加と考えるべきであろう。

〔2〕チャールズ二世治世第十三－十四年条例第十八号第九条を指している。同条例によると、三月から九月までは午後八時から午前四時まで、一〇月から二月までは午後五時から午前七時まで、この国のどのような地方においても、羊毛を移動することを禁止している。

〔3〕John Smith　一七〇〇年ころ生れ。没年は不詳。ケムブリッジに学んだのち聖職につき、かたわらイングランド羊毛業、毛織物業の歴史を研究した。一七四七年刊『農村商業史――羊毛論回想』はその成果で、緻密（ちみつ）な事実把握を基礎に当時の政策論争を手際よく整理し、これに鋭い注を付して集成しつつ、羊毛輸出禁止政策を批判した。アダム・スミスだけでなく、アーサー・ヤングなど当時の著述家にはこの書を信頼する者が少なくない。

〔4〕漂布土（フラース・アース）または漂布粘土（フラース・クレイ）の輸出の禁止や違反にたいする刑罰は、チャールズ二世治世第十三－十四年条例第十八号第八条によったものだが、この条例の前文には「大量の漂布土または漂布粘土が、タバコのパイプ用の粘土といつわって、毎日輸送されたり輸出されたりしている」と指摘している。

〔5〕キャナンが掲げているこの条例の「前文」は、この禁止の原因として次のような主

張をしている。「従来から、皮の輸出を禁止する多くの良い法律が制定され、現になお有効であるにもかかわらず、……若干の者の狡猾さと巧妙さのために、また当然それに注意を払うべき他の者の怠慢のために、毎日外国の諸地方に輸出される皮は非常に多量にのぼり、そのために皮の価格は法外に上昇し、皮を使用して仕事する多くの工匠はその職業を営むに足りるだけの皮の供給を受けられず、また貧民は必要かくべからざる皮製品を買うことができない……」

〔6〕スミスが、「消費」を「いっさいの生産にとっての唯一の目標」であると書いている点は、『国富論』中における著名な一句であるが、この文意は、かならずしも明らかではない。生産者の利益は、それが消費者の利益を促進するかぎりにおいてのみ尊重されるべきだ、とスミスが述べている場合の生産者とは、大きな製造業者やそれと結びついた商人層をふくめて考えているものと思われるが、スミスによると、この階層こそが重商主義的政策の案出者であって、自分たちの事業に必要な原料――たとえば羊毛――の輸出には重税をかけさせ、職業用具や熟練職人たちが外国へ流出して自分たちの競争敵手を利することを怖れて、この種のものの輸出や海外渡航を重罪をもって処罰している半面、自分たちの生産活動に必要な原料の海外からの輸入にたいしては奨励金を与えて、これを安価なものにすることを政府に迫っている。だから、製造業者や商人たちの念頭にあるのは自分たちだけの利益にたいする執念であって、一般消費者がそのために高い商品を買わされることなどはいっこうに顧慮していない、とス

ミスは信じている。重商主義の政策では、原料を奨励金を与えてまでして安く輸入させ、輸出産業の便宜をはかり、自国の原料はいやしくも安価に海外に流出して海外の製造業者を利することのないように要求する。だから、重商主義の政策は自分たちの利益だけを考え、自国の消費者の利益はもちろん、外国の消費者の利益をも無視するものなのである。このことは、スミスにとっては説明を必要としないほど自明なことだとされているが、この場合の「消費」の意味は、二様に解せられるであろう。第一の意味の「消費」は、いわゆる消費財の「消費」であり、スミスがすべての財貨を「生活必需品」「便益品」と「奢侈品」とに二大別したとき、これらの物資はいずれの意味においても消費財として理解されており、年々の経済社会の循環にとって第一の「生活必需品」の基本的重要さが記述されていた。これにたいして第二の意味の「消費」は、生産財ないし原料等の消費、それらの資本による消費である。この意味の「消費」は、年々の経済社会の再生産のなかでは、スミスによって正しくは理解されることのなかった「消費」であるが、家計による消費財の「消費」よりも資本ないし企業による生産財の「消費」のほうがはるかに巨大であることは、すべての発展した近代産業国に共通する事実である。産業革命前夜の著作家であったスミスにとって、生産財の「消費」の重要性が浮きぼりにされなかったのは当然であったかもしれないが、それにしてもスミスが、これによって国内市場の重要性を他のいかなる経済学者よりも重要視していた点は銘記しておく必要があろう。

161

第九章　重農主義について、すなわち、土地の生産物がすべての国の収入と富の唯一またはおもな源泉だと説く経済学上の主義について

重農主義は都市の商工業を偏重するコルベールの重商主義にたいする批判として生まれ、農業こそが一国の所得と富の源泉だと主張した

経済学上の重農主義については、私が重商主義すなわち商業主義にたいして充てなくてはならぬと思ったほどの長い説明を要しないであろう。

土地の生産物がすべての国の所得と富の唯一の源泉だと説く主義は、私の知るかぎり、どの国民によってもけっして採用されたことはなかったし、現在では、フランスの豊かな学識と創造性に富む少数の人の思索のうちに生きているにすぎない。世界のどこにおいても、かつてなんの害も与えなかったし、おそらく、これからもけっして害になるまいと思われる学説の誤りを、詳細に検討する価値のないことは確かであろう。しかし、私は、できるだけ明確に、このきわめて独創的な体系の大づかみな輪郭を説明してみようと思う。[1]

ルイ十四世に仕えた高名な大臣コルベール氏〔第四篇第二章訳注〔6〕参照〕は、廉潔（れんけつ）の士、すこぶる勤勉で、細かいこともよく知っており、国家財政の考察には非常な経験と鋭利さをもち、また、いろいろの才能に恵まれた人物で、要するにどこからみても、国庫歳入の徴収と支出にかんして組織だった方法と秩序とを取り入れるのに適した人であった。だが、不幸にもこの大臣は、重商主義にもとづくあらゆる偏見をいだいていた。重商主義は、その本質と真髄において制限と統制の政策体系であり、また公務を行なう各省庁を統制して、それぞれが本来の任務からはみ出さぬようにするのに必要な抑制と統御をうちたてることばかり
162 やっていた精励恪勤（かっきん）の実務家にとって、気に入らないはずはないような体系なのである。一つの大きな国の商工業を、かれは公務を行なう一省庁と同じ方式で統制しようと努めた。そして、各人に、自由と平等と正義の寛大な原則に従って、それぞれのやり方で自分の利益を追求させる代りに、ある部門の産業には異常な特権を与え、一方、他の部門には同じくらい異常な制限を加えた。かれは、ほかのヨーロッパ諸国の大臣たちと同様に、農村の産業よりも都市の産業を奨励するつもりになっていたばかりでなく、都市の産業を支援するために、農村の産業を衰えさせ、抑えつけることさえいとわなかった。都市の住民に食糧を安くしてやることによって製造業と外国貿易とを奨励するために、かれは穀物の輸出を全面的に禁止し、こうして農村住民の勤労活動が生み出すもののうち、もっとも重要な部分について、かれらをすべての外国市場から締め出してしまった。この禁止は、フラン

スの古い州法によって、ある州から別の州への穀物輸送に加えられた諸制限、ならびに、ほとんど全州の耕作者にかけられる恣意的で屈辱的な租税と結びつき、この国の農業を挫いて、あれほどに肥えた土壌と恵まれた気候のもとでなら自然に達したはずの状態よりも、はるかに低いところに抑えつけた。国じゅういたるところで、この阻止され不振となった状態が、多かれ少なかれ感じられたので、その原因についてのさまざまな調査が行なわれた。そして、その原因の一つは、コルベール氏の諸政策が、都市の産業を農村の産業より優遇したことにあることが明らかになった。

俗諺に曰く、一方に曲げすぎた竿をのばすには、それだけ逆のほうに曲げなければならない、と。農業こそすべての国の所得と富の唯一の源泉であるとする学説を唱えたフランスの学者たち[2]は、どうやらこの諺の公理を採ったらしい。だから、コルベール氏のやり方だと、都市の産業は農村の産業に比してたしかに過大評価されていたが、それと同じことで、かれらフランスの学者たちの学説では、都市の産業はたしかに過小評価されていると思われる。

重農主義学説は国民を所有者階級、農業階級、商工階級に分け、農業階級のみが新たな価値を生み出すと考え、「生産的階級」とよんだ

一国の土地および労働の年々の生産物に、なんらかの点で貢献すると考えられてきた

種々な階層の人々を、かれら重農主義学説をとる者は三階級に区分する。その第一は土地所有者の階級である。第二は、かれらが生産的階級という特別の名称をもって敬意を払う、耕作者、農業者および農業労働者の階級である。第三は、かれらが不毛階級または不生産
163 的階級という屈辱的名称をもってその地位を下げようと努める、職人、製造業者および商人の階級である。

所有者階級は、土地の改良に、すなわち建物、排水溝、囲い込み、その他の設備に、おりおり費用を出すことによって、毎年の生産に貢献している。これらのものを地主はかれの土地に作ったり維持したりし、そのおかげで耕作者は、同じ資本でより多くの収穫をあげ、したがって、より多くの地代が払えるようになるのである。この増加分の地代（アドヴァンスト・レント）は、土地所有者がかれの土地の改良に用いた費用もしくは資本にたいする利子あるいは利潤であって、土地所有者に当然帰属すべきものとみなしてよかろう。このような費用は、この学説では土地への基礎投資（depenses foncieres）とよばれている。

耕作者または農業者は、かれらが土地の耕作に投下する費用、この学説では原投資および年投資（depenses primitives et depenses annuelles）とよばれるものによって、毎年の生産に貢献する。原投資とは、農業用具、家畜、種子、ならびに、少なくとも農業者の営農第一年目の大部分の期間、つまり土地から多少とも収穫を得られるまでのあいだ、かれの家族、使用人、および家畜を維持するための費用である。年投資とは、種子、農具の

磨損、および農業者の使用人と家畜を年々維持し、また、かれの家族のうち耕作に雇われる使用人とみなされる者がいれば、その者を維持するための費用である。土地の生産物のうち、地代を払った後にかれの手許に残る分は、第一に、妥当な期間内に、少なくともかれが土地を占有しているあいだに、かれの原投資の全部を回収し、あわせて資本(ストック)の普通の利潤を得るのに十分でなければならない。そして第二に、かれの年投資全部を年々回収し、あわせて同じく資本(ストック)の普通の利潤を年々得るのに十分でなければならない。これら二種類の投資は、農業者が耕作に使用する二つの資本である。そして、これらが妥当な利潤をともなってかれの手許に規則的に戻ってこなければ、かれは他の職業と同等に自分の職業を営むことはできず、その場合は、自分の利益を考えると、かれはできるだけ早く農業をやめて、なにか別の職業を探し求めるにちがいない。土地の生産物のうち、かくして農業者がその仕事を続けることを可能にするために必要な分は、耕作に捧(ささ)げられた元本(ファンド)とみなされるべきものであって、もし地主がこれを侵せば、かれはかならず自分の土地の生産物を減らすことになり、数年にして、農業者がこの無理な高率地代を支払うことを不可能にしてしまうばかりか、そうした地代が課されなければその土地から収められたはずの妥当な地代さえも払えなくしてしまうのである。地主に本来帰属する地代とは、総生産物、つまり全生産物を作るためにあらかじめ投下しなければならないいっさいの必要費用を、細大もらさず完全に支払ってしまった後に残る純生産物だけであって、それ以上のものではない。重農主義学説において、この耕作者の階級が生産的階級という尊称によって特別に区別されているのは、かれらの労働が、こうしたいっさいの必要費用を完全に支払ったうえで、さらに、この種の純生産物を提供するからである。かれらの原投資と年投資は、同じ理由から、重農主義学説では生産的費用とよばれているが、それは、この投資がそれ自体の価値を回収したうえに、さらに、この純生産物の年々の再生産をもたらすからである。

いわゆる土地への基礎投資、すなわち地主が自分の土地の改良に投下する費用もまた、この学説においては、生産的費用という名称をもって敬意を表されている。地主がかれの土地から得る増加分の地代（アドヴァンスト・レント）〔基礎投資におうじた地代の増加分〕によって、右の費用が資本（ストック）の普通の利潤をともなって、全部完全にかれに償還されてしまうまでは、この地代は教会からも国王からも神聖不可侵とみなされるべきものであり、したがって、一〇分の一税も租税も課してはならないものであった。もしそうしないと、土地の改良を阻害してしまうので、教会は一〇分の一税の収入が将来増加するのを妨げることになり、国王は租税収入が将来増すのを妨げることになるわけである。それゆえ、事物の秩序がよく保たれた状態においては、これら土地への基礎投資は、それ自身の価値をもっとも完全に再生産したうえに、さらに加えて、ある一定期間の後には、純生産物をも再生産することになるので、重農主義学説においては、土地への基礎投資は生産的費用と考えられているのである。

商工階級の労働は、粗生産物の価値を存続させるだけで新価値を生産しはしないから不生産的だ、と重農学説はいう

けれども、地主の土地への基礎投資、農業者の原投資および年投資という三種類の投資のみが、重農主義学説で生産的と考えられている支出である。これ以外のあらゆる投資や、これ以外のあらゆる階層の人々は、世間の常識ではもっとも生産的だとみなされている人々さえも、この学説に立つものの評価の仕方によれば、まったく不毛かつ不生産的なものとなるのである。

165 とくに職人と製造業者については、世間の常識では、かれらの勤労は土地の原生産物の価値を大きく増大するものなのだが、この重農主義学説においては、かれらはまったく不毛かつ不生産的な階級の人々だとされている。かれらの労働は、かれらを仕事につかせる資本（ストック）を、その普通の利潤をともなって回収するだけなのだ、というのである。この資本（ストック）は、かれらの雇主から前渡しされた原料、道具類、それに賃銀から成っており、かれらの就労と生活維持に充てられる元本（ファンド）である。その資本が生む利潤は、かれらの雇主が生活を維持するための元本である。雇主は、かれらが就労するのに必要な原料、道具類および賃銀から成る資本（ストック）を前渡しするが、それと同様に、雇主は自分の生活維持に必要なものを自分に前渡しするわけであって、その際かれは、生活維持の費用を、職人たちの製品の価格から得られると期待する利潤にだいたい比例させるのである。この製品の価格は、雇主が職人に前渡しした原料、道具類、および賃銀はもちろんのこと、自分自身に前渡しした生活維持費をも回収するものでなければ、雇主がその製品にたいして投下した全支出をかれの手許に償還したことにはならないわけである。それゆえ、製造業の資本（ストック）の利潤は、土地の地代と異なって、利潤を得るために投下しなければならない全支出を完全に回収した後に残る純生産物なのではない。農業者の資本（ストック）は、親方製造業者の資本と同じく、かれに利潤を生み、そして、さらに他の者への地代をも生むが、親方製造業者の資本はこの地代を生むことはない。したがって、職人および製造業者の就業と生活維持のために支出された費用は、言ってみれば、費用それ自身の価値の存在を継続させるだけであって、なんら新たな価値を生産するものではない。それゆえ、この支出は、まったく不毛かつ不生産的投資なのである。これに反して、農業者と農業労働者を就業させるために支出された費用は、費用それ自体の価値の存在を継続させるだけでなく、さらに加えて、新しい価値、すなわち地主の地代をも生み出す。したがって、これは生産的投資というわけである。

　商業の資本（ストック）は、製造業の資本（ストック）と同じく不毛でかつ不生産的である。商業の資本は、ただそれ自身の価値の存在を継続するだけであって、なんら新たな価値を生産することはない。商業の資本の利潤は、その資本を使う者が、その使用期間中、あるいは収益を受け取るまで、自分自身に前渡しする生活維持費の償還にすぎない。それは、その資本を用いて商売をするために投下しなければならない費用の一部が戻ってくるだけのことなのである。

職人や製造業者の労働は、年々の土地の原生産物総量の価値に、なにひとつ付け加える
ものではない。もっともこの労働は、土地の原生産物のある特定部分の価値をおおいに増
加しはするが、この労働が他方でひき起す消費は、右の特定部分にこの労働が付加する価
値に正確に等しいのであって、したがって、土地の原生産物総量の価値は、その間のどの
瞬間においても、職人や製造業者の労働によって増加されることはないわけである。たと
166 えば、段重ねの美しい襞縁（ひだべり）レースを作る者は、おそらく一ペニーほどのわずかな値しかな
い亜麻の価値を、わが国の貨幣で三〇ポンドにも高めることがあるだろう。一見したとこ
ろ、かれはこうして原生産物の一部の価値を約七二〇〇倍にもするように見えるけれども、
しかし実際は、年々の原生産物総量の価値にはなにも付加していないのである。そのレー
スを作るのに、おそらく、かれは二年間もかけている。このレースができ上ったときに、
かれがレースと引換えに得る三〇ポンドは、かれがそれを作っている二年のあいだに、自
分自身へ前渡しした生活資料の払戻しにすぎない。日々の、月々の、または年々の労働に
よってかれが亜麻に付加する価値は、その日なり月なり年なりのあいだに、かれ自身が消
費した価値を回収するだけのものである。それゆえ、その期間中のいかなる時にも、かれ
は年々の土地の原生産物総量の価値になにひとつ付け加えることはないのである。という
のは、原生産物のうち、かれがたえず消費する分は、かれがたえず生産する価値につねに
等しいからである。くだらないものだが高価なこの製品の生産に従事している人々の大部

分が極度に貧しいことをみれば、かれらの製品の価格が、通常、かれらの生活資料の価値を超えるものでないことは、よくわかるだろう。ところが、農業者や農業労働者の仕事については事情が違う。すなわち、地主の地代は、普通の場合、農業労働者とその雇主の労働が、かれら両者の全消費を、つまり、かれらの雇用と生活維持のために投下した全費用を、もっとも完全な仕方で回収したうえで、不断に生みだしてゆく価値なのである、と。

商工階級はその生活を地主と農業階級に負っているが、前者のおかげで後者は土地の維持と耕作に専念できるので、両者は相互依存の関係にある

職人、製造業者および商人は、節約によってのみ、自分たちの社会の所得と富をふやすことができるにすぎない。つまり、重農主義学説でいうところの不自由〈privation〉によってのみ、すなわち、自分の生活に充てる元本（ファンド）の一部を使いたくとも使わずに我慢することによってのみ、かれらは社会の所得と富をふやすことができるのである。かれらが年々再生産するのは、この元本だけである。それゆえ、かれらは年々この元本の一部を節約してとっておかないかぎり、つまり、年々その一部を享受することなく、それなしで我慢しておくのでないかぎり、かれらの社会の所得と富は、かれらがいくら勤労しても少しも増加しないであろう。これに反して農業者や農業労働者は、自分たちの生活維持に充てられている元本を全部完全に使い尽しても、それでもなお、同時にかれらの社会の所得と富を

167

増加することができる。かれらの勤労は、自分自身の生活維持に充てられるもののほかに、年々純生産物を供給し、純生産物の増大は、必然的にかれらの社会の所得と富を増加するのである。それゆえ、フランスやイングランドのように、土地所有者と耕作者の多い国民は、勤労と愉楽とによって富裕になれる。これにたいして、ホラントやハムブルクのように、主として商人、職人および製造業者から成る国民が富裕になるには、節約と不自由によるほかはない。たいへん異なった事情のもとにある諸国民の利害が非常に異なるように、そうした国の国民性もまた非常に違っている。前の種類の国民にあっては、鷹揚、率直、親和が、おのずからその国民性の一部を成す。後の種類の国民にあっては、あらゆる社会的快楽や享楽をきらう偏狭、吝嗇、利己的性向が、その国民性の一部を成すのである、と。

不生産的階級、すなわち商人、職人、および製造業者の階級は、まったく他の二階級に依存して、すなわち土地所有者階級と耕作者階級に依存して、自分たちの生活を維持し仕事を得ている。土地所有者および耕作者階級は、不生産的階級にたいして、仕事の原料と、仕事をしているあいだに消費する穀物や肉など生活物資を供給してやる。そして結局のところ、不生産的階級の全労働者の賃銀と、その全雇主の利潤の両方とも、土地所有者と耕作者が支払うわけである。これら不生産的階級の労働者とその雇主は、まさしく、土地所有者と耕作者の召使である。ただ、かれらは主人の家の外で働く召使であり、下男下女は主人の家の内で働く召使だ、という違いがあるにすぎない。この両者とも、同じ主人の負担で養われているのである。両者の労働は、ともに等しく不生産的である。かれらの労働は、土地の原生産物総量の価値になにひとつ付け加えはしない。かれらの労働は、この総量の価値を増すものであるどころか、この価値のなかから払わなければならない負担であり、費用なのである、と。

しかしながら、不生産的階級は他の二階級にとって有用、それもおおいに有用なのである。土地所有者と耕作者は、自分たちが必要とする外国品や自国の製造品を、不慣れなやり方で、自分が使うために自分で輸入したり、作ったりしようとすれば、多量の労働を用いなければならないだろうが、商人、職人、製造業者たちの勤労のおかげで、自分でやる場合に必要な労働量よりもずっとわずかの労働で作った生産物をもって、外国品や自国産製造品を購入できるのである。不生産的階級がいなければ、耕作者は、かれらの注意力を土地の耕作からそらして、さまざまな配慮をしなければならないが、不生産的階級のおかげで、耕作者はそうした配慮なしですむのである。こうした注意力の集中によって、耕作者は生産を増すことができるので、これによって、不生産的階級を養って仕事につかせるために土地所有者や耕作者自身が負担しなければならない全費用も、十分にまかなうことができる。商人、職人、および製造業者の勤労は、それ自体の性質としてはまったく不生産的なのだが、しかし、このようにして、土地の生産物を増加することに間接的に貢献するのである。かれらの勤労は、生産的労働をその本来の仕事、つまり土地の耕作

168

に自由に専念させることによって、生産的労働の生産力を増大するわけである。かくして、農業とはもっとも縁のうすい仕事をしている人の労働のおかげで、農業は、しばしばそれだけ容易に、そして、それだけよく営まれるのである。

商人、職人および製造業者の勤労を少しでも制限したり阻害したりすることは、ぜったいに土地所有者と耕作者の利益になるはずがない。この不生産的階級が自由に活動できれば、それだけこの階級を構成するさまざまの職業すべてにおける競争も激しくなり、他の二階級は外国品も自国産工業製品もともに、いっそう安く供給されるようになるだろう。

不生産的階級にとっても、他の二階級を抑圧することは、けっして自分の利益にはならないであろう。不生産的階級の生活を支えて仕事を与えるのは、土地の余剰生産物、つまり、土地生産物からまず耕作者の生活維持に必要な分を、ついで土地所有者の生活維持に必要な分を、差し引いた後に残る部分なのである。この余剰分が大きければ大きいほど、不生産的階級の生活維持に用いうる部分も、かれらの仕事も、ともにより多くなるにちがいない。完全な正義、完全な自由の権利、ならびに完全な平等の確立こそが、三階級のすべてに、最高度の繁栄をもっとも有効に保障する、きわめて簡明な秘訣(ひけつ)なのである。

農業国と商工業国の関係もこれと同じく相互依存的であり、農業国が商工業国との貿易を制限すれば自国に不利を招く

ホラントやハムブルクのように、主としてこの不生産的階級からなる商業国の商人、職

人、製造業者も、同様に、土地所有者と耕作者の負担によって養われ、仕事を得ている。ただ一つ違うところは、これら土地所有者と耕作者は、その大部分が、仕事の原料と生活物資を供給してやる商人や職人や製造業者たちから、遠く離れたもっとも不便な場所におり、他国の住民であり、他国政府の臣民だということである。

　けれども、このような商業国は、これら他国の住民にとって有用、それもおおいに有用なのである。この商業国は、他国にとってきわめて重要な不足物をある程度穴埋めし、他国住民がその国内に見いだしてしかるべきであるのに、その政策になんらか欠陥があるために、国内にはいない商人や職人や製造業者の代りをするのである。

　かかる商業国の貿易もしくはかれらが供給する商品に重税をかけて、かれらの勤労を阻害したり苦しめたりすることは、いわゆる農業国民（ランデッド・ネーションズ）の利益となるはずがない。かかる税をかければ、その商品をいっそう高価にして、自分自身の土地の余剰生産物の真の価値を低くするだけのことである。そのわけは、この余剰生産物をもって、または、同じこと
169 になるが、その価格をもって、これら輸入商品が購入されるわけだからである。かかる税は、余剰生産物の増加を妨げ、したがって、かれら自身の土地の改良と耕作を妨げる役を果すにすぎまい。これとは反対に、余剰生産物の価値を引き上げ、その増加を奨励し、したがって、かれら自身の土地の改良と耕作を奨励するもっとも有効な方策は、こうした商業国民のすべてが営む貿易にたいして、もっとも完全な自由を許すことであろう。

農業国が自由貿易政策をとれば、農産物の価値が高まり、農業は振興され、やがてその余剰資本で商工業を国内に発展させうる

貿易を完全に自由にすることは、自国内に欠けているあらゆる職人や製造業者や商人をやがて確保するための、そして、かれらが自国内で感じているたいへん重要な不足物を、もっとも適当で、もっとも有利な方法で埋め合せるための、一番効果的な方策でさえあると言える。

かれらの土地の余剰生産物が継続的に増加すれば、やがて、土地の改良と耕作に用いて普通の割合で利潤をあげられる資本の量を超えて、もっと多量の資本が創出されるであろう。そこで、この資本の余剰部分は、おのずから、国内で職人や製造業者を就業させることに向うであろう。しかし、これらの職人や製造業者は、かれらの仕事の原料も生活資料もともに国内にあるので、たとえ技術や熟練がはるかに劣っていても、原料や生活資料を、きわめて遠方から持ってこなければならない商業国の同種の職人や製造業者と同様に安く、すぐにも作れるだろう。技術や熟練が不足しているために、しばらくのあいだは、それほど安く作ることができない場合でも、販路を国内に見つければ、かれらは自分の製品をその国内市場で、たいへん遠方からそこへ運ばれてくる商業国の職人や製造業者の製品に負けずに安く売ることができるだろう。そして、技術や熟練が向上するにつれて、かれらは、ほどなく商業国の職人や製造業者よりも安く売れるようになるだろう。それゆえ、このような商業国の職人や製造業者は、これら農業国民の市場において、直ちに競争を仕掛けられ、ほどなく自分よりも安く売られ、ついにはその市場から完全に押し出されてしまうだろう。技術や熟練が徐々に向上した結果として、これら農業国民の製造品が安価になると、やがて、その販路は国内市場を超えて拡がり、製品は多くの外国市場に運ばれるようになる。そして、諸外国の市場からも、同様にして、徐々にかの商業国民の製造品のうち、その多くを駆逐するにいたるであろう。

これら農業国民の原生産物と製造品が、ともどもこうして継続的に増加すれば、やがては、農業なり製造業なりに用いて普通の率で利潤をあげうる資本の量を超えて、もっと多量の資本が創出されるであろう。この資本の余剰分は、おのずと外国貿易に向うであろう。すなわち、その国自身の原生産物と製造品のうち、国内需要を超える分を外国に輸出する仕事に投下されるであろう。自国産品の輸出にあたっては、農業国の商人は商業国の商人よりも有利であろう。それは、農業国の職人や製造業者が、商業国の職人や製造業者よりも有利な立場にあるのと同じことである。すなわち、商業国民にあっては、遠方で探し求めざるをえない船荷はもちろんのこと、船舶用品も食糧もすべて自国内にある、という有利さがそれである。そのため、たとえ航海の技術や熟練は劣っていても、かれら農業国民は、外国市場で、その船荷を商業国の商人と同様に安く売ることができようし、また、もし航海の技術や熟練が対等ならば、かれらは商業国民より安く売ることもできよう。したがって、かれら農業国民は、まもなく、外国貿易のこの部門で商業国民と競争するようになり、そしてやがては、商業国民を、その部門からまったく駆逐してしまうだろう、と。

それゆえ、この自由で寛大な重農主義学説によれば、農業国民が自国の職人、製造業者および商人を育成できるもっとも有利な方法は、他のすべての国の職人、製造業者および商人にたいして、もっとも完全な自由貿易を許すことである。これによって、農業国民は自国の土地の余剰生産物の価値を引き上げ、この余剰生産物が継続的に増加すれば、徐々に一つの元本ができ上るわけで、これによってやがて、農業国民が必要とするすべての職人や製造業者や商人を、かならず育成することになる。

農業国が、貿易制限によって、自国内にむりやり商工業を育成すれば、農業を阻害する結果となる

これに反して、農業国が重税または禁止措置によって外国民の貿易を抑圧するならば、その農業国民は、かならずや、次の二つの仕方で自分自身の利益を損うことになる。第一に、すべての外国物産、および、あらゆる種類の製造品の価格を高くすることによって、その国民は必然的に、自分自身の土地の余剰生産物の真の価値を下げてしまう。けだし、かれらはその余剰生産物をもって、または、同じことになるが、その価格をもって、これら外国物産と製造品を買うのだからである。第二に、自国の商人、職人および製造業者にたいして、国内市場の一種の独占を与えることによって、その国民は農業の利潤率に比べ

て商工業の利潤率を高め、その結果、従来は農業に用いられていた資本の一部を農業から引き揚げてしまうか、さもなければ、農業に向うはずの資本の一部を、農業に向わせないようにしてしまうのである。この政策は、それゆえ、二つの仕方で農業を阻害する。すなわち第一に、農業の生産物の真の価値を下落させ、それによって農業の利潤率を低下させることにより、そして第二に、他のすべての職業における利潤率を上昇させることにより。こうして、この政策がない場合に比べて、農業は不利になり、商工業は有利になるわけで、だれもが自分の利害に動かされて、自分の資本や労働を、できるかぎり多く、農業から商工業へと転じさせようとすることになる。

171

　この抑圧的な政策をとると、農業国民が、自由貿易による場合よりもいくらか早く、自国の職人や製造業者や商人を育成できるということは、実はおおいに疑わしいのだが、かりに育成できるとしても、それはいわば早まって育成すること、商工業者にとって完全に機が熟す前に育成してしまうことになるであろう。あまり性急にある種類の産業を育成するために、この国民は、もっと価値のある、他の種類の産業を不振に陥らせるであろう。普通の利潤をあげて使用資本(ストック)を回収するにすぎないある種類の産業をあまりに急いで育てようとする結果、この国民は、利潤をともなって資本(ストック)を回収するだけでなく、さらに地主にたいしては純生産物すなわち地代[3]を提供できる他の種類の産業、つまり農業を、不振に陥らせてしまうであろう。まったく不毛かつ不生産的な労働をあまりに急いで奨励することによって、この国民は、生産的労働を不振に陥らせることになるであろう。

ケネーは、年々の土地生産物が所有者階級、農業階級、商工階級の三階級に分配され循環する秩序を「経済表」で明らかにした

この学説によると、土地の年生産物の総額は、いったいどのようにして右の三階級のあいだに分配されるのか、また、不生産的階級の労働が、この総額の価値を全然増加することなく、この階級の消費した物の価値を回収するにすぎないのはどういうわけか。これは、この学説についてのまさに独創的で碩学(せきがく)の著者ケネー氏によって、いくつかの算術的な表式の形で示されている。これらの表式の第一は、かれがとくに『経済表』[4]と名づけて、その重要さのゆえに他と区別しているものである。そこでは、もっとも完全な自由の状態、したがって、最高の繁栄の状態において、この分配がどういうふうに行なわれるかが述べられている。そのような状態とは、年生産物が可能なかぎり最大の純生産物を生じるような状態であり、また、各階級が年生産物の全体について、それぞれ本来の分け前を享受する状態である。それにつづく若干の表式では、制限と規則ずくめの状態において、つまり、土地所有者の階級または不毛かつ不生産的な階級が耕作者の階級よりも厚遇され、前二者のうちどちらかが、この生産的階級の手に本来帰属するはずの分け前に多少とも食い込むような状態において、この分配がどういうふうに行なわれるとかれが考えているか、について述べられている。この学説によると、こういう蚕食(さんしょく)があるごとに、つまり、もっと

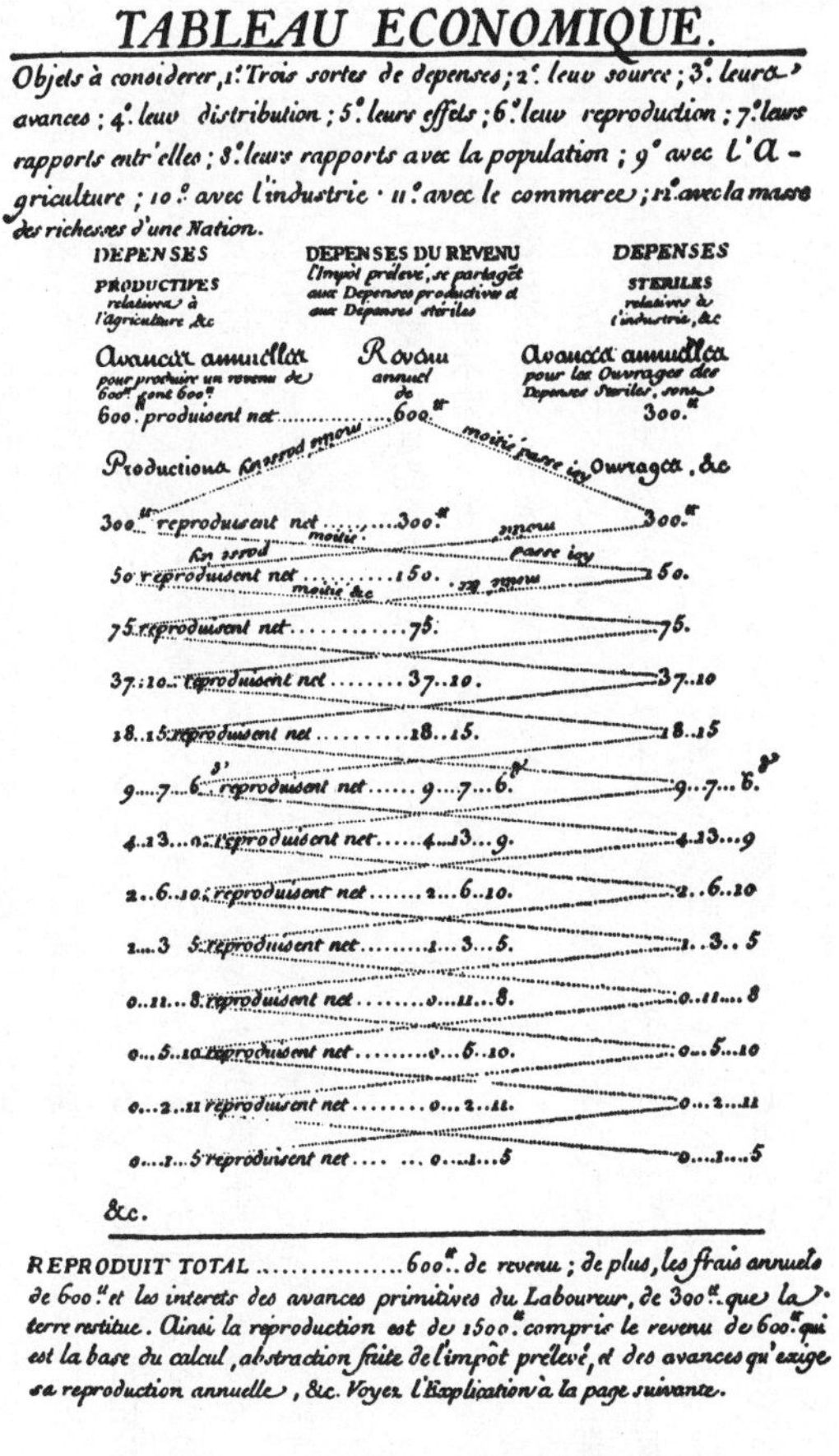

TABLEAU ECONOMIQUE.

Objets à considerer, 1°. Trois sortes de depenses ; 2°. leur source ; 3°. leurs avances ; 4°. leur distribution ; 5°. leurs effets ; 6°. leur reproduction ; 7°. leurs rapports entr'elles ; 8°. leurs rapports avec la population ; 9° avec l'Agriculture ; 10°. avec l'industrie. 11°. avec le commerce ; 12°. avec la masse des richesses d'une Nation.

DEPENSES PRODUCTIVES relatives à l'Agriculture, &c	DEPENSES DU REVENU l'Impôt prélevé, se partagent aux Depenses productives et aux Dépenses stériles	DEPENSES STERILES relatives à l'industrie, &c
Avances annuelles pour produire un revenu de 600. sont 600.	Revenu annuel de	Avances annuelles pour les Ouvrages des Depenses Steriles, sont
600. produisent net	600.	300.
Productions	moitié passe icy / moitié passe icy	Ouvrages, &c
300. reproduisent net	300.	300.
150 reproduisent net	150.	150.
75 reproduisent net	75.	75.
37..10.. reproduisent net	37..10.	37..10
18..15 reproduisent net	18..15.	18..15
9...7...6 reproduisent net	9...7...6.	9..7...6.
4..13...9 reproduisent net	4...13...9.	4.13...9
2..6..10 reproduisent net	2...6..10.	2..6..10
1...3...5 reproduisent net	1...3...5.	1..3..5
0..11...8 reproduisent net	0...11...8.	0..11...8
0...5..10 reproduisent net	0...5..10.	0...5...10
0...2..11 reproduisent net	0...2..11.	0...2...11
0...1...5 reproduisent net	0...1...5	0...1...5

&c.

REPRODUIT TOTAL .... 600. de revenu ; de plus, les frais annuels de 600. et les interets des avances primitives du Laboureur, de 300. que la terre restitue. Ainsi la reproduction est de 1500. compris le revenu de 600. qui est la base du calcul, abstraction faite de l'impôt prélevé, et des avances qu'exige sa reproduction annuelle, &c. Voyez l'Explication à la page suivante.

ケネー『経済表』(「原表」第三版)

も完全な自由によって確立される自然的分配が侵害されてゆくごとに、年生産物の価値および総額は年を追って必然的に多かれ少なかれ減少するにちがいないし、また、社会の真の富と所得も次第に減退してゆくこと必至である。この減退が急速に進むか緩慢に進むかは、かならずや右の蚕食のいかんによって左右される、つまり、もっとも完全な自由によって確立される自然的分配にたいする侵害が大きいか小さいかによって左右されるにちがいない。第一の表式に続くこれらの諸表式は、減退のさまざまな程度を表わすもので、この学説によると、これは事物の自然的分配が侵害される、そのさまざまな程度に照応するものである。

172

ケネーは、一国の繁栄には完全な自由と正義が不可欠だと考えたが、それが不完全でも、個人が境遇を改善しようとする自然的努力があるかぎり、繁栄しうる

純理派の医師たちは、次のように考えたらしい。すなわち、人体の健康は、食事と運動についての一定の厳格な養生法によってのみ保持できるものであり、それに少しでも反すると、その程度に比例して、かならず一定の病気や不調が生じる、というのである。けれども、経験が示すところでは、人体というものは、厳格な養生法以外のいろいろな養生法でも、それどころか健康によいなどとはとうてい考えられないような養生法でも、少なくとも外見上は、完璧(かんぺき)な健康状態を保持している場合がしばしばある。だが実は、人体が健

康な状態にあるときは、人体そのもののうちには、人智の究め得ない、ある種の健康保持の原理が働いていて、間違った養生法の悪い結果をも、いろいろな点で予防したり是正したりできるものらしいのである。ところが、自分自身が医師、しかも純理派の医師であったケネー氏は、政治体（ポリティカル・ボディー）についても、人体の養生法と同じ考えを懐（いだ）いていたらしい。そして、政治体も一定の厳格な養生法、すなわち、完全な自由と完全な正義という厳格な養生法に従ってはじめて、富裕となり繁栄する、と考えていたように思われる。政治体においては、経済政策が多少不公平で抑圧的であっても、すべての人がたえず自分の暮しをよくしようとする自然の努力があることが、経済政策の悪い結果を多くの点で予防し是正できるのであって、それが政治体の健康保持の原理になっている、というようにはかれは考えていなかったらしい。だが、このような経済政策は、一国民が富と繁栄に向う自然の進歩を多かれ少なかれ遅らせることは間違いないにしても、それを完全に停止させることができるとはかぎらず、まして、それを後退させることなどできはしないのである。もし、一国民が完全な自由と完全な正義とを享受しなければ繁栄できないというのであるなら、かつて世界に繁栄しえた国民はひとつとしてなかったことになる。ところが、政治体においては、人間の愚劣と不正とがもたらす多くの悪い結果を救うために、自然の叡知（えいち）がさいわいにも十分な備えをしてくれていた。これは、あたかも人体について、自然の叡知が、人間の怠惰と不摂生との多くの悪い結果を治療するために、十分な備えをしてくれているのと同じことである。

「経済表」に代表される重農学説は、商工階級の労働が新価値を生まず、かれらを不生産的階級とみなした点では誤っている

　ところで、この学説の決定的な誤りは、職人、製造業者および商人の階級が、まったく不毛かつ不生産的だと主張している点にあるように思われる。以下の叙述は、この主張が誤っていることを明らかにするのに役だつだろう。

　第一に、次のことは一般に認められている。すなわち、この階級は、年々自分で消費する価値を年々再生産し、少なくともこの階級を維持し雇用する資財（ストック）または資本を存続させ
173
る、ということである。だが、この理由だけからしても、この階級にたいして不毛または不生産的という名称を用いるのは、はなはだ不適切だと思われる。たとえ、ある結婚が一男一女をもたらしただけで、それが父と母にとって代るとしても、つまり、ある結婚が人類の数をふやさず、今までどおりであったとしても、だからといってわれわれは、この結婚を不毛または不生産的とよぶべきではない。たしかに農業者や農業労働者は、自分を維持し雇用する資本（ストック）のほかに、それに加えて、純生産物、つまり地主への地代を年々再生産する。三人の子供を生む結婚のほうが、二人しか生まない結婚よりも生産的であるように、農業者と農業労働者の労働のほうが、商人、職人、製造業者の労働よりも生産的だということは確かである。しかしながら、前者の階級のほうが生産について優越しているからと

いって、後者の階級が不毛または不生産的だということにはならない。

第二に、以上の理由から、職人、製造業者および商人を家事使用人と同一視するのは、まったく不適切だと思う。家事使用人の労働は、かれらを維持し雇用する元本（ファンド）の存続を確保しない。かれらの維持と雇用は、もっぱら主人の経費負担でなされるのであって、かれらが行なう仕事は、この経費を回収できる性質のものではない。その仕事の内容は、一般にかれらがそれを行なう、まさにその瞬間に消滅するようなサーヴィスなのであって、かれらの賃銀と生活維持の価値を回収しうるような、販売可能な商品の形に固定化したり具体化したりするものではない。ところが、これと反対に、職人、製造業者および商人の労働は、当然、かれらの賃銀と生活維持の価値を回収しうるような、販売可能ななんらかの商品の形に固定化し具体化する。私が、生産的および不生産的労働をとりあげた章で、職人、製造業者、商人を生産的労働者のなかに分類して、家事使用人を不毛かつ不生産的な労働者のなかに分類したのは、このような理由によるのである。

第三に、どのように考えてみても、職人、製造業者および商人の労働が社会の真の所得を増加させないというのは誤っていると思う。たとえば、この学説が想定しているように、これらの階級が日々、月々、年々消費する価値は、この階級が日々、月々、年々生産する価値にちょうど等しい、と想定するとしても、それだからといって、この階級の労働が、社会の真の所得にたいして、すなわち、社会の土地と労働の年々の生産物の真の価値にた

174
いして、なにものも追加しなかったということにはならないだろう。たとえば、ある職人が、収穫後の最初の六ヶ月間に、一〇ポンドに値する仕事をやりとげるとして、かれが、この同じ期間中に一〇ポンドに値する穀物その他の生活必需品を消費するとしても、それでもなお、かれは、その社会の土地と労働の年々の生産物に一〇ポンドの価値を現実に追加しているわけである。かれは、半年分の収入で、一〇ポンドの価値がある穀物その他の必需品を消費しているあいだに、自分自身か他のだれかのために同じく半年分の収入に該当する等価値の生産をしたのである。だから、この六ヶ月のあいだに消費され生産されたものの価値は、一〇ポンドではなくて、二〇ポンドに等しい。なるほど、この期間のどの時点においても、この価値のうちの一〇ポンドしか存在しなかったと言えるかもしれない。だが、かりに、この職人が消費した一〇ポンドに値する穀物その他の必需品が、兵士とか家事使用人とかによって消費されていたなら、六ヶ月の終りに存在する年生産物の価値は、この職人の労働の結果として現にある価値よりも一〇ポンドだけ少ないことになるだろう。したがって、職人が生産するものの価値は、この期間のどの時点でも、かれが消費する価値よりも大きいとは考えられないにしても、それでもなお、この期間のどの時点においても、かれは財貨を生産するのであるから、市場に現存する財貨の価値は、しからざる場合に比して大きいのである。

この学説の擁護者たちが、職人、製造業者および商人の消費はかれらの生産するものの価値に等しい、と主張するとき、おそらくその意味は、かれらの収入、すなわち、かれらの消費に充てられる元本は、かれらの生産するものの価値に等しい、というだけのことであろう。だが、この学説の擁護者がもっと正確に意見を述べて、この階級の収入は、かれらが生産したものの価値に等しい、と主張してくれさえすれば、読者はただちに、この収入のなかから自然に貯蓄されるものは、必然的に、社会の真の富を多かれ少なかれ増すにちがいない、ということに思いいたったであろう。そういうわけで、この学説の擁護者としては、議論を多少とももっともらしくするために、あのように述べる必要があったのである。しかしこの議論は、たとえ事態がこの議論で推定されているとおりだとしても、結局は、たいへん不得要領な議論に終ってしまったのである。

第四に、農業者や農業労働者も、節約をしなければ、自分たちの社会の真の所得、すなわち土地と労働の年々の生産物をふやすことはできないが、その点では、職人、製造業者、商人の場合と異なるところはない。どんな社会でも、その土地と労働の年々の生産物は、次の二つの方法のうち、どちらかによってのみふやすことができる。第一に、その社会内で現実に維持されている有用労働の生産力を多少とも改善するか、それとも第二に、この労働の量を多少とも増加するか、そのいずれかである。

有用労働の生産力の改善は、第一に、労働者の能力の改善に依存し、第二に、労働者が作業に用いる機械類の改善に依存する。ところが、職人や製造業者の労働は、農業者や農

175

業労働者のそれに比べて、いっそう細分化することができるし、また、労働者ひとりひとりの労働は、いっそう単純化された作業に還元することもできるので、この労働には、いちだんと高度の改善を、こうした二つの側面にわたって加えることも可能である。[1] だから、この点で、耕作者の階級は、職人や製造業者にたいして、いささかも優越してはいないのである。

どんな社会でも、その内部で現実に雇用されている有用労働の量の増加は、全体としてそれを雇用する資本の増加に依存するにちがいない。また、この資本の増加は、資本の使用を管理指揮する特定の人たち、または、これらの人たちにその資本を貸し付ける他の人たちが、その収入のなかから貯蓄した額の大きさにちょうど等しいにちがいない。商人、職人および製造業者には、土地所有者や耕作者よりも、いっそう節約と貯蓄の性向が自然にそなわっている、とこの学説では考えられているようであるが、もしそうであるなら、かれらが自分たちの社会のなかで雇用される有用労働の量を増加させ、その結果、社会の真の所得、すなわち、その土地と労働の年々の生産物を増加させる見込みもそれだけ大きいことになる。

第五に、そして最後に、この学説では、すべての国の住民の所得は、もっぱらかれらの勤労によって得られる生活資料から成る、と考えられているらしいが、そうだと仮定しても、貿易と製造業が営まれる国の所得は、他の事情が等しければ、貿易と製造業のない国

176

の所得よりも、つねにはるかに大きいにちがいない。貿易と製造業があれば、自国の土地が耕作の現状で提供しうるよりもいっそう多くの生活資料を、年々輸入することができる。都市の住民は、自分の土地をまったく持たない場合がしばしばあるけれども、自分の仕事の原料となるばかりか生活物資ともなる土地の原生産物を、自分たちの勤労によって、農業者たちから自分のもとに引き寄せるのである。都市が常時その近隣農村ととり結んでいる関係は、独立の州または国と、他の独立の諸州または諸国とのあいだの関係についても、あてはまることが多い。たとえば、ホラントは、その生活資料の大部分を他の国々から得ている。畜牛はホルスタインとユットランドから、穀物はヨーロッパのたいていの国々から、という具合である。製造品は少量でも、多量の原生産物を購入する。だから、貿易や製造業が行なわれる国は、当然、少量の製造品で他の国から多量の原生産物を購入できる。ところが、これと反対に、貿易や製造業のない国は、一般に、他国からごく少量の製造品を購入するのに多量の原生産物を投じなければならない。前者は、ごく少数の人々の生活の維持と便益とを確保しうるものを輸出して、国民多数の生活を維持し、その便益を供するものを輸入する。後者は、多数の人々に便益を供するものや生活を維持するものを輸出して、ごく少数の人々のそれを輸入するにすぎない。前者の住民は、かれらの土地が耕作の現状で提供しうるよりも、はるかに多量の生活資料をつねに享受するにちがいない。後者の住民は、つねに、これよりもはるかに少量の生活資料しか享受できないにちがいない。

重農学説は、国富とは労働によって年々再生産される富だと考えた点で、これまでの政治経済学のなかではもっとも真理に近い

けれども、この学説は、不完全であるにもかかわらず、おそらく、これまでに政治経済学の問題について発表されたもののうちで、もっとも真理にせまったものであり、またそれゆえに、このきわめて重要な科学の諸原理を細心に検討しようとするすべての人々の考慮に十分値するものである。土地で使用される労働が唯一の生産的労働だとする点で、この学説が説き勧める見解は、多分に偏狭で局限されすぎてはいるけれども、しかし、諸国民の富が、貨幣という消費できない富から成るものではなくて、その社会の労働によって年々再生産される、消費できる財から成るとする点で、また、完全な自由こそ、この年々の再生産を可及的に最大限にするための唯一の効果的な方策だと主張する点で、この理論はどこからみても寛大で自由であるとともに、正当だと思われる。この学説に追随する者はたいへん多い。それに、人というものは逆説を好むし、普通の人にはとてもわからないようなことを、自分はわかっているようにみられることを好むものだから、この学説が製造業の労働の不生産的な性質について主張する逆説は、おそらく、その讃美者をふやすのに少なからず貢献したものと思われる。かれらは近年、かなり重要な一学派をなしており、フランスの文筆界では、いわゆるエコノミスト派〔本章訳注〔5〕参照〕という名で知られている。かれらの著作は、たしかに国のためにいくらかは役にたった。すなわち、それ以前にはよ

177 く検討されたこともなかった多くの問題を一般の討論にもち込んだばかりでなく、農業のためになるようにと、国家行政に、ある程度影響を与えたのである。したがって、フランス農業がそれまで苦しめられてきた圧制のいくつかから救われたのは、かれらの主張の結果であった。たとえば、将来だれがその土地を買ったり所有したりしても効力を失わないような借地権を与えてよい期間は、九年から二七年に延長された。この王国の一州から他の州へ穀物を輸送することにたいする州の古くからの諸制限は、まったく廃止され、また、すべての外国に穀物を輸出する自由が、平常の場合、この王国の普通法（コモン・ロー）として確立されたのである。この学派の著作は非常に数が多く、本来政治経済学（ポリティカル・エコノミー）とよばれるべきもの、すなわち、諸国民の富の本質と諸原因を扱っているだけではなく、政治機構のその他いっさいの部門をも扱っているのだが、それらの著作をみると、この学派の人々はすべて盲従的に、またとくにめだった変種もなしに、ケネー氏の理論に追従している。このため、かれらの著作の大部分は、ほとんどみな似たようなものである。それらのうち、この学説のもっとも明快で、いちばんよくまとまった説明は、一時マルティニクの総督をしたメルシエ・ドゥ・ラ・リヴィエール氏の書いた『政治社会の自然的ならびに本質的秩序』[5]という題の小著に見ることができる。自分自身はもっとも謙虚で純真な人だったかれらの師にたいして、この学派の全員がささげている賞讃は、古代の哲学者たちがそれぞれの体系の創始者にささげたものにも劣らない。たとえば、たいへんに精励で尊敬すべき著作家のミラボー侯〔6〕はこう言っている。「世界がはじまってこのかた、政治社会に安定性を与えるのにあずかって力のあった三大発明がある。それは、この社会を富ませ美しくした多くの発明とは関係のない、まったく別のものである。その第一は、文字で書くことの発明であり、これのみが、人間に、その法律、契約、歴史、発見をそのまま後世に伝える力を与える。第二は、貨幣の発明であり、これは文明社会を結びつけて、そのあいだにさまざまの関係を作りあげる。第三は、以上二つの発明の結果たる『経済表』であり、両発明の目的を仕上げることによって両者を完全なものとする。これは、われらの時代の大発見であるが、その利益を刈り取るのはわれらの子孫であろう」

ヨーロッパの重商主義諸国とは逆に、シナ、インド、エジプトでは農業を優遇し商工業を抑圧する政策がとられた

近代ヨーロッパ諸国民の経済政策（ポリティカル・エコノミー）が、農村の産業たる農業よりも、都市の産業たる製造業と外国貿易のほうを優遇してきたように、他の諸国民の経済政策は、それぞれなりに異なった方針をとり、製造業や外国貿易よりも農業を優遇してきた。

シナの政策は、農業を他のあらゆる産業よりも優遇している。シナでは、農業労働者の
178 状態は職人の状態よりもずっと良いが、その程度は、ヨーロッパの大部分の地域で、職人の状態が農業労働者の状態よりもよいのと同じだと言われている。シナでは、所有権としてにせよ賃借権としてにせよ、少々の土地を持つことがだれしも懐く野心であって、賃借

権は、同国ではきわめて穏当な条件で与えられるとともに、借地人にたいしてその権利は十分に保障されているという。シナ人は外国貿易をほとんど尊重しない。「貴国の下らぬ貿易！」というのが、北京の官吏がロシアの公使ドゥ・ランジェ氏に外国貿易について語る時にいつも用いた言葉であった。[2] シナ人は、日本との貿易を別とすれば、かれら自身が自国の船で外国貿易をすることはほとんどしない、というよりも、全然しないのであって、外国船の入港を認めることさえ、同王国のわずか一、二の港に限っているのである。それゆえ、外国貿易は、シナでは、自国船で行なうにせよ外国船で行なうにせよ、もしもっと自由が許されていたならば自然に拡張していたはずの規模に比べて、どの点からみても、はるかに狭い範囲内に限られている。

製造品は嵩が小さくても価値は大きいことがしばしばあり、そのために、大部分の原生産物よりも少ない費用で一国から他国に送れるから、たいていの国で外国貿易の主柱になっている。また、シナよりも狭くて国内商業の条件がよくない国々では、製造業は一般に外国貿易の支援を必要とする。国土があまり広くなく、狭い国内市場しかない国や、一州と他州のあいだの交通がきわめて困難で、ある土地の物産がその国の全国内市場を販路として享受することのできない国では、広大な外国市場がないかぎり、製造業はたいして繁栄できないであろう。製造業の発展はまったく分業の如何によるものだということは銘記されるべきである。そして、分業が製造業に持ち込まれるその程度は、すでに説明したよ

179
うに、市場の大きさによって必然的に規定されている。だが、シナ帝国の面積の広大なること、その住民の多数なること、その気候のさまざまなること、したがって、州を異にするにつれて生産物もさまざまであること、諸州の大部分を通じて水運による交通がきわめて容易であること、こうした諸事情が、あの広大な国の国内市場を、単独で大規模な製造業を支えるに足るほどのものとし、また、高度な細分化した分業を行なうに足るほどのものとしているのである。シナの国内市場は、おそらく、ヨーロッパのすべての国々の市場を全部合せたものに比べても、たいして劣らない広さである。しかしながら、この大国内市場に世界の全外国市場をつけ加えることになるはずの、いっそう手広い外国貿易が行なわれるならば、とくにその少なからぬ部分がシナの船で営まれるならば、それによってシナの製造品はいちじるしく増加し、製造業の生産力もおおいに改良されることは確実であろう。航海が活発になれば、シナ人は、世界の諸外国で行なわれている技術上産業上の諸改良はもとより、他国で利用されている各種の機械を自分で使ったり組立てたりする技術をも、おのずから学ぶであろう。だが、今日のやり方では、シナ人は、日本人を手本とする以外に、他の国民を手本にして進歩する機会はないのである。

古代エジプトの政策もまた、そしてさらに、インドのヒンズー教徒政府の政策も、農業を他のすべての職業より優遇していたように思われる。

古代エジプトおよびインドのいずれにおいても、国民の全体が、さまざまなカーストもしくは部族に分けられており、そのそれぞれは、子々孫々、特定の一職業もしくは一定種類の職業のみを営むよう決められていた。僧侶の息子はかならず僧侶となり、軍人の息子は軍人、農業労働者の息子は農業労働者、織布工の息子は織布工、仕立屋の息子は仕立屋、という具合である。両国とも、僧侶のカーストがもっとも高い地位を占め、軍人がそれに次いでいた。そして、いずれの国においても、農業者と農業労働者のカーストは、商人や製造業者のカーストよりも上位にあった。

両国の政府は、農業の利害を特別に配慮した。ナイル河の水を適当に分けるために昔のエジプト王が築いた土木工事は、古代には有名であったし、これら工事のうち若干のものの廃墟は、今日もなお旅行者の驚嘆するところである。ガンジス河その他多数の河川の水流を適当に分けるために、インドの古代の君主が築いた同種の土木工事は、それほど有名ではなかったが、これまた同様に立派なものだったように思われる。したがって両国は、時として食糧不足に陥ることはあったけれども、土地がたいへんに肥沃であることで知られていた。両国は極度に人口稠密ではあったが、しかし、平年作の年には、いずれも大量の穀物を近隣諸国に輸出できたのである。

180

古代のエジプト人は迷信的に海をきらった。また、ヒンズー教は信徒に水上で火を点ずることを許さず、したがって水上でどんな食物でも調理することを許さないので、ヒンズー教は、事実上、信徒が遠洋航海することをすべて禁止する結果になった。そこで、エジプト人もインド人も、かれらの余剰生産物の輸出を他国民の海運業にほとんど全部依存したにちがいなく、こうした外国依存は、かならずや市場を制限してしまうものだから、この余剰生産物が増加するのを妨げたに相違ない。かつまた、この外国依存は、原生産物よりも製造品の増加を阻害したにちがいない。そのわけは、元来、製造品は、土地の原生産物のうちもっとも重要なものよりも、はるかに広大な市場を必要とするからである。一人の靴屋は一年間で三〇〇足以上の靴を縫うだろう。しかし、自分の家族が、六足も履きつぶすことはないだろう。したがって、靴屋は少なくともかれの家族と同じような五〇戸の得意先がなければ、自分の労働の全生産物を売り切ることができないわけである。大国においては、職人のなかでもっとも人数の多い一階級でも、国内の家族総数の五〇分の一もしくは一〇〇分の一以上を占めることは稀であろう。だが、フランスやイングランドのごとき大国において、農業に従事する人の数は、一部の著者によれば国の全住民の半分と算定され、他の著者たちによれば三分の一と算定されているが、ともかく私の知るかぎり、五分の一以下と算定した者はいない。ところが、フランスとイングランドの農産物は、その大半が国内で消費されるので、農業に従事する人はみなそれぞれ、右の計算に従えば、自分の労働の全生産物を売りさばくために、自分の家族と同様の家族一戸、二戸、もしくは、最大で四戸を顧客として必要とするが、それ以上の顧客はいらないにちがいない。それゆえ、市場が限られていて活動が阻害された状態のもとでも、農業は、製造業より、は

181

るかによく存立しうるのである。もっとも、古代エジプトとインドの両国においては、外国市場が限られていることは、ある程度まで内陸水運の便によって償われていた。というのは、この内陸水運は、両国のあらゆる地域のすべての生産物にたいして、もっとも有利な方法で、国内市場の全域をその販路に供したからである。インドでは、国土が広大なことも同国の国内市場を大きなものにしており、多くの種類の製造業を支えることができた。しかし、古代エジプトの国土は狭くて、イングランドほどの広さもなかったので、いつも同国の国内市場は狭隘で、多くの種類の製造業を維持することはできなかったにちがいない。こうした事情なので、インドの一州で通常もっとも多量の米を輸出するのはベンガルだが、そのベンガルでは、実は、穀物輸出よりも、多様な製造品の輸出のほうがいつも盛んであった。これにたいして、古代エジプトは、若干の製造品、ことに上質亜麻布その他二、三の財貨を輸出はしていたが、しかしつねに、穀物の大量輸出をもって、もっともよく知られていた。エジプトは久しくローマ帝国の穀倉だったのである。

シナ、古代エジプト、および、時代を異にするにつれてさまざまに分割されていたインドの諸王国、これらの国々の君主たちは、つねに、その収入の全部もしくは大部分を、ある種の地租または地代から取得していた。この地租または地代は、ヨーロッパにおける一〇分の一税のように、土地の生産物の一定の割合とされており、その割合は五分の一と言われるが、ともかく一定の評価によって、現物で引き渡されるか貨幣で支払われるかした。

したがって、産出量の変動におうじて、この地租または地代は年々変動した。こうした事情であるから、これら諸国の君主の収入の年々の増減は直接に農業の盛衰如何に依存しており、したがって、君主がこの農業の利害にたいして特別の注意を払うのはあたりまえであった。

古代ギリシャやローマでは、商工業を蔑視するという形で間接的に農業を重視した

ギリシャの古代諸共和国の政策およびローマの政策は、製造業よりも、また外国貿易よりも、農業を重んじたが、しかしそれは、農業になんらか直接の、または意識的な奨励を与えたというよりは、むしろ、製造業や外国貿易などの職業を阻害していたのだ、と言ったほうがいい。ギリシャの古代国家のあるものにおいては、外国貿易はまったく禁止された。また、その他の若干の国では、職人と製造業者の職業は、人間の体力と敏捷な活動に有害であって、かれらの軍事的および体育的訓練によって形成しようと努めている慣習を人が身につけることを不可能にし、その結果、戦場で疲労に耐え危険に立ち向うだけの体力を、大なり小なり損うものだと考えられた。職人や製造業者の職業は、奴隷にしか向いていないものだとみなされ、その国家の自由市民は、これらの職業を営むことを禁止されたのである。ローマやアテネのように、こうした禁止のとられなかったところにおいてさえ、市民の大多数は、今日では都市の下層住民が普通に営んでいるあらゆる職業から、事

実上締め出されていた。こうした職業は、アテネやローマでは、すべて富者の奴隷によって占められていたのである。この奴隷たちは、自分の主人のためにその仕事を営んだのだが、奴隷の主人の富、権力、そして保護があるので、貧しい自由民が自分の製品をもって富者の奴隷の製品と競争しても、自由民の製品はほとんど売れなかった。けれども、奴隷に発明の才があることはきわめて稀で、機械についてなり、仕事の段どりや配分についてなり、労働を容易にしたり短縮したりするもっとも重要な改良は、すべて自由民が工夫し
182 たものであった。もしも奴隷がなんらかこの種の改良を申し出ても、主人はまず間違いなくこの提案を、怠けることとの提案であり、主人の負担で自分の労働を少なくしたいという願望を暗に示すものだと受け取っただろう。このあわれな奴隷は、褒美をもらうどころか、おそらく怒鳴り飛ばされ、たぶんなんらかの罰を受けることになっただろう。それゆえ、奴隷を働かせていた作業場では、自由民が働く作業場と比べて、同量の仕事をするのに、一般により多くの労働を用いなければならなかったのである。そのため、奴隷が作ったものは、自由民の製品よりも一般に高価だったにちがいない。モンテスキュー氏が述べるところでは、ハンガリーの鉱山は近くにあるトルコの鉱山〔十八世紀の両国は国境を接していた〕よりも富鉱というわけではないのに、つねにトルコの鉱山より少ない費用で採掘され、そのために利潤は多かったという。トルコの鉱山は奴隷によって採掘されており、この奴隷の腕は、トルコ人がこれまでに使おうと思いついた唯一の機械だったのである。ハンガリーの鉱山は自由

民が採掘しており、かれらは自分の労働を容易にし短縮してくれる機械をたくさん使用した。ギリシャやローマ時代における製造品の価格について知られているごくわずかの事実からも、手のかかった製造品は、はなはだ高価だったようである。絹布は同じ目方の金と取引された。もっとも、絹布はその当時ヨーロッパで作られたものではなく、すべて東インドから運ばれてきたので、その運送距離の遠いことも、ある程度は価格の高さを説明できよう。ところで、貴婦人が極上の亜麻布一反に時として支払うことがあるといわれる価格も、これと同じく法外なものだったと思われる。亜麻布はつねにヨーロッパ産か、あるいは、もっとも遠いところでも、エジプトで製造されたものであったから、その値段が高いことは、これを製造するのに用いられた労働の費用が嵩(かさ)んでいること以外には説明のしようがない。そして、この労働の費用は、もっぱら、その労働が利用した機械が粗末だったことから生じたのである。上質毛織物の価格もまた、これほど法外ではなかったにしても、やはり現在の価格よりもはるかに高かったようである。プリニーの語るところによれば、ある特別の方法で染めた毛織物は、重さ一封度(ポンド)につき一〇〇ディナリウス、つまり三ポンド六シリング八ペンスした。(3)別の方法で染められたものは、一封度につき一〇〇〇ディナリウス、すなわち三三ポンド六シリング八ペンスもした。しかも一ローマ封度(ポンド)は、わが国の常衡〔貴金属、宝石、薬品を除く重量秤量基準〕でわずか一二オンスにしか相当しないものであることは銘記されるべきである。もっとも、この高価格は、主として染料によるもののようである。

だが、それにしても、織物自身が当今作られているものに比してよほど高くなかったならば、そんな高価な染料は、おそらく用いられなかっただろう。またそうでなければ、織物の価値と染料の価値との不釣合がひどすぎたということになるであろう。同じ著者が[4]、ある種のトリクリナリア、すなわち、食卓を囲んだ寝椅子に寄りかかる時に用いた一種の毛織物の枕もしくはクッションについて述べている価格は、とうてい信じがたいくらいのものである。そのあるものは三万ポンド以上、またあるものにいたっては三〇万ポンド以上もしたと言われている。この高価格もまた、染料のためだとすることはできまい。アーバスナット博士[7]の見るところでは、上流階級の男女の服装は、近代よりも古代のほうが種類がずっと少なかったようだが、古代の彫像の服装はどれも同じで、ほとんど変化が見受けられないことも、かれの観察を確証するものである。かれは、このことから、古代人の衣服は、現代のわれわれの衣服よりも概して安かったにちがいないと推定している。だが、右の事実からは、こうした結論は出ないように思われる。流行の衣服の費用がきわめて高い場合には、その種類の変化はごく小さいにちがいない。しかし、製造技術や工業の生産力の改良によって、一種類の衣服の費用がごく安くなれば、種類は自然と多様になるだろう。富者は、一種類の服装をしているだけでは自分を目立たせることができないので、おのずと衣服をたくさん持ち、いろいろな種類の衣服によって目立つように工夫することになるだろう。

農業を重視して商工業を人為的に制限する主張は、かえって農業をも阻害することになる

184 どの国民の商業についても、もっとも規模が大きく、また、もっとも重要な部門は、前に述べたとおり、都市の住民と農村の住民とのあいだで行なわれるそれである。都市の住民は、農村から、かれらの仕事の原料であり生活資料でもある原生産物を獲得する。そして、かれらは、この原生産物にたいする支払として、原生産物の一部を、すぐ使用できるように加工精製した形で農村に送り返すのである。これら異なった双方のグループの人々のあいだで行なわれる交易は、結局、一定量の原生産物が一定量の製造品と交換されることなのである。だから、製造品が高価であればあるほど、原生産物は安い。そして、どこの国でも、およそ製造品の価格を高める役割をするものはなんであれ、土地の原生産物の価格を低め、また、それによって農業を阻害する役割を果す。ある量の原生産物、あるいは同じことだが、ある量の原生産物の価格が買い取ることのできる製造品の量が少なければ少ないほど、当の原生産物の交換価値は小さくなり、地主がその土地の改良により、農業者がその土地の耕作によって、原生産物の量をふやすように奨励する力も少なくなる。そのうえ、どこの国でも、およそ職人や製造業者の数を減らす役割をするものはすべて、土地の原生産物にたいするあらゆる市場のうちでもっとも重要な国内市場を狭くし、それによって農業をいっそう阻害する役割を果す。

したがって、農業を振興するために、他のすべての職業よりも農業を偏重し、製造業と外国貿易を制限しようとするこれらの主張は、その企図する当の目的とは逆に作用するのであって、それが振興しようとしている当の産業を間接的に阻害してしまう。そのかぎりで、これらの主張は、おそらく重商主業と比べてさえ、つじつまが合わないものなのである。重商主義は、農業よりも製造業と外国貿易とを奨励することによって、その社会の資本の一定部分を、より有利な種類の産業から、より不利な種類の産業へと振り替える。しかし、ともかくも重商主義は、それが振興しようとしている種類の産業を、事実上、結局は奨励する。ところが、この重農主義は、それとは反対に、かれら自身肩入れをしている種類の産業を、事実上、結局は阻害するのである。

要するに、農商工いずれを問わず、とくに奨励したり抑制したりするいっさいの主義政策は、社会の進歩を遅らせる

こういうわけで、特別の振興策を行なって、ある特定種類の産業に、自然に投下されるはずの量以上にその社会の資本を引き寄せようとしたり、あるいは反対に、特別の制限を設けて、ある特定種類の産業から、自然にしておけばこの部門で使われるはずの資本の一部を、むりやりに引き抜こうとするような、そういう政策はすべて、それが推進するつもりの当の大目的を、実際には逆に駄目にしてしまう。それは、真の富強に向っての、その社会の進歩を加速度的に速めるどころか、むしろ、それを遅らせるものであり、社会の土地と労働の年々の生産物の真の価値を増大するどころか、かえって減らしてしまうのである。

社会を富強に向わせる自然的自由の制度のもとでは、主権者の義務は、国防、司法行政、公共事業と公共施設の三つになる

それゆえ、特恵あるいは制限を行なういっさいの制度が、こうして完全に撤廃されれば、簡明な自然的自由の制度がおのずからできあがってくる。そうなれば、各人は正義の法を侵さないかぎりは、完全に自由に自分がやりたいようにして自分の利益を追求し、自分の勤労と資本をもって、他のだれとでも、他のどの階級とでも、競争することができる。そうなれば、国の主権者は、私人の勤労を監督して社会の利益にもっとも適合する事業に向わせるという義務から、完全に免れることになる。もし主権者にしてこの義務を遂行しようなどとするならば、つねにかならずや限りない妄想に陥るのであって、しかも人の知恵と知識のかぎりを尽しても、これを正しく遂行することは不可能なのである。自然的自由の制度によれば、主権者が配慮すべき義務はわずかに三つである。これら三つの義務は、きわめて重要ではあるけれども平明なものであって、普通の理解力があるほどの人なら、
185 だれにでも十分にわかるはずのものである。その第一は、自分の国を他の独立社会の暴力と侵略にたいして防衛する義務である。第二は、社会の成員ひとりひとりを、他の成員の不正や抑圧から、できるかぎり保護する義務、つまり、厳正な司法行政を確立する義務で

ある。そして第三は、ある種の公共土木事業を起し、公共施設をつくり、そしてこれらを維持する義務であって、それらを実施することは、いかなる個人にも、あるいは小人数の個人が集まってみても、とうてい採算のとれるものではない。なぜなら、これらはしばしば一大社会にとってこそ、その出費を償ったうえ、おおいに余りあるものだが、いかなる個人にとっても、あるいは小人数の個人の集団にとっても、そこからあがる利益では、かれらの出費をとうてい償うことはできないからである。

主権者がこれらいくつかの義務を適切に果すには、かならず一定の経費がなければならず、この経費は、また、かならずそれをまかなうために一定の歳入を必要とする。そこで次の篇では、左の諸問題の解明に努めたい。第一に、主権者または国家の必要な経費はなにとなにか。この経費のうち、どれを社会全体の一般的な醵出（きょしゅつ）によってまかなうべきか。また、この経費のうち、どれをその社会のある特定部分だけの、すなわち、ある特定の成員の醵出によってまかなうべきか。第二に、全社会が負うべき経費をまかなうために、全社会に納税させる方法にはどのようなものがあるか。これらの諸方法それぞれのおもな利点と欠点はなにとなにか。そして、第三に、ほとんどすべての近代の政府が、この収入の一部分を抵当に入れたり、あるいは債務を負うようになってしまった理由と原因はなにか。そして、この債務が、真の富、すなわち、その社会の土地と労働の年々の生産物に及ぼす結果はどんなものであるのか。したがって、次の篇は、おのずから三つの章に分れる。

（1）第一篇第一章を参照。

（2）Bell's Travels, vol. ii. p.258, 276, 293 に記載されているドゥ・ランジェ氏の旅行日記を参照。〔John Bell, *Travels from St. Petersburg in Russia to diverse parts of Asia*, 1763. ベル『ロシア・アジア旅行記』〕

（3）Plin. 1. ix. c.39 を参照。

（4）Plin. 1. viii. c.48 を参照。

〔1〕ここにいう「国の所得と富」および後出、本章でしばしば用いられる「社会の所得と富」という表現は、現在のいわゆる「国民所得」および「国富」にほぼ相当する内容と考えてよい。ただしスミスにおいては、これらの学術用語はまだ成熟してはいない。

〔2〕スミスが『国富論』本章で扱っているいわゆる「重農派」は、フランソワ・ケネー François Quesnay, 1694–1774 をその創始者または理論的指導者とする一群の経済思想家のことである。ケネーは、ルイ十五世の寵妃（ちょうひ）ポンパドゥール夫人の侍医としてベルサイユ宮殿内に一室を与えられており、そこにはしばしば同学の論客が集まって政治・経済・文化・哲学などについて啓蒙（けいもう）的な合理主義思想の論議をたたかわせたと言われている。ケネー自身はやや瞑想（めいそう）的な思想家型だったが、医師として、人間の血液の循環と同様なことが、経済のメカニズムにも存在しなければならず、ルイの絶対王

といえども、その理法を無視した政治を行なうことはできない点を示そうとした意制味で、かれの『経済表』は重要な意義をもっている。ケネーの『経済表』は、絶対王制を保守するためには貫かれなければならない「搾取」のミニマムの条件を再生産の表式として示そうとしたものであり、同じ再生産の表式でも、マルクスのそれが、資本主義の矛盾を念頭におきながらも、資本主義的なメカニズムの循環が保たれる条件を示そうとした点に、両者の差異と、同時にまた両者の共通点とが存在している。

スミスが、ケネーとどの程度の深さで接触をしていたかはかならずしも明らかではないが、重農主義の同志としてよりは「客人」として重農派の人々の会合に出席したことは想像できる。その場合スミスは、あくまで聴き手に回っていたのではないか。スミスとケネーとの個人的接触は、スミスが仕えたバックルー公が病気したおり、ケネーの診察を依頼したような関係以上の深い関係は、スミスの伝記からみるかぎり、存在しない。だが、スミスが重農派に属するその他の人々との接触や討議を通して、自分が従来意識しなかった問題の多くを指摘され、それを受けいれたことは間違いない。

重農派とスミスとの関係はさまざまに解釈されるが、スミスが重農派の代表者たちと接触し、ケネーと交わり、重農派の考え方を理解したことは明らかであるが、重農派的思考は『国富論』以前のスミスにはなかったように思われる。これはスミスの『グラスゴウ大学講義』のなかにも、初期の「エディンバラ講義」や「国富論草稿」のなかにも、少なくとも公表されたスミスの論稿にかんするかぎり、見いだすことはできない。分業論や価格論にかんする論述は、後の『国富論』にそのまま、時には文字通り再現しているが、『国富論』第二篇の主内容をなすもの、すなわち「生産的労働」と「不生産的労働」にかんする思想や、富の分配や経済の再生産や蓄積の条件についての記述などは、『国富論』以前のスミスの思想の骨骼を成してはいない。したがって『国富論』の第一篇を代表する生産論、交換論、価格論などは、スミスが重農派と接触する以前からもっていたものであるが、第二篇の内容はこれらとはやや異質のものである。スミスは第一篇で、分配論を取り扱おうとしながら、けっきょく価格の構成部分という形で価格論のなかにすべり込んでしまっていた。それゆえ、フランスのアンシャン・レジームの危機に当面し、どのようにしてこの危機を総体としての経済が乗りこえうるかの条件を、つまり再生産の基本条件を、最初から経済学の眼の前の課題としていた重農派の人々とスミスとは、この点で根本的に異なっていた。けれども重農派の人々との接触を通して、スミスはおそらく、自分のこれまでの考え方の体系ないし問題意識のなかに重大な欠落があったことを悟ったのではないか。したがって、それを足場としてとりまとめられた『国富論』第二篇が、その第一篇とかならずしも叙述の構成が有機的に統一化されていないふしがあるのは、そのためではないか。スミスは明らかに『国富論』の「序論および本書の構想」のなかで、富の増大の原因として、第一に、労働の熟練、技巧および判断力をあげ、第二に、「有用な労働に従事する人々の数と、そのような労働に従事しない人々の数との割合」をあげており、そのそれぞれの問題を『国富論』の第一篇および第二篇に充てている。けれども、この二つの要因のうち、スミス自身は、第一の要因を重視していたことは第一篇の叙述から明らかである。したがって第二篇は、『国富論』のなかでなんとなくすわりの悪い位置におかれている。キャナンは、キャナン版の「編者の序論」のなかで、「もし第二篇が全部削除されてしまっても、他の諸篇は完全に自立できるであろう」と述べているが、これは第二篇が『国富論』全体のなかに有機的に組み込まれていないことを意味するなら正しいが、第二篇の価値を小さく判断する言葉なら正しくはない。むしろ『国富論』研究の問題は、この第二篇がどのようにして他の諸篇とむすびついているかを確定することにあるだろう。またキャナンはスミスと重農派の人々との交友を重くみて、以下のようにも述べている、――「……すでにかれの〔グラスゴウ大学での〕講義がつくられる以前から、かれ〔スミス〕はこの学派〔重農派〕の多くの著作に親しんでいたのかもしれないと言われているし、あるいはそうかもしれない。しかしながら、〔グラスゴウ大学での〕講義筆記そのものは、実はスミスがそれらの著作にまだ親しんでいなかったか、さもない場合でも、少なくともスミスがかれらの主要な経済学上の諸理論をまだ消化しきっていなかった、ということを示す有力な証拠である。これらの理論の痕跡（こんせき）が『講義』には全然ないのに『国富論』にはたくさんあること、しかもそのあいだに、アダム・スミスはフランスに行き、その指導者たるケネーをふくむこの「教派」の著名な構成員たちのすべてと往来したことは明らかなのであるから、われわれは、全然証拠もないのに、なぜスミスがグラスゴウ時代前またはその時代中にではなく、それ以後に、重農派の影響を受けるようになったと信じるのをさしひかえなければならないのか、その理由を理解するのに苦しむのである」(キャナン版の「編者の序論」、三〇〜三一ページ)。キャナンのこの意見は、〈初期のスミス〉と〈『国富論』のスミス〉にたいする重農派の影響の有無を論じたものとして重要な意義をもっている。

ところで、ここで問題になるのは、もしキャナンの言うところが正鵠を得たものであるとするなら、『国富論』第四篇の本章の重農派を論評した箇所におけるスミスの態度についてである。この章のなかで、スミスは重農派の人々が製造業者や商人階級を総じて「不生産的階級という屈辱的名称」でその社会的地位を引き下げようとしていることに正面から反対している。スミスにとっては、工匠や製造業者や商人が私人の雇用する召使と同様に「不生産的階級」に属するものだと断定されることには耐えられなかったように思われる。けれども、『国富論』第二篇においては、スミスは「不生産的階級」のなかに、大きな社会の存立にとっては「有用な」存在ではあっても、しかも自分自身は「ひとかけらのパン」をもつくり出すことをせず、それをただ消費するだけだという意味での「不生産的」階級がおり、その存在は経済社会全体の運行のうえには必要不可欠であるが、しかもその比重があまりに大きすぎる場合には、経済社会の再生産は順当に循環することができなくなる点を強調しているのであるから、またスミスが本章のなかで、重農派にたいして「……この学説は、不完全であるにもかかわらず、おそらく、これまでに政治経済学の問題について発表されたもののうちで、もっとも真理にせまったものであり……」（本章「重農学説は……」の小見出し参照）と述べているくらいであるから、スミスが第二篇で重農派の考え方をいかに深く吸収していたかがわかるが、同時にまた、『経済表』における経済社会総体の循環、その貨幣と商品流通、素材の補塡（ほてん）という再生産の構図をつかみ得なかった点では、重農派に劣っている。それにもかかわらず、スミスが重農派から一歩前進しているのは、かれが本章で、「……この学説の決定的な誤りは、職人、製造業者および商人の階級が、まったく不毛かつ不生産的だと主張している点にあるように思われる」（本章「『経済表』に代表される……」の小見出し参照）と批判している点に示されている。

〔3〕ここでの「地代」の原文は free rent である。この free の意味は、地代を支払うために改めて費用をかけて生産をしなくとも払うことができる、ということである。なお、本章の後段の「地代」も同様である。

〔4〕『経済表』*Tableau économique* には、その構成、基準数値を異にする何種類かの表があるが、「原表」（一七五八年）を出発点とし、「範式」（一七六七年）にいたって完成する。ここに図示したのは、「原表」第三版（一七五九年）である。この「原表」段階では、『国富論』本文でスミスが解説している重農主義の基本的な考え方はすべて出そ

ろっているが、表そのものの構成からいうと、三階級は、それぞれに属する個人に代表され、生産的階級の営む農業、不生産的階級の営む商工業は、いずれも個別経営として示され、三者の関連は、貨幣流通が経過してゆくジグザグの軌跡であらわされるにとどまる。投下資本が価値の面で、同時に素材の面で、どのように回収補塡されるか、それに対応して貨幣がどう還流するかは不明確である。これにたいして後の「範式」では、全社会的規模における三階級の相関が総括的に表示され、また同時に、価値と素材の両面で相互に補塡し合うその構造と、それに対応する貨幣の運動とが、完結した形で示されている。スミスはこれら各種の表式の性格と重要性を評価しているが、社会的総再生産と流通の問題、また、そこでの各投下資本と諸収入の価値的・素材的補塡のケネー的問題を、正しく理解するにはいたっていない。なお、本章訳注〔2〕参照。

〔5〕Mercier de la Rivière, *L'ordre naturel et essentiel des sociétés politiques*, 1767. メルシエ（一七二〇〜九三または九四）は法律家の出身だが、ケネーの忠実な祖述者。なお、メルシエと並んで、ケネーを取りまく重農学者の主要な人物として、ミラボー侯（本章訳注〔6〕参照）のほか、デュ・ポン・ドゥ・ヌムール Du Pont de Nemours, 1739-1817 は一〇〇冊を超える著作によって、またボードー Nicolas Baudeau, 1730-92 は重農派の機関誌となった『市民日誌』*Ephémérides du citoyen*, 1765-72 の編集刊行（六八年にデュ・ポンに引継ぐ）を通して、重農学説の普及に寄与した。またテュルゴー

Anne Robert Jacques Turgot, 1727–81 はケネー学説を発展的に継承した『富の形成と分配とにかんする省察』*Réflexions sur la formation et la distribution des richesses*, 1769–70 などで論陣を張った。重農派の人々のなかで、スミスがもっとも親交をもったのはテュルゴーだったと考えられている。なお、ケネーとこれらその弟子たる一群の人々は、当時、エコノミスト派 L'économistes とよばれたが、やがてフィジオクラシー Physiocratie という名称で知られるようになった。

〔6〕Victor Riqueti Mirabeau, Marquis de, 1715–89 フランスの重農主義経済学者。ケネーとの論争を通してケネー重農主義の信奉者となり、学派の中心的人物の一人として活動し、地租単税論の主張（『租税論』一七六〇）でも知られる。スミスが引用した『農業哲学』*Philosophie rurale, ou économie générale et politique de l'agriculture*, 1763–64 は三巻からなる大著で、ケネー『経済表』（原表）を系統的に解説したもの。これより先、ミラボーは『人間の友、一名、人口論』（一七五七〜六〇）全七部を出版しているが、この後半には、ケネーを含む重農学説の論稿が数多く収録されており、ケネーの『経済表』（原表）もこの『人間の友』で詳細に説明されている。

〔7〕John Arbuthnot, 1667–1735 スコットランド中部アーバスナット出身で博学の内科医。アン女王の侍医として信任厚く、宮廷内で力を得た。スウィフトと親交があり、政治的にも、高教会派トーリーを信頼するアン女王を擁護するトーリーの立場から活躍した。

1771 年 4 月 5 日から 1782 年 4 月 5 日にいたる間にスコットランドに輸入された外国塩の量，ならびにスコットランドの製塩所から無税で漁業に引き渡されたスコットランド塩の量についての計算。ともに 1 年の平均。

期　　間	輸入された外国塩（ブッシェル）	製塩所から引き渡されたスコットランド塩（ブッシェル）
1771年４月５日から1782年４月５日まで	936974	168226
１年平均	$85179\frac{5}{11}$	$15293\frac{3}{11}$

外国塩 1 ブッシェルの重量は 84 封度（ポンド）であり、国産塩の重量はわずか 56 封度であることに注意が必要である。

〔1〕この付録は、『増補と訂正』で加えられ、本文中に組入れられていたが、第三版以降では本文から外して「付録」となり、第二巻の巻末に収録された。なお、キャナンは、この「付録」を第五篇の末尾に付している。

	ポンド	シリング	ペンス
しかし，この奨励金に，1樽の塩漬けに平均して用いられるとみられるスコットランド産の塩2ブッシェルにたいする税，1ブッシェルにつき1シリング6ペンスを加えると………………	0	3	0
国内消費向けに申告された1樽の奨励金は………………	0	14	$3\frac{3}{4}$

輸出される鰊にたいする税の減免を，奨励金とみなすことには，おそらく疑義もあるだろうが，国内消費向けに申告された鰊にたいする税の減免は明らかにそうみなしてよかろう。

	ポンド	シリング	ペンス
シリング6ペンスを加えると，その額は……	0	3	0
1樽あたりの奨励金の額は……	0	17	$11\frac{3}{4}$
さらに，			
漁帆船で獲った鰊がスコットランドで国内消費向けと申告されて，1樽につき1シリングの税を払う場合は，奨励金は前記のごとく……	0	12	$3\frac{3}{4}$
この額から1樽につき1シリングを差引かれるので……	0	1	0
	0	11	$3\frac{3}{4}$
この額に，1樽の鰊を塩漬けするのに用いられる外国塩の税を加算すると，すなわち……	0	12	6
この結果，国内消費向けと申告された鰊1樽につき奨励金（プレミアム）は……	1	3	$9\frac{3}{4}$
もし国内産の塩で鰊を漬ければ，次のようになる。すなわち，			
漁帆船によって持ち込まれる1樽につき奨励金は上記と同じく……	0	12	$3\frac{3}{4}$
この額から，国内消費向けと申告した時に払われた1樽につき1シリングを差引き……	0	1	0
	0	11	$3\frac{3}{4}$

シー・スティックスの樽数 378347

$\frac{1}{3}$差引き……………………126115 $\frac{2}{3}$

市販用鰊の樽数…………………252231 $\frac{1}{3}$

	ポンド	シリング	ペンス
シー・スティックス１樽の平均奨励金は……	0	8	2 $\frac{1}{4}$
しかしシー・スティックス１樽は市販用鰊1樽の$\frac{2}{3}$と計算されるので$\frac{1}{3}$を差引き，したがって奨励金の額は……	0	12	3 $\frac{3}{4}$
もし鰊を輸出すれば，さらに割増金として……	0	2	8
したがって１樽につき政府から支払われる奨励金は……	0	14	11 $\frac{3}{4}$
しかし，これに，通常１樽の塩漬けに用いられると見られる塩にたいする税，外国塩ならば１樽につき平均して１ブッシェル$\frac{1}{4}$用い，１ブッシェルあたり 10 シリングの税を加算すると……	0	12	6
１樽あたりの奨励金の額は……	1	7	5 $\frac{3}{4}$
国内産の塩で鰊を漬ければ次のようになる。すなわち奨励金は前と同様……	0	14	11 $\frac{3}{4}$
——しかし，この奨励金に１樽の塩漬けに平均して用いられるとみられるスコットランド塩２ブッシェルにたいする税，１ブッシェルにつき１			

付　録〔1〕

左の二つの計算は、第四篇第五章において、鰊(にしん)漁業にたいするトン数奨励金にかんして述べたところを、実例によって確証するために加えておくものである。読者は、この両計算が正確なものであることを信頼していただきたい。

11年間にスコットランドで艤装(ぎそう)された漁帆船(バス)の数，持ち出した空樽の数，獲った鰊の樽数，ならびにシー・スティックスと十分に漬け込んだ市販用鰊各1樽にたいする平均奨励金についての計算

年次	漁帆船数	持ち出した空樽数	獲った鰊の樽数	漁帆船に払われた奨励金		
				ポンド	シリング	ペンス
1771	29	5948	2832	2085	0	0
1772	168	41316	22237	11055	7	6
1773	190	42333	42055	12510	8	6
1774	248	59303	56365	16952	2	6
1775	275	69144	52879	19315	15	0
1776	294	76329	51863	21290	7	6
1777	240	62679	43313	17592	2	6
1778	220	56390	40958	16316	2	6
1779	206	55194	29367	15287	0	0
1780	181	48315	19885	13445	12	6
1781	135	33992	16593	9613	12	6
計	2186	550943	378347	155463	11	0

編集付記

一、本書は中央公論社『国富論Ⅱ』（一九七六年十一月刊）を文庫化したものである。

一、改版にあたり、中公クラシックス版『国富論Ⅱ』（二〇一〇年一月刊）同『国富論Ⅲ』（二〇一〇年三月刊）を底本とし、中公文庫版『国富論Ⅱ』（十二刷、二〇一六年六月刊）を参照した。

一、本文中、今日の人権意識に照らして不適切な語句や表現が見受けられるが、訳者が故人であること、執筆当時の時代背景と作品の文化的価値に鑑みて、そのままの表現とした。

中公文庫

国富論II

1978年5月10日　初版発行
2020年10月25日　改版発行

著　者　アダム・スミス
監　訳　大河内一男
発行者　松田陽三
発行所　中央公論新社
〒100-8152　東京都千代田区大手町1-7-1
電話　販売 03-5299-1730　編集 03-5299-1890
URL http://www.chuko.co.jp/

DTP　平面惑星
印　刷　三晃印刷
製　本　小泉製本

Published by CHUOKORON-SHINSHA, INC.
Printed in Japan　ISBN978-4-12-206983-1 C1133

中公文庫既刊より

各書目の下段の数字はISBNコードです。978－4－12が省略してあります。

ス-4-4
国富論 I
アダム・スミス
大河内一男監訳
古典経済学と近代自由主義の原典を、独自の要約的小見出しや精細な訳注を配し、平明的確な訳文で甦らせた邦訳の決定版。I巻には第一篇、第二篇を収録。
206942-8

ウ-9-1
政治の本質
マックス・ヴェーバー
カール・シュミット
清水幾太郎訳
ヴェーバー「職業としての政治」とシュミット「政治的なるものの概念」。この二十世紀政治学の正典を合わせた歴史的な訳書。巻末に清水の関連論考を付す。
206470-6

ウ-10-1
精神の政治学
ポール・ヴァレリー
吉田健一訳
表題作ほか「知性に就て」「地中海の感興」「レオナルドと哲学者達」の全四篇を収める。巻末に吉田健一の単行本未収録エッセイを併録。〈解説〉四方田犬彦
206505-5

ウ-7-1
寛容論
ヴォルテール
中川信訳
新教徒の冤罪事件を契機に、自然法が不寛容に対して法的根拠を与えないことを正義をもって立証し、宗教を超えて寛容の重要性を説いた不朽の名著。初文庫化。
205424-0

タ-9-1
帝政論
ダンテ
小林公訳
人間に平和、正義、自由をもたらす政体とは何か。教皇派、皇帝派入り乱れ抗争する状況の中、哲学、論理学を駆使して、霊的統治と世俗的統治の分離を行う。
206528-4

マ-2-4
君主論 新版
マキアヴェリ
池田廉訳
「人は結果だけで見る」「愛されるより恐れられるほうが安全」等の文句で、権謀術数の書のレッテルを貼られた著書の隠された真髄。〈解説〉佐藤優
206546-8

フ-14-1
歴史入門
F・ブローデル
金塚貞文訳
二十世紀を代表する歴史学の大家が、その歴史観を簡潔・明瞭に語り、歴史としての資本主義を独創的に意味付ける、アナール派歴史学の比類なき入門書。
205231-4

カ-6-1
塩の世界史（上）歴史を動かした小さな粒
M・カーランスキー
山本光伸訳
人類は何千年もの間、塩を渇望し、戦い、求めてきた。古代の製塩技術、各国の保存食、戦時の貿易封鎖とともに発達した製塩業……壮大かつ詳細な塩の世界史。
205949-8

カ-6-2
塩の世界史（下）歴史を動かした小さな粒
M・カーランスキー
山本光伸訳
悪名高き塩税、ガンディー塩の行進、製塩業の衰退と伝統的職人芸の復活。塩からい風味にユーモアをそえておくる、米国でベストセラーとなった塩の世界史。
205950-4

コ-7-1
若い読者のための世界史（上）原始から現代まで
E・H・ゴンブリッチ
中山典夫訳
歴史は「昔、むかし」あった物語である。さあ、いまからその昔話をはじめよう――若き美術史家ゴンブリッチが、やさしく語りかける、物語としての世界史。
205635-0

コ-7-2
若い読者のための世界史（下）原始から現代まで
E・H・ゴンブリッチ
中山典夫訳
私たちが知るのはただ、歴史の川の流れが未知の海へ向かって流れていることである――美術史家が若い世代に手渡す、いきいきと躍動する物語としての世界史。
205636-7

タ-7-1
愚行の世界史（上）トロイアからベトナムまで
B・W・タックマン
大社淑子訳
国王や政治家たちは、なぜ国民の利益と反する政策を推し進めてしまうのか。世界史上に名高い四つの事件を詳述し、失政の原因とメカニズムを探る。
205245-1

タ-7-2
愚行の世界史（下）トロイアからベトナムまで
B・W・タックマン
大社淑子訳
歴史家タックマンが俎上にのせたのは、ルネサンス期教皇庁の堕落、アメリカ合衆国独立を招いた英国議会の奢り。そして最後にベトナム戦争をとりあげる。
205246-8

マ-10-1
疫病と世界史（上）
W・H・マクニール
佐々木昭夫訳
疫病は世界の文明の興亡にどのような影響を与えてきたのか。紀元前五〇〇年から紀元一二〇〇年まで、人類の歴史を大きく動かした感染症の流行を見る。
204954-3

マ-10-2
疫病と世界史（下）
W・H・マクニール
佐々木昭夫訳
これまで歴史家が着目してこなかった「疫病」に焦点をあて、独自の史観で古代から現代までの歴史を見直す好著。紀元一二〇〇年以降の疫病と世界史。
204955-0

各書目の下段の数字はISBNコードです。978－4－12が省略してあります。

マ-10-3
世界史（上）
W・H・マクニール
増田義郎
佐々木昭夫 訳
世界の各地域を平等な目で眺め、相関関係を分析しながら歴史の歩みを独自の史観で描き出した、定評ある世界史。ユーラシアの文明誕生から紀元一五〇〇年までを彩る四大文明と周縁部。
204966-6

マ-10-4
世界史（下）
W・H・マクニール
増田義郎
佐々木昭夫 訳
俯瞰的な視座から世界の文明の流れをコンパクトにまとめ、歴史のダイナミズムを描き出した名著。西欧文明の興隆と変貌から、地球規模でのコスモポリタニズムまで。
204967-3

マ-10-5
戦争の世界史（上）技術と軍隊と社会
W・H・マクニール
高橋均 訳
軍事技術は人間社会にどのような影響を及ぼしてきたのか。大家が長年あたためてきた野心作。上巻は古代文明から仏革命と英産業革命が及ぼした影響まで。
205897-2

マ-10-6
戦争の世界史（下）技術と軍隊と社会
W・H・マクニール
高橋均 訳
軍事技術の発展はやがて制御しきれない破壊力を生み、人類は怯えながら軍備を競う。下巻は戦争の産業化から冷戦時代、現代の難局と未来を予測する結論まで。
205898-9

も-33-1
馬の世界史
本村凌二
人が馬を乗りこなさなかったら、歴史はもっと緩やかに流れていただろう。馬と人間、馬と文明の関わりから、「世界史」を捉え直す。JRA賞馬事文化賞受賞作。
205872-9

キ-6-1
戦略の歴史（上）
ジョン・キーガン
遠藤利國 訳
先史時代から現代まで、人類の戦争における武器と戦術の変遷と、戦闘集団が所属する文化との相関関係を分析。異色の軍事史家による戦争の世界史。
206082-1

キ-6-2
戦略の歴史（下）
ジョン・キーガン
遠藤利國 訳
石・肉・鉄・火という文明の主要な構成要件別に「兵器と戦術」の変遷を詳述。戦争の制約・要塞・軍団・兵站などについても分析した画期的な文明と戦争論。
206083-8

ク-6-1
戦争論（上）
クラウゼヴィッツ
清水多吉 訳
プロイセンの名参謀としてナポレオンを撃破した比類なき戦略家クラウゼヴィッツ。その思想の精華たる本書は、戦略・組織論の永遠のバイブルである。
203939-1

ク-6-2
戦争論（下）
クラウゼヴィッツ
清水多吉 訳
フリードリッヒ大王とナポレオンという二人の名将の戦史研究から戦争の本質を解明し体系的な理論化をなしとげた近代戦略思想の聖典。〈解説〉是本信義
203954-4

ク-7-1
補給戦 何が勝敗を決定するのか
M・v・クレフェルト
佐藤佐三郎 訳
ナポレオン戦争からノルマンディ上陸作戦までの戦争を「補給」の観点から分析。戦争の勝敗は補給によって決まることを明快に論じた名著。〈解説〉石津朋之
204690-0

シ-10-1
戦争概論
ジョミニ
佐藤徳太郎 訳
19世紀を代表する戦略家として、クラウゼヴィッツと並び称されるフランスのジョミニ。ナポレオンに絶賛された名参謀による軍事戦略論のエッセンス。
203955-1

ア-8-1
告白 I
アウグスティヌス
山田 晶 訳
幼年期の影響、青年期の放埓、習慣の強固さ……、不安におののく魂が光を見出すまで。初期キリスト教最大の教父による心揺さぶる自伝。〈解説〉松崎一平
205928-3

ア-8-2
告白 II
アウグスティヌス
山田 晶 訳
衝動、肉欲、厳然たる原罪。今にのみ生きる人間の悲惨と悲哀。「とれ、よめ」の声をきっかけとして、劇的な回心を遂げる。西洋世界はこの書の上に築かれた。
205929-0

ア-8-3
告白 III
アウグスティヌス
山田 晶 訳
アウグスティヌスは聖書をいかに読んだのか——西洋世界最大の愛読書を、最高の訳者が心血を注いだ名訳で送る。訳者解説および、人名・地名・事項索引収録。
205930-6

ア-9-1
わが思索のあと
アラン
森 有正 訳
『幸福論』で知られるフランスの哲学者は、いかにその健全な精神を形成したのか。円熟期に綴られた稀有な思想的自伝全34章。〈解説〉長谷川宏
206547-5

ウ-11-1
新しい学（上）
ヴィーコ
上村忠男 訳
デカルトの科学主義に立ち向かい、人間の歴史の価値に光をあてるヴィーコ。歴史・神話・風習・言語・芸術・貨幣などを読むことで、〈真なるもの〉に迫る。
206591-8

各書目の下段の数字はＩＳＢＮコードです。978－4－12が省略してあります。

ウ-11-2
新しい学（下）
ヴィーコ
上村忠男 訳
古代ギリシア・ローマの歴史と思想に探求の歩を進め、文明や社会の成り立ちとその実質について考察を展開。「第2巻第4部　詩的政治学」以下を収める。
206592-5

エ-5-1
痴愚神礼讃　ラテン語原典訳
エラスムス
沓掛良彦 訳
痴愚女神の自慢話から無惨にも浮かび上がる人間の愚行と狂気。それは現代人にも無縁ではない。エラスムスの奇跡的な明晰さを新鮮なラテン語原典訳で堪能されたい。
205876-7

フ-10-1
ヨーロッパ諸学の危機と超越論的現象学
E・フッサール
細谷恒夫／木田元 訳
著者がその最晩年、ナチス非合理主義の嵐が吹きすさぶなか、近代ヨーロッパ文化形成の歴史全体への批判として秘かに書き継いだ現象学的哲学の総決算。
202339-0

ミ-1-3
フランス革命史（上）
J・ミシュレ
桑原武夫／多田道太郎／樋口謹一 訳
近代なるものの源泉となった歴史的一大変革と流血を生き抜いた「人民」を主人公とするフランス革命史の決定版。上巻は一七九二年、ヴァルミの勝利まで。
204788-4

ミ-1-4
フランス革命史（下）
J・ミシュレ
桑原武夫／多田道太郎／樋口謹一 訳
下巻は一七九二年、国民公会の招集、王政廃止、共和国宣言から一七九四年のロベスピエール派の全員死刑までの激動の経緯を描く。〈解説〉小倉孝誠
204789-1

ミ-1-6
ジャンヌ・ダルク
J・ミシュレ
森井真／田代葆 訳
〈祖国〉はひとりの少女から生まれた――。『フランス史』で知られる歴史家・ミシュレが情熱をこめて描く、救国のヒロインの受難と死。〈解説〉佐藤賢一
206785-1

モ-1-2
ユートピア
トマス・モア
澤田昭夫 訳
十六世紀の大ヒューマニストが人間の幸福な生き方と平和な社会のあり方を省察し、理想を求め続ける全ての人々に訴えかける古典の原典からの完訳。
201991-1

モ-5-4
ローマの歴史
I・モンタネッリ
藤沢道郎 訳
古代ローマの起源から終焉までを、キケロ、カエサル、ネロら多彩な人物像が人間臭い魅力を発揮するドラマとして描き切った、無類に面白い歴史読物。
202601-8